中国比较文学百年史

王向远
文学史书系

Literary History Book Series by
Wang Xiangyuan

王向远 著

九州出版社
JIUZHOUPRESS

图书在版编目（CIP）数据

中国比较文学百年史／王向远著．--北京：九州
出版社，2021.7

ISBN 978－7－5225－0162－8

Ⅰ.①中… Ⅱ.①王… Ⅲ.①中国文学—比较文学—
文学史 Ⅳ.①I209

中国版本图书馆 CIP 数据核字（2021）第 113397 号

中国比较文学百年史

作　者	王向远　著	
责任编辑	周弘博	
出版发行	九州出版社	
地　址	北京市西城区阜外大街甲 35 号（100037）	
发行电话	（010）68992190/3/5/6	
网　址	www.jiuzhoupress.com	
印　刷	三河市华东印刷有限公司	
开　本	710 毫米×1000 毫米　16 开	
印　张	31.5	
字　数	435 千字	
版　次	2021 年 9 月第 1 版	
印　次	2021 年 9 月第 1 次印刷	
书　号	ISBN 978－7－5225－0162－8	
定　价	99.00 元	

本书内容简介

　　《中国比较文学百年史》是迄今为止第一部，也是仅有的一部 20 世纪中国比较文学学术通史著作，是在作者的《中国比较文学二十年（1980—2000）》（江西教育出版社 2002）、《二十世纪中国人文学科学术史丛书·比较文学研究》（与乐黛云合著，福建人民出版社 2006 年）的基础上扩写而成。全书将史学、文献学方法与学术批评结合起来，评述了 20 世纪中国比较文学的发生发展与学术研究的百年历史，对学术史上的重要人物及代表性成果做了分析评论，对中国比较文学的发展规律及其学术特点做了评述，从一个侧面揭示了 20 世纪中国学术的世界性、开放性、包容性的基本特征，展现了 20 世纪中国学术文化现代化、世界化的历程。

　　本书由宁夏人民出版社 2007 年初版，2013 年中国社会科学出版社再版，此次将初版本、再版本加以精校，作为第三版，收于《王向远文学史书系》。

目　录
CONTENTS

前　言

一

　　比较文学作为一门学科形成于 19 世纪后期的欧洲。19 世纪末到 20 世纪初，在没有受到西方直接影响的情况下，中国比较文学也开始萌生。从起源上看，中国比较文学并非直接来自西方，而是在中外文化冲撞与交流的特定的时代环境中，基于中外文学对话与中国文学革新的内在需求而发生的。

　　尽管有人将 20 世纪中国比较文学的"史前史"上溯到先秦时代，但中国比较文学并非古已有之。为什么在历史悠久的中国传统学术中未能孕育出以跨越异文化为根本特征的比较文学呢？为什么两千多年中华各民族之间文学的交流、一千多年以佛经翻译为纽带的印度文学对汉文学的输入、一千年间汉文学对东亚国家的传播与影响，都没有促使中国产生以中外文学交流为研究对象的"比较文学"学科，甚至没有在文学研究中自觉地运用跨文化的比较方法呢？原因很复杂，答案也是多种多样的。或许有人认为，中国人的文化与文学的自豪感，乃至"居天地之中"的"中国"意识不利于比较文学观念的形成。然而 19 世纪的法国人对法国文化与文学也有优越感，也有法国文学的中心意识，但比较文学学科却恰恰成立于此时的法国，法国正是通过比较文学研究弘扬了他们的文学自豪感；或许又有人认为，中国传统学术研究及文学研究的习惯方式是感悟式的评点，不擅长比较文学研究所要求的那种条分缕析的系统研究。然而比较文学既可以是系统的研究，也完全可能以中国式的感悟评点、点到为止的形式来进行，被许多人誉为比较文学研究楷模的钱锺书的《管锥编》，不就是以感悟评点的传统形式写成的吗？何况，中国传统学术历来主张"文史哲不分家"，这与当代比较文学的一些提倡者所主张的"跨学科"研究岂不是不谋而合的吗？

中国传统学术中未能孕育出以跨越异文化为根本特征的比较文学，其根本原因，首先就是因为传统中国人缺乏那种依靠输入外来文学来更新自身文学的自觉而又迫切的要求。由于汉文学自成体系，作为东亚诸国文学的共同母体，具有强大的衍生力和影响力。汉文学史上的历次革故鼎新，并没有主要依靠外力的推动，而基本上是依靠汉文学自身的矛盾运动来实现的。在中国几千年的文学舞台上，一直没有一个外来文学体系堪与汉文学分庭抗礼。佛经翻译虽然引进了印度文学，但那主要是在宗教范畴内进行的，而且又较快地被汉文学吸收消化。在不自觉地引进印度文学的过程中，并没有在中国人的文学观念中产生诸如"印度文学"或"外国文学"之类的观念或概念。没有对等的外来文学体系的参照，就谈不上"本国文学"和"外国文学"的分野，因而也就无法形成"汉文学""中国文学"这样的与外来文学对举的概念。而"比较""比较文学"总是双边的甚至多边的，这种没有"他者"在场的汉文学的"单边"性，只能是汉文学的"独语"，或者是汉文学对周边异文学的"发话"，而不是汉文学与异文学之间的"对话"。而"文学对话"的意识正是比较文学成立的根本前提之一。在人类历史的发展演进中，"文化对话"对任何一个民族及国家来说，常常不可回避。这种"对话"（抑或"争吵"）往往通过政治、外交、战争、宗教等途径和方式进行着。历史上汉文化与异文化之间有过多次的"对话"或"争吵",而相对而言,作为"文化对话"之组成部分的"文学对话",则往往并不是文化"对话"的必需方式。"文化对话"为"文学对话"提供了必要的语境,但有了"文化对话"未必一定就能够进行"文学对话"。"文学对话"需要更具体和更复杂的话语平台,即"对话"所需要的语言能力和异文学文本的阅读能力。而恰恰是这种能力的缺乏,使汉文学与异文学之间无法进行真正的"文学对话"。试看在漫长的古代汉文学史上,有几个文学家掌握了汉语之外的另一种语言?除了宗教信仰的动力促使一些人学习并掌握了梵语等印度语言外,似乎没有一个诗人、作家和文学研究家有足够的动力和条件,为着纯文学的目的来学习一门外语。如此,"文学对话"从何谈起呢?"比较文学"缘何成立呢?

到了晚清时期这种情形开始发生根本的变化,西学东渐成为不可阻挡的时代潮流。在西学的冲击下,传统文人难以单靠汉语文学立身处世,出国留学、学习外语便成为新的选择。连林纾那样的倾向保守的人士,尽管无法掌握外语,却与人合作译出了三百多种外国小说,晚年更哀叹自己一生最大的遗憾是不通外文。林纾的译作在读书人的面前展开了新异的文学世界,推动了中国人的文学观念由传统向现代的转变。从此,在中国人的阅读平台上,出现了与汉文学迥然不同的西洋文学,这就为中西文学之"比"提供了语境。许慎《说文解字》释"比"字为"反从为比"。西洋文学与中国文学的"反从"(不同),就为中西文学之"比"提供了可能。于是清末民初的不少学者,如林纾、黄遵宪、梁启超、苏曼殊、侠人、黄人、徐念慈、周桂笙等,都对中外(外国主要是西方,也包含日本)文学发表了比较之论。当然,这些"比较"大都是为了对中西文学做出简单的高低优劣的价值判断,多半是浅层的、表面的"文学比较",还不是严格意义上的"比较文学",但它却是 20 世纪中国比较文学的最初形式。这一点与欧洲比较文学也有明显的不同。法国及欧洲的比较文学强调用实证的方法描述欧洲各国文学之间的事实联系，而中国的比较文学一开始就具有强烈的中外（主要是中西）文学的对比意识或比照意识；欧洲比较文学主要强调的是欧洲各国文学的联系性、相通性，而中国比较文学则具有强烈的差异意识。从这一点上看，欧洲比较文学重心在"认同"而不在"比较"，中国比较文学重心在"比较"而非"认同"。

中西比较文学发生学上的这种不同，意味着中国比较文学与西方比较文学之间所具有的更深刻的差异，也体现了中国比较文学的又一根本特征。这一深刻差异在于：欧洲比较文学是在欧洲文学乃至西方文学这一特定的区域文学内部进行的，它在很长的一段历史时期内都是一种区域性的比较文学；而中国比较文学一开始就是在世界文学的大背景上发生的，而且一开始就跨越了东西方文学，具有更广阔的世界文学视野。诚然，欧洲人靠着新大陆的发现、奴隶贸易、资本的输出和殖民地的建立，在政治、军事、经济上比中国人更早具备了世界视野，但从文学上看，当比较文学在 19 世纪后期的法国作为一门学科产生的时候，其基本宗旨是清理和研究欧洲各国文学之间的联系。甚至到了 1930 年代后，梵·第根在其《比较文学论》中将法国的比较文学实践加以理论概括和总结的时候，视野仍然囿于欧洲文学之内，这种情况的出现有着多方面的原因。法国学派将比较文学学科界定为文学关系史的研究，而这种研究只有在欧洲各国文学之间才能进行；超出欧洲之外，则当时文学交流与传播的事实的链条尚未形成，至多正在形成中，还不能成为实证研究的对象。而且，以当时法国人及欧洲各国比较学者的语言装备来看，通晓欧洲之外的语言，并具备文学研究能力的学者，可以说是凤毛麟角。因而将研究视野扩展到欧洲文学之外，对他们来说即使有心，也是无力。以"欧洲文化中心论"为思想基础的西方比较文学，也难以成为以多元文化为基础的比较文学。到了1950 年代崛起的美国学派那里，虽然非欧美血统的学者的加入而使美国学派具有了更多的世界性因素，但由于美国文学历史尚浅，与外国文学的渊源关系的清理和研究并非美国学派的急务和专擅，美国学派对各国文学交流史的研究在理论上不提倡，不重视，在研究实践上成果也不多。因而，与其说美国学派比法国学派具有了更广阔的世界视野，不如说美国学派开拓了平行研究及跨学科研究的学科空间。法国学派强调的是一种历史的地理的视野，美国学派则注重一种学术思维的多维空间。美国学派的贡献在这里，局限也在这里。

　　将中国比较文学与西方比较文学的起源时期加以比较还可以发现，比较文学当初在法国及欧洲是作为文学史研究的一个分支而产生的，它一开始就是一种纯学术现象，一种"学院现象"。而20世纪初比较文学在中国就不是作为一种单纯的学术现象而发生的，真正意义上比较文学学术研究到了1980年代后才得以形成。中国比较文学从根本上说就是一种文化现象、人文现象，它与中国文学由传统向现代的转型密切相关。它首先是一种观念、一种眼光、一种视野，它的产生标志着中国文学封闭状态的终结，意味着中国文学开始自觉地融入世界文学中，标志着中国文学开始尝试与外国文学进行平等的对话。看不到这一点，就看不到比较文学在中国兴起的重大意义与价值。

二

　　中国比较文学在20世纪头二十年的发轫后，作为一种学科开始孕育成长，其间经历了漫长、曲折的进程。

　　1920至1940年代的三十年间是中国比较文学的初步发展时期。这一时期以胡适、郑振铎的言论为代表，比较意识进一步提高，世界文学观念更为强化；以实证研究为主的传播与影响的研究，在中外文学关系特别是中印文学关系领域开始起步，从而由"比较文学评论"上升为"比较文学研究"；在中西文学研究领域的"平行研究"取得了一系列成果，中西近现代文学的影响研究也有所收获；随着翻译文学的繁荣，翻译文学的理论论争与学术探讨十分繁荣，成为此时期中国比较文学中较为活跃的部门。从 1949 年中华人民共和国成立到所谓十年政治运动结束的三十年，极"左"的政治意识形态逐渐使中国再次处于与主流世界封闭隔绝的状态，而倡导世界意识和开放精神的比较文学，就显得不合时宜。从整个 20 世纪中国比较文学学术史上看，这三十年显得格外寂然和萧条，研究者不敢不能公开倡导比较文学，比较文学学科建设上没有作为，教学上完全停顿，学科理论上没有声音，学术成果也稀疏寥寥，不成规模。除了翻译文学的评论与研究小有声势外，其他方面的比较文学研究在整个学术研究中几乎没有自己的地位。虽然极少数的学者的文章现在看来属于比较文学研究，但相当一部分文章从选题到观点结论都带上了服务于时代与政治的明显印记。与此同时，台湾和香港地区在西方特别是美国学术界的影响下，比较文学得以率先崛起。1970 年代末，大陆地区历时十年的"无产阶级文化大革命"运动结束，确立了以发展经济为中心工作的改革开放政策，此后国家的政治环境逐步有所改善，经济生活水平逐渐提高，教育、文化、科技和学术事业也开始复苏，并渐渐步入正轨。大陆学界被压抑了多年的学术热情和创造力，像井喷一样迸发出来。在港台地区及外国比较文学的影响下，比较文学作为一种最具开放性、先锋性的学科之一，得到了迅猛发展。比较文学研究作为中国学术文化的一个组成部分，也随之进入了繁荣时期。此时期繁荣的起点是钱锺书的《管锥编》的出版。随后，学科意识的强化、学术组织的形成、学科体制的确立、学术队伍的壮大、学科理论问题的讨论与争鸣、比较文学教材建设及比较文学课程化，都成为此时期比较文学繁荣的保障与崛起的表征。

　　纵观 20 世纪一百年间中国比较文学发展演进的历程，可以看出百年学术史经历了四个历史阶段，即：

二十年①（1898—1919）发生

三十年（1920—1949）发展

三十年（1950—1979）滞缓

二十年（1980—2000）繁荣

　　这个结构的形体就像是一个"酒葫芦"：发生期的二十年是葫芦尖，发展期的三十年是葫芦上半部分的"小肚子"，滞缓期三十年是小肚子下面的葫芦细腰，最后二十年的繁荣期是葫芦的下部的"大肚子"，也是容积最大的部分。这种酒葫芦状的史态描述，可以反映中国比较文学百年史不同阶段的实际情形。前三个阶段共八十年，是最后二十年崛起与繁荣的漫长的前奏；最后二十年中国比较文学的崛起与繁荣，才是中国比较文学百年学术史的重心之所在。

　　中国比较文学之所以在这个时期如此繁荣，根本原因在于比较文学的学术精神不仅契合了1980年代以后中国改革开放的需要，也契合了中国文学界和学术界思想解放的需要。当西方的比较文学由于研究资源逐渐减少，已从学术文化的主流和中心逐渐淡出的时候，当欧美学者由于语言和学术训练的限制还很难深入进行跨东西文化的文学研究——这正是欧美比较文学最近发展不够迅速的原因——的时候，中国比较文学却取得了高度的繁荣。可以说，现阶段中国人、中国学者对欧美的了解远胜于欧美对中国的了解，中国学者的外国语言文化和学术修养，使得他们在跨文化，特别是跨东西文化的文学沟通与文学研究中具有更强的学术优势。这一切，都自然地、历史地决定了世界比较文学学术文化的重心已经逐渐转到中国。可以说，世界比较文学发展的第三个阶段，或称第三个历史时期，已经在中国展开。如果说，欧洲比较文学代表了世界比较文学发展和繁荣的第一阶段，美国比较文学代表了世界比较文学的第二阶段，那么，20

---

　　①　为叙述方便，采用概数。下同。

世纪最后二十年世界比较文学的重心则明显地转移到了中国。中国比较文学显然已经成为全球第三阶段的比较文学的代表。

我们说中国比较文学是全球第三阶段的比较文学的代表，绝对无意贬低其他国家的比较文学及其成就。我们也知道，1980 年代后，欧美国家虽然有一些学者对比较文学学科本身提出过质疑，但毕竟还有大批学者长期从事比较文学研究，而且推出了一系列有价值的成果，比较文学在欧美学术界仍然是一门不可忽视的学科领域；我们也知道，在亚洲，我们的东邻日本早在 1890 年就有坪内逍遥博士讲授"比照文学"，而且今天我们中国人使用的"比较文学"这个汉字词组本身就是由日本人创制的，日本的比较文学在 20 世纪一百多年的时间里也一直在发展和推进着。但是，同其他国家的比较文学相比，作为世界比较文学的第三阶段的中国比较文学，其规模、声势、社会文化与学术效应都大大地超过了 19 世纪至 20 世纪上半期的法国及欧洲的比较文学，也大大地超过了 1950—1970 年代的美国比较文学。在外国比较文学的影响之下，在本土文学与文化的深厚的沃土之中，在时代的呼唤下，中国比较文学由自为到自觉，从分散到凝聚，从观念到实体，从依托其他学科到成为相对独立的学科，再从弱小学科发展到较为强大的学科。先从研究成果的规模效应上看，据《中国比较文学论文索引（1980—2000）》（江西教育出版社 2002 年）一书的统计，20 世纪最后二十年间，仅中国大陆地区的学术刊物上就刊登出了一万两千多篇严格意义上的比较文学论文或文章，还出版了 370 多部严格意义上的比较文学专著。尽管我们现在还无法对世界上比较文学较为发达的国家，如法国、美国、英国、日本等国的比较文学成果做一确切的统计，并与中国做一比较，但即使这样，我们也可以肯定地说：仅从学术成果的数量上看，中国比较文学在这二十年间的成果，已经在世界上处于领先地位了，而且其中相当一部分论文和绝大多数研究专著，都具有较高或很高的学术水准。再从研究队伍上说，到 1990 年代末，中国比较文学学会的注册会员已近 900 名，加上没有入会的从事比较文学教学与研究的人员，估计应在千人以上。这样一个规模，更是任何一个国家所不能比拟的。更重要的是，通过各方面的支持和努力，中国比较文学在组织上建立了被纳入现行教育体制的专门的研究机构，成为高等教育中的一个重要的学科部门，形成了从本科生到博士生的系统连贯的人才培养体系，还有了《中国比较文学》等几种专门的核心刊物。由此，中国比较文学的存在已经成为一个不可忽视的存在，成为一种"显学"，在中国学术文化体系中确立了自己独特的位置。

作为世界比较文学第三阶段之代表，中国比较文学立足本土文化，努力吸收和消化外来文化的营养，体现了博大的文化襟怀。中国比较文学的根本特征就是由这种开放的文化襟怀所决定的。首先是中国比较文学对东西方比较文学的兼收并蓄。中国的比较文学学者们对比较文学的中国传统渊源做了深入的发掘和阐释，并把中国古人提出的"合而不同"的价值观作为现代比较文学的精髓。同时，对西方的欧美、东方的日本的比较文学理论与实践的成果也多有借鉴和吸收。从 1930 年代戴望舒翻译梵·第根的《比较文学论》起，到 20 世纪末，中国翻译、编译出版的外国的比较文学著作、论文集已达数十种，对外国比较文学的评价文章有数百篇，绝大多数的比较文学教材都有评介外国比较文学的专门章节。或许世界上任何一个国家，都没有像中国学者这样对介绍与借鉴外国的比较文学如此重视。中国的比较文学著作在数量和质量上都相当可观，有不少著作堪称该领域研究中只能绕行、不可逾越的成果，体现了中国人的独特的学术优势。但外国比较文学界对中国的这些著作的译介和评论却不多，相形之下，更显示了中国学者吸纳外来学术的气度与能力，这也成为中国比较文学繁荣昌盛的一个表征。从中国比较文学研究本身来看，其特点也甚为显著。最引人注目的是研究领域的全面性。涉及英语、日语、法语、俄语、德语、梵语、朝鲜语、阿拉伯语等语言文学的研究较多，不必多说。即使是涉及众多"小语种"的比较文学领域，也或多或少有人从事着必要的研究。可以说，就比较文学研究领域的全方位性而言，中国比较文学在世界各国中即使不是最充分的，也是最充分的之一。

　　作为世界比较文学第三阶段之代表的中国比较文学，对历史上作为第一阶段的法国学派有充分的借鉴，也有一定的超越。法国学派所开创的以文献实证为特色的传播研究，曾在1950年代遭到美国学派的批判和否定。但在中外文学关系研究中，实证研究不是一个简单的方法选择问题，而是研究中的一种必然需要。例如，历史上一千多年间持续不断的印度佛经及佛经文学的翻译，为中国比较文学学术研究留下了丰富的学术资源。在宗教信仰的束缚下，在宗教与文学杂糅中，古人只能创造，而难以解释这段漫长而复杂的历史。到了1920年代后，胡适、梁启超、许地山、陈寅恪、季羡林等将比较文学的实证研究方法引入中印文学关系史，在开辟了中外文学关系史研究的同时，显示了中国比较文学实证研究得天独厚的优势，也为中国的中外文学关系研究贡献了第一批学术成果。此外，中国文学在东亚的朝鲜、日本、越南诸国的长期传播和影响，也给中外文学关系、东亚文学关系的实证研究展现了广阔的空间。因而，在20世纪中国比较文学中，实证的文学传播史、文学关系史的研究不但没有被放弃，反而是收获最为丰硕的领域。中国学者将中国学术的言必有据、追根溯源的考据传统，与比较文学的跨文化视野与方法结合起来，大大焕发了这一研究的生命力，在这个领域中出现的学术成果以其学风的扎实、立论的严谨与科学，而具有其难以磨灭的学术价值和长久的学术生命。

　　作为世界比较文学第三阶段之代表的中国比较文学，也从美国学派那里接受了丰厚的馈赠。美国文学作为世界比较文学史上第二个阶段，突破了法国学派将比较文学定位为文学关系史的学科藩篱，提倡无事实联系的平行研究和文学与其他学科之间的跨学科研究。中国比较文学界对美国学派也有热情的呼应。实际上，中国比较文学在这方面也有自己独到的收获。1904年王国维的《红楼梦评论》，1920年周作人的《文学上的俄国与中国》，20年代茅盾的中国神话和北欧神话研究，钟敬文的《中国印欧民间故事之类型》，以及1935年尧子的《读西厢记与 Romeo and Juliet

（罗蜜欧与朱丽叶）》等文章，已为中国比较文学开创了平行研究的先河。后来，钱锺书的《中国诗与中国画》《读〈拉奥孔〉》《通感》《诗可以怨》以及杨周翰的《预言式的梦在〈埃涅阿斯纪〉与〈红楼梦〉中的作用》《中西悼亡诗》等都是跨文化研究与跨学科研究的典范之作。1970年代，钱锺书的《管锥编》更是别开生面的平行贯通的楷模。进入1980年代以后，特别是在中国比较文学的复兴初期，美国学派所提倡的平行研究一时遍地开花，公开发表的相关文章每年数以百计。在平行研究中，人们有意识地在中外文学现象的平行比较中，寻求对中国文学及中国文化的新的理解和新的认识，并在平行比较中尝试为中国文学做进一步科学的定性和定位。但对于平行研究中的可比性问题，陈寅恪等老一辈学者早就提出了质疑，随着1980年代后平行研究的热潮汹涌，有识者很快及时指出它的弊端和问题。季羡林等先生严厉批评了那些"X比Y"式的生拉硬扯、牵强附会的胡乱比附，遂使得1990年代后期"X比Y"的比较模式有所收敛和遏制。平行研究中出现的这些问题，主观原因是中国比较文学的学习与研究者对比较文学的学科精髓没有深刻领悟，而客观原因是美国学派在平行研究的实践上并不丰富，理论上并不成熟，一味拘泥于美国学派的理论和方法，中国比较文学势必难以摆脱这些误区。在为平行研究付出了一定代价之后，中国比较文学也在实践上做了自己的探索，在理论上予以修正。1970年代钱锺书的多项式平行贯通的研究实践，成为平行研究之楷模；而1990年代后发表的有关比较文学学科理论与方法的著作和论文，在对中国比较文学的研究实践进行总结的基础上，使平行研究的方法论更趋于科学化和成熟化。另一方面，对美国学派提出的"跨学科研究"，中国比较文学界也给予相当的认同，绝大多数的学科理论著作和教科书都在努力提倡和阐述"跨学科研究"，但二十年来跨学科研究的成果却很有限，与理论上的大力提倡并不相称。在这种情况下也有人对"跨学科"研究在实践和理论上做了反思。"跨学科研究"究竟是研究方法，还是研究领域？换言之，它是文学与其他学科之间的关系研究，还是在文学研究的方法和视角上对其他学科的借鉴？对此美国学派在理论上并没有讲清楚。针对这种情况，中国比较文学界有人提出，不宜把"跨学科研究"无条件地视为"比较文学"，否则一方面就会使比较文学丧失必要的学科界限，而使比较文学自身遭到解构，另一方面容易误导研究者和学习者把研究"对象"当作研究"课题"，从而催生某些大而无当、大题小作的空疏之作；认为"跨学科研究"是当今各门学科中通用的研究方法，也是文学研究中通用的方法，而不是比较文学的特有方法，因而只有当"跨学科"的同时也"跨文化"，才能视为比较文学……对跨学科问题有种种不同的看法，而且至今仍在探讨、争论和磨合过程中，无论如何，还是杨周翰教授1989年在为《超学科比较文学研究》一书所写的序言中的一句话最为中肯："我们需要具备一种'跨学科'（inter-disciplinary）的研究视野：不仅要跨越国别和语言的界限，而且还要超越学科的界限，在一个更为广阔的文化背景下来考察文学。"正因为如此，"跨学科的文学研究"仍然在曲折中摸索前进，而对于"跨学科研究"的这些争论和质疑却只能更加表明，中国比较文学并非只是被动地接纳外来的学科理念，而是在研究实践中试图做出自己的判断。

三

　　比较文学在中国的兴起，使得中国文学研究乃至中国学术文化发生了一系列变化。这主要表现在研究视野的扩大、新的研究对象的发现和研究方法的更新这两个方面。

　　先说研究视野的扩大和研究对象、研究领域的拓展。比较文学观念与方法的引入，使中国传统学术视野中一直被忽视的许多领域得以呈现，得以纳入学术文化体制中。例如，关于中国神话及民间故事的研究，中国传统学术是不屑为之的。而 1920 年代以后，这一研究却成为现代学术的一个显著的亮点，比较文学的跨文化视野使中国神话和民间文学显示了独特的价值。茅盾、赵景深、钟敬文等人在神话与民间文学的研究中普遍采用了跨文化的历史地理学派的传播研究方法、平行研究的主题学方法，从比较文学角度看就是在神话与民间文学研究中运用比较文学的方法。此一方法的使用不仅将学术研究的触角深入到了中国文化和中国文学的根部，而且将最民族和最民间的东西赋予了世界性价值，1990 年代以后，又有新一代学者在神话与民间文学比较研究的基础上，使人类学研究与文学研究相交叉，尝试建立了"文学人类学"，成为中国比较文学跨学科研究催生出的颇具活力的新领域之一。再如翻译文学的研究，1920 年代梁启超在《翻译文学与佛典》中率先尝试从跨文化的立场将翻译文学作为一个独立的研究对象。到 1980 年代后，人们发现翻译文学研究作为跨文化的文学研究，是比较文学学科中的天然的研究对象，正是比较文学在学科理念上对翻译文学研究的支持和铺垫，使得翻译文学研究成了中国比较文学研究中的一个新兴的繁荣部门，翻译文学史的研究和翻译文学基本理论的研究这两大研究领域越来越受到重视。又如，在法国比较文学的"形象学"理论与实践的启发之下，1990 年代后有不少研究者对中国文学中的外国形象、外国文学中的中国形象问题展开了富有成效的研究，更有人从"形象学"概念中进一步引申出"涉外文学"的概念，并把它视为比较文学特有的研究对象。"形象学"乃至"涉外文学"的研究，为 1990 年代后中国比较文学研究开辟了一片广阔天地。

比较文学观念和方法的引入，还使得文学研究的方式与途径得以更新。众所周知，中国传统学术在义理、考据、辞章三方面，都形成了一整套成熟的理路与方法，但也有一定的封闭性。20 世纪初，从王国维开始，援用异文化中的观念和方法，对中国文学加以重新解读和研究，遂得出了令人耳目一新的观点与结论。由此开中国比较文学的"阐发研究"之先河。试图以 A 文化的文学理论阐释 B 文化的文学作品，或以 B 文化的文学理论阐释 A 文化的文学作品，这样的"阐发研究"在中国的文学研究中占有很重要的地位，以至于有些台湾学者提出阐发研究就是"中国学派"的特色。尽管这种方法在后来的中国学术研究中被普泛化了，已经不再是比较文学的特有的方法；尽管这种方法有着以中国的材料为外来学术思想做注脚的弊病，但它的发生和发展乃至普泛化，都与中国比较文学研究史有着深刻的渊源和关联。从比较文学学术方法对其他学科的渗透与影响来说，像"阐发研究"法这样的发端于比较文学的学术方法的普泛化，正表明了比较文学对其他相关学科所产生的影响。这种影响和渗透到了 1980 年代后仍然存在并有明显表现。再如，1980 年代后陆续出版的诸如《中国古代文学接受史》《中国现代文学接受史》之类的研究成果，虽然都是在中国文学内部谈接受问题，并不属于比较文学，但其基本的方法思路显然与比较文学所主张的国际文学的传播与接受、影响与接受有着密切关系。

总之，中国比较文学作为中国学术文化的一个重要组成部分，在 20 世纪的中国学术发展演变的进程中，特别是在中国的文学研究中，有着特殊重要的无可替代的作用——接洽中外学术，促进文学交流，开拓国际视野，构建世界意识、打通学科藩篱，强化整体思维，在世界文学的大格局中为中国文学定性和定位。从这个意义上说，在 20 世纪的中国诸种学术中，比较文学也是最具有国际性、世界性和前沿性的学科之一。

中国比较文学一百多年的历史积淀，为今天的学科史研究和书写储备了丰厚的学术资源。古人云"盛世修史"，现在 20 世纪刚刚结束，新世纪已经拉开帷幕，给中国比较文学"修史"的最佳时期已经到来。通过对一百年中国比较文学学术史的系统整理、研究、盘点和评说，进一步激活学术传统，使新世纪的比较文学从过去一百年的传统中获取丰富的营养与启示，这也是比较文学学术史写作的根本宗旨。

第一章 头二十年（1898—1919）世界视野的形成与比较文学的发生

中国近代翻译文学是中国比较文学萌生的温床。20世纪头二十年以林纾为代表的一大批翻译家的翻译文学，特别是翻译小说，为读者展现了西洋与东洋（日本）崭新的文学世界，对国人的传统文学观造成了不小的冲击，世界视野与世界眼光逐渐得以形成，人们在看待中国文学时获得了一种外部参照，在评论中国文学时比之以外国文学，或在评论外国文学时比之以中国文学，除了王国维与鲁迅在有关文章中显示了比较文学观念与方法的早熟之外，大多数的比较多着眼于好坏、优劣、高低的价值判断，比较的方式也多是片断的、不系统的"文学比较"。也就是在中外文学的相互比照、比附、比较中，中国比较文学开始萌生。

第一节 世界视野与文学比较

1840年鸦片战争以后，中国被迫打开国门，在"以夷制夷"和"中学为体、西学为用"的思想指导下，开始引进西学。引进西学的主要途径是翻译，这导致了近代翻译事业的繁荣。起初的翻译集中在自然科学著作。1895年，本来处于军事优势的北洋海军却在甲午战争中败于日本，这使有识之士开始认识到，仅仅介绍西方的科学技术是不够的，还必须输入新的政治思想观念，以求中国人精神面貌的更新。于是，大力译介西学的翻译运动勃然兴起。不久，翻译家们开始认识到了文学和文学翻译所能起到的重要作用，文学翻译在自然科学、社会科学翻译之后，成为最繁荣的翻译部门。1897 年，严复与夏曾佑在天津《国闻报》上登出一篇《本馆附印说部缘起》长文，阐述了小说及小说翻译对于政治的重要性；次年，梁启超在《译印政治小说序》（《清议报》第 1 册，1898 年）中明确提出"特采外国名儒撰述，而有关切于中国时局者，次第译之"。最早被译介过来的是政治小说。接着，侦探小说、科学（科幻）小说、社会小说、理想小说、教育小说、法律小说等，都有译介。林纾、周桂笙、包天笑、陈蝶仙、周瘦鹃等翻译家的译作广受欢迎。特别是林纾，与人合作翻译并出版外国小说单行本 130 多种，其中不乏文学史上的名著，如莎士比亚、笛福、菲尔丁、斯威夫特、查理·兰姆、史蒂文生、狄更斯、司各特、华盛顿·欧文、斯陀夫人、巴尔扎克、雨果、大仲马、小仲马、易卜生、伊索、托尔斯泰、德富芦花等人的作品。"林译小说"数量之多、读者之广、影响之大，堪称中国文学史及翻译文学史上的奇迹。关于清末民初四十多年间文学翻译的繁荣，文学史家阿英在《晚清小说史》（1935年）的第十四章《翻译小说》中，开宗明义地说："如果有人问，晚清的小说，究竟是创作占多数，还是翻译占多数，大概只要约略了解当时情况的人，总会回答：'翻译多于创作。'就各方面统计，翻译书的数量，总有全数量的三分之二，虽然其间真优秀的并不多。而中国的创作，也就在这汹涌的输入情形之下，受到了很大的影响。"晚清翻译文学的突飞猛进，不仅为此后翻译文学的更大规模的发展打下了基础，对中国作家的创作提供了丰富的参照，而且为读者展现出世界文学的大视野，为中外文学的比照、对比、比较，提供了可能，成为比较文学学科意识形成的契机。

　　比较文学学科意识形成的前提基础，是世界意识与人类意识的确立，是以己度人、以人度己的自觉，是对人类文化的共通性、世界文学的相关性的认同。晚清时期许多有识之士都显示了这样的意识。严复与夏曾佑在

《国闻报馆附印说部缘起》一文中，站在世界文化的高度，较早就人类的共通性——"公性情"加以论述，强调指出："无论亚洲、欧洲、美洲、非洲之地，石刀、铜刀、铁刀之期，支那、蒙古、西米底、丢度尼之种，求其本源之地，莫不有一公性情焉。此公性情者，原出于天，流为种智。儒、墨、佛、耶、回之教，凭此而出兴；君主、民主、君民并主之政，由此而建立：故政与教者，并公性情之所生，而非能生夫公性情也。何谓公性情？一曰英雄，一曰男女。"也就是说，人类的"公性情"，造成了文化文学的相同与相通，也造成了文学上的共通的主题与题材——"一曰英雄，一曰男女"。王国维在《叔本华像赞》（1903年）中也谓："人知如轮，大道如轨，东海西海，此心同理。"这样的认识，可以说是晚清时期的文学界、学术界主流舆论的共识。当时在《新小说》《小说林》等流行的文学刊物中，常常可以看到"四海同文""五洲同室""十方同感""小说无国界"之类的说法，都强调人类文化与文学的共通性。例如金松岑在《论写情小说于新社会之关系》（《新小说》17号，1905年）一文中指出："人之生而具情之根苗者，东西洋民族之所同；即情之出而占位置于文学界者，亦东西洋民族之所一致也。"黄人（1869—1913年，别号摩西）在《小说小话》（1908年）中也指出"南海北海，此心同，此理同"，他相信"虽东、西国俗攸殊，而必有相合之点。如希腊神话，阿刺伯夜谈之不经，与吾国各种神怪小说，设想正同。盖因天演程度相等，无足异者。"林纾在翻译中对中西小说的特点有着深切的体会，在比较中深悟"天下文章"皆有共通之处。他在《孝女耐儿传·序》（1907年）中写道："余虽不审西文，然日闻其口译，亦能区别其文章之流派。其间有高厉者，清虚者，绵婉者，雄伟者，悲梗者，淫冶者，要皆归本于性情之正，彰瘅之严，此万世之公理，中外不能僭越。……天下文章，莫易于叙悲，其次则叙战，又次则宣述男女之情。"这无疑是在比较中寻求"天下文章"的通则和规律了。

根据这样的看法，他们认为，某一种文学现象或某一种文学样式，如果曾在别国发生过某种效应与影响，那么在中国也会产生相同的效应与影响。他们听说"欧、美、东瀛，其开化之时，往往得小说之助"，因此便大力提倡翻译出版外国小说。老棣在《文风之变迁与小说将来之位置》（《中外小说林》第1年第6期，1907年）一文中，表达了新小说在中国发展过迟的遗憾之情。他说："吾国小说发达最迟，故民智开通亦最后。……观各国诸名小说，如美国之《英雄救世》，英国之《航海述奇》，法国之《殖民娠喻》，日本之《佳人奇遇》，德国之《宗教趣谈》，皆借小说以振国民之灵魂。甚至学校中以小说为教科书，故其民智发达，如水银泻地。自文明东渡，而吾国人亦知小说之重要，不可以等闲观也，乃易其浸淫'四书'、'五经'者，变而为购阅新小说，斯殆风气之变迁使然欤？惜夫前著无多，今日尚多乞灵于译本耳。观于此，又叹吾国小说发达之迟迟为可憾也。"为了弥补这样的遗憾，梁启超则在《小说与群治之关系》（1902年）一文中响亮提出："欲新一国之民，不可不先新一国之小说，故欲新道德，必新小说；欲新宗教，必新小说；欲新政治，必新小说；欲新风俗，必新小说；欲新学艺，必新小说，乃至欲新人心，欲新人格，必新小说；何以故？小说有不可思议之力支配人道故。"何以见得小说有如此大的作用呢？梁启超的依据是："小说之为体其入人也既如彼，其为用之易感人也又如此，故人类之普通性……此又天下万国凡有血气者莫不皆然，非直吾赤县神州之民也。"也就是说，"天下万国"均如此，我们当然也如此。至于为什么提倡"政治小说"，梁启超的立论逻辑也是在于此。他在《译印政治小说序》（1898）一文中说："在昔欧洲各国变革之始，其魁儒硕学，仁人志士往往以其身之所经历及胸中所怀、政治之议论一寄之于小说……往往每一书出，而全国之议论为之一变，彼美英德法奥意日本各国政界之日进，则政治小说为功最高焉。英名士某君曰小说为国民之魂，岂不然哉！"也就是说，外国的政治小说曾起过如此大的作用，中国"岂不然哉"？中国也不会例外。

如果说，晚清文学界、学术界的先达们在与外国文学的比较中，以人类文化的共通性为逻辑前提，"见贤思齐"，奋起直追，是在比较中"求同"，那么，以外国文学为参照，返观、反省中国文学，寻找中国文学的优长和缺欠，则是在比较中"求异"。"求异"也是当时"文学比较"的一大话题。通过这样的比较，他们发现了中国传统文学的诸多缺陷：

第一，比之西洋文学，中国缺乏大文学家，小说创作固步自封、陈陈相因。

梁启超则认为，中国文学曾经有过辉煌的历史："孟子有好货好色之喻，屈平有美人芳草之辞，寓谲谏于诙谐，发忠爱于馨艳，其移人之深，视庄言危论，往往有过。"但中国的小说却长期以来没有得到很好的发展。他说："中土小说，虽列之于九流，然自虞初以来，佳制盖鲜。述英雄则规画《水浒》，道男女则步武《红楼》……陈陈相因，涂涂递附。"（《译印政治小说序》）翻译家周桂笙在《毒蛇圈》的"译者识语"中，从中法小说的比较看出中国小说的墨守成规，他说："我国小说体裁往往先将主人翁之姓氏、来历叙述一番，然后绎其事迹于后；或亦有用楔子、引子、词章、言论之属，以为之冠者。盖非如此，则无下手处也。"而法国小说则"凭空落墨，恍如奇峰突兀，从天外飞来；又如燃放花炮，火星乱起，然细察之，皆有条理"。

第二，比之西洋小说，中国小说是游戏消闲的。

署名"衡南劫火仙"的作者发表在《清议报》第 68 册（1901 年）的《小说之势力》一文，在中西对比中一针见血地指出了中国小说的消闲游戏倾向。他说："欧美之小说，多系公卿硕儒，察天下之大势，洞人类之赜理，潜推往古，豫揣将来，然后抒一己之见，著而为书，用以醒齐民之耳目，励众庶之心志。或对人群之积弊而下贬，或为国家之危险而立鉴，然其立意，则莫不在益国利民，使勃勃欲腾之生气，常涵养于人间世而已。至吾邦之小说，则大反是。其立意则在消闲，故含政治之思想者稀如麟角，甚至遍卷淫词罗列，视之刺目者。盖著者多系市井无赖辈，固无足怪焉耳。小说界之腐坏，至今而极矣。夫小说为振民智之一巨端，立意既歧，则为害深，是不可不知也。"此外，"商务印书馆主人"在《本馆编印绣像小说缘起》（原载《绣像小说》1903 年第 1 期）中也说了同样意思的话："欧美化民，多由小说；槫桑崛起，推波助澜。其从事于此者，率皆名公巨卿，魁儒硕彦，察天下之大势，洞人类之赜理，潜推往古，豫揣将来，然后抒一己之见，著而为书，用以醒齐民之耳目，励众庶之心志。或对人群之积弊而下贬，或为国家之危险而立鉴，揆其立意，无一非裨国利民。支那建国最古，作者如林，然非怪谬荒诞之言，即记污秽邪淫之事；求其稍裨于国、稍利于民者，几几乎百不获一。"

第三，比之西洋小说，中国小说某些题材类型缺乏。

由于晚清"文学革命""小说界革命""诗界革命"的根本目的是改良社会，因而在文学比较中，比起"怎么写"（艺术形式）来，他们对"写什么"（主题题材）更为关心。因而题材上的比较，是晚清"文学比较"的最常见的切入点。在比较中，他们发现了中国传统小说题材及其分类的贫乏和狭隘。觚庵认为："我国小说，虽列专家，然其门类，太形狭隘"（《觚庵随笔》，原载《小说林》1907年第7期）；侠人指出："西洋小说分类甚细，中国则不然，仅可约举为英雄、儿女、鬼神三大派"（《小说丛话》，原载《新小说》1905年第13号）；梁启超在《译印政治小说序》中一言以蔽之曰：中国传统小说的题材"综其大较，不出诲淫诲盗两端"。在题材类型的比较中，有人则反问道："外人之可以为历史、政治、种族与种种小说者，吾中国何不可以为历史、政治、种族与种种诸小说？"（世：《小说风尚之进步以翻译说部为风气之先》，原载《中外小说林》1908年第4期）。他们抱着"外国人能做的，中国人也要做"这一信念，极力提倡学习外国文学，输入并创作新的题材类型的小说。例如定一在《小说丛话》（《新小说》1905年第15号）中主张，要改变中国文学题材缺类的问题："补救之方，必自输入政治小说、侦探小说、科学小说始。盖中国小说中，全无此三者性质，而此三者，尤为小说全体之关键也。若以西例律我国小说，实仅可谓有历史小说而已。即或有之，然其性质多不完全。写情小说，中国虽多，乏点亦多。至若哲理小说，我国尤罕。吾意以为哲理小说实与科学小说相转移，互有关系：科学明，哲理必明；科学小说多，哲理小说亦随之而夥。"

第四，比之西洋小说，中国小说在内容与描写手法上有许多缺陷。

在这个问题上，知新主人（周桂笙）在《小说丛话》（《新小说》1905 年第 20 号）中的看法最为系统条贯。他指出，中国小说不及外国小说之处，有五点。第一点，是小说人物的"身分"。"外国小说中，无论一极下流之人，而举动一切，身分自在，总不失其国民之资格。中国小说，欲著一人之恶，则酣畅淋漓，不留余地，一种卑鄙龌龊之状态，虽鼠窃狗盗所不肯为者，而学士大夫，转安之若素。"第二点，是"辱骂"太多。他指出："外国小说中，从未见有辱骂之辞……若吾国小说中，则无论上中下三等社会，举各自有其骂人之辞，大书特书，恬不为怪"。第三点是"诲淫"。他认为："外国风俗，极尊重女权，而妇女之教育，亦极发达，殆无一人不能看报阅书者。故男子视女子，几等诸神明，而一切书中，皆不敢著一秽亵之语，惟恐为妇女所见也。中国女子，殆视为男子之普通玩具，品骘群芳，风流自命者，无论矣。……淫情浪态，摹写万状，令人不堪卒读。"第四点是"公德"。指出："外国人极重公德，到处不渝，虽至不堪之人，必无敢有心败坏之者。吾国旧小说界，几不辨此为何物，偶有一二人，作一二事，便颂之为仁人，为义士矣。"最后一点是"图画"，指出"外国小说中，图画极精，而且极多，往往一短篇中，附图至十余幅。中国虽有绣像小说，惜画法至旧，较之彼用摄影法者，不可同日而语"。这五点属于小说内容与写法的问题，而背后实际上还是文化观念和社会习惯问题。

但是另一方面，也有人更多地从创作艺术的角度进行中西文学的比较，既看出中国文学的缺陷，更指出了中国文学的优点。例如苏曼殊在《小说丛话》（《新小说》1905 年第 11 号）中谈到中西小说的一个差别："泰西之小说，书中之人物常少，中国之小说，书中之人物常多；泰西之小说所叙者多为一二人之历史，中国之小说所叙者多为一种社会之历史。"他曾根据这一点，以为社会愈文明，则个人事业愈繁荣。"故能以一二人敷衍成书者，其必为文明无疑矣"，并拿这一点来菲薄中国小说，然而"由今思之，乃大谬不然"。他认为我们之政治法律，虽多不如人，但文学还不错，小说中人物多少，只是材料不同而已。只是由于"吾国之小说，多追述往事，泰西之小说，多描写今人"，所以造成了这种差异。侠人在《小说丛话》（《新小说》1905 年第 11、13 号）中，对中国小说与西洋小说做了对比，概括出了中国小说的"一短三长"，西洋小说的"三短一长"，认为西洋小说的一个长处是"分类甚精"，此乃中国小说所短。但在另外三个方面，西洋小说则不如中国小说。第一，即中国小说中人物繁多，各有特色，而西洋小说"一书仅叙一事，一线到底。凡一种小说，仅叙一种人物，写情则叙痴儿女，军事则叙大军人，冒险则叙冒险家，其余虽有陪衬，几无颜色矣。此中国小说所长一"。第二，"中国小说卷帙必繁重，读之使人愈味愈厚，愈入愈深，西洋小说则不然。……此中国小说所长二"。第三，"中国小说起局必平正，而其后愈出愈奇。西洋小说起局必奇突，而以后则渐行渐弛……此中国小说所长者三"。因此他得出结论曰："吾国小说之价值，真过于西洋万万也。"侠人的这些"三短一长"的概括比较，并不能有效涵盖中国小说、特别是西方小说，得出的结论也并不准确，然而从叙事艺术上看，中国小说确实有着西洋小说所不及的独到之处，则是平心之论。

总之，20 世纪最初二十年，中外文学比较的核心是中西文学比较，而中西文学比较的重点是中西小说比较。由于缺乏"比较文学"的学科意识的自觉，人们所进行的实际上不是作为学术研究的"比较文学"，而是较为简单与单纯的、就事论事的"文学比较"，其特点是使用对比、类比、比附的方法，进行具有浓厚功用主义色彩的好坏、优劣、高低的价值判断。虽然不免牵强附会、以偏概全之处，然这些比较之言，触及了中外、中西文学中的一些重要问题，抓住了中国传统文学的某些要害，总体上属于晚清时期"文学革命""小说界革命"言论的组成部分，具有以"文学革命"呼吁社会改良、以"文学比较"更新观念的功利主义、功用主义性质，具有重要的启蒙意义。这些"文学比较"所构建的"世界文学"的大语境，也为此后的"比较文学"的展开奠定了基础。

第二节 王国维、鲁迅在观念与方法上的早熟

在晚清"文学革命""文学改良"派的片断的文学比较之外，还有两个人的文章与观点卓尔不群。一个是王国维的比较文学评论，一个是鲁迅的世界文学评论。他们的比较文学观念与方法，都显示了领先于时代的早熟特征。

一、王国维对比较文学的三点贡献

在 20 世纪初的思想学术与文学研究界，王国维（1877—1927 年）是一个特立独行的人物。他的比较文学观及比较文学研究实践，也与晚清文学界主流的"文学革命"派有所不同。王国维也发表过有关中西文学对比的言论，并指出中国文学的缺陷与不足，在这一点上与同时代其他的学者并无本质不同。例如，在《论哲学家与美术家之天职》（1905 年）一文中，他认为，中国诗歌"咏史、怀古、感事、赠人之题目弥漫充塞于诗界，而抒情叙事之作十百不能得一"。这一判断与梁启超在《饮冰室诗话》中关于中国诗歌缺乏叙事长诗的指责非常相似。王国维在《教育偶感四则》（1904 年）一文中还将中国文学家与西洋文学家做了对比，指出：我国缺乏"足以代表全国民之精神"的、希腊的荷马、英国的莎士比亚、德国的歌德那样的"大文学家"，并得出"我国之重文学不如泰西"这样的结论。在《论哲学家与美术家之天职》（1905 年）一文中，王国维分析了中国不如西洋重视文学的主要原因在于中国文学过分依附于政治，文学家、诗人如果没有官僚的身份，"皆以俳儒倡优自处，世亦以俳儒倡优畜之"。根据这一看法，王国维坚决反对功利的文学价值观，提倡"游戏"的文学观与学术观，倡导文学与文学研究的独立。这一点

与同时期的"文学革命"派的主张正好相对。梁启超、林纾、苏曼殊、周桂笙等为代表的晚清文坛，以外国"政治小说"为榜样，认为中国传统文学的最大缺陷是"不含政治思想"，是游戏消闲的，而王国维的非功利论，则以德国康德哲学和席勒的"游戏"论美学为依据，指出中国传统文学的最大问题是依附于政治，认为文学应该是"无用"的、超功利的"游戏"，文学家一有功利之心，就失去了文学家的资格。反对文学服从于政治、服从于社会等现实目的，提倡"纯粹"之哲学与"纯粹"之文学。他明确批评"文学革命派"的功利论，指出："不重文学自己之价值，而唯视为政治教育之手段"是亵渎哲学与文学之神圣之罪，提出"欲学术之发达，必视学术为目的，而不视为手段而后可"。（《论近年之学术界》，1905 年）王国维的这些看法，使晚清学术思想界有了别一种思考、别一种声音，体现了 20 世纪初我国学术文化自由的、多元的文化价值观的初步形成，也为比较文学的发展提供了必要的氛围。

从比较文学学术史上看，王国维对比较文学的贡献，主要有三点：

首先，王国维将世界学术看作一个整体，强调"学无中西"，中西学术一脉相通。

他在《国学丛刊·序》中写道："何以言学无中西也？世界学问，不出科学、史学、文学。故中国之学，西国之学，我国亦类皆有之，所异者，广狭疏密耳。……且居今日之世，讲今日之学，未有西学不兴，而中学能兴者；亦未有中学不兴，而西学能兴者。……故一学既兴，他学自从之，此由学问之事，本无中西。"从文学研究及世界文学、比较文学研究的角度看，王国维"学无中西"的命题，体现了比较文学根本的学术理念。本着这一理念，则研究中国文学不能目无外国文学，不能没有外国文学的参照；而中国人研究外国文学，亦不是越俎代庖的僭越，而是知彼知己所必需。"学无中西"，又是对比较文学研究中"民族性"与"国际性"对立统一的精炼表述。中西之别固然是客观存在，但一旦论学，则无中西之藩篱、中外学术一脉相通。这表明，几千年来以"中"（中国）

为"中"（中心）的思想与学术的封闭性，在王国维这样的思想先驱者那里，已经宣告终结。

王国维对中国比较文学学科的第二个贡献，是从世界学术史的高度，论述了哲学、史学、文学等各学科之间的关系，最早明确地为比较文学的"跨学科研究""超文学研究"提供了理论依据。

王国维 1906 年发表的《奏定经学科大学文学科大学章程书后》，在抨击清朝大臣张之洞主持制定大学课程时砍掉"哲学"而以宋代"理学"代之的愚蠢行为时，论及了哲学的重要性，也阐述了文学与哲学之间的紧密关系。他认为，在我国历来哲学与文化密不可分，"今夫吾国文学上之最可宝贵者，孰过于周、秦以前之古典乎？《系辞》上下传实与《孟子》、戴《记》等为儒家最粹之文学，若自其思想言之，则又纯粹之哲学也。今不解其思想，而但玩其文辞，则其文学上之价值已失其大半。……凡此诸子之书，亦哲学，亦文学。今舍其哲学，而徒研究其文学，欲其完全解释，安可得也！西洋之文学亦然。柏拉图之《问答篇》，鲁克莱谑斯之《物性赋》，皆具哲学文学二者之资格。特如文学中之诗歌一门，尤与哲学有同一之性质。其所欲解释者，皆宇宙人生上根本之问题。不过其解释之方法，一直观的，一思考的；一顿悟的，一合理的耳。……今文学科大学中，既授外国文学矣，不解外国哲学之大意而欲全解其文学，是犹却行而求前，南辕而北其辙，必不可得之数也。且定美之标准与文学上之原理者，亦唯可于哲学之一分科之美学中求之。"在《国学丛刊·序》（1911年）中，他提出所谓"学"可分为三大类：科学、史学、文学，三者互为联系，互为依存，而都以哲学统摄之。可以说，这些看法正是比较文学的"跨学科研究"的学术理念的精确表述，也是"比较文学"与"比较文化"两者关系的科学回答。一百年前能发表如此深刻的见解，在中国乃至世界比较文学学科理论史上都是可贵的、不可磨灭的。

王国维对中国比较文学的第三个贡献，是在《红楼梦评论》（1904年）等文章中，最早援用外来理论来评价中国文学，开中国文学批评史及比较文学史上所谓"阐发研究"的先例，显示出了完全不同于以往的文学批评模式。

王国维对叔本华的悲剧美学理论深为共鸣，在《红楼梦评论》中，他引述了叔本华的悲剧三分法并加以引申，写道：

> 悲剧之中又有三种之别：第一种之悲剧，由极恶之人，极其所有之能力，以交构之者。第二种，由于盲目的运命者。第三种之悲剧，由于剧中之人物之位置及关系而不得不然者，非必有蛇蝎之性质与意外之变故也，但由普通之人物、普通之境遇，逼之不得不如是；彼等明知其害，交施之而交受之，各加以力而各不任其咎。此种悲剧，其感人贤于前二者远甚。何则？彼示人生最大之不幸非例外之事，而人生之所固有故也。若前二种之悲剧，吾人对蛇蝎之人物与盲目之命运，未尝不悚然战栗；然以其罕见之故，犹幸吾生之可以免，而不必求息肩之地也。但在第三种，则见此非常之势力，足以破坏人生之福祉者，无时而不可坠于吾前；且此等惨酷之行，不但时时可受诸己，而或可以加诸人。躬丁其酷，而无不平之可鸣，此可谓天下之至惨也。①

王国维的结论是："若《红楼梦》，则正第三种之悲剧也……可谓悲剧中之悲剧也。"

不仅如此，王国维还将《红楼梦》与格代（歌德）的《法斯特》（《浮士德》）相比，认为贾宝玉的痛苦又远较法斯特之痛苦为深刻，因为"法斯特之苦痛，天才之苦痛；宝玉之苦痛，人人所有之苦痛也。其存于人之根柢者为独深，而其希救济也为尤切。"王国维还认为《红楼梦》是"以解脱为理想"的，作品所描写的人生悲剧，就是主人公追求

---

① 王国维：《红楼梦评论》，原载《教育世界》杂志1904年第10期。

"解脱"而不得的悲剧，而《红楼梦》创作本身，也是"不求之于实行，犹将求之于美术"的寻求解脱的产物。

自《红楼梦》面世以来，各种评点、索隐、评论、考证层出不穷，但往往就事论事、缺乏理论制高点。与王国维同时代的人，也有援用西方理论评论《红楼梦》者，但往往囿于"可谓之政治小说，可谓之伦理小说，可谓之社会小说，可谓之哲学小说，可谓之道德小说"（侠人《小说丛话》）之类的简单的题材性质判断。王国维则援用叔本华悲剧哲学理论，在哲学美学的高度来看待《红楼梦》，凸显了《红楼梦》的美学价值，得出了令人耳目一新的结论，取得了前所未有的理论高度。这种援用西方理论评价中国文学的做法，首开时代风气之先。近年来比较文学界称这种做法为"阐发研究"。实际上这种"阐发研究"已不单是比较文学的研究方法，而是 20 世纪中国文学评论乃至哲学、人文社会科学等一切领域的学术研究的习用方法。如此援用外来理论分析、判断、研究中国古典及中国现实问题，虽然常常不免"以中就西"、拿中国例子为西方理论做注脚的种种弊病，但在中国思想学术长期失去创造活力的情况下，是迫不得已，也是势在必行。王国维用西方悲剧理论评论《红楼梦》是一个成功的尝试，"足以转移一时之风气，而示来者以轨则"（陈寅恪《王静安先生遗书序》），产生了深远的影响。

二、鲁迅的《摩罗诗力说》：卓越的世界文学专题论

凡天才与学术大家，常常都有一个高的起点。王国维在 27 岁时写出了《红楼梦评论》。无独有偶，1908 年 2 月，有一个署名"令飞"的人，在并不太起眼儿的、创办并发行于日本的《河南》月刊第一、二号上，发表了题为《摩罗诗力说》的长文，显示出了不凡的气势，作为罕见的世界文学与比较文学专题论文，是比较文化与比较文化史上划时代的"示来者以轨则"的作品。这篇文章的作者就是青年时期的鲁迅（1881—1936 年）。《摩罗诗力说》也是鲁迅发表的第一篇长文。鉴于当时关于

"文学比较"的见解，多是在编辑"缘起"、著译序言、多人"丛谈"或其他随笔杂文中发表出来的，长达三万言、用文言写成的《摩罗诗力说》，作为世界文学的专题评论文章，可谓卓尔不凡。

在《摩罗诗力说》中，鲁迅指出，世界上几个文明"开文化之曙色"的古国，印度、希伯来、伊朗、埃及等，如今都衰落了，"反不如新起之邦"，"故所谓文明古国者，悲凉之语耳，嘲讽之辞耳"。中国也属于文明古国，但遗憾的是，中国的知识分子（"爱智之士"），却"独不与西方同，心神所注，辽远在于唐虞，或径入古初"。这种向后看的保守禁锢，"较之西方思理，犹水火然"。因此，中国现在最需要的是具有革命的、反叛精神的"摩罗"。鲁迅解释说："摩罗之言，假自天竺，此云天魔，欧人谓之撒旦，人本以目裴伦（G. Byon），今则举一切诗人中，凡立意在反抗，指归在动作，而为世所不甚愉悦者，悉入之。"①但鲁迅认为在现代中国找不到这样的"摩罗"诗人，说中国"呼维新既二十年，而新声迄不起于中国也"，因而需要"别求新声于异邦"。鲁迅接着介绍和评论了欧洲现代文学中的几个"摩罗诗人"，除了拜伦外，还有雪莱（鲁迅译作"修黎"）、普希金（鲁迅译作"普式庚"）、莱蒙托夫（鲁迅译作"来尔孟多夫"）、密茨凯维支（鲁迅译作"密克威支"）、裴多菲（鲁迅译作"裴彖飞"）等八个诗人，赞扬了他们"不克厥敌，战则不止""力如巨涛、直薄旧社会之柱石"的摩罗精神，认为"其为品性言行思维，虽以种族有殊，外缘多别，因现种种状，而实统于一宗：无不刚健不挠，抱诚守真；不取媚于群，以随顺旧俗；发为雄声，以起国人之新生，而大其国于天下"。鲁迅评介与推崇欧洲摩罗诗人的根本目的，在于以欧洲文学中的浪漫主义诗人及其反抗的文学，来返观、反衬中国。他反问道：在中国，有这样的诗人吗？中国谁人可与这些诗人比拟（"求之华土，孰比之哉？"）？在中西比较中，鲁迅强调中国人的精神世界的"荒落"、中国文学的"萧条"，并且借呼唤、歌颂"摩罗"诗人，"力说"（极力推崇）

---

① 今译"拜伦"——引者注

"摩罗"诗人，而呼唤中国的文学革命与社会革命。

《摩罗诗力说》显示了青年鲁迅的可贵的世界文学视野、总体文学的眼光，文中以"摩罗诗人"的"力说"为主题，将世界文学作为一个整体，将现代西方各国浪漫主义文学收揽眼底，他既上下左右、纵横捭阖地进行着中西比较，同时也进行"西西比较"（西方各国之间的比较）。从比较文学的角度看，这种比较既有影响与接受关系的分析，也有平行的对比。例如鲁迅指出普希金深受拜伦的影响，当普希金谪居南方时，"始读裴伦诗，深感其大，思理文形，悉受转化，小诗亦尝摹裴伦；尤著者有《高加索累囚行》，至与《哈洛尔特游草》相类"。而"裴伦之摩罗思想，则又经普式庚而传来尔孟多夫"。来尔孟多夫"为禁军骑兵小校，始仿裴伦诗纪东方事，且至慕裴伦为人"，同时"来尔孟多夫为人，又近修黎（雪莱）。修黎所作《解放之普洛美迢》，感之甚力，于人生善恶竞争诸问，至为不宁，而诗则不之仿"。又指出密克微支所受拜伦和普希金的影响，以及裴彖飞的"尝治裴伦暨修黎之诗，所作率纵言自由，诞放激烈，性情亦仿佛如二人"，等等。鲁迅既强调了"摩罗诗人"之间的影响关系，他们的共通点、也分析了各自不同的特点。例如在谈到普希金时，鲁迅认为他受到了拜伦的影响，"虽有裴伦（即拜伦）之色，然又至殊"。这种"至殊"首先在"普式庚（即普希金）所爱，渐去裴伦式勇士而向祖国纯朴之民"。其原因在于俄罗斯国情和国民性之不同，还有普希金本人与拜伦性格上的不同。

鲁迅的《摩罗诗力说》从思想启蒙，从改造、更新国民精神的高度，提倡"摩罗诗"和"摩罗"精神。虽然其中的不少的资料和观点大量使用了日本学者的成果，但仍能体现青年鲁迅对世界文明史及世界文学的深刻理解与宏观把握。当时的鲁迅还是无名青年，这篇文章在当时的影响面也很小，远不能与上述的严复、梁启超、林纾、王国维等人的言论所产生的影响相比，但站在比较文学学科史的角度看，《摩罗诗力说》堪称20世纪初罕见的用比较的方法评介世界文学的专题文章，应予以高度的评价。

第二章　三十年（1920—1949）
比较文学的发展

1920—1940 年代是中国比较文学的初步发展时期。这一时期的比较文学研究有五个特点。一、以胡适、郑振铎的言论为代表，比较意识进一步提高，世界文学观念更为强化；二、此时期以实证研究为主的传播与影响的研究，在中外文学关系、特别是中印文学关系领域开始起步，从而由"比较文学评论"上升为"比较文学研究"；三、在中西文学研究领域的"平行研究"取得了一系列成果，中西近现代文学的影响研究也有所收获；四、外来宗教与中国文学之关系的研究，标志着跨学科研究的起步；五、随着翻译文学的繁荣，翻译文学的理论论争与学术探讨十分繁荣，成为此时期中国比较文学中最活跃的部分。

第一节　世界文学与比较文学观念的强化

1920 年前后几年，亦即五四新文化运动时期，中国比较文学由上一时期的酝酿、萌生而进入了发展阶段。此间，较早明确提出"比较文学的研究"之主张的，是新文学运动的领袖人物之一胡适（1891—1962 年）。

　　1918年10月，胡适在《新青年》五卷四号上发表了《文学进化观与戏剧改良》一文，文中提出了"比较的文学研究"概念，并主张将"比较文学的研究"运用于中国戏剧的改良。他在文章中说，改良中国戏剧的主要途径，在于向西方近代戏剧学习，"采用西洋最近百年来继续发达的新观念、新方法、新形式"，作为"直接比较参考的材料"，从而"取人之长，补我之短"。胡适认为，中国的戏剧改良应该有针对性的引入西方的"悲剧观念"及"文学的经济方法"；关于悲剧观念，他将中西戏剧做了对比之后指出：中国戏剧缺乏悲剧观念，往往是"美好的团圆"，并据此认为西方的悲剧观念"乃是医治我们中国那种说谎作伪、意想浅薄的绝妙圣药"。关于"文学的经济方法"，他认为西方戏剧在时间、人力、设备等方面都很有效率，而"我们中国的戏剧最不讲究这些经济的方法"。他认为，矫正中国戏剧的缺陷，"别无他道，只有研究世界的戏剧文学，或者可以渐渐地养成一种文学经济的观念。这也是比较的文学研究的一种益处了"。胡适的关于中国的戏剧的判断，明显带有五四新文化运动时期崇洋慕外的色彩，他所倡导"比较文学的文学研究"，也不单纯是一种"比较文学"的学术研究，而是学习、借鉴西方文学的意思。但他毕竟较早明确提出了"比较的文学研究"的概念，体现了"比较文学"的自觉意识。

　　这一时期最早、最系统深刻地表述世界文学与比较文学观念的，并在研究中加以贯彻的，首推郑振铎（1898—1958年）。郑振铎于1922年8月在《小说月报》上发表了《文学的统一观》。这是一篇论述世界文学的整体性、联系性、统一性的视野开阔、逻辑谨严的论文，也是我国比较文学学科理论史上值得注意的珍贵文献。

　　在这篇文章中，郑振铎开门见山地说："研究文学的人现在到处都有，但他们却不以文学是一个整体。"他指出，现在有断代的研究、国别的研究，某一题材类型的研究，作家作品及流派、运动的专题研究，但就是没有"以文学为一个整体，为一个独立的研究的对象，同时与地与人与种类一以贯之，而作彻底的全部的研究的"。郑振铎指出："我们所谓文学的统一研究就是：'综合一切人间的文学，以文学为主观点，而为统一的研究。'并不管什么国界的历史的关系。因为我们既然以世间一切的文学为研究的主体，所以，文学界的系统无论是如何的复杂而且众多，都可以视为一个混一体。"这种统一的研究，有别于一般的文学理论研究，即"文学的哲学"（The Philosophy of Literature），他又说这种研究也不同于"比较文学"。他认为："比较文学诚然是向文学的统一研究的较近的路"，但决非就是文学的统一的研究，因为它不过取一片一段的文学而比较研究之，不能认为是全部的研究。在这里，郑振铎显然并不是反对我们现在所理解的"比较文学"，而是将"比较文学"看作是"一片一段"的"文学比较"了。这表明当时的郑振铎对"比较文学"这一本来并不恰当、而今已约定俗成的学科名称的困惑。这种对"比较文学"名称的质疑，反过来倒有助于后人不拘泥于字面地、更深刻更准确地理解和界定"比较文学"。现在看来，郑振铎所提倡的"文学的统一观"，强调世界文学整体性和联系性，符合比较文学的根本精神和宗旨，其实就是世界文学观、总体文学观，也是比较文学观。不久之后，郑振铎对"比较文学"的界定也发生了变化，并在现在的意义上使用"比较文学"这一概念。

接着，郑振铎论述了"文学的统一观"及文学的统一研究的必要性，除了强调人类及人类文学本身具有统一性外，他举了许多例子对文学的统一研究的必要性加以说明。首先是关于文学的原理、规律的研究，必须有赖于统一的文学研究，"譬如讲到文学的起源，如非综合世界各国的最初文学的方式而研究之，又怎么知道它是从哪一种形式起的呢？又如讲文学的进化，如非综合世界全体的文学界的进化的历程，又怎么会明白文学的进化究竟是怎么样的呢？至于论文学的原理，论文学的艺术，也是非把全部的世界文学界会于一处而研究之，不能得最确真的观念的。"二是，关于各国文学相互间关系的研究，他以英国文学的研究为例，"如不知法国文学、德国文学、希腊、腊丁文学的究竟，又怎么知道他们对它〔英国文学〕的影响呢？但丁的《神曲》，荷马的《依利亚特》和《亚狄赛》，贵推（指歌德——引者注）的《法乌斯特》（指《浮士德》——引者注），我们都知道他们于英国文学界里极有影响。但但丁在意大利文学史的地位如何呢？《神曲》的内容如何呢？荷马，贵推的作品的思想与艺术与其在本国文学史里的地位又是如何呢？如此研究英国文学又非同时研究希腊、德国等文学不可了。"三是关于文学运动、流派、历史的研究，郑振铎说："又如讲文艺复兴时代的文学，不知道希腊与希伯莱的文学，又怎么知道它的来源，怎么知道它的复兴的原因呢？或是不知道文艺复兴后的欧洲各国的文学的起源，又怎么知道文艺复兴的结果与影响是如何呢？"

既然文学的统一观对于文学研究是必要的，但是世界上有那么多的民族、那么多的语种，对世界文学加以统一研究是可能的吗？对此郑振铎也做了肯定的回答。他认为翻译文学是文学统一研究的可靠和有效的途径和依据。他指出："现在我们人类，还没有统一的文字，文学统一观的成立自然不免有些困难。但却决不是绝对的不能成立。因为我们可以自由使用本国的文学译本，以研究别国的文学，虽然是连一国的外国语都不懂的人，也可以借本国的译本，来为文学的统一研究，或得到世界文学的兴趣。"他认为，"文学书如果译得好时，可以与原书有同样的价值，原书的兴趣也不会走失。就是中等的忠实的翻译家，也能把原书的价值与兴趣搬到译本上来。"他强调："凡从事于文学的统一研究，与凡有世界文学的兴趣的，都可以不疑惑的尽量的自由使用一切文学书的译本。"

郑振铎不仅在理论上提倡"文学的统一观"及文学的统一研究，更在《文学大纲》一书中切实践行他的理论。

《文学大纲》[①] 是中国第一部运用"文学的统一观"写成的世界文学史巨著，在《文学大纲》在《小说月报》连载之前，郑振铎曾在《明年

---

① 《文学大纲》1924年1月至1927年1月连载于《小说月报》，1926—1927年由商务印书馆陆续出版四卷单行本。

的〈小说月报〉》一文中说明此书"系'比较文学史性质'"。全书共分四卷，计八十多万字。此前，虽有西方学者曾写过几种有规模的世界文学史类的著作，但由于他们对东方文学所知甚少，加上根深蒂固的西方中心观念，包括中国文学在内的东方文学都写得十分粗略，往往只是以几页、十几页篇幅匆匆带过，对此郑振铎深有感触，决心改变这种现状，于是耗费四年时间，写出了这部皇皇巨著。《文学大纲》不仅是中国学者所写的第一部世界文学史，也是世界学术史上第一部摆脱了西方中心论偏见的真正意义上的世界文学史、比较文学史，而且其中占二十万字的中国文学部分，独立出来看也是当时最高水准的中国文学史。该书不仅在体系设计上显示了世界文学与比较文学的宽阔视野，而且在具体行文中注意中国文学与外国文学之间、世界各民族文学之间的比较，既注意揭示他们之间的事实联系，也对他们的特点做平行对比。后来他在长达七十万字的《插图本中国文学史》（1932 年）中，继续保持了这种世界文学的视野、运用了比较文学方法，为此后我国文学史撰写开辟了可贵的传统。

比较文学为人们思考中国文学提供了宏观的、宽阔的世界文学视野。上时期鲁迅的《摩罗诗力说》式的宏观的、整体的中外文学论，又有出现。例如，闻一多（1899—1946 年）的《文学的历史动向》（1943 年）一文，对世界四大古老民族的"文学的历史动向"做了宏观的比较分析。他指出："人类在进化的途程中蹒跚了多少万年，忽然这对近世文明影响最大最深的四个古老民族——中国，印度，以色列，希腊——都在差不多同时猛抬头迈开了大步。……四个文化猛进的开端都表现在文学上，四个国度里同时迸出歌声。但那歌的性质并非一致的。印度，希腊，是在歌中讲着故事，他们那歌是比较近乎小说戏剧性质的，而且篇幅都很长，而中国以色列都唱着以人生与宗教为主题的较短的抒情诗。"通过这样的宏观比较，闻一多要得出的是对中国文学的发展有启示性的结论。他说："……四个文化同时出发，三个文化都转了手，有的转给近亲，有的转给外人，主人自己却都没落了，那许是因为他们都只勇于'予'而怯于

'受'。中国是勇于'予'而不太怯于'受'的，所以还是自己的文化的主人，然而也只仅免于没落的劫运而已。为文化的主人自己打算，'取'不比'予'还重要吗？所以仅仅不怯于'受'是不够的，要真正勇于'受'"。闻一多所说的"真正勇于受"，正是比较文学所要培育的根本的文化心态。

这一时期，随着我国的现代高等教育的迅速发展，大学的国文系与外文系，大都把"外国（西洋）文学史"和"中国文学史"作为两门基础性的课程，这就在教育体制上为比较文学的发展准备了一定的学术氛围和文化土壤。1920 年代中期，在西方学术的影响下，比较文学作为一门课程，最早在清华大学外文系、国文系开设。开设有关课程的教师，有从美国哈佛大学比较文学系毕业的吴宓（1894—1977 年），还有陈寅恪以及外籍教师瑞恰慈、雷蒙生等人。这意味着比较文学开始进入大学讲堂，纳入了高等教育的课程体系中。1930—1940 年代，北京大学、中山大学等大学的外语系和国文系，也都陆续开出了比较文学性质的课程。1935 年，中山大学的教师吴康发表了《比较文学绪论》（《文史汇刊》第 1 卷第 2 期），试图从文体的角度，"粗述中西古今文学流变，致其比较探讨之诚，内分外国中国两部。外国但举欧洲古今文学，以古代希腊、中世拉丁、近世法兰西为显例，以与中土之古今文学，比起长短，齐其异同。原溯源流，冀能不违体要，并存艺学，思以旁求会通，约为四编（希腊、拉丁、法兰西、中国），统以二目（外国、中国），曰比较文学"。这篇文章只是一个大纲，此后的研究也不了了之，从文体的角度切入也显得有些呆板，但作者欲以"比较文学"为名目写出中西文学比较的著作，说明"比较文学"作为文学研究的选题对象与研究方法，已经引起了一些大学教授的注意。

第二节 中印文学关系研究：传播与
影响研究的发轫

20世纪头二十年的中国比较文学，"文学革命派"的有关言论，属于片断、不系统的"文学比较"；王国维援用西方理论解读《红楼梦》、鲁迅用世界文学和比较的眼光评介西方"摩罗"诗人，严格地说，都属于"比较文学评论"，而不是"比较文学研究"。比较文学研究作为一种发现和呈现事实资料，并将史实知识化、系统化的科学研究，肇始于20世纪20至40年代，并首先在中国和印度文学关系领域的研究中开花结果。中国与印度作为世界上两个重要的文明古国，有着两千多年的文化和文学交流的历史。以佛教文学为主体的印度文化，是古代世界文化中对中华文化影响最大的外来文化体系，这就为中印文化、文学关系史研究提供了许多诱人的学术研究课题。我国最早的一批真正的比较文学学术研究成果都出现在中印比较文学的领域，是毫不奇怪的。

近代中国学者中最早关注印度文化研究、并论及中印文化关系的，是通晓梵文的学术大师章太炎。他曾在多篇文章中，将中国的神话、诗歌等与印度做过比较。而此时期最早从事佛典翻译文学与中印文学比较研究的学者，是梁启超。梁启超的《佛典之翻译》（1920年）、《翻译文学与佛典》（1921年）是我国佛经翻译文学研究的开山之作。在《翻译文学与佛典》中，梁启超指出"翻译文学之影响于一般文学"在三个方面，第一，佛典翻译的大量译词，被吸收到国语中，导致"国语实质之扩大"；第二，佛典翻译所创造的新的文体，带来了汉语的"语法及文体之变化"；第三，"我国近代之纯文学——若小说、若歌曲、皆与佛典之翻译文学有密切关系"。由于受佛经文学的影响，中国文学的"想象力不期而增进，诠写法不期而革新，其影响乃直接表现与一般之文艺。我国自《搜神记》以下一派之小说，不能谓与《大乘庄严经论》一类之书无因缘。而近代一二巨制《水浒》《红楼》之流，其结体运笔，受《华严》《涅槃》影响实甚多。即宋元明以降，杂剧传奇弹词等长篇歌曲，亦间接汲《佛本行赞》等书之流焉"。梁启超的这些结论，虽没有充分地展开论证，但对后来的研究者启发甚大，并为此后的研究所逐渐证实。

紧接着，胡适于 1922 年发表《西游记考证》（《努力周报·读书杂志》第 6 期）一文，翌年又出版《西游记考证》一书。胡适认为《大唐三藏取经诗话》"是《西游记》的老祖宗"，并提出了一个问题：为什么《大唐三藏取经诗话》中"忽然插入了一个神通广大的猴行者？这个猴子是国货呢，还是进口货呢？"，他推测，这个猴子"不是国货，乃是一件从印度进口的"。这一推测引起了许多学者的关注和认同，并将这个问题的研究推向深入。陈寅恪在《〈西游记〉玄奘弟子故事之演变》（1930年）一文中，从《贤愚经》等佛经中发现了孙悟空大闹天宫故事的原型，又从义净译《根本记一切有部毗奈耶杂事》卷三中发现了《西游记》中猪八戒高家庄招亲的故事的影子（详后）。郑振铎、林培志等学者也认为哈奴曼与孙悟空有密切的关联。同时也有学者不同意这种看法，并展开了学术争论。1929 年，胡适在《白话文学史》一书的《佛教的翻译文学》两章中，论述了印度的佛经文学对中国文学的影响。他认为，佛教翻译文学"给中国文学史上开了无穷新意境，创了不少新文体，添了无数新材料"。胡适总结了佛经翻译文学在中国文学史的影响：一、在中国文学的语言"最浮靡又最不自然的时期，在中国散文与韵文都走到骈偶乱套的路上的时期"，佛经翻译文学却使用了朴实平易的白话，"成为白话文与白话诗的重要发源地"。二、"佛教文学最富有想象力，虽然不免有不近情理的幻想与'瞎嚼蛆'的滥调，然而对于那最缺乏想象力的中国古文学却有很大的解放作用。我们差不多可以说，中国的浪漫主义的文学是印度文学影响的产儿"。三、在文体形式上，印度文学的输入，"与后代弹词、平话、小说、戏剧的发达都有直接或间接的影响"，中国弹词中的说白与唱文夹杂并用，也是从印度的"偈"这种文体形式学来的。

许地山（1893—1941 年）是较早从事比较文学研究的学者之一，尽管他没有系统的比较文学专著，但《梵剧体例及其在汉剧上底点点滴滴》等研究中印文学关系的论文，却是我国的比较文学传播研究的发轫之作。《梵剧体例及其在汉剧上底点点滴滴》（《小说月报》1926 年第 16 卷号外）是在许地山此前发表的《中国文学所受印度伊兰文学的影响》（1925 年）一文的基础上写成的，试图寻找出印度戏剧翻译影响中国古代戏曲的线索。该文共分四部分。第一部分"中古时代中国与近西底交通"，是对论文的知识背景的清理和交代。第二部分"宋元以前底外国歌舞"，对六朝到隋唐时期外国歌舞的传入情况做了论述，并根据所掌握的资料推断："看来在六朝时西域诸国底乐舞乐器陆续介绍进来，甚至用外国人来专教。当时的龟兹康国等所用的乐多半是从伊兰或印度传来底。恐怕其中宗教（多数是佛教）底歌曲占最多数。其余的，如所谓'杂戏'者也随着进来。"第三部分是"梵剧底原始及其在中国底印迹"，论证了梵剧也是起源于歌舞，他较为详细地介绍了印度戏剧的几个分支——傀儡戏、皮影戏和讶咀罗等名称的变化及其表演技巧和通常剧目，并指出在中国的泉州和漳州等地就存在着这几个剧种。第四部分是"梵剧与中国剧底体例"，指出了印度梵剧与中国戏曲的相同点。如在体例上，都取材于传说，多表现侠义和恋爱的情节，主人公夫妇历尽悲欢离合后最终大团圆。最后，许地山指出："自汉唐以来中国与近西诸国海陆交通的繁密，彼国文物底输入是绝对可能的。中国底乐舞显然是从西域传入，而戏剧又是一部分从乐舞演进底。从这点说来，我们不能不注意到印度伊兰底文学上头。……将印度的理论来规度中国戏剧，也能找出许多相符之点……"许地山的这篇文章为中印戏剧的比较研究开了一个好头，只是实证资料缺乏，说梵剧如何影响了汉剧，大多还只能算是一种推测。

到了 1930 年代，曾留学德国、法国、美国，主攻印度及中亚文字及文化交流史的陈寅恪（1890—1969 年），发表了《西游记玄奘弟子故事之演变》《三国志曹操华佗与印度故事》等几篇论文和学术序跋文，考察了佛教故事传入中国及其演变情况。

其中，《西游记玄奘弟子故事之演变》（《历史研究所集刊》第二本第二分，1930 年）一文，开门见山地指出："印度人为最富于玄想之民族，世界之神话故事多起源于天竺，今日治民俗学者皆知之矣。自佛教流传中土后，印度神话故事亦随之输入。观近年发现之敦煌卷子中，如维摩诘经文殊问疾品演义诸书，益知宋代说经，与近世弹词章回体小说等，多出于一源，而佛教经典之体裁与后来小说文学，盖有直接关系。此为昔日吾国之治文学史者，所未尝留意者也。"陈寅恪分析考察了有关汉译佛经中的故事，指出《西游记》中孙悟空大闹天宫的故事，猪八戒高家庄招亲的故事，流沙河沙和尚的故事，都起源于印度佛教故事。陈寅恪认为大闹天宫的故事源于《罗摩衍那》第六编中的"工巧猴名 Nala 者，造桥渡海，直抵楞枷"一故事，同诸多佛经中记载的有关顶生王升天因缘两故事并和而成。指出两故事本无关系，"殆因讲说大庄严经论时，此两故事适相连接，讲说者有意或无意之间，并和闹天宫故事与猿猴为一，遂成猿猴闹天宫故事。……此西游记孙行者大闹天宫故事之起源也。"接着考证猪八戒高家庄招亲故事来源，认为其"必非全出中国人臆测，而印度人又无猪豕招亲之故事"，指出猪八戒的原型是佛经故事《佛制苾刍发不应长缘》一文中的牛卧苾刍。至于沙和尚一形象，则来自《慈恩法师传》，而此传记实受到《波罗蜜心经》的影响。如果说胡适关于《西游记》受印度影响的看法"大胆假设"的话，那么陈寅恪则是"小心求证"，努力对此问题给予深入研究和科学解答。

在《三国志曹冲华佗与佛教故事》（《清华学报》第 6 卷，1930 年第 1 期）中，陈寅恪还考证了陈寿的《三国志》与佛经文学之间的关系，认为："实则《三国志》本文往往有佛教故事，杂糅附益于其间，特迹象隐晦，不易发觉其为外国输入者耳。"他列举了一系列佛教故事的个例，证明了佛教故事对《三国志》的影响。其中主要是曹冲称象与华佗的故事。指出曹冲称象的故事来自北魏时期翻译的《杂宝藏经》。而《三国志》所记载的神医"华佗"一名，来自梵语，旧译"阿伽陀"或"阿羯陀"，原意为"药"。他的结论是：中国"《三国志》曹冲华佗二传，皆有佛教故事辗转因袭，杂糅附会于其间，然巨象非中原当日之兽，华佗为五天外国之音"，由于佛教及佛经故事在当时的流传甚广，连三国志作者陈寿也"不能别择真伪"并写在史书中，需要研究史学者加以注意。

在《敦煌本维摩诘经文殊师利问疾品演义跋》（原载《历史研究所集刊》第二本第二分，1932年）中，认为："佛典制裁长行（散文）与偈颂（诗歌）相间，演说经义自然仿效之，故为散文与诗歌互用之体。后世衍变既久，其散文体中偶杂以诗歌者，便成今日章回体小说。其保存原式，仍用散文诗歌合体者，则为今日之弹词。"在《四声三问》一文中，陈寅恪就佛经对中国古典诗词的影响进行了着重考察，指出佛经文献的翻译对于汉语声韵的发现、诗歌韵律的完善与定型，起了极其重要的作用；在《论韩愈》（1954年）一文中，陈寅恪指出唐宋时期诗词之所以出现以文为诗的倾向，是受佛经中偈颂的影响。

就陈寅恪曾在多国留学的学术背景而言，他在比较文学研究上应该具有很大优势，但综观他的全部学术成果，主要是运用汉文资料对中国文史、特别是隋唐史的研究，而中印文化与文学关系等属于比较文学的研究成果却很少，而且在中国文史研究中也很少使用外文材料。从比较文学学科史角度看，假如他"通晓十余种外文"，却未能充分利用和发挥外文优势，不能不说是一种遗憾。但不管怎样，陈寅恪关于中印文学关系的研究的几篇论文，数量不多，却体现了很高的学术水平，作为中国比较文学史上最早的严格意义上的比较文学科学研究成果之一，具有重要的价值。这种价值主要体现为研究方法上的垂范意义。陈寅恪受到近代欧洲实证科学研究的影响，所运用的主要是科学实证的研究方法，又继承了晚清朴学重考证、重史料的优良学风，注重对资料文献的发掘发现，用史料立论，用事实说话，不发空论与宏论。他自觉地运用比较研究的方法，同时反对生拉硬扯的比较，在《与刘叔雅论国文试题书》中，他强调：

> 即以今日中国文学系之中外文学比较一类之课程言，亦只能就白乐天等在中国及日本之文学上，或佛教故事在印度及中国文学上之影响及演变等问题，互相比较研究，方符合比较研究之真谛，盖此种比较研究方法，必须具有历史演变及系统异同之观念，否则古今中外，人天龙鬼，无一不可取以相与研究。荷马可比屈原，孔子可比歌德，穿凿附会，怪诞百出，莫可追诘，更无所谓研究之可言矣。①

在 1930 年代初，对比较文学研究方法的科学性有如此清醒的认识者，实属罕见。联系到 1980 年代后中国比较文学中那些"穿凿附会，怪诞百出，莫可追诘"的平行研究的泛滥，更可见陈寅恪之言的先见之明和警示意义。

此外，瞿世休的《唐传奇与印度故事》（载《文学》1934 年第 2 卷第 6 号）也是一篇探讨印度故事对唐传奇影响的重要论文，文章指出印度佛经故事影响唐传奇的主要方面。刘铭恕的《唐代文艺起源于印度之点滴》（1937 年）和《再论中印传说文学之关涉》（《历史与考古》1937 年第 1 期）、季羡林的《梵文五卷书——一部征服世界的寓言童话集》（《文学杂志》1947 年第 2 卷第 1 号）、《从比较文学的观点看语言和童话》（《经世日本》1947 年 12 月 3 日）、《"猫名"寓言的演变》（《申报》1948 年 4 月 24 日）、《列子与佛典》（1948 年）等，都从实证的角度大体梳理了印度文学对中国及世界文学的影响。这些研究成果都为 1980 年代中印文学的比较研究的进一步拓展奠定了基础。

---

① 陈寅恪：《与刘叔雅论国文试题书》，原载《学衡》1933 年第 79 期。

第三节　中西文学：传统文学的平行研究
与现代文学的影响研究

一、中西传统文学的平行研究

中外文学关系史研究、实证的传播与接受史的研究，起源于中印文学研究领域，相对而言，中外文学之间的没有事实关系的平行研究，则起源并展开于中西（中国与欧美各国）文学比较研究领域。这是因为西方文学与中国文学的发生事实联系的历史较为晚近，实证研究的资源远不如东方各国文学关系史那样丰富，而且西方文化与东方及中国文化属于不同类型的文化体系，也适合于异中求同、同中见异的平行研究。

从文学体裁类型上看，此时期中西文学平行研究主要在民间文学、诗歌两个领域中展开。

民间文学比较研究主要体现在神话故事的研究领域。1920—1930 年代，在周作人、胡适等人的倡导下，北京大学展开了研究民俗学及民间歌谣、民间故事的热潮。1922 年，胡适就发表了《歌谣的比较的研究法的一个例》一文，倡导民间歌谣的比较研究。他说：

> 研究歌谣，有一个很有趣的法子，就是"比较的研究"法。有许多歌谣是大同小异的。大同的地方是他们的本旨，在文学的术语上叫做"母题（motif）"。小异的地方是随时随地添上的枝叶细节往往有一个"母题"，从北方直传到南方……随地加上许多"本地风光"；变到末了，几乎句句变了，字字变了，然而试把这些歌谣比较着看，剥去枝叶，仍可以看出他们原来同出于一

个"母题"。这种研究法，叫做"比较研究法"。①

这是用比较文学主题学的方法研究民间文学的最明确的表述和倡导。此后，对中外民间故事进行比较研究的论文陆续出现。

1925 年，沈雁冰（本名沈德鸿，笔名茅盾，1896—1981）的第一篇神话研究论文《中国神话研究》发表于《小说月报》第 16 卷第 1 号。他尝试运用欧洲人类学派的神话理论来阐释中国神话问题。他在论述中国神话之前，先援引了安德鲁·兰（Andrew Lang, 1844—1912 年）和麦根西（A. Mackenzie，通译麦肯齐）的主要观点，作为他论述中国神话的理论根据，说："我们根据了这一点基本观念，然后来讨论中国神话，便有了一个范围，立了一个标准。"他根据兰氏的原则，理出来研究中国神话的"三层手续"（即三条原则）：第一，区别哪些是原始神话，哪些是神仙故事。第二，区别哪些是外来的神话，哪些是本土神话。第三，区别哪些神话受了佛教的影响。他认为，如果按照这三条原则来研究中国神话资料，则表现中华民族的原始信仰与生活状况的神话就会凸显出来。这三条原则，特别是后两条，实际上是强调中国神话与外国神话的比较研究的原则。用这种返本清源、甄别中外的比较研究，沈雁冰把经过区分之后的中国神话归为六类：一、天地开辟的神话——盘古氏开天辟地，以及女娲氏炼石补天等等。二、日月风雨及其他自然现象的神话——羲和驭日，以及羿妻奔月等等。三、万物来源的神话——中国神话里这一类颇少，唯有中华民族的特惠物的蚕，还传下一段完全的神话；其余的即有亦多零碎，不能与希腊神话里关于蛙、蜘蛛、桂，或者北欧神话里关于亚麻、盐等物来源的故事相比拟。四、记述神——或民族英雄武功的神话，如黄帝征蚩尤，颛顼伐共工等等。五、幽冥世界的神话——此类神话，较古的书籍里很少见；后代的书里却很多，大概已经道教化或佛教化。六、人物变形的

---

① 胡适：《歌谣的比较的研究法的一个例》，载《胡适文存 二集》卷四，亚东图书馆，民国十三年初版，第 309 页。

神话——此类独多，且后代亦时与新作增加。这篇文章不仅是沈雁冰发表的第一篇神话研究的文章，而且也是比较文学最早一篇有分量的具有开创意义比较神话学论文之一，较之后来的神话研究乃至民间文学研究，在采用外国理论作为研究指导方面，在运用比较方法方面，都首开风气之先。此后，沈雁冰陆续发表《各民族的开辟神话》（原载《民铎》1926 年第 7 卷第 1 号）、《各民族的神话何以相似》（原载《文学周报》1927 年第 5 卷第 13 号）、《希腊神话和北欧神话》（原载《小说月报》1928 年第 19 卷第 8 号）、《人类学派神话的起源的解释》（原载《文学周报》1928 年第 6 卷第 19 号）、《中国神话研究 ABC》（ABC 书社 1929 年）、《神话杂论》（署名茅盾，世界书局 1929 年）、《北欧神话 ABC》（署名方璧，世界书局 1930 年）等，在借鉴英国人类学派神话学的理念和方法，梳理和研究中国上古神话方面，在原始先民的神话宇宙观的探讨上，特别是在仅存零星的中国神话系统的"再造"（重构）和开天辟地创世神话的研究方面，都取得了重要成绩，成为中国现代神话学和比较神话学的奠基者。

郑振铎是我国最早身体力行地提倡"俗文学"（包括民间文学）并予以系统研究的学者，并在 1920—1940 年代形成了以他为中心的"俗文学派"。从 1921 年任上海《时事新报·学灯》副刊主编、继而创办《儿童世界》起，郑振铎就开始了对民间文学的关注、介绍与研究。除了在上述刊物上发表安徒生童话等作品和他的许多朋友写的文章外，还在其编刊的《文学研究会丛书》中，翻译出版了《莱森寓言》（1925 年）、《印度寓言》《列那狐》（均 1926 年）和《高加索民间故事》（1928 年）。继而，他在接手主持的《小说月报》和《文学旬刊》两个刊物上发表了一系列相关文章。在《研究中国文化的新途径》一文中，他提出比较研究、中国文学所受外来影响的研究是开辟文学研究的新途径。在《中山狼故事的变异》（原载《小说月报》1926 年第 16 卷号外）一文中，郑振铎把中国作家马中锡、康海、王九思作品的忘恩负义的形象——"狼"，同欧洲列那狐故事中的"蛇"、高丽故事中的"虎"、西伯利亚故事中的"蛇"

等故事做了对比，看出它们在施恩与恩将仇报主题上的惊人相似，是民间故事的主题学的平行研究的先驱之作。在《民间故事的巧合与转变》（《小说月报》1926 年第 16 卷号外）一文中，郑振铎认为世界各民族民间故事的相似性，有"巧合"与"转变"（似为"演变""蜕变"意）两种情况，郑振铎表示他不能赞同西方的"比较神话学家"提倡的"阿利安来源说"，即认为一切故事都起源于印度阿利安的观点，认为在古代交通隔绝的情况下，所有的故事都有统一起源是不可能的。最后他举出中国和外国的两个情节相似的故事，让读者"猜猜看"两者究竟是"转变"还是巧合。该文显示了郑振铎既吸收了西方人类学派和比较神话学派的一些观点，又对他们的"印欧中心论"有所扬弃。

在学术上受到郑振铎很大影响的赵景深（1902—1985 年），是以郑振铎为代表的"俗文学派"的一个代表人物之一。赵景深于 1961 年 10 月 17 日郑振铎逝世三周年忌日写的《郑振铎与童话》这篇文章中写道："我在古典小说和戏曲以及民间文学、儿童文学方面都是他的忠实的追随者。"和郑振铎一样，赵景深在研究中一方面受到人类学派的影响，常常运用人类学派民俗学的理论与方法研究和阐释中国民间文学，但他也注意从中国民间文学的实际出发，不满国外学者在型式研究上把神话、传说、故事混为一谈，厘清了神话、传说、故事的概念和界限，为故事学的科学化奠定了基础。此时期他在童话及民间故事研究上主要成果是《童话评论》（开明书店 1924 年）、《童话概要》（北新书局 1927 年）、《童话论集》（开明书店 1927 年）、《民间故事研究》（复旦书店 1928 年）、《童话学 ABC》（世界书局 1929 年）等著作，均使用了比较研究的方法。其中，《童话论集》收集了童话研究译文、论文十六篇，分为三部分。第一部分是童话概论，第二部分是中国童话批评，第三部分是西洋童话传记。赵景深在该书自序中表示，在第二部分四篇文章中，他想就中国童话与世界童话进行比较研究。四篇文章中，较有代表性的比较研究文章是《徐文长故事与西洋传说》。作者认为，徐文长故事与西洋传说，包括希腊的荷马史诗、德国的浮士德传说和英国的儿童剧，都有诸多相同点，作者推测之所以形成这种相似可能与共同的印度起源有关。书中第三部分主要是安徒生评传，其中夹杂了一些与中国童话对比的内容。

1928 年，研究民俗学的钟敬文（1901—2000 年）发表了《中国印欧民间故事之相似》（原载《民俗》第 11-12 合刊）等文章，介绍了用以解释世界各民族民间故事相似性的各种理论假说，包括偶然说、假借说、印度起源说、历史说、阿利安种说、心理说等，并认为其中"比较完满可靠"的是"心理说"，并列举了几个故事，说明印欧民间故事的相似，但止于举例，未做深入的比较分析。

此时期中西传统文学平行研究的第二个领域，是中西诗歌的比较研究。

中西诗歌的比较研究首推朱光潜（1897—1986 年）。朱光潜在 1934 年发表《长篇诗在中国何以不发达》（原载《申报月刊》第 3 卷第 2 号）一文，试图解释中国的长篇叙事诗缺乏的原因。这个问题梁启超早在《饮冰室诗话》中就已提起，他说："希腊诗人荷马，古代第一文豪也。其诗篇为今日考据希腊史者独一无二之秘本。每篇率万数千言。近世诗家，如莎士比亚，弥尔顿，田尼逊等，其诗动亦数万言。伟哉！勿论文藻，即其气魄固已夺人矣。中国事事落他人后，惟文学似差可颉颃西域。然长篇之诗，最传诵者，惟杜之《北征》，韩之《南山》，宋人至称为日月争光，然其精深盘郁雄伟博丽之气，尚未足也。古诗《孔雀东南飞》一篇，千七百余字，号称古今第一长篇诗。诗虽奇绝，亦只儿女子语，于世运无影响也。"在这里，梁启超较早明确指出了中国文学长篇叙事诗的不发达，为中西比较文学提出了一个研究课题，朱光潜则试图对这个问题做出探讨和回答。他也认为长篇诗的不发达是中国文学的一大缺陷，并认为形成这一缺陷有五个原因。一、"最大的原因"是中国的"哲学思想的平易和宗教情感的浅薄"，认为"广大的关照常有赖于文学，深厚的情感和坚持的努力常有赖于宗教。这两点恰是中国民族所缺乏的"；在西方，长篇的史诗都发源于神话，而由于中国人的早慧，很早就把婴儿时代的神话丢掉了，儒家"不语怪力乱神"的理性主义，更使依赖于神话的史诗无法形成。二、"西方民族好动，理想的人物是英雄；中国民族好静，理想的人物是圣人"；"西方所崇拜的英雄最宜于当史诗和悲剧的主角……中国'无为而始'的圣人最不适宜于作史诗和悲剧的主角，因为他们根本就很少动作"。三、"中国诗偏重主观，所以史诗和悲剧所必要的客观的想象不发达……客观的想象贫乏是长篇诗在中国不发达的一个大原因"。四、"史诗和悲剧都是长篇作品，中国诗偏重抒情，抒情诗不能长，所以长篇诗在中国不发达"。五、在中国"像《左传》《史记》一类的材料在西方古代都是史诗的材料，而在中国却只是散文作品，这也许由于史诗的时代在当时本已过去，而前此又无史诗可作蓝本"，所以造成中国的小说的发达比西方早，可用作史诗的材料便被用作小说，史诗及长篇诗便不能发达。朱光潜的这五条看法，有的受到了西方学者观点的影响，例如第一、二条原因，就与黑格尔在《美学》中的有关看法非常相似。这些看法是当时对中国长诗不发达之原因的最系统最全面的解释，至今仍有参考价值。但现在看来也有阐述不全面、欠周密的地方，例如，第二条中谈到西方民族好动、中国民族好静的问题，却没有触及西方民族的游牧经商为主的生活方式与中国的农业为主的生产生活方式的根本不同。在五条原因中，也没有从中西文字、诗律的差异上寻找原因。事实上，西方的拼音文字中的诗与散文的分别，远没有汉语那样严格。汉语诗律上的精致及种种严格规范，不适合写作长诗。这是需要特别加以强调的。

同年，朱光潜还发表了一篇题为《中西诗在情趣上的比较》的文章，与上文可作姊妹篇看待。所谓"情趣"，实则涉及中西诗歌美学特征的方方面面。朱光潜在该文中从诗的题材切入，将中西诗歌的题材划分为（一）人伦、（二）自然、（三）宗教和哲学，共三种，并分析了其中的异同。

朱光潜认为，在人伦方面，中西诗歌的最大不同是西方爱情诗居多，而在中国，朋友之情君臣之谊比爱情更重要。朱光潜分析了产生中西爱情诗之差异的三个原因：第一，西方人侧重个人主义，爱情在个人生命中最关痛痒，所以尽量发展，中国却侧重"兼善主义"。文人往往费大半生的光阴于仕宦羁旅，'老妻寄异县'是常事。他们朝夕所接触的不是妇女而是同僚与文字友。第二，西方受中世纪骑士风的影响，女子地位较高，教育也比较完善，中国受儒家思想的影响，女子的地位较低。夫妇恩爱常起于伦理观念，在实际上志同道合的乐趣颇不易得。第三，东西恋爱观相差也甚远。西方人重视恋爱，有"恋爱最上"的标语。中国人重视婚姻而轻视恋爱，真正的恋爱往往见于"桑间濮上"。潦倒无聊，悲观厌世的人才肯公然寄情于声色。朱光潜的结论是："西方诗人要在恋爱中实现人生，中国诗人往往只求在恋爱中消遣人生。中国诗人脚踏实地，爱情只是爱情；西方诗人比较能高瞻远瞩，爱情之中都有几分人生哲学和宗教情操。""西诗以直率胜，中诗以委婉胜；西诗以深刻胜，中诗以微妙胜；西诗以铺张胜，中诗以简隽胜。"

在自然方面，朱光潜认为，诗人对于自然的爱好有三种。第一种，也是最粗浅的是"感官主义"，第二种起于情趣的默契欣合，第三种是泛神主义，即把大自然全体看作神灵的表现，感受到其神秘超人的力量，自然的崇拜于是成为一种宗教。这是多数西方诗人对于自然的态度，中国诗人很少有达到这种境界的。

在哲学与宗教方面，朱光潜认为，"西方诗比中国诗深广，就因为它有较深广的哲学和宗教在培养它的根干。"就民族性说，中国人偏重实际而不务玄想，伦理信条最发达，而有系统的玄学则寂然无闻；表现在文学上，关于人事及社会问题的作品最发达，而凭虚结构的作品则寥若晨星。中国民族性是最"实用的"，最"人道的"。它的长处在此，它的短处也在此。长处就是重视人际关系，使涣散的社会居然能享到二千余年的稳定，短处在它过于看重人本主义和现世主义，不能向较高远的地方发空想，所以不能向高远处有所企求。社会既稳定之后，始则不能前进，继则因其不能前进而失其固有的稳定。

朱光潜对中西诗歌的不同特征的提炼与结论，具有很强的概括性。作为一位美学家，朱光潜谈诗善于从哲学美学的高度，见出中西诗歌特征得以形成的哲学的、文化学的、心理学的根源，已经远远地超出了"诗论"的范围，是一种比较的艺术哲学，亦即比较诗学。他在上述两篇论文的结论，有不少成为半个多世纪来的不刊之论，1980 年代后的中西诗歌比较，很大程度上是在朱光潜的有关结论的基础上进一步展开的。

1943 年，朱光潜在重庆出版了篇幅为十六万字的专著《诗论》（国民图书社初版）。这是他的诗学研究、中西诗歌比较研究的集大成。《诗论》以中国诗歌史为主要材料，以西方诗歌为参照、以西方诗学理论为主要切入点，对诗歌的起源、诗与谐隐、诗的境界、诗的表现、诗与散文的关系、诗的节奏及与音乐的关系、诗与画的关系、中国诗歌的节奏与声韵、中国诗为何走上"律"的道路等，做了深入的阐述。从比较文学的角度看，《诗论》处处渗透着作者的自觉的比较意识。对此，朱光潜在《诗论·抗战版序》中强调：

> 一切价值都由比较得来，不比较无由见长短优劣。现在西方诗作品与诗理论开始流传到中国来，我们的比较材料比从前丰富得多，我们应该利用这个机会，研究我们以往在诗创作与理论两方面的长短究竟何在，西方人的成就究竟可否借鉴。……当前有两大问题须特别研究，一是固有的传统究竟有几分可以沿袭，一是外来的影响究竟有几分可以接收，这都是诗学者所应虚心探讨的。

这种"一切价值都由比较得来"的信念，贯穿《诗论》的始终。《诗论》的中西比较的方法，已不同于上述两篇文章中运用的较为单纯的平行对比法。因为《诗论》所要做的，不单是指出中西诗歌的异同，而要建立一个关于诗的美学理论系统。鉴于中国传统诗论的局限与不足，朱光潜非常注意运用西方近现代哲学、美学、心理学理论，来解析和阐发中国诗歌。朱光潜运用最多的主要是当时在西方比较流行的克罗齐的"直觉论"、立普斯的"移情说"和布洛的"距离说"及莱辛的诗画异质说。朱光潜用克罗齐的"直觉及表现论"来阐发中国传统诗话中的"物我"说，为了进一步阐明"物我"关系，朱光潜又借鉴布洛的"距离说"和立普斯的"移情说"。可贵的是，朱光潜并非是用中国诗歌材料来印证西方理论的可行性，而是有效借鉴这些外来理论阐发中国诗歌的同时，对这些理论的不周延、不完善之处提出质疑和修正。例如，在第四章中，朱光潜借鉴了克罗齐的表现说，提出了自己的"表现说"，即"着重情感思想和语言的连贯性以及实质和形式的完整性"，指出这"在表面上颇似克罗齐的'直觉即表现'说而实有分别"，并详论了他与克罗齐的三点不同。这种将中西诗歌作品与中西诗论熔为一炉，相互对比、互相印证、相互阐发的研究，既可展示中西文学共同的诗心，证实中西文学的共通性，亦可在此基础上对在西方文化语境中产生的有关理论的偏颇性加以修正，并提炼出自己的理论主张。这不仅显示了朱光潜比较文学方法上的娴熟，也使朱光潜的《诗论》达到了文艺美学的理论高度。1947 年，张世禄在题为《评朱光潜〈诗论〉》（原载《国文月刊》1947 年第 58 期）的书评中指出："朱氏此书里所列各章，讨论诗学上的各种问题，都引用西洋文艺的学说，以和中国原有的学说来相参合比较，以和中国诗歌的实例来衡量证验；这已经足以指示我们研究中国文学的一个必由的途径。却又一方面，对于西洋的各种学说，也并非一味盲从，往往能融会众说，择长舍短，从中抉取一个最精确的理论，以作为断案；并且有时因为看到了中国的事实，依据了中国原有的理论，回转来补正西洋学说的缺点。这就接受外来的学术而言，可以说是近于消化的地步。"此论可谓肯綮之言。

朱光潜中西诗学比较带有很强的理论思辨性，显示了一个美学家、一个专门学者所特有的严谨周密、条分缕析的特点。而与朱光潜同时涉足中西诗比较的梁宗岱（1903—1983），却与朱光潜有所不同。对此，梁宗岱曾说："朱光潜先生是我的畏友，可是我们底意见永远是分歧的。五六年前在欧洲的时候，我们差不多没有一次见面不吵架，去年在北平同寓，吵架的机会就更多了：为字句，为文体，为象征主义，为……大抵光潜是专门学者，无论哲学、文学、心理学、美学，都做过一番系统的研究。我只是野狐禅，事事都爱涉猎，东鳞西爪，无一深造。光潜底对象是理论，是学问，因求理论的证实而研究文艺品；我的对象是创作，是文艺品，为要印证我对于创作和文艺品的理解而间或涉及理论。"（《论崇高·宗岱附识》，载《诗与真二集》，商务印书馆 1936 年）此言不虚。

梁宗岱是带着诗人的热情、感受与体验"间或涉及"中西诗比较的。他在中西诗的比较中，强调信手拈来、自然而然的印象式比较，对此，他曾说过：

> 我们泛览中外诗的时候，常常从某个中国诗人联想到某个外国诗人，或从某个外国诗人联想到某个中国诗人，因而在我们心中引起了种种的比较——时代，地位，生活，或思想与风格。这比较或许全是主观的，但同时也出于自然而然。屈原与但丁，杜甫与嚣俄，姜白石与马拉美，陶渊明之一方面与白仁斯（R. Burns），另一方面与华茨活斯，歌德底《浮士德》与曹雪芹底《红楼梦》……他们底关系似乎都不止出于一时偶然的幻想。[1]

这里强调"自然而然"的比较，但又不能只是"一时的幻想"。在《李白与哥德》一文中，梁宗岱将这两位诗人相比，是因为"我第一次接触哥德底抒情诗的时候，李白底影像便很鲜明地浮现在我眼前。几年来认

---

[1] 梁宗岱：《李白与歌德》，原载《大公报·文艺副刊》1935 年第 133 期。

识他们底诗越深，越证实我这印象底确切。"而为了"证实我这印象底确切"，所以才将他们进行加以比较。这样的比较正是陈寅恪所批评的"荷马可比屈原，孔子可比歌德，穿凿附会，怪诞百出，莫可追诘"的比较，但对梁宗岱这样的诗人而言，是"为要印证我对于创作和文艺品的理解"而进行的比较，并非一无价值。至少也有助于他人"对于创作和文艺品的理解"。和一般的平行比较一样，梁宗岱指出这两位诗人有两点相似：他们的"艺术手腕"和他们的"宇宙意识"。结论是："总之，李白和哥德的宇宙意识同样是直接的，完整的：宇宙的大灵常常像两小无猜的游侣般呈现给他们，他们常常和他喁喁私语，所以他们笔底下——无论是一首或一行小诗——常常展示出一个旷邈、深宏，而又单纯、亲切的华严宇宙，像一勺水反映出整个星空底天光云影一样。"这显然是诗意的、印象的结论。

由于强调"自然而然的比较"，梁宗岱的纯粹以比较为中心主题的文章，除了《哥德与李白》及将法国和德国两位诗人相比较的《哥德与梵尔希》外，几乎没有。但他写的大部分谈诗论艺的文章，如《论诗》《象征主义》《屈原》中，都有一些比较的文字。有时候，他的比较是顺便提及，有时候，他的比较则是阐述某一论题时所必需。这种情形在《象征主义》一文中最明显。在这篇文章中，梁宗岱指出，"象征主义，在无论任何国度，任何时代的文艺活动和表现里，都是一个不可缺乏的普遍和重要的元素"，所以有必要"先从一般文艺品提取一个超空间时间的象征底定义原理"。他认为文艺学的"象征"不同于修辞学上的"比"，而与《诗经》中的"兴"颇为近似，并引用《文心雕龙》对"比"和"兴"的定义和瑞士思想家亚美尔（Amiel）所谓"一片自然风景是一个心灵的境界"的说法，举《诗经》"昔我往矣，杨柳依依"篇，谢灵运、陶渊明的诗为例，论证"所谓象征，只是情景底配合，所谓'即景生情，因情生景'而已"。不过情景间的配合有"景中有情、情中有景"与"景即是情，情即是景"的区别。"景即是情，情即是景"才算是象征的最高境界。然后，梁宗岱又对照英国批评家卡莱尔（Carlyle）和歌德的观点，引述波德莱尔、中国诗人林和靖、日本俳人松尾芭蕉等人的诗句，说明所谓"象征意境底创造，或者可以说象征之道"，是"契合"而已，换言之，象征之道以"契合"一以贯之。

梁宗岱带着诗人的才情、灵气和悟性的中西比较，虽成果不多，涉猎不深，也不够系统，但别具一格，成为此时期中国比较文学研究、比较文学评论中的一种独特类型。

与朱光潜、梁宗岱一样有着留洋经历、一样有着扎实的国学与西学修养的学者钱锺书（1910—1997 年），也以他自己的方式踏入了比较文学园地。与朱光潜、梁宗岱一样，他的研究兴趣主要是在中西诗歌领域，但与朱光潜的逻辑化、体系化的研究不同，钱锺书更倾向于以札记、随笔的方式，信手拈来地做中西比较，在这一点上有点近似梁宗岱。但他是个极重文献的研究家，对文献的引用不厌其烦，这与梁宗岱的径直爽快的评论风格又形成对照。这一时期，钱锺书除了用中文和英文发表了几篇文章，如《中国固有的文学批评的一个特点》（《文学杂志》1937 年第 1 卷第 4 期）之外，在学术研究方面的主要作品是以品评中国古典诗歌为中心的随笔札记集《谈艺录》。

《谈艺录》写于 1939 年至 1942 年间，1948 年由开明书店出版。全文用文言文写成，文字较为古奥，其间有夹杂一些英文引文，引述资料显得堆砌、繁复、琐屑，非专业读者读通不易。《谈艺录》由 91 则札记，后又增补 18 则"补遗"。以唐代以降的中国诗为话题，对诗人、诗派、风格、轶闻趣事等加以品评，都是一些片断性的文字，篇与篇之间没有必然的逻辑联系，没有多少术语概念，没有理论命题，更没有体系的构建，结构比较松散，内容比较驳杂，行文比较自由散漫，这些都使得《谈艺录》颇似中国传统的诗话。进入现代之后，这种传统诗话式的写作与研究方式几乎无人为之了。但这种写法似乎很适合钱锺书那种不赶时髦不从众，自由洒脱的学术个性，因而用起来显得得心应手，更重要的，《谈艺录》并非传统意义上的诗话，因为其中夹杂了大量的外国文学、外国文化的旁证材料，古今中外旁征博引，为传统诗话所不及。正是由于这样的原因，研究比较文学的人，有理由把它视为比较文学的成果。钱锺书在谈论某一中国话题的时候，必以西洋相近、相似或相对的材料作为佐证或旁证，以强调他在序中所说的"东海西海，心理攸同；南学北学，道术未裂"的世界文学整体观。例如第一篇《诗分唐宋》，谈到诗分唐宋，就举出德国的席勒也把德国的诗分为两宗；在第四篇谈到"退之以文为诗"时，就说："西方文学中，此例綦繁"，遂举出英国的华茨华斯、法国的雨果、德国的希来格儿、俄国的许克洛夫司基的相关言论；在第十五则中，谈到诗人李长吉《高轩过》篇有"笔补造化天无功"一句，指出这种说法"在西方，创于柏拉图，发扬于亚里士多德，重申于西塞罗"；第三一则《说圆》，为了说明中西皆以"圆"作为一种理想状态来评诗论艺，引用了西方的蒂克、李浮侬、哥德、缪赛、丁尼生、斯密史、雪莱、柯尔律治等人的诗作或文评，指出"求之汉籍……此类语意数见"，并列举了从晋代谢朓到清代曾国藩等约十几人各类文章中的诗文评语，以使"圆"的解说得以"圆"满；第八八则谈到《沧浪诗话》中"诗有别才，非关书也"，就举出法国诗人魏尔伦谓"舍声（musique）与影（nuance）而言诗，只是掉书袋耳"为佐证，同则引儒贝尔（Joubert）云："诗中妙境，每字能如弦上之音，空外余波，袅袅不绝"，说这正与"沧浪所谓'一唱三叹'、仲昭所谓'味之臭，响之音'"相似……就这样，钱锺书在谈论、分析、赏析中国古诗、中国古代诗话时，常常顺便谈及西方，引述了西方哲学、美学、文学家，从柏拉图、亚里士多德到康德、黑格尔、歌德、尼采、海德格尔，乃至当时盛行的精神分析、形式主义、结构主义、新批评、超现实主义、接受美学、解构主义等代表人物的言论与著作，人数达数百。钱锺书这样做的目的，正如他在初版序中所说："凡所考论，颇采二西之书，以供三隅之反。"所谓"二西"，指的是古代中国人心目中之"西"（印度）和现代中国人心目中之"西"（欧美），他广泛征引"二西之书"

为的是与中国古典文学现象"交互映发"，收举一反三之效，以更好地揭示出中西文学的某些共通的东西。

二、中西现代文学的影响研究

除了上述在神话、诗歌领域展开的中西传统文学比较研究之外，还有中西现代文学关系的研究，即中西文学的传播与影响的研究。这又包括两个方面，第一个方面是中国古典文学对西方近现代文学的传播与影响，第二方面是西方文学对中国现代文学的影响。

关于中国古典文学在西方的传播与影响，较早展开的是中国文化与英、法、德文学关系的研究。1929 年，陈受颐（1899—1977）发表《十八世纪欧洲文学里的赵氏孤儿》（《岭南学报》1 卷 1 期），以英法两国为中心展开论述，是较早一篇相关的文章。此后，他又在《岭南学报》发表《〈好逑传〉之最早英译》（1930 年）、《鲁滨孙的中国文化观》（1930 年）、《十八世纪欧洲之中国园林》（1931 年）等文章，这些都是中西文学传播与影响研究的示范性的好文。1931 年，翻译家方重（1902—1991 年）在《文哲季刊》第 2 卷第 1 号上发表了篇幅两万字的长文——《十八世纪的英国文学与中国》，这是作者在英国留学时的博士论文的核心部分，也是我国第一篇研究中国文化在英国（也旁及法国）的传播与影响的文章。作者通过丰富的第一手材料，勾勒出中国文化影响英国的轨迹，认为中国文化影响英国文学，主要表现为英国文学采用中国题材。这在1740 年前是准备时期，1740 年到 1770 年是全盛时期；中国材料被广泛运用于戏剧、小说及散文方面，其中以哥尔司密士的《世界公民》最有代表性；1770 年后中国影响及中国题材开始衰微。与陈受颐、方重同时和稍后，另一位学者、翻译家范存忠（1903—1987 年）在中英文学关系的研究上也有所开拓。1931 年，范存忠发表《约翰生·高尔斯密与中国文化》（《金陵学报》第 2 卷第 2 期）。到了 1940 年代，又发表了《十七、十八世纪英国流行的中国思想》（上下篇，原载中央大学《文史哲季刊》

55

1941 年第 2—3 期)、《威廉·琼斯爵士与中国文化》（原载《思想与时代》第 46 期)、《十七、十八世纪英国流行的中国戏》（原载《青年中国》第 1 卷第 1 期）等几篇文章，较系统地解释了中国文化在英国的传播及对英国文学的影响。这些成果及此后的有关研究成果在 1991 年被辑入《中国文化在启蒙时期的英国》一书中（详见本书第六章第二节)。1945—1946 年间，英汉双语翻译家杨宪益（1914—2009 年）在《新中华复刊》等刊物上发表了一系列文章，后又出版论文集《零墨新笺》（中华书局 1947 年)，对中国古代笔记、小说及历史典籍做了正本清源的考证和大胆的推论，同时涉及中西文学关系史。例如在其中的《中国的扫灰娘故事》一文中，杨宪益认为，欧洲与近东有三百多个类似的故事传说，所以记载于《酉阳杂俎》中的中国扫灰娘的故事，恐怕来自西方。又如关于安徒生童话中的皇帝的新衣的故事，在一千年前中国的《高僧传》中就有记载，因此推断这个故事来源于印度，后传入中国。这些文章大多为读书札记，有关论题未能充分展开论证，但对后人的研究却有不少启发。

中德文学关系研究方面的开拓者，是陈铨（1905—1969 年)。陈铨既是中国现代文化史上著名的"战国策派"的代表人物，也是德国文学及中德关系研究的专家。1932 年他在德国撰写了一篇研究中德文学关系的博士论文，1936 年该论文的中文版《中德文学研究》由商务印书馆出版。据说后来台湾也出版了这个本子，改题为《中国纯文学对德国的影响》。这是一部专门研究中国"纯文学"——包括小说、戏剧、抒情诗三项——在德国的翻译、介绍、影响与接受情况的著作，篇幅虽不长，共十万字，但内容很精炼、丰富、精彩。全书分为绪论、小说、戏剧、抒情诗、总论共五章，运用大量第一手资料，系统地梳理了自 1763 年（该年法国人的杜哈德的《中国详志》在欧洲出版）至 20 世纪前半期近二百年中国纯文学在德国的传播与影响的历史。其中谈到了歌德与中国小说的阅读与评价，认为"歌德凭他的直觉的了解力，是第一个深入中国文化精华的人"，认为席勒所改编的剧本《图郎多》，剧中主角图郎多虽然是"中国公主"，但实际并没有多少中国的成分，但席勒"极力想造成中国的空气，却是非常明白的事实"。这部书用大部分篇幅，详细具体地分析了有关中国文学作品的德文译本（也包括改编本、仿作等）在忠实性、艺术性等方面的特点。作者得出结论认为，中国纯文学传入德国虽然快二百年了，但一直还处在"翻译时期"，即一种外来文学影响本土文学的最初级的阶段。他写道："固然这中间也曾经产生过少数仿效同创造的作品，然而翻译的作品还十二万分地不完全，再加上连翻译的人自己对于中国纯文学都还没有什么彻底的了解，所以就算有天才有见解的德国作家，他们也没有法子在这种错误遗漏〔甚多的〕少数翻译作品中去获得对中国文学的正确的知识。"又说："至于德文里的大部分翻译，都是从英文或者法文转译出来，英文法文的译者已经就不高明，德译本的可靠性更可想而知。一般译本里的绪言，大都是乱七八糟地瞎说。"他认为德文译者在中国小说作品的选材方面不适当，大都是《好逑传》《玉娇梨》《花笺记》之类的二三流的作品，比较重要的翻译有格汝柏的《封神演义》，孔的《金瓶梅》《红楼梦》等。戏剧方面重要的译本有克拉朋的《灰阑记》、洪德生的《西厢记》《琵琶记》。而在抒情诗方面，选择还大体适当，如《诗经》、陶渊明、李太白、白居易等，都有人翻译。由于陈铨对中国文学非常熟悉，对德国文学及西方文学也很内行，所以他对具体的德文译本的优劣得失能够细加指陈，评论与分析均能鞭辟入里。在史料的梳理与分析中，陈铨还能够恰如其分地从中德、中西比较文学的角度，对中国文学的某些特点做出令人耳目一新的概括。例如，在谈到中国戏剧的时候，他写道："中国戏剧虽然也有对话，但是最重要的是跳舞音乐歌唱。换言之，就是戏子的艺术。在中国大家进戏园……乃是去看一个著名戏子的艺术。"在谈到《西厢记》的时候，陈铨认为这出戏的情节很无聊，中间不自然的故事，无谓的感伤，都令人发笑。但是，"中国戏剧家不是在写戏，而是在作诗。所以《西厢记》的艺术价值，完全在作者作诗的本事。《西厢记》是一本抒情诗集，在中国抒情诗里面，它要占很高的位置。"要得出这些结论，没有世界文学与比较文学的视野是不可想象的。

由于西方文学影响中国新文学还正处在"现在进行时"，西方文学对中国新文学的影响，常常不是以研究论文的形式，而是更多地出现在当时的中国作家作品及中国文坛状况的评论文章中。此时期最早关注外国文学对中国新文学之影响问题的，是周作人，他在 1920 年发表了《文学上的俄国与中国》（《国民日报·觉悟》1930 年 11 月 19 日），指出俄国的社会文化背景与中国多有相似，因而中国的新文学也应如俄国文学一样，是社会的、人生的文学。茅盾在主持《小说月报》时期，则写了多篇文章，介绍品评写实主义、"新浪漫主义"、唯美主义、自然主义等现代文艺思潮，指出中国新文学与西方现代文艺思潮的关系，也具有比较文学评论的性质。梁实秋写的《现代中国文学之浪漫的趋势》（《晨报副刊》1926 年3 月 25、27、29、31 日）一文，考察外国文学、特别是外国浪漫主义文学思潮"侵入"中国文学所引起的种种变化、并预测今后之走向。他指出，现代中国文学，到处弥漫着抒情主义，对情感不加理性控制，导致"颓废主义"和"假理想主义"，还有"匆促的模糊的观察人生"的"印象主义"，指出新文学运动整体上看是"浪漫的混乱"。梁实秋对中国新文学的分析，虽带有美国白璧德理性主义的成见，但还是从一个侧面指出了中国新文学所受外来影响及其特征。李广田（1906—1968）《诗的艺术》（开明书店 1944 年）一书，在评论当时的诗人及其创作的时候也作中西比较。例如在论冯至、卞之琳的诗歌创作时，指出了他们所受欧洲诗歌的影响，同时也指出了他们对西方影响的超越与自我独创。

将比较文学的观念和方法运用于现代文学评论的最有代表性的人物是刘西渭。

刘西渭（李健吾，1906—1982）在 1936 年和 1942 年先后出版现代文学评论集《咀华集》和《咀华二集》（上海文化出版社 1942 年），集子里的不少文章经常将所评论的中国现代作家作品与西方近现代作家作品进行比较。例如在评论沈从文的《边城》时，刘西渭说：巴尔扎克是一个伟大的小说家，但不是一个艺术家，福楼拜却是一个艺术家的小说家，而"沈从文是一个渐渐走向自觉的艺术的小说家"。他又将乔治桑与沈从文对比，认为"乔治桑是一个热情的人，然而博爱为怀，而且说教。沈从文是热情的，然而不说教，是抒情的，更是诗的，《边城》是一首诗，是二佬唱给翠翠的情歌"。在评论巴金的《爱情三部曲》时，刘西渭认为："巴金缺乏左拉客观的方法，但是比左拉还要热情，在这一点上，他又近似乔治桑"；"乔治桑仿佛一个富翁，把他的幸福施舍他的同类，巴金先生仿佛是一个穷人，要为同类争来等量的幸福"。在评论曹禺的名剧《雷雨》时，刘西渭指出：曹禺隐隐地受到两出戏的暗示：一是希腊尤瑞彼得司 Eurpides 的 Hippolytus，一是法国辣辛 Racine 的 Phadre。都出于同一故事：后母爱上前妻的儿子。前后两个故事中后母遭到前妻儿子的拒绝，《雷雨》中，后母遭前妻儿子的捐弃。这三个故事的"同一气息是作者同样注重妇女的心理分析，而且全要报复"。刘西渭又认为，曹禺把周冲这个人物写失败了，比不上法国戏剧家博马舍的《费嘉洛的婚姻》中的谢瑞班。在讨论萧军的《八月的乡村》时，刘西渭提出，这是苏联法捷耶夫的《毁灭》给了他一个榜样，并具体分析了萧军和法捷耶夫在风景描写、情节安排、艺术效果上的不同。此外，刘西渭还将夏衍的《上海屋檐下》与果戈理的《两个伊凡的吵架》、日本作家滕森成吉的《光明与黑暗》作了比较品评。刘西渭以一个西方文学翻译家的慧眼多识，以一个作家的敏锐感受，将比较文学的方法和理念贯穿于当时正活跃着的中国作家的批评中，为比较文学与文学评论的结合做出了成功的尝试。

第四节 跨学科研究的尝试

研究外来的宗教、哲学等非文学的因素对中国文学的影响，属于比较文学的跨文化的、"超文学"研究，或称"跨学科研究"。1920—1940年代，一般的"跨学科研究"已有所起步，如朱谦之在《中国音乐文学史》中对音乐与文学关系的研究，宗白华在一系列文章对书画之关系的研究等。其中，朱谦之的研究局限在中国文化内部，没有跨文化；宗白华的研究虽然常有跨文化的中西比较，但基本属于艺术学、美学的研究而不是文学研究。从比较文学学科的角度看，此时期朱维之的基督教与中国文学之关系的研究，才属于严格意义上的比较文学的"跨学科"同时又"跨文化"的比较文学研究。

关于宗教与文学之关系的研究，有关学者在中印文学关系研究中对佛教与中国文学之关系，已多有涉及。至于基督教与中国文学之关系，周作人在《圣书与中国文学》（《小说月报》1921年第12卷第1期）中将基督教"圣书"（即《圣经》）与中国的经书作了对比，并指出了《圣经》对中国新文学的影响，是探讨这个问题的较早的一篇文章。而朱维之（1905—1999）陆续发表了一系列关于基督教与中国文学关系的文章，并出版了题为《基督教与文学》（上海青协书局1941年）的专门著作，后又推出了题为《文艺宗教论集》（上海青协书局1951年）的专题论文集。对基督教与中国文学的关系，做了深入探讨，成为此时期比较文学的"跨学科研究"、特别是基督教与中国文学关系研究中的最有代表性的成果。

关于《基督教与文学》一书的价值，刘廷芳先生在该书的序言中写道：

基督教在文学史上的成绩巨大，而且重要，这是尽人皆知的。然而论者只能举其大概，至有系统的论述，在基督教先进国中，也不多见。朱君此编，在我国实为空前的第一部著作。①

这里点出了《基督教与文学》一书在我国学术研究上的开创性，是中肯的。实际上，在所谓"基督教先进国"的欧美国家，关于基督教及其与文学之关系的研究，早有大量著作，但一般都是以教徒的身份姿态，站在基督教立场上所作的研究，而那时的朱维之似乎也是一位"基督徒"，但他的研究却是纯学术的，这就显示出他的特异性来。他研究宗教与文学之关系，首先就是基于对文学与宗教渊源关系的深刻认识，他在该书"导言"中开门见山地说："从原始时代以来，艺术和宗教一向是不可分离的。我们现在若要研究古代文学艺术，便不能不涉及古代宗教，研究古代宗教也必须从古代文学艺术里去探求。"又说："宗教本身便是艺术，因为宗教本身重在感情和想象，一如艺术，宗教的热情等于艺术的灵感；宗教的表现也就是艺术的表现。我国歌舞戏曲始于巫风，希腊悲剧始于葡萄神祭礼，中世纪基督教礼仪发达为宗教剧，作为近代剧的张本，明证宗教仪式也是综合艺术的鼻祖。"基于这样的认识，朱维之在《基督教与文学》一书中，始终以文学的眼光看基督教，又以基督教的眼光看文学。以文学的眼光看基督教，他得出了"基督教是最美、最艺术的宗教"，以基督教的眼光看文学，他认为"伟大的文艺作品是基督教所结的果子"。可贵的是，他对基督教的文学价值的高度估价，不只是处于对基督教本身的认同感，而是有着更深刻的文学与文化的动机。他认为：

中国固然已有悠久的文化历史，有特殊的、丰富的文学遗

---

① 刘廷芳：《基督教与文学·序》，上海青协书局 1941 年，第 2 页。

产，但那只是旧时代的贡献，祖宗的努力。现在我们成了新世界的一环时，亟需新的精神，新的品格，新的作风，来做新的文学贡献。新文学中单有异教的现实面是不够的，我们更需要基督教的精神元素。现在基督教对我国文学青年作精神上的挑战，对我们民族品格挑战，要在我们的文学里注入新的血液。①

可见，朱维之的根本用意，就是通过基督教与文学之关系的研究，在中国文学中"注入新的血液"。20世纪初、特别是五四新文学运动之后，不少中国作家在自己的作品中自觉或不自觉地"注入"了基督教的"血液"，丰富了中国新文学的风格与意蕴，现在朱维之通过学术研究的方式，明确提出"输血"，是与中国新文学的基本精神一脉相承的，也体现了比较文学研究的宗旨。

《基督教与文学》全书约十八万字，分七章，前五章从不同角度论述基督教《圣经》的文学价值，例如在第二章"圣经与文学"中，他论述了《圣经》对后世西方文学的影响，指出希伯来人的《圣经》与希腊史诗悲剧，"同为欧美文学源泉，好像《国风》和《离骚》为中国文学的渊源一样。后代文学都汲取于它而得滋生化养"。同时，他也指出了《圣经》对中国新文学的影响，介绍了《圣经》汉译的大体情况。他认为，在中国最成功的《圣经》译本"当然要算是官话和合本的新旧约全书。这译本恰好在我国新文学运动前夕完成，成为新文学运动的先锋"。这一看法与此前周作人在《圣书与中国文学》一文中的看法是一致的。在第三章"圣歌与文学"中，朱维之不仅论述了基督教的圣歌（又称赞美诗）在西方文学的地位与影响，同时还论述了圣歌的翻译对中国新文学的影响，对使用圣歌的体式"创作圣歌的新诗人"，如刘廷芳、赵紫宸、谢扶雅、顾子仁、杨荫浏、杨镜秋、许地山等人的创作做了评论，并指出了

---

① 朱维之：《基督教与文学·导言》，上海青协书局1941年版，第6页。

"圣歌"对中国新诗的"合乐"性和格律化的借鉴作用，这大概是第一次对中国的"圣歌"创作所做的评论，直到今天都不失其新鲜感。在第六章"诗歌散文与基督教"和第七章"小说戏剧与基督教"中，朱维之对基督教对西方诗歌散文和小说戏剧创作的影响做了大体的描述，也指出了中国新文学家，如周作人、谢冰心、许地山、苏雪林、张若谷等诗歌散文创作所受基督教的影响，对苏雪林的《棘心》和老舍的《老张的哲学》与基督教的关系做了分析。尽管朱维之对这些问题的论述还是初步的，但他毕竟较早地、系统地指出了基督教与中国新文学之间的关系，从比较文学的角度看具有开拓性。1980—1990年代，有五六部公开出版的研究中国现代文学与基督教关系的博士论文，这些论文的学术渊源无疑都可以追溯到朱维之的《基督教与文学》。

在《基督教与文学》一书出版后，朱维之继续关注宗教与文学问题的研究，在1940年代的十年间发表了一系列的论文。到1951年，作者将这些论文结为《文艺与宗教论集》正式出版。

《文艺与宗教论集》共收22篇文章，其中有研究宗教与文学艺术之关系的论文，也有研究外国作家及其与宗教关联的论文，还有关于景教的几篇考据性文章。从比较文学的角度看较有价值的是《高尔基论宗教》《艺术的真实——马克思论文艺与宗教》《中国基督教黑暗面的几个镜头——读萧乾的〈栗子〉》《中国文学的宗教背景》《雅歌与九歌》等，从上举前两篇文章看，朱维之研究宗教（包括基督教）的立场发生了一些悄悄的变化，在《基督教与文学》中，他对基督教的亲近和弘扬态度是没有掩饰的，但《文艺与宗教论集》中的有关文章，表明他已经一定程度地接受了马克思主义及其对宗教的看法，这使他的研究更带有科学与客观的色彩。《中国文学的宗教背景——一个鸟瞰》一文，对中国古代文学与原始宗教、儒教、道教、佛教、基督教的关系做了粗略的勾勒，似乎是一本专著的写作提纲。最值得注意的《雅歌与九歌——宗教文艺中的性爱错综》一文，作者对《圣经》中的《雅歌》和中国屈原的《九歌》做了比较分析，认为两者都是宗教文艺作品，都有性爱的内容，在体裁上也很接近。这样的类同研究尽管还显得有些简陋，但作为比较文学的跨学科的平行研究，朱维之的这篇文章是一个有益的尝试。

第五节　翻译文学的理论探索

自从 1898 年严复在《天演论·译例言》中提出"译事三难：信达雅"的命题之后，我国翻译界对翻译的原则标准、翻译的功用、翻译方法等，开始了探讨。这种探讨到了五四新文化运动以后全面展开，由此前的一般的翻译论而集中于文学翻译论，文学翻译成为翻译理论问题的中心。所探讨的问题主要有如下几个方面：

一、对翻译文学之作用的认识

此时期中国文坛所发生的显著变化之一，表现为不但在实践上更重视翻译文学，而且在观念上也确认了翻译文学的价值，对翻译与创作的关系的看法也发生了显著的变化。那时，作家与翻译家兼于一身的情形已十分普遍，作家翻译家们在翻译与创作的双重实践中意识到，中国文学的现代化，必须借助外国文学的翻译；要创作出不同于以往的"新文学"，必须向外国文学学习；翻译与作家自身的创作相辅相成，是与创作同等重要的文学实践活动。主张翻译文学为文学革命、为新文学的建设服务，以翻译文学来颠覆原来的文学系统，以建立新的文学系统。新文学和新文化运动的发起者之一胡适在《建设的文学革命论》（1918 年）一文中，第一个正式发出大力翻译外国文学名著的号召，并且将这作为"创造新文学"的唯一的"预备"和"模范"。他说："创造新文学的第一步是工具，第二步是方法。方法的大致，我刚才说了。如今且问，怎样预备方才可得着一些高明的文学方法？我仔细想来，只有一条法子：就是赶紧多多的翻译西洋的文学名著做我们的模范。"鲁迅在《关于翻译》（1933）一文中认为："我们的文化落后，无可讳言，创作力当然也不及洋鬼子，作品比较的薄弱，是势所必至的，而且又不能不时时取法于外国。所以翻译和创作，应该一同提倡，决不可压抑了一面……"

不过，那时人们对文学翻译的认识也只停留在它对中国文学起到"模范"的作用，对中国作家的创作起到推动的作用。而"文学翻译"本身有没有"文学"的独立的艺术价值？换言之，"文学翻译"是不是"翻译文学"？人们的认识并没有到位。所以，一味从文学翻译的这种外在作用看待文学翻译，势必会导致只把文学翻译视为手段，视为媒介和工具。关于这一点，郭沫若（1892—1978）在1920年代初的看法很有代表性。他在《论诗三札》（1921年）中，对当时国内问题翻译与创作的不平衡状况发泄了"一些久未宣泄的话"。他写道：

> 我觉得国内人士只注重媒婆，而不注重处子；只注重翻译，而不注重产生。……凡是外来的文艺，无论译得好坏，总要冠居上游：而创作的诗文，仅仅以之填补纸角……翻译事业于我国青黄不接的现代颇有急切的必要，虽身居海外，亦略能审识。不过只能作为一种所属的事业，总不宜使其凌越创造、研究之上，而狂振其暴威。……翻译价值，便专就文艺方面而言，只不过报告读者说："世界花园中已经有了这朵花，或又开了一朵花了，受用吧！"他方面诱导读者说："世界花园中的花便是这么样，我们也开采出来看看吧！"所以翻译事业只在能满足人占有冲动，或诱发人创造冲动，其自身别无若何积极的价值。而我国国内对于翻译事业未免太看重了，因之诱起青年许多投机心理，不想借以出名，便想借以牟利，连翻译自身消极的价值，也好像不遑顾及了。这么翻译出来的东西，能使读者信任吗？能得出什么好结

果吗？除了翻书之外，不提倡自由创造，实际研究，只不过多造些鹦鹉名士出来罢了！①

在这里，郭沫若将"创造"与"翻译"对立起来了，把翻译看成是"附属的事业"，认为只有"消极的价值"。说到底，也是把文学翻译看成是"创造"和"研究"的参照和手段，即不认可翻译文学的独立价值。在这一点上，他和上述林纾、鲁迅等人的看法并没有原则上的分歧。但将翻译比作"媒婆"，创作比作"处子"，对翻译的贬低溢于言表，因而在当时和此后都引起了争议。

郑振铎在当年6月发表了一篇题为《处女与媒婆》的文章，对郭沫若的上述言论提出了批评。郑振铎指出："处女的应该尊重，是毫无疑义的。不过视翻译的东西为媒婆，却未免把翻译看得太轻了。"他认为郭沫若说的当时翻译已凌驾于创作之上，"狂振其暴威"，是一种"观察错误"，言过其实。次年2月，郑振铎在《介绍与创作》（《文学旬刊》1922年第29期）一文中再次提到了"媒婆"论，他指出："翻译的功用，也不仅仅是为媒婆而止。就是为媒婆，多介绍也是极有益处的。因为当文学改革的时候，外国的文学作品对于我们是极有影响的。这是稍微看过一二种文学史的人都知道的。无论什么人，总难懂得世界上一切的语言文字，因此翻译事业实为必要了。"郑振铎不仅不满意把文学翻译比喻成"处女"和"媒婆"；而且还进一步把文学翻译看作是新文学的"奶娘"：

翻译者在一国的文学史变化更急骤的时代，常是一个最需要的人。虽然翻译的事业不仅仅是做什么"媒婆"，但是翻译者的工作的重要却进一步而有类于"奶娘"。……我们如果要使我们的创作丰富而有力，决不是闭了门去读《西游记》《红楼梦》以

① 郭沫若：《论诗三札》，原载《民铎杂志》1921年第2卷第5期。

及诸家诗文集，或是一张开眼睛，看见社会的一幕，便急急的捉
入纸上所能得到的；至少须于幽暗的中国文学的陋室里，开了几
扇明窗，引进户外的日光和清气和一切美丽的景色；这种开窗的
工作便是翻译者所努力做去的！①

1920 年代的"媒婆、处女、奶娘"论争告一段落之后，在此后相当
长的时间内，这个问题仍然常常有人提起或涉及。如，事隔十几年后，茅
盾在《"媒婆"与"处女"》一文中说：

> 从前有人说"创作"是"处女"，翻译不过是"媒婆"，意
> 谓翻译何足道，创作乃可贵耳！
>
> 这种比喻是否确当，姑置不论。然而翻译的困难，实在不下
> 于创作，或且难过创作。……
>
> 所以真正精妙的翻译，其可宝贵，实不在翻译之下；而真正
> 精妙的翻译，其艰难实倍于创作。"处女"固不易得，"媒婆"
> 何尝容易做呀！……
>
> 从前率先鄙薄翻译是"媒婆"而尊创作为"处女"的是郭
> 沫若先生。现在郭先生既已译了许多……不知郭先生对于做
> "媒婆"的滋味，实感如何？我们相信郭先生是忠实的学者，此
> 时他当亦自悔前言孟浪了罢？②

其实郭沫若早在"处女媒婆"论提出两年后就修正了这一看法。他
在《雪莱的诗·小引》（《创造季刊》1923 年第 1 卷第 4 期）中说："译
雪莱的诗，是要使我成为雪莱，是要使雪莱成为我自己。译诗不是鹦鹉学
话，不是沐猴而冠。……我译他的诗，便如像我自己在创作一样。"这段

---

① 郑振铎：《翻译与创作》，见《文学旬刊》1923 年第 78 期。
② 茅盾：《"媒婆"与"处女"》，原载《文学》1921 年第 2 卷第 3 期。

话不只是修正了他的"前言"，而且又更进一步地深刻地点明了文学翻译活动也是一种艺术创造活动，文学翻译也是文学。后来郭沫若在《谈谈翻译工作》一文中再次明确强调："翻译是一种创造性的工作，好的翻译等于创作，甚至还可能超过原作。这不是一件平庸的工作，有时候翻译比创作还要困难。创作要有生活体验，翻译却要体验别人所体验的生活。"他还在《雪莱诗选·小序》中强调"译文同样应该是一件艺术品"。

"翻译是一种创造性的工作，好的翻译等于创作"，这一观点在1930年代以后逐渐成为中国文学界及翻译界的共识。如林语堂（1895—1976年）在《论翻译》一文中则更进一步指出："我们可以说翻译艺术文的人，须把翻译自身事业也当做一种艺术。"他援引"翻译即创作"的观点，主张翻译乃是一种艺术。这就将"文学翻译"提升到了"翻译文学"，确认了翻译文学自身的独立的文学价值。朱自清也从诗歌翻译的角度正确地指出："译诗对于原作是翻译；但对于译成的语言，它既然可以增富意境，就算得一种创作。况且不但意境，它还可以给我们新的语感，新的诗体，新的句式，新的隐喻。就具体的译诗本身而论，它确可以算是创作。"

二、对文学翻译的两种基本方法的探讨

直译与意译是翻译及文学翻译中的两种基本方法，其实质就是用什么样的途径和手段来进行译文与原文的转换，从比较文学的角度看，这也是一个跨文化的比较文学问题。这个问题在清末民初时期已经有所涉及。晚清时代的翻译家们虽未打出"意译"的旗号，但大都不倾向于"直译"，而是选择了他们当时所理解的"译意不译词"的"意译"。以林纾、包天笑、周瘦鹃、梁启超等人为代表的晚清文学翻译，在翻译时惯事删节，对原作的题名、人名乃至框架结构加以中国化的改造，以适合当时人的阅读习惯，笼统地说，就是一种"意译"。严复称这种意译方法为"达旨"，也有人根据日本人的说法，称为"豪杰译"。后来鲁迅、周作人鉴于中国

翻译界不尊重原文的翻译盛行，不利于读者正确了解外国文化与文学，遂为"直译"正名，公开标榜"直译"，并在《域外小说集》的翻译实践中率先实施。但周氏兄弟把"直译"看成是逐字逐句的翻译。1918 年 11 月 8 日，周作人在答复张寿朋的问题时明确强调："我以为此后译本……要使中国文中有容得别国文的度量……又当竭力保存原作的'风气习惯，语言条理'，最好是逐字译，不得已也应逐句译，宁可'中不像中，西不像西'，不必改头换面。"1921 年鲁迅在《译了〈工人绥惠略夫〉之后》中写道："除了几处不得已的地方，几乎是逐字译。"1925 年在《〈出了象牙之塔〉后记》中，鲁迅又写道："文句仍然是直译，和我历来所取的方法一样。也竭力想保存原书的口吻，大抵连语句的前后次序也不甚颠倒。"

另有一种意见也赞成直译，但对直译的内涵的理解与上述周氏兄弟不同，他们将"直译"与"逐字译"做了区分。如郑振铎在《我对于编译丛书底几个意见》（《晨报》1920 年 7 月 6 日）一文中也说："译书自以能存真为第一要义。然若字字比而译之，于中文为不可解，则亦不好。而过于意译，随意解释原文，则略有误会，大错随之，更为不对。最好的一面极力求不失原意，一面要译文流畅。"这不但把直译与"字字比而译之"的硬译做了区别，又将意译与"过于意译"的曲译、乱译做了区别，这样一来，直译意译两种方法就统一于"存真"这一"第一要义"中了。刘半农（1891—1934）在《关于译诗的一点意见》（1921 年）中，对于"直译"也做了自己的阐发，他写道："我们的基本方法，自然是直译。因为是直译，所以我们不但要译出它的意思，还要尽力地把原文中的语言的方式保留着；又因为直译（literaltranslation）并不就是字译（transliteration），所以一方面还要顾着译文中能否文从字顺，能否合于语言的自然。"刘半农在这里正确地区分了"直译"和"字译"的区别，和鲁迅的"直译"即"逐字译"的理解很不相同。按刘半农的意思，"直译"已经剔除了"字译"之短，兼有"意译"之长，自然就成为唯一理想的翻译方法。但这实际上就是使"意译"的存在变得没有"意义",也就等于取消了直译与意译的对立。茅盾的观点与郑振铎、刘半农相当接近。他在《"直译"与"死译"》(《小说月报》1922年第13卷第8号)一文中,进一步为"直译"正名,阐明了"直译"与"死译"的不同。他写道:"直译的意义若就浅处说,只是'不妄改原文的字句';就深处说,还求'能保留原文的情调与风格'。……近来颇多死译的东西,读者不察,以为是直译的毛病,未免太冤枉了直译。我相信直译在理论上是根本不错的,唯因译者能力关系,原来要直译,不意竟变作了死译,也是常有的事。"

另一种意见是反对强调尊重读者,反对逐字直译。主张意译的一派以梁实秋、赵景深为代表。他们对鲁迅的硬译提出了批评,并在1920年代后期至1930年代初期,与鲁迅展开了一场一场激烈的争战。

1929年9月,梁实秋(1902—1987年)写了一篇题为《论鲁迅先生的"硬译"》的文章,批评了鲁迅的翻译"生硬""别纽""极端难懂""近于死译"。梁实秋举出了鲁迅的翻译作为"令人看不懂"的例子,是刚出版不久的鲁迅译卢那卡尔斯基《艺术论》和《文艺与批评》中的三段。面对鲁迅的译文,梁实秋说:"有谁能看懂这样稀奇古怪的句法呢?我读这两本书的时候真感觉文字的艰深。读这样的书,就如同看地图一般,要伸着手指来寻找句法的线索位置。"鲁迅则在《"硬译"与文学的阶级性》一文中给予反驳,他承认自己是"硬译",至于为什么要硬译,他指出那是为了引进外来句法,他说:"日本语和欧美很'不同',但他们逐渐增添了新语法,比起古文来,更宜于翻译而不失原来的精悍的语气,开初自然是须'寻找句法的线索位置',很给了一些人不'愉快'的,但经找寻和习惯,现在已经同化,成为己有了……一经习用,便不必伸出手指,就懂得了。"此外,鲁迅反复强调,为什么硬译?"我的回答,是:为了我自己,和几个以无产文学批评家自居的人,和一部分不图'爽快',不怕艰难,多少要明白一些这理论的读者。"指出:"我的译作,本不在博读者的'爽快'，却往往给以不舒服，甚而至于使人气闷、憎恶、愤恨。读了会'落个爽快'的东西，自有新月社的人们的译著在……"
"只要有若干的读者能够有所得，梁实秋先生'们'的苦乐以及无所得，实在'于我如浮云'。"鲁迅没有接受梁实秋的批评，主要是他认为梁实秋写这篇文章其真实目的是攻击和反对"无产文学"，关于"硬译"的驳难并不是鲁迅那篇文章的主题，中心主题乃是"文学的阶级性"，反映了鲁迅和新月派在刚刚兴起的"无产文学"问题上的尖锐对立，这已离翻译问题较远了。实际上，撇开意识形态上的分歧，鲁迅和梁实秋在翻译问题上的分歧并不那么深刻。鲁迅从保存原文的"语气"出发，主张直译，不把通俗易懂作为主要目的；梁实秋则更多地从读者方面看问题，重视译文的可读性。这只是立足点的不同。更重要的是，梁实秋不赞成曲译，鲁迅说自己"自信并无故意的曲译"，两人都不赞成"曲译"。至于"硬译"，鲁迅实际上并不满意，他在《文艺与批评·译者附记》（1929 年）中说："但因为译者的能力不够，译完一看，晦涩，甚而至于难解之处也真多；倘将仿句拆下来呢，又失去了原文精悍的语气。在我，是除了还是这样的硬译之外，只有'束手'这一条路——就是所谓'没有出路'——了。所余的唯一的希望，只是读者还肯硬着头皮看下去而已。"可见"硬译"在鲁迅是没有办法的办法，而并非他自己所满意的。就在反驳梁实秋的那篇《"硬译"和"文学的阶级性"》的文章里，鲁迅更明确地说："自然，世间总会有较好的翻译者，能够译成既不曲，也不'硬'或'死'的文章的，那时我的译本当然就被淘汰，我就只要来填这从'无有'到'较好'的空间罢了。"从鲁迅的语气中，可见他并不认为"硬译"是理想的翻译方法，在没有更理想的译法的情况下，"硬译"不过是一种行之有效的权宜之计罢了。那既不"曲"也不"硬"的翻译才是鲁迅所满意的好的翻译。

但大约过了一年后，关于直译意译的论争却又以另外的方式继续下来。1931 年，赵景深发表了《论翻译》，杨晋豪发表《从"翻译论战"

说开去》，观点与上述梁实秋的看法相同，都强调"达"和"顺"的重要。于是，鲁迅与梁实秋的"直译"与"意译"之争，便转为鲁迅和赵景深之间的"信""顺"之争了。鲁迅在随后发表的《几条"顺"的翻译》《风马牛》一文，指出了赵景深几条的"顺而不信"的误译，其中重要的一条就是将 Milky Way（银河）译为"牛奶路"。鲁迅尖刻地指出，按古希腊神话，那应该译成"神奶路"，但"翻译大有主张的名人"，却"遇马发昏，爱牛成性，有些'牛头不对马嘴'"了。此外，在鲁迅与瞿秋白关于翻译的通信中，对赵景深的翻译论点也有挖苦和批评。但赵景深此后似乎并无正面回应。这场争论也以对方各执己见开始，以各执己见告终。鉴于长期以来"直译""意译"各执一端的情况，造成了概念上的混乱，于是就有了第三种意见——即将直译意译加以调和，强调直译意译的辩证统一，将两者有机结合起来。哲学家艾思奇在《翻译谈》（《语文》1937 年创刊号）一文中写道："直译和意译，不能把它看作绝对隔绝的两件事……因为'意'的作用不过为了要帮助原作的了解，帮助原意的正确传达，同时也是帮助直译的成功。"朱光潜在《谈翻译》（《华声》1944年第 1 卷第 4 期）一文中更明确地写道："依我看，直译与意译的分别根本不存在。忠实的翻译必定要能尽量表达原文的意思。思想情感与语言是一致的，相随而变的。一个意思只有一个精确的说法，换一个说法，意味就不完全相同。所以想尽量表达原文的意思，必须尽量保存原文的语句组织。因此，直译不能不是意译，而意译也不能不是直译。不过同时我们也要顾到中西文字的习惯不同，在尽量保存原文的意蕴与风格之中，译文应是读得顺口的中文。以相当的中国语文习惯代替西文语句的习惯，而能尽量表达原文的意蕴，这也无害于'直'。"

三、关于转译与复译两种译作类型的讨论

由于译本生成的依据及途径不同，译本就形成了首译本和复译本、直接译本和转译本等不同的译本类型。

在中国翻译文学史上，复译普遍存在，数量较多。尤其是 1930 年代以降，复译越来越常见。在已出版的各种译本中，复译本的数量占一多半。许多著名翻译家如鲁迅、郭沫若、茅盾、郑振铎、梁实秋、周扬等都参与了名作复译。这对翻译文学的普及具有重要意义，但同时也出现了一些弊端，如抄译、乱译等不良现象，引起人们对复译的反感。翻译界和文化界对复译的必要性、价值与意义的认识，存在着分歧，并引起了学术上的争论。

邹韬奋先生在 1920 年 6 月 4 日《时事新报》通讯栏致李石岑的一封信中，对复译问题发表了自己的看法。他认为："正当知识饥荒时代，能把有价值的著作译饷国人，愈多愈好。应当分途并进，不宜彼此重复。有了重复，首译的人和继译的人的精力都不免不经济。"茅盾不同意这样的看法，他在《〈简·爱〉的两个译本》（《译文》1937 年第 2 卷第 5 期）一文中认为：不问译本好坏，一见有复译出现，就斥之为"浪费"，对于译出的某种书"先插草标，不许别人染指"，这是有害的。鲁迅也在 1935 年写了一篇文章，题为《非有复译不可》，对翻译界存在的那种独占选题，在报上登广告，声称"已在开译，请万勿重译为幸"的现象做了尖锐的讽刺，说这些人"看得翻译好像结婚，有人译过了，第二个便不该再来碰一下，否则，就仿佛引诱了有夫之妇似的，他要来唠叨，当然喽，是维持风化"。鲁迅坚决提倡复译，认为"非有复译不可"——

　　……要击退这些乱译，无赖，开心，唠叨，都没有用处，唯一的好办法是又来一回复译，还不行，就再来一回。譬如赛跑，则先在的一个永远是第一名，无论他怎样蹩脚。所以讥笑复译的，虽然表面上好像关心翻译界，其实是毒害翻译界，比诬赖、开心的更有害。因为他更阴柔。

　　而且复译还不止是击退乱译而已，即使已有好译本，复译也还是必要的。曾有文言译本的，现在当改译白话，不必说了。即

使先出的白话译本已很可观，但倘使后来的译者自己觉得可译得
更好，就不妨再来译一遍。无需客气，更不必管那些无聊的唠
叨。取旧译的长处，再加上自己的新心得，这才会成功一种近于
完全的新的复译本的，七八次何足为奇。何况中国其实也并没有
译过七八次的作品。如果已经有，中国的新文艺倒也许不至于现
在似的沉滞了。①

　　看来，不赞成复译，是为了将有限的出版资源用于更需要的翻译选题
上，而赞成复译者，是为了使翻译活动在不同的复译本的竞赛中，不断更
新，不断提高翻译质量。双方的看法角度不同，各有道理。
　　"转译"指的是不从原文直接翻译，而是根据原文的某种译本间接翻
译，所以有人也称为"间接翻译"（但 1920 至 1930 年代也有人称转译为
"复译"或"重译"，是不科学的）。转译这种形式的翻译，无论古今中
外，都出现过。由于转译现象非常普遍，关于转译问题的是是非非，也引
起了文学翻译界的关注。从 1920 年代初开始，翻译家及翻译理论家就转
译的必要性和必然性、转译与直接翻译的关系、转译的局限性及其特点
等，展开了长时间的争鸣和讨论。
　　首先，关于转译的局限性，人们大都承认转译中或多或少存在对原文
的不忠实。郑振铎在《译文学书的三个问题》（《小说月报》1921 年第 12
卷第 3 号）中认为："重译（指转译——引者注）的东西与直接从原文译
出的东西相比较，其精切之程度，相差实在很远。无论第一次的翻译与原
文如何的相近，如何的不失原意，不失其艺术之美，也无论第二次的译文
与第一次的译文如何的相近，如何的不失原意，不失其艺术之美，然而，
第二次的译文与原文之间终究是有许多隔膜的。大体的意思固然是不会十
分差，然而原文的许多艺术上的好处，已有很重大的损失了。"郑振铎还

---

　　①　鲁迅：《非有复译不可》，原载《文学》月刊 1935 年第 4 卷第 4 号。

说："重译（实指转译——引者注）方法的盛行，确是一件很可伤心的事。因为由此可表现出中国现在从事文学的人之稀少，与我们文学界的寂寞；从事于文学翻译的只要那一部分的通英语的人，其余通各国文字的人于文学都非常的冷淡，都甘心放弃了他们的介绍的责任……万声寂绝，惟闻晨鸡偶唱，我们实不胜有凄凉、孤独之感！而介绍西洋文学已有数十年之历史，如今犹有'重译'问题之需讨论，中国人之迟钝麻木，更应该如何的浩叹呢？"他通过分析论证得出结论："重译的办法，是如何的不完全而且危险呀！我们译各国文学书，实非直接从原文译出不可。"郑振铎的这些话虽然不免夸张，也不确切，但却点出了转译出现的根本原因在于文学翻译中外语门类的不齐全，而转译实出于迫不得已。梁实秋在《翻译》（《新月》1928 年第 1 卷第 10 号）一文中，则把转译比喻为搀了水或透了气的酒："转译究竟是不大好，尤其是转译富有文学意味的书。本来译书的人无论译笔怎样灵活巧妙，和原作相比，总象是搀了水或透了气的酒一般，味道多少变了。若是转译，与原作隔远一层，当然气味容易变得更厉害一些。并且实在也没有转译的必要，国内通希腊、拉丁文的人大概不多，懂俄文、法文的人不见得很少，所以研究英文的人还是多译出几部英文的著作，较为有益些。"1932 年梁实秋在《论翻译的一封信》（《新月》第 4 卷第 5 期）中批评鲁迅的硬译时，认为鲁迅的译文之所以让人不知所云，主要是因为鲁译浦列汉诺夫所著《艺术论》是从日文转译过来，日文又译自俄文，而俄文又是从英文而来的，"经过了这三道转贩，变了形自是容易有的事"。

转译既然有这样那样的局限性和不足，那么转译究竟要得要不得？这就有两种不同的意见。郑振铎在《译文学书的三个问题》中虽然指出了转译的种种不足，但他还是从实际出发，认为："在现在文学的趣味非常薄弱，文学界的人声非常寂静的时候，又如何能够得到这些直接译原文的人才呢？如欲等他们出来，然后再译，则'俟河之清，人寿几何'。在现在如欲不与全世界的文学断绝关系，则只有'慰情胜于无'，勉强用这个不完全而且危险的重译法来译书了。"他还提出了转译的"慎重与精审"原则，谈到了转译的态度和原则方法问题。鲁迅在《论重译》（1934）一文中也认为，理想的翻译应由精通原文的译者直接从原文译出。但由于客观条件的限制，转译有其存在的必要。就当时译界的状况而言，"中国人所懂的外国文，恐怕是英文最多，日文次之。倘不重译，我们将只能看见许多英美和日本的文学作品，不但没有伊卜生，没有伊本涅支，连极通行的安徒生的童话，西万提司的《吉诃德先生》，也无从看见了。这是何等可怜的眼界"。

1934 年，穆木天（1900—1971）发表《论重译及其他》一文，其中说：

> 在我认为英文程度好的人似应当多译点英美文学作品，不必舍其所长，去其所短。……
>
> 现在文坛中，需要人大大地作翻译工作。我们作翻译时，须有权变的办法，但是，一劳永逸的办法，也是不能忽视的。我们在不得已的条件下自然要容许、甚至要求间接翻译，但是，我们也要防止那些阻碍真实的直接翻译本的间接翻译本的劣货。而对作品之了解，是翻译时的先决条件。作品中的表现方式也是要注意的。能"一劳永逸"时，最好是想"一劳永逸"的办法。无深解的买办式的翻译是不得许可的。①

他还说，"有人英文很好，不译英美文学，而去投机取巧地去间接译法国的文学，这是不好的。因为间接翻译，是一种滑头方法。如果不得已时，是可以许可的。但是，避难就易，是不可以的。"此外，梁实秋、蒋光慈也对"转译"发表了鄙薄、挖苦的言论。反对者则认为转译的价值未必就低，况且我们不能在读者急需的情况下坐等直接翻译而一味排斥

---

① 穆木天：《论重译及其他》，原载《申报·自由谈》1934 年 6 月 30 日。

转译。

穆木天的文章发表后，翻译界就转译问题展开了一场小小的论战。不少人写文章表示不认同他的观点。在穆木天发表文章后的第五天，鲁迅写就了《论重译》一文，认为穆木天的说法与穆氏自己提倡广泛介绍外国文学的主张相矛盾，也容易使人误解。鲁迅分析了直接译和转译的利弊。认为"重译"（即转译）确是比直接译容易。首先，原文中令译者自愧不及和不敢动笔的好处，先由原译者消去了若干部分，重译时"便减少了译者对原文的好处的踌躇"；其次是原文中的难解之处，忠实的译者往往会有注释，而原书上倒未必有，这无疑也为译者提供了许多便利，"但因此，也有直接译错误，间接译却不然的时候"。鲁迅在《再论重译》（1934 年 7 月 7 日《申报·自由谈》）一文中，同样以务实的态度，再次强调翻译首先要看其本身的质量，而不是直接或间接，以及译者的动机是否"趋时"等。茅盾在《翻译的直接与间接》一文中，指出穆木天的"转译驱走直接译"的说法是错误的。茅盾的看法是：

> 所以"直接译"或"转译"在此人手不够的时候，大可不必拘泥；主要一点，倒在译者的外国语程度。倘使有人既懂日本文，又懂英文，然而日本文懂得更透彻，那么他要译什么辛可莱的时候，倒不如拿日本译本作底子，较为恰当。穆先生以为"转译"只好限于弱小民族的文学作品（因为他们的文字懂的人少），又说"转译"的原译本要有条件的选择，例如译波兰的东西应找德文译本，故此不懂德文的人顶好莫译波兰。穆先生的意见何尝不美，只可惜放在今日，总觉得是持论太高呵！①

茅盾与鲁迅一样，主张实事求是，反对唱高调，他说："现在要使译

---

① 茅盾《翻译的直接和间接》，载《文学》1934 年第 3 卷第 2 期。

事发展，只有根据主观的力量，作忠实的试探。高调虽然中听，却会弄到只有议论而无译本。倘使觉得'转译'充斥，有伤一国文化的体面，那么，饿极了的人终不成为了'体面'而抵死不啃窝窝头罢?"

　　1946年，季羡林在《谈翻译》一文中认为，"重译"（季羡林指的转译）是造成一些译本令人看不懂的原因。他说：十几年前，像当时流行的蒲力汗诺夫的艺术论、卢那卡尔斯基的书之类，犹如天书，"普通凡人看了就如丈二和尚摸不着头脑……译者虽然再三声明，希望读者硬着头皮看下去，据说里面还有好东西，但我宁愿空看一次宝山，再也没有勇气进去了。而且我还怀疑译者自己也不明白，除非他是一个超人。这些天书为什么这样难明白呢？原因很简单，这些书，无论译者写明白不写明白，反正都是从日文译出来的，而日本译者对俄文原文也似乎没有看懂。"不难看出，季羡林所说的"天书"指的显然就是鲁迅的一些译文。这里的结论显然并不确切，因为鲁迅译文难懂的原因主要不在于它是转译的。但季羡林举此例的目的是为了反对一切转译。他直截了当地指出：

　　　　我们只是反对一切的重译（指转译——引者注）本。……科学和哲学的著作不得已时可以重译，但文艺作品则万万不能。也许要有人说，我们在中国普通只能学到英文或日文，从英文或日文转译，也未始不是一个办法。是的，这是一个办法，我承认。但这只是一个懒人的办法。倘若对一个外国的诗人戏剧家或小说家真有兴趣的话，就应该有勇气去学他那一国的语言。倘若连这一点勇气都没有，就应该知趣走开，到应该去的地方去。不要在这里越俎代庖，鱼目混珠。我们只要有勇气的人。①

　　此前茅盾称穆木天"持论太高"，但季羡林的持论似乎更高。实际

① 季羡林：《谈翻译》，载《季羡林文集》第8卷，江西教育出版社1996年。

上，由于客观的需要，转译者不会"走开"，也不能"走开"。甚至有时候，反对转译的人也染指转译，如梁实秋考虑到当时国内缺少精通拉丁语译者，也通过英语转译了《阿拉伯与哀绿绮思的情书》等拉丁文著作。郑振铎也根据英文本翻译了泰戈尔的诗集，这些都有力地说明了转译存在的必然性和必要性。所以更多的论者既看到了转译的局限和不足，也意识到了转译的必要。1950 年代初，周作人在《翻译四题》（《翻译通报》1951 年第 2 卷第 6 期）中对"转译"发表了与郑振铎、鲁迅、茅盾等相似的看法。他认为，从原则上说，直接译无疑是最理想的，但在事实上不免有些困难。翻译时参看别国译本，间接地加上一点助力，是非常有益的。"我的意见是除了专门绩学之士以外，直接间接混合翻译比较是好办法，直接译固然是理想，弄得不好也会不及间接翻译的。"

第三章　三十年（1950—1979）
比较文学的沉寂

　　从 1949 年中华人民共和国成立到所谓"无产阶级文化大革命运动"结束的三十年间，中国再次处于与主流世界封闭隔绝的状态，而倡导世界意识和开放精神的比较文学，就显得不合时宜，而处于沉寂、滞缓状态。从整个 20 世纪中国比较文学学术史上看，这三十年显得格外寂然和萧条，研究者不敢也不能公开倡导比较文学，比较文学学科建设上没有作为，教学上完全停顿，学科理论上没有声音，学术成果也稀疏寥寥，不成规模。除了翻译文学的评论与研究小有声势外，其他方面的比较文学研究在整个学术研究中几乎没有自己的地位。虽然极少数学者的文章现在看来属于比较文学研究，但相当一部分文章从选题到观点结论都带上了服务于时代与政治的明显印记。与此同时，实行资本主义民主制度的台湾和香港地区，在西方特别是美国学术界的影响下，比较文学率先崛起。

第一节　沉寂期的形成及其原因

一、沉寂期形成的内因和外因

中国比较文学研究三十年的沉寂，有着内部和外部的种种原因。

先看内部原因。新中国成立后头一个五年计划中，政治经济文化迅速恢复和起步，但人民的精力贯注于医治战争创伤、恢复国民经济，学术研究一时难以彰显。特别是作为纯学术的比较文学难被充分重视，是可以理解的。而作为学术研究基地的各大学和研究机构，在新中国成立初期也处在大学国有化的改造与调整中，缺乏学术研究的稳定环境，到1954年，各大学的合并和院系调整才算基本完成。1950年，国家最高的科学研究机构中国科学院（含社会科学）组建成立，为学术研究提供了一个平台。但好景不长，从1950年代前期开始的知识分子思想改造运动，终于演变为1957年的"反右"运动，许多知识分子在那场运动中或被审查批判，噤若寒蝉，或被打成"右派"，失去了学术研究的起码条件乃至人身自由。有学术研究条件的学者，也碍于比较文学研究是一种文学的跨文化的涉外研究，稍有不慎，即与资本主义世界的资产阶级学术思想相牵连，不敢问津。而且，比较文学研究作为一种纯学术的研究，也因难以贯彻毛泽东提出的"为无产阶级政治服务"的要求而显得无足轻重。由于种种的原因，1920—1940年代那些有过比较文学研究经验的学者，在这一时期大都疏离了比较文学。例如，像梁宗岱那样富于才情、在比较文学方面深有潜力的学者，却在40年代后期回故乡承父业研究中草药，1956年复出任中山大学教授后，在比较文学及学术研究方面却没有什么作为；像茅盾、郑振铎那样的中国比较文学开创者，均走向政坛，忙于行政事务，无暇过多顾及包括比较文学在内的纯学术研究；时任中山大学教授的陈寅恪先生，则将主要精力投注于"以诗证史"的中国历史研究，却未能利用他的中西兼通的优势进行跨文化与跨学科的比较文学研究；时任北京大学西语系教授的朱光潜先生，为了赶得上时代步伐，努力用马克思主义唯物论改造自己的思想与学术，以主要精力投入 1950 年代的美学大辩论，后又贯注于西方美学史的研究与翻译，而没有在 1940 年代《诗论》的基础上将他擅长的中西文学比较研究进一步展开。1946 年写出《文学论》那样的高水平的比较文学论著的李广田先生则在"文化大革命"中被迫害致死……在这种大环境下，此时期在比较文学研究方面有所建树的学者，是克服了种种今人难以想象的困难之后取得的。例如，1950 年代年富力强的季羡林先生在 1957 年之前难得的相对宽松的岁月里，出版了《中印文化关系史论丛》，也是这一时期难得的严格意义上的比较文学论著，接着他就被送进"牛棚"，无法继续研究；稍稍"幸运"的是钱锺书先生，他因在 1950 年代受命担任"《毛泽东选集》英译委员会"主任委员，而得到了一般学者没有的优越待遇与工作条件，使其在"文化大革命"前的十七年中得以读洋文，看古书，并写出了几篇精彩的比较文学论文。但即便如此，钱先生在十年政治运动中也曾被批斗，下"干校"劳动而未能写一篇文章，直到运动后期才偷空写作《管锥编》。

再看外部条件。1950 年代后，国际比较文学的中心由欧洲移向北美。而新中国成立伊始，由于冷战格局的形成，由于美国的反共扶蒋（介石），由于美国入侵朝鲜和中国的抗美援朝，由于中国的"反对美帝国主义"的基本政策，两国处于政治与意识形态的敌对状态，没有正常交流和交往的条件。当时比较文学"美国学派"提出的理论主张，美国比较文学研究的活跃状况，我国没有、也不可能有所介绍。在国际上，1950年代中国是自觉而积极地向苏联学习的，在学术上也紧跟苏联。我国当时对比较文学的冷漠，与苏联的影响自然颇有关联。苏联的比较文学状况如何呢？苏联是较早从事比较文学研究的国家之一。早在 1833 年就出现了雅基莫夫的《论罗蒙诺索夫时期以来俄罗斯文学发展的特点》那样的比较文学性质的著作。批评家别林斯基在 1841 年写的《文学一词的一般意义》一文中提出了世界文学的思想。1869 年，俄国比较文学的奠基人维谢洛夫斯基在彼得堡大学开设"总体文学"的课程，带动了俄国以总体和联系的观点对欧洲文学及欧洲和亚洲文学的研究。19 世纪末，俄国的文学及文艺学研究中形成了"历史比较学派"，并在 20 世纪头 30 年获得进一步发展，在法国学派之外独树一帜。但是，由于种种原因，俄国的比较文学对中国比较文学不可能产生明显的共时性的影响。而到了 1940 年代末期至 1950 年代，当中国学术界有条件接受苏联影响的时候，苏联却否定了比较文学。从 1946—1948 年，苏联共产党中央就文艺问题通过了一系列决议，强调要肃清文学研究中的资产阶级思想意识，比较文学则被视为"与世界主义的反动思想体系有着密切联系的反动流派"而遭到否定，并组织了对维谢洛夫斯基的学术著作的讨论和批判，认为他"在文学研究领域里向西方资产阶级屈膝投降"。后来，这些否定比较文学的言论也或多或少、直接间接地影响到中国，如 1959 年《学术译丛》第 12 期上，刊登了石军编写的《苏联学者讨论比较文学研究问题》，正面介绍了苏联学术界对比较文学的否定与批判。直到 1950 年代中期以后，随着苏联清除个人迷信和文艺界的"解冻"，比较文学才有所复苏，但那时中国国内针对知识分子的"改造"和"革命"已经发展到 1957 年的"反右"运动。在那种情况下，苏联的比较文学研究虽正在复苏，但作为非主流学术，也难以直接影响到中国。进入 1960 年代，苏联的比较文学研究由复苏而获得初步发展。1960 年，苏联科学院世界文学研究所召开了题为"民族文学的相互联系与相互影响"的学术讨论会，强调苏联的"历史比较研究法"的正确性，对西方的"比较主义"的方法提出批评，使苏联比较文学的特色再次突显出来。对苏联比较文学界的这些情况，当时的中国学术界也有所反应，如 1962 年人民文学出版社出版的《现代文艺理论译丛》（第 4 辑）便译介了苏联的一组比较文学文章，包括日尔蒙斯基

（1896—1971 年）的《文学的历史比较研究问题》、康拉德（1891—1970年）的《现代比较文艺学问题》及苏联比较文学后起之秀聂乌波科耶娃的《有关研究各民族文学相互关系和相互影响的一些问题》、萨马林的《外国比较文艺学现状》、古德济的《革命前俄国学术界文学的比较研究》等。然而，这种介绍毕竟是个别的、暂时的，而正是在 1960 年代后，中苏关系进入了敌对时期，苏联的东西都被视为"修正主义"而遭到排斥，与苏联的一切交流也很快停止了，苏联比较文学的学术信息也不可能对中国产生多大影响。特别是在 1966 年开始的那场"史无前例"的政治运动中，"反帝反修"成为党和国家的基本政策，极端的闭关自守主义和文化专断，既切断了我国与资本主义国家的联系，也切断了与社会主义国家苏联的联系，几乎所有的有价值的外来文化信息的渠道都被堵塞了，世界比较文学学术状况如何，当然无从得知。

在内因与外因的双重作用下，中国比较文学进入了萧条、滞缓和沉潜期。像比较文学这样的纯学术的研究，必须有大学及专门的学术机构作为体制上的依托，才能有学科建设和学术研究的空间与平台。1930—1940年代，清华大学等高等学府曾有过比较文学课程建制，而此时期比较文学在高等院校则没有任何位置可言。不光大学中没有比较文学方面的课程建制，研究院所也没有比较文学的研究人员和机构。可以说，在比较文学学科建设方面，这三十年中不但没有进展，反而有所后退。学术界及有关研究者比较文学的学科意识则近乎零，只有极少数学者（如范存忠）在有关论文中表现出了明确而自觉的比较文学学科意识，而绝大多数学者即使也写作比较文学的文章，在学科意识上却偏向于依托其他相关学科，如中国文学史、鲁迅研究、翻译研究等。学科本体意识的缺乏和淡漠，使得这一时期本来就不丰富的比较文学成果，总体上依附于其他学科。有的研究者明明做的是比较文学的研究（当然不只是比较文学研究），却一直不认为或不承认自己是在搞比较文学。这些与同时期的美国等西方国家的比较文学的繁荣状况形成强烈反差。

二、沉潜期的特征

沉潜期中国比较文学研究的萧条和滞缓，明显地表现在学术成果的数量和质量上。据《中国比较文学年鉴》（北京大学出版社 1987 年）一书的统计，新中国成立后的十七年间，有关比较文学方面的文章仅有 140 余篇，1966 年后的政治运动十年间，比较文学的文章则是一片空白。徐扬尚在《中国比较文学源流》一书中谈到这些文章时说："这些文章绝大多数都毫无可读性：或作应景文章，或互相抄袭。"此话讲得虽过于严厉和绝对，因为作者的写作态度一般还都是严肃认真的，但用今天的学术水准来看，这些文章的确大都流于表面化，研究深度不够，算不上是严格的"论文"，而只是通俗的学术性文章。除季羡林、戈宝权、朱维之、范存忠等人的有关文章外，大多数篇什在今天已失去了学术生命力。研究深度的缺乏，还表现在成系统的专门著作几乎没有。除季羡林的《中印文化关系史论丛》这本论文集单篇论文中显出一定的系统性，具有学术专著的品位之外，严格意义上的、系统的比较文学方面的学术专著付之阙如。

研究的对象领域也较为单一。三十年间文章的论题均集中于中外文学交流史的研究方面。而在选题上显然是受着政治与时代环境的严重制约的。这主要表现在，与俄苏文学的关系研究最受重视。特别是在 1950 年代和 1960 年代初的中外文学的交流史研究中，中国与俄苏文学关系史的研究又占大多数。这显然是以 1950 年代中苏友好关系、中国向苏联"老大哥"学习为基本背景的。自然，涉及的那些俄苏作家也大都是列宁等苏联领导人及苏联的文学史著作肯定的那些作家。除了与俄苏文学关系的研究之外，涉及的其他西方国家作家作品，大都集中于莎士比亚、易卜生、裴多菲、拜伦那样的受马克思、恩格斯赞赏的作家或革命民主主义作家。而为马恩列斯所不喜欢的或否定的作家与中国文学的关系，研究者们显然不敢涉及。如五四时期至 30 年代对中国文学影响很大的英国唯美主义作家王尔德、法国自然主义作家左拉等对五四文学的重要影响等，研究者们则完全回避。在中外文学关系研究中，以鲁迅与外国文学之关系为对象的又占相当大的比例。这主要是由鲁迅在中国文学史上的地位所决定的，也与毛泽东对鲁迅的高度定位密切相关。中外文学关系史研究的这些文章，均以呈现和描述史实为主，属于实证性的传播研究。因而这类研究一般并不包含自觉的比较文学学科意识，研究者显然把这些研究作为中国文学史、中外文学与文化交流史的一部分来看待的。

从研究对象上看，文学翻译与翻译文学的研究在新中国成立后的十七年间较为活跃。这是此时期比较文学的一个亮点。翻译文学与文学翻译理论研究的繁荣，是与 1950 年代的文学翻译的繁荣状况相适应的。翻译家和理论家们对文学翻译与翻译文学中的一些重要理论问题，包括翻译的原则标准、翻译批评的方法、翻译文学的风格问题、翻译文学史的研究等，展开了探讨和争鸣，而且提出了建立"翻译学"的初步构想。这些都在 1920—1940 年代的基础上有所推进。但是，毋庸讳言，此时期人们还没有把翻译文学与文学翻译的研究这样的跨文化、跨语言的文学研究，自觉地作为比较文学的一个组成部分来看待。将翻译文学及文学翻译纳入比较文学的视域内，已是 1990 年代以后的事情了。

研究上受到极"左"的教条主义的影响和束缚，是此时期比较文学研究中普遍存的问题。除了少数文章外，大多数文章概莫能外。这些文章自觉地以马列主义作为自己研究的指导思想，这本身并没有错，但人们常常不免教条主义地理解马列主义，把马恩列斯毛的个别语句当作理论依据和评判标准，不是将学术研究的目的定位为探索未知、寻求真理，而是用学术手段来一再反复证实马列主义的绝对真理和普遍有效性，使学术研究成为马列主义的简单的注脚。特别是从"政治第一"的标准出发，对文学史和学术史上"政治先进"的人，受到革命导师表扬和赞赏的人，予以无节制地拔高；对非共产党的、非马克思主义的学者，则给以苛刻的、有失公正的、甚至完全否定的评价，从而丧失了学术研究所要求的实事求是、独立思考，也使得许多文章成为时局与政治的点缀，在今天看来已不再有什么学术上的价值。

　　从世界文化史上看，学术文化的发展有着自身的规律，在经历相当一段时间的萧条之后，往往可以由衰而盛。中国比较文学三十年的滞缓和萧条中，也潜伏着未来的井喷式发展的可能。有一些学者在暗暗地积蓄着学术的能量，在适宜的时代和环境中，会做出一鸣惊人的奉献。沉潜是时代压抑的结果，但从正面来看，压抑使他们寂寞，也使他们沉下身来，潜下心去，如此，沉潜就成为一种历练，一种蓄势待发。钱锺书、季羡林、杨周翰诸先生在 1970 年代末到 1980 年代初推出的一系列成果，是沉潜后的必然的喷发，对中国比较文学在 20 世纪最后二十年的繁荣，给予了莫大的刺激和推动。

第二节　沉潜期的主要收获

一、季羡林等的中印文学关系研究

　　在中印文学关系的研究方面，如果说 1920—1930 年代的梁启超、胡适、陈寅恪、许地山的研究属于首开风气的第一代的话，那么，1940 年代后期至 1960 年代的季羡林的研究则承前启后，将这个领域的研究大大向前推进了。季羡林曾在德国专攻梵语、吐火罗语等印度、中亚古代语言及印度历史文化，并获得博士学位，是 20 世纪前半期我国极少数受到系统、正规教育的印度研究专家之一。1946 年，季羡林回国并在北京大学任教。此后，他在中印文学研究方面陆续发表了一系列论文，如《从比较文学的观点看语言与童话》（1947 年）、《柳宗元〈黔之驴〉取材来源考》（1947 年）、《"猫名"寓言的演变》（1948 年）、《列子与佛典》（1948 年）等，都从实证的角度大体梳理了印度文学对中国文学的影响。

1950—1970 年代，季羡林又陆续发表或写作了《中印文化交流》（1954
年）、《吐火罗语的发现与考释及其在中印文化交流中的作用》（1955
年）、《印度文学在中国》（1958 年）、《泰戈尔与中国》（1961 年）、《印
度寓言和童话的世界旅行》（1959 年）等论文，还出版了包含十篇论文的
题为《中印文化关系史论丛》（人民出版社 1957 年）的论文集。

　　从比较文学的角度看，季羡林在 1950—1970 年代有关论文，都属于
中印文学关系的实证的传播研究，并初步体现出自己的研究风格。众所周
知，中印古代文学文化交流自宋代后基本停止，后来的近千年时间两国基
本上处于疏离状态。加上印度的梵语在 12 世纪后消亡，作为中印交流媒
介的包括吐火罗文在内的中亚古代文字，也早已湮灭不传，因而造成了时
间上的阻隔和文字上的障碍，大大增加了研究的难度，使得这方面的研究
颇具挑战性，甚至被视为"绝学"。同时，由于这一研究是远离现实的纯
学术的研究，因而属于冷僻的学科无疑。季羡林献身于这一学术领域，与
他对其价值与意义的充分认识密切相关。他以开阔的文化视野来观照中印
两国文学交流史，把两国的文学交流作为文化交流的组成部分来看待。他
在《中印文化史论丛·序》等文章中反复强调，中国和印度都是文化极
古老的国家，也是人口最多的国家，三千多公里的边界把两国紧紧地联系
在一起，历史上中印两国有着几千年的和平的文化交流，而没有发生战
争，这在世界上是绝无仅有的，因此，研究两国的文化与文学交流史具有
重要的意义，对于巩固和发展两国的友谊，会有重要作用。有了这样的认
识，才使得他能够在中印文学与文化关系的研究中倾尽全力。

　　在具体的研究中，季羡林基本沿袭了胡适、陈寅恪的思路，也受到德
国的印度研究的影响。胡适在《白话文学史》中强调来自印度的佛经文
学，即佛典翻译文学对中国文学的巨大影响，而德国学术界则一直普遍认
为印度是全世界寓言故事的老家。季羡林先生有关的文章都侧重于印度文
化对中国的传播与影响的研究，对于中国文学中的题材、主题、文体、语
言修辞等方面的现象，首先大胆地"假设"是受了印度的影响，然后加

以细致的求证，在这方面，他在此时期的代表性的文章是《印度文学在中国》。在该文中，他将1940年代的有关文章的观点和材料做了进一步提炼和归纳，又补充了新的材料，以中国文学的发展演进为线索，以重要的个案史料为例证，从先秦时代的屈原《天问》，一直写到近现代文学，初步呈现了中印文学在几千年中的因缘关系。他首先讲到《天问》中的"顾菟"，认为月亮中有兔子的传说来自印度，从《梨俱吠陀》起，印度人就相信月亮中有兔子。《战国策》中狐假虎威的故事，《三国志·魏志》中曹冲称象的故事等，也来自印度。季羡林不仅指出了印度故事在中国的传入，还进一步分析了印度故事在中国的译介和流传过程中的"中国化"现象。例如《宣验记》中的"鹦鹉灭火"的故事，在中国古籍中即有好几种变体，他指出："印度故事中国化可能有多种方式，但是大体说起来，不外两大类：一是口头流传，一是文字抄袭。前者可以拿月兔故事做一个例子，而后者的代表就是一个鹦鹉灭火的故事。"接着他总结了印度故事转化为中国故事的一般过程与规律。指出："这个过程大概是这样子的：印度人民首先创造，然后宗教家，其中包括佛教和尚，就来借用，借到佛经里面去。随着佛经的传入而传入中国。中国的文人学士感到有趣，就来加以剽窃，写到自己的书中，有的也用来宣扬佛教的因果报应，劝人信佛，个别故事甚至流行于中国民间。"在谈到唐代文学与印度文学的关系时，季羡林认为唐代文学两种崭新的东西，传奇和变文，都与印度文学的影响分不开。而在内容方面，印度的影响更是普遍而深刻。他指出中国"龙"和"龙王"都来自印度的梵文，目连救母的故事作为一种题材，对中国的民间文学和戏剧影响甚大，唐代柳宗元的《黔之驴》与印度《五卷书》第四卷中的第七个故事很相似。明代的《西游记》中的孙悟空，则与印度史诗《罗摩衍那》中神猴哈奴曼有渊源关系。明刘元卿的《应谐录》中记载的"猫名"寓言，也是从印度搬来的。季羡林还列举了近现代文学家苏曼殊、鲁迅、沈从文等与印度文学及佛经翻译文学的关系，谈到印度诗人泰戈尔对中国的影响。总之，《印度文学在中国》这篇长文，是季羡林关于印度文学在中国传播历史的一个提要式的文章，包含了许多有重要价值的学术信息和学术见解。在许多问题上，他接受了胡适当年在《白话文学史》中的一些观点，又为胡适的论点做了更充分的证明。季羡林的研究基本是实证的、历史文献学的方法，十分注意佛经翻译在中印文学交流中的重要媒介作用，对文本，特别是文本细节进行细致分析，争取找到更多的细节暗合之处，同时也注意到了印度文学流传到中国后，经中国的改造而发生的变异。从这些方面来看，季羡林的比较文学的研究方法，在这篇文章中已有全面的体现，确立了季羡林学术研究中的那种重材料、重实证、不发空论的实事求是的方法和学风。到了1970年代后期，他又将这篇文章中的若干问题进一步展开，写成了《西游记里面的印度成分》等多篇文章，将研究具体化、深入化。

季羡林的研究在比较文学方法上无疑是学术正轨，堪称楷模。当然，在具体的学术观点上，由于有时过于强调印度影响中国，而对双向的交流似乎揭示不够，有的结论出现了争鸣和商榷的意见。例如，关于月兔的故事是否就来自印度？季羡林的研究由于实证材料不多，未能展开。后来，中国台湾的著名印度问题专家糜文开的长文《中印文学关系举例》（台湾《中外文学》1981年第10卷第1期）以大量的资料考证，说明印度佛教故事吸收了中国的月中白兔的传说，其材料与结论都较充分，可与季羡林先生的看法并存，聊备一说。

再如，著名印度学学者吴晓铃（1914—1995年）在此时期发表了《西游记〉和〈罗摩延书》》（《文学研究》1958年第1期）一文，他认为："西游故事是中国土生土长的"，"想象从释典翻译文学的夹缝里挤进来的一点点的、删改得全非本来面目的《罗摩延书》（即《罗摩衍那》——引者注）的故事的片段竟会影响到《西游记》故事的成长，也是根本不可能的事情"。吴晓铃在这个问题上的意见与季羡林先生不同，而与鲁迅先生相近。1980年代后，也有新一代学者撰文认为《西游记》中没有多少印度影响，孙悟空是中国的"特产"。又如，中国的"龙"是否就是从印度传来的？1980 年代后有年轻学者做了更符合实际的研究结论（见本书第四章第三节）。这些观点和看法孰是孰非不必过早下结论，但作为学术上的讨论和争鸣是正常的、可喜的。

谈到吴晓铃关于印度文学及比较文学研究，有一篇论文很值得重视，那就是《印度戏剧的起源分类和角色》（《戏剧论丛》1957 年第 2 辑）。该文在今天看来也是研究印度古代戏剧起源问题最翔实、最有说服力的文章。吴晓铃提出关于印度古代戏剧起源的四种不同说法，即"神启仙造""吠陀祭仪""史诗轨范""希腊影响"。从比较文学角度看，关于印度戏剧与希腊戏剧的关系，是很令人感兴趣的。他认为，侵略过印度的希腊亚历山大大帝是最喜爱戏剧的，他在战争的时候都带着随军的剧团。而亚历山大入侵印度在公元前 2 世纪左右，印度古典戏剧在公元后 1 世纪左右便兴盛起来，这是耐人寻味的。他指出，希腊悲剧的最后一个伟大作家优里僻特拉死在公元前 406 年，比第一部印度古典戏剧的出现差不多要早五百年。印度虽然有人传诵他的作品中的名句，但这只能说是大众欣赏文学名著的一般现象，不足以作为证明希腊戏剧与印度戏剧相互关联的主要材料。因此，许多梵学者主张希腊悲剧是促成印度戏剧兴起的原因，希腊新戏剧才是直接影响印度戏剧成长的真正根源。接着，吴晓铃从序幕、分幕、布景、结构、穿插几个方面，说明了印度与希腊戏剧的相似性：它们戏剧在开头都有一个序幕，作用是交代作者的姓名、剧本的名称和内容梗概，演出的目的和对观众的祝贺；希腊戏剧一般都分为五幕，印度戏剧有时略有增减；两者都不采用背景，只用一方帐幔将前台与后台隔开；希腊戏剧和印度的"英雄戏剧"（"那叱伽"）的剧情结构很相似，印度"英雄戏剧"差不多总是一个王公与一个民间女子相爱，中间出现挫折，后来证明那个民间女子是一位公主或高种姓出身，于是结为姻缘；希腊新戏剧的剧情大体相同。此外，吴先生还指出，初期的印度戏剧是很严格地遵守"三一律"的，印度和希腊戏剧中的丑角的身份也相似，都是寄食型的帮闲之流；希腊喜剧和印度戏剧都使用雅俗两种语言……吴晓铃的这篇文章，充分吸收了国外梵学的研究成果，在此基础上提出了自己的思考和判断，这对于揭示东西方戏剧之间的久远联系是很有帮助的。此前，许地山曾撰文认为中国戏剧与印度古代梵剧存在渊源关系，而吴晓铃所论证的梵剧与希腊戏剧的关系，对中国戏剧的起源问题的研究，自然也有参考价值。

在中印及东方各国文学关系研究方面，还需提到的是艺术史专家常任侠（1904—1996年）的《中印艺术因缘》，该书是作者的一本论文集，收论文11篇。虽然所研究的对象并不是文学，但与文学问题密切相关，所以也值得一提。该书在"内容提要"写道："本书对于中国和印度、印度尼西亚等在古代和现代的文化艺术交流上，做了细致而深入的介绍，以增进人民与人民间的友好关系，加强保卫和平的力量。内容涉及中、印古代艺术史的伟大成就，如麦积山石窟与阿旃陀石窟艺术，我国的杂技、傀儡戏和皮影戏艺术，古代中印间象棋与骰子的交流关系，以及印度尼西亚艺术团和印度文化代表团演奏的舞蹈与音乐等。"书中的大部分文章以中印艺术的交流为主题，也有一些文章涉及除中印以外的日本、朝鲜乃至西方诸国，例如在谈到傀儡戏的时候，指出中国的傀儡戏起源于原始社会，汉末以后高度繁荣，便向外传播。"自唐以来，日本也叫'傀儡师'，直到现代，在翻译上才改称木偶戏。日语中的'窟傀子'和俄语中的'顾傀儡'，大概都是傀儡的译音。我国历史上的名词，很久的已成为国际的通用语了"。显示了作者纵横捭阖、贯通古今中外的广阔的文化视野，这正体现了比较文学的精髓。

在中日文学关系研究方面，此时期的一个特点是研究中缺乏大家手笔，像上述的中印文学比较研究中的季羡林那样的大家学者，在中日文学比较研究中还没有出现。1930—1940年代中日文学研究的大家，如周作人、钱稻孙等，许多都像钱锺书曾经说过的，由"日本通"变成了"通日本"。抗战胜利后他们受到了制裁，也疏离了日本及日本文学方面的研究。加上1930—1940年代日本的侵华，1950—1960年代中日关系的非正常化等因素，中日文学的比较研究在这时期显得更为萧条，只有为数有限的几篇小文，如张葆华的《鲁迅的作品在日本》（《天津日报》1956年10月19日）、小战的《鲁迅与小林多喜二》（《天津日报》1962年11月7日）、陈北鸥的《中国戏剧在日本》（《光明日报》1962年2月18日）。1972年中日邦交正常化后，中日比较文学研究在数年中没有储备人才，未能及时适应新的形势，仍然处在沉寂中。直到1978年，才有刘德有的《白居易在日本》（《光明日报》1978年8月13日），吴泰昌的《红楼梦在日本的流传》（《战地》增刊1978年第2期）等两三篇文章出现，但这却预示着1980年代后中日比较文学的崛起和全面繁荣。至于中国与朝鲜、越南等东亚汉字文化圈内的文学研究，比中日文学研究领域更为薄弱，严重缺乏专门的研究人员。在中朝文学关系方面此时期只有林辰的《中朝文学的传统友谊》（文艺报》1950年第3期）一篇文章和从朝鲜文翻译过来的一两篇文章。我国与中东地区各国文学比较的研究，几乎是一片空白，只有季羡林、刘振瀛合写的《五四运动后四十年中中国关于亚非各国文学的介绍和研究》（北京大学学报》1959年第2期）一文，是仅有的一篇介绍东方文学在中国的译介情况的文章。这篇文章用文献统计学的方法，对蒙古、朝鲜、越南、日本、柬埔寨、缅甸、印度尼西亚、印度、锡兰、巴基斯坦、菲律宾、泰国、阿富汗、伊朗、古代阿拉伯、埃及、伊拉克、黎巴嫩、约旦、阿尔及利亚、以色列、土耳其、埃塞俄比亚、尼日利亚、喀麦隆、南非等亚非各国文学在中国的译介情况做了统计。例如，作者统计出新中国成立后翻译出版的蒙古文学作品单行本22种，朝鲜文学作品66种。在新中国成立前译介的日本作家个人作品专集（含长篇小说）82种，诸家综合集28种，文艺理论31种；新中国成立后到1959年的十年间，又译出各类单行本55种。新中国成立前译出的印度文学作品单行本23种，新中国成立后十年间是58种。最后还归纳统计出了从五四到1949年，从1949年到当时（1959年）两个历史阶段译介的亚非各国文学作品单行本的分布及总量285种。作者还在统计数字的基础上对翻译的多寡及其原因、对今后的译介应该注意的问题做了分析和提示。从文末附记中可知，协助撰写该文的还有北京大学东语系的其他专家，如金克木、韦旭昇、卞立强、梁立基等十余人，可以说，该文的写作在调动各语种专家对东方文学译介情况进行调查摸底方面，是有推动作用的；并且，总体上看，这篇文章在东方文学译介中也具有清理家底、继往开来的意义。

二、范存忠、戈宝权等人的中西文学关系史研究

在中西文学关系研究方面，沉潜期的研究承续 1920—1940 年代的研究，在某些问题上有所推进。

在中英文学关系的研究方面，范存忠曾在 1940 年写过一篇题为《十七、八世纪英国流行的中国戏》（《青年中国》季刊第 2 卷第 2 期），到了 1950 年代，他在这个问题上的研究又有了新的推进。他在 1957 年发表的《〈赵氏孤儿〉杂剧在启蒙时期的英国》一文，是该时期出现的为数寥寥的高水平的比较文学研究论文，从整个比较文学学术史的角度看，也是难得的富有学术生命力和创新性的论文。该文有两万多字，分为九个部分，以翔实的史料、细致地介绍分析了元杂剧《赵氏孤儿》在启蒙时期的英国的翻译、传播、改变和影响等方面的情况。包括法国人如何最早翻译《赵氏孤儿》，在法国文艺界引起了哪些反响和评论，法国人如何用新古典主义的"三一律"的原则来批评该剧本，该剧本如何由法国传入英国，而英国人为什么没有像法国人那样以"三一律"的原则来指责《赵氏孤儿》，英国人李却德·赫尔德如何拿古希腊悲剧与《赵氏孤儿》做比较，《赵氏孤儿》的第一个改编本、英国剧作家赫谦特的《中国孤儿》有何特色，此后谋尔飞的另一个改编本与法国服尔太的《中国孤儿》有何关系等一系列问题。范存忠从当时流行的社会学、反映论的立场，指出了《赵氏孤儿》的英文改编本对英国社会现实的作用和影响。他认为，赫谦特的《中国孤儿》是 1740 年代英国资产阶级政治斗争的产物，揭露了瓦

尔帕尔专政时代的政治现实，而谋尔飞的《中国孤儿》则结合了当时英国的内外局势，宣扬了爱祖国、爱自由的思想。特别值得我们注意的是，范存忠在该文中贯彻了自觉而又鲜明的比较文学观念和意识。通常，从一般文学史的眼光来看，在艺术上不成熟的作品便没有多大价值，可以忽略不论，然而，从比较文学的角度看，则大有不同。对此，范存忠写道：

> 我们谈这一个文学关系，很容易低估它的价值。翻译也好，介绍也好，批评也好，改编也好，搬上舞台也好，不但都有缺陷，而且有很多、很大缺陷。翻译不完整，介绍不全面，批评不深入，改编本子跟原剧差别很大，仅仅保留了一个轮廓；至于舞台表演，从中国人的眼光来看，在许多地方好像一个讽刺。这些是很明显的，我们也提供了一些材料。可是，从历史主义的眼光来看，从比较文学的观点来谈，这许多工作——翻译、介绍、批评、改编、上演——都有其意义，因此也都有一定价值。①

这实际上指出了比较文学研究所特有的文学价值观，即着眼于跨文化交流，着眼于文学的文化价值。可以看出，范存忠是自觉地以比较文学的观念来研究《赵氏孤儿》在英国的传播和影响的。1950—1970 年代许多研究中外文学交流的文章普遍缺乏比较文学学科意识，范存忠的这篇文章则很不同，它在比较文学学科史的意义，也就显得特别突出。与此相联系，在比较文学研究方法的运用方面，范存忠的这篇文章也颇为自觉、颇得要领。他把实证的、传播的研究，与基于作家作品的细致分析的影响研究密切结合起来了。一方面，他清醒地意识到："谈文学关系，必谈影响；可是谈影响，往往易于笼统，难于明确，难于具体"，指出了"影响"研究的不可实证性，同时，他又在传播史实的基础上对作品本身作

---

① 范存忠：《〈赵氏孤儿〉杂剧在启蒙时期的英国》，原载《文学研究》1957 年第 3 期

了细致的影响分析。1950—1970 年代的有关中外文学关系的文章，单纯描述事实的多，而在史实的基础上谈"影响"则很不够，范存忠的文章在这方面的努力，就显得尤为难能可贵了。

在中英文学关系研究中，莎士比亚在中国的译介与传播的研究较受重视，这是因为莎士比亚是英国和欧洲最重要的戏剧家和诗人，代表了欧洲古典文艺的最高艺术水准，更是因为莎士比亚是无产阶级革命导师马克思和恩格斯赞赏和推崇的作家。关于莎士比亚在中国译介和传播问题研究的代表性的成果是曹未风、赵铭彝的文章。

曹未风（1911—1963）1954 年发表的《莎士比亚在中国——纪念莎士比亚诞生三百九十周年》（《文艺月报》1954 年第 6 期），具有鲜明的时代特点。文章共分三个部分，其中第一部分援引了马克思、恩格斯以及当时中共中央主管文化宣传工作的周扬关于莎士比亚的论述，来证明译介莎士比亚的意义和价值。第二和第三部分，分别评述了新中国成立前后莎士比亚的翻译介绍情况。他指出，最早译介莎士比亚的是林琴南，五四运动以后第一个翻译莎士比亚的是田汉，1920—1940 年代，陆续有译本出现，其中有梁实秋翻译的莎剧八种，杨晦翻译的《雅典人台满》，曹禺翻译的《柔密欧与幽丽叶》，曹未风自己翻译的十一种剧本，朱生豪翻译的31 种半，还有解放后的屠岸、方平的翻译。其中对朱生豪和曹禺的翻译给予了高度评价。文末还附了一个"莎士比亚作品译本表"，列出的译本共七十余种。该文在不长的篇幅中，第一次对莎士比亚在中国的译介情况作了系统而清楚的梳理，以翻译家为中心展开论述，为中国的翻译文学史提供了重要的资料和线索，在比较文学的翻译文学研究中，是一篇重要的文章。同时，该文也带有强烈刺眼的时代局限，除去说了较多的时代与政治的流行套话之外，在对人物的评价方面，也带有强烈的政治色彩。如，在谈到梁实秋的莎士比亚翻译的时候，说梁的翻译——

是令人失望的。第一，他只是按文字把故事传述了过来，根

96

本没有体会原著的优越的艺术成就……第二，他的工作态度是轻率的，粗糙的，不负责任的。这个结果，自然是与他这个买办资产阶级的阶级本质分不开的。鲁迅先生老早就指出来过。他最后终于在解放后逃到台湾去投降反动派，背叛了祖国，也不是偶然的。①

诚然，梁实秋的莎士比亚翻译是有缺点，但他的翻译无疑是严肃的、高水平的、有特色的翻译，这是文学翻译史上的事实，但该文却因梁实秋的政治倾向而对梁的莎士比亚翻译做了全盘的否定。由此可见，在那个时代，"政治第一"的标准对学术研究和学术评价造成了怎样的影响！

赵铭彝《莎士比亚戏剧在中国舞台上》（《上海戏剧学院学报》1957年第6期）介绍了到1957年为止莎士比亚戏剧在中国的翻译改编和演出的情况，具有一定的史料价值。

此时期，特别在1950年代的中外文学关系的相关文章中，中苏（俄）文学关系的文章数量最多，约占相关论文的三分之一。在这些文章中，有的只是就事论事的随笔评论性短文，有的是具有浓厚政治色彩的宣传性文章，都不能算是严格意义上的学术论文。例如，著名俄苏文学翻译家曹靖华（1877—1987年）发表的有关中苏文学关系的一系列文章，大都属于这种性质。如《谈苏联文学》（1951年）、《中国人民的伟大战友高尔基》（1951年）、《苏联文学帮助我们塑造新品质》（1952年）、《苏联文学在中国》（1952年）、《苏联文学——我们的鼓舞者，感谢你！》（1957年）等，虽然也从一个侧面反映了中苏文学关系，但大都属于应时应景的文章。其中，有对苏联文学的热烈赞美和极高评价，认为苏联文学"是世界上最有内容，最有成就，最先进，最民主，最革命的文学"，并提出"学习革命的苏联文学，反对堕落的美国文学"；也有对苏联文学影

①　曹未风：《莎士比亚在中国——纪念莎士比亚诞生三百九十周年》，原载《文艺月报》1954年第6期。

响中国文学、作用于中国革命的伟大意义的强调。这些都从一个侧面反映了苏联文学在中国产生的巨大的作用，也反映了当时的意识形态倾向性。今天读这类文章，是可以从中获得一定的认识价值的。

此时期对中俄、中苏文学关系研究做出最大贡献的，是戈宝权（1913—2000 年）。新中国成立前，他曾作为记者赴苏联，新中国成立后曾做过驻苏外交官，从 1957 年起任职中国科学院专门研究苏联文学。他的中俄（苏）文学关系研究开始于 50 年代，是新中国成立后最早从事比较文学研究，并做出突出成绩的著名学者。他的主要文章有：《陀思妥耶夫斯基的作品在中国》（《译文》1956 年第 4 期）、《高尔基与中国》（《文学研究》1958 年第 2 期）、《普希金和中国》（《文学评论》1959 年第 4 期）、《托尔斯泰的作品在中国》（《世界文学》1960 年第 11 期）、《绥拉摩维支和中国》（《世界文学》1960 年第 1 期）、《契诃夫和中国》（《文学评论》1960 年第 1 期）、《冈察洛夫在中国》（文学评论》1962 年第 4 期）、《高尔基的早期中译及其他》（《世界文学》1963 年第 4 期）等。这些均以"俄国文学作品在中国"为主题，以作家作品为中心，系统而有重点地、以点代面地清理了 20 世纪俄国文学作品在中国传播和影响的历史轨迹。

戈宝权作为一个有突出成绩的俄苏文学翻译家，非常熟悉俄罗斯作家作品，许多珍贵的材料是他在翻译某作家作品时发现的。例如，在《普希金与中国》一文中，他通过翻译普希金的作品，通过研究普希金的手稿和私人藏书，发现了不少普希金与中国有关的史料与线索。他指出："普希金在他的一生当中，对中国是有着很大的兴趣的：他阅读过不少有关中国的书籍，写过有关中国的诗歌，甚至还有过访问中国的念头……普希金和中国的关系的问题，无论在过去，还是在今后，对于中苏两国的普希金研究者，始终都是一个有意义的和有趣的研究课题。"在《冈察洛夫和中国》一文中，戈宝权细致地梳理、考证了冈察洛夫在 1853 年访问中国香港和上海的情况，详细地分析了冈察洛夫回国后写的游记《三桅巡洋舰帕拉达号》一书，指出这部游记给中国人民以很高的评价，对中国人民所遭受的压迫和痛苦给予深厚的同情，对英帝国主义者的侵略罪行表示了憎恶与谴责；冈察洛夫这部书不仅具有文学价值，而且作为第一位写到太平军起义的俄国旅行家，也具有一定的史料价值。在《契诃夫和中国》一文中，戈宝权介绍了契诃夫 1890 年到库页岛调查流刑犯和苦役犯时途经我国的黑龙江瑗珲城的情况，指出契诃夫是一位对中国人民怀有很大兴趣和好感的俄国作家。他还考证了中国翻译的最早的契诃夫作品是 1907 年吴梼根据日文译本翻译的《黑衣教士》，并介绍了五四以后中国对契诃夫译介的大体情形。戈宝权在中俄（苏）文学关系研究中，充分地发挥了他早年做新闻记者时所形成的严格调查、以事实说话的文风和学风，最大限度地摆脱了当时学术界流行的政治与时代的套话，运用实证、考证的历史文献学方法，不发空言，不讲大话，体现了学术研究的正轨，在比较文学传播研究上足以垂范后学。

在中苏文学关系方面，还有一些文章值得一提。其中，戏剧专家葛一虹（1913—2005 年）的《俄罗斯、苏联戏剧在中国传播三十年（1919—1949）》（《戏剧论丛》1957 年第 4 辑），从文献史料的角度，对 1919—1949 年三十年间苏联戏剧在中国的传播问题，做了梳理和总结。他指出五四前后我国第一个介绍苏联戏剧的是宋春舫，第一个把俄罗斯剧本切实译成中文的是瞿秋白，第一次成规模地编译俄苏戏剧的是耿济之、郑振铎等在 1921 年推出的包含六个作家十个剧本的《俄国戏曲集》。1930 年代翻译俄苏剧本的还有郑振铎、鲁迅、曹靖华、李霁野、乔懋中、王道源、柔石等，并有许多俄苏戏剧被搬上了中国舞台。该文详细介绍了上海等地的演出情况，指出苏联戏剧理论家梅叶荷德，特别是斯坦尼斯拉夫斯基在中国的影响。对 1937 年抗战爆发后的国统区译介与演出苏联戏剧的萧条状况和共产党根据地的热心译介与演出，也做了交代和分析。叶水夫的《苏联和人民民主国家的文学在中国》（《世界文学》1959 年第 9 期）一文，以丰富的史料，介绍了苏联和东欧、亚洲等一些"人民民主主义国家"——其中包括苏联、朝鲜、蒙古、越南、阿尔巴尼亚、德国、波兰、捷克斯洛伐克、匈牙利、罗马尼亚等国家的文学在中国译介传播的情况。据他披露，到 1958 年底为止，我国的俄苏文学译本已达 3500 多种，占我国外国文学译介总量的 65.8%，总印数的 74.4%；译自其他"东西方兄弟国家"的作品 600 多种，印数 1000 多万册。

冯至（1905—1993 年）等三人合写的《五四时期俄罗斯文学和其他国家文学的翻译介绍》一文，与上述叶水夫的文章在选题上相当。该文从一个侧面反映出了当时学术领域中的特有现象，因而具有特定的代表性。该文文末附注云："去年（指 1958 年）八月北京大学党委领导的科学研究大跃进运动中，北京大学西方语言文学系法语专业二年级一部分同学组织了一个'翻译史小组'，编写外国文学翻译史，并已完成初稿。这篇论文是在初稿中'五四运动时期'一章的基础上写成的。"冯至是著名的德国文学翻译家和研究者，由他带领学生搞科研，当然是合适的、应该的。事实上，这篇文章也梳理了五四时期我国对外国文学翻译的一些史实。但正如"附注"所显示的，这篇文章是"大跃进"运动的产物，自然带有强烈的时代与政治的烙印。当时，官方提倡名教授与大学生一起写文章，其目的恐怕主要不是要教授以此方法带出学生以实现"大跃进"，而是要证明只要世界观正确，大学生照样可以和名教授一样做研究，学术权威的"权威"性自然就被打上了问号。事实上，这篇文章的特征也正在于以官方意识形态解释五四时期我国的外国文学译介史。在对史实的取舍、人物的评价上，集中体现了政治标准统帅一切的原则。对五四时期俄苏文学的译介大讲特讲，而对五四新文学影响至大的英国唯美主义作家王尔德、译介最广泛的日本近代文学，只字不提，或有意淡化；对林纾在外国文学翻译上的历史功绩，一笔抹杀，对胡适、徐志摩等所谓"反动文人"在文学翻译上的贡献全盘否定，从当时的"阶级斗争学说"出发，断言：

在我国现代的翻译史里始终贯穿着两条道路的斗争。这斗争
具体表现在两方面：先是五四运动前后革命的民主主义文学和封
建复古主义的斗争，随后是社会主义道路和资本主义道路的
斗争。①

把文学翻译史看成了阶级斗争的历史，似乎并不能代表冯至的学术与
思想，但至少冯至当时无法摆脱这样的思路，这是时代与政治的局限。像
这样从极"左"的教条主义出发写成的比较文学方面的文章，自然不止
这一篇。但我们只剖析这一篇，就可以窥见当时的时代与学术之一斑了。

除了上述的中英、中俄（苏）文学关系研究之外，还有一些研究者
及文章涉及中西文学关系的总体研究。在这方面值得提到的首先是阿英
（钱杏邨，1900—1977 年）。作为学者的阿英以历史文献的收集、发掘整
理与考证见长，此时期他在中西文学关系方面，发表了三篇文章，即
《易卜生作品在中国》（《文艺报》1956 年第 17 期）、《关于歌德作品初期
的中译》（《人民日报》1957 年 4 月 24 日）、《关于〈巴黎茶花女〉遗事》
（《世界文学》1961 年第 10 期）、《赫尔岑在中国》（《世界文学》1962 年
第 4 期），都从翻译文学史的角度，介绍了有关西方作家作品在中国的译
介与传播情况，首次披露了有关的原始资料，虽稍嫌简略，但不失其文献
价值。

三、鲁迅与外国文学关系的专题研究

鲁迅与外国文学关系的研究，是中外文学关系研究中的一个组成部
分。在这里之所以把这个问题单列出来，是因为在此时期有关中外比较文
学的文章中，涉及鲁迅的就有近五十篇，占全部文章的三分之一。出现这
种现象是因为鲁迅在新中国成立后获得了崇高的历史地位。毛泽东早就说

---

① 冯至等：《五四时期俄罗斯文学和其他国家文学的翻译介绍》，原载《北京大学
学报》1959 年第 2 期。

过鲁迅是现代中国的"圣人"，为确立鲁迅的地位定了基调。新中国成立后，鲁迅研究成为一门名副其实的显学。1950—1960年代的鲁迅研究者，大都把鲁迅看作是中国现代新文化和新文学的旗帜，说他是一位马克思主义者和共产主义战士。"文化大革命"期间，鲁迅的著作和语录常常与马恩列斯毛的语录一样被不断引用，并一样具有权威性和震慑力。在这种背景下，鲁迅研究就成为在学术研究中最有价值、最少政治风险的领域。鲁迅与外国文学关系的研究也就随之成为中外文学关系研究中的重点。

众所周知，鲁迅具有广阔的文化包容意识，对世界各国文学，对不同思潮、不同时代、不同倾向的作家和作品，都保持浓厚的兴趣，并在创作中吸收他们的营养。但在此时期的研究中，大部分的文章却集中在鲁迅与俄苏文学关系上面，而且是与"批判现实主义"的进步作家的关系上。除"鲁迅与俄罗斯文学"和"鲁迅的作品在俄苏"这样宽泛的题目外，涉及最多的是鲁迅与高尔基的关系，其次是与果戈理、契诃夫、托尔斯泰等人的关系。在这方面的研究中，最重要的研究者有两个人，一个是冯雪峰，另一个是韩长经。

冯雪峰（1903—1976年）是新中国成立后最早研究鲁迅与外国文学关系的人。早在1949年10月出版的《人民文学》杂志创刊号上，冯雪峰就发表了《鲁迅创作的独立特色和他受俄罗斯文学的影响》，开新时期鲁迅研究及鲁迅与外国文学比较研究之风气。在这篇文章中，冯雪峰认为，鲁迅虽然精通中国传统文学，但中国文学却培养不出他的文学思想，培育不出这样的伟大的作家；鲁迅成为伟大作家，是受世界文学尤其是俄苏文学影响的结果。鲁迅之所以能够广泛地接受俄苏文学的影响，是因为他要从俄苏文学中寻找被压迫民族由濒临灭亡走向觉醒与进步的道路，对民主革命的历史要求与愿望决定了他的文学倾向。文章还指出，鲁迅并不是一个被动的文学接受者，他虽然接受了外国文学的深刻影响，但我们在他的作品中看到的不是所受外国文学影响的异国情调，而是独特的现实主义风格。文章着重分析了苏联文学特别是高尔基给予鲁迅的影响。1954年，冯雪峰又发表《鲁迅与果戈理》（《人民日报》1954年3月4日）一文。他指出，鲁迅是中国文学家中最早接受果戈理影响的一个代表。鲁迅向果戈理学习的主要是爱国主义、对黑暗社会的深刻揭露、精辟的天才的讽刺艺术，以及对文学的社会目的与作用的看法，尤其是批判的现实主义创作方法。文章重点比较分析了鲁迅与果戈理的同名小说《狂人日记》，指出两者在体裁形式与解剖社会的深刻与尖锐性上都很相似，但鲁迅的《狂人日记》又有自己的独创性。鲁迅并不是单纯的接受果戈理的影响，而是善于在接受外来影响的基础上形成自己鲜明的独创性。他认为，"除了《狂人日记》，鲁迅的其他作品，我们就很难看见明显的、有迹象可寻的果戈理或其他外国作家的影响。这是因为：鲁迅从个别外国作家那里受了比较明显影响的，就只有这一次；但如果说影响，作为他受的是俄罗斯和东、北欧诸国文学的综合影响，主要在文学精神上；在方法上他是分别采取各个作家的各自的优长"。此外，《高尔基与中国作家》（《文艺报》1953年第7期）一文，对高尔基做出了崇高的评价，强调了鲁迅生前对高尔基的崇敬和重视，认为：要使自己成为一个无产阶级作家，则研究高尔基的作品，体会他的精神，是十分必要的。总之，冯雪峰在新中国成立初期发表的这些文章，虽然现在看起来时代的局限性很明显，有些结论不无可商榷之处，但他的文章材料充实，分析透辟，结论有说服力，代表了此时期相关研究的最高水平，显示了良好的学术素质。可惜50年代后期，冯雪峰被打成"反革命右派分子"，失掉了写作及研究的自由。

在山东大学任教的韩长经（1927—1978年）从1958年起，开始发表关于鲁迅与俄苏文学关系的文章，其中有《鲁迅与契诃夫》（《文史哲》1958年第10期）、《鲁迅论列夫·托尔斯泰》（《文史哲》1958年第11期）、《鲁迅与俄罗斯苏维埃文学的关系》（山东大学学报》1959年第2期）、《鲁迅前期是否有过虚无主义思想——从鲁迅和阿尔志跋绥夫的关系谈起》（《山东大学学报》1963年第3期）、《鲁迅早期思想所受俄国古典文学的影响》（《山东大学学报》1963年第3期）等。这些文章连同未发表过的《鲁迅与果戈理》一文,在作者去世三年后被编成题为《鲁迅与俄罗斯古典文学》的八万字的小册子,由上海文艺出版社于 1981 年出版(个别文章经著者的好友徐文斗教授润色过)。其中,《鲁迅与俄罗斯苏维埃古典文学的关系》一文是一篇提纲挈领的长文,他强调,要谈俄国文学对鲁迅的影响,必须看到它的综合影响是超过任何个别作家的。他所批判继承的,是俄国文学的主要精神和根本特征。文章指出,俄国文学的影响,是鲁迅革命民主主义世界观形成的一个重要因素,鲁迅的爱国主义思想、"为人生"的现实主义文艺观点,都与俄罗斯文学的影响有关。在《鲁迅前期是否有过虚无主义思想——从鲁迅和阿尔志跋绥夫的关系谈起》一文中,作者认为,鲁迅虽然译过阿尔志跋绥夫的作品,却没有接受过虚无主义思想的影响。鲁迅非但不是什么虚无主义者,而且在他的思想中,也从来没有虚无主义色彩、虚无主义情调。在当时日本和中国风行一时的西方资产阶级反动的哲学,特别是小资产阶级的无政府主义的个人主义思想,虽然曾经吸引过他,但这种思想和虚无主义究竟不能等同起来。总体来看,韩长经作为一位鲁迅研究者,其文章以鲁迅作品的研读为基础,对鲁迅与俄国文学的关系做了细致的分析,但作者在文献材料上未能有新的发现和发掘,只靠读俄罗斯文学译本来研究鲁迅与俄罗斯文学的关系,就不免有诸多局限。但即便如此,韩长经的系列文章,还是可以从一个侧面体现 1950—1960 年代的鲁迅研究、鲁迅与外国文学研究的历史现状。

四、钱锺书、杨绛的中西文学跨学科平行研究

钱锺书在 1960 年代,发表或写作了《读拉奥孔》》《论通感》两篇中西文学与文化比较研究的重要论文。其中,发表于 1962 年的《论通感》(《文学评论》1962 年第 1 期)一文,运用现代心理学、语言学、美学的理论方法,论述了中西文学中普遍存在的"通感"现象。文章一开头就指出:"中国诗文里有一种描写手法,古代批评家和修辞学家似乎都

没有理解或认识。"那就是"通感"现象，例如，宋诗中"红杏枝头春意闹""寺多红叶烧人眼，地足青苔染马蹄"中的"闹"字和"烧"字，明代的李渔不理解，加以嘲笑。钱锺书列举了中国古典诗歌中大量的例子，说明打通人的视觉、听觉、触觉、嗅觉、味觉等不同的感觉的通感现象，在中国诗歌和西方古今诗歌中都是非常常见的。而在西方，古希腊的亚里士多德就说过声音有"尖锐"与"钝重"之分，中国也有"听声类形"之说等等。应该说，通感现象在此前，中西文论中多有论及，钱锺书当然并不是首次发现和论述"通感"现象的人，但这篇文章的价值在于打通中西古今，征引中西诗歌及文论中的大量例证，使通感现象在比较文学与世界文学的平台上得到更全面、更清晰的展现，而且论旨鲜明集中，材料丰富而不繁缛，在钱锺书的全部论文和著作（包括此后的论文和著作）中都是较为突出的。

《读〈拉奥孔〉》（写于1962年，后收于《旧文四篇》）是一篇由阅读德国人莱辛的美学著作《拉奥孔》而生发开去的中西文艺比较论。作者将《拉奥孔》等西方文论与中国古代诗画论中关于"通感"现象的阐述加以比较，阐述了诗歌（文学）与绘画（造型）艺术之间的共通的审美规律及各自的不同特点。他指出，《拉奥孔》讲到的绘画适宜表现物体形态，诗歌宜于表现动作，中国古人也讲到过，如晋代陆机区分了"丹青"和"雅颂"的界限，说"宣物莫大于言，存形莫善于画"等，但没有莱辛讲得透彻。莱辛还提出了时间与空间这两个范畴，来说明诗歌与绘画的区别，这在中国唐代徐凝的诗句"画人心到啼猿破，欲作三声出树难"（说的是绘画中要表现猿的连续三声凄楚动人的啼鸣是很困难的）中也谈到同样的问题。关于诗中有画而又非画所能表达，中国古人常讲，而莱辛在这方面的论述就不如中国古人周到。钱锺书还指出，中西文论和画论中讲到文学语言中的比喻在绘画中无法表现，绘画也很难表现诗歌中"似是而非、似非而是"的情景。《拉奥孔》中所讲的主要是故事画，那时故事画被公认为是绘画中的最高的一门，但绘画中不能表现整个事件进程，只能抓住"富于包孕的片刻"，钱锺书举出了中国的金圣叹的有关论述，认为莱辛所说的"富于包孕的片刻"在中国小说、说书、评弹中都被大量使用，即所谓"回末起波""引而不发跃如也""卖关子"。钱锺书认为，诗歌等文学艺术可以借鉴绘画，做到"诗中有画"，诗歌可以表现绘画中难以表现的东西，因而实际上诗歌的表现面比莱辛所想的更广阔。总之，《读〈拉奥孔〉》一文围绕诗画相通这个古老的话题，征引了中西文论画论中大量的例证，在中西比较中相得益彰，互为补充，凸显了诗与画两门不同艺术之间的内在联系，也凸显了中西文艺史对这个问题的共同认识。但该文也有钱锺书先生文章中喜用的那种"随笔札记"风，多少存在着举例繁复，全文逻辑结构略显松散的问题。

　　戏剧家、作家杨绛（1911—2016 年）在 1964 年发表的《李渔论戏剧结构》一文，是此时期出现的中西戏剧理论比较研究中为数寥寥的高水平论文。该文以李渔的《闲情偶记》的"词曲部"和"演习部"为中心，对李渔的戏剧结构的理论做了阐发，并与亚里士多德等人的西方戏剧结构理论做了比较分析。杨绛指出，中国古典戏曲论著作，重视"曲"而忽视"戏"，唯李渔从戏剧的角度，对剧本编写、故事结构、人物个性等做了系统阐述。而许多阐述跟西方的戏剧理论相似，如关于戏剧故事的真实性，李渔所说的"不必尽有其事"，要写"所应有者"，与亚里士多德所主张的要写"当然或必然会发生的事"是一致的；李渔所说的"说一人肖一人，勿使雷同"，与亚里士多德所说的描写任务性格要"切合其身份"相通。接着，杨绛详细分析了李渔所主张的一本戏只应表演一个人的一桩事（即所谓"立主脑""一线到底""始终无二事，贯穿只一人"）与亚里士多德论悲剧时所说的"故事整一性"间的关系，认为两者"非常近似"。但另一方面，李渔所主张的戏剧结构的整一，与亚里士多德的并不是一回事。一个是根据我国的戏剧传统总结出来的，一个是根据古希腊的戏剧传统总结出来的，表面上看似相同的理论，所讲的却是性质不同的两种结构。通过中西戏剧的实例分析，杨绛认为，西方戏剧所说的故事的整一性，基本包含了时间和地点的限制，这在 16—17 世纪所主张的"三一律"表现得最为突出，即使不遵守三一律的莎士比亚、歌德、雨果等，在时间和地点上还是比中国戏剧拘束一些，"因为莎士比亚的戏，至少在一个景里，地点陷于一处，时间限于一段。我国传统的戏剧是完全不受这种限制的""在我国传统戏剧里，地点是流动的，像电影里的景"。她最后说：

> 以上种种，都证明我国传统的戏剧结构，不符合亚理斯（里士）多德所谓戏剧的结构，而接近他所谓的史诗的结构。李渔关于戏剧结构的理论……使用于我国传统戏剧，如果全部移用于承袭西方传统的话剧，就有问题。因为史诗结构不是戏剧结构，一部史诗不能改编为一个悲剧，一本中国传统的戏也不能不经剪裁而改编为一个话剧。由此也可见，如果脱离了具体作品而孤立地单看理论，就容易迷误混淆。（中略）我国传统戏剧可成为"小说式的戏剧"。现代欧洲提倡的"史诗剧"（epic theatre）尽管和我国的传统戏剧并非一回事，可是提倡者布莱希特（Brecht）显然深受中国传统戏剧的影响。①

通过这样的比较分析，中西戏剧在理论和实践中的相同性和差异性得到了彰显。不仅其结论是靠得住的，而且杨绛在该文中运用的作品与理论互动互证、互相阐发的方法，在比较文学研究方法论上是有启发和示范意义的。

---

① 杨绛：《李渔论戏剧结构》，原载《文学研究季刊》第 1 册，1964 年 6 月。

第三节 翻译文学研究的相对活跃

一、翻译文学理论探讨的展开

1950—1970年代的翻译文学研究及翻译文学理论，在很多方面是上一个时期的承续。新中国成立后，党和政府对社会主义计划体制下的翻译工作给予了高度的重视，做出了明确的部署。1954年，茅盾在全国翻译工作会议上强调"文学翻译工作必须有组织有计划地进行"，将世界古今名著有计划地高质量地翻译过来，"必须把文学翻译工作提高到艺术创造的水平"，并提出加强翻译批评与研究。从1954年到1960年代前半期，随着文学翻译事业的有序繁荣，翻译文学研究和翻译文学理论也较为活跃。虽然当时并没有人自觉地把翻译文学理论研究看成是比较文学的一部分，但现在看来，这一领域作为跨文化、跨语言的文学研究，在此时期的比较文学研究中，是最有活力、最有影响的一个部门。

这一时期的翻译文学理论研究中，承接着1920—1940年代，就一些基本理论问题继续进行了讨论和争鸣。包括严复提出的"信达雅"翻译原则，关于直译与意译的翻译方法，关于文学风格的可译性与不可译性问题，关于文学翻译的艺术本质，关于"翻译学"能否建立，关于翻译批评等一系列问题，都有所涉及。

其中，关于"信达雅"问题，和上一个时期一样，此时期仍有不同的意见。如郭沫若在《谈文学翻译工作》（1954年）中说：严复"曾经主张翻译要具备信、达、雅三个条件，我认为他这种主张是很重要的，也是很完备的，翻译文学作品尤其需要注意第三个条件，因为译文同样应该是一件艺术品"。而陈殿兴在《信达雅与翻译准确性的标准》（《俄文教学》1955年第5期）则完全否定"信达雅"的理论价值，认为它是"不完备的，不科学的"，认为应根据原文的性质来确定翻译的标准。

关于文学作品的可译与不可译的问题，在1920—1940年代，周作人、林语堂、朱光潜等翻译家及翻译理论家，都认为文学作品，特别是诗，是不可译的。到了1950年代，翻译理论界就这个问题继续展开讨论和争鸣，并把讨论的侧重点由诗歌等文体上的可译性，上升到文学风格的可译性问题。1959年，周煦良（1905—1984年）发表了《翻译与理解》（《外语教学与研究》第7期）一文，强调理解在翻译过程中的重要性，并认为"译司汤达，还他司汤达；译福楼拜，还他福楼拜"之类是欺人之语，因为风格是不能翻译的。他说："在通常情况下，它（指风格——引者注）好像只是在无形中使译者受到感染，而且译者也是无形中把这种风格通过他的译文去感染读者的，所以既然是这样的情形，我看，就让风格自己去照顾自己好了，翻译工作者大可不必为它多伤脑筋。"周煦良的风格不可译的看法，曾在当时引起了一些争论，上海外文学会还召开了由周煦良主持的讨论会。反对者认为，风格的可译性就如一个人模仿他人走路，不但可以模仿，而且可以模仿得像；赞同者认为，风格的翻译还不是一个简单的模仿走路的问题，翻译的媒介是语言，风格的翻译等于用铅笔或钢笔临摹水墨画，是无法模仿出原作风格的。赞同风格不可译的张中楹在《关于翻译中的风格问题》（《学术月刊》1961年第7期）还举出中外文艺史的例子，认为中国的韩愈和苏东坡的文章，英国的麦考莱和贝德的文章，其风格后人都有不少赞赏和模仿，但是，"在中国到底有多少人学得像韩愈和苏东坡？在英国到底有多少人学得像麦考莱和贝德？这问题无从回答，因为我们不知道，同时，也没听到过。足见风格不易模仿，因为风格之不同，如人心之各异，而人心之各异，正如人面之各殊。这样说，在同一语言的领域里，尚且不易模仿一个作者的风格；在翻译方面，把原作译成另一种语言而要保持同一种风格，这是更不易做到的工作"。可译性不可译性问题是翻译，尤其是文学翻译中的一个古老的悖论，具有很大的理论价值。1950—1960年代的讨论是上一时期的承续，并在80年代后得到了更深入的探讨。

关于直译与意译的问题，与上一个时期相比，此时期翻译家和翻译理论家的意见比较趋于一致。茅盾、金人、林汉达、林以亮、水天同、焦菊隐、巴金等人，都不主张将二者对立起来，甚至认为"直译""意译"之争是无意义的。如水天同（1909—1988年）在《培根论说文集·译例》（商务印书馆1951年）中说："夫'直译'、'意译'之争盲人摸象之争也。以中西文字相差如斯之巨而必欲完全'直译'，此不待辨而知其不可能者也。"林汉达在《英汉翻译原则方法实例》（中华书局1953年）中认为："翻译只有两种：一种是正确的翻译，一种是错误的翻译"，不必讲什么直译意译。他指出："真正主张直译的人所反对的，其实并不是意译，而是胡译或曲译。同样，真正主张意译的人所反对的也不是直译，而是呆译或死译。我们认为正确的翻译就是直译，也就是意译；而胡译、曲译、呆译、死译都是错误的翻译。"

1950年代后，随着外国现代语言学理论的传入，在翻译实践中探求规律性、精确性，在翻译研究中强调科学原则，成为这一时期一些学者的追求目标。他们试图将语言学理论和模式应用于文学翻译，并努力寻找两种语言转换的规律。围绕着翻译是科学还是艺术这一问题，一篇《翻译是艺术》的文章拉开了论争的序幕。1950年，唐人在《翻译是艺术》（《翻译通报》第1卷第4期）中旗帜鲜明地提出了"翻译是艺术"这一命题。他反对"翻译是技术"的说法，指出："若把翻译认作是单纯的技术，就是把翻译比作是照相，是机械地把原来的人物反映出来。然而事实上绝不是这样。一个翻译者在翻译上的用心与用手同一个绘画者是一样的。若绘画是艺术，翻译也应该是艺术。"总的看，在论争中"艺术论"派占绝对优势。在此前后，在翻译主张和翻译理论中具有鲜明艺术论倾向的，就有朱生豪、傅雷两大家为代表的几乎全部文学翻译家；力主翻译是科学的，只有董秋斯（1899—1969年）一人。董秋斯在唐人之后提出了相反的看法，他反对"神而明之、存乎其人""不受任何理论约束"的"艺术"论，而主张"翻译是一种科学"。他写道：

> 早就有人说过，翻译是一种科学。这是什么意思呢？这是说，从这一种文字译成另一种文字，在工作过程中，有一定的客观规律可以遵循。并不完全靠天才或者灵感，如某些人所说的。这规律是客观存在的，不是某些人凭空想出来的。要发现它和通晓它，就得向与此有关的客观事务作一番调查研究工作。那就是说，我们首先得考察各种语文的构造、特点和发展规则，各学科的内容和表现方式，各时代和各国家的翻译经验。然后把这三样东西的调查研究所得结合起来，构成一个完整的理论体系。翻译界有了这样一种东西，就等于有了一套度量衡，初学的人不再浪费许多的精力去摸索门径，也不至不自觉蹈了前人的覆辙。从事翻译批评的人也有了一个可靠的标准。①

主张将翻译看成是一门科学的董秋斯，自然地也主张将翻译作为一门独立的学科来看待，即应该建立"翻译学"这样一个学科。这一主张在1950年代由他首次提出，是此时期翻译理论研究中的新现象。他提出，要为建立翻译学做一些基本的工作，"经过一定时期的努力，随着全国翻译计划的完成，我们要完成两件具体的工作，写成这样两部大书：一、中国翻译史；二、中国翻译学"。现在看来，这是一个有远见的而且是具有一定可行性的设想。可惜在当时由于时代、政治等种种原因，应者寥寥，实施更难。1950年代的"反右"运动直到1960—1970年代的"文化大革命"运动，翻译学理论建设缺乏最起码的语境和条件，但建立"翻译学"的主张对1980—1990年代的中国翻译界产生了深远影响。

---

① 董秋斯：《论翻译理论的建设》，原载《翻译通报》1951年第2卷第2期。

二、傅雷的"神似"论钱锺书的"化境"论

在此时期的翻译文学理论建构中，最值得注意的成果是"神似"论和"化境"论。

"神似"来源于中国传统文论和画论。和"神似"相对的范畴是"形似"。"形似"和"神似"是在"形""神"这两个基本概念基础上生成的。"形"，又称"形貌"，"神"又称"神韵""传神"等。"神似"与"形似"，原本是中国传统的文论和画论范畴，指的是在呈现和表现描写对象时的忠实程度。神、形问题在中国先秦哲学中就有讨论，但尚未涉及文艺领域。魏晋以后，文艺创作中注重神、意、风骨、气韵。南齐画家谢赫认为人物画不应求形似，应讲究"气韵"；东晋画家顾恺之更提出"传神"说。后来形神说由画论而及诗文论，到了现代有些翻译家和理论家借鉴这两个传统概念，来表达翻译文学中的艺术追求。"神似"的提出及其阐发，也成为20世纪中国翻译文学理论建构中最富有中国特色的理论现象之一。

20世纪，最早论述翻译中形、神问题的是茅盾。1921年，他在《新文学研究者的责任与努力》中首先提出形神问题；并在同年发表的《译文学书方法的讨论》一文中加以详尽论述。同时，郭沫若、闻一多在论及诗歌翻译时提出要译"风韵""精神"和"气势"。郭沫若在1920年提出了翻译中的"风韵译"，他说："诗的生命，全在它那种不可把捉之风韵，所以我想译诗的手腕于直译意译之外，当得有种'风韵译'。"（《歌德诗中所表现的思想·附白》，原载《少年中国》第1卷第9期）。1922年，郭沫若在《批判〈意门湖〉译本及其他》中将文学翻译的境界分为"字面、意义、风韵"三个层次，与后来陈西滢提出的"形似、意似、神似"三个境界用语不同，而涵义一致，而且都强调"风韵译"最为重要。1929年，陈西滢（1896—1970）在他的《论翻译》一文中认为"信"的关键是在"形似"之外做到"神似"，他把翻译家比作画家和雕刻家，提

出了"信"的三种不同境界，即，以"神似"为最高，"意似"次之，"形似"为最下品。译文只有做到"神似"才能说是得到了原文的"神韵"。换言之，文学翻译最高的艺术境界就是"神似"，这是翻译文学最高水平的体现。1933 年，林语堂（1895—1976 年）在《论翻译》中也强调文学翻译必须"传神"，强调"译者不但须求达意，并且须以传神为目的。译成须忠实于原文之字神句气与言外之意"。他提出在"字义"之外还有一个"字神"。他所说的"字神"及"传神达意"，主要指的是字面意义之上的，或字里行间的微妙涵义。也可以说是情感意义上的、审美意义上的，亦即文学意义上的东西，文学翻译只有传达出这种"字神"来，才能"传神达意"。后来，多语种翻译家王以铸在《论神韵》一文中也提出了与林语堂大致相似的看法，他把林语堂所说的"字神"称为"神韵"。

到了 1951 年，翻译家傅雷（1908—1966 年）在此前关于"神似"的论述的基础上，进一步明确地提出了文学翻译中的"神似"主张。他也像陈西滢那样以绘画来比喻文学翻译。他写道：

> 以效果而论，翻译应当像临画一样，所求的不在形似而在神似……两国文字词类的不同，句法构造的不同，文法与习惯的不同，修辞格律的不同，俗语的不同，即反映民族思想方式的不同，感觉深浅的不同，观点角度的不同，风俗传统信仰的不同，社会背景的不同，表现方法的不同。以甲国文字传达乙国文字所包含的那些特点，必须像伯乐相马，要"得其精而忘其粗，在其内而忘其外"。即使最优秀的译文，其韵味较之原文乃不免过或不及。翻译时只能尽量缩短这个距离，过则求勿太过，不及则求勿过于不及。倘若认为译文标准不应当如是平易，则不妨假定理想的译文仿佛是原作者的中文写作。那么原文的意义和精神，译文的流畅和完整，都可以兼筹并顾，不至于再有以辞害意，或

以意害辞的弊病了。①

1963 年，傅雷又在致罗新璋的一封信中，对"神似"问题做了进一步的阐述：

> 传神云云，谈何容易！年岁经验愈增，对原作体会愈增，而传神愈感不足。领悟为一事，用中文表达为又一事。况东方人与西方人思想方式有基本分歧，我人重综合，重归纳，重暗示，重含蓄；西方人则重分析，细致曲折，挖掘唯恐不尽，描写唯恐不周：此两种 mentalite（精神面貌）殊难彼此融洽交流。同为 metaphore（隐喻），一经翻译，意义即已晦涩，遑论情趣……愚对译事看法实甚简单：重神似不重形似……
>
> 第一要求将原作（连同思想、感情、气氛、情调等等）化为我有，方能谈到逐译。②

傅雷关于"神似"的理论主张，既是自己翻译经验的总结，也是中国翻译文学史的总结。他特别强调的是中西语言文化的差异，认为在这种巨大的差异下，文学翻译不能以"破坏本国文字的结构与特性"来机械地追求与原文的相似，而应该用地道的中文，传达出原作的精神，这叫"化为我有"。但这并不是不要"形似"。他在 50 年代初致香港翻译家林以亮的信中指出："我并不是说原文的句法绝对可以不管，在最大限度内我们是要保持原文句法的。"对傅雷颇有研究的罗新璋先生在《翻译论集·我国自成体系的翻译理论（代序）》（商务印书馆 1984 年版）中综

---

① 傅雷：《〈高老头〉重译本序》，见罗新璋编《翻译论集》，商务印书馆 1984 年版，第 558-559 页。
② 傅雷：《论文学翻译书》，见罗新璋编《翻译论集》，商务印书馆 1984 年版，第 694-695 页。

合研究了傅雷的总体译论和翻译成果后，依然认为傅雷是主张形神并重的："所谓'重神似不重形似'，是指神似形似不可得兼的情况下，倚（畸）重倚（畸）轻，孰取孰弃的问题。这个提法，意在强调神似，不是说可以置形似于不顾，更不是主张不要形似。"

钱锺书在 1964 年发表的《林纾的翻译》是此时期翻译文学理论、翻译文学研究中最重要的一篇论文。该文以林纾的翻译为中心，论述了翻译理论，特别是翻译文学理论中的一系列根本问题，并提出了"化境"论。他首先从汉代文字学者许慎对"译"字的训诂说起，认为在许慎对"译"字的解释中，"把翻译所能起的作用（'诱'），难以避免的毛病（'讹'），所向往的最高境界（'化'），仿佛一一透示出来了"。由此，他写道：

> 文学翻译的最高标准是"化"。把作品从一国文字转变成另一国文字，既能不因语文习惯的差异而露出生硬牵强的痕迹，又能完全保存原有的风味，那就算得入于"化境"。十七世纪有人赞美这种造诣的翻译，比为原作的"投胎转世"（the transmigration of souls），躯壳换了一个，而精神姿致依然故我。换句话说，译本对原作应该忠实得以至于读起来不像译本，因为作品在原文里决不会读起来像经过翻译似的。但是，一国文字和另一国文字之间必然有距离，译者的理解和文风跟原作品的内容和形式之间也不会没有距离，而且译者的体会和他自己的表达能力之间还时常有距离。从一种文字出发，积寸累尺地渡越那许多距离，安稳到达另一种文字里……这是很艰辛的历程。一路上颠顿风尘，遭遇风险，不免有所遗失或受些损伤。因此，译文总有失真和走样的地方，在意义或口吻上违背或不尽贴合原文。那就是"讹"，西洋谚语所谓"翻译者即反叛者"（Traduttore traditore）。中国古人也说翻译的"翻"等于把绣花纺织品的正面翻过去的"翻"，

展开了它的反面。释赞宁《高僧传三集》卷三《译经篇·论》：
"翻也者，如翻锦绮，背面俱花，但其花有左右不同耳"。……
　　彻底和全部的"化"是不可实现的理想……①

　　在这里，钱锺书首先触及了文学翻译理论中所谓的"不可译性"或"抗译性"问题。既然翻译总是免不了"讹"，免不了要对原作"有所遗失或受些损伤"，那就不必"生硬牵强"地拘泥原文，只要把原文的"风味"保存着就行。"既能不因语文习惯的差异而露出生硬牵强的痕迹，又能完全保存原作的风味，那就算得入于'化境'"。可见，钱锺书的关于"化境"的论述，与傅雷的观点很接近，但表述方式不同。钱锺书借鉴的是中国传统文论中的"境"字。"境"，在传统画论和文论中又称为"境界""意境"，从唐代以后即被频繁使用，到晚清的王国维集其大成。但用"化境"这个词来表示翻译文学的理论境界，却是钱锺书的首创。从钱锺书的表述上看，他的"化境"和上述的"神似"基本上是同义词，本质上指的是翻译中立足于本土语言文化对原文的创造性转化。"化"的意义就是"转化"。而且，同茅盾、傅雷等人一样，钱锺书也把"化境"视为翻译文学的一种"理想"，甚至认为"彻底和全部的'化'是不可实现的理想"。

　　在《林纾的翻译》一文中，钱锺书还谈到了译本与原作的关系问题。他就从许慎的"诱"字的解释出发，认为译文对原文有反作用的，好的译文诱导人们学外文，读原作，另一方面，坏的译文也会损害原作。他写道：

　　好译本的作用是消灭自己，它把我们向原作过渡，而我们读到了原作，马上掷开了译本。勇于自信的翻译家也许认为读了他

────────
①　钱锺书：《林纾的翻译》，原载《文学研究季刊》第1册，1964年。

的译本就无需再读原作，但是一般人能够欣赏货真价实的原作以后，常常薄情地抛弃了翻译家辛勤制造的代用品。倒是坏翻译会产生一种消灭原作的效力。拙劣晦涩的译文无形中替作者拒绝读者；他对译本看不下去，就连原作也不想看了。①

在这里，钱锺书正确地指出了译本对原作的反作用，从而说明了译本的重要。但显然，他对翻译文学的独立价值的认识是不到位的。翻译家在翻译的过程中固然谦逊地尊重原作、努力地再现原作。然而再现一旦成功完成，译作一旦从原作脱胎而出，它就是独立的艺术品，不是原作的替代品。原作和译作是两种不同的文本形态。如果说原作的文本形态是一种"原本形态"，那么译作的文本就是一种"诠释形态"。"诠释"不是机械的复制，而是创造性的再现和阐发。原作与译作的这种关系，如果也需要做一个比喻的话，就好比"母"与"子"的关系。"子"由"母"而来，但"子"绝不是"母"的附属品和替代品甚至赝品。从艺术角度看，青出于蓝而胜于蓝，作为"子"的译作完全有可能超越它的母本。这种情况在中外翻译文学史上都不难找到。说起林译哈葛德的小说，钱锺书在同一篇文章中就说过这样的话：

> 我这一次发现自己宁可读林纾的译文，不乐意读哈葛德的原文。理由很简单：林纾的中文文笔比哈葛德的英文文笔高明得多。哈葛德的原文很笨重，对话更呆蠢板滞，尤其是冒险小说里的对话，把古代英语和近代语言杂拌一起。……②

"宁可读林纾的译文，不乐意读哈葛德的原文"，这就说明了译文绝不是原文的简单的替代品。这与他在同一篇文章中所说的"好译本的作

---

① 钱锺书：《林纾的翻译》，原载《文学研究季刊》第1册，1964年。
② 钱锺书：《林纾的翻译》，原载《文学研究季刊》第1册，1964年。

用就是消灭自己"云云就自相矛盾。好的译文是一个独立的艺术品。它不会自己消灭自己，也难以被时光和读者消灭。到了1980年代后，我国文学翻译界和译学理论对这个问题才算有了全面辩证的认识。

　　总体来看，傅雷和钱锺书提出的"神似"论和"化境"论，是中国翻译文学艺术追求的集中体现，它借鉴了传统译论，汲取了中国传统审美文化的营养，用中国传统的文艺美学概念来阐述文学翻译问题，具有鲜明的中国文化特色。这首先表现在，这是中国的翻译家们从中西语言文化的巨大差异和转换中总结出来的。作为表意文字的汉语和作为拼音文字的西语之间的传译，与各种西语之间的传译，自有不同的规律。中国翻译家和理论家们在实践中深深体会到，理想的翻译文学不能满足于字句上的对译和转换，满足于字句的"忠实"，理想的翻译文学必须是在"形似"基础上的"神似"，是在原文基础上立足于本土语言文化的创造性的转化。其次，"神似""化境"的中国特色在于，它和"信达雅"一样，是地道的中国式的概念表述方式。迄今为止没有一个人真正在理论上、学理上科学透彻地阐明所谓"神似"是怎样的"似"、所谓"化境"是什么样的"境"。这的确是"只可意会，不可言传"的东西，这种概念表述方式属于那种"一听就明白，一想就糊涂"的类型，具有一定的模糊性和暧昧性，而没有明确的规定性，而明确的规定性只可作翻译的可操作的标准，不可作翻译的理想境界，更不可作翻译文学的理想境界。但正因为如此，"神似""化境"也具有规定性所不能包容的"境界"性，更能道出中国翻译文学的审美理想，也就是中国人常说的"艺无止境"之"境"。由于"神似""化境"无法量化，没有终极，所以它更适合于作译文的鉴赏和评价用语，而不宜做文学翻译实践上的原则标准——在这方面有了"信达雅"就足够了。

　　"神似论"和"化境论"是1950—1960年代中国比较文学及翻译文学研究最突出的成果，标志着中国翻译文学在理论上的独创，对1980年代后翻译理论的形成产生了很大影响。刘靖之在《重神似不重形似》（载刘靖之编《翻译论集》，香港三联书店 1981 年）一文中认为："自严复以来，我国的翻译理论经过了几个成长期，从'信、达、雅'开始，经过'字译'和'句译'，直译、硬译、死译和意译，然后抵达'神似'和'化境'……是一脉相承的。"罗新璋先生在《我国自成体系的翻译理论》一文中也认为，从古代的"案本"，到近代的求"信"，再到"神似""化境"，"这四个概念，既是各自独立，又是相互联系，渐次发展，构成一个整体的"。

第四节　台湾、香港地区比较文学的率先兴起

一、台港两地的比较文学学科建设

由于台湾和香港地区实行的是与祖国大陆不同的资本主义制度，对外交流较为方便，学术上相对也容易接受外来影响。在这种情况下，台港地区比较文学能够在 60 年代后期率先崛起，也是自然和必然的。同时，台港两地在 50 年代后交流更趋频繁，两地学者来往方便，不少学者在两地辗转任教和研究。因此，两地的比较文学也互相影响、互为依存，可视为学术研究上的一个整体区域，故在此合为一谈。

据朱立民《比较文学的垦拓在台湾》和温儒敏、卢康华《台港的比较文学研究》（载《中国比较文学年鉴 1986》）等文章介绍，受西方一些大学的影响，1966 年，台湾淡江文理学院英语系决定开设比较文学课程，次年，该课程的开设得以落实。1969 年，美籍华人叶维廉博士应邀担任台湾大学 1970 年至 1971 年的比较文学客座副教授，美裔学者约翰·迪尼（中文名李达三）则在台湾师范大学从事比较文学研究。1970 年，台湾大学正式开设比较文学博士班，翌年招收学生。这个博士班对学员录

取的要求较为严格，申请者必须具有中国文学、外国文学、比较文学或语言学的硕士学位。这个博士班的开设，标志着台湾地区已能够培养比较文学专业的高级专门人才，意味着比较文学在台湾的高等教育体制中已确立了自己的地位，对台港地区的比较文学学科发展，乃至对祖国大陆的比较文学学科建设，都有深远影响。同年，淡江文理学院的《淡江文学评论》（英文版）创刊，创刊后一直侧重于刊登比较文学方面的文章。1971年，淡江文理学院召开了第一次国际比较文学会议，对东西方文学关系进行比较探讨。1973年，台湾比较文学学会成立，选举胡耀恒、叶庆炳、颜元叔、余光中、李达三、侯健、袁鹤翔等为理事，胡耀恒、叶庆炳为正副理事长，陈祖文、林文月、姚一苇为监事。决定以台湾大学已有的刊物《中外文学》（1972年创刊）为会刊。《中外文学》是文学创作与文学翻译、文学研究与评论方面的综合性刊物，成为比较文学会刊后，设有比较文学专栏，刊登比较文学的优秀论文，发布学会的有关学术信息。台湾比较文学学会的成立是台湾比较文学全面发展振兴的又一个重要标志。

　　香港地区的比较文学与台湾地区的比较文学有着密切关联。香港的比较文学学者大多来自台湾或欧美，一些国外和我国台湾的比较文学学者，如叶维廉、袁鹤翔、余光中、李欧梵等都应邀在香港研究或讲学，有些原在台湾任过教的学者，如李达三等，后来长期在香港任教，因而两地的比较文学界联系特别密切。香港的两所名牌大学——香港大学和香港中文大学是香港比较文学研究的两个重镇。香港大学早在1964年就设立了比较文学课程，但那时的比较文学教学内容是欧美文学及其比较，自1974年起，开始重视中西文学比较。香港中文大学于1974年开设比较文学课程。1978年，香港中文大学建立比较文学与翻译中心，该中心创刊中译英杂志《译丛》，并出版《中西比较文学论集》（郑树森、周英雄、袁鹤翔合编，英文版，次年出版中文版）。同年，香港比较文学学会成立，并展开相关的学术活动，举办比较文学学术会议。此后，香港中文大学和香港大学分别设立比较文学硕士和博士研究生班。这些也都标志着香港的比较文学研究进入发展和振兴的历史时期。

二、台港比较文学的研究及其特色

由于特殊的历史条件和地理位置，台湾和香港的比较文学从一开始就形成了自己的特色。

第一个特色是，中西文学比较研究、特别是中西文学的平行比较很兴盛。台港两地的比较文学学者中的许多人在英美等国接受高等教育，他们对西方文化，特别是英美文化较为熟悉，与英美学术界交往较多，所受的影响也很大。因而在中西文学比较研究方面就形成了跨文化研究的一些优势和特色。换言之，台湾和香港的比较文学研究选题范围集中于中国与英美文学的比较研究方面，这是由研究者的教育背景和研究环境所决定的。在台港两地，他们对中西（英美）文学比较有着强烈的理论自觉，提出了中西文学比较研究的一些基本理论原理。如著名诗人、学者余光中（1928—2017 年）于 1968 年 11 月在亚洲广播公会上做了题为《中西文学比较》的讲座，对中西文学的差异和特征做了扼要的概括。他认为，"造成中西文学差异的因素，可以分为内在的和外在的两种：内在的属于思想，属于文化背景；外在的属于语言文字"；西方宗教对文学影响甚大，而在中国古典文学中，宗教"没有什么地位可言"；西方文学中的冲突是人神冲突，中国文学中的冲突是人伦冲突。他说："我的初步结论是：由于对于超自然世界的观念互异，中国文学似乎敏于观察，富于感情，但在驰骋想象、运用思想方面，似乎不及西方文学；是以中国古典文学长于短篇的抒情诗和小品文，但除了少数的例子外，并未产生若何宏大的史诗或叙事诗，文学批评则散漫而无系统，戏剧的创造比西方迟了几乎两千年。"在语言文字方面，"中国文学有一个极为有利的条件：富于弹性和持久的文字"；而西方的文法固然缜密，但过分繁琐。中国文法的弹性在文学作品特别是诗中，表现得最为明显，易于押韵对仗，富于意境。余光中曾于 1967 年应邀在"中国广播公司"做"中西文学比较"的讲座，产生了较大影响。这篇根据当时的讲稿写成的文章对台湾的中西比较文学也产生了一定的指导作用。在中西比较文学的理论原理方面提出系统见解的还有袁鹤翔的《中西比较文学定义的探讨》一文。袁先生认为："中西比较文学是一门专门的学问，以中西文学为研究对象，从文学的性质、观念、有限度的背景、发展演变的历史、批评理论、文学主题、种类等方面来作慎重的比较或讨论，其目的不是在'求同'也不是在'求异'，而是把中西文学作品当作整个人类思想演进史中不可少的一部分来看，借此以求增进中西两个世界相互的深切了解和认识，这种研究即是中西比较文学"。(《中西比较文学定义的探讨》，原载《中外文学》1975 年第 4 卷第 3 期)

在中西文学比较研究中，台湾和香港的学者所受到的国际影响主要来自美国，即"美国学派"的理念与方法。1950 年代后形成的美国学派倡导平行研究，给台港地区的比较文学学者以很大的启发，他们一般都对美国学派的主张非常推崇，对平行研究（亦称"类同研究"或"类同比较"）十分热衷。在 1960—1970 年代台港的比较文学研究文章中，平行的类同研究占相当大的比例。如古希腊神话中的希拉克立斯与中国神话中的后羿的比较，《红楼梦》与《堂吉诃德》《镜花缘》与《玫瑰传奇》的比较，李贺与济慈、李商隐与雪莱、李白或陶渊明与华兹华斯的比较等。这些研究在比较中寻求两者的异同，分析其异同的原因，有些看法是有价值的，但由于被比较的两个对象的可比性和科学性问题远远没有解决，这一类的平行研究也不免流于表面化和简单化，因而许多文章现在看来已没有什么学术价值。但这类研究中也不乏优秀的篇什。有些文章以发现和回答某一学术问题为切入点，通过平行比较提出了自己的学术见解。如杨牧的《论一种英雄主义》（见叶维廉主编《中国古典文学研究》1977）一文，比较了"英雄主义"主题在中西文学中的表现，从而对中国文学"无史诗"的现象作出了独特的解释。作者认为，中国传统的英雄主义，不同于西方的那种尚武的英雄主义，中国诗人服膺圣人之教，却不歌咏战争。中国文学中虽有英雄主义的主题，有反映战争的诗歌，却没有像荷马史诗那样详细描写英雄征战、流血、杀伐的长篇诗作。这篇文章论题新颖，结论牢靠，不是为比较而比较，而是为说明问题、解决问题而比较，是一篇平行比较研究中的不可多得的好文章。

与平行研究的兴盛相比，法国学派所倡导的实证的、传播的研究，则涉猎者较少。对此，袁鹤翔在《中西比较文学定义的探讨》一文中指出："到目前为止，中西比较文学的研究还未脱离'附属'的地位，不是翻译工作，就是类同比较，后者则多以西方文学作模型来做研究工作，至于中西文学相互影响的研究，就很少有人去做。"台港地区学者在此时期很少有人从事中西文学的影响研究和传播研究，原因是多方面的。除了上述的深受美国学派影响等原因外，长期以来对中国现代文学所知不多，评价偏低，也是一个重要原因。众所周知，中国传统文学与英美文学的事实联系很少，除了中国古典文学在西方的有限的传播外，要在这方面展开历史文献学的实证研究，空间不大。中国文学与西方文学的传播与影响关系主要表现在 20 世纪文学中。由于种种原因，当时台港各大学国文系（中文系）的课程教学中却普遍不重视中国现代文学，使得人们对中国现代文学了解不够，再加上中国现代文学的原始材料主要在内地，那时台港与祖国大陆还不能自由往来，他们若从事这方面的研究，材料的收集就成问题。这是台港比较文学研究所存在的一个重大缺陷。这种缺陷直到 1980年代后才逐渐得到一些弥补和改善。虽说此时期传播与影响的研究做得少，但毕竟也有一批成果，如早在 1952 年，王德昭就发表了《服尔德的中国孤儿》（《大陆杂志》4 卷 7 期），1960 年代胡菊人的《诗僧寒山的复活》（《明报月刊》1966 年第 1 卷第 11 期）和《〈肉蒲团〉在西方》（《明报月刊》1967 年第 2 卷第 4 期）、《托尔斯泰与中国》（香港正文 1968 年）等，在相关研究上都有先行性。

此时期台港两地比较文学研究的第二个特色，是学者们普遍喜欢用西方的文艺理论解释、阐发中国文学作品。在 1975 年台湾举办的第二届国际比较文学会议上，朱立民对这种研究方法给予充分肯定，认为许多论文作者用西方现在流行的批评方法来研究中国文学，是我们当前所需要的。随后不久，古添洪（1945— ）、陈鹏翔（陈慧桦，1942— ）在这些研究实践的基础上，对此种研究方法做了进一步的总结和概括，他们在《比较文学的垦拓在台湾》一书的序言中写道：

> 我国文学，丰富含蓄，但对于研究文学的方法，却缺乏系统性，缺乏既能深探本源又能丰实可辨的理论，故晚近受西方文学训练的中国学者，回头研究中国古典或近代文学时，即援用西方的理论和方法，以开发中国文学的宝藏。由于这援用西方的理论和方法，即涉及西方文学，而其援用亦往往加以调整，即对原理论和方法作一考验，作一修正，故此种文学研究亦可目之为比较文学。我们不妨大胆的宣言说，这援用西方的理论与方法并加以考验，调整以用之于中国文学的研究，是比较文学中的中国〔学〕派。①

既然这代表着"中国学派"，他们对这种研究当然加倍看重，这集中体现在他们编辑的论文集《比较文学的垦拓在台湾》中，这是台湾出版的第一部比较文学论文集。在该书的序中，他们提醒读者："本论文集所搜集的论文，其重心即放在此中国派上，其目的即展示中国派的比较文学的面貌及其成就，以供进一步发展的参考。"这个集子共收 14 篇论文，分为两个部分，第一部分包括朱立民的《比较文学的垦拓在台湾》、袁鹤翔的《略谈比较文学》、叶维廉的《中西山水美感意识的形成》、陈慧桦的《文学创作与神思》、古添洪的《直觉与表现的比较研究》和《中国文学批评中的评价标准》；第二部分包括余光中的《中西文学之比较》、侯健

---

① 古添洪、陈鹏翔：《比较文学的垦拓在台湾·序》，台湾东大图书公司 1976 年版。

的《三宝太监西洋记通俗演义》、颜元叔的《薛仁贵与薛丁山》、王靖献的《说鸟》、梅祖麟和高友工的《分析杜甫的〈秋兴〉》、张汉良的《杨林故事系列的原型结构》、温任平的《电影技巧在中国现代诗里的运用》、金奎泰的《中国文学对朝鲜文学的影响》。全书第一部分主要是对比较文学基本理论和台湾比较文学历史现状的分析，第二部分至少有四篇文章是援用西方理论与方法来研究和解释中国文学的，体现出编者的宗旨和意图。

该书中侯健的文章用西方的弗莱等人的神话学原型批评理论来解读《三宝太监西洋记通俗演义》，认为这部作品所表现的正是西方原型理论中所讲的"原始类型"，包括"（一）圣天子的不可缺少性；（二）神与敌手的斗争；（三）神的受难；（四）神的死亡；（五）神的复活；（六）创世神话的象征性重视；（七）圣婚礼；（八）凯旋式游行赛会；（九）命运的决定。"并指出："这些基本元素所意味的生、死与复活，和前面述及的神话'原始类型'，正是《西洋记》所表现的。它所用显得芜杂，显得不易被人接受，正因为它要创造、或更正确地说它要复现一套完整的神话，囊括这种因素。"颜元叔（1937—2012 年）的文章也用神话原型理论来解读有关薛仁贵的传说故事，包括薛仁贵与薛丁山父子之间的冲突、薛仁贵与柳迎春的夫妻关系、薛丁山与柳迎春的母子关系。他认为："从《薛仁贵征东》《汾河湾》《薛丁山征西》三部民俗作品凑起来的薛氏父子及柳迎春的故事，隐隐含孕着一个奥狄浦斯情结的模式。在这个模式中有个特别显著的现象：父子之间的冲突，母子之间的性影射与父亲的性嫉妒。"张汉良（1945— ）的文章则用心理分析、结构主义、原型批评和解构主义的方法，来分析南朝刘义庆《幽明录》中所载《杨林》故事，以及唐传奇中以该故事为蓝本的三篇作品《枕中记》《南柯太守传》和《樱桃青衣》。张汉良指出了杨林故事的深层结构，即存在于人物潜意识中的"追求与启蒙原型"。梅祖麟、高友工的《分析杜甫的〈秋兴〉》，则从结构主义语言学的方法对杜甫《秋兴》做了细致的分析。

此后，台港学者进一步把这种方法简括为"阐发法""阐明法"或"阐发研究"。这种方法对此后台港地区的文学研究及比较文学研究，产生了很大的作用和影响。到了80年代，此类研究更为火热，成为台港地区比较文学研究的主导潮流。援引西方理论对中国文学所做的分析及所得出的结论，有时会使人耳目一新，具有一定的启发性，但也存在着严重的弊病，即西方理论先行，中国作品成为印证西方理论普遍可行性的材料，拿西方理论硬套中国作品，其结论和见解往往牵强附会，不能服人。有的论者把西方文学作为固定的标准"模子"来套中国文学，例如，用西方古典主义的"巴洛克"风格来比照中国古典诗歌，认为李贺、李商隐等都是"巴洛克"诗人，这就不免有点方凿圆枘了。对此，叶维廉（1937— ）在《中国古典文学比较研究·前言》（台湾黎明文化事业公司1977年）中指出："我们必须放弃死守一个模子的固执。我们必须从两个模子同时进行，而且必须寻根探固，必须从其本身的文化立场去看，然后加以比较、加以对比，始可得到两者的面貌。"他在《中西比较文学中模子的应用》（《中外文学》1975年第4卷第3期）一文中又指出，由于中国文化与西方文化有着巨大差异，在中西文学比较时，不能把西方文学的"模子"当作固定不变的"模子"。这表明，学者们对阐发法的弊端已有了觉察和认识，但要在具体研究中彻底克服它，是非常困难的。这既与研究者的学力有关，更与阐发法的与生俱来的缺陷有关。

此时期台港两地，特别是台湾比较文学的第三个特色是以东亚各国为中心的东方比较文学取得了一系列重要成果。台湾曾有半个世纪在日本殖民统治之下，许多人懂得日语，也有人通朝鲜语。这就为东方比较文学研究提供了基础条件，使得台湾的东方比较文学研究，尤其是中日、中韩文学关系的研究，较之祖国大陆先行一步，并达到了较高的学术水平。其中，在中日文学研究方面，梁容若的论文集《中国文化东渐研究》（台北中华书局1956年）以及《杜甫在日本》《白居易对日本文学的影响》（均载《中国文化研究》台北三民1967年）等文章，奠定了他的中日文学文化关系史研究家的地位；郑清茂的《中国文学在日本》（台北纯文学月刊社 1968 年版）和丁策的《日本汉文学史》（台北正中书局 1968 年版）作为中国第一部同类著作，填补了空白。林文月（1933— ）的《唐代文化对日本平安文坛的影响》（《台北文史哲学报》1972 年第 21 期）、《源氏物语桐壶与长恨歌》（《中外文学月刊》1973 年第 1 卷第 11 期）表明了她对日本平安朝文学与中国文学关系的深入探索。在中韩文学研究方面，许世旭的《中韩诗话渊源考》（师大国文研究所 1968 年）、董作宾的《中韩文学论集》（台北中华书局 1955 年）、彭国栋的《中韩诗史》（台北正中书局 1957 年）都是有分量的专著，李丙畴的《韩国之杜诗》（《大陆杂志》1961 年第 22 卷第 5 期）、翱翱的《韩国春香传与中国文学主题的几种比较研究》（见翱翱著《从木栅到西雅图》，台北幼狮 1976 年）等文章都是中韩文学个案研究中的佳作。此外，在中印文学研究领域，裴普贤女士的《中印文学研究》（台北商务印书馆 1967 年）以佛经翻译为中心，较为系统地探讨了印度文学对中国的影响，是继 20 年代梁启超的《佛典之翻译》之后，又一部通俗性兼有学术性的好书。

最后还需要指出，1960 年代后台湾、香港地区比较文学的崛起，与此前（1920—1940 年代）中国比较文学的研究方式较少渊源关系。研究者们绝大多数属于中青年，他们大都没有在祖国内地生活的经验，对此前中国比较文学的研究也不甚了解，所以，台港比较文学不是此前中国比较文学的继承和延续，而是属于“异军突起”。当 1960—1970 年代祖国大陆的“文化大革命”还在如火如荼地“运动”着，一切真正的文化都斯文扫地的时候，台港两地的比较文学的崛起填补了中国学术文化中的这一段重要的空缺，意义十分重大。尤其值得称道的是，台港两地的比较文学学者不管在学术研究中的理念和方法有何不同，他们都有意识地立足于中国人、中国文化的立场从事研究。他们在研究中探索和强调中国特色，率先提出了比较文学“中国派”的主张。连美裔香港学者李达三（1931— ），也热情地主张“比较文学中国学派”。他在 1977 年发表的《比较文学中国学派》（《中外文学》1977 年第 6 卷第 5 期）一文中，主张中国的比较文学研究应该以东方特有的折中、中庸的精神，在法国学派与美国学派之外探索自己的道路，对两派加以吸收利用，避免他们的缺陷。他提出："中国学派首先从民族性的自我认同出发，逐渐进入更为广阔的文化自觉，然后与受人忽视或方兴未艾的文学联合，形成文学的'第三世界'。"尽管关于"中国学派"的提法在学理上还存在着很多问题和争议，但"中国学派"的强调比较文学研究的"民族性"及中国文化立场，是有益无害的，可嘉的。这对整个中国比较文学研究无疑是一个鼓舞、推动和鞭策。事实上，台湾、香港地区比较文学学者在此时期所做出的努力，所取得的成果，所提出的主张，都对 20 世纪最后二十年祖国大陆比较文学的全面振兴做出了榜样，产生了相当大的影响，成为 1980 年代祖国大陆比较文学全面振兴的推动力之一。只此一点，中国比较文学学术史就应当对台港地区的比较文学给以高度评价。

第四章　20 世纪最后二十年比较文学的繁荣

1978 年底，中国共产党中央委员会召开了具有历史转折意义的十一届三中全会，宣布历时十年的政治运动结束，确立了以发展经济为中心工作的改革开放政策。此后国家的政治环境逐步改善，经济生活水平逐渐提高，教育、文化、科技和学术事业也开始复苏，并步入正轨。在港台地区及外国比较文学的影响下，比较文学研究作为中国学术文化的一个组成部分，也随之进入了繁荣时期。此时期繁荣的起点是钱锺书的《管锥编》的出版。随后，学科意识的强化、学术组织的形成、学科体制的确立、学术队伍的壮大、学科理论问题的讨论与争鸣、比较文学教材建设及比较文学课程化，都成为此时期比较文学繁荣的保障与表征。

第一节　繁荣的起点：钱锺书的《管锥编》

对于中国比较文学来说，1979 年是特别值得记住的一年。在这一年里，南北两地有两部重要著作出版，昭示了中国比较文学沉潜多年后的复苏。一是北京的钱锺书的《管锥编》（详后），一是上海的王元化的《〈文心雕龙〉创作论》（上海古籍出版社）。其中，《〈文心雕龙〉创作论》虽非专门的比较文学著作，但作者在研究中自觉地将它置于世界文学的大背景中，在揭示《文心雕龙》创作论的意蕴时，除了在中国文学与文论的范围内进行纵向的比较与考辨外，还将它与西方的文艺理论做横向比较，特别是书中的《刘勰的譬喻说和歌德的意蕴说》一文，将刘勰与歌德的理论做了比较，分析了两者的相通与相异，从而突出了刘勰譬喻说在世界文论中的独特价值，初步向读者展示了比较文学观念与方法在研究中的重要作用。

进入 1980 年代，到 1984 年中国比较文学学会成立前的几年间，几位资深教授也相继推出了比较文学方面的论文集，如宗白华出版的《美学散步》（上海人民出版社 1981 年），在中西美学艺术的比较阐发上令人耳目一新；季羡林的《中印文化史论文集》（三联书店 1982 年）对中印文化与文学关系做了深入的研究；金克木的《比较文化论集》（三联书店 1984 年）在中印文学平行比较以及西方符号学、阐释学在文学研究中的运用等问题上做出了探索；杨周翰的《攻玉集》（北京大学出版社 1984 年）从比较文学的角度对莎士比亚、弥尔顿、艾略特等欧洲作家做了新的阐释和解读；王佐良连续出版了两种论文集——《中外文学之间》（江苏人民出版社 1984 年）和英文论文集《论契合——比较文学研究集》（外语教学与研究出版社 1985 年），后者收录的 11 篇文章探讨了 20 世纪中西文学之间的"契合"关系。以上这些成果都是中国比较文学复兴的重要标志。

在这些成果当中，钱锺书的《管锥编》以其捷足先登的效力、百万字的鸿篇巨制、中西贯通的博学多识、独树一帜的研究方法，卓尔不群，引人注目，成为中国比较文学繁荣的最显著的起点。

《管锥编》（全四册，后增订至五册）是钱锺书在"文化大革命"动乱岁月中"偷空"写成。这是继 40 年代的《谈艺录》后，钱锺书在学术上的又一次卓越奉献。《谈艺录》研讨的主要是唐代以后的诗，而《管锥编》所涉及的主要是唐以前的经、史、子、集，《谈艺录》和《管锥编》

合在一起，正好涵盖了中国历代古典文献。《管锥编》全书100多万字，凡781则，围绕中国十种重要典籍，包括《周易正义》《毛诗正义》《左传正义》《史记会注考证》《老子王弼注》《列子张湛注》《焦氏易林》《楚辞洪兴祖补注》《太平广记》《全上古三代秦汉三国六朝文》等，以读书札记的形式对其中的语言文字、人物典故、史料考证、概念术语、范畴命题、传说趣事等，进行细致深入的解说与研究，或考证辨析，或探幽发微，或汇集归纳，或抉剔爬梳，或上下牵连，或左右对比。在具体史料的排比照应中，显出作者的心得体会或独到见地。全书纵观古今，贯通中外，跨越学科，旁征博引，除上述中国古籍外，还引用了八百多位外国学者的一千多种著述，涉及中外作者三千多人，显示了作者的博学多识。在文字上，也许是为了使大量的古籍引文与作者的评述在文体上和谐统一，《管锥编》和1940年代的《谈艺录》一样，悉用文言文写成，具有一种典奥和洗练之美，但也给当代读者的阅读增加了难度，即使圈内人士，读起来不免满眼荆棘，一般读者则有心无力。但尽管如此，改革开放初期，人们经历了多年的文化闭塞，看腻了官样文章，听够了陈词滥调，《管锥编》的出版使渴望知识的读者高山仰止，让寻求治学门径的学人叹为观止，对学术文化界造成了相当大的冲击。近二十年来，对钱锺书的研究越来越多，不仅有大量文章涌现，而且还编辑了专门的《钱锺书研究集刊》，出版了《钱学论》等多种著作甚至专门的丛书，在学术界形成了持续不断的钱锺书热。

研究资料表明，钱锺书本人从来没有以比较文学学者自居，他也没有直接论述比较文学的文章，仅有的一篇《钱锺书谈比较文学与"文学比较"》，还是张隆溪根据与钱锺书的谈话整理出来。因此，有研究者反对把《管锥编》归为比较文学。这当然是不无根据的，"比较文学"的确不足以概括《管锥编》的内容，因为一方面它大大超越了"文学"及"比较文学"的范畴；另一方面，在七百多则札记中，也有三分之一左右的篇什只限于中国典籍内部，没有跨文化的中外比较。况且，钱锺书本来就不是单从比较文学的学科本位意识出发来写作《管锥编》的。他曾表示反对那种对比较文学的简单化理解（即夫人杨绛所记的那种"狗比猫大、猫比狗小"的简单可笑的比附）。但我们也不能不看到，钱锺书显然是提倡并在研究实践中自觉地运用了比较文学的观念和方法的。1979 年，钱锺书随中国社会科学院代表团访美的时候，自称"比较文学"是他的"余兴"。在与美国学者的交谈中，他们一致认为："比较文学有助于了解本国文学；各国文学在发展上、艺术上都有特色和共性，见异而求同，因同而见异，可以使文艺学具有科学的普遍性。"（载《美国学者对于中国文学的研究简况·访美观感》，中国社会科学出版社 1979 年）。从比较文学学科的角度看，《管锥编》不只是"比较文学"著作，但《管锥编》无疑呈现出比较文学学科的诸多根本特征，在中国比较文学即将复兴的历史时期，在比较文学研究的观念和方法方面，都有重要的示范性和启示意义，堪称比较文学研究的典型范例。在这个意义上，可以说，《管锥编》的出版，是改革开放后我国学术文化复兴的一个标志，当然也是比较文学在我国复兴的一个重要标志。

多学科之间的相互显发，是《管锥编》给予比较文学跨学科研究的重要启示之一。钱锺书向来主张各门学科之间的贯通，他在《诗可以怨》（1981 年）一文中说："人文科学的各个对象彼此系连，交互渗透，不但跨越国界，衔接时代，而且贯通着不同的学科。"《管锥编》全书正是集中体现了钱锺书这种跨文化、跨学科的广阔视野，也正是在这一点上集中体现了比较文学的根本特征和根本宗旨。在《管锥编》的各则札记中，钱锺书都是围绕某一个问题点，将中外古今的相关材料汇集起来，吸纳在一起，进行阐述。从学科上看，这里涉及语言训诂学、哲学、历史学、心理学、文艺学、宗教学等社会科学的各个领域，使不同来源的材料为说明某一个问题服务。这样，中国古籍中许多平常不为人注意的小问题，就在跨文化、跨学科的相同材料的烛照和烘托下，显出了其普遍意义和价值。早在《谈艺录》序中，钱锺书就把这种跨学科的研究称为"打通"，在

《管锥编》中，他更将这种"打通"发挥到得心应手的极致状态。他在一封信中曾明确说过：

> 弟之方法并非"比较文学"in the usual sense of the term，而是"打通"，以中国文学与外国文学打通，以中国诗文词曲与小说打通。弟本作小说，积习难改，故《编》（指《管锥编》——引者注）如67-9，164-6，211-2，281-2，321，etc，etc，皆以白话小说阐释古诗文之语言与作法。他如阐发古诗文中透露之心理状态（181，270—1），论哲学家文人对语言之不信任（406），登高而悲之浪漫情绪（第三册论宋玉文），词章中写心行之往而返（116）。Etc，etc，皆"打通"而拈出新意。①

从比较文学方法论上看，钱锺书之所以不愿承认他的方法是"比较文学"的方法，主要原因可能就在于他要在方法论上区别于一般意义上的"比较文学"。鉴于此前在国际学术界比较文学在方法论问题一直没有得到真正彻底的解决，许多人将"比较文学"视为"文学比较"，将"比较"表面化和庸俗化，钱锺书不愿以"比较文学"之类的特定学科的方法束缚自己。事实上，《管锥编》中很少使用直接的、表面的比较，主要表现为只把相关材料连缀在一起，必要的时候是三言两语的评析，点到即止，而不做展开和发挥，给人留下了许多思考和想象的空间。如果说这也是"比较"，那么这种"比较"是"暗含的比较"（暗比），而不是通常使用的"明比"，也不完全等于通常所谓的"平行比较"，而是类似修辞学上的"排比"，即用一连串相关和类似的材料来反复强化和凸显同一主题、同一观点或同一结论。这些材料本身来自不同时代、不同民族、不同文化体系中，一般没有事实联系，但一旦在特定的议题下把它们摆在一

---

① 《〈管锥编〉作者的自白》，见郑朝宗《海滨感旧集》，厦门大学出版社1988年。

起，它们就成为一个活的有机体，各条例证材料之间相互显发，有了密切关联。通常的"平行比较"常常流于"X 比 Y"式的两项比较，而钱锺书则是"X1：X2：X3：X4：X5……"这样的多项式"排比"；一般的"X 比 Y"的两项式"平行比较"只是说明被比较双方的"异"与"同"，而钱锺书的多项式"排比"却不是简单地求同存异，而是发现和呈现隐含于这些材料中的某种规律性现象，在材料例证的连缀和排比中，古今中外就被"打通"了。一般的"比较"常常因为缺乏可比性，未必能有"打通"之效，不免穿凿附会，流于皮相之见，而钱锺书的将古今中外汇而通之的方法，是水到渠成的自然而然的"打通"，也是一种更深层次的上下贯穿、左右相连的"平行贯通"。来自不同民族、不同语种的材料，在表达内容与表达方式上竟如此相似和相通，就不由地使读者产生"人同此心，心同此理"的文化认同感，而作者的观点也就自然呈现，有时无需多费一词，便有很强的说服力。钱先生正是通过这样的"平行贯通"的方法，探索不同民族、不同语言中的"诗心""文心"的相同之处，进一步论证了他在《谈艺录》中提出的"东海西海，心理攸同；南学北学，道术未裂"的论断。

《管锥编》的另一个特色，就是以小见大、见微知著的研究方法。钱锺书反对那种大而无当的宏论空谈，也不屑去建构说明哲学的理论体系，在他看来——

　　许多严密周全的思想和哲学体系经不起时间的推排销蚀，在整体上都垮塌了，但是他们的一些个别见解还为后世所采取而未失去时效。好比庞大的建筑物已遭破坏，住不得人，也唬不得人了，而构成它的一些木石砖瓦仍然不失为可资利用的好材料。往往整个理论系统剩下来的有价值的东西只是一些片段的思想……眼里只有长篇大论，瞧不起片言只语，甚至陶醉于数量，重视废话一吨，轻视微言一克，那是浅薄庸俗的看法——假使不是懒惰粗浮的借口。①

鉴于这样的认识，钱锺书的《管锥编》从头至尾都是微观的研究，从一字、一词入手，不厌其烦地征引相关的具体材料，也许他认为把材料摆出来已经很有说服力了，因此在材料之外，只是三言两语的阐发，而不做过度阐释和长篇大论。这种方法既与《管锥编》中使用的"读书札记"这种文体样式有关，也表明他是深受中国传统的考据、注释之学和欧洲近代实证科学的影响。众所周知，五四以来，中国的学术深受各种"主义"的影响，认为只要"掌握"了某种哲学及"主义"，只要"解决"了"世界观"及"哲学方法论"问题，无论文艺创作还是学术研究都会所向披靡，遂使学术研究成为从西方来的某某哲学、某某主义的注脚，其引以为荣的所谓"哲学"、所谓的"理论"实际上不过是拾外国人之牙慧。正如钱先生所说："哲人之高论玄微、大言汗漫，往往可惊四筵而不能践一步，言其行之所不能而行其言之不许。"（《管锥编》第 436 页）这种"高论玄微、大言汗漫"的流弊直到今天在学术界——当然也包括比较文学界——仍然根深蒂固，甚至被认为是学术正规。在 1980 年代后的学术中，钱锺书及《管锥编》在学术研究方法上毋宁说是"少数派"或"非主流派"，但对比较文学而言，他应该成为"正宗派"。《管锥编》的研究方法启示人们：比较文学研究必须从具体的问题入手，必须具有文献学的功力，必须用研究者的学识与思想来寻找材料，统驭材料，处理消化材料，这样才能避免大而无当的空泛比较。

在材料的收集上，钱锺书在《管锥编》中希望研究者们能够"拾穗靡遗，扫叶都净，网罗理董，俾求全征献，名实相符，犹有待于不耻支离事业之学士焉"（《管锥编》第 854 页）将有关资料竭泽而渔，收罗殆尽，是《管锥编》的过人之处。这应该是比较文学研究者的基本功。《管锥

---

① 钱锺书：《读〈拉奥孔〉》，载《旧文四篇》，上海古籍出版社，1979 年。

编》的突出特点就是材料的丰富，材料引文占去了全部文字的五分之四强。这一方面使作者每出一论必有大量例证相随而至，令人目不暇接；另一方面自然不免显得繁复沉闷，甚至有"掉书袋"之嫌。对此，有论者颇有微词。如著名学者何新说：

> 平心而论，就学术论，我认为，虽然钱锺书博闻强记，学富五车，但自身却始终没有形成一种系统的哲学或主义，缺少一个总纲将各种知识加以统贯。所谓"七宝楼台，拆碎只见片断"。他也缺少一套宏观的方法论。①

哲学家李泽厚说：

> 我当然承认钱锺书是很难得的大学问家，博闻强记的确是天下无双，恐怕是前人、后人都比不上的。但我也问过推崇的人，钱锺书到底提出了什么东西？解决了什么问题？有长久价值的。我问了一些人，大都讲不出来。我觉得这可能是问题所在。……他到底提出来一些什么重要的观点？或发现了或解决了一些重要问题？像陈寅恪对中国中古史的研究、王国维殷周制度论等的那样。当然他还是有好些看法的。但似乎并不非常突出。他读了那么多的书，却只得了许多零碎成果，所以我说他买椟还珠，没有擦出一些灿烂的明珠来，永照千古，太可惜了。②

从何新、李泽厚那样的思想家角度来看钱锺书的《管锥编》这样的学术著作，得出这样的结论是可以理解的，某种意义上说确也实事求是地指出了钱锺书著作的局限性。平心而论，在《管锥编》中，钱锺书所论

---

① 何新：《我的哲学与宗教观》，时事出版社2001年版，第80页。
② 李泽厚：《浮生论学》，华夏出版社2002年版，第160页。

证的一般都是现成的已有的结论，并没有提出崭新的哲学思想和理论命题，如"通感""暝色起愁""登高伤怀""愁思结成文章""好音以悲哀为主""美女恶心""发愤著书"之类，都是人们在文学作品和文艺理论中所共知的命题。然而知有深浅，论有高低。在《管锥编》中，钱锺书对这些问题谈得透，论得深，通过古今中外文学作品及相关材料的充类至尽的排列和分析，使这些命题从个别提高到一般，由特殊擢升为普遍，常识也就变成了学识。另一方面，从学术研究、从比较文学研究的角度看，比较文学重在"发现"，是发现材料，在材料中发现问题，并在材料中呈现规律与结论，这就是学术研究（包括比较文学研究）与一般哲学思想类著作的不同。从这个角度看，钱锺书的《管锥编》固然没有多少"发明"，却有不少的"发现"。

总之，钱锺书的《管锥编》带有作者强烈的学术个性，内容的博大精深与形式上的独具匠心，令后学者难以模仿，也难以超越，展现了学术研究独特的魅力。唯其如此，《管锥编》才有供后学者钻研与揣摩的足够价值，并且相当程度地刺激了中国比较文学的复兴，在观念和方法层面，也对中国比较文学产生了一定影响。

第二节　繁荣的保障：学科建设

随着钱锺书《管锥编》等著作的问世，中国比较文学学科意识也很快趋于自觉。这种自觉与来自国际比较文学界的影响也有一定关系。1954年成立的"国际比较文学协会"是世界性的比较文学学术组织。1979年，在我国比较文学刚要复兴的时候，国际比较文学协会第九届大会在奥地利召开，我国学界对此有所耳闻。1982年，第十届大会在美国纽约召开。北京大学的乐黛云、张隆溪和复旦大学的林秀清作为中国代表首次参加了这次大会并宣读了论文，北京大学的杨周翰教授和香港中文大学的郑树森教授被选为执行局理事。1985 年，国际比较文学协会第十一届大会在英国召开，杨周翰被选为副会长。这些都意味着，1980 年代初，我国的比较文学是自觉融入国际比较文学学术语境中去的。

来自国际比较文学的影响，推动了比较文学学科意识的自觉和强化。1980 年，青年学者赵毅衡（1943— ）发表题为《是该建立比较文学学科的时候了》的文章。这是中国内地第一篇呼吁建立比较文学学科的文章。文章开门见山地写道：

> 种种迹象表明，在国内，比较文学作为一门单独学科正式诞生的时刻已经临近。笔者做了一个粗略的统计，近两年来（1978 年秋至 1980 年秋）出现于各种刊物上的比较文学文章已近六十篇，而从 1950 年至 1978 年这二十九年内总共只有一百多篇，或许这个迟熟的瓜，蒂终于要落了。①

他指出："在我国，除了个别作家长年的默默努力外，没有任何从事比较文学的机构和刊物，没有任何大学设比较文学课程"，这是"不正常"的；中国比较文学的研究已有相当的积累，事实证明中西文学之间具有可比性，既可以做"媒介学""渊源学""文类学"之类的"影响研究"，也可以做"平行研究"，最后他在文末预言："比较文学作为一门学科在我国诞生之期已指日可待。"

1981 年，张隆溪（1947— ）发表《钱锺书谈比较文学与"文学比较"》（《读书》1981 年第 10 期），介绍了他所聆听到的钱锺书对比较文学学科的意见和见解。他说："钱锺书说他自己在著作里从未提倡过'比较文学'，而只应用过比较文学里的一些方法。'比较'是从事研究工作

---

① 赵毅衡：《是该建立比较文学学科的时候了》，原载《读书》1980 年第 12 期。

包括文学研究所必需的方法……‘比较文学’作为一个专门学科，则专指跨越国界和语言界限的文学比较。”张隆溪还转述了钱锺书对比较文学研究的各个方面的一些建议和看法，谈到中外文学关系的研究，“钱先生认为，要发展我们自己的比较文学研究，重要任务之一就是清理一下中国文学与外国文学的相互关系”。谈到比较诗学，“钱锺书先生认为文艺理论的比较研究即所谓比较诗学（comparative poetics）是一个重要而且大有可为的领域……他强调从事文艺理论研究必须多从作品实际出发，加深中外文学修养，而仅仅搬弄一些新奇术语来故作玄虚，对于解决实际问题毫无补益”。关于翻译文学研究问题，张隆溪说：“钱先生谈到翻译问题时，认为我们不仅应当重视翻译，努力提高译文质量，而且应当注意研究翻译史和翻译理论”。张隆溪的这篇文章对钱锺书意见的转述，具有重要的理论价值和指导意义，其中对中外文学关系史、比较诗学和翻译文学三方面研究的特别强调，对此后的相关研究的兴起产生了深远的影响。季羡林先生在1981年写的《应该重视比较文学研究》（《北京大学比较文学丛书·前言》）一文中说：“比较文学不是一门新兴的学科……但是对于我们来说，比较文学却似乎是一门新兴的学科。很多人许多年以前就写过有关比较文学的论文，但自己并没有意识到自己从事的就是比较文学。可见这个概念并没有在他们的头脑中生根。”他提出要先从翻译的比较文学论文开始，做些启蒙的工作。

同时或稍后，李赋宁、贾植芳、乐黛云、陈惇、孙景尧、谢天振、刘介民、叶舒宪、曹顺庆、刘献彪等专家教授，就比较文学的名称、性质、学科史和比较文学研究的必要性、重要性等问题，纷纷发表文章。可以说，1970—1980年代之交，比较文学成为我国学术界谈论的热门话题之一。尤其值得提到的是，生活·读书·新知三联书店的《读书》杂志编辑部为促进比较文学研究并交流学术思想，于1982年6月组织北京地区部分学者，就比较文学的理论与实践问题召开了专门的学术座谈会，座谈会纪要发表于《读书》杂志该年度第九期。参加座谈会的有朱光潜、黄药眠、季羡林、杨周翰、李健吾、李赋宁、陈冰夷、周珏良等资深教授及严绍璗、张隆溪、温儒敏等中青年学者。学者们一致认为，比较文学研究在我国重又兴起，是件好事，对认清中国文学的特点和地位，推动文学的发展具有相当重要的意义。朱光潜强调："说比较，不外是两个方面：纵的，文化遗产有什么，哪些是应当继承的；横的，各民族的相互影响，接受了什么外来的东西"，纵横两方面都不能忽视。杨周翰等对当时已出现的比较文学中的简单比附问题做了提醒和批评，认为"不能为比较而比较""比较要有正确的指导思想，要有正确的目标"。张隆溪谈了理论上的比较与具体作品比较的关系。严绍璗提出了"在继承世界比较文学研究的优秀成果的基础上，致力于创建具有东方民族特色的'中国学派'"的构想。这些看法都触及了当时比较文学研究中的若干重大基本问题，对比较文学的学术研究和学科建设是一个推动。

随着比较文学学科意识的自觉与强化，中国比较文学也朝着组织化、体制化的方向迅速发展。

在 1980 年代最初几年里，学术界有识之士开始了比较文学学科建设的一些实际步骤。首先，就是在若干名牌大学里陆续恢复和重建比较文学课程，并建立独立的比较文学教研机构。1978 年，华东师范大学的施蛰存教授举办了新中国成立后第一个比较文学讲座。1981 年，复旦大学的贾植芳教授开始招收世界文学与比较文学硕士研究生，并为研究生开设了《比较文学概论》《中外文化与文学关系》等课程。1981 年 1 月，北京大学在季羡林、李赋宁、杨周翰、杨业治、金克木等教授的支持下，在乐黛云等的积极筹划下，成立了中国第一个比较文学学术组织——北京大学比较文学研究会，由季羡林任会长，钱锺书任顾问，乐黛云为秘书长。学会出版《北京大学比较文学研究会通讯》作为会刊，刊登校内外、国内外比较文学学术动态，发表会员的论文。北京大学的这一举动，对全国各大学产生了积极的影响。1982 年，北京师范大学中文系成立了比较文学教研组（后改为教研室），由陈惇主持；广西大学中文系和外语系成立广西大学比较文学教研中心，由孙景尧主持，该中心编辑出版英文期刊《文贝》（COWIE）；1983年，南开大学中文系成立比较文学教研室，由朱维之主持；1984年，深圳大学成立比较文学研究所，由乐黛云主持；1985年，四川大学、南京师范大学也成立比较文学的教研机构。同年，北京大学则将原"北京大学比较文学研究中心"改建成具有独立建制的"北京大学比较文学研究所"，所里的专业研究人员从中文系独立出来。这是全国第一个实体性的比较文学研究所，由乐黛云教授任所长。同时，辽宁、山东、上海、江苏、吉林等省（市）陆续成立了比较文学研究会。

在各大学、各省比较文学教学与研究的机构、学术组织陆续成立的情况下，为推动全国的比较文学教学与研究，1985年10月，全国性的比较文学学术组织"中国比较文学学会"在深圳成立，成立大会上选举产生了由31人组成的第一届理事会。季羡林为名誉会长，杨周翰为会长，叶水夫、贾植芳为副会长，乐黛云为秘书长，会议决定每三年召开一次大会，并不定期举办专题报告会、讲习班和讲座。会议决定将秘书处设在北京大学比较文学研究所，秘书处的机关刊物为《中国比较文学通讯》。同时，大会还决定将1984年创刊的《中国比较文学》作为中国比较文学学会的会刊。《中国比较文学》，由上海外国语大学外国语言文学研究所和华东师范大学中文系联合主办，季羡林任主编，是一份以书代刊的不定期刊物，由浙江文艺出版社出版，基本上每年出版两期。到1995年《中国比较文学》获得正式刊号，改为季刊，由中国比较文学学会和上海外国语大学等单位合办，编辑部设在上海外国语大学，成为中国比较文学的核心刊物。现在看来，由中国比较文学学会主办的《中国比较文学通讯》和《中国比较文学》也是比较文学圈内仅有的两家创刊以来没有中断、一直连续出版下来的学术刊物，在文学研究界乃至整个学术界，也都有较大影响。

中国比较文学学会的成立，对中国比较文学的最大作用就是使全国的比较文学有了自己统一的组织机构，为全体同仁在教学和科研上营造了一个相互交流、相互合作、协同发展、共同进步的环境和平台，大大地增强了比较文学学科在全国的影响力，扩大了比较文学在学术文化领域的影响，并在相当程度上推动了中国文学研究面向世界、跟上时代、打破局限于自身文化内部的内向性，而向跨文化、跨国界、跨语言、跨学科的研究转型。从这个意义上说，中国比较文学学会的成立具有重要的历史意义，它不仅是中国比较文学走向体制化、正规化的标志，也在此后的岁月中，对中国比较文学的发展起了重要的领导作用。在中国比较文学学会成立后，各省、自治区和直辖市的比较文学学会也纷纷成立，各大学也纷纷成立比较文学教研室、研究中心乃至研究所。中国比较文学学会及各省学会的成立，标志着中国比较文学学术组织、学术队伍初步形成并得到整合，也标志着中国比较文学学术体制的初步确立，并逐渐与国际比较文学接轨。

在这种形势下，1998 年，国家对二级学科进行大规模调整时，将"世界文学"与"比较文学"两个二级学科合并起来，称为"比较文学与世界文学"。从此，"比较文学与世界文学"作为"中国语言文学"一级学科下的八个二级学科之一，被正式确定下来，比较文学与世界文学始得以安身立命。"比较文学与世界文学"学科的整合与确立，由于行政操作上的原因而未能广泛、充分地调查和听取学者们的意见，将两者合并起来是否合适，一直存在争议。但几年的实践已经表明，这样做在总体上是体现了学术发展的必然要求的。它充分考虑了新中国成立以来中文系原有的"世界文学"教研室（一般称为"外国文学教研室"）长期立足于中国文学进行外国文学教学与科研的既定事实和已有优势。对于中文系的这些教师而言，进而对中国比较文学研究而言，"中国文学"是立足点和出发点，"世界文学"是视野和参照物，"比较文学"是观念和方法。"中国文学""比较文学"与"世界文学"三者具有天然的密不可分的联系。不能割裂三者的关系，不能将"比较文学"只理解为"文学比较"，不能将"世界文学"理解为一个无所不包的空洞概念，而应将"世界文学"理解为一个既宏观又微观的概念；说它宏观，是因为它是世界各民族文学的总和，说它微观，是因为具体的研究中它应该有具体的国别文学的实体对象。但长期以来由于缺乏这种意识，导致中文系搞外国文学的教师在教学与研究上或流于泛泛，专攻不足；或胶着于某种国别文学的研究，与外语系没有明确分工和区别，也就无法形成自己的优势与特色。而"比较文学与世界文学"二级学科的确立可以使人们清醒地认识到，对中文系从事外国文学教学与研究的人员而言，假如不自觉利用中文系所特有的中国语言文学研究的优势和氛围，就不会有学术上的特色；对于中文系其他二级学科的教师和科研工作者而言，假如仍然满足于就中国文学论中国文学，假如没有世界文学的视野和比较文学的观念方法，那在许多方面就很难再有创新；就中文系的学生而言，假如仅仅幽闭在中国文学内部，就会有许多东西看不清楚，因而必须学习中外文学交流史，搞清中国文学史上"拿过来"和"送出去"的种种情形，必须将中国文学置于世界文学的大格局中进行上下左右、横向纵向的比较，才能看清中国的民族特色、对世界文学的独特贡献，也可以看清中国文学的缺陷和不足。鉴于此，"比较文学与世界文学"学科的建立，对新时期中国语言文学的教学与研究的深化和发展，是一个有利的推动，具有重大意义。再从学科建设上看，"比较文学"与"世界文学"合并之前，不论是"世界文学"专业还是"比较文学"专业，研究生的培养规模都不大，80年代初期，只有北京师范大学、中国人民大学、南开大学、复旦大学等少数几个大学的中文系拥有"世界文学"硕士点，长期以来全国都没有一个博士点。到了1993年，北京大学比较文学研究所才以其显著的研究实力，首先获准建立博士点，开了一个好头。又过了五六年后，即1999年，其他几个大学及科研机构的"比较文学与世界文学"专业也拥有了自己专门的博士点。北京师范大学、复旦大学、南京大学、四川大学、山东大学的中文系及中国社会科学院文学研究所等六个单位被国务院学位办和教育部批准建立首批比较文学博士点，此后几年中又有十几个大学拥有比较文学硕士点和博士点。北京大学和四川大学的比较文学学科还成为第一批比较文学的全国重点学科。至此，中国比较文学的学术体制已完全确立，并走上了健康发展的康庄大道，显示了可观的发展前景。在这种情况下，1990年代后期，一些外语大学的有关院系也开始积极争取建立"比较文学与世界文学"硕士点和博士点，有些院校已经获得成功。

从学术队伍的构成上看，总体上说，中国比较文学的研究队伍大都由大学教师组成，少数为中国社会科学院及各省社会科学院等专门研究机构的研究人员。1980—1990年代的二十年间，中国比较文学已经形成了老、中、青三代构成的学术梯队，或多或少涉足比较文学研究的约有一千人，专业研究人员估计有三四百人。老一辈学者钱锺书、杨周翰、季羡林、乐黛云等先生在实践上和理论上继往开来，承前启后，六十岁以下的中青年学者则是中国比较文学研究的基本力量。中国语言文学系和外国语言文学系两个一级学科的人员共同参与比较文学研究。两股队伍各有所长，可以互补，对专业的健康发展是有利的。而在这其中，中文系或中文系出身者从事比较文学研究的，人数最多，成果最多。除了中文系的二级学科"比较文学与世界文学"专业外，该系的其他二级学科，如文艺学、中国现当代文学、中国古代文学等，都有不少人涉足比较文学。此外，哲学、艺术学等学科也有加盟者，虽然有"客串"的色彩，但往往可以拿出有特色的研究成果。值得注意的是，那些高水平、成果丰硕的比较文学中青年学者，绝大多数都是我国自己培养的"土"博士。他们中的大多数有着宽阔的世界视野、良好的中外文基础，牢牢立足于本土文化，坚持了鲜明的民族文化立场，保持了健康的学术心态、严谨扎实的优良学风，成为中国比较文学研究的中坚力量。

在学术组织、学术体制逐渐确立的同时，中国比较文学研究也在各个领域、各种角度上展开，出现了前所未有的丰硕成果。据王向远主编的《中国比较文学论文索引（1980—2000）》（江西教育出版社2002年）统计，1980—1990年代的二十年间，各种学术刊物上共发表的严格意义上的比较文学论文或文章有一万多篇；又据王向远《中国比较文学二十年》（江西教育出版社2003年）一书的统计，1980—2000年二十年间，我国正式出版的各种比较文学论著（包括专著、论文集、教材等）有350余种。也就是说，仅从数量上看，1980—1990年代的二十年间的成果占整个20世纪一百年的九成左右，可谓盛况空前，蔚为大观。而且，比较文学学术著作更以丛书的形式不断推出，显示了研究的规模化趋势。最早的丛书是1983年台湾出版的《比较文学丛书》，共收著作11种，其中包括叶维廉的《比较诗学》，张汉良的《比较文学理论与实践》，周英雄的《结构主义与中国文学》，郑树森的《中美文学因缘》，王建元的《雄浑观念：东西美学立场的比较》，陈鹏翔编选的《主题学研究论文集》等，开中国比较文学研究丛书之先河。1987年以后至2000年，祖国大陆陆续出版了三套由乐黛云主编的比较文学丛书，均以其高质量的选题和规模效应，产生了很大影响。在研究领域和研究对象上，二十年间的研究涉及比较文学的各个层面，其中包括比较文学学科理论的探讨和研究，以中国为中心的东方各国文学关系的研究，中国和西方各国文学关系的研究，诗歌、戏剧、小说、民间文学等中西各体文学的比较研究，译学理论与中国翻译文学的研究，比较文论及比较诗学的研究，文学与其他学科的跨文化的比较研究等各个方面。经过二十年的努力，中外文学关系史得到了基本的清理和描述，中国文学的特色及在世界文学中的地位得到了基本的确认，比较文学的基本研究方法——传播研究与影响研究、平行贯通的研究，跨学科或曰超文学的研究——在实践中更为成熟，形成了一整套方法论体系。比较文学在整个学术文化领域日益扩大，成为二十年中最活跃、最具生命力的学科之一，在20世纪后期中国学术文化史上，留下了浓墨重彩的一笔。

1980年代后中国比较文学的迅速发展，是学界同仁共同努力的结果，同时也与一些资深学者教授的大力支持和年富力强的中青年学者的不懈努力分不开。这些学者包括中国社会科学院的钱锺书研究员，北京大学的季羡林、杨周翰、李赋宁、乐黛云、张隆溪、温儒敏、张文定等教授，北京师范大学的黄药眠、钟敬文、陈惇教授，复旦大学的贾植芳教授，南京大学的范存忠教授，南开大学的朱维之教授，还有孙景尧、刘献彪等一大批学者，他们都对中国比较文学的复兴和发展提供了有力的支持，做出了可贵的贡献。

其中，季羡林是改革开放后对比较文学支持最力、关怀最多、示范作用最大的资深学者。1980 年代初，是他最早强有力地支持了北京大学比较文学学术团体及组织的成立，为中国比较文学的发展争取了必要的平台和空间。1982 年，他在《中印文化关系史论丛》的基础上出版《中印文化关系史论文集》（生活·读书·新知三联书店），其中的论文以丰富扎实的史料、深入细致的分析，为比较文学传播和影响的实证研究做出了榜样。他还热心地为有关比较文学的论著作序，对比较文学界的后辈学者倍加呵护和奖掖；同时，他也及时有力地指出比较文学研究中出现的问题，批评存在的不良倾向。他在 1990 年写的《对于 X 与 Y 这种比较文学模式的几点意见》一文中，对于 1980 年代普遍流行的缺乏可比性的随意滥比，即 "X 比 Y" 式的比较，提出了尖锐批评，认为这导致了中国比较文学的危机。他指出："X 与 Y 这种模式，在目前中国的比较文学研究中，颇为流行。原因显而易见：这种模式非常容易下手。""许多人把比较理解为任意比较，这样就产生了无限可比性。'可比'而到了'无限'的程度，那就很难说是严格的科学了。"他语重心长地指出："我劝年轻的比较文学学者把比较文学这一门学科看得难一点，更难一点，越看得难，越有好处。"在他的指摘和批评下，1990 年代 "X 比 Y" 的模式有所收敛，比较文学的真意为更多的研究者所了解。

乐黛云（1931— ）为中国比较文学学科建设所做出的突出贡献是众所公认的。她是中国比较文学学术组织的主要发起人、历次重大学术活动的主要策划人和组织者、中国比较文学学术体制与学科建设的主要设计者，也是中国比较文学与国际比较文学交流的主要使者之一。从 1980 年

146

北京大学比较文学研究会的成立，到1985年中国比较文学学会的成立，以及历届学会的成功召开，都是与她的努力密不可分的。她主持创办的《北京大学比较文学通讯》是中国第一份比较文学的专门刊物，后来她又促使该刊改名为《中国比较文学通讯》，成为中国比较文学同仁刊物，是学会会员交流的重要信息媒介和反映学会活动及研究动态的重要窗口。她在季羡林、杨周翰等老一辈学者的支持下，经教育部批准在北京大学成立实体性的"比较文学研究所"（后改称为"北京大学比较文化与比较文学研究所"），并出任首任所长。到1993年，北大比较所被批准建立了全国首家比较文学博士点，乐黛云成为全国第一个比较文学博士生导师。从此，该所率先建立起了培养比较文学硕士、博士和博士后研究的完整的人才培养体系。它的成立和成功运作，对于中国比较文学学术体制的确立，起了重要的示范和推动作用。此后，其他各大学和科研机构陆续建立了比较文学研究所之类的实体机构，使比较文学在全国的高等教育体系和学科建制中占有一席独立的位置。乐黛云还身体力行地积极开展与国际比较文学的学术交流，1990年代后更以国际比较文学学会副会长的身份活跃于国际学术舞台。她在国内主持或参与主持了数次比较文学国际研讨会，邀请了几十位国际比较文学的著名学者来华讲学，后来她将这些学者的演讲录编译成一套系列丛书，由北京大学出版发行，产生了很好的社会影响。在开展这些学术活动的同时，乐黛云还主编了数种比较文学方面的丛书。其中，1980年代后期出版的《比较文学丛书》（湖南文艺出版社）是中国内地第一套比较文学丛书，对比较文学的学科基本理论建设、对东方比较文学的兴起有着重要推动作用；1990年代初期主编的《中国文学在国外丛书》（花城出版社）全方位地梳理了中国文学在世界各主要国家的传播与影响，堪称中国比较文学传播研究的集大成；她主编的《北京大学比较文学研究丛书》（北京大学出版社、中国社会科学出版社）从1980年代中期一直到1990年代陆续出版了十几种极有用处的论文集、资料集、年鉴等有特色的著作。如丛书中的《中国比较文学年鉴1986》，对1986

年之前的中国比较文学史料做了系统的整理,《中国比较文学研究资料集(1919—1949)》对新中国成立前三十年间的比较文学资料做了系统的筛选编排。还有《比较文学译文集》（张隆溪选编）、《比较文学论文集》（张隆溪、温儒敏选编）等，都成为比较文学教学与研究的必备参考书。

在个人的学术研究方面，二十多年来，乐黛云撰写了近百篇论文及文章，陆续出版了专著《比较文学原理》（湖南文艺出版社1988年）、论文集《比较文学与中国现代文学》（北京大学出版社1987年）和《跨文化之桥》（北京大学出版社2002年）等论著，还主编或合作编写了《中西比较文学教程》《比较文学原理新编》等比较文学基本理论方面的教材。在比较文学基本理论建构方面，在中国现代文学与西方文学关系研究方面，在以西方理论解读与阐发中国文学作品方面，都取得了突出成绩。其中，她的第一部论文集《比较文学与中国现代文学》中的第一组文章，对比较文学的内涵和外延、现实性和可能性，对比较文学与中国现代文学研究、与中国文学史教学的关系，对中国比较文学的现状和发展前景等，都做了深入的阐述。第二组文章运用比较文学的观念和方法对鲁迅、茅盾等中国现代作家思想和艺术进行了分析研究。第三组文章则评介了现代西方的文学批评方法和流派，如新批评、结构主义、精神分析，接受美学、叙述学、阐释学及其在小说分析中的运用。这些文章大都发表于1984年至1985年，当时的中国文学研究与文学批评界正在进行方法论的讨论和转型，乐黛云对西方新的批评方法的评介一定程度地推动了中国文学批评观念和方法的更新，也为运用西方理论解读和阐发中国文学——即"阐发研究"——做出了可贵的探索。正如季羡林先生在该书序言中所说，"作者以开辟者的姿态，筚路蓝缕，发表了很多精辟的见解，给人以很多的启发"，在中国比较文学刚刚兴起的时候，承担了"启蒙的任务"，给学界"吹来了新鲜和煦的风"。乐黛云教授的第二部论文集《跨文化之桥》收录了1980年代末至1990年代中发表的近五十篇文章，编排时分为三编。在第一编《面向跨文化、跨学科的时代》中，作者力主比较文学是跨文化与跨学科的研究，认为比较文学的根本任务就是要树立全球意识，维护并促进文化的多元发展。她善于从全球文化与多元文化，文化的差异、冲突与文化对话，文学与自然科学以及文学与哲学和社会科学的关系等宏观视角，来阐述比较文学研究的意义与价值，强调若将比较文学定位于"跨文化与跨学科的研究"，比较文学就会处于21世纪人文精神的最前沿。正是站在这一高度，使不少论文具有高屋建瓴的视野和气势，富于穿透力和前瞻性。第二编《传统，在现代诠释中》的十几篇文章，其视野从比较文学进一步扩展到比较文化，以中国传统知识分子，如沈复、陈瑞生、陈寅恪、汤用彤等为研究对象，分析了他们的学术文化遗产的历史价值和现代意义。还有若干论文对中国传统文学批评、诗学和传统小说的叙述模式的特征做了阐述。第三编《重新解读现当代文学与文化》中的论文从比较文学与比较文化的角度，对中国现当代文学理论与创作的问题，西方文学对现当代中国文学的影响问题等进行了分析研究。这些成果，无论是宏观的论述还是微观的探索，都在视角、选题、观点、方法等诸方面，对比较文学研究产生了示范与推动作用。

第三节　繁荣的表征之一：理论问题的探讨与争鸣

1980—1990年代，比较文学成为我国学术界谈论的热门话题之一，比较文学的学科理论建设得到迅速的发展。据王向远主编的《中国比较文学论文索引（1980—2000）》一书的统计，二十年间，我国发表的关于比较文学学科理论方面的文章七百多篇，公开出版的比较文学学科理论方面的教材、专著十几种。和同时期其他国家比较而言，我国的比较文学学科理论的探讨和研究似乎是最活跃的。

总体来看，我国的比较文学学科理论，主要围绕以下问题展开。

一、关于"阐发研究"及"中国学派"的问题

关于"中国学派"问题的提出、讨论，可以说是中国比较文学学科建构过程中最具有"中国特色"的现象。所谓"中国学派"，是 1970 年最早由台湾学者提出来的。1980 年后，祖国大陆许多学者对"中国学派"发表了自己的看法。关于这些情况，现在已经出版的几乎所有的比较文学学科理论的教材和专著都有专章或专节的述评。其来龙去脉不必多说。这里只大致总结一下祖国大陆学界关于"中国学派"的三种意见。

第一种意见，表示中国的比较文学应该有自己的学派，但认为中国学派是一种可供"展望"的设想和远景，老一辈学者季羡林、杨周翰、贾植芳等，大都持这种看法。如季羡林在 1985 年的中国比较文学学会成立大会上说："有的外国朋友，还有不少中国的学者都提出了形成比较文学中国学派的问题。我个人还有许多朋友都认为这个意见是非常正确的。我们中国的比较文学学者一定要努力地工作，努力地学习，向着这个方向发展。"杨周翰说："所谓中国学派……我认为我们不妨根据需要和可能做一个设想，同时也必须通过足够的实践，才能水到渠成。"（《镜子与七巧板》，中国社会科学出版社 1990 年，第 3 页）

第二种意见，对"中国学派"的提法持审慎的态度。如严绍璗起初也表示赞成"中国学派"的提法，但后来他意识到："研究刚刚起步，便匆匆地来树中国学派的旗帜。这些作法都误导中国研究者不是从自身的中国文化教养的实际出发，认真读书，切实思考，脚踏实地来从事研究，而是堕入所谓'学派'的空洞概念之中。学术史告诉我们，'学派'常常是后人加以总结的，今人大可不必为自己树'学派'，而应该把最主要的精力运用到切切实实的研究之中。"（严绍璗《双边文化关系研究与"原典性实证"的方法问题》，《中国比较文学》1996 年第 1 期）王宇根认为："提不提'学派'大可商榷。原因有三：第一，比较文学向来主张多中心，多视角，提出不同理论主张和不同视域的融合，学派这一概念隐含着

将视域圈定在某个中心之内的危险，与比较文学的基本精神不合。……第二，就中国比较文学研究而言，同样可以存在多种流派、多种理论、多种方法。……第三，值得注意的是，学派在历史上是自然形成的……能不能形成一派，历史自会有公正的评说。"（王宇根：《比较文学原理新编》，北京大学出版社 1998 年，第 59-60 页）看来，第二种和第三种意见实质上没有根本的区别，他们都把中国比较文学学派的形成看成是今后努力的方向，看成是一个自然而然的漫长的历史过程。

第三种是热情鼓吹"中国学派"，并且认为中国学派已经形成。近年来又为中国学派总结了一整套的"理论体系"。

众所周知，"中国学派"是与所谓"阐发研究"密切联系在一起的。台湾学者古添洪、陈鹏翔在《比较文学的垦拓在台湾》一书的序言中说：

> 我国文学，丰富含蓄，但对于研究文学的方法，却缺乏系统性，缺乏既能深探本源又能丰实可辨的理论……我们不妨大胆的宣言说，这援用西方的理论与方法并加以考验，调整以用之于中国文学的研究，是比较文学中的中国派。①

"中国学派"的提法曾一时鼓舞了中国比较文学研究者们的热情，起了积极的作用。但是一开始，它的普遍可行性就受到了许多中外学者的质疑。例如，卢康华、孙景尧在《比较文学导论》（1984 年）一书中就提出了不同看法。孙景尧在 1988 年出版的《简明比较文学》一书中更是一针见血地指出：

> 将它〔阐发研究〕定之为"比较文学的中国学派"，则失之偏颇了。因为，首先这种说法本身就是不科学的，是以西方文学

---

① 古添洪、陈鹏翔：《比较文学的垦拓在台湾·序》，台北东大图书公司 1976 年。

观念的模式来否定中国的源远流长的、自有特色的文论与方法论。西方文论是建立在西方文学及文化的基础上的，而西方文学与文化背景又是同中国文学与文化背景截然不同的两大体系，因此，用它来套中国文学与文化，其结果不是做削足适履式的"硬比"，就是使中国比较文学成为西方文论的'中国脚注'。这就从一开始就陷入了比高低、比优劣的为比较而比较的庸俗比附泥淖中去。①

对于这种质疑，陈鹏翔后来在《建立比较文学中国学派的理论和步骤》（台北《中外文学》第 19 卷第 1 期）中回应说："我们考验、修正并且扩展西方文学理论和方法的适用性，这是主动性的作为，对文学研究有绝大的贡献，怎么会使中国文学〔变〕成西方文论的'中国脚注本'？"

内地学界热衷提倡"中国学派"及"阐发研究"的，首推曹顺庆。他在近十多年中发表了一系列大同小异的谈"中国学派"的文章，不厌其烦地力主"中国学派"，并认为"中国学派的理论特点和方法论体系，实际上已经显露雏形，呼之欲出了"。他将"阐发法"作为中国学派的特色，有时又将"跨文化"作为"中国学派的根本特色"。他还在《比较文学中国学派基本理论特征及其方法论体系初探》一文中，总结了中国学派"跨文化研究"的五种方法。他写道：

> 如果说法国学派以"影响研究"为基本特色，美国学派以"平行研究"为基本特色，那么，中国学派可以说是以"跨文化研究"为基本特色。如果说法国学派以文学的"输出"与"输入"为基本框架，构筑起由"流传学"（誉舆学）、"渊源学""媒介学"等研究方法为支柱的"影响研究"的大厦；美国学派

---

① 孙景尧：《简明比较文学》，中国青年出版社 1988 年版，第 110-111 页。

以文学的"审美本质"及"世界文学"的构想为基本框架，构
筑起了"类比""综合"及"跨学科"汇通等方法为支柱的
"平行研究"的大厦的话，那么中国学派则以跨文化的"阐发
法"，中西互补的"异同比较法"，探求民族特色与文化根源的
"模子寻根法"，促进中西沟通的"对话法"、旨在追求理论重构
的"整合与建构法"等五种方法为支柱，正在和即将构筑起中
国学派"跨文化研究"的理论大厦。①

这主张一提出，就有人为之喝彩。有的说曹文的发表，"无疑宣告了
比较文学中国学派走向成熟"；有的说这表明"比较文学中国学派已经开
始站稳了脚跟，取得了理论上的制高点"；有的说，曹文一经发表，"应
该说关于这一热点问题的探讨基本尘埃落定"。对此，王向远在《"阐发
研究"与"中国学派"——文字虚构与理论泡沫》（《中国比较文学》
2002 年第 1 期）一文中提出了不同看法。他认为，把所谓"跨文化"作
为中国学派的"基本理论特征"是不科学的，因为比较文学研究——无
论是中国的还是外国的——本质上就是"跨文化"的研究。每一个民族
和每一个国家都有自己的独特的文化，"法国学派"早就跨越了法国文化
与英国文化、德国文化、意大利文化、俄罗斯文化……后来的"美国学
派"不但跨了国别文化，而且还跨了"洲际文化"——欧洲文化与美洲
文化。王向远对曹顺庆的"跨越东西异质文化"这一提法也不以为然，
认为"跨越东西异质文化"的不光是中国。日本、韩国、印度、阿拉伯
伊斯兰各国，还有非洲、拉美各国，他们的比较文学研究都势必需要
"跨越东西异质文化"。仅以日本来说，它们的比较文学研究比中国搞得
早，近百年来没有中断过，其研究成果蔚为大观。如果也要提出一个比较
文学的"日本学派"，那么它的特征之一恐怕也是"跨越东西异质文化"。

---

① 曹顺庆：《比较文学中国学派基本理论特征及其方法论体系初探》，原载《中国
比较文学》1995 年第 1 期。

鉴于曹顺庆先生把"阐发法"视为"中国学派理论大厦的第一根支柱"，王向远的文章里还重点分析了所谓"阐发法"问题。他指出，用西方的理论阐发中国文学是 20 世纪中国文学研究的主流，一百多年来的中国文学研究，基本上使用的是外来的理论和方法，要是从"阐发"这个角度看问题，那么 20 世纪的中国的这些文学研究就都属于"阐发研究"，然而，我们因此就能说 20 世纪中国文学研究都是"比较文学研究"吗？王向远还认为，把"阐发法"作为中国学派的"特征"，把它提到了凌驾于一切之上的地位，与中国比较文学的研究实践也不相符合。因为我国比较文学研究的"典型领域"也是中外文学关系。在这方面有许多是经得住推敲和考验的学术精品。单拈出一个"阐发研究"，根本不能概括我国比较文学的历史，也不能概括现状，更不能指导和预测未来。而且，以"阐发研究"作为"中国学派的基本特征"，那就无异于将不属于"阐发研究"的比较文学研究摒于"中国学派"之外，这种做法对我国比较文学研究来说，是不公正的。

二、关于比较文学研究的文化立场与话语属性问题

1990 年代中期以后，随着西方的"后殖民主义"理论在中国引起反响，关于比较文学研究的文化立场问题，关于比较文学的"话语"属性问题，便被作为一个问题提了出来，并引起了热烈讨论。在文学理论研究领域，曹顺庆、杨乃乔等首先提出了所谓"失语症"的问题。如曹顺庆在《文论失语与文化病态》（《文艺争鸣》1996 年第 2 期）一文中说："我们根本没有一套自己的文论话语，一套自己特有的表达、沟通、解读的学术规则。我们一旦离开了西方文论的话语，就几乎没有办法说话，活生生一个学术哑巴。"虽然学术界对这样的判断并不普遍认同，但有关"失语症"的话题，却引起了比较文学界对文化立场和话语属性问题的思考。许多学者写文章探讨我国的比较文学研究如何打破西方"话语权力"的垄断，如何处理固有的民族文化与外来的西方文化之间的关系，如何看

待比较文学研究中的民族性与世界性等问题。乐黛云在《文化相对主义与"和而不同"的原则》（《文化传递与文学形象》北京大学出版社1999年版）一文中引用中国古代的"和而不同"一词并加以阐发，作为多元文化共存的基本原则，来弥补文化相对主义的不足。她所谈的虽属于文化问题，但它对中国比较文学研究树立正确的文化立场和学术态度也是有益的。乐黛云还在《比较文学的国际性和民族性》（《中国比较文学》1996年第4期）一文中指出，近百年来，由于西方中心论和殖民主义的统治，"比较文学这门学科几乎以泯灭亚、非、拉各民族文化特色为己任"，因此她提出比较文学研究应该突破西方中心论和殖民主义意识形态，比较文学的民族性应是其国际性的基础。孙景尧在《全球主义、本土主义和民族主义》（《中国比较文学》1997年第3期）一文中指出，西方人提出的全球化"其实并非是彼此互动的真正的全球化，而是西方发达国家的全球化。因为，这是随着西方发达国家的跨国资本主义在全球的蔓延及其消费意识形态的传播，'强化'他国（主要是第三世界）去'认同'和'归属'西方中心主义的许多'规格'和'标准'的全球化"。从历史上看，这是一种文化帝国主义。而"民族主义"在西方虽然与侵略扩张联系在一起，而在第三世界，"民族主义却一直是反殖民主义、争取民族独立解放的动力"。他提出，在这种大背景下，我们的比较文学研究必须尊重各国文学、文化及其意识形态的民族性特点。对于比较文学民族性的强调，有的论者提出反论。王宾在《"主义"中的问题——与孙景尧先生商榷》（《中国比较文学》1997年第4期）中，对孙景尧的观点提出反驳。他说："在这种打着'民族主义'旗号的豪言壮语的背后，是另一种非学术性的、虚张声势的'文化帝国主义'情结或曰'华夏中心观'的当代版。它不仅为亨廷顿之类的冷战的遗老遗少们提供炮弹，客观上与当前中国'要合作、不要对抗'的外交政策唱反调，而且有悖于改革开放的国策。"王文甚至认为孙文强调比较文学研究应该基于民族性特点这一看法是"大成问题的"，认为"我们的研究对象是跨民族跨文化的精神产品，研究者必须树立跨文化意识，'民族性'在《主义》的上下文中实质上就是'民族主义'，更要不得"。他最后提出："比较文学要健康发展，就一定要铲除对抗情绪，树立合作意识。"不过，王宾先生的批评似乎"火力偏高"。平心而论，孙景尧的文章无非是提出了面对西方的文化帝国主义我们应该如何回应。这不是什么"外交"问题，更不是"国策"问题，而只是一个民族文化立场问题。"合作"应该是有前提的，而"对抗"则往往出于迫不得已。对比较文学研究而言，不提、甚至放弃"民族性"，实质上往往就意味着无条件地认同西方"话语"。这样以消解民族文化的特殊性为代价的"合作"，恐怕"更要不得"。

三、关于影响研究问题

早在 1980 年代初，钱锺书就提出："要发展我们自己的比较文学研究，重要的任务之一就是清理一下中国文学与外国文学的相互关系。"季羡林在 1985 年写的一篇题为《资料工作是影响研究的基础》的文章中特别提倡影响研究。他说：

> 我们一定要先做点扎扎实实的工作，从研究直接影响入手，努力细致地去搜求材料，在西方各国之间，在东方各国之间，特别是在东方与西方之间，从民间文学一直到文人学士的个人著作中去搜寻直接影响的证据，爬罗剔抉，刮垢磨光，一定要有根有据，决不能捕风捉影。然后在这个基础上归纳出有规律性的东西。（中略）那些一无基础，二无材料，完全靠着自己的'天才'、'灵感'，率而下笔，大言不惭，说句难听的话，就是自欺欺人的所谓平行发展的研究。[1]

---

[1] 季羡林：《资料工作是影响研究的基础》，载《季羡林文集》第 8 卷，江西教育出版社 1996 年版，第 344-345 页。

事实证明，老一辈学者的这些提醒非常及时和必要。对于兴起不久的中国比较文学来说，如果我们对中外文学关系的基本的历史事实都没有研究，都没有系统的知识，那我们的比较文学就很容易滑向脱离历史、无视事实的玄学，我国的比较文学就无法打下牢固的科学的根基。

但是，由于主张"影响研究"的法国学派，早已受到主张"平行研究"的美国学派的挑战，在中国某些学人的眼里，影响研究已经"老化""过时"了。因而就试图对"影响研究"实施"颠覆瓦解"。从陈思和教授的有关文章（《中国比较文学》1993年第1期，1998年第1期，2000年第2期）来看，要对"影响研究"进行"颠覆瓦解"的理由，大体有三：第一，影响研究只研究文学的"贸易关系"，只是寻找影响的"线路图"，而不能进行美学上的判断；这个方法只在法国及欧洲的那个时代适用，现在已经陈旧过时。第二，"一旦进入了中国作家的创作世界，就难以分辨哪些材料是外来影响哪些是独创"，影响研究的实证方法无法对"影响"加以实证，因此，"考据方法，表面上科学，实际上很不科学"。第三，认为谈中国文学受到了外来"影响"，就会得出"中国都是在模仿中生长"或者中国文学"不成熟"的结论，从而造成了中国文学与外国文学的"不平等"，因而认为"考证影响是非常危险的"，应以所谓"二十世纪中国文学的世界性因素"的研究来取代影响研究。

这些"颠覆"影响研究的言论引起了一定的反响。《中国比较文学》杂志为此开辟了讨论的专栏，陆续刊出了十几篇文章。有的表示赞同，如谢天振在《论文学的世界性因素和影响研究》（《中国比较文学》2001年第4期）中认为，"关于'20世纪中国文学中的世界性因素'的命题，为中外文学关系的研究提供了一个新的视角，拓宽了研究者的视野，跳出了通常的'西方施发影响，中方被动接受'的思路。这样，研究者在审视中外文学关系时，不再停留在中国作家接受外来影响的所谓'事实'上，还会从中外文学对等意义的层面上，更多关注中国文学自身的创造性和主体性特征"。另有许多批评者不以为然。如查明建在《从互文性角度重新

审视 20 世纪中外文学关系》（《中国比较文学》2000 年第 2 期）中认为，
当代比较文学中的"影响研究"已经超越了法国学派的狭隘观念，新的
影响研究已内在地包含了接受研究，将接受影响的民族文学的主体性纳入
了影响研究之中；以颠覆影响研究为前提的所谓"20 世纪中国文学的世
界性因素"的提法，"对当代影响研究存在某种程度的误解和偏见，基本
上是站在中国文学自身的立场来审视文学关系，研究视角仍显得狭窄，不
能整体观照 20 世纪中外文学关系复杂的现象"；"任何一个民族文学，如
果不置于世界文学的互文性参照中，其世界性因素也就无从谈起"。田全
金在《超越实证，拯救关系》（《中国比较文学》2001 年第 2 期）一文中
指出："如果不研究外来影响，只把创作中的世界性因素归结为社会生活
的变革，归结为作家的生命体验，就必然导致把比较文学变成文艺社会学
或文艺心理学。排除了外来影响的实证的描述，中国文学的世界性因素
（或现代性因素）的研究，是很容易跌入这个陷阱的。"显然，这些看法
和反驳是强有力的。"颠覆""影响研究"的有关言论，实际上是半个世
纪前意大利的克罗齐和美国的韦勒克等人反对"影响研究"的有关言论
在中国的一种"回声"，本身就接受了人家的"影响"，当然也并不新鲜。
其症结，是把影响研究中的少数失误与"影响研究"本身混一谈，把
"独创"和外来"影响"割裂开来，把文学中的"世界性因素"与"外
来影响"割裂开来，把影响研究与对作品的审美分析对立起来，以"外
来影响"与作家的独创的复杂难辨来否定影响研究的可能性与可行性，
以"影响研究"不能做审美判断而否定其全部价值，因而在理论逻辑上
存在相当程度的混乱。比较文学的学术研究既然还是一种科学的研究，就
得尊重文学史上最起码的事实：20 世纪的中国文学受到了外来影响，而
且许多时候这种影响还很大、很明显；所谓"20 世纪中国文学中的世界
性因素"，很大程度上是接受、消化外来影响的基础上获得的。任何主观
的"命题"都必须尊重和反映这个最基本的事实。

四、关于比较文学与比较文化的关系问题

1990 年代以来，西方的比较文学界出现了比较文学向比较文化转化的趋势，并因此引起了比较文学与比较文化关系问题的讨论。这种讨论也波及中国。1990 年代中期以后在学术期刊上陆续出现了相关的文章。

叶舒宪发表的《从比较文学到比较文化——"后文学时代"的文学研究展望》一文，是国内较早地阐述比较文学与比较文化之关系，并对比较文学向比较文化转化持肯定态度的论文。他认为比较文学向比较文化的转化不会导致比较文学被"淹没"的危机。他写道：

> 比较文学研究者的"危机"意识完全是学科本位主义的产物。"淹没"表象背后的实质是文学研究的深化。文化绝不只是文学背景或"语境"，也是文学构成的整合性要素。……
>
> 不识文学真面目，只因身在"文学"牢笼之中。"文化"视角的引入是解放学科本位主义囚徒的有效途径。使研究者站得更高，看得更远。因而是利而非弊。它带来的是新的"契机"而非新的"危机"。从某种意义上甚至可以这样说：比较文化研究未必是比较文学，但有深度有"洞见"的比较文学研究自然是比较文化。换言之，比较文学研究者若能得出具有文化意义的结论，那将是其学术深度的最好证明。①

另一种意见认为比较文学与比较文化属于两种不同性质和领域的研究，反对比较文学研究中的"泛文化"化的倾向，担心这会导致比较文学学科自身被消解和被取代。如刘象愚教授在《比较文学的危机和挑战》（《社会科学战线》1997 年第 1 期）一文中说："进入 80 年代后，比较文

---

① 叶舒宪：《从比较文学到比较文化——"后文学时代"的文学研究展望》，原载《东方丛刊》1995 年第 3 期。

学出现了大规模向文化研究转移的趋势，这从最近几届国际比较文学大会的论文题目可以清楚地看出，属于纯文学研究的文章越来越少，研究者关心的已经不是文学自身的问题，而是语言学、哲学、宗教、法律、心理学、人类学、种族学、社会科学等种种文化层面上的问题。比较研究的目的往往不是为了说明文学本身，而是要说明不同文化间的联系和冲撞。我把这种倾向称之为比较文学的非文学化和泛文化化。这种倾向使比较文学丧失了作为文学研究的规定性。进入了比较文化的疆域，导致了比较文化淹没、取代比较文学的严重后果。"（谢天振《从比较文学到比较文化》（中国比较文学）1996 年第 3 期）一文中认为："比较文学本身也是一种文化研究，它是文化研究的一部分。但比较文学归根结底是一种文学研究。他的出发点和归宿点都应该是文学。……比较文学中的跨文化、跨学科研究，是为了丰富和深化比较文学的研究，而不是为了淡化甚至'淹没'比较文学自身的研究。"

　　以上两种不同的意见都从一个侧面提出了有启发性的正确见解。两种意见都不否定比较文化对比较文学的介入及两者结合的必要性，这是其相同点。而分歧点则在于"学科"观念的差异。学科的划分是为了解决不同领域的问题而做的人为的划分。没有自觉而清醒的学科意识，则可能会影响从学科的独特角度发现与确立研究对象与研究课题，也可能会丧失解决某一问题所应当采取的独特的学科方法；倘若学科意识过于狭隘和保守，则会导致视野的狭窄、方法的单一，从而妨碍问题的发现和解决。比较文学作为一个以"跨文化"研究为特色的特殊的学科，它本身即处在学科范畴的圈定与学科的开放意识两者的微妙平衡中。似乎可以这样说：在比较文学研究中，"文化"是研究者应有的"视野"，而"文学"则是比较文学研究的"立足点"。即立足文学，放眼文化，并在此基础上发现问题，解决问题。这样来理解两者的关系，似乎比较妥当。曹顺庆在《是"泛文化"，还是"跨文化"》（《社会科学战线》1997 年第 1 期）一文中说比较文学研究中文化与文学的结合"是以文学研究为根本目的，

以文化研究为重要手段"。但现在看来两者似乎还不是一个"手段"与
"目的"的关系。一切研究本身都不是"目的",而"解决问题"才是
"目的"。所谓"泛文化"化,如果是指比较文学中失去文学的立足点而
言,所谓"跨文化"如果是指比较文学研究的世界性"视野"而言,那
么,所谓"泛文化"化是比较文学研究的歧途、"跨文化"是比较文学的
转机的看法,则是有道理的。

上述比较文学学科理论问题的讨论,有的是国际比较文学学术争论在
中国的延伸,有的是对中国比较文学研究中特有的理论问题的探讨。这些
讨论,作为1980—1990年代中国学术文化的重要组成部分,从一个侧面
显示了中国学术界开放的、繁荣的态势和学术思维的活跃状况。有些论题
本身就具有独立的理论价值,而且对于指导比较文学研究实践,也起了积
极的作用;有些观点未必经得起检验站得住脚,但学术态度是真诚的,同
样也有意义。然而,比较文学学科理论的研究与讨论中也暴露出了一些负
面的东西。1980年代后在我国的文艺理论界和文化理论界,"理论"畸形
"繁荣",刊物上有不少思想贫乏、材料空疏、玩弄概念、故作高深、食
洋不化、文句不通,但又耸人听闻的文章。理论的"繁荣"与理论的贫
乏形成了一对奇特的矛盾现象。文艺理论界和文化理论界的这种不良学风
也或多或少地在比较文学学科理论中有所表现。造成这种现象的原因很复
杂。其中主要原因之一是,有些从事比较文学学科理论写作和研究的人,
喜欢走捷径,很少动手进行比较文学的具体的个案研究,缺乏具体研究的
切身体验,空谈"主义"而不研究"问题",其理论就不免架空。在这种
情况下,从自己的切身体验总结出的理论,就显得特别可贵。如严绍璗在
《双边文化关系研究与"原典性的实证"的方法论问题》(《中国比较文
学》1996年第1期)中提出的"原典实证方法",不仅对比较文学学科的
基本理论建设,而且对比较文学的研究实践,都有重要价值。总之,要建
立具有中国特色的、包含着更多中国学人智慧的比较文学学科理论,还需
要今后持续不断的努力。

第四节　繁荣的表征之二：教材建设与
学科理论的建构整合

比较文学繁荣的表征之二是比较文学教材建设。1984 年以后各种有关专著及教材的陆续出版。二十年间，我国共出版了十几种比较文学学科理论、学科概论方面的教材专著。先后有卢康华、孙景尧合著《比较文学导论》（黑龙江人民出版社 1984 年），孙景尧著《简明比较文学》（中国青年出版社 1988 年），陈挺著《比较文学简编》（华东师范大学出版社 1986 年），乐黛云著《比较文学原理》（湖南人民出版社 1987 年），乐黛云主编《中西比较文学教程》（高等教育出版社 1988 年），陈惇等著《比较文学概论》（北京师范大学出版社 1988 年，修订版 2000 年），朱维之主编《中外比较文学》（南开大学出版社 1992 年），刘介民著《比较文学方法论》（天津人民出版社 1993 年），陈惇、孙景尧、谢天振主编《比较文学》（高等教育出版社 1998 年），张铁夫主编《新编比较文学教程》（湖南出版社 1997 年），梁工、卢永茂、李伟昉编著《比较文学概观》（河南大学出版社 1999 年），孟昭毅的《比较文学探索》（吉林大学出版社 1991 年）和在此基础上扩写编著的《比较文学通论》（天津人民出版社 2000 年），刘献彪、刘介民主编的《比较文学教程》（中国青年出版社 2001 年）等。另外，还有北京大学比较文学研究所主编的《中国比较文学年鉴》（北京大学出版社 1987 年）等若干种有关的资料集、译文集、论文集等。上述专著、教材及资料集都为我国的比较文学学科建设起了不同程度的积极作用。其中，具有一定的独创（首创）性和学术特色的论著，以作者为中心，可以分为三个著作系列。一是卢康华、孙景尧的有关著作，二是乐黛云撰写、主编或主笔的有关著作，三是陈惇撰写或主编的有关著作。

卢康华、孙景尧的《比较文学导论》是我国第一部比较文学学科理论的系统著作。"万事开头难",《比较文学导论》的出版,作为我国在比较文学学科理论上的开山之作,填补了我国比较文学学科理论的空白,初步建立了比较文学学科理论的基本理论体系和内容框架,它对后来出现的一系列比较文学学科理论的专著教材,都产生了重要的启发和影响。全书分为"绪论"和"比较文学的基本概念""比较文学的研究方法""比较文学简史"三章,共26万字。它较充分地吸收和消化了国际上比较文学学科理论的研究成果,在理论阐述中熟练而又恰当地随时引证古今中外的文献资料,并特别注意学科理论与中国文学的衔接。作者在许多问题上都有自己的独立思考,对新出现的、不够成熟的、尚待时间检验的一些观点、提法,如"跨学科研究"问题、"中国学派"等,均表现出冷静、慎重和负责任的态度,有效地避免了追新求奇的理论浮躁。这部书问世到现在已有二十多年,但它在许多方面的阐述仍然是有效的,站得住脚的。当然,《比较文学导论》作为第一部有关著作,也免不了有在今天看来不够圆满的地方。如,作为学科理论,将方法与对象合为一谈,对比较文学这个学科独特的研究对象,阐述不够;第三章的学科史部分写得虽有特色,但占了全书的近一半的篇幅,比重过大。比较文学学科理论应该适当涉及学科史的内容,但严格地说,学科史应是与学科理论并列的独立的研究领域。

《比较文学导论》出版之后,孙景尧在比较文学学科理论的研究中陆续推出了新的研究成果。1988年,中国青年出版社出版了孙景尧的《简明比较文学》,可以说是《比较文学导论》的修订本和通俗版。其目的在于向文学爱好者讲解比较文学的性质、历史、特点、任务、种类、研究步骤和研究方法。同时对《比较文学导论》中的某些观点有所充实和修正。广西人民出版社1991年出版的《沟通——访美讲学论中西比较文学》,是孙景尧的一本成系统的比较文学学科理论的讲义和论文集。虽然有一些内容已见于《比较文学导论》和《简明比较文学》两书，但作为论文集，在某些问题上的论述更有理论锋芒和学术个性。如对当代西方比较文学学术权威的"欧洲中心论"意识的批判，对中国古代比较文学学术渊源的钩沉与论证等，都体现出了作者的学术勇气和研究功底。

乐黛云的《比较文学原理》是作者1984年后在北京大学、深圳大学等院校课堂讲稿的基础上整理而成的，全书分为八章，第一章"文学研究的新层面"，第二章"比较文学的过去、现在和未来"，第三章"接受和影响"，第四章"西方文艺思潮与中国现代文学"，第五章"主题学"，第六章"文类学"，第七章"比较诗学"，第八章"科际整合"，书后还附有五篇海外学者的比较文学论文。乐黛云是国内最早独立、系统地讲授比较文学学科理论课程的学者之一，因此这部《比较文学原理》和上述的卢康华、孙景尧的《比较文学导论》一样，是筚路蓝缕的开创性著作，书中综合融会了各家学说和各方已有的研究成果，同时也有自己独到的分析和见解。特别是在主题学、文类学和跨学科研究的探讨上最为深入。当然，初创不免带有一些欠缺，在今天看来，整部书在内容和体系上，还存在着不够严密、不够统一的情况。如"西方文艺思潮与中国现代文学"一章，概述了西方文艺思潮与中国现代文学的影响与接受关系。这个问题作为"影响—接受研究"或"思潮流派比较研究"的例证来处理是恰当的，但作者却把它作为专章与"接受和影响"等章并列起来了。同样的问题还出现在第七章"比较诗学"。这一章几乎没有讲到"比较诗学"在比较文学中的性质、地位、研究方法等属于"原理"层面上的问题，而是在讨论"中西比较诗学"本身的一些具体问题。如此把"比较文学原理"与"比较文学研究专题"并置在一起，就使有关章节游离于全书的体系之外。不过，《比较文学原理》中的这些矛盾和问题，在乐黛云主编，刘波、孙景尧、应锦襄、谢天振、张文定执笔的《中西比较文学教程》中得到了较好的解决。它将论述的范围由"比较文学原理"缩小到"中西比较文学"。在这个论题下，在有关章节中将中西比较文学的若干具体问题加以展开，不仅是可能的，而且是必要的。事实上，这本书在通常的"比较文学概论"的内容（一至九章）之外，又增加了中西诗歌、小说、戏剧和文论的比较共四章。杨周翰在序言中评价说："本书名为《中西比较文学教程》，它扣住了中西文学的比较。它在几个比较文学的中心问题上，都做了充分的中西比较阐述。不但如此，它还就几个主要文类做了具体的示范。这两点很重要，因为这样做能使比较文学这门一向是欧洲中心的、外来的学科，在我们的学术园地里移植、归化，同时也能起到指导实践的功效。"

十年以后，乐黛云、陈跃红、王宇根、张辉四人合著的《比较文学原理新编》作为"北京大学中文系教材系列"出版发行。其后记写道："本书之所以称为'新编'，一方面是相对于乐黛云教授的旧著《比较文学原理》而言，新书的编写承续和发展了该书的观点，是一种更新；另一方面，本书所力图反映的是近年来比较文学学科理论建设的新进展，新认识。有此二意，故名为新编。本书的编写原则不求历史、类型和方法上的全面论说，而是围绕重要的学科理论问题做深入的清理和探讨。"在这样的编写原则下，《比较文学原理新编》在比较文学的学科基本理论探讨的深度上，有明显的深化和拓展。全书共分四章，第一章是乐黛云执笔的"文化转型与比较文学的新发展"，将当代比较文学的学科发展置于20世纪世界文化及文化哲学转型的大背景下加以考察，凸显了比较文学的文化哲学背景。第二章是王宇根执笔的"历史、现状与学科定位"，在学科史的评述中强调了比较文学的"以不断否定和不断创新为内核的动态平衡原则"和学科的先锋性与前卫性。第三章是张辉执笔的"方法论：对话与问题意识"，强调"比较文学是文化对话的一种重要方式"，并将"平等对话"作为当代比较文学方法论的基点；第四章是陈跃红执笔的"研究领域：范式的形成及其发展"，认为比较文学研究区别于其他方面的文学研究，不在于它使用"比较"的方法，而在于它拥有诸如影响研究、接受研究、主题学、文类学研究等独特的研究类型或称"范式"，并且这些范式会根据需要不断得到更新和重组。第五章是王宇根执笔的"比较诗学：文学理论的跨文化研究"，探讨了比较诗学及中西比较诗学的若干理论与方法问题。《比较文学原理新编》的作者大都有着良好的西学修养，在书中充分反映了西方比较文学学科理论研究的新进展，同时也溶入了自己的一些思考，显示了其"先锋"和"前卫"的特色。总体看来，该书具有较强的理论思辨色彩，但同时也将比较文学学科原理本身相当程度地哲学化、纯理论化了，因而它对比较文学研究实践的具体指导性、可操作性也可能会因此受到削弱。全书大量涉及文化理论问题、哲学问题，而对比较文学研究的各个具体的方面，似乎无意全面涉及。凡有利于突出理论思辨色彩的比较文学问题，就予以突出强调，否则就予以简略。例如，比较诗学（作者把"比较诗学"等同于"比较文论"）本来只不过是比较文学研究中的领域和对象之一，但在《比较文学原理新编》中却占了多达四分之一的篇幅。

陈惇（1934—）、刘象愚合著的《比较文学概论》原为北师大中文系的教材，后来被列入了国家教委"七五"高校教材规划。这部教材和上述教材相比，在内容及结构框架上没有多大不同。但是，它在国内外丰富资料的占用、消化和科学运用方面，在立论与评说的科学性严谨性方面，在语言表述上的清晰、明确、朴素和本色方面，都是相当突出的。《比较文学概论》在各章节中论列了比较文学学科的各种理论主张，采纳、评述了各家学说，具有本科教材所应有的兼容并包的特色。当然，这也多少掩盖了一些作者的理论锋芒，并由此带来了一些相关问题。例如，在第四章中，对比较文学研究领域的划分和厘定的标准不够统一，出现了研究领域互有交叉重叠的情况；由于对某些理论主张的吸收接纳的标准偏于宽松，以至于把某些不成熟的、在理论上尚不能圆通的东西，列入学科理论框架中，例如把所谓"阐发研究"作为比较文学研究的基本类型和方法之一，将"接受研究"从"影响研究"中独立出来作为一种独立的方法与类型，都是值得再探讨的问题。再如，美国人提出的所谓"跨学科研究"使比较文学的研究范围无节制地扩大,使比较文学处在被相关的交叉学科淹没的危机之中,因此"跨学科研究"是否属于比较文学是有争议的。《比较文学概论》却用了全书的多达五分之二的篇幅来讲述这个问题。而且这种"跨学科研究"究竟属于研究方法,还是研究对象?界定也不清楚。尽管存在这些问题,《比较文学概论》作为教科书所提供的丰富材料,列出的各家观点,可以给读者以丰富的知识和广阔的思考空间。1992年,《比较文学概论》获得国家教委组织评选的国家级"全国优秀奖"教材。后来,本书的修订本被教育部列为"面向21世纪课程教材",2000年由北师大出版社出版。《比较文学概论》已成为近十几年来国内影响最大的比较文学学科理论教材。

陈惇、孙景尧、谢天振三教授联袂主编的《比较文学》,是1980—1990年代我国出版的字数规模最大(48万字)、执笔人数最多(21人)的比较文学学科理论教材。执笔者有丁尔苏、卢康华、叶舒宪、乐黛云、朱栋霖、刘象愚、许亚青、孙景尧、严明、陈惇、陈跃红、杜争鸣、孟华、孟昭毅、季进、杨恒达、杨洪承、张承菊、高旭东、曹顺庆、谢天振等。全书分"绪论"和"文学范围内的比较研究""跨学科的文学研究""当代文化理论和比较文学"共四个部分。编者显然是力图强化比较文学学科的当代性,对传统的影响研究并没有专章或专节评述,而用了相当多的篇幅论述了西方的后现代主义理论、文化人类学、阐释学、接受理论、符号学、女性主义、文化相对主义等形形色色的理论与比较文学的关系,并把这一部分内容视为"本书的一个独具特色的部分"(见"内容提要")。和此前的有关著作比较起来,该书中的有关章节大都由在比较文学学科理论的某一方面颇有研究的专家执笔,如谢天振执笔的《译介学》一章,孟华执笔的《形象学》一章,写得颇有新意和特色。相对于西方的"翻译研究"这一相当宽泛的概念,谢天振教授提出了"译介学"这一新概念,作为比较文学研究领域的一个分支,并论述翻译文学中的"创造性叛逆"这一特性,对翻译文学及翻译文学史研究的理论与方法提出了系统的见解。此前的有关比较文学概论方面的教材或专著,均没有"形象学"的内容。孟华教授率先把法国学者提出的"形象学"研究介绍到国内来,并在该书中做了系统深入的阐述,这有助于我国比较文学学科理论的丰富和完善。但另一方面,该书也存在着较为突出的问题。主要表现在框架结构的设计上重心不突出,内容显得有些庞杂。作为学科理论著作,方法论应是最重要的内容之一,但比较文学方法论在本书中却仅占一小节,在篇幅上不到全书的六十分之一。全书用了一大半的篇幅,论述"跨学科研究"和"当代文化理论与比较文学"问题。而这并不是比较文学学科理论的核心问题,而是相关问题或边缘问题。诚然,西方当代流行的形形色色的文化理论,与比较文学学科有一定的关系,适当吸收和借鉴那些理论是必要、有益的。但是,那些理论并不是比较文学学科理论本身,它们是当代西方学术文化的产物,缺乏对比较文学的普遍有效的指导性意义。在比较文学学科理论著作中过多地讲授、过多地强调这些理论,就有可能使比较文学学科理论消融在这些时髦的西方理论之中,或使比较文学与一般的文化理论合流。

除上述的以外,朱维之主编、崔宝衡和李万钧任副主编的《中外比较文学》和张铁夫主编的《新编比较文学教程》作为本科生教材也有特色。《中外比较文学》在比较文学学科原理层面上讲述不多,有关内容只体现在第一章"马克思和比较文学"。全书的特色主要表现两点。一是对中外比较文学学科史的介绍和梳理较为系统全面,占全书三分之一以上的篇幅(第二至五章),约 11 万字,其中关于苏联比较文学学科历史的介绍最有特色,多数材料是第一手的;二是用了一半的篇幅,从传播影响研究和平行研究的角度,对中外文学进行了系统的比较,包括"二希文学"的世界影响(第六章),中外短篇小说、长篇小说、戏剧文学和中外诗学的比较研究(第七至十章),提出了一系列独到的有启发性的观点。从比较文学的授课角度来说,对本科生(而不是研究生)少讲纯理论的东西,多讲中外文学关系及中外文学比较,或许是一个有成效的方法。许多教科书似乎对教学对象的定位并不那么明确，有的用于本科教学则显得繁琐艰深，在这方面，《中外比较文学》一书是值得借鉴的。《新编比较文学教程》是湖南湘潭大学中文系有关教师合作撰写的，特别是 2001 年出版的修订版，内容及表述都严谨细密，对比较文学基本理论及中外比较文学的研究成果进行了充分吸收，特别是较多地吸收了北师大版《比较文学概论》和高教版《比较文学》的基本框架构思，兼收并蓄，同时在理论观点和具体表述上，也有不少新意。但作为本科生教材则略显繁冗。

经过十几年的努力，我国的比较文学学科理论著作，在数量上已具备了相当的规模，在学术上也体现了一定的特色。在国外，比较文学的某一专题的研究专著不少，但综合性的、内容全面、教科书式的比较文学学科理论的著作并不多。十几年内涌现出十几种学科理论的教材和著作，这在任何一个国家都是不多见的。像《文学概论》《文学原理》之类的书在我国已有上百种，《比较文学概论》《比较文学原理》之类的书，今后恐怕还会不断出现。这类著作的陆续问世，体现出我国许多学人在接受外来知识和信息并加以综合和吸收方面，具有特别的兴趣。这些著作对各个方面的、具体的理论问题加以整合，使之系统化；集比较文学学科理论之大成，对于比较文学学科建设起了相当重要的奠基作用；为读者提供了系统的学科理论知识，为比较文学在我国的教学、研究和普及，做出了贡献。不过，从纯学术的角度看，不少比较文学学科理论方面的教材、著作在框架体例、观点和材料上，太多雷同，止于"编著"，学术个性模糊；近来出版的一些比较文学理论教材越写越厚，塞进了太多的相关学科的材料，成为哲学、美学和一般文化理论的大杂烩，反而淹没了比较文学理论自身，使比较文学理论趋于繁琐化、经院化，乃至玄学化，从而背离了"把问题讲清楚"这一理论表达的根本宗旨，也导致了比较文学理论脱离研究的实际，使理论失去了对研究实践的引导意义。还应该看到，在相当大的程度上，我国比较文学学科理论的著作，是西方有关著作的移入和综合。从概念、术语，到理论构架，乃至思维方式、观点材料，大都是从外国引进的。不少教材和著作充斥着外国理论家的语录，从外国人的著作中引经据典，并奉为圭臬；介绍和解说外国比较文学理论成了主要内容，占了大部分的篇幅。从整体上看，我们现在的比较文学学科理论尚处在对外来理论的引进、消化阶段。我们现在所做到的，只是援引一些中国文学的例子与具体材料，来印证、充实和支持西方学者的思想观点，而对外来理论中的若干概念、术语、命题和主张，特别是对那些逻辑上不够严谨、学理上不够圆通、表述上不够科学的、处于发展和变动中的东西，缺乏批判和超越。当然，在比较文学学科建设初期，我们移入外国的东西是必需的、必要的；即使以后我们的学科建设成熟了，深化了，也仍然需要借鉴外来的东西，因为比较文学本身的特点就在于它的开放性。但是，也正像比较文学这个学科本身所提倡的，光引进和借鉴外来的东西还很不够，还必须消化、改造、创新。由于我们在这方面做得还不够，目前的十几种教材和著作，特别是近两三年出版的教材，有许多趋于雷同，显出了模式化的倾向。本来，比较文学是一个发展中的学科，描述和阐释这个学科的理论，不应该是凝固的、模式化、定型化的。学科理论在未成熟的时候就这样过早地定型化，会妨碍比较文学研究的发展。因此，我国比较文学学科理论的当务之急，是如何在接受、借鉴、消化外来理论的基础上，逐渐探索出一套乃至多套中国特色的比较文学学科理论体系。要做到这一点，就需要逐渐克服对外来学术的迷信崇拜心态，应该敢于对外来的概念、范畴、命题、体系等加以检验和提出质疑；需要不断总结和阐发中国传统文学和传统学术中的比较文学思想，需要将近百年来我国的比较文学丰富的研究经验加以整理和总结，尤其是需要我国的比较文学学科理论的阐述者和发表者，将个人的研究经验加以总结和提炼，使之上升为理论形态。在这个基础上，我们才能逐渐尝试实现比较文学学科理论的东方化和中国化，中国的比较文学学科理论才能有自己的声音，才能与外国学术平等对话。

第五章　最后二十年的东方比较文学

以中国与东方（亚洲）各国文学的文学关系为主要研究内容的"东方比较文学"，是与"中西比较文学"相对的中外比较文学研究的重要组成部分。我国与印度、日本、朝鲜、东南亚国家、阿拉伯国家等东方各国的文化与文学关系源远流长，为比较文学研究准备了丰富的研究资源，提供了许多诱人的学术研究课题。因此，相比于中西比较文学而言，东方比较文学更多的是以实证的传播与接受的研究，其研究成果多以厚重、扎实、细致著称。在20世纪最后二十年中国的外来文化中英语文化几乎独占鳌头、西方学术理念占绝对优势的大环境中，东方比较文学研究的兴盛，是一道特别的学术文化风景线。

第一节　中印比较文学

中国与印度作为世界上两个重要的文明古国，有着两千多年的文化和文学交流的历史。中印文学关系史也为比较文学的研究。我国最早的一批有分量的比较文学成果，大都出现在中印比较文学的领域。正是中印文学关系的研究，直接导致了中国的比较文学学科的生成。近二十年来，糜文开、丁敏、季羡林、赵国华、阎云翔、张光璘、郁龙余等大陆和台湾地区的许多学者在这个领域的研究中取得了成果。

一、以佛典翻译文学为中心的中印文学关系研究

此时期，随着中印比较文学研究的恢复和繁荣，在佛典翻译文学及以佛经为中心的中印比较文学研究领域，出现了若干新的、有价值的研究成果。首先要提到台湾地区的研究成果。其中，印度问题专家糜文开（1907—1983）的长文《中印文学关系举例》，以大量的资料考证，说明印度佛教故事吸收了我国的月中白兔的传说。他说：

> 在公元三世纪以前，印度有关兔的故事中，既没有月中有兔的迹象，那么，当然我国月中有兔的传说，绝非来自印度。反之，我国自西晋时，月中有兔的传说流行开来以后，懂梵文西行求法的僧人，东晋时就有法显、智猛等结伴而去的几批人。……这样，在公元四世纪到七世纪的三四百年中，华僧的西去，西僧的返印，都可将我国月中有兔的传说带到印度去。因与生经的兔王升天的故事相近，并与吠陀经"到月球之路"的解释相符合，所以被印度人采纳到他们自己的故事中去。①

此前几乎所有的文章，都是指出印度文学对中国的影响，而糜文开的这篇文章，却证明了印度文学所受中国文学的影响，从而为中印古代文学与文化的双向交流提供了例证。

另一位台湾学者丁敏（1956—　）女士于1996年出版《佛教譬喻文学研究》（台北东初出版社），这是我国第一部研究佛典翻译文学的专门著作。丁敏所研究的是佛经翻译文学中的譬喻（音译"阿波陀那"）文学。

---

① 糜文开：《中印文学关系举例》，原载台湾《中外文学》1981年第10卷第1期。

涉及的经典主要有《撰集百缘经》《贤愚经》《杂宝藏经》《大庄严论经》《法句譬喻经》《出曜经》《杂譬喻经》《旧杂譬喻经》《百喻经》等。全书以原典研究为基础，按照历史演变线索铺叙了譬喻文学的流变，即为譬喻文学整理出了纵向的历史线索。然后，又对重要的譬喻文学经典做重点分析，既从佛理的角度阐述其寓意，又从文学的角度对它们的构成形式、内容、主题、修辞技巧等进行分析，最后，对譬喻文学在中印佛教史上的作用，对譬喻文学的语言特色做了综合阐述。作者在佛教修持方面有切身的体验，避免了门外谈佛的浮光掠影，同时又能超乎其外，从语言文学的角度，从中印比较文学的角度，从宗教与文学的关系角度，对佛经譬喻文学进行科学与客观的研究。因此，《佛教譬喻文学研究》是一部成功的比较文学著作。在丁敏的这部著作问世后，1998 年，台湾的梁丽玲女士又出版了题为《〈杂宝积经〉及其故事研究》（台北法鼓文化事业股份有限公司 1998 年）的专著，这也是一部长达 500 多页的大作，对汉译佛典《杂宝积经》中的故事进行了细致深入的分析和研究。

二十年间，我国内地的佛典翻译文学研究，涉足者很少。对此，孙昌武发表了《关于佛典翻译文学的研究》（《文学评论》2000 年第 5 期），对我国佛典翻译文学研究的薄弱现状表示了遗憾，同时对佛典翻译文学本身的构成和概况做了概述性的论述。但在"佛经翻译文学与中国文学"的研究方面，在以佛典文学为中心的中印文学比较研究方面，却出现了一系列成果。其中，阎云翔的近三万字的长文《论印度那伽故事对中国龙王龙女故事的影响》，在前辈学者瞿世休、季羡林等人文章的启发下，将印度的蛇（即"那伽"）故事对中国的影响研究推向深入。此前，台静农、瞿世休、季羡林等，都认为中国的"龙"是从印度传入的。阎云翔则以大量材料证明："印度的那伽故事通过口头流传和佛经汉译两条道路传入中国，经过长期和广泛的流传，作为一种印度来的'龙故事'对中国文学产生了深远的影响，其直接结果是导致了中国龙王龙女故事的产生"。"我们只能说龙王龙女故事是受那伽故事影响而产生的，不能说龙王龙女故事是外来的洋货，也不能简单地说龙王龙女故事是从印度输入的。影响抑或输入，一词之差，具有本质的区别"。他指出："龙王龙女故事在接受那伽故事影响的漫长历史过程中，既吸收了某些因素，又摒弃了某些因素；更为重要的是还以中国传统文化、传统故事为基础，对那伽故事进行了某些改造和再创造。因此，龙王龙女故事绝非那伽故事的复制品，更不是舶来货，而是接受外来影响的中国创作。"这就矫正了瞿世休、台静农、季羡林等先生早先提出的"输入"的提法。此外，蒋述卓的博士学位论文《佛经传译与中古文学思潮》（江西人民出版社1990年）对佛经翻译与我国中古文学思潮的关系，也进行了探讨。这本十万字的小册子分六章论述了佛经翻译文学对我国中古文学思潮，其中包括志怪小说、山水诗的兴起、齐梁浮艳文风、北朝质朴悲凉文风等方面的影响。此前这方面的研究成果较多，蒋著对已有的研究成果做了必要的评述、阐发和借鉴。但从总体上看，在研究的深度和广度上深化不足，展开也不够。

我国的古典小说名著《大唐三藏取经诗话》和《西游记》等，与佛典翻译文学、印度史诗等有着密切的关联，在前辈学者研究的基础上，这一课题的探讨与研究得以继续推进。在研究中有两派观点，一派认为孙悟空与印度有关。胡适、陈寅恪、郑振铎、林培志等属于此派；另一派认为与印度无关，例如鲁迅认为："我认为《西游记》中的孙悟空正类无支祁。……孙悟空是袭取无支祁的。"（无支祁是晚唐李公佐的志怪小说《古岳渎经》中的一个"形若猿猴"的水怪。）吴晓铃在《〈西游记〉与〈罗摩延书〉》（1958年。"罗摩延书"今通译"罗摩衍那"）一文中赞同鲁迅的看法。到了1980年代，还有学者持有类似的观点，如萧相恺在《为有源头活水来——〈西游记〉孙悟空形象探源》（《贵州文史丛刊》1983年第2期）认为孙悟空的形象是中国古代许多神话传说中人、神、魔形象汇合的结晶，并不认同它与印度文学有何关系。刘毓忱在《孙悟空形象的演化——再评"化身论"》（《文学遗产》1984年第3期）一文中论证了孙悟空是我国的"特产"，进一步否定了孙悟空是哈奴曼的"化身"的说法。

季羡林在《罗摩衍那》与中国的关系、与《西游记》的关系的研究方面，取得了突出的成绩，产生了广泛影响。作为《罗摩衍那》的汉文本译者和研究专家，季羡林在这方面的发言具有权威性。在《〈西游记〉里面的印度成分》（1978 年）中，他又从好几个汉译佛经中发现了《西游记》与印度文学因缘关系的线索。在《〈罗摩衍那〉初探》（外国文学出版社 1979 年版）一书中，季羡林专门列了《与中国的关系》一节，重申了《罗摩衍那》中的神猴哈奴曼"就是孙悟空的原型"。1984 年，他发表《〈罗摩衍那〉在中国》一文，较为系统地叙述了汉译佛经和中国少数民族文献——包括傣、藏、蒙和新疆的古和阗文、吐火罗文 A——中有关《罗摩衍那》的记述和踪迹，这篇文章，有力地证明过去中国人对《罗摩衍那》"了解很不够"说法是缺乏根据的，从而为后来者进一步的探讨和研究开辟了道路。

1981 年，赵国华（1943—1991 年）在《社会科学战线》第 4 期上发表了《关于〈罗摩衍那〉的中国文献及其价值》一文，从汉译佛经中发掘出有关《罗摩衍那》的文献材料，做了系统的整理，并补充了许多新发现的材料，特别强调指出了《六度集经》和《杂宝藏经》中关于《罗摩衍那》故事情节的相当完整的记述。认为：汉译佛经中的这些文献资料可以证明，至迟从公元 3 世纪起，我国就从汉译佛经中知道了《罗摩衍那》，了解了《罗摩衍那》的主要故事和重要插话。上至三国下迄隋唐的数百年时间里，《罗摩衍那》曾经是中印文学因缘的一条纽带。而这些文献资料，对于《西游记》与《罗摩衍那》关系的研究，也有重要的价值。此后，萧兵在《无支祁哈奴曼孙悟空通考》（《文学评论》1982 年第 5 期）一文中，通过对古代文献的辨析和考证，列出了孙悟空形象的传承关系，认为在孙悟空这个形象身上，既有移植的、外来的因素，也有创造的、本土的成分。1986 年，赵国华在《南亚研究》杂志上又发表了三万多字的长文——《论孙悟空形象的来历》。这篇文章是近二十年来我国学术界对《西游记》与印度文学关系研究的集大成的、经得起推敲的、总结性的成果。在这篇论文中，赵国华首先肯定了胡适关于《大唐三藏取经诗话》"是《西游记》的老祖宗"的看法，但又指出："《大唐三藏取经诗话》中的神猴形象只是《西游记》中孙悟空的雏形，并不等于是孙悟空"，"孙悟空的神猴形象是猴行者神猴形象的继承和发展。因此，追寻《西游记》中孙悟空神猴形象的来历，实际上应是追寻《大唐三藏取经诗话》中猴行者的来历；探讨孙悟空与印度神猴的渊源关系，实际上应是探讨猴行者与印度神猴的渊源关系。这是第一个层次的问题，也是关键之所在。至于吴承恩继承了猴行者的神猴形象之后，在丰富、发展、提高这一形象，将它塑造成孙悟空的过程中，是否接受了印度文学的影响，这是第二个层次的问题"。接着，作者用了主要的篇幅，以中国大量的古代文献与汉译佛经等文献为材料进行比较研究，考察了猴行者问世之前中印文学的因缘，从而解决了第一个层次的问题；又考察了《西游记》完成之前长时期的中印文化交流，从而解决了第二个层次的问题。并得出了自己的结论：

> 我的全部结论是：《西游记》中的孙悟空的神猴形象，直接继承于《大唐三藏取经诗话》中的猴行者；猴行者的神猴形象，不是来源于中国古代神话和中国古代的猿猴故事；猴行者的神猴形象出于佛典。它一方面吸收了日本学者矶部彰指出的密宗中的因素，更多地综合了《六度集经》中几个印度神猴形象的基本因素，以《国王本生》中小猕猴为其主要借鉴而创造出来的。《国王本生》虽然是一篇罗摩传说，其中的小猕猴也确是《罗摩衍那》史诗中哈奴曼的前身，但小猕猴和哈奴曼的具体形象不同，所以，《西游记》中孙悟空的神猴形象和《国王本生》的小猕猴存在渊源关系，却不能据此认为孙悟空的神猴形象和《罗摩衍那》史诗中的哈奴曼也有渊源关系。关于《罗摩衍那》的

其他中国文献，包括少数民族语言的古文献，也不能证明猴行者
或孙悟空与哈奴曼存在着神猴形象上的渊源关系，至于《罗摩
衍那》史诗，它既然没有原样传入中国，无论将哈奴曼和猴行
者、还是和孙悟空直接类比，都是不恰当的，只能发生失误。①

　　赵国华的这篇文章，在许多方面受到季羡林等前辈专家的启发和影
响，但他在研究思路上与季羡林明显不同，就是没有将孙悟空与《罗摩
衍那》中的哈奴曼直接挂钩，直接类比，而是寻找出了中间环节和不同
层次，得出了更为科学的可信的结论。文章将严谨的实证研究、科学的文
献学方法、严密的逻辑推理、独到的学术见解有机结合起来，既有效地借
鉴了已有成果，又大胆怀疑已有成果，是比较文学中影响研究的成功范
例。此篇文章一出，关于《西游记》与印度文学关系的这个在学术界长
期争论的问题，基本上得到了解决。此后未见一篇反论文章。
　　在《罗摩衍那》与中国关系的研究方面，还有若干值得注意的论文。
如索代的《〈罗摩衍那〉与〈格萨尔王传〉》（《南亚研究》1991 年第 3
期）、星金成的《从〈五卷书〉看印藏民间故事的交流和影响》（《青海
民族学院学报》1987 年第 2 期）、瓦其尔的《印度史诗〈罗摩衍那〉与
蒙古族民间文学》（《民间文学》1985 年第 3 期）、史习成的《印度文学
作品在蒙古地区的流传》（载《印度文学研究集刊》第 4 期，上海译文出
版社 1997 年）、傅光宇《〈罗摩衍那〉在泰北和云南》（《民族文学研究》
1997 年第 2 期）、李沉的《从印度的〈罗摩衍那〉到泰国的〈拉马坚〉
和傣族的〈拉嘎西贺〉》（《比较文学论文集》，北京大学出版社 1984
年）、栾文华的《〈罗摩衍那〉和〈拉玛坚〉》（载《印度文学研究集刊》
第三辑，上海译文出版社 1997 年），分别描述了印度的《罗摩衍那》对
我国的藏族、蒙古族、傣族文学影响的轨迹。

---

① 赵国华：《论孙悟空神猴形象的来历》，原载《南亚研究》1986 年第 1—2 期。

　　在中印古典文学与古典诗学的比较研究领域，也出现了许多平行研究的论文。如金克木的《〈梨俱吠陀〉的祭祖诗和〈诗经〉的"雅""颂"》（《北京大学学报》1982年第2期），是我国中印比较文学最早的平行比较的论文，对《梨俱吠陀》中的祭祖诗和《诗经》的"雅""颂"做了一些对照，但论文写得较散漫，论题、论点也没有充分展开。这表明平行研究要做好是很困难的。90年代，出现了一批中印文学平行比较的文章，在作家作品方面的平行比较的选题，都集中于印度剧作家迦梨陀娑的剧本《沙恭达罗》与中国的古典戏曲《长生殿》《琵琶记》《牡丹亭》等作品的比较，也有文章将迦梨陀娑与英国的莎士比亚做比较，将《沙恭达罗》与古希腊悲剧《美狄亚》做比较。这些文章也不是全无价值，但由于对平行研究的方法理解过于简单，有些作品流于简单的异与同的对比，甚至只能是为比较而比较的"比附"。在中印文学的平行研究方面做得成功的文章也有一些。如黄宝生的《禅与韵——中印诗学比较之一》（《文艺研究》1993年第5期）、《书写材料与中印文学传统》（《外国文学评论》1999年第3期）、石海峻的《"中和"与"合一"——中印文学的阴柔气质》（《文艺研究》1993年第5期）等。这几篇平行研究的文章，从中印文学的总体的特征或基本的诗学术语出发，通过比较得出了有益的结论。

　　中印古典文学比较研究的论文佳作不少，但缺乏系统的筛选和整理。为此，1987年，湖南文艺出版社出版了郁龙余（1946— ）编选的《中印文学关系源流》，收1980年代中期之前的中印文学比较研究的论文25篇（其中23篇是关于中印古典文学方面的），在资料性和学术性上均很有参考价值。郁龙余在中印文学比较研究方面，也发表了一些文章，2001年，中国社会科学出版社出版了他的《中国印度文学比较研究》一书，是他在这方面的研究成绩的集中体现。该书分上下两编。上编是"中印文学发展背景"，为一般性的文化背景的陈述，下编"中国印度文学比较"是全书的核心，对中印文学中的许多重要问题与现象做了对比。例如，他认为中国文学家的身份大都是"士人",印度作家的身份大都是"仙人";印度文学中的女性文学是"女神文学",中国文学中的女性文学是"女胜文学"(即以女性为优胜性别);中国文学尚简,印度文学尚繁等。在这种对比中,中印文学各自的特点可以得到突显。但总体看来,本书对中印文学比较研究的课题的发现与发掘还是初步的,还不够全面。有些比较还流于表面、不够深入。不过此前在中印文学比较研究领域一直没有出现一部较系统的专门著作,郁龙余的这本书填补了一个空白,其价值和意义是应该肯定的。

二、中印现代文学关系的研究

中印现代文学的比较研究,也是中印比较文学研究中的重要组成部分。由于中印现代文学的交流,主要是以印度大诗人泰戈尔为纽带的,因此,我国的中印现代文学比较研究有一个明显的特点,就是大部分文章集中于泰戈尔与中国现代文学的关系研究上。事实上,中国现代文学与印度现代文学的关系,主要体现为泰戈尔对中国文学的影响。因此,这方面的文章很多,是自然的和必然的。从 1920 年代初到 1940 年代,我国的报刊上就陆续发表介绍和评论泰戈尔的文章,但泰戈尔与中国文学的比较研究,则是改革开放以后才兴起的。1979 年,《社会科学战线》杂志发表了季羡林的题为《泰戈尔与中国》的长文,开泰戈尔与中国文学比较研究的先声。文章分为四个部分:一、泰戈尔论中国文化与中印关系;二、泰戈尔访问中国;三、泰戈尔对中国抗日战争的关怀;四、泰戈尔对东方文明和中印友谊前途的瞻望。这四个问题涉及泰戈尔与中国关系的主要方面,在材料和观点等诸方面,对后来的相关论文都有一定的启发和影响。可以说,1980—1990 年代出现的一系列有关的论文,大都是在季羡林这篇文章的基础上生发和展开的。

这些文章大致可以分为如下三个方面:

一、总体论述泰戈尔对中国现代文学影响的文章。重要的有张光璘、倪培耕及徐坤的文章。其中，张光璘的《中国现代文学史上的一次"泰戈尔热"》（载《中国名家论泰戈尔》，中国华侨出版社1994年版）分析了五四时期我国"泰戈尔热"形成的内因和外因，指出："从'五四'文坛的具体情况来看，泰戈尔那些'表现自我'追求'精神自由'，洋溢着泛神论思想的诗歌，正适合诗人驰骋自己丰富的想象力，使当时'创造社'的一些浪漫主义作家找到了反封建的'喷火口'。他的冷峻如利剑，醇美如甘泉，情真意切，结构不凡的现实主义短篇小说，对'文学研究会'中那些'为人生而艺术'的作家们有着强烈的魅力。他那些充满'母爱'、'童心'、宣扬'爱的福音'的作品自然也为一些小资产阶级作家所钟爱。以上种种因素构成了二十年代初'泰戈尔热'在我国形成的内因条件。"倪培耕的《泰戈尔对中国作家的影响》（《南亚研究》1986年第1期）一文长达两万余字，对1986年以前中国有关的泰戈尔译介、评论和研究的资料做了系统的收集和梳理。指出钱智修1913年发表的《台峨尔氏人生观》是中国最早介绍泰戈尔思想的文章，陈独秀1915年翻译的《赞歌》是中国最早翻译泰戈尔的诗篇，并提供了两个重要的统计数字：1986年以前的65年间翻译出版的作品共300多种，在报纸杂志上发表的有关泰戈尔专论文章200多篇。倪培耕对这些文章在内容上做了分类和细致的评述。他认为，泰戈尔在如此长的历史时期中得到如此多的译介研究和评论，这在中外文学交流中是不多见的现象。"这既不是由于个人的偏爱，也不是由于某个派别随心所欲的安排，它是具有深刻的历史、文学渊源和政治社会背景的"。文章归纳了泰戈尔对中国作家四个方面的影响：1. 他启迪了我国一些作家走上文学创作道路，影响了他们的创作风格的形成；2. 对我国当时新诗的发展和小诗的创作起了推波助澜的作用；3. 影响了我国一些作家小资产阶级文艺思想的形成；4. 他的积极进取的人生观激励了处在彷徨不定的人走向生活。文章最后指出：在以前我们对泰戈尔的某些批评中，对于泰戈尔和企图利用泰戈尔的人，没有严格地加以区别，特别是对泰戈尔来华访问的目的，硬安上了一个反动的政治背景，对泰戈尔的思想不加具体分析，予以简单否定。这种"左"的倾向是应该摒弃的。徐坤的《泰戈尔对中国现代文学的消极影响》（《印度文学研究集刊》第4辑，上海译文出版社1999年）一文集中评述了泰戈尔对中国现代文学的"消极影响"，认为泰戈尔将东西方文明对立起来，劝诫中国青年不要仿效西方，这些言论与当时中国的国情是不相符合的，并造成了消极影响。徐坤提出的"消极影响"的问题，早在泰戈尔来华前后，早就有人指出来并做了尖锐批评。现在看来，"消极""积极"之类只是一种价值判断，在不同的立场、不同的历史条件下，人们的判断恐怕都会有所不同。

二、分析泰戈尔对中国作家、对中国文学的某一体裁的具体影响的文章也不少。如分析泰戈尔对冰心、郭沫若的影响方面，有方锡德的《冰心与泰戈尔》（《文艺论丛》第18期，上海文艺出版社1983年）、何乃英的《泰戈尔与郭沫若、冰心》（《暨南学报》1998年第2期）；车永强的《试论郭沫若与泰戈尔诗的泛神论思想》（《华南师范大学学报》1999年第2期）等；研究泰戈尔与许地山、王统照、徐志摩的文学交往的文章，有周俟松、王盛的《许地山与泰戈尔》（《新文学史料》1987年第2期）、姚素英的《王统照与泰戈尔》（《松辽学刊》1994年第2期）、刘根勤的《徐志摩与泰戈尔的忘年交》（《民国春秋》1999年第4期）等。其中，方锡德的文章是我国较早、较全面深入地探讨泰戈尔和冰心的影响和接受关系的论文，也是这一方面研究的代表作。他分析了冰心接受泰戈尔影响的思想基础和时代背景，认为冰心是在泰戈尔的影响下，完成了她的"爱"的思想体系。"在这个体系中，母爱是一切爱力的原点和发动机。自然爱和童年爱在本质上不过是母爱的生发。它们从母爱出发，又以母爱为归宿。这就是冰心爱的哲学体系的内部构造。"他还分析了冰心的哲理小诗与泰戈尔的《飞鸟集》的关系。柳鸿的《泰戈尔和中国新诗》（《当代外国文学》1984年第4期）也以冰心和郭沫若为对象谈了泰戈尔诗歌的影响。

三、研究泰戈尔的思想对中国的影响。这方面的文章有刘炎生的《泰戈尔提倡复活"东方文化"及其反响》(《江西社会科学》1992年第2期)、卢秉利的《略论泰戈尔访华前后的东西方文化论战》(《武陵学刊》1995年第5期)、秦林芳的《泰戈尔的哲学思想与中国现代作家》(《山东师范大学学报》2000年第2期)等。

除了单篇论文之外,我国还出版了两种有关泰戈尔与中国文学问题的专题文集。一种是张光璘编、中国华侨出版社1994年出版的《中国名家论泰戈尔》,该书收集了五四以后至1980年代的"中国名家",如胡愈之、张闻天、瞿世英、郑振铎、王统照、郭沫若、沈雁冰、鲁迅、梅兰芳、冰心、季羡林等评论泰戈尔的文章二十篇,并附《泰戈尔著作中译书目》,具有一定的资料价值。但该文集似乎偏重收录正面的评论文章,对泰戈尔持否定态度或保留态度的陈独秀、闻一多、郭沫若等人的有关文章,却没有收录。2001年,浙江文艺出版社出版了沈益洪的《泰戈尔谈中国》,该资料集除了收录泰戈尔的《在中国谈话》外,也以主要篇幅收录了中国各家的泰戈尔评论文章,共36篇。除上述的《中国名家论泰戈尔》已收录之外,还有陈独秀、周作人、闻一多、郭沫若等人的文章,是一个比较全面的专题文集。同年,河北人民出版社出版了孙宜学编著的《泰戈尔与中国》,该书分为三部分。第一部分是孙宜学编写的《泰戈尔在华经历》,约十万字,是迄今介绍泰戈尔在华活动经历的文字中最为详细的。第二部分是《泰戈尔在华演讲精选》,选文19篇。第三部分是《泰戈尔来华争论文选》,选文22篇。书后附《国内报刊评介泰戈尔文章索引》。

通过这些研究,泰戈尔与中国现代文学的关系已基本搞清,但研究仍待深入。现有的文章大都止于影响关系的廓清,而如何以影响研究为基础,超越影响层面而探讨某些深层的理论问题,仍有许多题目可做。如泰戈尔的短篇小说与中国现代短篇小说的比较研究、泰戈尔的文艺理论与中国现代文论的比较研究等重要问题,还缺乏有分量的研究成果。

除泰戈尔之外的印度近现代作家，因为与中国的事实联系极少，这方面的比较研究文章还很贫乏。其中黎跃进的《普列姆昌德在中国：译介、影响与研究》（载《印度文学文化论》，北京大学出版社 2000 年）值得一读。还有普列姆昌德与鲁迅、玛尼克与鲁迅等少数几篇平行研究的文章，但写得大都不算成功。总体上看，中印现代文学的比较研究已取得了不少的成绩，但与这个领域的广阔性和重要性相比，研究还很不够。迄今为止，我们还没有一部研究中印文学（包括中印现代文学）方面的专著。中印现代文学的研究，如何在影响关系的基础上，在文学思潮、流派、比较诗学、文体形式等重要的问题上将研究推向深入，是今后努力的方向。

第二节　中日比较文学

中国文学与日本文学有着上千年的交流史。历史上，中国古典文学给予日本文学以多方面的影响，近百年来，日本现代文学对中国现代文学又产生了很大影响。20 世纪最后二十年间，中日比较文学，尤其是中日文学关系的研究，引起了不少学者的高度重视，在二十年间中国与各国的文学的比较研究中，中日比较文学成果最多、规模最大。严绍璗、王晓平、李树果等在中日古代、近代文学关系研究方面、吕元明、孟庆枢、王向远等在中日现代文学比较研究方面、取得了一系列成绩。

一、中日古代文学比较研究

从 1980 年代初开始，北京大学的严绍璗（1940—　）就较早地开始了中日古代文学的比较研究，陆续发表了《日本古代小说的产生与中国文学的关联》（《国外文学》1982 年第 2 期）、《日本古代短歌诗型中的汉文学形态》（《北京大学学报》1982 年第 5 期）、《日本"记纪神话"变异体

模式和形态及其与中国文学的关联》(《中国比较文学》1985 年第 1 期)
等文章。到了 1987 年,严绍璗的专著《中日古代文学关系史稿》问世。
这是作者在中日古代文学关系研究中的集大成之作。

《中日古代文学关系史稿》虽谦称"史稿",但却有十分明确的学术
思想、强烈的学术个性贯穿全书,而不单是史料的爬梳和整理。从书中所
涉及的内容来看,作者并不试图描绘中日古代文学关系的全部图景,而只
是选取若干重要的领域和课题,进行以点代面式的个案研究。全书共有八
章,依次研究中日神话的关联、日本古代短歌中的汉文学形态、上古时代
中国人的日本知识与日本文学的西渐、日本古代小说的产生与中国文学的
关系、白居易文学在日本中古韵文史上的地位与意义、中世时代日本女性
文学的繁荣与中国文学的影响、中世近世日本文学在中国文坛上的地位、
明清俗语文学的东渐和日本江户时代小说的繁荣,共八个问题。这些问题
都是中日文学关系中的重大基本问题。对这些问题的研究中,严绍璗提出
了对日本古代文学的基本性质和民族特征的看法,认为日本古代文学是
"复合形态的变异体文学"。此前,严绍璗在有关中日文化比较研究的文
章中,就提出了日本文化的本质是"变异体文化"的观点。"变异体文
学"显然是"变异体文化"的一部分,也是严绍璗在文学研究中对"变
异体文化"的进一步阐述和论证。在日本文化研究及中日比较文化的研
究中,许多学者都强调了日本文化善于吸收消化和改造外来文化这一事
实。如日本学者加藤周一认为日本文化为"杂种文化",其特点是日本文
化与传统文化、日本文化与西方文化的融合达到了难分难解的程度。严绍
璗的"变异体"的提法,是在中日比较文学领域中将日本文化吸收外来
文化的这一特征更进一步具体化、明晰化和深刻化了。他在本书的"前
言"中指出:

　　　　文学的"变异",指的是一种文学所具备的吸收外来文化,
　　并使之溶解而形成新的文学形态的能力。文学的"变异"性所

表现出来的这种对外来文化的"吸收"和"溶解"，不是一般意义上的理解。如果从生物学的观点来说，"变异"就使新生命、新形态产生。文学的"变异"，一般说来，就是以民族文学为母本，以外来文化为父本，它们相互汇合而形成新的文学形态。这种新的文学形态，正是原有的民族文学的某些性质的延续和继承，并在高一层次上获得发展。

……这种共同融合而产生的文学形态，不是一种"舶来文化"，而是日本民族的文学，是表现日本民族心态的民族文学。①

这种理论概括，来源于作者的中日文学比较研究的实践，同时，又反过来成为作者研究分析具体问题的理论总纲。如作者在第一章中论述日本的"记纪神话"时指出："记纪神话"中的"高天原"（天上界）、"苇原中国"（地上界）和"黄泉国"这三层宇宙模式，以及内含的诸种观念，是在通古斯人的萨满教、中国汉族的古典哲学，和经由中国、朝鲜传入的印度佛教等多种观念的混合影响下形成的。又如，日本和歌的基本形式特征是"五七调"，这是和歌的民族形式的根本特征。严绍璗在本书第二章《日本古代短歌诗型中的汉文学形态》，通过大量的具体作品的分析，认为原始形态的和歌（"记纪"神话中的歌谣）是不具备"五七音音律数"的，而是从三个音到九个音，参差不齐，诗行也是奇数与偶数并存。而汉诗在日本的流传，日本人大量的写作汉诗，对和歌韵律的定型起了重要作用，并推断"和歌形态发展中的韵律化和短歌的定型，在很大程度上是模拟了中国歌骚体及乐府体诗歌中内含的节奏韵律"。在第四章《日本古代小说的产生与中国文学的关联》中，作者认为，在日本古代神话到"物语"小说的形成期这一过程中，还经历了一个以古汉文小说的创作为主要内容的过渡阶段。这一过渡阶段，以《浦岛子传》为代表，在小说

① 严绍璗：《中日古代文学关系史稿》，湖南文艺出版社 1987 年版，第 3 页。

的题材、构思与创作手法诸方面，都从中国文学，特别是从六朝小说与唐代传奇中吸取了诸多的营养；这种早于"物语"小说而产生的以中国文学为模拟对象的汉文的翻案作品，为此后的"物语"的产生，奠定了基础，准备了条件。作者还详细分析了日本"物语"文学的鼻祖《竹取物语》所受中国文化与文学的影响，并总结了三个要点。第一，《竹取物语》全面接受了中国汉民族自秦汉以来关于"仙人"的观念，将原来的"月神"改为"月宫"，作为仙人们的生活之所，这一观念成为全篇小说构思的基础；第二，《竹取物语》接受了中国汉代方士们所编造的"嫦娥"的形象，并把她改造为美貌无瑕的日本式女子，作为全书的主人公；第三，《竹取物语》采用了中国嫦娥神话中的"不死之药"的情节，并把它与作为日本国象征的富士山连接起来，构成故事的结尾……严绍璗在这些研究中充分吸收和消化了日本学者的研究成果，并在使用丰富的文献材料支持学术结论方面，在立论点的明确性和深入性方面，超出了此前的研究。

　　严绍璗在古代中日文学关系的研究中，有着自觉的方法论意识。他在后来提出的"原典性的实证研究"方法（《双边文化关系研究与"原典性的实证"的方法论问题》，见《中国比较文学》1996 年第 1 期），可视为他的研究实践的概括和总结。"实证"的方法作为科学研究的基本方法，运用非常普遍，历史也很久远。但在人文科学研究这种主观性、人文性很强的"软性"学科中如何运用"实证"方法，仍是值得探讨的问题。严绍璗认为，"原典性实证研究"是一个可以操作的系统，它由四个层面构成：第一，确证相互关系的材料的原典性；第二，原典材料的确实性；第三，实证的二重性；第四，双边（或多边）文化氛围的实证性。这里强调的是以原始典籍为证的追根究底、正本溯源的研究。而这一点，恐怕是来自作者文学研究中的深切体验。严绍璗是我国比较文学界并不多见的具有深厚文献学功底的学者。1980 年他出版了《日本的中国学家》，在此基础上 1992 年他出版了《日本中国学史》，近年又推出《汉籍在日本的流布研究》《日藏汉籍善本目录》等文献学或以文献学见长的成果。文献学的功力体现在他的中日古代文学研究中，表现为材料尽量丰富和完备，一切都从文献资料和作品文本的分析出发，不发大而无当的空论和宏论。同时，读者阅读他的著作的时候，也没有被淹没在材料中的那种沉闷感，因为作者以自己明确的学术思想将材料有机统一起来了。这种学术思想，还不仅是方法论层面上的，而且时常体现为高远的文化哲学的视点。他在《文化的传递和不正确理解的形态》（《中国比较文学》1998年第4期）一文中，引用并强调了黑格尔在《历史哲学讲演录》中提出的"历史是事实的描述，亦是事实的本身"和马克思提出的在文化传递中"不正确理解的形式正好是普遍的形式，并且在社会的一定的阶段上，是适合于普遍使用的形式"的论断，指出："比较文学与比较文化研究者面临着一个更艰巨的工作，那就是在'不正确的理解'中，通过文化传递的轨迹，从各种'变异形态'的文化中，来复原'事实的文化'。"

1990年，严绍璗与王晓平合著了《中国文学在日本》一书，作为花城出版社"中国文学在国外"丛书之一出版。著者在"前言"中称："《中国文学在日本》的写作，其目的是力图描述中国文学在日本流传的轨迹和方式，阐明日本接受中国文学的过程中，本民族文学在内在层次上所产生的诸种变异；探讨日本人的中国文学观的形成、发展和变革，对日本学者翻译、评论和研究中国文学过程中形成的学术流派、研究特点、成就、发展趋向做概括的评介。"可以说，本书达到了著者预期的这些目的。关于"中国文学在日本"的研究，日本人已有大量的研究成果，这本书融会了这方面的研究成果，并在许多地方体现了作者自己的学术见解，将中国文学在日本从古到今的流传与影响的轨迹大体勾勒出来，是很有益的。当然，这是一个大题目，本书以三十来万字的篇幅，只能是以点代面式的，还有许多问题未能涉及，或未能展开。1996年，严绍璗和日本学者中西进联袂主编的《中日文化交流史大系·文学卷》由浙江人民出版社出版，收录了中日两国学者的有关研究成果。该书的序论和第一章、第三章由严绍璗执笔，涉及中日神话和物语同中国小说的交流，基本上是在《中日古代文学关系史稿》的基础上改写的，但在内容材料上有所丰富、补充和深化。这部《中日文化交流史大系·文学卷》实质上是一部结构较松散的论文集，书中不少章节的选题显得有些随意，缺乏系统性，因而未能反映出中日文学交流完整的或基本的面貌。虽号称"大系"中之一卷，实际上既不算"大"（只有三十万字），也不成"系"。但这恐怕是"大系"的体例问题，非严先生之责。总体看来，严绍璗在中日古代文学比较研究中的贡献是显著的、富有开创性的。尤其是他的《中日古代文学关系史稿》，堪称他本人的代表作，也是二十年来中国比较文学研究中的精品之作，其中所体现出的学术研究的方法论和扎实严谨的学风，尤为可贵和值得称道。

王晓平（1947— ）是改革开放后最早从事中日比较文学研究的学者之一，在中日古代文学、近代文学的比较研究中取得了卓越的成果。早在1980 年代初期，他就发表了《〈万叶集〉对〈诗经〉的借鉴》（《外国文学研究》1981 年第 4 期），1984 年又发表《论〈今昔物语集〉中的中国物语》（《中国比较文学》创刊号）等有影响的文章。1987 年，湖南文艺出版社出版了王晓平的《近代中日文学交流史稿》，这部书和上述严绍璗的《中日古代文学关系史稿》都属于《比较文学丛书》，也可以说是珠联璧合的姊妹篇。《近代中日文学交流史稿》内容极为丰富，学术信息量很大，填补了一个重要的学术研究和知识领域中的空白。可以说，20 年来我国读者关于中日近代文学关系的知识，很大程度上来源于这本书。关于中日近代文学的研究，日本学者开始得早，成果也很多。王晓平的著作充分吸收和借鉴了日本学者的研究成果，将有关的成果进行甄别、提炼和提升，并在学术水平上有了明显的超越。

《中日近代文学交流史稿》所涉及的"近代"大体上是 19 世纪中期到 20 世纪初年的半个多世纪，在日本是指从维新之前的江户时代后期到整个明治年间，在中国则是指从鸦片战争前夕到清末民初。这一时期是中日文学交流较为活跃频繁而又颇为错综复杂的时期。这是日本文人作家的汉文学教养空前普及和提高、中国文学的影响空前多样化、曲折化的时期，同时也是日本文学转向西洋世界，中国文学的影响逐渐式微的时期。另一方面，长期充当日本文学之"先生"角色的中国文学，在这一时期里却逐渐转变了角色，开始以"学生"的姿态学习和借鉴日本文学。王晓平的《近代中日文学交流史稿》准确地展现了近代中日文学关系的这一历史趋势和历史面貌。全书共有20章，每章均以一个专题的方式，集中论述中日近代文学关系中的某一重要课题。它以传播与影响研究为基本方法，体现出扎实严谨的文献学功底，对中日文学双向交流的线索、途径和方式，做了清晰的描绘。由于作者能够得心应手地驾驭和运用材料，在影响的描述和考辨中，时有画龙点睛的理论分析，表现出作者的识见。因此，这不是死板的、堆砌材料的传播与影响研究，而是将文献资料与理论分析有机结合在一起的充满生机和活力的传播与影响研究，为比较文学的传播与影响研究提供了成功的范例。当然，这部著作也有不足的地方。由于涉及的问题点较多，有些问题在有限的篇幅内难以充分地展开和深化；另外，作为一部严谨的学术著作，它没有在书后列出"参考文献"。日本学术界研究中日文学关系的著作有很多，在本书中有哪些内容是借鉴日本人的研究成果，哪些是作者自己的超越和独创，光有脚注还不够，还应该通过"参考文献"加以清理和说明。

1990年，王晓平的《佛典·志怪·物语》出版。这部书以印度的佛典、中国的志怪、日本的物语为切入点，将亚洲三国的古典文学作为一个整体，纳入比较研究的范围。这是一个十分诱人的研究领域。历史上，中国的志怪小说受到印度佛经的影响，而汉译佛经、中国志怪又对日本物语文学产生了影响，可以说，佛典、志怪、物语是印度、中国和日本文学交流的三个基本点，并且三点连成一线。王晓平在这三点一线上展开研究，表现出相当大的选题智慧。全书分为"导论篇""浸润篇""溯游篇""渊海篇"共四个部分。在"引言"中，王晓平写道：

　　佛典、志怪、物语三者的比较研究，既要找出和证明其间影响的存在，更要深入到中古时代艺术理解和评价诸问题中去。志怪和物语在接受佛教故事的构思时，绝不是原封不动地挪用移植其中的全部因素，即便是抄袭式的"搬移"或直译式地转述，思想内容也有某种扩展或重新限定。接受者的联想指向也在发生位移。中国人并没有全盘接受印度人无拘无束、漫无边际的幻想方式，日本人也是尽量脱去中国小说中文士想象的庄重拘谨气氛，来发展自己的想象体系的。通过对一系列问题（接受者保存了哪些，扬弃了哪些，原始材料为何与如何被吸收和同化，接受之后发生了哪些变化，等等）的探讨，将会增加我们的文学史知识，增进我们对早期小说创作过程的了解和对作品的艺术理解；对那些并没有谁影响过谁这种关系的异国作品进行主题的分类与剖析，将其放在国际文化交流的氛围中作整体观察，则更会有助于对三国文学的倾向性、文学传统的探讨。①

　　《佛典·志怪·物语》就是这样，灵活运用比较文学的传播研究、影响研究和平行研究的方法，对印度、中国、日本三国文学的复杂关系，进行了不同角度和不同层面上的研究。在"浸润篇"中，作者通过对《日本灵异记》《今昔物语集》《江谈抄》等几部重要作品的分析，考察了中国志怪小说在当时日本的传播情况；"溯游篇"则以平行研究的主题学的方法，从几个共同的主题、母题和题材——如弃老、蛇婚、乱宫的母题、复仇主题、龟报故事——出发，进行了比较研究；"渊海篇"则从影响研究的角度，梳理了中国经史叙事文学对日本物语文学的浸润与影响，乃至对日本近代作家创作的启发。总之，《佛典·志怪·物语》是我国比较文

---

　　①　王晓平:《佛典·志怪·物语》，江西人民出版社1990年版，第7-8页。

学研究中迄今为止的仅有的一部将亚洲三国文学打通、进行多角度比较研究的著作。无论在选题方法还是研究方法上，都将对后学有一定的启示作用。

1995年，北京中华书局出版了王晓平和日本的中西进教授合著的《智水仁山——中日诗歌自然意象对谈录》。该书以日本的《万叶集》和中国的《诗经》为谈论的中心，围绕"自然意象"问题，从月亮、星辰、花草、树木、鸟儿等自然意象为切入点，进行了多方面微观的分析和比较。作为《万叶集》研究权威的中西进，和作为《诗经》研究专家的王晓平，凭借对作品的熟知和比较文学的广阔视野，在"对谈"中知微见著，相互阐发，取得了珠联璧合的效果。"对谈"这种方式在中国的学术界还不太流行，但在日本和西方，则是常见的一种著作形式。而对于比较文学研究来说，不同国家学者的"对谈"本身，就富有强烈的跨文化对话的意味，因而也最能体现"比较文学"的目的和宗旨。

在中日传统小说的比较研究方面，南开大学教授李树果（1923—　）的《日本读本小说与明清小说——中日文化交流史的透视》一书是独占鳌头的大作。李树果多年从事日本和歌、俳句、戏曲、小说的研究，在日本古典文学方面有很深的造诣。他在《日语学习与研究》等期刊中，发表了一系列研究论文。他还倾数年之功，将日本读本小说的代表作《南总里见八犬传》（简称《八犬传》）翻译成中文出版，因而对日本读本小说有着切身的体会。《日本读本小说与明清小说》是李树果的第一部学术著作。所谓"读本"，是日本江户时代流行的，与其他各种以图画为主的读物相区别的通俗小说。读本中的很多作品，在故事情节、框架结构、人物设置等方面，模仿和改编中国小说，对这种模仿与改编，日本人称为"翻案"，李树果称为"翻改"。对此，日本学者已经出版了大量的成果，研究读本小说与中国小说的关系，特别是指出读本小说的"出典"，即它是哪部中国小说的"翻案"。李树果的这部书，吸收和借鉴了日本学者的研究成果，同时将那些成果加以概括和简化，以中国学者所擅长的精练，将读本小说与中国文学的关联清晰明了地揭示出来。他指出：尽管日本读本小说与中国文学的关系千头万绪——

> 但归根溯源，我认为可以概括为三部书。一是《剪灯新话》（包括《余话》）的影响，从而使日本产生了翻改小说，为读本的创作提供了一种别具特色的方法。二是"三言"，通过翻改"三言"便产生了日本前期读本。三是《水浒传》，通过翻改《水浒传》便产生了日本后期读本。①

李树果的这部书就是以上述三部中国小说为中心，探讨它们对日本读本小说的影响，并涉及其他中国小说对日本读本小说的影响。

此外，还有不少学者在中日古代文学的交流史和古代文学比较研究方面，做出了成绩。如辽宁大学的马兴国（1946— ）从 1987 年至 1993 年间，在《日本问题》等杂志上陆续发表研究文章，内容涉及中国古代小说《游仙窟》《三国演义》《搜神记》《西游记》《世说新语》、"三言二拍"、《金瓶梅》《红楼梦》《水浒传》等作品在日本的流传及对日本文学的影响。

翻译家申非在《日语学习与研究》等期刊中，发表《〈平家物语〉与中国文学》《〈雨月物语〉与〈剪灯新话〉》（均 1985 年）等文章，吉林大学赵乐甡（1924— ）在中日比较诗学方面发表了若干有分量的论文，如《日本中世和歌理论与我国儒、道、佛》（《吉林大学学报》1987 年第 6 期）、《和歌理论的形成和我国诗学》（《日本文学》1987 年第 3 期）等。后来，这些论文被编入了赵乐甡主编的论文集《中日文学比较研究》（吉林大学出版社 1990 年）中。北京外国语大学的王福祥（1934— ）编著的《日本汉诗与中国历史人物典故》，以中国历史人物为切入点，选出含有

---

① 李树果：《日本读本小说与明清小说——中日文化交流史的透视》，天津人民出版社 1998 年版，第 4 页。

中国历史人物典故的汉诗476首，并对诗人生平略作简介，既是一部独特的日本汉诗选集，也是一部有特色的中日比较文学的专著，在1980年代以后出版的五六种日本汉诗选集中，独具特色。武汉大学历史系的覃启勋（1950— ）专著《〈史记〉与日本文化》（武汉大学出版社1989年），以16万字的篇幅，全面梳理了《史记》在日的传播与影响的历史，包括《史记》何时传入日本，何时盛传于日本，《史记》传入日本的种种原因，《史记》对日本政治、日本教育、日本史学、日本文学的影响，以及日本学术界对《史记》研究的成就及特点等，都做了细致的分析论述。虽然该书印制粗陋，但学术价值不低，填补了中日文化交流史研究的一处空白。吉林大学于长敏（1951— ）的《比较文学与比较文化漫笔》（吉林大学出版社1994年）中，收集了作者二十多篇有关的文章和随笔，这些文章分为"中西文化篇""中日文化篇"和"中日文学篇"三组，其中"中日文学篇"中的《几组中日民间故事的比较》较有新意。后来，作者将这个课题做了深入研究，写成了《中日民间故事比较研究》（吉林大学出版社1996年）一书。该书分神话和民间故事两编。在第一编中，作者分析了中国的盘古神话、伏羲兄妹的神话、女娲造人的神话对日本神话的影响，同时，也分析了为什么愚公移山、精卫填海、夸父逐日的神话没有对日本神话造成影响。他认为这反映出中日两国民族性格的差异，与日本人性情急躁、缺乏韧性、讲求功利、顺从自然的民族性格有关。在第二编中，作者按通常的故事类型划分法将中日民间故事分为天外赐子型、贪心型、羽衣仙女型、蛇郎型、灰姑娘型、动物报恩型、弃老型、解释存在型、难题求婚型等类型，进行比较分析。有些结论是有启发性的，如认为日本民间故事，在对立的矛盾中，不是以武力消灭对方，而是感化对方，所表现的并不是对立的阶级性，而是人类的共性。关于中日民间故事的比较研究在此前虽有不少单篇文章，但作为系统的论著，该书还是第一部，是值得注意的。杭州大学的路坚与日本学者关森胜夫合作撰写的《日本俳句与中国诗歌——关于松尾芭蕉文学比较研究》（杭州大学出版社1996

年版，该书副标题文法上稍有不通），对松尾芭蕉的一百余首俳句做了汉译、赏析，并指出所受中国文化与中国文学影响，虽缺乏理论性，但在微观赏析上有其特色。山东大学的高文汉（1951— ）的专著《中日古代文学比较研究》（山东教育出版社 1999 年），是一部涉及中日整个古代文学史上各个时代的带有通史性质的著作，全书以论述日本汉文学的发展及重要作家作品为主，评述了日本的汉诗、汉文及其与中国文学的关联，同时也涉及日本物语文学《竹取物语》《源氏物语》对中国文学的吸收与借鉴。虽然大量的文学史实、作家作品的背景资料占了书中的很多篇页，一定程度地冲淡了论题的集中和比较文学应有的理论个性，但对于一般读者还是有益的。

二、中日近现代文学关系研究

在我国，真正意义上的中日现代文学比较研究只是 1980 年代以后的事情。在二十多年的时间里，我国各学术期刊及有关论文集中公开发表的论文有三百多篇，正式出版的专门的论文集、研究专著有十几种。这些成果集中反映了我国在该领域的研究水平和现状，其中不乏精彩的篇什和出色的见解。

中日现代文学比较研究中最早被重视、成绩最突出的，是鲁迅与日本文学的关系研究。1970 年代末 80 年代初，我国有关刊物上发表的这方面的文章，每年都有几篇乃至十几篇。当时中国政治生活领域中"左"倾的甚至是极"左"思想的影响，在现代文学研究中有突出表现。许多问题、许多作家作品的研究都是禁区。但是鲁迅及其创作无论是在极"左"的"文化大革命"时期还是在改革开放后的新时期，都一直得到极高的评价。这是当时鲁迅研究相当热门的外部原因。就中日现代文学关系而言，鲁迅与日本文学的关系也非常深，自然而然地成为中日现代文学比较研究的重要课题。1970 年代末 1980 年代初，林焕平、戈宝权、吕元明、孙席珍、刘伯青、温儒敏、程麻等，都发表了有关鲁迅与日本文学的比较研究的文章。到了 1985 年以后，这方面的研究专著也出现了。那就是刘柏青的《鲁迅与日本文学》（吉林大学出版社 1985 年版）、程麻的《鲁迅留学日本史》（陕西人民出版社 1985 年）和《沟通与更新——鲁迅与日本文学》（中国社会科学出版社 1990 年）等。

刘柏青的《鲁迅与日本文学》作为我国第一部同类著作具有开创性。书中涉及鲁迅与日本文学关系研究的许多重要问题，包括"鲁迅早期思想与日本""早期鲁迅与日本浪漫主义文学""鲁迅与夏目漱石""鲁迅与白桦派作家""鲁迅与厨川白村""鲁迅与日本新思潮派作家""鲁迅与日本无产阶级文学""二三十年代日本的鲁迅研究""鲁迅·摩勒伊爱斯·正宗白鸟""野口米次郎的《与鲁迅谈话》""战后的鲁迅研究"等，虽然都是曾经单篇发表过的文章，但作者基本上按历史线索编排，前半部分讲的是鲁迅与日本文学的关系，后四篇文章讲的是鲁迅在日本的反响或影响，因此全书仍能见出系统性。对于该书的贡献和特色，蒋锡金在"序"中说："开拓性的工作是不容易做得圆满的，但我以为柏青同志对开拓鲁迅研究的境域这一点上是做出了宝贵的贡献的。它不仅有助于我们对'鲁迅与日本文学的关系'问题的理解，也有助于我们对鲁迅的整体理解。"现在仍然可以把这几句话看作是对本书的恰当的评价。

程麻的《鲁迅留学日本史》以翔实的文献资料，梳理了鲁迅在日本留学时期的生活与创作、特别是与日本人交往的史实，可以说是一部特定角度的鲁迅传记性的著作。程麻的《沟通与更新——鲁迅与日本文学》是对鲁迅与日本文学关系做细致研究的著作。该书在"内容提要"中介绍说："从比较文学、比较文化的角度研究分析鲁迅与日本文学的深层关系，是本书的特色，作者既分析鲁迅与日本文学的直接联系，又考察日本沟通鲁迅与西方文化的中介桥梁作用，在辨析文学交流的复杂关系中间，对文学的现代价值观、人的本体性质、伦理功能优势，创作心理动力等问题，进行了深入探讨，并就比较文学研究的观点与方法，引申出发人深思的理论见解。"可以说，这本书基本上达到了这个目标。该书的特色在于它的微观的研究，也就是作者所说的"发微"。在行文中，不是直奔主题，而是在主题周边迂回曲折，将背景知识、相关的一般理论问题、相关材料和话题也充分展开，这样做的好处是读者——特别是一般读者——读起来，不会感到理解上的困难，但也会给人拖泥带水、过分繁冗、枝蔓过多的感觉，从而或多或少地削弱了理论著作应有的洗练。

1994年，春风文艺出版社出版了辽宁大学教授彭定安主编的《鲁迅：在中日文化交流的坐标上》，这是鲁迅与日本文化、日本文学关系研究的集大成的学术著作，全书规模宏大，凡九十多万字，执笔者均为辽宁大学、东北师范大学等东北高校的专家教授，包括彭定安、武斌、王俊儒、王建中、马兴国、刘立善、李春林、吕元明等，集中了东北地区的日本文学研究、鲁迅研究、中国现代文学研究的优势力量，体现了东北地区学者在这方面的研究实力和丰厚积累。全书除绪论和结束语部分外，共十五章，其中涉及鲁迅与日本之关系的时代与文化背景（第一、二章）、鲁迅在日本的留学史（第三、四、五章）、五四时期和30年代的鲁迅对日本文学的接受及他与日本友人的交往（第六、七、八章）、鲁迅的日文翻译（第九章）、鲁迅的日文作品（第十章）、鲁迅对日本人、日本社会与文化的观照（第十一章）、日本对鲁迅的解读、诠释、研究与接受（第十二、十三章）、中国学术界对日本的鲁迅研究成果的介绍、评论与借鉴（第十四、十五章）等。可以说，这是一部以鲁迅为纽带的中日文学、学术和文化的交流史。这种交流是双向的——先有日本对鲁迅的影响，再有鲁迅对日本的影响；这种交流又是互动的——日本人对鲁迅的研究、中国人对日本鲁迅研究的研究。本书在这种双向、互动、回返的交叉关系中，建立起了以鲁迅为基轴的中日文化交流的"坐标"。全书资料弘富，视野开阔，充分吸收消化了中日两国鲁迅研究的成果，并将有关成果纳入全书的宏大结构中。有些章节，如第十一章对鲁迅的日本文化观的梳理与评析、第十二至十三章对日本鲁迅接受、评论与研究史的总结与评述，都相当具有学术价值，此前我国对有关问题的论述是零星的、不系统的，本书的这些章节以其系统性、全面性,填补了这方面的空白。书后的几个附录"鲁迅与日本大事系年""日本鲁迅研究论著系年目录"等,对于读者也有重要的文献资料价值。

中日近现代文学思潮的比较研究,也是学者们关注的重要领域。在这方面的著作有孟庆枢主编的《日本近代文学思潮与中国现代文学》(时代文艺出版社 1992 年)、何德功的《中日启蒙文学论》和秦功的《觉醒与挣扎——二十世纪初中日"人"的文学比较》(均东方出版社 1995 年)。其中,《日本近代文学思潮与中国现代文学》是孟庆枢(1943—)主持的国家"七五"社科研究课题,执笔者除孟庆枢外,还有张福贵、陈泓等。内容包含中日近现代文学思潮比较研究中的若干重要问题,其中有的文章颇有新意与创见,如张福贵的《日本白桦派与周作人》等。但不同文章的质量颇有参差,如《日本新剧运动与田汉》一文,思路不清,结构混乱。有的文章在材料和观点上颇可商榷,如《日本唯美主义在中国:从引进到流失——以谷崎润一郎为中心》一文,由于对中日唯美主义文学的材料掌握和消化不够,便匆忙得出了结论说:"中国文学方面始终没有'平行地'存在过即使是最低意义上的唯美主义流派或作家",日本唯美主义文学也没有能够影响中国文学,日本唯美主义介绍到中国,接着又"流失"了。现在看来,这种结论是难以成立的。尽管有这类的问题,该书作为我国第一部同类著作,在选题上的开创性是显而易见的。特别是书后作为附录的《中国译介日本文学年表》,表明著者对有关资料的收集下了工夫,对读者也很有用处。

何德功(1957—)的《中日启蒙文学论》和秦弓(张中良,1955—)的《觉醒与挣扎——二十世纪初中日"人"的文学比较》,都是博士学位论文,是迄今我国出版的为数寥寥的有关中日比较文学方面的博士论文中的两篇。《中日启蒙文学论》选取"启蒙文学"这样特定的文学思潮作为比较研究的对象,其中论述了日本政治小说与晚清小说界革命,诗界、文界革命与日本明治文坛,周氏兄弟在五四前夕的文学主张与日本文学的影响，"人的文学"与日本白桦派，鲁迅、郁达夫与私小说等问题。就中国文学来说，著者的研究范围是晚清以梁启超为代表的启蒙运动和五四时期以鲁迅、周作人为中心的文学革命运动；就日本文学来说，涉及日本明治初期的启蒙文学，并延伸到大正时代的白桦派人道主义文学，可以说是在一种宽泛的含义上使用"启蒙文学"这一概念的。在有关问题上，作者展示了自己的看法。但在资料的收集和利用上，尚有一些未尽之处，限制了作者将论题进一步展开和深化。秦弓（张中良）先生的《觉醒与挣扎——二十世纪中日"人"的文学比较》，其核心概念似乎是"人的文学"。很大程度上说，"人道主义和个性主义思想"是中日近现代文学的主导思想，涉及面相当广泛。秦弓的意图在于对中日两国的"人的文学"做"宏观性的比较研究"。全书分为"思潮研究"和"主题研究"两部分，对中日两国"人的文学"发展演进的历史轨迹、中国的"人的文学"对日本近代"人的文学"的择取、"人的文学"的理论建构及框架，"人的文学"的主题在创作中的表现等，都做了全方位的比较研究，对于理解中日两国人道主义文学对应发展的轨迹、规律和特色都有助益。

在中日文学思潮流派的比较研究上，刘立善的专著《日本白桦派与中国作家》（辽宁大学出版社1995年），只选取了日本的一个文学流派——白桦派，并以此为中心，对中日现代文学进行比较研究。这方面的研究无论在中国还是在日本，此前都有不少的成果问世。刘立善的著作充分吸收了现有的研究成果，尽可能多地收集材料，从而成为这个课题研究的集大成之作。它不仅提供了丰富的有关白桦派文学的背景材料，并对白桦派作家与鲁迅、周作人、郭沫若、郁达夫、梁山丁等作家的关系，做了细致的梳理。对长与善郎与中国的关系，也做了评述。虽然有些章节中直接从日文著作引进的材料显得过多，过琐细，但它作为迄今为止我们所见到的白桦派与中国文学关系研究的最翔实的著作，具有重要的学术价值。

对于中国现代作家与日本社会文化之关系的研究著作有靳明全的《中国现代作家与日本》（山东文艺出版社1993年）。该书试图全方位地描述"日本"对中国现代留日或旅日作家的影响。全书共分十八章，从内容上看，可分为四部分。1. 中国作家对日本社会、日本人、日本文化的评论认识，主要以郭沫若和鲁迅为中心；2. 中国现代作家与日本作家、日本文学之比较，如郁达夫与佐藤春夫、丰子恺与夏目漱石、鲁迅与有岛武郎、张资平与日本自然主义、欧阳予倩与日本歌舞伎和中日新感觉派等；3. 日本普罗文艺运动对中国现代文学的影响，胡风、李初梨、蒋光慈等与日本无产阶级文学理论的关联；4. 对茅盾、巴金、冰心等中国作家旅居日本时的创作活动的分析。这些问题，有的是此前已经有人研究过的问题，有的是作者首次提出的问题，无论是哪种情况，作者都力图从事实材料出发，提出有益的见解。但大多数情况下，作者只是指出影响关系，而对中国作家与日本文化、日本文学的复杂纠葛缺乏深入分析。

1998 年，王向远（1962— ）的《中日现代文学比较论》作为湖南教育出版社"博士论丛"丛书之一出版。这是一部论述中国现代文学与日本文学综合性比较研究的著作，其研究的对象与范围是 20 世纪上半期的中国文学与日本文学。全书分四章，每章七节，每节都是一篇相对独立的论文，并在该书出版前公开发表过，所以本书实际上是一部论文集。但由于将 28 篇论文纳入了一个严整的体系之中，使全书保持了理论体系的统一性。该书作者在"绪论"中写道：

> 作为中日现代文学比较研究的专论，本博士论文在写作上有以下几个考虑。第一，它不是一部中日现代比较文学史著作，因此并不准备面面俱到地谈及中日现代比较文学的所有问题，但又不放过其中的重大基本问题。全书分为"思潮比较论""流派作家比较论""文体比较论""创作比较论"四章，大体涵盖了中日现代文学比较研究的基本课题和主要方面。第二，它不以史的线索谋篇布局，而是着意追求内在的理论体系。全书四章二十八节，由外及内，从宏观到微观，纵横交织，相互关联，分别在不

同的角度、不同的层次上展开论述。第三，它不是综述或归纳现有的研究成果，而是发表作者自己的见解和心得。在前人研究的较多、较充分的一些领域，力求独辟蹊径，务实而又求新；对前人有所论及，但未能深入的课题，要在材料和观点上有所发掘、有所深化；在前人较少研究，或完全没有研究的领域，要尽力开拓。总之，要立足于中国现代文学，在世界文学的大视野上，全方位、多角度、多层次地清理中日现代文学的表层与潜在的联系。以重原典材料和科学实证的"影响—接受"研究（关系研究）为基础，把影响—接受研究与平行研究（比较阐发）结合起来，努力在比较中揭示出非比较研究所不能发现的文学特质和文学发展规律，从而为中日现代文学的比较研究和深化中国现代文学的研究做出一点贡献。①

张莉在《多向的思维，新颖的理论——评〈中日现代文学比较论〉》（烟台师范学院学报）2000年第3期）中评价道："王向远的《中日现代文学比较论》立足于世界文学的高度，来透析中日文学，以一种世界性、整体性的眼光来考察中日两国的文学现象""提出并解答了中国现代文学及中日比较关系视频上的一系列重要课题，深化了该领域的学术研究""其'思潮''流派''文论''创作'四个部分，几乎涵盖了文学的全部触点。作者摆脱了繁冗，挤掉了水分，直奔主题，将自己对问题的思考、推理、逻辑思辨淋漓尽致地展现出来。翔实的资料占有，令人信服的考证，创新的理论体系，使《中日现代文学比较论》成为比较文学研究领域中一个新的亮点"。

张福贵（1955— ）和靳丛林合著的《中日近现代文学关系比较研究》（吉林大学出版社于1999年），虽云"比较研究"，实际上是一部中

---

①　王向远：《中日现代文学比较论》，湖南教育出版社1998年版，第17-18页。

日文学交流史、关系史性质的著作。本书按历史线索将中日现代文学交流史分为四个阶段。第一个阶段为 1840—1918 年，作者认为这一阶段主要是中国向日本学习，经过黄遵宪、梁启超和鲁迅三个阶梯，基本完成了由传统文学交流向近代文学交流的过渡；第二个阶段为 1919—1927 年，作者认为五四文学革命虽然在日本没有引起太大的反响，但却使中国近代文学的水平提高到了一个更有利于交流的层面；第三个阶段为 1928—1936年，是中日无产阶级文学交流甚密的时期，是两国文学交流最活跃的时期，同时也是最后的共振期；第四个阶段为 1937—1949 年，战争阻断了中日文学的交流，但尚有涓涓细流使两国文学关系不至完全中断。全书根据这样的四个时期的划分，分为四编。每编分若干章节，较为系统地评述了中日两国近现代文学的交流历史。由于篇幅有限，本书对这种关系的梳理大多是粗略的，还有不少问题点没有涉及。例如在第四编中对战争期间的中日文学关系，叙述太过简略。总之，作为第一部试图系统评述中日近现代文学关系史的著作，在理论与材料、观点与方法上，都提供了有益的经验。

在中日现代文学某一专题的比较研究方面，也取得了值得注意的成果。这里特别值得提出的是日本侵华战争——中国抗日战争期间两国文学的关系研究。众所周知，20 世纪上半期，日本先后对中国台湾、东北和整个中国大陆实施入侵与占领，不仅给中日两国的政治、经济、历史、文化等诸方面带来了深刻影响，也在两国文学史上留下了深刻的印记。在各自的文学史上，产生了许多相关的文学现象。对这些现象进行清理、总结和比较研究，其意义超出了文学研究和比较文学研究本身。在这方面的研究中，有两部书必须提到。一部是东北师范大学教授吕元明（1925—2014年）的《被遗忘的在华日本反战文学》（吉林教育出版社 1993 年）。一部是王向远的《“笔部队”和侵华战争——对日本侵华文学的研究与批判》（北京师范大学出版社 1999 年）。所谓“在华日本反战文学”，指的是日本侵华期间流亡到中国的日本作家，如鹿地亘及其夫人池田幸子，长谷川照子等。另一种是在中国当了俘虏的日本士兵，他们在中国方面的感化教育下逐渐醒悟，写下了以反战为主题的有一定文学价值的作品。吕元明先生独具慧眼，收集和挖掘了那些几乎"被遗忘"的日本在华反战文学的材料，并对这些材料和有关作品，进行了认真的研读和分析，指出他们在思想与艺术上的价值。这是一种独特的比较文学的研究课题，不仅揭示了特殊历史时期中日文学关系的特殊现象，而且使文学研究跨越了历史学、战争学等学科领域，也丰富了日本文学史本身的研究。此前，吕元明教授还与日本学者山田敬三主编了多位中日学者撰写的专题论文集《中日战争与文学——中日现代文学的比较研究》一书，并以中文和日文两种版本在中日两国发行。(中文版由东北师范大学出版社1992年)。他的论文集《日本文学论释——兼及中日比较文学》(东北师范大学出版社1992年)中的多篇文章，也涉及中日比较文学中的许多问题。

王向远的《"笔部队"和侵华战争——对日本侵华文学的研究与批判》则从另外一个角度切入，集中研究日本的"侵华文学"。从学科领域上说，本书既是战争与文学的关系，也是日本文学与中国的关系研究。该书把侵华战争时期被日本军国主义当局派往中国前线采访、为侵华战争鼓吹呐喊的作家——即日本宣传媒体当年所谓的"笔部队"——作为主要的研究对象，对他们炮制的所谓"战争文学"——即侵华文学，站在历史的高度，进行了科学、客观的分析和必要的揭露批判，在选题上独辟蹊径，为中日比较文学研究开辟了一个崭新的课题。对于这个课题的研究，不仅具有重要的学术价值，而且具有重要的历史意义。由于众所周知的原因，战后的日本一直缺乏全面客观地研究日本战争文学——侵华文学的社会文化环境，对此，日本学者千叶宣一1990年在中国的一次演讲中做了生动而扼要的说明。他指出：

> ……从1935年到战争结束之前，日本文学家创造的都是这
> 种战争文学。这些人在战后为了摆脱对战争责任的追究和告发，

都拼命地销毁自己的作品，到旧书店里将所有自己的书尽量都买来烧掉，同时也烧毁自己所保存的作品。在战争中对形成日本国民舆论起过重要作用的《朝日新闻》等大报纸自不待言，就连那些《改造》《中央公论》等综合杂志的编辑，为了免于被谴责配合了侵略战争，也尽量销毁有关文献，结果导致了非常遗憾的事，即认为非常有必要进行战争文学研究的学者找不到作为凭据的资料。如石川达三的《未死的兵》、火野苇平的《麦和军队》《土和军队》《花和军队》，这被称为三部曲，其实是四部曲，还包括一部《香烟与军队》。这些作家，还有丹羽文雄、尾崎寺郎、石川淳、阿部知二、伊藤整、高见顺等，日本知识分子想读到这些人作品的原文是很不容易的。①

在这种情况下，日本学者对这个问题的研究虽做出了一定的成绩，但也有其局限性。《"笔部队"和侵华战争》尽可能收集和利用了国家图书馆等中国各大图书馆所藏的战争时期的日文资料，尽管从文献学角度看仍嫌不够全面和不够充分，但毕竟达到了能够用材料说明问题的程度。全书对日本侵华文学的来龙去脉和本来面目做了较完整的揭示，并做了分析和批判。内容涉及：日本文坛与日本军国主义侵华"国策"形成之间的关系，"七七"事变前日本的对华侵略与日本文学，日本在我国东北地区的移民侵略与所谓"大陆开拓文学"，日本殖民作家的所谓"满洲文学"，侵华战争全面爆发后"笔部队"的组成和活动，有关侵华文学的典型作家作品、典型文学样式的剖析，对1940年代初日本召集的三次为侵华战争服务的所谓"大东亚文学者大会"的历史资料的展示与分析，对日本在侵华时期到底有没有"反战文学"进行了澄清和辨析，对日本战后文坛对待侵华战争的态度问题的分析，等等。这部书将中国人特有的立场与

① ［日］千叶宣一：《中日战争与昭和文学》，原载《中日关系史研究》1998年第2期。

学术研究所要求的科学精神统一起来，将文学研究与侵华战争史研究结合起来，为读者提供了鲜为人知的史实，填补了学术研究中的一个空白。

在中日现代戏剧文学的比较研究中，袁国兴教授和黄爱华教授值得注意。

袁国兴（1953— ）的博士论文《中国话剧的孕育和生成》先后分别于 1993 年和 2000 年由台湾文津出版社和北京中国戏剧出版社出版繁体字和简体字版本。该博士论文共分七章，对早期话剧的逐步孕育到脱胎而出，对它与西方戏剧、日本戏剧的复杂关系，都做了缜密翔实的论述和研究，既有历史的、纵向的描述，也有断面的横向的剖析。论文分析了西方戏剧信息对中国近代剧坛的初步冲击，论述了日本剧坛在中西戏剧中的重要的桥梁和纽带作用，分析了根据日本作家德富芦花的小说改编的戏剧《不如归》作为"家庭戏"何以在中国引起巨大反响，指出了在日本和西方戏剧的启发下，中国早期话剧在编剧、表演艺术、舞台艺术诸方面发生的观念变化和艺术转型。在袁国兴之前，关于中国早期话剧的系统研究还是一个空白，袁国兴的研究筚路蓝缕，具有拓荒的性质。迄今为止，人们关于早期话剧及其与日本戏剧关联的全面系统的知识，主要是由袁国兴博士提供的。继袁国兴之后，另一位专攻现代戏剧的博士、就读于南京大学中文系的黄爱华（1962— ）女士，将这个课题的研究进一步推进、深化了。她的博士论文《中国早期话剧与日本》于 1993 年通过答辩。在此之前，她曾将博士论文的有关章节，作为单篇论文予以发表。到 2001 年，博士论文全文由长沙岳麓书社出版。作者自述全书的宗旨是"从中国早期话剧与日本，特别是与日本新派剧、新剧的关系入手，追寻中国早期话剧接受日本特别是新派剧、新剧影响的历史足迹，明确它们之间的'事实联系'，努力解答中国早期话剧人在日本国土上做了什么，接受过哪些影响，怎样接受，以及接受的效果如何等等，也对中国戏剧现代化初期借鉴西方戏剧的曲折历程做了明晰的剖析探讨，并从中总结历史的经验和教训，为当代戏剧发展提供借鉴作用"。全书以中国早期话剧的四个重要的社团——春柳社、春阳社、进化团、光黄新剧社——为重心，对它们与日本新派剧、新剧的关系做了梳理，特别是对春柳社、开明社与光黄新剧同志社以"中华木铎新剧"的名义在日本的几次公演活动及其当时中日两国的相关报道，做了细致的资料梳理、考证辨析和索隐钩沉。作者确证了这样一个结论：中国早期话剧最初不是由西方输入，而是与日本新派剧之间有着深刻的渊源关系；中国的"文明新戏"来源于日本的新派剧，同时也接受了日本新剧的影响，日本新派剧和新剧同时综合性地影响了中国早期的话剧。作者还指出，一方面日本近代戏剧在中西戏剧之间的中介作用，但另一方面，无论是日本新派剧、还是日本新剧，都不等于西方式的话剧，从而在中国早期话剧的日本影响中，留下了鲜明的日本戏剧文化的烙印。全书体现出了作者扎实、细密的研究风格。可以说，黄爱华的这本著作和上述的袁国兴的著作的问世，使得中国早期话剧及其与外来戏剧的关系这个学术研究的"撂荒地"不再荒芜，而成为播种与收获的沃土。

此外，老一辈学者贾植芳关于中国留日学生的论述和研究，夏晓虹对梁启超与日本文学关系的研究，黄侯兴关于郭沫若与日本文化的研究，钱理群关于周作人与日本文化的研究，王中忱关于中日现代文学某些个案问题的比较研究，陈生保对森鸥外的汉诗的研究等，都是值得注意的。其中，夏晓虹（1953— ）在《觉世与醒世——梁启超的文学道路》（上海人民出版社1991年）一书中关于梁启超的文学活动与日本之关联的研究，在观点与材料上一直拥有权威性。王中忱在1990年代后发表的多篇文章，在选题视角的新颖、研究课题的更新上，都做了可贵的努力。如，他从"后殖民主义"理论的角度，对日本近代作家二叶亭四迷对中国的殖民主义冲动的分析，对殖民空间与日本现代主义诗歌的分析，对中国的日本文学翻译及其作用与影响的分析，都是有启发性的。2001年，中国社会科学出版社出版了王中忱的《越界与想象——20世纪中国、日本文学比较研究论集》，收文章14篇，集中反映了作者的研究实绩。

总之，中日文学比较研究，较之中俄、中法、中英、中德、中美文学比较研究，是研究实力最强、成果最多的领域。这与上千年来中日两国在文化与文学上密切关联的历史有关，也与改革开放以来日本学研究在中国的繁荣兴盛的大环境有关。经过二十年的研究，中日文学关系的历史面目越来越清晰了，对一些重大基本问题的认识也越来越深入了。当然，这种研究远没有终结，仍然有许多研究领域有待于开掘，有许多问题有待于再研究与再认识，在研究者面前还有广阔的探索空间。

第三节　　中朝·中韩比较文学

朝鲜、韩国是我国的邻邦，属于中华文化圈的范围，与我国有着两千多年的文化与文学交流的历史。两千年中，中国文学持续不断地输入并影响到朝鲜文学，对朝鲜文学的产生、发展和演变，产生了重大作用。也为今天的比较文学研究，提供了无数的研究课题。1980 年代以来，特别是90 年代以来的十多年间，我国的中朝文学比较研究取得了不少成果。

在中朝文学比较研究中成果最显著的，首推北京大学的韦旭昇（1928—2018 年）教授。韦旭昇在朝鲜—韩国学研究及中朝文学比较研究方面的成果，都收在了中央编译出版社 2000 年出版的六卷精装本的《韦旭昇文集》中。该文集收入了作者 1980—1990 年代的专著、论文、古籍整理等方面的成果。其中第一卷收《朝鲜文学史》，第二卷收《抗倭演义〈壬辰录〉研究》（附《壬辰录》朝文本、汉文本），第三卷收《中国文学在朝鲜》及相关论文，第四、五卷分别收朝鲜古典名著《谢氏南征记》《九云梦》和《玉楼梦》的文本整理及相关论文，第六卷收翻译、创作、朝鲜语言方面的研究成果。《韦旭昇文集》作为我国出版的第一种个人著述的朝鲜—韩国学及中韩文学比较研究的文集，在近二十年来的学术史上是引人注目的。

《韦旭昇文集》中的《中国文学在朝鲜》，1990 年由广州的花城出版社出版初版本。这是我国第一部、也是世界上第一部系统全面地研究中国古典文学在朝鲜的传播与影响的学术专著。出版后引起了学术界的关注和反响，先后被译成韩文、日文，分别在韩国（1994 年）和日本（1999年）出版。该书不是按历史的时间线索，平铺直叙地描述中朝文学关系，而是以中国文学在朝鲜传播与影响的若干基本问题来谋篇布局。全书共分四章，论述了四个基本问题。在第一章"中国文学得以传播并作用于朝鲜文学的基础"中，作者从地理条件、政治关系、文化关系三方面入手，论述了中国文学传播和影响于朝鲜文学的历史背景、文化氛围。第二章"朝鲜文学对中国文学的吸收和利用"是全书的核心部分，作者分为十个问题来谈。一、作品的输入与传播。其中重点谈到了唐代的张文成小说《游仙窟》《昭明文选》，苏东坡、黄庭坚的作品，还有《太平广记》《剪灯新话》等作品的输入和传播情况。二、文学样式（体裁）的采取与借鉴。作者从比较文体学的角度出发，研究了汉诗的各种体式、词、散曲、传记文学、传奇小说、章回体小说等文体对朝鲜汉语文学和朝鲜国语文学的影响。三、"作品的变形与加工"，论述了朝鲜作家将输入的中国作品加以改动、变形，使之以朝鲜国语文学的面貌和形式出现。四、"主题、题材、情节的仿效与复现"，以比较文学的主题学研究的方法，对朝鲜文学与中国文学中的基本主题与题材做了比较。五、韦旭昇指出了中朝文学作品中人物的"客串"情况。即中国文学作品中的人物进入了朝鲜文学作品，和作品中其他虚构的人物一起"演出"，起"客串"的作用。如《三国演义》中的关云长出现在朝鲜的抗倭小说《壬辰录》中，诸葛亮出现在朝鲜长篇小说《玉楼梦》中，等等。六、韦旭昇分析了朝鲜文学对中国文学中的艺术手法的引进和运用。七、研究了中国的思想、风气与流派对朝鲜文学的浸透。八、从文学语言学的层面上论述了朝鲜文学对中国文学中的词语、词藻典故的吸收和利用。九、谈到了朝鲜作家笔下的中国形象，以及以中国为背景的传奇与小说。十、论述了中国文学批评对朝鲜文学批评的影响。

在第三章"中国文学作用于朝鲜文学的途径和结果"中，韦旭昇运用比较文学传播研究的方法，描述了中国文学是通过什么渠道到达朝鲜、进入朝鲜作家的书斋及作家的创作中的；他指出中国文学进入朝鲜文学的渠道有两条，一是以书籍为渠道，一是以人为渠道。关于中国文学作用于朝鲜国语文学的"路线"，韦旭昇概括为一个公式，即："中国文学→朝鲜汉文文学→朝鲜国语文学"。关于中国文学作用于朝鲜文学的总体结果，韦旭昇概括为"四大一深"，即："大量的汉文文学作品、大量的以中国为背景或描写对象的作品、大量的针对中国文学作品的评论、大面积的投影，深层次的影响"。

在第四章"中国文学在朝鲜的余波和功过"中，韦旭昇总结了中国文学对朝鲜文学的发生和发展所起的重大作用，所做出的重要贡献。在中国文学影响朝鲜文学的"功"的方面，韦旭昇概括为："提供文学的工具、手段（对汉文学），提供借鉴（对朝鲜国语文学），缩短了朝鲜文学从无到有、从小到大的成长过程。"关于"过"的方面。韦旭昇写道：

> 中国文学在朝鲜广泛深入的流传过程中，也产生了一定的消极影响。这就是它也曾使得一些文人士大夫产生了对中国文学的依赖性，阻挠过朝鲜国语文学的及时产生和迅速成长，在某种程度上压抑了国语文学的生机。
>
> 由于有了汉文作为书写工具，加上可以不费力地从大量成熟的中国古典文学作品中吸取体裁、技巧、经验，再加上统治者在政治、教育上的提倡，朝鲜文人长期已习惯于以汉文文学为正宗的古老传统，对于还处于幼稚和粗浅状态的国语文学采取了轻视态度，不愿花大力气来推进国语文学的建设。（中略）
>
> 这种情况，对国语文学的发展、成熟，是很不利的。它使得处于古典文学阶段的朝鲜国语文学作品，含有太多的中国文学辞

藻，在修辞、写法、艺术技巧上，也未能迅速脱尽稚气，臻于
妙境。①

　　作者以文学的民族风格与民族文学的独创为根本的文学价值观，站在
纯学术的立场上，对中国文学输入并影响朝鲜的"功过"做了科学、客
观的分析与总结，既看到了中国文学的正面影响，也看到了它的负面作
用。对于一个中国学者，特别是比较文学研究者，这种开阔宽广的文化胸
襟是可贵的。

　　韦旭昇在中朝文学比较研究中的另一部力作是《抗倭演义〈壬辰录〉
研究》，初版本 1989 年由太原的北岳文艺出版社出版。《抗倭演义〈壬辰
录〉》是以 16 世纪最后几年中国明朝和朝鲜官民联合抗击日本人侵略朝
鲜的真实历史为题材的历史小说，也是朝鲜古典文学名著。因那场战争开
始于 1592 年，即壬辰年，故称为《壬辰录》，又名《抗倭演义》。韦旭昇
的《抗倭演义〈壬辰录〉研究》共分十章，运用文学与历史学、文学与
战争的跨学科研究方法，以中、日、朝三国的关系史研究为出发点，对
《抗倭演义〈壬辰录〉》的历史背景、壬辰战争的特征与性质、《壬辰
录》产生之前朝鲜文学中的以壬辰卫国战争为题材的作品，做了背景性
的梳理。对《抗倭演义〈壬辰录〉》中抗击倭寇的英雄人物形象和侵略
者、卖国贼的形象，进行了细致的分析。对《抗倭演义〈壬辰录〉》所
反映的中朝友谊的主题、所描写的史实、所体现出的艺术性以及它的各种
汉文版本、它的意义和影响等，都做了深入的论述和研究。这种以一个文
本为中心的多角度、多层面、跨越多国、跨越学科的研究，在比较文学研
究中，是有着相当大的学术价值和方法论意义的。而且，这种研究的意义
甚至超出了学术价值本身。一般读者对四百年前那场持续六七年的中朝联
合的抗日战争，已知道的不多了。《抗倭演义〈壬辰录〉研究》可以提醒

---

　　① 　韦旭昇：《中国文学在朝鲜》，载《韦旭昇文集》第 3 卷，中央编译出版社 2000
年版，第 350-352 页。

人们：日本军国主义以朝鲜为跳板入侵中国大陆，是四百年前的丰臣秀吉时代就已暴露出来的狂妄野心。联系当今日本军国主义蠢蠢欲动的现实，我们不能丧失应有的警惕。

进入 1990 年代后，我国的中朝—中韩文学比较研究事业，取得了更多的成果。1990 年，我国延边大学自己培养的第一位朝鲜文学专业的博士金柄珉（1951— ）的博士论文《朝鲜中世纪北学派文学研究——兼论与清代文学之关系》由延边大学出版社出版。所谓"北学派"，是"实学派"中的一个流派，是以提倡"北学"（即当时先进于朝鲜的中国清代的文化科学技术）为特征的思想与文学流派，其代表人物有朴趾源、洪大容、李德懋、刘得恭、朴齐家等。金柄珉的论著在吸收和消化韩国的有关研究成果的基础上，首次将北学派作为一个独立的文学流派，并对该派的文学活动、文学观念、创作意识、审美表现、与我国清代文学的关联、在文学史上的性质与地位等问题，进行了深入细致的梳理和研究。1994 年，金柄珉、金宽雄博士合著的《朝鲜文学的发展与中国文学》一书，由延边大学出版社出版。这部著作按纵向的历史线索，系统地描述了中国文学在朝鲜文学发展进程中的影响与作用。全书共分五章：第一章，上古至新罗时期（9 世纪之前），第二章，高丽时期（10-14 世纪），第三、四章，李朝时期（15—19 世纪），第五章，近代和现代（19 世纪至 1945 年）。该书对中朝文学关系的这种纵向的历史考察，正好可以和韦旭昇的《中国文学在朝鲜》的横断面的论述方式相互补充。

1994 年，北京大学出版社又出版了两部关于朝鲜文学的研究著作。一部是李岩（1950— ）的《朝鲜李朝实学派文学观念研究》，一部是朴忠禄（1928— ）的《朝鲜文学论稿》。李岩的《朝鲜李朝实学派文学观念研究》也是一篇博士论文，论文的研究对象——"实学派"是 17—19 世纪中叶朝鲜封建社会末期出现的思想流派兼文学流派，在研究范围上与上述的金柄珉的论著是有所重合的。《朝鲜文学论稿》是一部论文集，共收 22 篇文章，其中有些文章涉及朝鲜文学与佛教文化的关系以及李白、杜甫对朝鲜文学的影响。

金宽雄（1951— ）的《韩国古小说史稿·上卷》（延边大学出版社1998 年）是我国第一部系统地梳理韩国古小说及其与中国文学关系的专门著作。《韩国古小说史稿·上卷》共分三编。第一编"通论"，第二编"汉文小说史"，此两编为上卷。第三编为"韩文小说史"，尚未出版。其中，第一编的"通论"部分，以二百多页的篇幅，细致地论述了韩国古小说中的一系列基本的理论问题，在论述这些问题的时候，又是以中韩文学的比较为基础的，充分体现了作者的理论概括力。例如，在谈到韩国古小说兴起早，但与日本相比发展缓慢的问题时，金宽雄指出：这与韩文的相对晚出有关系，而且在韩国的民族文字"训民正音"诞生后，仍然不能动摇汉字汉文的正统地位，而朝鲜人使用的汉文，又是作为书面语的文言文，习之不易。"长期以来，韩国文人在没有自己的民族文字或在自己的民族文字不够完善的条件下，只能把自己束缚在早已凝固化了的文言形式中，从而大大减损了文学语言的创造力和生命力"，这也是造成汉文小说篇幅普遍较短的原因。而晚近（李朝后期）出现的汉文小说，由于没有汉语文言的制约，有的作品（如《玩月会盟宴》）甚至达到了 180 卷、600 万字的巨大规模，在篇幅上为中国、日本的小说远不能及。"通论"部分还专门有一节论述了韩国古小说与中国文学的关联，以及韩国古小说通过中国文学所受到的印度佛经文学的影响。其中，论及中国的史传文学对韩国古小说的影响时，颇有新意。他指出：司马迁所创立的纪传体史书的叙事模式为韩国古小说提供了不可企及的范本，为此韩国古小说的作者们都有意或无意地仿效它。作者还指出，史传小说之外的杂体传记文学，即"杂传"，特别是杂传中的"假传"，在韩国古小说中数量多，影响大，占重要地位，而在中国文学史上，《毛颖传》之类的假传是一个不起眼的种类，对后世文学的影响也不大。然而，这些假传东渐韩国后反响很大，高丽时期的文人竞相效法，使得高丽时期汉文学中假传迭出，出现了假传文学繁荣的局面，并对后世小说的发展产生了深远的影响。在第二编

"汉文小说史"中，作者先介绍了汉文小说的概况，然后将韩国汉文小说划分为"孕育期""诞生期""发展期""成熟期"共四个时期分章论述。金宽雄的中韩比较文学方面的著作除《韩国古小说史稿·上卷》外，还有《朝鲜古典小说叙述模式研究》（延边大学出版社 1995 年）等，但印数都太少（几百册），搜求不易，限制了在读者中的流传。

在中韩文学关系的研究著作中，值得提到的还有延边大学的崔雄权的《朝鲜朝中期山水田园文学研究》（吉林人民出版社 2000 年）。这是作者的博士论文，对朝鲜朝中期二百多年的山水田园文学做了系统的阐述和研究，其中有一专章分析了陶渊明对朝鲜山水田园文学的影响及朝鲜作家接受这种影响的历史文化的原因。就这个问题论述的深度而言，在其他有关研究著作中是少见的。湖南的陈蒲清的《古代中韩文学关系史略》（湖南人民出版社 1999 年）是一本 12 万字的小册子。作者原本不是韩国文学研究者，也未习韩文。他主要根据中文文献，对中韩文学关系做了清理。作者在"后记"谦称：这只是一本普及性的书，"而难以达到研究的高度"。但在有些方面，还是补充了现有研究中的不足，而具备了自己的特色。特别是在朝鲜神话传说与中国文学的关系研究上，材料较为丰富，论述也较为透彻。

1980 年代以来，有关中朝（韩）研究的论文也陆续见诸报刊。1982年，《文学研究动态》第六期刊载了杨昭全的《中国古代文学对朝鲜文学的影响与交流》一文，同年 5 月，《天津日报》刊登了朱泽等人合写的题为《堂堂笔阵，滚滚谈锋——异国相知的中朝诗人》的文章，可以说是1980 年代中朝（韩）比较文学研究的发端。1980—1990 年代，在中朝（韩）比较文学方面发表论文较多的有韦旭昇（有关论文已收入《韦旭昇文集》第 3 卷）、杨昭全、金宽雄、金柄珉等。刊发有关论文最多的期刊是《延边大学学报》和《东疆学刊》。事实上，这两家刊物已经成为我国中朝（韩）文学比较文学的最重要和影响最大的核心期刊。

第四节 中国与东南亚各国文学关系的研究

中国文学与东南亚各国文学，也有着极为密切的关系。1980 年代以来，我国的中国文学与东南亚文学的关系研究、比较研究，取得了一定的成果。方兴未艾的现代海外华文文学的研究，其重要的一个方面就是东南亚华文文学（主要是所谓"马华文学"）的研究。宽泛地说，这也属于比较文学的研究范围。但由于这种研究只跨了国界，而没有跨越语言和民族，而且有人认为海外的华文文学只是中国文学的分支或支流，所以我们暂不准备将有关东南亚各国华文文学的研究纳入本书评述的范围。

一、中国与东南亚各国文学关系的研究

除现代海外华人文学研究之外的、以中国与东南亚各国文学为中心的比较文学研究，在近 20 年来取得了一定的成绩，尽管数量有限，也还是陆续出现了一些文章和专著。

其中，中越文学比较研究的文章较多，共有十来篇。北京大学教授颜保的《越南文学与中国文化》一文，是我国最早的系统地概述中越文学关系的有分量的论文。文章论述了越南的三个不同历史阶段的文学——汉语文学、字喃文学和文字拉丁化以后的文学——与中国文学的密切关联，并指出：

> 尽管从吴朝独立以来，有些王朝在不同的情况下，曾经采用过不同的措施来争取摆脱中国文化的羁囿，但总是较难冲破这一樊篱。如为了摆脱汉字的束缚，创制了自己的文字——字喃，但组成字喃的基础仍是汉字；创立了自己的诗体——韩律、六八

体、双七六八体诗，但音韵格律仍未超出汉诗的规矩，而作品的内容又多采自中国。到了拉丁化文字产生之后，翻译工作开始了，又是以译介中国作品为主，对一些常用词或成语，竟好多都直接音译，使得越南词汇中的汉语成分更加增多。而最突出的是贯彻着整个越南文学创作进程的思想，一直是从中国传入的儒道并重的精神。①

这些分析和概括都是十分精当的。

1989 年，温祖荫发表了《越南汉诗与中国文化》（《福建师范大学学报》1989 年第 4 期），评述了越南汉诗的发展演变和古今重要诗人的作品，并将越南汉诗分为咏古缅怀诗、神州行旅诗、中越友谊诗、抒怀咏志诗四个方面，指出了它们与中国文化的深刻联系。1992 年，《文史知识》杂志发表了胡文彬的《中国文学名著在越南的流传》，主要谈了《三国演义》《西游记》《水浒传》《聊斋志异》《儒林外史》，特别是《红楼梦》六部名著在越南的翻译、改写和流布情况。同年，《国外文学》杂志发表了钟逢义的《论越南李朝禅诗》，分析了中国的佛教禅宗对越南诗歌的影响。有关的论文还有：国安的《唐代中原与越南文人的友好往来诗》（《印度支那》1986 年第 2 期）、陈黎创的《浅谈〈诗经〉在越南》（《贵州文史丛刊》1995 年第 4 期）、余富兆的《浅谈由中国小说演化而来的越南的喃字文学》（《东南亚论坛》1998 年第 1 期）、蒋春红的《王翠翘的形象与女性命运——兼论〈金云翘传〉在亚洲的传播和影响》（《东方丛刊》1998 年第 3 期）、麻国钧的《中越水傀儡戏漫议》（《戏剧》1998 年第 4 期）、于再照的《论越南汉诗的产生与演变》（《解放军外国语学院学报》1999 年第 5 期）、陈益源的《越南〈金云翘传〉的汉文译本》（《明清小说研究》1999 年第 2 期）等。此外，我国还出版或发表了越南学者

① 颜保：《越南文学与中国文化》，原载《国外文学》1983 年第 1 期。

有关中越文学比较研究的成果。如，1979 年，台湾台北大乘精舍印书会出版了越南释德念（本名胡玄明）博士用汉文撰写的博士论文《中国文学与越南李朝文学之研究》，在研究的系统性、深入性和规模方面，是二十年来少见的，具有重要的学术价值。台湾学者陈益源 2000 年在上海学林出版社出版的《小说与艳情》一书中，作为附录收入了越南学者范秀珠的两篇文章《〈贪欢报〉：在越中文化交流中离了谱的一部书》《〈贪欢报〉与越南汉文性小说》，其资料和观点都有参考价值。

除越南之外的东南亚其他国家，在文化上主要属于印度文化圈的范围，但中国文学在那里也有频繁的传播，它们的文学也或多或少受到中国文学的影响。在这方面，近 20 年来也出现了若干研究成果。

关于中国与缅甸文学的关系，《国外文学》1983 年第 4 期发表了北京大学缅甸语言文学专家李谋、姚秉彦的文章《浅谈中国文学在缅甸》。文章在谈到缅甸传统文学为什么受中国的影响不明显这一问题时认为，这首先与佛教的传播有关，所以它受到了印度文学的很大影响，而缅甸的佛教是小乘佛教，与中国所接受的大乘佛教在体系上不同，所以中缅历代都有政治经济上的频繁的往来，而中国文学影响缅甸却不明显。其次，虽然缅甸的中国侨民不少，但他们文化水平低，并且从事着与文学无关的商业与手工业，所以对中缅文学交流作用不大。关于中泰文学关系，有潘远洋的《泰国文学史上的"中国热"》（《东南亚》1988 年第 1 期）、戚盛中的《中国古代通俗小说在泰国》（《国外文学》1990 年第 1 期）、张兴芳的《泰国文坛的中国文学》（《解放军外语学院学报》1991 年第 3 期）、饶芃子的《中泰文化融合与泰华文学个性》（《暨南学报》1992 年第 1期）等。

关于中国文学与马来西亚、印度尼西亚、新加坡等文学关系的研究，有许友年的小册子《论马来民歌》、王振科的文章《中国现代作家在新马的文学活动》（《海南师范学院学报》1990 年第 2 期）、杨启光的文章《中国武侠作品在印尼》（《文史知识》1992 年第 2 期）等。其中，许友年的《论马来民歌》是我国唯一一部介绍和研究马来民歌（原文称马来班顿）的专门著作。全书共十万字，分上下两编。上编是《马来民歌选译、简介》，共译介包括儿歌、讽喻歌、情歌、生活歌及其他类型的马来民歌二百四十八首。下编是《论马来民歌》，以较多的篇幅论述了马来民歌与中国文化、中国民歌的深刻联系，认为"中国移民在推广和普及马来班顿这种民歌形式方面是立下了汗马功劳的"；指出马来民歌中大量反映了中国的人物、事件和风俗习惯。作者还对马来民歌与中国民歌（包括《诗经》《乐府诗集》和我国南方地区的山歌）的相似性做了分析。全书最后得出了这样的结论：

> 大量的事实证明，马来民歌是接受了中国民歌传统的影响，除了史前马来人种南迁时带去的影响外，主要还是通过后来的中国东南沿海移民，特别是闽南人带过去的。其根据是印度尼西亚语和马来语中吸收的汉语借词，百分之九十以上是闽南方言，而一百多年来对印度尼西亚、新加坡和马来西亚的文学起过广泛和深远影响的华裔文学的作家或翻译家也多为闽南人。印度尼西亚和马来半岛的中国侨民几百年来不仅是马来民歌的热心的即席创作者，而且有不少还是创作马来民歌的里手。上述这一切，毋庸置疑，必然要把中国的文化和民歌传统带到马来民歌中去。①

中国文学与东南亚文学的总体的比较研究专著出现得很晚，而且数量很少。1980年代尚无这方面的专著。1989年国际文化出版公司出版了颜保翻译的法国著名汉学家克劳婷·苏尔梦编选的《中国传统小说在亚洲》一书，虽是译著，但也值得一提。其中选收的16篇由各国学者写的论文中，大部分是以中国传统小说在东南亚的传播与影响为课题的，是一部很

---

①　许友年：《论马来民歌》，福建人民出版社1984年版，第155页。

有用的专题论文集。到了 1990 年代初，当乐黛云教授等在主编《中国文学在国外》丛书的时候，曾将《中国文学在越南》和《中国文学在东南亚》两种著作列入出版计划，但最终都没有在本套丛书中问世。直到1999 年，暨南大学饶芃子教授主编的《中国文学在东南亚》一书才由暨南大学出版社出版，成为我国出版的第一种有关领域的专门著作。全书共分四章。第一章"中国文学在越南"，由林明华执笔，第二章"中国文学在泰国"，由王棉长执笔，第三章"中国文学在新马"，由黄松赞、莫嘉丽执笔，第四章"中国文学在菲律宾"，由王列耀执笔。该书较为系统扼要地评述了从古至今中国文学在东南亚主要国家的传播和影响情况。饶芃子在该书的前言中坦言："一些国家的这方面资料目前还很难掌握。在本书中，我们只就与中国文学交往较深的越南、泰国、马来西亚、新加坡和菲律宾等几个国家做尝试性的探索。"尽管论及的范围并不周全，但作者们毕竟是做出了相当大的努力。前三章写得比较翔实，第四章虽较简略，但有关中国文学在菲律宾传播的问题，此前基本上没有人做过认真的研究，该书列出专章讲述，填补了一个空白。

1999 年，云南大学出版社出版了傅光宇的《云南民族文学与东南亚》一书。这也是近百年来我国出版的以中国某一地区（省份）的文学与东南亚各国的交流关系为课题的唯一的专门著作。我国云南省与东南亚各国山水相连，同一民族跨境而居的现象很普遍，相互交往的历史也相当悠久，而且也是华夏文化与印度文化的重要交会地带，在民族文化上有着千丝万缕的联系，因此，这个课题的研究作为中国文化与东南亚各国文化关系研究的一个重要组成部分，有着重要的学术价值。该书主要研究云南与东南亚地区在文学上的相互传播和相互影响的关系。全书分八章从纵的历史的角度梳理了云南与东南亚的历史文化的交往，又从横向的静态的角度分析了有关神话传说、民间故事，如郑和的传说在东南亚、源于缅甸的阿銮故事、诸葛亮南征传说在缅甸的流传、印度大黑天神话在云南大理地区的演变等，分析了它们的源流、移植、传播、变异和融会的情况。作者所使用的主要材料是民族民间文学，包括神话传说和民间故事。原始材料十分庞杂，但现已整理出版的材料数量有限，作者所依据的材料主要是已整理出版的材料，因此许多章节运用的材料显然只是举例式的。这也表明了该领域的研究有较大的开拓空间。

　　2000 年，梁立基（1927— ）和李谋（1935— ）两教授主编的《世界四大文化与东南亚文学》，作为《东方文化集成》丛书中的一种，由北京经济日报出版社出版。这部著作是国家哲学社会科学"九五"规划重点项目，由北京大学东语系与中国社会科学院的有关越南文学、印尼文学、泰国文学、缅甸文学的专家组成课题组，执笔者有梁立基、李谋、姚秉彦、张玉安、卢蔚秋、栾文华、林琼。《世界四大文化与东南亚文学》分四章分别论述世界四大文化体系——中国文化、印度文化、伊斯兰文化、西方文化——与东南亚文学的关系，该书选题角度新颖，将东南亚文学作为一个整体，将世界四大文化体系与东南亚文学的关系作为研究的切入点，把文学的研究与文化的研究结合在一起，是一个典型的跨多国、跨地区、跨多语种、跨学科的综合性比较文学研究。论题大而不泛，广而不散。该书描绘了这四大文化体系在东南亚文学中彼此消长的过程，并分析了其中的内在原因。如作者指出：中国与东南亚各国的交往最早，中国文化对东南亚各国影响也最早，但这种影响主要是在政治、经济的层面上（越南除外），中国文化的非宗教性所留下的影响空白，就由印度的宗教文化，包括佛教和印度教文化来填充了。因此，除越南外，中国文学在东南亚的影响，没有印度那样大。关于伊斯兰教产生很晚却能够在东南亚扩大势力的问题，作者也做出了令人信服的分析。在书中，作者们有选择地使用了由他们执笔的、已经出版的有关著作——如季羡林主编的《东方文学史》、栾文华主编的《现代东方文学史》——中的材料和观点，同时从比较文学的角度，又提供了许多新的材料和观点。如中国神话、印度神话对东南亚神话的影响，此前的有关论述很少，而在此书中论述则较为翔实；在论述印度的《佛本生经故事》的影响的时候，又列专章介绍了原形成于泰国清迈的模仿《佛本生经》而又有强烈东南亚文化特色的《清迈五十本生经故事》在东南亚各国的影响；就印尼爪哇古典文学中的历史传奇"班基故事"对整个东南亚地区的影响，也做了详细的描述。总之，《世界四大文化与东南亚文学》是代表我国东南亚文学及东南亚比较文学研究高水平的成果。

二、中国与中东地区各国文学关系的研究

1980—1990 年代，关于我国与中东各国文学的比较研究的文章，有三十余篇。这些文章可以分为如下几类。

第一，研究中国文学与古代波斯（伊朗）文学的关系。如张鸿年的《波斯文学在中国》（《国外文学》1982 年第 2–4 期）是我国第一篇研究波斯文学在中国传播情况的论文。孟昭毅教授的《中伊文学交流断想》（《国外文学》1991 年第 1 期）在中伊文化交流的大背景下，初步描述了从汉代起就已发生的中伊文化与文学交流的大体历程。王燕的《中伊创生神话比较》（《外国文学评论》1992 年第 4 期）是我国第一篇中伊神话的专题比较论文。郎樱的《波斯神话及其在新疆的传播》（《新疆大学学报》1988 年第 2 期）指出：我国新疆各民族人民对波斯古代神话传说很熟悉，"波斯神话几乎在新疆民间文学的各类体裁——神话、史诗、叙事诗、民间故事中都留下了自己的足迹"。潘庆舲的《菲尔多西在中国》（《国外文学》1992 年第 2 期）是作者在 1990 年 12 月德黑兰纪念菲尔多西《王书》竣稿一千周年大会上宣读的论文，介绍了波斯古代诗人菲尔多西及其作品在中国的译介与传播情况。马平的《萨迪的〈古洛斯坦〉与中国回族穆斯林伦理道德》（《回族研究》1999 年第 4 期），从文学与伦理学的关系角度，论述萨迪的《古洛斯坦》（现统译《蔷薇园》）对我国回族的伦理道德观念的影响。黎跃进的《东方理智文学春与秋——波斯古典诗歌中的人生哲理格言与中国的〈增广贤文〉比较》，从"理智文化"的角度，对中国和波斯文学的共通性做了比较分析。

第二，阿拉伯文学与中国文学的比较研究。其中，《一千零一夜》与中国文学的关系以及在中国的传播和影响等问题，最为研究者所重视。这方面的论文已有十几篇。如刘守华《〈一千零一夜〉与中国民间故事》（《外国文学研究》1981年第4期）举出了我国的唐人传奇与藏族、维吾尔族民间故事中与《一千零一夜》故事的相似的故事类型，并以此论证了我国与阿拉伯文化交流的悠久历史。郅溥浩的《〈一千零一夜〉与中国文学》（《阿拉伯世界》1986年第2期）举出了更多的与《一千零一夜》相似的故事情节类型；他的《神话与现实——〈一千零一夜〉论》（社会科学文献出版社1997年）则是我国第一部深入研究《一千零一夜》的专门著作。还有几篇文章从译介学、翻译文学史的角度对我国译介《一千零一夜》的历史做了回顾、整理和分析。如晋辉的《中世纪阿拉伯文学在中国的介绍和影响》（《阿拉伯世界》1985年第1期），李长林的《清末中国对〈一千零一夜〉的译介》（《国外文学》1998年第4期）、盖双的《天方夜谭知多少——写在〈一千零一夜〉汉译一百周年之际》（《阿拉伯世界》2000年第1-2期）等。尤其是盖双的文章，以其《一千零一夜》版本收藏家的见识，以大量第一手材料，从图书版本学、文献学、译介学等各种角度，论述了我国译介《一千零一夜》的历史，对各个译本做了判断和分析，对翻译家纳训先生在《一千零一夜》翻译中做出的开创性的贡献给予了高度评价，也对有些译本的涉嫌剽窃或变相剽窃提出了批评，是一篇中阿文学比较研究的难得的好文章。还有的文章对《一千零一夜》与中国文学的有关作品做了有意义的平行研究，如葛铁鹰的《无独有偶、妙趣天成——〈一千零一夜〉与中国章回体小说比较》（《国外文学》1997年第1期）、林丰民的《〈一千零一夜〉的魔幻现实主义观照》等。后者对拉丁美洲魔幻现实主义作家加西亚·马尔克斯、博尔赫斯所受《一千零一夜》的影响，做了分析研究。

第三，中国与中东各国现代文学的比较研究。这方面的文章大都集中在"旅美派"作家纪伯伦与中国文学的关系研究方面。早在1920年代，我国就开始译介纪伯伦的《先知》等作品，纪伯伦的作品对中国现代文学产生了一定的影响。到 1990 年代，我国出版了三种版本的《纪伯伦全集》。这些都为中阿比较文学提供了研究课题。这方面重要的文章有马瑞瑜的《阿拉伯旅美派文学与海外华人文学比较》（《阿拉伯世界》1991 年第 4 期）、凤鸣（林丰民）的《纪伯伦和闻一多的创作主旋律——爱、美与死》（《国外文学》1993 年第 3 期）、郅溥浩的《纪伯伦作品中的"狂"及其内涵的延伸与演变——兼与鲁迅〈狂人日记〉比较》（《国外文学》1994 年第 1 期）、瞿光辉的《纪伯伦作品在中国》（《温州师范学院学报》1996 年第 1 期）等。

总体看来，中国文学与中东文学的比较研究还处于起步状态。文章不多，也没有专门著作。这个领域的研究还有待于今后展开和深化。

第六章　最后二十年中国与欧洲各国
文学关系的研究

中国与欧洲各国文化与文学的关系，具有较为悠久的历史传统。从文艺复兴一直到 17 世纪，欧洲人对中国怀有乌托邦式的憧憬之情，中国文化与文学在欧洲有所传播。18 世纪以后，随着中西文化实力的消长变化，欧洲人及欧洲文学中的中国观及中国形象也有所改变。到了 19 世纪中期之后，欧洲文学开始大规模输入并影响中国。中国与欧洲文学关系的研究，是中西比较文学研究的主要方面。20 世纪最后二十年间中国比较文学学者的有关研究，从不同侧面发掘并系统呈现了中国与俄国、英国、法国、德国等欧洲各国文学关系的面貌，并在比较中得出了许多有价值的见解、观点和结论。

第一节　中俄文学关系研究

一、中俄文学关系的总体研究

自从 1900 年中国开始接受俄罗斯文学起，到 2000 年的整整一百年间，俄罗斯文学在中国的翻译数量在全部外国文学中占第一位，我国报刊上发表的有关俄罗斯文学的研究与评介文章，在我国全部的有关外国文学的文章中也占第一位。俄罗斯文学对 20 世纪中国文学思潮、运动、文学观念和作家的创作、评论家的批评等各方面，都产生了巨大的影响。中俄文学关系的研究，也主要表现为中国现代文学对俄罗斯文学的接受研究。

对中俄文学关系进行系统的总体研究，开始于戈宝权。他的研究开始于 1950 年代，到 1980 年代末，他在各种学术期刊或书籍中发表了二十多篇有关中俄文学关系史研究的文章。1992 年，这些文章连同中外文学关系的其他研究文章，收在《中外文学因缘——戈宝权比较文学论文集》中，由北京出版社出版。论文集中的第一部分——"中俄文字之交"部分又分三组，第一组是"俄国作家与中国"，其中谈到了普希金、屠格涅夫、冈察洛夫、托尔斯泰、契诃夫、高尔基、马雅可夫斯基、绥拉菲摩维支等九位作家与中国的关联。第二组是"俄国文学作品在中国"，分别以作家作品为中心，系统而有重点、以点代面地清理了 20 世纪俄国文学作品在中国的传播和影响的历史轨迹。第三组"中国的俄国和苏联文学翻译家及研究家"，介绍了瞿秋白、鲁迅、耿济之等对俄苏文学的翻译与研究做出的历史贡献。其中大部分文章发表于 1950—1960 年代，一部分文章发表于 1980 年代。戈宝权作为一个有突出成绩的俄苏文学翻译家，非常熟悉俄罗斯作家作品，许多珍贵的材料是他在翻译某作家作品时发现的。例如，在《托尔斯泰和中国》一文中，戈宝权谈了自己在研究托尔斯泰与中国之关系、中国译介托尔斯泰的历史方面的新发现。他指出了托尔斯泰如何钻研过中国古代哲学家老子、孔子、孟子的著作。他还考证出了与托尔斯泰通信的两个中国人中除了辜鸿铭为人所熟知之外，另一个究竟是何许人。长期以来，人们根据俄文译音，有的判断为"钱玄同"，有的判断为"张之洞"，而戈宝权根据自己深入托尔斯泰博物馆中所发现的原信复印件以及有关的史料，考证出这个人是"张庆桐"，并介绍了张庆桐的生平。戈宝权还第一次描述了中国译介托尔斯泰的历史，指出 1900

年上海广学会出版的从英文译出的《俄国政俗通考》中的一段文字是最早介绍托尔斯泰的中文文字，指出我国出版的最早的托尔斯泰作品的单行本是 1907 年香港礼贤会出版的《托氏宗教小说》。戈宝权作为一位中俄文学交流的实施者和见证者，他在谈论和研究中俄文学关系的时候，能够将自己的亲身经历和个人体验融入研究中，将个人的历史经验与历史文献很好地结合在一起、统一在一起。这是他的中俄文学关系研究的突出特点之一。他研究的另一个特色，就是从翻译文学史的角度，对中俄文学关系进行系统的研究。他虽然没有明确提出"翻译文学史"的概念，但他的研究已经包含了翻译文学史研究所应包含的基本要素——原作家、原作品、译作、翻译家、读者等，为今天我们翻译文学史的研究提供了值得借鉴的经验。戈宝权的文章采用的是严格的传播研究方法，注重史料的挖掘、考证和梳理，注重以事实说话，文风朴实严谨，决无空论。当代中国学界，许多人把"理论"理解为抽象的宏论、形而上的思辨，甚至是超越史料与事实的玄言空言。而实际上，戈宝权这样的研究才是得"理论"之真义——把研究对象讲清楚，展示历史的真面目，这本身就是"理论"。

1990 年代初我国中俄文学比较研究的另一个重要成果是倪蕊琴主编、陈建华副主编的《论中苏文学的发展进程》（华东师范大学出版社 1991 年）。跟上述戈宝权的研究一样，这部著作也采用了将系列论文编辑成书的方式。但戈宝权在中俄文学关系的研究中所采用的是从事实与文献出发的传播研究的实证方法，而《论中苏文学的发展进程》则是以传播研究为主、平行研究为辅。其中，倪蕊琴写的《中苏文学发展进程比较（1917—1986）》一文作为全书的"绪论"冠于卷首。也是全书中提纲挈领的一篇重要文章。她分析研究的重心是新中国成立后的中苏文学关系。她勾勒出了"中苏当代文学的发展进程及其颇有戏剧性的文学关系"，即发展进程的阶段性对应的关系。从中国文学的角度看，这种对应关系分为三个阶段，即 50 年代的接受时期、1960—1970 年代的排斥时期，1980 年

代的选择时期。其中，1950 年代中苏文学是同期对应关系，1960—1970
年代大体是逆向对应关系，1980 年代基本是错位对应关系。这样的勾勒
和概括相当洗练地呈现了中苏当代文学发展的基本对应规律。全书正文
18 篇文章共分为五个部分。这些文章试图对中苏文学的发展进程进行历
时的、纵向的比较研究，这在选题上是很有意义的；在一些问题的研究，
特别是在中苏当代文学发展的对应性研究上具有开拓意义。但同时，对这
个课题的研究显然只是初步的，有的还停留在现象描述的层面上，理论上
的更深入的分析仍有较大的余地。书中只有六篇文章是属于比较研究的文
章，第四、五部分的全部文章和第二、三部分的有些文章是单纯论述苏联
文学问题的文章，这些文章固然有助于读者对苏联文学的深入了解，但却
与中苏文学的"比较研究"的大论题相对游离。

　　与《论中苏文学的发展进程》几乎同时出版的《俄国文学与中国》
（华东师范大学出版社 1991 年），再次体现出了华东师范大学中文系在俄
苏文学研究方面的实力。这部书是由王智量教授主编的系列论文集。执笔
者除王智量外，还有夏中义、王圣思、汪介之和王智量的研究生王璞、王
志耕、刘文荣、戴耘和李定。研究的范围是 19 世纪俄罗斯文学与 20 世纪
中国文学的关系，尤其是俄罗斯文学在中国的传播、影响与中国文学的接
受，重点是俄罗斯文学史上的经典作家果戈理、屠格涅夫、陀思妥耶夫斯
基、列夫·托尔斯泰、契诃夫、高尔基及文学评论家别林斯基、车尔尼雪
夫斯基、杜勃罗留波夫对中国作家的影响，还有对中国翻译俄国文学的历
史的总结。对于俄罗斯这些经典作家与中国文学的关系的研究，此前已有
许多论文发表，在此基础上使研究有些新意，有所深化，并不是一件容易
的事。但《俄国文学与中国》一书中的大部分文章，在切入的角度、论
述的方式乃至结论的概括方面，都具有明确的出新意识，并在不少方面有
所突破。例如，王志耕在"果戈理与中国"一章中认为，"果戈理在写黑
暗方面给了中国作家三方面的启示：写人物身上的黑暗，写人物眼中的黑
暗，写人物心中的黑暗"；戴耘在"屠格涅夫与中国"一章引用了国外批

评家对屠格涅夫创作特点的评价，即认为屠格涅夫在艺术上的独创性和独特性就是他的"诗意的现实主义"，他对中国文学的影响也主要体现在这一方面。王圣思在"陀思妥耶夫斯基与中国"一章中分析了中国在陀思妥耶夫斯基小说接受上的特点，指出中国现代文学主要看重的是陀思妥耶夫斯基对小人物、对被侮辱与被损害者的描写，而对陀氏的另外的方面，如双重人格、地下人、偶合家庭、宗教关怀等主题，则不甚关注。王璞在"契诃夫与中国"一章中谈到契诃夫的戏剧对中国现代戏剧的影响时认为，契诃夫戏剧的特点是情节的淡化和抒情的氛围，即"非戏剧化倾向"。这种倾向深刻而持久地影响了中国现代戏剧的创作。曹禺、夏衍和老舍的作品中都有这种影响的印记。夏中义在"别林斯基、车尔尼雪夫斯基、杜勃罗留波夫与中国"一章中，将俄罗斯三大批评家对中国文艺理论的影响做了综合的研究考察，认为在整个西方美学史上，能在政治与艺术两方面皆投中国文坛所好者，非别、车、杜莫属。这是别、车、杜能够长期成为在中国"享受美学豁免权的唯一的非马克思主义的西方学派"的原因。但是，这种对别、车、杜文艺思想的膜拜，却带有强烈的政治实用色彩，从而将他们的完整统一的文艺思想割裂了。李定的"俄国文学翻译在中国"一章，对中国的俄罗斯文学的翻译情况做了较为系统全面的收集、整理和分析，并列出了"汉译俄国文学作品出版数量变化表"等多种表格，用严格的科学统计学的方法，展示并分析了 1903—1987 年的 85 年间，中国翻译出版俄国文学的数量、文体种类、版本、选题变化等多方面的情况。搞清和掌握这些情况是研究中俄文学关系的基础，但是长期以来我国学术界流行着一波一波的"理论"热潮，习惯于空泛的议论，而对文献资料、学科史实的研究却比较冷漠，对包括俄国文学在内的外国文学翻译的基本情况缺乏认真系统的清理与研究。因此，李定的研究不仅填补了我国俄罗斯文学翻译研究的一个空白，而且为今后更为翔实的中国的俄罗斯文学翻译史研究打下了基础。

汪介之（1952— ）的《选择与失落——中俄文学关系的文化透视》

（江苏文艺出版社 1995 年）是一部从文化视角研究中俄文学关系的专著，也是我国出版的第一部由个人著述的系统的中俄文学比较研究的专著。全书共分六章，分别从不同侧面论述了中俄文学关系中的若干基本问题。全书最富有新意的是第四章从"忏悔意识""思辨色彩"的角度对中俄文学所做的比较。作者指出，由于东正教的影响，忏悔意识作为一种"集体无意识"已经积淀于俄罗斯民族的文化心理结构中，成为俄罗斯人精神生活中的一个重要特点，也成为俄罗斯文学的一个基本特点，这主要表现为作家的自我反省、自我批判和自我分析。但俄罗斯文学的忏悔意识并未被中国作家所理解、所接受，中国现代文学中不乏基于个人与环境冲突的社会批判意识和从政治角度展开的"知识者自我批判"，却难以见到从宗教信仰出发的具有深刻忏悔精神的作家。这是十分正确的见解。作者同时认为在这方面"也许只有鲁迅、巴金等人是少有的例外"。但严格说来，鲁迅、巴金恐怕也不是"例外"。他们的"忏悔"和俄罗斯作家的"忏悔"根本上是不同的。作者还指出："浓烈的思辨色彩"是俄罗斯文学的一大特色，而"在中国现代文学中，达到一定哲理深度的作品却颇为有限""除了鲁迅等少数杰出作家之外，现代作家一般尚未达到对历史生活、社会图像、人性表现、社会价值做出带哲理性的分析与把握的高度。这既为中国文化历史传统所决定，又为现代中国的现实情势所制约"。这显然也是十分有价值的见解。实际上，在鲁迅等中国现代作家的作品中也有"哲理"，有时也相当"深刻"，但那常常是社会学意义上的深刻，而不是俄罗斯文学中常见的那种宗教的、哲学思辨的、形而上的抽象层面的深刻。作者还指出，中国文学在认识和接受俄罗斯文学的过程中，有不少片面性，出现了一些有意无意的忽略和失落。这主要表现为中国作家看重的是俄罗斯作家的社会批判，却忽略了俄罗斯作家对俄罗斯国民性、民族心态所做的描写、反思与批判；同样的，我们对别林斯基等俄罗斯批评家，看重的是他们的"社会—历史批评"，却忽略了他们的美学批评。第五章"一位文学巨人在中国的命运"，也集中体现了作者的研究功力。作者在此前曾出版了《俄罗斯命运的回声——高尔基的思想与艺术探索》（漓江出版社 1993 年）一书，对高尔基的思想与艺术提出了许多独到的见解。在这一章里，汪介之指出："中国人心目中的高尔基，却多少是中国人自己描画的。我们的文学观念、文学研究曾被各种'理论'所左右，包括被庸俗社会学控制过一个长时期。正是这种'社会学'使高尔基受到损害并发生'形变'，使作家的完整面貌不为一般读者所知，这就为一些人曲解甚至贬低高尔基提供了'证据'。"作者回顾和分析了中国翻译、介绍、评论和研究高尔基的历史，指出了"左"的政治化、功利化倾向和庸俗社会学理论对高尔基的曲解和贬损。

汪剑钊的专著《中俄文字之交》（漓江出版社 1999 年）和上述汪介之的著作一样，也是一部中俄文学比较研究的专题著作。作者选取了中俄文学关系中的一些基本问题作为论述对象。其中，关于五四文学与俄罗斯文学中的人道主义问题以及"拉普"与中国 1930 年代左翼文学运动问题、"新写实主义"与"社会主义现实主义"问题、契诃夫、屠格涅夫、陀思妥耶夫斯基的创作对中国文学的影响问题、托尔斯泰与中国古代哲学思想问题等，作为中俄文学关系中的重点问题，此前不少文章和著作多有论及，在这些问题上，汪著似无多大突破。但也有部分章节是有新意的，如"中国的'青春型写作'与肖洛霍夫和尼·奥斯特洛夫斯基"一章，对 50 年代周立波的《暴风骤雨》等反映土地改革运动的小说与肖洛霍夫的《被开垦的处女地》等作品，对王蒙的《青春万岁》与奥斯特洛夫斯基《钢铁是怎样炼成的》、杨沫的《青春之歌》与车尔尼雪夫斯基的《怎么办》之间的关联，做了比较论述。此外，作者对马雅可夫斯基的诗歌对中国政治抒情诗的影响也做了令人感兴趣的分析。

中俄文学关系史研究的深化，必然要求更为系统翔实的中俄文学关系史方面的著作的出现。华东师范大学中文系陈建华（1947—）的《二十世纪中俄文学关系》作为我国第一部中俄文学关系史的专门著作，填补了这方面的空白。此前的有关著作都是论文集或专题性的著作，而陈建华的这部书，却是一部"史书"，而且是一部"通史"。在 20 世纪即将结束的时候，出现这么一部中俄文学关系史的总结性的著作，是非常必要的。写好这样一部书，需要作者有史家的胸怀和见识，需要掌握丰富的历史资料，需要对资料加以鉴别、筛选、整理分析和正确的运用。作者显然具备了这些条件。全书以中国文学为本位，站在"20 世纪中国文学"的立场上，全面系统地描述了中国文学与俄苏文学关系的百年历程。作者将中俄文学关系史划分为八个历史时期，分八章加以论述。第一章将清末民初时期的中俄文学关系作为中俄文学关系的发端时期。第二章评述了五四时期中国的"俄罗斯文学热"，包括中国文坛对俄罗斯文学的翻译、评价与研究。第三章分析了 1920 年代后期至 1930 年代苏联早期文学思想与中国的无产阶级文学运动——主要是"普罗文学"时期与"左联"时期俄苏文学政策与理论对中国无产阶级文学运动的影响。第四章是抗日战争与国共内战时期的中国文学与俄苏文学。第五章是 1950 年代俄苏文学，特别是苏联共产党的文艺方针政策和文艺思想在中国的影响和反响。第六章是 1960—1970 年代中苏两国出现严重对峙时期的文学关系，作者称这段时期为"冰封期"。第七章是 1970 年代末至 1980 年代中国改革开放时期俄苏文学译介的恢复，并分析了这一时期中国的"伤痕文学"与苏联 1950 年代中期的"解冻文学"的"错位对应"现象。第八章是 1990 年代的中俄文学关系。这八个时期的划分清楚地展示了中俄文学的密切关联、双方关系的复杂与曲折、俄苏文学对中国的深刻影响、中国文学对俄苏文学的认同、选择与取舍。全书史料丰富，剪裁得当，论说准确，评骘到位。作者在研究中主要采用了比较文学的"传播研究"的方法，即以俄苏文学在中国的译介与传播为主线，以评述和分析史实为中心。不过另一方面，对作品文本的影响分析则难以展开。"文学关系史"这种著作形式的特点和长处在这里，而它的局限性似乎也在这里。

上述的中俄文学关系的总体研究，都有一个共同特点，即着眼于俄苏文学对中国的影响，或中国文学对俄苏文学的接受。无疑，这是 20 世纪中俄文学关系中的主流。但是，中俄文学关系终究还不是单向的关系，而是双向互动的关系。俄罗斯对中国文学的翻译研究，也是中俄文学关系中的重要方面，只是我们对这个方面介绍和研究还很少，中国一般读者对此知之甚少。1990年，北京大学李明滨（1933— ）的《中国文学在俄苏》由广州花城出版社作为《中国文学在国外》丛书之一种出版，作为我国第一部综合介绍中国文学在俄苏的著作，填补了中俄文学关系研究中的一个重大的空白。作者在"前言"中指出：本书的"目的有二，第一是全面系统地介绍中国文学在俄苏的历史现状，前两章即为这方面的内容。第二是评价俄苏对中国文学的研究成果和方法，由后十章来完成此任务。其中第三、四章是综合研究方面的成果，随后的八章大体按中国文学史的发展脉络安排，从神话开始，至现代文学结束，按每一时期逐一介绍"。李明滨的这部书将俄苏对中国文学的翻译与研究作为"俄苏汉学"的一个重要组成部分，分析了俄国汉学在18世纪兴起的原因，评述了不同历史时期不同的汉学家对中国文学翻译与研究所做的工作及其特点。书后的三种附录《苏联中国文学研究论著》《苏联中国文学译作》《俄苏汉学家简介》更显示了作者扎实的文献功底。值得提到的是，在《中国文学在俄苏》出版三年后，李明滨又写出了《中国文化在俄罗斯》（新华出版社1993年）一书，论述范围和研究对象与上书虽然互有重合，但也有所扩大和深化。总之，李明滨的研究大大拓展了中国文学的存在空间，不仅对于中俄比较文学研究，而且对于中国文学的研究都有重要参考价值。

二、中俄作家作品的比较研究

在中俄作家作品的个案研究中，首要的是鲁迅与俄苏作家的比较研究。1980—1990年代的二十年间，我国学术期刊上共发表相关文章约六百五十篇。涉及最多的是鲁迅的《狂人日记》与果戈理的《狂人日记》的比较研究，鲁迅小说与陀思妥耶夫斯基的比较研究等。其中，最引人注目的是80年代初以后的几年间王富仁（1941—2017）在《文学评论》

《鲁迅研究》上发表的有关鲁迅与俄罗斯经典作家比较研究的几篇论文。
1983 年 10 月，这些论文作为一份完整的成果结集为《鲁迅前期小说与俄
罗斯文学》一书，由陕西人民出版社作为《鲁迅研究丛书》之一出版。
该书共有六章，第一章是总论，第二章至第五章分别论述了鲁迅前期小说
与果戈理、契诃夫、安特莱夫、阿尔志跋绥夫创作之间的关系，第六章尾
论论述了俄罗斯文学的影响与鲁迅前期小说的民族性与独创性。这部书所
涉及的问题，此前或多或少都有人涉及过。但王富仁的研究在研究的角
度、深度上，显示了前所未有的新颖与深刻。作为作者的第一部学术著
作，该书标志着王富仁在鲁迅研究领域迈出了坚实的一步，也初步奠定了
王富仁在鲁迅研究和比较文学研究中的学术地位。鲁迅与外国文学，特别
是与俄罗斯文学的关系，是一个非常复杂的课题。一方面，大量史实表明
鲁迅接受了俄罗斯文学的很大影响；另一方面，鲁迅的创作又具有鲜明的
民族特色和创作个性。因此，鲁迅与包括俄罗斯文学在内的外国文学的关
系研究，就不是简单的文学传播与文学接受的问题，而是关涉到影响与超
影响、影响与独创的复杂的艺术创作奥秘。在王富仁的这部书出版之前乃
至此后，有些文章简单地寻找和罗列鲁迅作品中与俄罗斯某作家作品的相
似点，因而流于皮相。王富仁的这部书在比较文学研究方法方面，表现出
了相当程度的成熟与老练。他在"总论"一章末尾谈到本书的研究方法
时指出："我们所使用的'影响'一词，不仅指直接的、外部的、形式的
借用与采取，更重要的是鲁迅在自己的创作中有机融化了俄国作家的创作
经验。"又说："我们的目的是在彼此大致相近的艺术特色中，来体会和
揣摩俄国文学影响的存在，而不是指出哪些或哪部分作品单纯地反映了俄
国作家的影响。所以，我们只是在'不确定性'中去把握'确定性'的
因素，在'相对'性中去寻找'绝对'，这样才能不使我们的工作仅仅局
限在史料的钩沉和枝节的攀比上。"在研究中，作者既没有忽视，也没有
停留在鲁迅与俄罗斯文学的外部的、显而易见的相似与联系，而是更重视
他们之间本质的、内在的、深刻的联系。在"总论"中，作者概括了鲁

迅前期小说与俄罗斯文学在三个方面的共同特征和内在联系：第一，"清醒的现实主义精神、广阔的社会内容、社会暴露的主题"；第二，"强烈爱国主义激情的贯注、与社会解放运动的紧密联系、执著而痛苦的追求精神"；第三，"博大的人道主义感情、深厚诚挚的爱人民、农民和其他'小人物'的艺术题材"。这些概括不但是作者比较研究的基础，也是全书的理论总纲。在鲁迅与具体的俄国作家作品的比较研究中，作者由现象到本质，由相似到相异，逐层分析，层层推进，指出了两者之间的同中之异或异中之同，揭示出鲁迅如何将俄罗斯文学的营养吸收到自己的创作中。例如，在"鲁迅前期小说与安特莱夫"一节中，作者在对有关具体作家作了深入的比较分析后指出："鲁迅把安特莱夫作品中象征主义表现手法做了现实主义的创造性改造，有机地融会到了自己的现实主义作品中。它既没有破坏鲁迅小说的现实主义格调，又大大扩展了作品的主题意义，增强了现实主义的概括力量。"王富仁在鲁迅与俄罗斯文学的比较研究中表现出的成熟的、行之有效的比较文学研究方法，在我国的比较文学学科理论尚处在酝酿和胎动时期的 80 年代初，是十分难能可贵的，直到今天仍不减其方法论的意义。这再次说明，比较文学的学科理论，特别是方法论，必须从已有的具体的研究实践中加以提炼和总结，而不能生吞活剥西洋枣。

1980 以来，已有数篇文章探讨鲁迅的创作与陀思妥耶夫斯基的关系。其中，李春林在这个问题上的研究最为集中。从 1984 年起，他在《天津社会科学》等期刊上，陆续发表了几篇鲁迅与陀思妥耶夫斯基比较研究的文章。1986 年，安徽文艺出版社出版了他的《鲁迅与陀思妥耶夫斯基》一书，集中体现了李春林在这个课题上所付出的努力。鲁迅与陀思妥耶夫斯基，两者之间的事实联系并不多。两人在创作上和艺术趣味上存在根本的差异。把这两个根本上不同的作家拿来进行比较研究，是一个困难的、棘手的、不易做好的课题。该书第一章"陀思妥耶夫斯基是鲁迅曾借鉴过的著名俄国作家之一"，交代了鲁迅与陀思妥耶夫斯基创作上的联系。

认为鲁迅的《狂人日记》受到了陀思妥耶夫斯基的《一个荒唐的人的梦》的影响，《伤逝》受到了《淑女》的影响。可惜论证过程失于简略。以下几章，从两个作家在各自文学史上的贡献与地位，对下层人们苦难的描写、对人的灵魂的审问、对人的解放道路的探索三个方面展开比较。这实际上属于鲁迅与陀思妥耶夫斯基的平行研究。作者探讨了鲁迅与陀思妥耶夫斯基在这些方面的同与异，这对于进一步认识两位作家的创作特色不无助益。但是，即使对两个作家进行孤立的评论与研究——不做比较研究——似乎也可以得出那样的结论。这种情况表明，"可比性"问题是这种比较研究是否成立的关键问题。另外，作者在对鲁迅与陀思妥耶夫斯基的比较中，似乎预设了一个既定的目的——弘扬鲁迅，因此在行文中处处注意说明：鲁迅虽然在不少方面受到陀思妥耶夫斯基的启发和影响，但他几乎在一切方面都高于陀思妥耶夫斯基。这种结论及其包含着的思维定势是 1980 年代初中国的政治、时代的大气候的必然反映，也是鲁迅比较研究中长期通行的不证自明的理论前提。比较文学不是高低优劣的比较，而应是相互作用规律性的揭示和各自创作特色的凸显。价值判断的标准既应是历史的，也应是美学的。《鲁迅与陀思妥耶夫斯基》一书在对鲁迅与陀思妥耶夫斯基进行价值判断的时候，主要的标准是政治的标准，主要的尺度是共产主义的和马克思主义的。因此，就导致了作者在比较中简单化地否定了陀思妥耶夫斯基作品中的宗教倾向，而忽视了宗教情绪对陀思妥耶夫斯基创作的深度化、深刻化中的巨大作用。实际上，恰恰是宗教情结，使陀思妥耶夫斯基、托尔斯泰等为代表的俄罗斯文学具备了深厚的人道主义胸怀、浓重的道德反省和自我忏悔意识，并由此形成了俄罗斯文学最根本的民族风格。

鲁迅的文艺思想与俄苏文学理论之间的关系，历来是鲁迅比较研究中较为受人重视的领域。张直心的《比较视野中的鲁迅文艺思想》（云南大学出版社 1997 年）较有代表性。这本专著是在硕士论文《鲁迅文艺思想与苏联早期文艺思想》的基础上改写扩充而成的，研究的对象主要还是鲁迅与俄苏文艺思想——主要包括普烈汉诺夫、卢那察尔斯基、托洛斯基等人及"拉普"的文艺思想之间的关系,鲁迅如何借鉴、消化俄苏文艺思想从而建立自己的文艺观念。作者指出:"苏俄文艺思想是一种特别重视文学与社会的联系的思想类型",这非常切合鲁迅的接受取向。作者指出,鲁迅的现实主义创作思想中的对主观性因素的重视受到了卢那察尔斯基的启发,而与普烈汉诺夫主张的"像物理学那么客观"的现实主义有所不同;鲁迅受托洛斯基关于无产阶级在革命过程中不可能产生无产阶级文学的观点的启发,对"突变式"的无产阶级文学与文学家表示怀疑和否定。鲁迅在接受和借鉴苏俄文艺理论时有所选择和改造,而不同于同时期瞿秋白、太阳社、后期创造社对苏联理论模式的简单移入。作者还认为,虽然鲁迅在《二心集》里的文章中认同了苏俄文论的严密逻辑和非此即彼的明快的价值判断,但鲁迅晚年的批评文章却显示了注重个人体验的"诗性含混"的文体;认为鲁迅的文艺思想虽然没有形成苏联理论那样的体系性,而以杂感、断想的形式加以表达,却显示了一种俄苏文学理论中所缺乏的开放性。《比较视野中的鲁迅文艺思想》在论题的充分展开和深化上虽然还有不少余地,但在分析鲁迅与俄苏文艺思想的关联方面的系统性上,还是值得肯定的。

在俄罗斯作家中,对中国文学译介最多、影响也最大的是屠格涅夫。屠格涅夫在中国的传播与影响,是中俄文学关系史上的最重要的现象之一。对此进行系统全面的清理,无疑具有重要的学术价值。80—90年代,我国的学术期刊上发表的有关屠格涅夫与中国文学的比较研究的文章有近二十篇,除上述戈宝权的《屠格涅夫与中国文学》外,重要的还有花建、陈元恺、沈绍镛、王泽龙、傅正乾、陈遐、徐拯民等人文章。其中,孙乃修先生的研究成果最为引人注目。1988年由上海学林出版社出版的孙乃修(1948—)的专著《屠格涅夫与中国》,堪称屠格涅夫与中国文学关系研究的集大成的成果。在这部著作中,作者以大量的、详实而又可靠的文献资料,清晰而又深入的理论分析,展现了屠格涅夫在中国传播与影响的轨迹，评价了屠格涅夫的作品在中国现代文学发展进程中所起的作用。全书内容除"导论"外，共分六章。在"导论"中，作者总结了"俄罗斯文学的优良传统与屠格涅夫的创作个性"，指出："对社会和人生富于哲理性的思考，敏锐地捕捉和再现具有时代意义的社会问题、社会心理的现实主义方法，以及浓郁、含蓄、富有内在激情的抒情笔调，构成了屠格涅夫别具一格、极富美感魅力的创作个性"，因此，在中国，"注重社会问题的文学家推崇他，注重艺术技巧的文学家推崇他，注重道德性的文学家也推崇他。由于他的作品在意向和情调上的那种两重性——斗争与超越，坚强与柔弱，明快与沉郁，热情与悲哀——使中国作家各有偏重地受到不同程度的情绪感染并产生审美共鸣，或得其热情、明快的一面，或得其沉郁、悲哀的一面"。在第一、二章中，作者从翻译文学史的角度，细致地梳理、描述了屠格涅夫作品的汉译情况、评介和研究情况，指出了不同时期的翻译家们在屠格涅夫翻译中的贡献。在第三章中，作者特别研究了屠格涅夫在中国传播的一个重要的中介因素，即国外学者、翻译家的著译在中国所起的作用。对这种"中介"环节的研究，应当是比较文学传播研究中的重要的环节，孙乃修是我国中外文学关系与交流史研究中最早注意研究这一环节的学者，具有一定的方法论意义。在第四章和第五章研究的中心是"屠格涅夫与中国现代作家"，分节论述了包括鲁迅、郭沫若、郁达夫、瞿秋白、巴金、沈从文、王统照、艾芜等在内的14位作家的创作与屠格涅夫的关系。在这部分内容中，作者将实证研究与作家作品的审美的比较分析结合起来，将影响研究与平行研究结合起来，令人信服地展示了这些作家与屠格涅夫创作之间的关联，从一个特定的角度揭示了这些作家创作的内面。作者最后总结说：屠格涅夫作品的主题、人物性格、艺术技巧、文体以及那种温婉、缠绵、带有脉脉感伤情调的抒情风格，都对中国现代作家产生了极其深刻的文学影响。一个外国作家有如此巨大的艺术魅力，在半个多世纪里对持续三代乃至四代作家产生如此深刻的文学影响，这的确是罕见的。同时，作者也辩证地指出：屠格涅夫在中国产生了如此长久的影响，"恰好从一个侧面显示出中国现代文学发展进程中的某种迟滞性"。总体看来，孙乃修的《屠格涅夫与中国》一书，是中俄比较文学个案问题研究中的成功之作，是一个"小题大做"的、做得全、做得深的课题，可以预言，在今后相当长的时期里，孙乃修对这个问题的研究都是难以被超越的。

托尔斯泰与中国的比较研究，特别是托尔斯泰与东方文化、中国文化之关系的比较研究，是中俄文学比较研究中历史最长、成果较多的领域。1930年代以来，不断有这方面的文章与著作出现。特别是1980—1990年代的二十年间，戈宝权的《托尔斯泰和中国》（《上海师范学院学报》1981年第1期）为发轫之作，我国各学术期刊上发表近二十篇相关的研究论文。2000年，北京师范大学出版社出版的吴泽霖（1948— ）的《托尔斯泰与中国古典文化思想》一书，可以说是我国的托尔斯泰与中国文化比较研究的扛鼎之作。吴泽霖认为，现有的研究只是集中在中国古代哲学文化思想如何影响托尔斯泰的思想，并且往往过高地估计了这种影响，甚至认为托尔斯泰只是因为研读了东方的中国的古代哲人的著作才茅塞顿开，从而形成了"托尔斯泰主义"。而实际上，托尔斯泰从未悉心地认同过任何一种哲学思想，他对中国古代哲学文化的接受，"远非一种虚怀若谷的皈依"。因此，吴泽霖特别注意在托尔斯泰一生的整个思想和创作历程的清理描述中，分析他如何将中国古典文化哲学思想加以独特的误读、理解和改造，如何将中国古典文化哲学思想融入他复杂的精神探索过程中，并力图恰当地估价中国古典哲学文化思想在托尔斯泰思想体系中的地位和作用。《托尔斯泰与中国古典文化思想》的上编《托尔斯泰精神探索的东方走向》就体现了作者在这方面的努力。该编的七章内容，将托尔斯泰的思想发展进程划分为若干不同的阶段，从历时的、动态的分析中，揭示出东方、中国的古典文化思想在托尔斯泰思想长河中的流贯轨迹。吴泽霖还指出，在现有的相关研究中，往往孤立地、单个地讨论托尔斯泰和先秦诸子的关系，这是不够的。事实上，托尔斯泰对先秦诸子的思想分野把握得并不那么清楚，常常加以混淆，因此，研究托尔斯泰与中国古典文化思想的关系，不能字斟句酌地牵强比附，而应从整个中国古典哲学思想体系的宏观角度进行综合研究，而且单纯的影响研究还不够，还必须将影响研究与平行的比较研究结合起来。该书的下编《托尔斯泰思想和中国古典文化思想的比较》的四章内容，主要是托尔斯泰思想与中国古典文化思想的平行的、对比的研究。其中涉及托尔斯泰的"上帝"和中国的"天"、托尔斯泰的"人"和中国的"人"，托尔斯泰的认识论和中国古典"知论"，托尔斯泰的艺术论与中国古典文艺思想等内容。通过这样的对比研究，作者指出，在托尔斯泰的思想中，有些是来源于或受启发于中国古典文化思想的，而某些相似或相近的思想却未必是受到来自中国的影响，而是思维上的不期而然的吻合和相似。总之，吴泽霖的著作系统、全面、深入地清理和论述了托尔斯泰与中国古典文化思想的关系，对于读者进一步了解中俄文学与文化关系史、对于深入理解托尔斯泰的思想与创作，都是一部值得阅读的重要的书。

普希金也是最受中国读者欢迎的俄罗斯作家之一。从 20 世纪初开始，他的作品就被陆续译为中文，长期以来，中国读者把普希金视为反对暴政、讴歌自由的"革命诗人"或者"俄国现实主义文学的奠基者"，而予以高度的评价。其作品在中国翻译很多，传播甚广。特别是 80 年代后，中文版本的《普希金文集》和《普希金全集》以及传记、研究资料集、大量的单篇的研究论文等连续出版和发表，有关部门还举行了普希金诞辰的隆重的纪念活动。到了 2000 年，《普希金与中国》一书由长沙岳麓书社出版，可以说是一部普希金与中国的比较研究的集大成的书。全书共分六章，第一章是"普希金笔下的中国形象"；第二、三章是"20 世纪上半叶普希金在中国的接受"；第四、五章是"20 世纪下半叶普希金在中国的接受"；第六章是"普希金与 20 世纪中国文学"，分别论述了普希金对中国诗歌、散文、小说、戏剧的影响。在全书中，第二至五章占了三分之二以上的篇幅，是该书的核心，也是最有特色的部分。这四章内容以普希金在中国的翻译家、研究家和出版家为中心，专文单节地评述了不同历史时期的翻译家、学者在普希金译介与研究中的贡献，依次有戢翼翚、鲁迅、瞿秋白、温佩筠、孟十还、甦夫、戈宝权、余振、吕荧、查良铮、卢永福、高莽、王智量、李明滨、冯春、张铁夫、陈训明、刘文飞、查晓燕等。这种以翻译家、研究家为中心的研究方法，使中俄文学关系史的研究立足于中国文学，突出了接受者的主体性。正如张铁夫在"引言"中所说，"把一代代翻译家、出版家、研究家的事迹连结起来，就是一部普希金在中国的接受史"，也是一部以普希金为纽带、以中国的翻译家、研究家为中介的中俄文学、文化交流史。对普希金的翻译家和研究者，特别是对当代翻译家和研究者的研究，作者除了利用现有的书面的、译本的材料外，还做了不少的调查、访问工作，这些工作是开创性的。这就为今后系统地研究清理中国的俄罗斯文学翻译史打下了基础，也为今后的《中国的俄罗斯翻译文学史》之类的著作提供了经验，准备了条件。

第二节　中英文学关系研究

一、中国文学在英国的传播与影响研究

对中国文化、中国文学在英国的传播与影响的研究而言，范存忠的《中国文化在启蒙时期的英国》（上海外语教育出版社 1991 年）是一部开创性的著作。在英国，有一些研究中国文化与文学的专门著作，但系统地研究中国文学在英国的传播与影响的著作却一直付之阙如。据说我国学者钱锺书 1930 年代在英国留学期间用英文写有一本题为《十七与十八世纪英国文学里的中国》的书，可惜此书一直未见正式出版。范存忠早在 1930 年代就开始了中英文化关系史的研究，陆续发表了一系列文章。80

年代完成的《中国文化在启蒙时期的英国》一书，是他的研究的集大成。该书所研究的范围虽然是"文化"，但主要的研究对象和所依据的主要材料是文学。该书共有十章。作者充分接触、消化和利用了大量第一手的材料，由于掌握材料的充分与完备，每一章、每一个问题都写得那样有血有肉，娓娓道来，从容不迫，将原本枯燥的学术问题处理得轻松自然。同时，作者又显然在追求"无一句无来历"的严谨学风，在每章之后都列出了大量的引文注释，标明材料的来源，并为后学者提供线索。当然，作为中英文化文学关系史研究的开山作品，范存忠先生的这部书涉及的只是中英文化文学关系的一个时段——18世纪启蒙时期的英国文化与中国文化——中的若干个重要的"点"，也就是说，其研究还是扼要的、初步的、示范性的，正因为如此，他也为后来者的研究奠定了基础。

在范存忠的上述著作出版后不久，张弘（1945— ）的《中国文学在英国》也由广州花城出版社作为《中国文学在国外丛书》之一种，于1992年年底出版。这部著作以28万字的篇幅，分九章系统全面地评述了中国文学在英国的传播、译介和接受的历史进程。作者在"小引"中指出，"从1589年英国人乔治·普腾汉《诗艺》介绍中国古典诗歌格律算起，中国文学传入英国至今足有四百年之久。这四百年里，中国文学怎样在英伦传播，受到了什么样评价，如何影响英国的文学与文化……我们之中有许多人是不大了解的。尽管钱锺书、杨周翰、范存忠、方重等学界耆宿先后做过这方面的工作，但那是先行者在黎明原野的足迹，还未曾引起更多人的注意。"显然，张弘在写作此书的时候，范存忠的著作还没有出版，但《中国文学在英国》在研究的广度上乃至深度上，是较范著有所推进的。可以说，它是我国出版的第一部中国文学在英国的传播史方面的专著，填补了一个重要的空白。全书采用由总论到分论、由纵向描述到专题研究的方法，勾勒了从17世纪到1980年代中国文学在英国的过程。作者在第一章中，首先交待了中国文学在17至18世纪进入英国的文化背景。他指出，由于商业及传教的现实需要，从17世纪始，英国出现了一股"中国崇拜",首先是各种各样的中国游记的热销,这些游记并非真实的旅行记录,而是传闻加想象的向壁虚构。中国的物质文明和精神文明都受到推崇,而威廉·坦普尔爵士则是"中国崇拜"的登峰造极者。而1699年坦普尔爵士的去世,则预示着中国在18世纪英国人心目中的理想色彩的消退。18世纪的英国在国力增强的同时也随之自傲起来,他们"绝对容忍不了大不列颠王国不堪与中国大帝国相媲美的论调",他们的作家对中国的批评越来越多,以笛福为代表的作家对中国人及中国文化的否定的看法为其他的英国作家描述中国奠定了基调。但同时,即使在英国作家的这些充满无知与偏见的批评中,也有一些真知灼见。张弘认为,从比较文学的角度看,17至18世纪英国文学中已经出现了"中国主题",而"中国主题"进入英国,标志着中英两国建立了一定的联系,也是中国文化影响英国的一种表现。张弘所说的"中国主题"具体指的是:1.借用中国作品的素材,包括故事情节与人物形象;2.写实的或虚构的中国社会生活、自然环境及幻想世界;3.当作作品有机组成部分的"中国特色";4.受到中国观念意识的启发,或对中国观念意识的阐释;5.描写或涉及的实际的中国事件与人物。张弘指出,埃坎纳·塞特尔的五幕悲剧《鞑靼征服中国记》是英国文学史上第一部表现中国主题的作品。此后,笛福的讽刺小说、艾迪生和斯蒂尔的故事与杂文,霍拉斯·沃普尔的《中国人信札》、哥尔斯密的《世界公民》,无名氏的《和尚——中国隐修士》以及约翰·斯格特的题为《李白,或贤明君主》的诗,哈切特的剧本《中国孤儿》等,都是重要的"中国主题"的作品。关于18世纪英国对中国文学的翻译,张弘指出,当时英国懂汉语的人寥寥无几,翻译的情况也很复杂,有的是假托的"伪译",有的是面目全非的改写,也有认真的翻译。其中最重要的翻译首推配尔西翻译的《好逑传及其他》,还有威廉·琼斯直接从中文翻译出来的《诗经》等,并随之出现了若干评论中国文学的文章。但总的来说,十八世纪中国文学在英国还只是一个模糊的身影。作者在第二章中,展示了19世纪后英国译介中国文学的新局面——出现了一批汉学家，如理雅格、德庇时、翟理斯、韦利等人；出版了一批汉学著作，特别是中国文学的研究著作，如翟理思的《中国文学史》等。张弘对翟理思的《中国文学史》（1901 年）做了较深入的分析评价，认为本书"可以说是十九世纪英国汉学界翻译、介绍与研究中国文学的一个总结，在某种程度上代表了整个西方对中国文学整体面貌的最初概观。"本章还总结了 19 世纪后英国接受中国的一般特征，即主要通过译本来接受，专题的研究不多，且在研究中受日本研究成果的影响；在译介中偏重古典作家作品等。

在《中国文学在英国》的第三章至第六章中，作者以文学体裁样式为中心，分别评述了中国古典诗歌（诗经、楚辞、汉赋、唐诗、词）和古典诗人（陶渊明、李白、袁宏道等公安派诗人、袁枚）、中国古代小说（《聊斋志异》《古今小说》《金瓶梅》《西游记》《红楼梦》《镜花缘》等）和古代戏剧文学在英国的翻译和研究情况。作者对英国人的独特的关注对象、研究角度、方法及独特的结论做了评析，例如，在谈到英国人为什么对"赋"这种即使在中国也很少有人阅读的文学样式特别感兴趣时，他认为原因就在于赋特别讲究词语修辞，而二十世纪风行英美的注重语言文本的文学研究思潮，决定了他们把注意力转向赋；在谈到陶渊明、李白等诗人在英国的际遇的时候，作者指出了由于文化的差异，中国诗人所遭到的误解与误读——进入英国的陶渊明不知不觉地被染上了存在主义色彩，而李白在守旧的英国式眼光的审视下，竟然被加上了"不道德"的恶名。汉学家韦利在《李白的诗歌与生平》一书中，说李白是一个自夸自负、挥霍放荡的酒鬼。作者写道：通过韦利的介绍，"英国人反而增加了误解，李白的伟大也受到损害。李白的英名再度在英伦之岛回响，但我们并未感到一丝一毫的荣光"。又如，翟理斯在介绍蒲松龄及《聊斋志异》的时候，却将蒲松龄与英国鼓吹英雄崇拜的历史学家卡莱尔相提并论，认为"在西方，唯有卡莱尔的风格可同蒲松龄相比较"，张弘指出，尽管这种比较出乎中国人意料，但比起华裔学者张心沧的那种几乎不从英国文学中寻址任何参照物的径直的介绍和研究，对于我们的比较文学来说更有兴味和价值。在第七和第八章中，作者介绍了英国对中国现当代文学的译介情况。他认为，最近为止，英国对中国现当代文学的研究，始终集中在前现代的材料上，如果说现在有什么变化的话，那就是现代文学作品做了他们学汉语的教材，"因此英国对中国现代文学的译介与研究尚处于'婴儿期'。"在第九章中，作者对中国文学在英国的传播情况做了总结和展望。他指出，"总的印象是，中国文学在英国的传播并不理想。这不需要也并非同我们自己悬想的标准相对照；相反，只要和美、法等国做一点平行的比较，就能觉察出来。文学传播的基础在于汉学的发达。没有哪个汉学不够发达的国家，在译介中国文学方面会做出显著成绩来。"作者接着指出，好在英国的汉学家们对此已有清醒的认识，1989年出版的《独一无二的疲弱——英国汉学史》一书，就引发了人们对英国汉学的反省与思考。我们可以期望，今后中国文学在英国的传播会出现新的局面。

张弘在《中国文学在英国》一书中，体现了自觉的明确的方法论意识。在该书的《余论：影响研究的形态学方法》中，他提出了"形态学的方法"，即注意文学在传播和接受过程中发出的种种形态上的变异，即"文本形态""诠释形态"和"想像形态"这三个层次的形态的变异现象。在《中国文学在英国》一书，作者特别注意了中国文学的原本的"文本形态"与经过英国人的独特的理解与译介之后形成的"诠释形态"，乃至英国人超越文本自身，从自己的文化视域出发的所做出的"想当然"的结论，即"想像形态"三者之间的关系及其衍化的过程、原因。这种方法看来是科学的、切实可行的，也是颇为成功的。但另一方面，作者又拘泥于比较文学学科理论中现有的概念，认为自己的《中国文学在英国》这样的研究属于"影响研究"。实际上，该书属于中国文学在英国的"传播研究"，而极少涉及中国文学对英国文学的"影响研究"。"传播研究"关注的是传播过程中的"形态"的变异，而"影响研究"关注的是作家创作中外来影响与独创的关系的研究分析，亦即作家作品的审美分析。张弘的《中国文学在英国》对中国文学在英国的传播，做了系统翔实的评述，尽管有些问题由于资料的限制，论述得还不充分，如英国文学中涉及中国题材的作品，现有的论述还是粗陈大概，但作为比较文学在英国的"传播研究"的成果，该书在选题上和研究中所体现出的首创性，在中国比较文学研究中，都是一个不可忽视的结实的存在。

二、英国文学在中国的传播与影响的研究

中英文学关系研究的另一方面，是英国文学在中国的传播与影响的研究。80 至 90 年代，各学术期刊上发表了一百多篇论文，选题集中在莎士比亚、王尔德、萧伯纳、劳伦斯等作家在中国的传播及对中国文学的影响。其中，关于莎士比亚与中国文学的关系研究，成果最多。20 年来，有关文章已有五六十篇。在这些文章中，有莎士比亚与中国作家的平行研究，如莎士比亚与汤显祖、关汉卿、李渔、纪君祥、曹雪芹及其相关作品的比较研究，也有莎士比亚在中国的传播问题的研究。平行研究的文章中有代表性的是方平的几篇论文，如《王熙凤与福斯塔夫》（《文学评论》1982 年第 3 期）、《曹雪芹与莎士比亚》（《文艺理论研究》1981 年第 3 期）等，这些文章后来都收进了作者的论文集《三个从家庭出走的妇女——比较文学论文集》（外国文学出版社 1987 年）中，由于方平本人是莎士比亚的翻译家，对莎士比亚的作品相当熟悉，故文章中常有独到的感悟和见解。但一般来说，由于平行研究在可比性问题上一直没有得到根本的解决，莎士比亚与中国作家的平行比较就很难超越同异比附的僵硬模式，学术价值也难以确认。关于莎士比亚对中国文学、中国作家影响问题的文章，也出现了若干篇。如曹树钧的《田汉与莎士比亚的戏剧创作》（《理论与创作》1995 年第 3 期）、《莎士比亚与郭沫若的历史剧创作》（《郭沫若学刊》1993 年第 1 期）等，认为莎士比亚的戏剧对田汉、郭沫若的戏剧创作都产生了"明显的影响"，但在论述的过程中难以列出充分的事实依据，而更多地依赖于对作品形式与手法的相似性的对比分析。在

这种情况下，也有学者的论文提出不同的看法，如李万钧在《比较文学视点下的莎士比亚与中国戏剧》（《文学评论》1998 年第 3 期）一文中认为："莎士比亚对中国戏剧家诸如曹禺、田汉、夏衍、老舍等的影响甚为微弱，无法与易卜生、契诃夫、托尔斯泰、高尔基、古希腊悲剧、奥尼尔乃至王尔德相比"，"究其原因，用一句话说，就是莎士比亚离我们太远，易卜生等和我们相近"。李万钧所说的莎士比亚对中国戏剧家的创作影响不大，是一个可靠的结论。但他所分析的原因则不尽然。问题的关键是，中国现代戏剧所关注的是社会问题、时代问题，而不是莎士比亚所关心的那种超越时代与社会的人性问题。这恐怕是莎士比亚与中国现代戏剧家之间最大的隔膜。所以，在中国现代文学及戏剧文化史上，才出现了一种奇特的接受现象：一方面对莎士比亚非常赞赏，大量译介，大量上演，在艺术上莎剧也被糅入中国的传统戏曲中；一方面在创作上，尤其是在创作的内容上，却很少接受他的实在的影响。这样，在莎士比亚与中国的比较研究中，关于影响的研究就很少，而更多地集中在莎士比亚在中国的传播的研究方面。这方面的研究在我国最早开始于 50 年代以后。1980 年代以来，这方面的文章逐渐增多。较有价值的文章大都是从翻译文学及翻译文学史的角度，对莎士比亚的各种中文译本进行比较分析；或者研究朱生豪、梁实秋等在莎士比亚作品翻译上的贡献，如吴洁敏的《朱生豪与莎士比亚》（《外国文学研究》1986 年第 2-3 期）、朱生豪夫人宋清如的《朱生豪与莎士比亚戏剧》（《新文学史料》1989 年第 1 期）、许祖华的《梁实秋对莎士比亚的翻译与研究》（《外国文学研究》1995 年第 2 期）等。

鉴于莎士比亚戏剧在中国的演出、翻译、评论形成了较长的历史传统，积累了丰富的遗产，形成了相对独立的学术史，学术界称为"莎学"。对中国的莎学进行总结性的研究，就成为莎士比亚与中国关系研究中的十分重要的课题。1980—1990 年代，这方面的研究取得了可贵的成果。先是出现了有关的资料集乃至学术专著，如中国莎士比亚研究会编辑

244

的《莎士比亚在中国》1987 年由上海文艺出版社出版。该书收集了有关导演和专家学者黄佐临、陆谷孙、马焯荣、曹树钧和孙福良、汪义群、胡伟民、熊国栋等人的 12 篇文章，是一部集中探讨莎士比亚戏剧在我国舞台上的演出与中国观众的审美需求之关系的文集。1989 年，哈尔滨出版社出版了曹树钧、孙福良合著的《莎士比亚在中国舞台上》，该书是中国第一部全面系统地论述莎士比亚戏剧在中国演出历史的专著。从 1902 年莎剧第一次在我国上演算起，莎剧在中国舞台上的历史已有一百年，尤其是新中国成立后，莎剧在中国的演出规模越来越大，1986 年京沪两地还举行了盛大的"莎士比亚戏剧节"。在这种情况下，从戏剧艺术和戏剧文学的角度，系统地清理莎士比亚在中国舞台演出的历史，对于总结我国翻译、改编和上演外国戏剧的历史经验，对于丰富中外戏剧文化交流史的研究，都有重要的意义和价值。《莎士比亚在中国舞台上》一书，以大量丰富的史料，优美流畅的文字，全方位地展现了中国戏剧舞台上的莎士比亚戏剧演出史、接受史、与中国固有的戏剧文化的融合史。全书共分六章。第一章"莎士比亚与中国的戏剧创作"，从戏剧文学的角度探讨了莎士比亚对中国现代话剧创作的影响。第二章和第三章"莎士比亚在中国舞台上"（上下），把中国的莎士比亚戏剧演出史划分为四个时期：一、早期话剧（文明戏）时期（1907—1918 年），二、现代话剧诞生和初步发展时期（1918—1949 年），三、斯坦尼斯拉夫斯基体系影响下的莎剧演出时期（1949—1965 年），四、冲破禁忌、精彩纷呈的时期（1978 年后）。在第四章中，作者以"空前的盛会——首届莎士比亚戏剧节"为题，记述了1986 年中国举行的震动中外文化界的首届"莎士比亚戏剧节"的盛况。第五章"莎士比亚戏剧与中国的话剧教育"，专门探讨了莎士比亚戏剧在中国的话剧教育中的地位、作用与价值。第六章"戏曲改编莎士比亚剧作的初步经验"，介绍了以戏曲改编莎士比亚戏剧的各种形式和方法，探讨了"戏剧味"和"莎味"的结合问题，认为以昆曲、越剧等形式改编和移植沙士比业戏剧是成功的，是繁荣中国戏剧文化的一条重要途径。书后还附有"莎士比亚在中国舞台上演出纪事"等四种资料性附录。《莎士比亚在中国舞台上》一书向读者表明，从 20 世纪初莎剧被改编成"文明戏"开始，到 1930 年代以后正规化的、高水平的演出，再到 1980 年代后莎士比亚戏剧成为在中国上演最多、改编最多的外国戏剧，从一个侧面显示了中外戏剧文化交流的深化和中国戏剧文化的繁荣。贺祥麟先生在《评〈莎士比亚在中国舞台上〉》（《外国文学研究》1991 年第 3 期）中认为："《莎士比亚在中国舞台上》是一本有关莎剧在中国演出和莎学在中国发展的不可缺少的小小'百科全书'。这样的书，不但应在我国出版，还应该译为外文，向国外介绍。"同时也遗憾地指出了本书编校粗糙，错字过多的问题。

1994 年，东北师范大学出版社出版了孟宪强的《中国莎学简史》。这是中国"莎学"的总结性著作，对中国莎学的发生、发展的历史进程做了系统全面的总结与评述。此前，孟宪强编辑出版过《中国莎士比亚评论》（吉林教育出版社 1991 年），选收了 1917—1989 年的 70 年间我国学者撰写的莎士比亚的评论文章 30 多篇，可以看成是《中国莎学简史》的前期成果。《中国莎学简史》分为"综述""分述""附录"三个部分。在"综述"部分中，作者从纵向的角度，描述了中国莎学的历史进程。他把中国莎学分为六个时期：第一个时期为"发轫期"（1856—1920 年），第二个时期为"探索期"（1921—1936 年），第三个时期是"苦斗期"（1936—1948 年），第四个时期是"繁荣期"（1949—1965 年），第五个时期是"崛起期"（1978—1988 年），第六个时期是"过渡期"（1989—）。以上六个时期的划分和梳理是清楚得当的。尽管有些阶段的划分略嫌琐碎。如 1980—1990 年代，作为一个时期来看，也许更恰当；对某一时期特点的概括用语也有进一步斟酌的余地，如"崛起期"似乎不如称作"复兴期"，"过渡期"也不如称作"总结期"或"深化期"。但总的看来，他的划分是能够正确反映中国莎学发展演进轨迹的。《中国莎学简史》的"分述"部分，从横向的角度，就某一方面的问题加以专题评述，其中包括莎士比亚作品的翻译、舞台演出、评论、教学与研究、学术团体的建立及其活动、首届莎士比亚戏剧节的情况等。并在相关专题之后附有"莎士比亚作品中文译本"的目录，"中国上演的莎剧剧目"一览，"中国莎士比亚研究著作、文集、辞典、译著"目录，"中国莎学机构与团体"等重要的文献资料。这一"分述"部分将"综述"部分的问题做了进一步展开，但也不可避免地出现了与"综述"部分在资料上过多重复使用、重复论述的问题，影响了学术著作应有的洗练。该书的第三部分，即"附录"部分有《中国莎学人物小传》《1917—1993 年中国莎评四百篇选编》《中国莎学年表》等三种资料。总体来说，《中国莎学简史》是名副其实的中国莎学的"小百科"，是 20 世纪莎士比亚在中国的传播与影响的一个详细的总结，也是近二十年来我国中英文学关系研究及中英文学比较研究中值得注意的一项成果。

除莎士比亚外，中英文学比较研究中被重视的课题还有拜伦、王尔德、萧伯纳、狄更斯、乔伊斯等英国作家在中国的传播与影响的研究。所涉及的接受这些英国作家影响的中国作家有苏曼殊、鲁迅、郭沫若、田汉、郁达夫、老舍、巴金、梁遇春等人。重要的文章有邵迎武的《苏曼殊与拜伦》(《天津师范大学学报》1986 年第 3 期)、汪文顶的《英国散文随笔对中国现代散文的影响》(《文学评论》1987 年第 4 期)、张祖武的《英国的 Essay 与中国的小品文》(《外国文学研究》1989 年第 2 期)、张振远的《"中国的爱利亚"——梁遇春》(《中国比较文学》1995 年第 1 期)、袁荻涌的《郭沫若与英国文学》(《郭沫若学刊》1991 年第 1 期)、辜也平的《巴金与英国文学》(《巴金研究》1996 年第 2 期)、夏骏的《论王尔德对中国话剧的影响》(《戏剧艺术》1988 年第 1 期)、沈绍镛的《郁达夫与王尔德》(《文艺理论与批评》1996 年第 4 期)、耿宁的《郁达夫·王尔德·唯美主义》(《外国文学研究》1998 年第 1 期)、李冰霜的《笑的艺术——谈老舍的幽默艺术与狄更斯的创作》(《外国文学研究》1986 年第 1 期)、王友贵的《乔伊斯在中国：1922—1999》(《中国比较文学》2000 年第 2 期）等数篇。由于中英作家之间事实联系的材料很有限，许多文章不得不将影响研究与平行研究结合起来，有的则完全是平行研究，如赵砾坚的《哈代与沈从文的逃避主义》、周国珍的《罗伯特·彭斯及其中国读者》（均刊《中国比较文学》1991 年第 2 期）等。由于缺乏实证或无法进行实证研究，有些文章不免流于空泛。但其中也有佳作，如《论王尔德对中国话剧的影响》就是一篇长达三万余字的有分量的、高质量的论文。该文论述了五四时期中国文坛对王尔德及其戏剧作品介绍、翻译、评论、研究及对中国话剧所产生的影响。文章认为，在中国新文学的发轫时期，王尔德是作为世界重要作家之一最先被介绍到中国来的。那时中国文学界对于唯美主义文学的理解主要是依据对王尔德的艺术主张及其作品的译介。在王尔德的全部作品中，最被中国现代作家所注意的是他的戏剧和童话，而剧本《莎乐美》更是得到了广泛的评论和借鉴，对五四时期的中国话剧产生了明显的影响。其中，向培良的剧作《暗嫩》所受《莎乐美》的影响最为明显。中国现代话剧史上那些有着唯美倾向的剧作，在表现官能的、肉体的爱的方面，在渲染某种异常的情调方面，在显示美的诱惑力和神秘性方面，都程度不同地受到了《莎乐美》的影响。作者接着进一步解答了五四时期的中国文坛为什么对王尔德这样一个在其故国遭到唾弃乃至囚禁的作家表现出那样大的兴趣，王尔德对五四时期中国文学影响的程度如何。作者认为，王尔德的唯美主义试图以为艺术而艺术来对抗社会现实，其中也包含了对功利主义的否定与批判，这与中国作家反对传统的"文以载道""高台教化"的封建功利主义文艺观是一致的；《莎乐美》表现的那种以生命求其所爱、殉其所爱的精神，在血与死的逼迫中求得爱的满足的极端表现，更容易得到反对封建禁欲主义的五四青年的共鸣。但是作者同时也指出，中国作家借鉴王尔德，更多地表现为借鉴和移植某项艺术手法、口号和主张，而创作出的作品却与王尔德有质的不同，例如田汉的《苏州夜话》、王统照的《死后之胜利》，"几近是用王尔德的外壳包裹易卜生的内核了"，因而我们很难在中国现代话剧史上找到真正超脱人生、游离人生、专注于形式技巧的唯美主义作品。这些观点和结论都是站得住脚的。

在中英作家的比较研究中，有两部专著也值得一提，那就是高旭东（1960— ）的《鲁迅与英国文学》和毛信德教授的《郁达夫与劳伦斯比较研究》。《鲁迅与英国文学》作为《鲁迅研究书系》之一种，1996 年由陕西人民出版社出版。此前有关章节曾在期刊上发表过。该书分为"鲁迅与拜伦""鲁迅与雪莱""鲁迅与莎士比亚、萧伯纳及其他""鲁迅的'恶'的文学观及其渊源"四章。其中，"鲁迅与拜伦"一章占了全书的近一半的篇幅。作者在书前的"小引"中也以本章的第四节为"聊以自慰"的"得意之笔"。作者在这一节中认为，"鲁迅看取并向国人介绍拜伦，恰好是在刚弃医从文之后，所以，拜伦也最容易化为鲁迅思想和创作的血肉"。又说："从总体上看，鲁迅个性主义与人道主义的思想范式，既非尼采亦非托尔斯泰，而更像拜伦的思想。"还说："鲁迅改造国民性的思想范式，受到了拜伦直接而重大的影响。甚至鲁迅改造国民性时对于国民'哀其不幸'、'怒其不争'的情感方式，也是直接从拜伦那里来的。"第五节中在谈到拜伦的《该隐》对鲁迅的影响时，作者认为："鲁迅从《该隐》中接受了敢于怀疑和反抗的撒旦精神，然而又是在无边无际的传统的海洋里怀疑和反抗，所以《该隐》所渲染的悲哀对他也是有所感染的。《该隐》对鲁迅思想的影响是很大的。"由于表明鲁迅与拜伦之间有事实联系的材料只有鲁迅早期的文章《摩罗诗力说》等极为有限的文献，作者运用的能够证明鲁迅受拜伦、雪莱影响的材料，似乎主要来源于日本学者北冈正子的《摩罗诗力说材源考》（何乃英译，北京师范大学出版社 1983 年版）一书，所以这些结论的得出更多的不是以事实说话，而不得不主要依赖于假定、推论和分析。虽然作者对自己的结论也做了具体深入的分析论证，但这些分析与论证大都局限在寻找鲁迅与有关英国作家的思想及其表述的相似性上，而没有影响研究所必需的作品的审美分析。这给读者的印象有时不免是"卖什么吆喝什么"。一般而言，在比较文学的"传播研究"与"影响研究"中，缺乏"事实联系"的假定、推论和分析，其结论的科学性、可信性和说服力也势必会受到削弱。《鲁迅与英国文学》的其他几章似乎也存在同样的问题。作者是鲁迅研究的有成绩的专家，此前曾出版过题为《文化伟人与文化冲突》（河北人民出版社 1989 年）的小册子，从比较文化的角度将鲁迅置于东西方文化冲突的大语境中加以观照和研究。《鲁迅与英国文学》中出现的问题显然不是研究者的学术水平问题。问题在于英国文学的影响在鲁迅的思想与创作中并不像俄罗斯文学和日本文学那样重要、有那么多可供使用的史实材料。要将这个问题写成一本书——哪怕只是十来万字的小书，恐怕也难免会有"巧妇难为无米之炊"之虞吧。

毛信德教授的《郁达夫与劳伦斯比较研究》（杭州大学出版社 1998 年）则完全是中英两位作家的抛开事实联系的平行研究。关于"为什么要把郁达夫与劳伦斯放在一起比较，他们之间究竟有多大的可比性"这个问题，作者首先做了回答，认为理由有如下几条。第一，同一时代环境；第二，对社会的共同认识；第三，对小说创作目的的相似理解；第四，对作品美学价值的共同把握。全书分八个方面对两位作家进行比较，包括风格与人格、自我表现主题、人物塑造、性描写、审美意识、哲学思想和道德观念、心理描写和语言技巧、地位和影响。应该说，作者对比较的两个对象都是熟悉的，写作态度也是认真的。不过，作者对"比较文学"的理解似乎简单化了，他在全书的"导言"中把"比较文学"简单地看成是"文学的比较"。因而全书八章内容都致力于寻找两个作家之间的"同"与"异"。但比较之后，却难以找到不比较就不能得出的新的、有启发意义和理论价值的观点和结论。毛信德曾写过《现代美国小说史》那样的成功的学术著作。而由于对比较文学中"平行研究"的简单化理解，却陷入了"X"比"Y"式的机械对比与类比中，遂使这一本三百多页的精装书在内容上未能显出应有的分量。

第三节 中法文学关系研究

一、《中国文学在法国》与《法国作家与中国》

在欧洲各国中，中国文学在法国不是传播与影响最早的，中法的直接交流要晚于意大利、西班牙和葡萄牙，但中国文学在法国的传播与影响却是最大的。法国是世界公认的欧洲汉学的中心，而且没有一个欧洲国家像法国那样有那么多心仪中国文化、推崇中国文学的作家，没有一个欧洲国家像法国那样有那么多研究中国文化与中国文学的学术机构、团体与专家学者，也没有一个欧洲国家出版或发表了那么丰富的有关汉学研究的著作。因此，研究中国文学在法国的传播与影响，在中外文学比较研究中就占有极重要的位置。但是，长期以来，我国在这个领域的研究却不成规模、不成系统，没有出现研究这个问题的专门著作。直到 1990 年，南京大学教授的钱林森（1937— ）的《中国文学在法国》一书的出版，这个学术空白才被填补起来。

《中国文学在法国》是乐黛云与钱林森主编的《中国文学在国外》丛书中推出的第一部著作。全书分上下两编，系统地梳理了近三百年来中国文学在法国传播与影响的历史。其中，上编第一章"导言：法国汉学的发展与中国文学在法国的传播"是全书提纲挈领的部分。在这一部分中，钱林森指出：17 世纪后法国的汉学研究在欧洲后来居上，为当时的其他欧洲国家所望尘莫及；17 至 18 世纪来华的法国耶稣会士的著作以热情的笔调给法国和欧洲塑造了一个"理想的中国"，并成为欧洲的中国文化热的源头。"启蒙运动领袖以此来构筑自己的理性王国，作为批判封建主义的思想武器；哲学家从中提炼有益的思想滋养，以建立新的思维模式；文学家借此寻求新的文学题材，创造出新的人物；美学家追寻中国风尚，收藏家崇尚中国艺术……于是，空前规模的中国文化热便在法国和欧洲兴起了。它是和法国的这些著作的问世与传播分不开的。"到了19世纪，法国对中国文化的态度则由理想化的狂热转为更为切实的、理性的研究。汉学成为大学与研究机构的一个学科，中国文学在中国文化中被凸显出来，大批贴近原文的译作和研究中国文学的专著陆续出版。到了20世纪上半期，法国汉学进入鼎盛时期，钱林森认为鼎盛的标志有三：一、建立了相当完备的汉学研究机构和教育机构，二、出现了若干汉学大师，三、研究领域进一步拓宽和汉学著作的多样化。20世纪下半期的法国汉学则由1960至1970年代的相对沉寂到1980至1990年代的复苏，其重要标志是中国现当代文学被纳入了法国汉学的研究领域中，并取得了长足的发展。钱林森对几个世纪来法国的中国文学评介与研究的总体特点做了概括，那就是：很少从纯文学的角度考察中国文学，对中国文学的介绍总是置于文化的总体框架内，把文学视为文化的一个组成部分，从研究的选题标准，到审视重心和审美指向，都是以探求中国文化奥秘为最终目的。这已经形成了法国的中国文学研究的一以贯之的传统。在上编的第二章至第四章中，钱林森分别评述了中国古典诗歌、戏剧和小说在法国的传播情况。对《诗经》《赵氏孤儿》《玉娇梨》《好逑传》等作品的翻译与评论做了评述。在下编的五章中，钱林森对中国现代、当代文学在法国的传播与影响做了评述。指出1920—1930年代在法国翻译和研究中国现代文学的主要是少数留学法国的中国人，1940年代后，法国本国的研究者逐渐增加。如范伯汪、布里埃和明兴礼等人。而1970年代后，法国出现了"中国现代文学热"，具体表现为对鲁迅的研究更为全面和深入，对巴金、茅盾、老舍、丁玲的研究也得以展开。

如果说《中国文学在法国》以中国文学如何进入法国，产生了什么反响与影响为研究方向，属于中国文学在法国的传播研究，那么，钱林森的另一部著作《法国作家与中国》则采取了相反的研究方向，即法国文学如何进入中国，又如何影响中国文学。这两部著作合在一起，构成了中法文学关系的完整的知识体系，显示了钱林森教授在这个研究领域的雄心与作为。《法国作家与中国》是钱林森主持的一项国家哲学社会科学研究规划项目的成果，由钱林森和他的研究生刘小荣、苏文煜、陈励合作完成（但后几位作者并未在封面、扉页或版权页上署名，钱林森在"后记"中做了说明），1995 年由福建教育出版社出版。成书前后，书中的有关章节曾以单篇论文的形式在有关期刊上发表。本书的书名《法国作家与中国》，顾名思义，似应理解为"法国作家与中国之关系"，但总览全书的基本内容，"法国作家与中国的关系"并不是本书阐述的重心，除了"引言"和最后一章（第十章）及有关孟德斯鸠、伏尔泰的专节之外，所论述的大都是"法国作家在中国"，即研究法国作家在中国的传播、评论、研究及其对中国作家创作的影响。全书以文艺复兴以来法国文学在不同历史时期的不同的思潮流派及其发展演变为纵线，以法国文学史上的重要作家为横切面，分十章依次评述了人文主义和古典主义作家拉伯雷、蒙田、莫里哀，启蒙主义作家孟德斯鸠、伏尔泰、卢梭，19 世纪浪漫主义作家雨果、大仲马、乔治·桑，批判现实主义作家司汤达、巴尔扎克、福楼拜，自然主义作家左拉、都德、莫泊桑，象征主义作家波德莱尔、马拉美、魏尔伦、兰波，20 世纪法国作家瓦雷里、克洛岱尔、谢阁兰、圣－琼·佩斯、亨利·米肖、法朗士、罗曼·罗兰、巴比塞、纪德、马尔罗，以及超现实主义作家、存在主义作家、荒诞派戏剧家、新小说作家等在中国的翻译、评论与影响。最后一章还对法国的中国文学研究家艾田蒲、克罗德·罗阿、米歇尔·鲁阿与中国文化、文学的关系，及他们对中国文学的研究成果做了评述。

　　这个选题范围大，分量重，涉及法国四五百年的文学史，涉及 20 世纪的中国文学史，涉及几乎所有在法国文学史上那些占有重要地位的作家，涉及大量的作品和大量的中文译本、评论与研究的原始资料，因此，工作量非常之大。看得出，本书的作者作为中文系的教授和研究生，他们对 20 世纪中国文学是熟悉的，同时对法国文学自然也不隔膜。他们在本书中充分吸收了我国已有的中法文学比较研究的成果。与此同时，书中的新材料、新观点也时有所见。例如，作者认为，蒙田的享乐主义与个人主义，对于排斥个人价值的中国文化"具有矫正作用，只有把握这一点，才能真正理解蒙田对中国文学的作用"。在谈到伏尔泰对中国文学的影响时认为中国人注重的是伏尔泰的作品为政治服务的特点，"他（伏尔泰）在中国的影响，主要是这些讽刺时事、充满战斗锋芒的哲理小说，以及由此而升华出来的战斗人格"。在谈到乔治·桑与中国文学的关系时认为，20 世纪"20 年代中国读者对乔治·桑的生平尤其是爱情故事的热衷远远超出了对她作品本身的热衷"，而"乔治·桑在现代中国的出现，无疑是一种妇女解放的启蒙，对中国新文学女性作者具有启迪作用"。在谈到卢梭与中国文学影响时这样写道："如果说法兰西精神气候是文学性、戏剧型，趋于暴冷暴热、起落无常的大陆气候，那么，中国就更像大陆气候，近代中国的事变逻辑是戏剧逻辑，不是理性逻辑。卢梭的戏剧性格和中国的精神气候也很投合，和中国知识界、中国启蒙宣传家、思想家的文化性格相投合"。在谈到左拉在中国的影响时写道："左拉在中国流布的特异性，凸现出中国作家从情感上不愿接受自然主义，而理性上又不得不接受自然主义的矛盾心态。中国文人特有的忧患意识与训谕传统，注定自然主义不可能成为一场持久的文学运动"。在谈到都德的小说《最后一课》在中国的影响时，作者举出了 1920—1930 年代中国的几篇以"课"为题的小说，如郑伯奇的《最初之课》、劲风的《课外一课》、李辉英的《最后一课》、大琨的《最后之一课》，并分析了它们与都德的《最后一课》的相同相似及其内在关联，显示了作者对中国现代作家作品信手拈来的熟稔程度。

二、中法文学关系的个案研究

正如《法国作家与中国》的作者在书中所说，中法文学关系中的不

少问题都是值得用专著的形式来研究的。现在，我们能看到的这样的专著
已有四种，它们是：许明龙的《孟德斯鸠与中国》（国际文化出版公司
1989 年）、孟华的《伏尔泰与孔子》（新华出版社 1993 年）、金丝燕的
《文学接受与文化过滤——中国对法国象征主义诗歌的接受》（中国人民
大学出版社 1994 年）、杜青钢的《米修与中国文化》（社会科学文献出版
社 2000 年）。在上述四种著作中，《孟德斯鸠与中国》研究的主要立足点
是政治文化而非比较文学，所以在此不做具体评述。后三种著作都属于中
法文学关系的个案研究，而且各有特色。

　　孟华的《伏尔泰与孔子》选取了中法文学关系中一个最重要的课题，
即 18 世纪启蒙主义思想家伏尔泰与孔子、与中国儒家思想文化之间的关
系。伏尔泰是法国文学史上对中国文化最为推崇、最为热爱，受中国儒家
文化影响最大的作家。中国文学、中国文化与法国文学的深度接触和交
融，是从伏尔泰开始的。因此，研究伏尔泰与孔子、伏尔泰与中国文化和
中国文学的关系，就触及了中法文学关系中最重要、最核心的问题。全书
共分六章。前四章是伏尔泰的生平、思想及 17—18 世纪的欧洲与法国接
受中国文化影响的基本历史文化背景的介绍。第五至六章是对伏尔泰接受
孔子思想的过程、表现与作用的分析研究，应是全书的中心部分。作者从
宗教观、道德观、政治观三个方面论述了伏尔泰对中国文化、对孔子及儒
家思想的认识与理解的过程。她认为，从宗教观角度来看，在伏尔泰的笔
下，孔子俨然就是中国正统宗教的教主，这也许太出乎中国人的意料，但
似乎又是一种必然，因为孔子思想符合伏尔泰理想的"自然宗教"的理
想。孔子的儒教"这个尊崇上帝、注重道德的宗教既简朴、又崇高，实
在太符合自然宗教的理想模式，且雄辩地证明了自然神论的古老性和普遍
性。于是，伏尔泰毫不迟疑地全盘接受了耶稣会士的观点，将他们对
'儒教'的介绍如实转述到自己笔下，从而塑造出了一个中国正统宗教教
主的孔子形象"。从道德角度看，孔子的思想核心是"仁"，其基本含义
是"爱人"。而伏尔泰则把儒家的"仁"作为人际关系的准则，并努力以

此为参照建立他的人本主义理想。孟华还以伏尔泰根据元曲《赵氏孤儿》改编的五幕悲剧《中国孤儿》的分析研究为中心，阐述了伏尔泰在剧作中所表达的政治与道德理想，指出：伏尔泰把元曲中的家族复仇的故事主题，改写成了中国文明征服野蛮的鞑靼这个主题，从中表现出了伏尔泰的"文明战胜野蛮"的观点。同时，伏尔泰自称这个剧本是"五幕道德戏"，表现了他对孔子的"仁"的思想的认同。总体看来，《伏尔泰与孔子》一书是迄今在伏尔泰与中国文化关系研究中的重要成果。比此前乃至后来关于这个话题的所有论述都要深入些。当然，也许由于篇幅的限制（收入该书的《神州文化集成》丛书每种均限制在十万字左右），本书的中心部分，即最后两章似乎还有进一步展开的余地；同样适应了这套丛书在风格上的总体要求，本书显得亲切、平易近人，笔调深入浅出，轻松洒脱，颇有可读性。

《文学接受与文化过滤——中国对法国象征主义诗歌的接受》一书，是金丝燕的博士学位论文。该论文是在法国通过答辩并获得学位的。这本书所研究的是法国象征主义诗歌在中国的翻译、介绍、评论及对中国诗歌的影响。该书给人突出的印象是高度体现比较文学"法国学派"的思路与风格。作者采用的是历史文献学的方法，以大量的原始文献资料的爬梳、资料的统计分析及数据来说明问题，而很少时下在中国流行的那种玄言和空论。全书所研究的是 1915—1925 年间中国翻译界、批评界对外国文学以及法国象征主义诗歌的接受情形，接着是 1926—1932 年间中国象征派诗人对法国象征主义诗歌的接受。在中国象征派诗歌及其与法国的关系研究方面，此前孙玉石在《中国初期象征派诗歌研究》（北京大学出版社 1987 年版）已初步涉及，金丝燕的这本书在许多具体问题上有所展开，在文献学的实证研究上发挥得很充分，并由此显出了自己的特色。但同时也存在着宏观概括乏力、理论气势疲弱和精彩点染缺乏等问题。

和上述金丝燕的著作一样，杜青钢的《米修与中国文化》一书也是在法国通过答辩的博士论文的基础上经修改加工而成的。该书研究的对象是法国现代诗人、画家亨利·米修（一译米肖、米硕，1899—1986）与中国文化的关系，书后附录"米修与中国文化相关诗文选译"（约四万字）。作者在"前言"中交代了自己的研究宗旨和研究方法，他写道："我力求以中国文化、中国诗学为参照，以感悟式批评为起点，借助符号学、主题学、形式批评等方法，对米修与老庄及中国艺术精神的关系进行系统深入的研究。将总体把握与深入确切的文本分析结合起来，通过两种文化和诗学观的双向观照和互释，揭示米修在两种文化的交融中运笔、创新的特点及其幽妙和独特之处，努力展示东方与西方诗学相撞互补的某些景观。"杜青钢通过对米修有关作品的细读式的文本分析，探幽发微，指出了中国文化在米修创作中的作用。例如米修对中国绘画艺术中"线"的特性的阐发，对中国戏曲中的象征与虚拟手法的推崇，对中国诗歌中的虚静的意境和禅意的体会，对于汉字的象形、会意及模糊之美等特性的理解，都表明了米修对中国艺术精神的深刻把握。而杜青钢更是通过具体作品的分析，指出了老庄的道家哲学对米修的深刻的浸润。

除了上述的三部专门著作以外，还有一部书值得一提，那就是《20世纪法国作家与中国——99'南京国际学术研讨会》。这是一部题为"20世纪法国作家与中国"的国际学术研讨会（1999年10月在南京召开）的论文集，由钱林森与法国学者克里斯蒂昂·莫尔威斯凯联袂主编，南京大学出版社2001年出版。在研讨会上提交论文的有法国与中国的有关专家学者二十多人。中方学者中包括了许多在法国文学研究及中法比较文学研究中年富力强的活跃人物。文集中的钱林森、段映红、许钧等人的论文在选题上是新颖的和有创意的。如许钧的文章从翻译文学史的、宏观的角度论述了20世纪法国文学在中国的译介历史及其特点。最引人注目的还是留法学者程抱一的《法国当今诗人与中国》，该文介绍了活跃在法国当代文坛上的几位诗人与中国的关系，所提供的材料均来自作者对诗人的采访，具有重要的史料价值。

在单篇论文方面，1980—1990年代，我国各学术期刊发表的有关中法文学关系与中法文学比较研究的单篇论文约有三百多篇。发表论文最多的有钱林森、葛雷、孟华、苏华等人。发表此类文章较多的期刊有《国外文学》《外国文学研究》《文艺理论与批评》《中国比较文学》等。其中，北京大学主办的《国外文学》杂志在 1991 年第 2 期推出了一个中法文学关系研究的专刊，所刊论文是 1990 年 7 月在天津举行的"中法文化交流国际学术研讨会"上中法学者发表的论文。这个专刊从一个侧面展现了 80 至 90 年代之交我国中法文学关系研究的阵容与成果。

第四节　中国与德国等欧洲其他国家文学关系研究

一、中德文学关系的研究

中德文学关系及中国文学在德国传播与影响研究的奠基之作是陈铨的《中德文学研究》（1936 年）。《中德文学研究》问世后的整整半个世纪中，我国学术界关于中国文学在德国的传播与影响的研究一直没有多大进展。直到 1996 年，上海外国语大学卫茂平（1954— ）的《中国对德国文学的影响史述》（上海外语教育出版社）的出版，才标志着该领域的研究得到了拓展与深化。

从内容上看，《中国对德国文学的影响史述》涉及的内容除纯文学外，还大量涉及哲学、思想、宗教、历史学等相关学科，可以说本书所采用的是广义的文学概念。这与陈铨的著作所采用的纯文学概念有所不同。关于这个课题的研究，据说德国学者早在一百年前就陆续写出了大量研究成果。卫茂平在本书的"引言"中提到了几部重要的著作，如利奇温的《18 世纪中国与欧洲文化的接触》（1923 年该书已有中文译本）、奥里希女士的《中国在十八世纪德国文学中的反映》（1935 年）、查尔讷的《至古典主义德国文学中的中国》（1939 年）、舒施特尔女士的《德国文学中的中国和日本，1890—1925》等。卫茂平去德国"运回"了"百来斤资料"，为写作本书打下了基础。事实上，这部书最大的优势也是资料的丰富。作者以自己对中国文化与文学的了解，对那些德文材料进行了鉴别、分析和充分的利用。全书按德国文学的发展线索来安排章节结构，从骑士文学和巴洛克文学与中国的关系讲起，分十二章依次评述了德国启蒙文学运动、狂飙突进运动、浪漫主义和"青年得意志"、毕德迈耶尔派文学、现实主义文学、自然主义文学、印象主义文学、表现主义文学、"内心流亡"文学、"流亡文学""现代左翼文学"、战后文学等文学史上的不同阶段、不同思潮流派的作家作品与中国文学及中国文化的关联。作为一部中国文化、中国文学影响德国文学的通史性质的著作，卫茂平教授的这部书在陈铨的《中德文学研究》的基础上，将研究范围拓展了，研究对象增加了，而且在许多方面将研究深化了。当然，比起陈铨的著作来，个人的学术锋芒、独特见解在书中所占的比重不是那么多。这大概是不得不大量利用德国学者的研究成果，即第二手材料的缘故。在这样一部跨度很大、涉及面很广的著作中，这是正常的。而对个案问题的更细致的研究，则需要更专门的著作来完成。卫先生在本书的"后记"中表示将对本书的论题做进一步的研究。这也是读书界和比较文学界所期待的。

曹卫东（1968— ）的《中国文学在德国》，是乐黛云主编、花城出版社出版的《中国文学在国外》丛书之一种。该书早已完成并交稿，只是一直到 2002 年才得以出版问世。该书分上下两编，上编分六章评述中国文学在德国的研究和接受情况，包括德国人写的四种《中国文学史》，中国古典诗歌、小说、戏剧、古典诗学在德国的译介与流传与接受，即从译介学角度对中国文学在德国的传播流布情况做了概述，也从德国人对中国文学的宏观研究和微观研究中，分析其对中国文学的深层接受。下编的七章从比较文学的"形象学"的角度，研究各个历史时期德国文学中的"中国形象"或"中国观"。这里既有纯文学中的中国形象的描写，也有广义文学——包括哲学、历史学等学术著作——中对中国的议论和看法。较之卫茂平的《史述》，曹卫东的这本书对有关材料的梳理更加系统和条贯，上下两编所取的两种视角，是中德文学、文化关系的两个基本的视角，以此来统驭史料，使论题显得十分紧凑，焦点也相对集中，作者的学术鉴赏力和理论分析能力也得到了充分的发挥。

歌德是德国文学的代表，是最早注意中国文学、正确理解中国文学并接受中国文学影响的德国作家，也是在中国传播最广、影响最大的德国作家。因此，以歌德为中心进行中德文学的比较研究，无论在中国还是在德国，关于这个问题的研究都受到重视。在德国，据说，早在一百多年前德国和其他欧洲国家就有人开始研究歌德与中国的关系问题，陆续发表了大量的研究成果。1982年，在德国海德堡举行了"歌德与中国"国际学术研讨会，可见国际学术界对这个问题的重视。我国学者、歌德翻译家杨武能教授等也应邀参加了这次会议。在此前后，杨武能陆续发表了《歌德在中国》（《社会科学战线》1982年第3期）、《歌德与中国现代文学》（《读书》1982年第3期）等文章。1991年，北京三联书店又出版了他的专著《歌德与中国》（"读书文丛"之一），集中反映了作者的研究成果。该书分为"歌德与中国"和"中国与歌德"两部分。作者在"引言"中援引德国一位教授的话说，关于"歌德与中国"的话题"要研究的问题几乎都研究过了，要讲的话几乎都讲完了"。因此，杨武能表示对于这一部分内容"只准备将前人重要成果加以归纳总结，系统地介绍给我国读者，并在必要时做一点分析评论"；关于下一部分内容，即中国与歌德的关系，则尚缺乏系统研究。事实上，这部分内容占了全书三分之二的篇幅，也更多地反映出了作者对第一手资料的掌握和运用。在这一部分中，作者首先系统地梳理了自晚清洋务运动以来一百年间中国的歌德接受史。从晚清出洋考察的李凤苞在《使德日记》中第一次提到歌德，到辜鸿铭对《浮士德》中的"自强不息"精神的理解，再到马君武首次译出歌德的作品——《少年维特的烦恼》中的一节《米丽客歌》（即《迷娘

歌》)，歌德在中国开始为人知晓。五四时期的田汉、宗白华、郭沫若在
《三叶集》中，表现了三人对歌德的倾慕、理解和评价。杨武能通过对
《三叶集》的分析认为，《三叶集》的确是以歌德为中心的。认为它对研
究歌德对中国的影响是一本十分珍贵的文献。以"歌德"这个至今通用
的译名来说，就是田汉在《三叶集》中最早使用的。《三叶集》的出版是
中国的歌德译介进入繁荣阶段的预兆。到 1932 年歌德逝世一百周年时，
更形成了空前的高潮。这当中，最重要的是郭沫若对《少年维特的烦恼》
的翻译。作者指出，这个译本自 1922 年 4 月问世后，在中国引发了一股
"维特热"，由"维特热"进而发展为"歌德热"。在抗日战争爆发前，
歌德的重要作品在中国几乎都有了译本，有的作品，如《浮士德》，则有
郭沫若译本等四种译本。在歌德研究方面，在纪念歌德逝世一百周年的
1932 年前后，各报刊发表了大量文章，后来在这些文章的基础上又编辑
出版了《歌德论》(上海乐华图书公司 1933 年) 和《歌德之认识》(钟山
书店 1933 年，后更名为《歌德研究》，中华书局 1936 年) 两部文集。尤
其是后者，杨武能的评价是"内容充实，意义重大，学术价值也相当
高"。通过对史料的分析，杨武能得出结论认为："在郭译《维特》问世
到抗日战争爆发的十余年间，歌德在所有外国作家中似乎是最受中国文学
界和读书界重视的一位；莎士比亚、巴尔扎克、普希金等后来才超过了
他。"而在抗战与解放战争期间，"歌德热"余热犹存。新中国成立后，
由于众所周知的原因，歌德在中国的地位和影响是升降起伏，大起大落。
在纵向地评述了中国的歌德接受史之后，杨武能又分专题就歌德对中国现
代文学的影响问题做了研究分析。他认为，歌德的《维特》对中国现代
书信体小说的产生起了很大作用，因为"我国在《维特》传入前绝对没
有做过写书信体小说的尝试"，《维特》译介后却出现了郭沫若的《落叶》
《喀尔美萝姑娘》、许地山的《无法投递的邮件》、蒋光慈的《少年漂泊
者》和《一封未寄的信》、王以仁的《流浪》、冰心的《遗书》、向培良
的《一封信》、庐隐的《或人的悲哀》等一大批书信体小说。这些作品都

一定程度地直接间接地受到了《维特》的影响。而在中国现代戏剧文学中，集中反映了歌德的影响的，是著名广场剧《放下你的鞭子》。杨武能认为这个作品来自歌德的长篇小说《威廉·麦斯特的学习时代》中那段关于迷娘的故事，它经历了由田汉的《眉娘》，到多人合作的《放下你的鞭子》，由原作中的人道主义，再到改编中的爱国主义主题的不断修改完善的过程。杨武能接着用专节评析了郭沫若与歌德的文学关系。介绍了郭沫若在歌德作品翻译方面的巨大贡献。认为郭译《少年维特的烦恼》"相当出色"；而郭译《浮士德》经对照原文，误译也不多；虽然有些译文太自由，中国味儿太浓，并用了一些难懂的四川方言词汇，但总的来看"译得相当有诗意"。杨武能还认为，郭沫若当时弃医从文，在一定程度上可归因为歌德的影响；早年的主情主义、泛神论思想、自我之扩张的思想，受歌德影响也较深。在郭沫若之外，作者还评述了宗白华、梁宗岱、冯至、绿原四位诗人在歌德的译介与研究中所做的贡献。对当代中国的歌德作品翻译家钱春绮、董问樵以及作者本人的歌德作品翻译与研究情况也做了介绍和评价。显然，《歌德与中国》一书是抱着对歌德的一片崇敬与热爱之情写出来的，作为我国当代重要的歌德翻译家，杨武能对歌德的创作、对歌德在现当代中国的传播情况十分熟悉，这表现在本书的写作中，就是史料运用、理论分析与作者的个人的体验与经验的密切结合。《歌德与中国》问世后到今天的近十年里，杨武能在歌德作品翻译方面又有了新的更大的贡献：主编了十余卷的《歌德文集》（河北教育出版社），独立翻译了多卷本的《歌德精品集》（安徽文艺出版社），身体力行地进一步推动了歌德在当代中国的传播。此外，杨武能还发表了《从卡夫卡看现代德语文学在中国的接受》（《中国比较文学》1990年第2期）、《中国当代文学在德国》（《中国比较文学》1992年第1期）、《冯至与德国文学》（《外国文学评论》1992年第3期）等文章，将中德文学的比较研究的领域进一步扩大了。

　　与杨武能的上述著作同年出版的关于歌德与中国文学比较研究的著

作还有一部，那就是姜铮先生的《人的解放与艺术的解放——郭沫若与歌德》（时代文艺出版社 1991 年）。这是探讨郭沫若接受歌德影响的专著。它研究的是一个一直受到研究者重视的课题。此前，已有许多文章涉及这一问题，如陈万睦的《新中国的歌德——简论郭沫若与歌德的关系》（《郭沫若研究学会学刊》1983 年第 1 期）、苏宁的《试论〈浮士德〉对郭沫若诗剧的影响》（《中国现代文学研究丛刊》1983 年第 4 期）、洪欣的《郭沫若与歌德》（《剧作家》1985 年第 6 期）、成寅的《〈浮士德〉对郭沫若抗战六剧的影响》（《上海大学学报》1989 年第 1 期）、袁荻涌的《郭沫若与德国浪漫主义文学》（《郭沫若学刊》1994 年第 2 期）、傅正乾的《吸取、创造与超越——郭沫若的歌德接受史》（《陕西师范大学学报》1994 年第 4 期）、范劲的《郭沫若与歌德》（《郭沫若学刊》1996 年第 2 期）等。尤其是傅正乾的文章，将郭沫若接受歌德的历史划分为三个时期，概括了三个时期从崇拜、译介，到扬弃，再到借鉴创造的接受过程及特点，是一篇言简意赅的好文章。姜铮的《人的解放与艺术的解放——郭沫若与歌德》是迄今仅有的一部歌德与郭沫若比较研究的专著。全书分"主篇"与"辅篇"两大部分。作者从泛神论的哲学观、自然人性的个性观、浪漫主义的文学观和唯情主义的性爱观等不同角度，指出了歌德对郭沫若的创作及人格个性的影响，并最终把这种影响与接受的实质归结为"人的解放与艺术的解放"。总体上看，这部书没有提供多少新的材料，作者不是歌德及德国文学的专门研究者，在德文资料方面也显出欠缺，但在理论分析方面还比较深入——虽然有时并没有紧扣住"郭沫若与歌德"这一话题而主要是对郭沫若的孤立的评论。

　　尼采是德国著名思想家，同时他也是文学家和诗人，尼采学说在 20 世纪初传入中国，对现代中国的思想文化、对中国现代文学产生了很大影响。而且，中国文学界比起哲学思想界对尼采更感兴趣，尼采对中国现代文学家的影响也更为显著。所以进入 1980 年代后，比较文学界对尼采与中国现代文学的关系研究开始重视起来，并逐渐成为中德文学比较研究中的一个突出的重要问题。1980 年，乐黛云教授发表了《尼采与中国现代文学》(《北京大学学报》1980 年第 3 期) 一文，全面而又扼要地评述了尼采对中国现代文学的影响，分析了尼采进入中国现代文学的必然性，重点评述了鲁迅、茅盾、郭沫若和 40 年代初期的"战国策派"作家陈铨、林同济、雷海宗等人对尼采的理解与接受，以其视野的开阔、思路的解放，在当时产生了较大的影响，对此后的相关研究也有一定的启发与推动作用。

在尼采与中国现代作家的比较研究中，关于鲁迅与尼采的关系研究的文章所占比重最大。这个问题的探讨与争论始于 1930 年代，改革开放以来文章更多。1978 年，张华发表《鲁迅与尼采》、陆耀东发表《试谈鲁迅与尼采》(均刊于《破与立》1978 年第 1 期)，1979 年唐达辉发表《鲁迅前期思想与尼采》(《武汉大学学报》1979 年第 5 期)，1981 年陆耀东、唐达辉发表了《论鲁迅与尼采》(《鲁迅研究》1981 年第 5 辑)。此后，蒙树宏、钱碧湘、王富仁、闵抗生、程致中等先生都发表了相关的文章。这些文章对于澄清鲁迅与尼采的复杂的关系，都有自己的价值。但也有一些文章选题、视角相互重合，材料使用雷同。批判尼采，弘扬鲁迅，强调鲁迅早期接受尼采学说的积极作用，高度赞赏鲁迅在 30 年代后对尼采的"摆脱"，这在许多文章中可谓异口同声。在尼采与鲁迅的比较研究领域，还出现了一部专著，那就是闵抗生的《鲁迅的创作与尼采的箴言》。该书于 1996 年由陕西人民出版社作为"鲁迅研究丛书"之一种出版发行，是一本有一定系统性的文集。其中主要的、有特色的部分则是关于鲁迅的《野草》与尼采的《查拉斯图拉如是说》的比较研究。此前的有关鲁迅与尼采的比较研究多集中在尼采思想如何影响鲁迅这一问题上。闵抗生在《野草》与《查拉斯图拉如是说》的比较中则主要采用文本细读、作品分析的微观方法。对《野草》中诸篇——《过客》《野草·题词》《秋夜》《影的告别》《求乞者》《复仇（其二）》《希望》《雪》《死火》《墓碣文》《死后》《这样的战士》等与《查拉斯图拉如是说》的关系做了细致

264

的分析，而且细致到了具体字句的层面。在两者的比较中时有探幽发微之见。闵抗生的这种研究方法，体现了比较文学"影响研究"的要领——通过作品的具体分析，发现影响之存在。此种"影响研究"没有"传播研究"那样的实证，但也没有陷入"捕风捉影"的玄虚。因为尼采影响鲁迅是众所周知的事实。但文学层面的影响非要具体到作品分析的层面才有说服力。当然，这样的细致的文本分析有时不免显得琐碎，好在作者也注意到了在微观的作品分析中的宏观的提炼。而且，作者在注意发现尼采对鲁迅的影响的同时，也注意指出鲁迅对尼采的消化与超越，体现了"影响研究"与"超影响研究"的辩证统一。在《鲁迅的创作与尼采的箴言》出版后，闵抗生还出版了《尼采，及其在中国的旅行》（当代中国出版社 2000 年）一书，此书主要内容是对尼采哲学思想的解读，但书中的第四章"尼采在中国"用了四万多字的篇幅，系统地描述了 1900 年至1998 年近一百年间尼采在中国的传播史，涉及 20 世纪中国哲学史、文学史上的大量史料，对比较文学研究来说也有一定的参考价值。此前，青年学者成芳（杜诗言）先生曾出版过一部同类内容的专著——《尼采在中国》（南京出版社 1993 年），描述了 1980 年代之前中国接受尼采的历史。闵著对《尼采在中国》一书有所借鉴，并且在书中予以很高的评价，认为它"资料翔实，多有新见，是一部颇见功力的学术著作"。

　　也有学者对尼采与中国现代文学关系做了总体性研究。殷克琪女士的《尼采与中国现代文学》就是这个领域仅有的一部专著。该书是作者在德国撰写的博士学位论文，原用德语写成，作者因写此书而积劳成疾，于1991 年英年早逝，后由洪天富教授译成中文，南京大学出版社 2000 年出版。这可以说是殷克琪用自己年轻的生命写成的书。全书共分四章。第一章"尼采传入中国"纵向地梳理了尼采传入中国的历史过程，分析了其历史文化背景，不同历史阶段对尼采的解读及对尼采著作的翻译。第二章之后是对尼采与中国现代文学关系的横向研究。全书资料收集较为丰富，而且按照德国学位论文的严格规范，对材料的来源、对所引用的他人的材料与观点一一注出，共达一千多条，显示了严谨的学风。当然，书中也有不够成熟的地方。总体上看个人独特的学术观点不突出，特别是对于战国策派的看法仍然因袭旧见，否定过甚。

此外，关于尼采与郭沫若比较研究的重要文章有张牛的《试论郭沫若前期文艺思想与尼采》（《郭沫若学刊》1993年第1期）；关于尼采与中国文学、文艺美学关系研究的有分量的论文有张辉的《尼采审美主义与现代中国》（《中国社会科学》1999年第2期）等。

除上述的歌德、尼采外，席勒、海涅、施托姆、布莱希特、茨威格、雷马克等德国作家对中国文学的影响，也有一些文章做了研究。其中，关于席勒与中国，主要有杨武能编选的论文集《席勒与中国》（四川文艺出版社1987年），是"席勒与中国·中国与席勒"专题国际学术研讨会的论文选集，收张威廉的《席勒，他的为人和他对中国的了解》、董问樵的《席勒与中国》等文章共31篇。此外发表的重要文章还有德博的《席勒的自然观与中国的山水诗》、吕龙沛的《席勒的桃园与陶潜的桃园》（均载《外国语文教学》1985年第3期）、韩世钟的《席勒的作品在中国》（《外国语教学》1986年第1期）、未见的《席勒的文艺思想与郭沫若》（《山东师范大学研究生论集》1986年第1期）等文章；关于海涅与中国文学比较研究的文章，主要有张玉书的《鲁迅与海涅》（《北京大学学报》1988年第4期）、李智勇的《海涅的作品在中国的传播与影响》（《湘潭大学学报》1990年第3期）、倪诚恩《海涅在中国》（《中国比较文学》1992年第1期）；关于施托姆与中国文学的文章，有马伟业的《〈茵梦湖〉与中国现代爱情小说》（《学术交流》1992年第2期）；关于布莱希特与中国文学关系的文章，有丁扬忠的《布莱希特与中国戏曲》（《戏剧学习》1981年第3期）、《黄佐临与布莱希特》（《戏剧艺术1995年第2期》），南松的《布莱希特与中国古典文艺》（《艺术世纪》1982年第6期），杨立的《漫话布莱希特与中国》（《文艺研究》1983年第1期），克欢的《中国舞台上的布莱希特》（《文艺界通讯》1985年8期），高行建的《我与布莱希特》（《当代文艺思潮》1986 年第 4 期）等；此外的重要文章还有李清华的《雷马克在中国》（《当代外国文学》1990 年第 4 期），黎荔的《冯至与里尔克》（《陕西师范大学学报》1998 年第 2 期）、刘剑虹的《王西彦与茨威格》（《浙江师范大学学报》1996 年第 1 期）、谭德晶的《冯至早期抒情诗与德国浪漫主义文学新探》（《中国比较文学》1993 年第 2期）等。

二、中国与欧洲其他国家文学关系的研究

在中国与俄、法、英、美、德等主要欧洲国家的文学关系研究之外，中国与欧洲其他国家、其他民族的文学也存在着或多或少、或直接或间接的关系，这些关系作为比较文学研究的对象与课题，同样也引起了许多学者的重视。研究较深入的是古希腊的《伊索寓言》在中国的翻译传播、近代北欧作家易卜生和中国现代文学等问题。

首先，是中国文学与古希腊文学的关系。两者的共时的事实联系很少，近 20 年来出现了几篇希腊神话与中国汉民族及少数民族神话平行比较、古希腊戏剧与中国古典戏剧的平行比较等方面的文章，但往往缺乏可比性而不免牵强。而古希腊文学在近现代中国的翻译与传播，却是一个有重要研究价值的问题。在这方面，周作人于 20 世纪上半期曾经写过一些文章。近 20 年来，戈宝权的研究尤其值得注意。从 1985 年到 1990 年代初，他在《中国比较文学》杂志上连续发表了一系列文章，其中包括《谈利马窦著作中翻译介绍的伊索寓言》《谈庞迪我著作中翻译介绍的伊索寓言》《谈金尼阁口授、张赓笔传的伊索寓言〈况义〉》《再谈金尼阁口授、张赓笔传的伊索寓言〈况义〉》《谈牛津大学所藏〈况义〉手抄本及其笔传者张赓》《清代中译〈伊索寓言〉史话》《辛亥革命以后中译〈伊索寓言〉史话》等七篇，后来都收在《中外文学因缘——中外比较文学论文集》中。这些文章从翻译文学史的角度，系统地梳理了古希腊的《伊索寓言》在中国的翻译、传播的历史。揭开了古希腊文学与中国文学

关系的重要篇章，填补了中外文学交流史上的一项空白。

关于东欧、西欧和中欧国家与中国现代文学的关系，有二十来篇研究论文，主要包括王敬文的《鲁迅与显克维支》（《武汉师范学院学报》1982年第6期）、凌彰的《荷兰文学在中国》（《外国文学研究》1983年第1期）、丁超的《中国文学在罗马尼亚》（《东欧》1989年第3期）、杨燕杰的《保加利亚诗歌中的中国革命》（《东欧》1989年第3期）、李保华的《荷兰高罗佩的汉学研究与〈狄公案〉》（《文史知识》1991年第4期）、李风亮的《米兰·昆德拉及其在中国的命运——昆德拉作品中译述评》（《中国比较文学》1999年第3期）等。此外，还有几篇平行研究的文章，如关于意大利诗人但丁与中国古代诗人屈原的比较、意大利的《十日谈》与中国古代短篇小说集"三言二拍"及明代李渔的小说之比较、西班牙塞万提斯的《堂吉诃德》中的堂吉诃德的形象与鲁迅笔下的阿Q形象的比较、堂吉诃德和桑丘与《西游记》中的孙悟空和猪八戒的比较等等。

北欧各国——主要是斯堪的纳维亚半岛地区——的有关作家作品也对中国现代文学产生了影响，如丹麦著名童话大师安徒生在中国几乎家喻户晓。张耀辉在题为《安徒生对中国现代童话创作的影响》（《安徽大学学报》1992年第3期）一文中，认为中国现代童话受到了王尔德、爱罗先珂等人的影响，但影响最大的首推安徒生的童话。勿冈的《叶君健与安徒生童话》（《书与人》1994年第6期）介绍了叶君健在安徒生童话的翻译及所受安徒生的影响。姚锡佩在《滋养鲁迅的斯堪的纳维亚文化》（《鲁迅研究月刊》1990年第9-10期）一文中，分析了丹麦童话家安徒生、思想家克尔凯郭尔、文艺理论家勃兰兑斯和挪威作家易卜生、汉姆生等对鲁迅的思想与创作的影响。在北欧文学家中，对中国文学影响最大的是易卜生。在五四时期，易卜生及其《玩偶之家》对现代中国的话剧创作，对中国的家庭解放与社会解放所起的作用，是任何一个其他外国作家所不能的。因此，关于易卜生与中国文学的关系问题，很早就引起了中

国学者的注意。早在 1956 年，阿英就发表了《易卜生的作品在中国》
（《文艺报》1956 年第 17 期），对易卜生的作品在中国的翻译、评论等问
题做了文献资料上的考证。改革开放后，每年都有关于易卜生与中国文学
比较的文章出现，20 年中关于这个问题的文章约有四十多篇。王忠祥较
早着手进行这方面的研究，他发表的《易卜生及其戏剧在五四前后》
（《外国文学研究》1979 年第 2 期）一文，是新时期研究易卜生与中国文
学之关系的最早的文章。此后，他陆续发表了《易卜生戏剧创作与 20 世
纪中国文学》（《外国文学研究》1995 年第 4 期）、《易卜生和他的文学创
作》（《易卜生文集》第一卷"代序"，人民文学出版社 1995 年）等，深
入、系统地评述了易卜生的戏剧及诗歌等在中国的翻译、评论、研究及对
中国现代文学的影响。此外，范文瑚、赵铭、张先、秦志希、吴仁持、程
致中、汤逸佩等都有相关文章发表。进入 1990 年代后，中国和挪威两国
学者在北京共同举办了两次专题研讨会，即 1995 年的"易卜生学术研讨
会"和 1999 年的"易卜生与现代性：易卜生与中国研讨会"。1995 年研
讨会的论文集《易卜生研究论文集》于 1997 年由中国文学出版社以中文
和英文两种文字正式出版。1999 年研讨会的论文集《易卜生与现代性：
"西方与中国"》于 2001 年由百花文艺出版社出版。该论文集按文章内
容分为四编，其中的第二编"易卜生与中国"收录了王忠祥、何成洲、
张浩、孙惠柱、国荣、陈爱敏的文章共六篇。总体上看，易卜生与中国现
代文学的关系研究已经被学者们所重视，但迄今为止的研究成果还只是单
篇文章和论文集。这个课题是很有必要以专门著作的形式做更为系统和深
入的研究的。我们期待着这方面成果的问世。

第七章 中国与美国、拉美、澳洲
文学关系的研究

　　中美两国文学发生关系的历史并不太长，其联系也谈不上广泛和深刻，但两国的某些作家、某些流派之间，在某些特定的时期却发生了深刻的交汇和共鸣。由于美国文化在当代世界的影响力，中国学界十分重视对美国问题的研究，中美文学关系问题也吸引了许多学者，并出现了较丰富的研究成果。同时，随着拉美文学在 1980 年代的大量译介与中国作家对拉美作家创作艺术的学习借鉴，中国作家与拉美文学关系的研究也有所收获。中国与澳大利亚文学关系的研究，则与移民澳洲的华人的历史密切相关。

第一节　中国与美国文学关系的研究

一、中国文学对美国文学影响的总体研究

　　中国文化和文学对美国文学的影响，最初表现为孔子及儒家思想对 19 世纪美国超验主义思想家、诗人爱默生和梭罗的影响。然后表现为 20 世纪初美国的新诗运动、对以庞德为代表的所谓"意象派"诗歌的影响。

这种影响在 1930—1940 年代曾一度减弱，但在 1950—1970 年代以唐代寒山诗为中心，中国古典诗歌在美国诗人中再次受到普遍欢迎。总体看来，中国文学对美国的影响主要体现在中国古典诗歌对美国诗歌的影响。戏剧方面除美国戏剧家奥尼尔对中国道家思想表示共鸣外影响很有限，小说方面则微不足道。因此，中国的中美文学关系的研究及中国文学对美国文学的影响研究，也清楚地反映出了上述的实际情形——研究中国诗歌对美国影响的最多，其次是研究爱默生、奥尼尔与中国古代思想之关系。

首先是对美国意象派诗歌与中国古典诗歌的关系的研究。较早研究这个问题的是赵毅衡和丰华瞻。赵毅衡发表的《意象派与中国古典诗歌》（《外国文学研究》1979 年第 4 期）是改革开放后中美文学关系研究的发轫之作，此后他连续发表了《美国新诗运动中的中国热》（《外国文学研究》1983 年第 9 期）、《关于中国古典诗歌对美国新诗运动影响的几点刍议》（《文艺理论研究》1983 年第 4 期）等系列文章。丰华瞻也连续发表了《艾米·洛厄尔与中国诗》（《外国文学研究》1983 年第 4 期）、《庞德与中国诗》（《外国语》1983 年第 5 期）、《意象派与中国诗》（《社会科学战线》1983 年第 3 期）等系列文章。1985 年，赵毅衡出版了《远游的诗神——中国古典诗歌对美国新诗运动的影响》（四川人民出版社 1985年），堪称在这个课题研究上的集大成的成果。

《远游的诗神——中国古典诗歌对美国新诗运动的影响》是对美国现代新诗运动所受中国诗歌影响问题的总体的、系统的研究，具有填补空白的意义。到那时为止，有关这个课题的研究都是个案性的，研究的对象局限在某某诗人、某某诗派或某个具体问题。赵毅衡的总体研究融会、借鉴和消化了美国学者的研究成果，同时，也大量地接触了原始的、第一手的材料，包括有关诗人的诗作。作者将 20 世纪初的美国诗坛摆脱英国传统的束缚、革故鼎新的新诗运动，从时间上界定在 1912 年至 1922 年的十年间。他的论述也以这十年为中心。全书分为三章。第一章：影响的存在；第二章：影响的中介；第三章：影响的分析。《影响的存在》一章，运用了比较文学的传播研究、实证研究的方法，有力地证实了中国影响的存在。作者引述了新诗运动的几个代表人物的言论，又对影响的若干实例进行了具体的研究，对新诗运动中影响最大的诗人艾兹拉·庞德以及埃米·洛厄尔、哥尔德·弗莱契、哈丽特·蒙罗、伐切尔·林赛、卡洛斯·威廉斯等人的诗作，做了细致的分析，说明在美国的新诗运动中，接受中国古典诗歌的影响是一种普遍的时代潮流，而不是个别现象。鉴于美国的新诗运动除受中国影响外，还受到了欧洲各国、印度、日本及拉美的影响，而中国的影响在这多重影响中居于何种位置，发挥了什么独特的作用，也是作者试图进一步回答的问题。作者认真分析了当年美国新诗运动中的几个核心刊物上发表的异国诗歌的翻译、研究与评论，并做了统计表格。这些统计数字表明，有关中国诗歌的翻译、研究和评论的数量名列前茅。虽然中国诗歌在影响美国的中介环节，如渠道、信息、人员往来等方面和法国、日本、甚至印度相比都有诸多不利条件，但中国的影响在新诗运动初期之后，迅速超过日本，成为最大的影响源。作者指出："日本的影响使美国诗人觉察到日本背后存在着的巨大的艺术宝库——中国，而且日本诗人和学者的中国文学修养帮助了美国诗人接触中国诗。换句话说，日本成了中国影响进入美国新诗运动的向导和桥梁。"因而作者不同意美国当代学者厄尔·迈纳关于日本诗的影响大于中国的看法。在第二章"影响的中介"中，赵毅衡对中国诗歌影响美国新诗运动的中介因素做了分析研究，其中包括外交与通商的因素、美国诗人的访华、在美国的中国人所起的作用，还有中国艺术、中国古代哲学思想的西传，特别是中国诗的翻译——例如庞德译中国古诗集《神州集》——所起的巨大作用。在第三章"影响的分析"中，作者分析了中国诗能够影响美国新诗运动的根本的社会历史的根源，认为这反映了美国人对工业革命后社会现实的超越和逃避，而在艺术上的原因则是借着中国诗来反抗英语诗歌的僵化了的传统。美国诗人发现，中国古诗本质上是简约的，而英语诗歌乃至西方诗歌传统则是夸饰型的；中国诗歌在感情上是讲究含蓄节制的，西方诗歌则常常是"滥情主义的"。而美国意象派诗歌就是推崇这种简约和叙述的节制。另一方面，庞德等人在翻译中国古诗时完全不顾汉诗本有的格律，将古诗译成了一种自由体诗，使当时的读者认为中国古诗本来就是自由体诗，而这种作为自由体诗的译诗对于冲破英语诗歌的传统格律和句法，又起了重要作用。从逻辑上环环紧扣的印欧句法，到省略环节、隐藏逻辑，让名词词组和意象孤立并置，这些都是出于对中国诗的模仿。总之，赵毅衡的《远游的诗神》将丰富史料的引证与大量的文本分析结合起来，文风扎实严谨，熟练老到地运用了比较文学的各种研究方法，显示了他在这个研究领域中的博学多识。稍感遗憾的是有些地方在理论上的总结和提炼还不够。作者在学术上的独到见解与发现，某些规律性的结论的提出与总括，如不加以突出强调，有时就很容易被大量具体的个案研究所掩蔽。

十多年后，也就是 1996 年，我国台湾中山大学教授钟玲博士出版了另一本与上述赵毅衡的研究课题大体相同的著作，书名是《美国诗与中国梦——美国现代诗里的中国文化模式》（台北麦田出版股份有限公司）。这部书所探讨的时间范围比赵著要长，主要论述 1950 至 1990 年代美国现代诗与中国诗学（包括诗的理论、诗的实践、诗情、诗的表达方式等）的关系。全书分为六章。第一章"美国现代诗与中国文化"，是对美国诗与中国文化之关联的提纲挈领的总体论述。作者认为，在美国的诗歌运动中，以 20 世纪头十年的意象主义与 20 世纪 50 年代末 60 年代初的旧金山文艺复兴两次诗歌运动最为开放。以中国古典诗歌为主的中国文化，连同其他边缘文化，如日本文化、印度文化、印第安文化等，都被吸收到美国诗歌中。在对美国诗歌为什么会吸收中国文化，美国诗人如何看待中国诗学进行了分析之后，钟玲指出："总体来说，对于美国人而言，20 世纪里的中国，是他们歧视、好奇、同情、援助、仇视，或唾弃的对象，但从来不是他们向往、仰慕的对象。对 20 世纪一些美国诗人而言，他们持一种奇怪的二分法，好像现实里的中国与中国文化是不相干的，他们可以对美国社会上的华人或对中国抱歧视的或忽视的态度，但对中国古代文学却抱极度推崇的心理。前者多少反映了白种人的种族优越感及帝国主义思想，后者则应该是文化自我救赎的一种方式，或是诗人颠覆帝国主义思想的一种手段。"在第二章"中国诗歌译文之经典化"中，作者将美国的中国古典诗歌翻译，特别是庞德、韦理、宾纳和雷克罗斯等人的翻译中普遍存在的背离原文的翻译现象与方法，称之为"创意翻译"。"创意翻译"这种概括也是颇有"创意"的。作者指出"创意翻译"是以译者把对中国古代诗歌的主观感受用优美的英文呈现出来为目的。这些翻译在当时得到了包括评论家在内的普遍的赞赏和推崇，并被选入相当重要的美国诗歌选集中。更重要的是，这些译文本身通常被美国读者视为创作，而不视为翻译作品。这样一来，"创意翻译"以其独特的优美的风格、简洁而自然的句法、鲜明强烈的意象而具备了其美学价值，从而在 20 世纪中叶的美国诗坛建立了经典地位。在第三章"美国诗歌中的现实中国"中，作者运用比较文学的涉外形象学的研究方法，分析了美国现代诗歌中的中国形象，认为在美国现代诗歌中，中国的形象分为现实的中国和古代的中国两种形象，并具体分析了几位诗人的涉及现实中国的作品。在第四章"中国思想之吸收及转化"中，作者指出："美国诗坛是在 1950 年代末至 1960 年代之旧金山文艺复兴时期才开始比较广泛地吸收中国文化及思想。这种文化移入的现象在文学界和那一代青年之中都相当普遍。其后不少美国人认为中国文化思想已成为他们必要吸收之学识及经验。在旧金山文艺复兴运动期间，固然许多参与运动的人都读过《道德经》之英译本，学日本禅，读中国诗及日本俳句之英译文等，更值得注意的是'搜索的一代'（大陆地区通译'垮掉的一代'——引者注）年轻人也一样喜欢这些读物及作品。因此对东方思想之追求乃当时的一种风气，并非全是美国一些作家之偏好。"在诗人中吸收道家思想最多的是雷克罗斯、史奈德及罗拔·布莱三个人。作者从具体的作品分析入手，详细地阐述了道家思想在他们创作中的运用与表现，指出了他们的诗作中所呈现出的"中国式的物我关系"，即表现出的"无我之境"。在第五章"人物模式之吸收及变形"中，

274

作者认为，中国古典诗歌中的"诗隐"及"闺怨"两种人物模式，被美国现代诗歌所吸收。其中，雷克罗斯、史奈德、詹姆斯·乌莱特、罗拔·布莱等人的作品，较多地采用了中国隐士模式。女诗人嘉露莲·凯莎则直接采用了中国古诗中的闺怨体模式，表现了"中国式的爱情"。中国诗隐的形象主要是从庞德的《古中国》（一译《神州集》），还有韦理、雷克罗斯等人的英译汉诗中呈现出来的，这些诗隐的人格特征是不追求权力与荣华，而醉情于大自然之美，并寻求达到智慧的境界。第六章"整体艺术观"则考察了中国传统的诗、书、画一体的整体艺术模式对美国的影响。这主要表现为有关书籍的插图和美国诗人对中国书法艺术的模仿。钟玲的《美国诗与中国梦》的六章内容分别从不同的视角，全面系统地分析、阐释和呈现了美国现代诗歌中的中国文化的诸种模式。钟玲教授作为学者与作家兼于一身的人物，也兼具深厚的学识与良好的审美判断力。她成功地将开阔的文化视野与文学本体意识有机结合起来，将传播研究的史料实证、影响研究的作品审美分析、平行研究的文学特征对比有机地结合起来，将细致入微的分析与高屋建瓴的理论概括有机结合起来，将现有史料的引证与具体作品的分析结合起来。书中引用了不少英文原诗，并做了切中肯綮的分析。这部著作与上述赵毅衡教授的《远游的诗神》可谓相得益彰，共同呈现了美国现代诗歌与中国文化的历史因缘。

钟玲的《美国诗与中国梦》一书，充分展示了我国台湾地区的中美文学关系研究的学术实力。从总体上看，在中美文学的比较研究方面，台湾学者着手较早，研究人员的投入及成果也较多。有关的研究者常常在美国—台湾—香港三地辗转任教，在信息、资料和视野方面有着一定的优势。在《美国诗与中国梦》一书出版之前，能够集中展示台湾地区中美文学比较研究成果的，还有郑树森主编的《中美文学因缘》（台北东大图书公司1985年版）。这是一部由九篇论文组成的论文集。其中有郑树森写的《前言》，王建元的《从超越论到人文主义——论中国对爱默生的影响》，凯第的《梭罗〈华尔腾〉里的儒家经典》、郑树森的《俳句、中国诗与庞德》，叶维廉的《静止的中国花瓶——艾略特与中国诗的意象》，傅澜思的《尤金·奥尼尔与中国》，钟玲的《体验与创作——评王红公英译的杜甫诗》，奚密的《寒山译诗与〈敲打集〉——一个文学典型的形成》，华力克的《道家思想与法西斯主义的接触——狄克〈在高堡中的人〉研究》等。除凯第、傅澜思、华力克等是外籍作者外，大部分论文都由中国台港地区的学者执笔。不少文章具有相当的独创性。其中，王建元在《从超越论到人文主义》一文中认为，美国学者在对超越论（祖国大陆通译"超验主义"——引者注）及其代表人物爱默生所受东方文化的影响的研究中，多将印度哲学与波斯诗歌作为影响美国超越论的亚洲文化的主流，从而忽视了中国儒家思想的影响。实际上，儒家思想的影响是存在的，不能忽视的。而对《孟子·公孙丑·上篇》，"称之为'重大的影响'并无不当之处"。作者又指出"孔子的'中庸之道'很可能也影响到爱默生的思想"，对这些问题做了令人信服的分析论证，并指出："爱默生越是关心政治，越是致力于社会的改革，也就越接近儒家的作风。"后来，大陆学者钱满素女士在《爱默生与中国——对个人主义的反思》（北京三联书店 1996 年版）一书中，也提出了与王文相似的看法。郑树森在《俳句、中国诗与庞德》一文中，阐述了庞德与日本的俳句及中国诗的关系，指出那时的庞德认为"意象的并置"是日本俳句的独特表现方法，还不知道这种技巧也存在于中国诗中，但由此可以见出日本的俳句也曾是庞德与中国诗之间的一个桥梁。在《静止的中国花瓶》一文中，叶维廉认为虽然没有明确的证据表明艾略特的诗歌受到了中国诗的影响，但可以运用平行研究的方法对艾略特与中国诗做比较研究，他认为艾略特诗歌中意象的组织力和暗示力，与中国诗有着共同的艺术追求。奚密在《寒山诗与〈敲打集〉》一文中，研究了史奈德翻译的 24 首寒山诗，并从主题思想、创作技巧与诗歌音律等层面分析了这些译诗与史奈德的第一部诗集《敲打集》之间的关系，认为《敲打集》是对《寒山集》独到的扩充与发挥。

到了 1999 年，中国文化、中国文学对美国文学影响的总体研究的著作也出版了，那就是刘岩的《中国文化对美国文学的影响》（河北人民出版社）一书。全书分为四章，第一章"概说"。第二章"中国文化对 19 世纪美国文学的影响"，分两节分别论述爱默生、梭罗与孔子及儒家学说的关系。第三章"中国文化对美国现代文学的影响"，有五节内容涉及中国诗歌对意象派诗歌及有关现代诗人的影响，最后一节谈到了戏剧家奥尼尔与中国文化之间的关系。第四章"中国文化对当代美国文学的影响"，分四节论述了"垮掉派"诗人雷克斯罗斯与杜甫诗歌、史奈德与寒山诗及禅诗、金斯堡与中国的关系及 1950 年代末 1960 年代初的具有超现实主义特点的"深层意象诗"诗人布莱、赖特与中国古典诗歌的关系。这些内容基本上囊括了中国文学、中国文化对美国文学影响的主要方面。由于这部著作研究的范围较宽，因而在个案问题的研究上难以超越上述有关著作。但在有些问题的概括和表述上，较此前的著作更为明确和到位，例如，在谈到意象派诗人接受中国诗歌影响时，作者指出："意象派诗人接受的并非中国诗本身，而是变形了的中国诗。在翻译的过程中，意象主义者没有把中国诗变成非中国诗，而是古典诗歌意象鲜明的特点，适应了新诗运动的需要。由于译者对汉诗的拆译和误解，中国诗传到西方时已丧失了原有的格律，一些意象诗人于是认为中国诗本身就是自由体诗，因而大肆宣扬 Vers Libre，即自由诗或无韵诗。……可以想象，即使当初意象派诗人认识到了中国诗歌严格的韵律，他们也不会严格的模仿的。因为他们执意反对的正是维多利亚时代过多强调韵律的诗风。他们决不会抛弃了古板的英诗传统又去追求格律严谨的中国诗歌的风格。"这种表述无疑是准确而又洗练的。但本书的特色和长处主要在于较充分地吸收了美国与中国学者已有的研究成果，不失为读者系统了解这个知识领域的可靠的入门书。

二、美国文学家与中国文学关系的个案研究

在中美文学交流史上，有几位美国作家的地位特别重要，那就是诗人惠特曼，戏剧家奥尼尔，小说家赛珍珠、海明威和福克纳。这几位作家自然也就成了中美比较文学个案研究的重点课题。

首先是关于奥尼尔与中国文化之关系的研究。1980 年代后,我国的有关报刊上发表了不少这方面的文章,主要作者有刘海平、朱栋霖、刘珏、欧阳基、尤文佩、田小野、任生名、罗义蕴、郭继德、张军、陈晓舟等。1997 年,辽宁教育出版社还出版了郑柏铭翻译的西方学者詹姆斯·罗宾森的《尤金·奥尼尔与东方思想》一书。1988 年,刘海平、朱栋霖合著的《中美文化在戏剧中交流——奥尼尔与中国》一书由南京大学出版社出版。这是一部以奥尼尔为纽带的中美文学与文化的交流史。作者揭示了以奥尼尔为中介的中美文化的双向互动的过程:一方面是奥尼尔所受中国的老庄哲学影响,一方面是现代中国戏剧所受奥尼尔戏剧的影响。作者从作品的美学分析入手,细致地分析了奥尼尔的创作对中国戏剧的影响,如洪深的《赵阎王》对奥尼尔《琼斯帝》的模仿,曹禺的《雷雨》和《原野》对《琼斯帝》的借鉴等。作者认为:"曹禺剧作中,既有在易卜生影响下形成的高度戏剧性,又得力于奥尼尔剧作的深刻的心灵冲突,两者糅合贴切,构成了'曹禺'式的紧张激荡、压抑郁愤的悲剧风格。"全书的重心是中国对奥尼尔的接受,这部分内容占了全书的绝大部分篇幅。作者充分收集、整理和消化了 1920 至 1980 年代奥尼尔在中国传播与影响的文献资料,对不同时期有代表性的作者,如洪深、袁昌英、顾仲彝、钱歌川、赵景深、熊佛西、阿英、萧乾、马彦祥、张骏祥、巩思文、赵家璧、荒芜、寥可兑、刘海平、汪义群、谭霈生、陈琳、袁鹤年、龙文佩等人的研究与评论文章做了细致的分析评述。指出:"纵观全球,奥尼尔研究除美国本国外应数中国的发展最快,投入的人数最多,发表的论文数量亦占首位。在国内,奥尼尔研究发展之快也是其他外国戏剧家无法比拟的。"但同时也指出了这些研究的缺欠,即"缺乏艺术的、审美的精细剖析"。总之,刘海平、朱栋霖的这部著作是一部翔实的中国的奥尼尔接受史。

赛珍珠的小说大都是以中国为题材的,并以描写中国的长篇小说《大地》等作品获得 1938 年度诺贝尔文学奖。所以自 1930 年代以来,我国对赛珍珠的翻译和研究评论较多。但由于政治的和时代的原因，中国文化界的主导力量——左翼知识分子对赛珍珠的创作持全面的贬抑和否定态度，认为她以中国为题材的《大地》等作品对中国及中国人的描写是不真实的，甚至是歪曲的；她的思想是帝国主义的，是反共的，等等。1980 年代以后，我国外国文学界对赛珍珠的创作及此前我们对她的评论开始了反思和再评价。作家翻译家徐迟甚至认为，"长久以来，我们对这位可爱又可亲的朋友是不够朋友的"。许多研究者开始肯定她作为中美文学与文化交流使者所具有的地位与价值，肯定她在创作中对中国人民的理解与同情。在这种背景下，关于赛珍珠的翻译和研究出现了高潮，有关报刊上出现了二十多篇研究与评论文章。1990 年代以来，以赛珍珠为中心的中美文学关系研究，成为我国中美比较文学研究中的一个热点。赛珍珠曾在我国的镇江长期生活。镇江的刘龙先生最早注意到研究赛珍珠与镇江的关系的重要性，收集整理了不少资料。1990 年 9 月 29 日，他在《人民日报·海外版》发表了《赛珍珠与中国镇江》一文，从三个方面介绍了赛珍珠与镇江的关系，引起了读者的关注。1991 年 1 月，我国有关部门和数十位学者在镇江召开了首次"赛珍珠文学创作讨论会"，会议的有关论文指出了赛珍珠的作品在中美文化交流，乃至中外文化交流中的意义，也讨论了她的作品本身所体现的东西方文化的冲突与交流。1991 年底，刘龙编辑的《赛珍珠研究》一书，由云南人民出版社出版。该书汇集了赛珍珠研究的各种资料文献及有代表性的研究与评论文章。集子中的文章指出了赛珍珠的创作与中国及中国文化的关联，分析了中国社会文化对赛珍珠的影响，肯定了赛珍珠在中美、中外文化交流中的作用与贡献。1991年，南京大学出版社出版了王玉国编著的评述赛珍珠的专著，题为《赛珍珠：写中国题材获得诺贝尔文学奖的美国女作家》，从赛珍珠与中国的关系的角度，系统地介绍、评述了赛珍珠的创作。1999 年，郭英剑博士编辑的《赛珍珠评论集》由漓江出版社出版，全书汇集了国内 1930 至 1990 年代对赛珍珠的评论文章，通过这些原始资料展现了赛珍珠在中国的际遇。90 年代以后，每年都有几篇赛珍珠与中国比较研究的论文发表。

发表文章较多的是姚君伟先生，他近年来发表的文章涉及了赛珍珠与中国文化之关系的不同方面，论述也比较深入，主要文章有《赛珍珠在中国的命运》（《国外文学》1994年第1期）、《论中国小说对赛珍珠小说观形成的决定作用》（《中国比较文学》1995年第1期）、《男权大厦里的怨恨者和反抗者——记赛珍珠笔下的中国妇女群像》（《当代外国文学》1995年第3期）、《赛珍珠〈我的中国世界〉的多重价值》（《国外文学》1997年第2期）、《赛珍珠与中英小说比较研究——评〈东方、西方及其小说〉》（《镇江师专学报》2000年第1期）等。此外，王国荣、夏禹龙、刘海平、郭永江、姚锡佩、杨国章、郭英剑、周锡山、王玉括等人的文章，都有一定的学术价值。但总体看来，围绕赛珍珠与中国关系的研究还有不小的研究余地，可以预料今后这方面的成果将会更多地涌现，并最终能够在此基础上出现全面系统而深入阐述赛珍珠与中国之关系的较大规模的专著。

和奥尼尔、赛珍珠一样到过中国并与中国有一定的事实关系的美国著名作家还有一位，那就是欧尼斯特·海明威。从30年代起，上海的一些作家和翻译家就写了多篇文章介绍海明威的创作。抗日战争时期，我国大量译介世界反法西斯主义文学，海明威的《丧钟为谁而鸣》、《第五纵队》等以战争为题材的作品在中国受到欢迎。特别是1941年4月海明威夫妇访华，进一步扩大了他在中国的影响。1980年代后，海明威的作品翻译及对他的评论研究，成为我国外国文学及美国文学界的一个热点。1986年和1989年，我国的有关学术团体还召开了几次海明威的专题学术研讨会。许多文章用比较文学的方法，研究海明威与中国的关系，如周京平的《海明威的海与邓刚的海》（《衡阳师专学报》1985年第1期），姚公寿的《国内海明威研究述评》（《外国文学研究》1989年第4期），何焕群的《从美国文化心理结构看海明威热——兼论海明威现象对我国新时期文学的启示》（《外国文学研究》1990年第3期），董衡巽的《海明威与中国当代文学创作》（《美国研究》1991年第3期），李天军的《海明威与中国新时期小说》（《安徽师大学报》1994年第1期），师华的《抗争精神与民族意识——〈年月日〉与〈老人与海〉人文精神比较研究》(《人文杂志》1998 年第 4 期)，世丹的《两幅不同时代的荒原画卷——海明威与张贤亮的作品比较》(《河南师范大学学报》1998 年第 2 期) 等十多篇。在海明威与中国关系的研究中，杨仁敬先生的工作最为突出。早在 1983 年，他就发表了《海明威的中国之行》(《外国文学研究》1983 年第 2 期) 一文。这大概是改革开放以来我国发表的第一篇海明威与中国关系研究的论文，首次披露了作为一名战地记者的海明威 1941 年中国之行的一些史实。1990 年，厦门大学出版社出版了杨仁敬 (1939—) 的《海明威在中国》一书，这也是近二十年来我国出版的仅有的一部海明威与中国关系研究的专门著作。作者指出："海明威的中国之行是他一生中的一次重要经历，也是中美两国文化交往史上的一件大事。虽然他访华以后，并没有写出以中国抗战为题材的传世佳作，但此行对他往后的创作，对当时的中美关系和后来两国的文化交往都有一定的影响，值得我们深入探讨。"该书以海明威的中国之行为中心和背景，阐述了此行的目的、经过、意义和在当时激起的反响与影响。作者查阅了当时大量的原始资料，对蒋介石会见海明威，海明威对蒋介石的不良印象及对中国时局的分析，对周恩来秘密会见海明威等史实做了详细的披露，表明当时的海明威反对蒋介石把日本人的侵略视为"皮肤病"，而把共产党的存在视为"心脏病"的看法，反对国共两党打内战，支持和同情中国人民的抗日斗争。本书还在最后一章中总结并概述了 1930 至 1980 年代中国对海明威的翻译与评论研究的历程，并在书后附录了《海明威作品中译本与主要学术论著目录索引 (1933—1989)》。在研究方法上，《海明威在中国》以传播研究为主，将作为文化使者的海明威与作为文学家的海明威统一起来，把文化交流史的视角与文学史的视角整合起来，以海明威访华为中心，上下延伸，展示了半个世纪中海明威与中国之关系的全貌，既有丰富的史料陈述，又有科学公允的议论与评论。与杨仁敬的《海明威在中国》同年出版的邱平壤编著《海明威研究在中国》(黑龙江教育出版社)，详细评述了中国的海明威研究成果。

　　除上述三位作家外，还有两位作家——惠特曼和福克纳——在中美比较文学中也占较重要的位置。近二十年来，关于惠特曼的比较研究主要围绕惠特曼的《草叶集》对中国现代诗歌的影响展开。仅就《女神》与《草叶集》影响关系的论文就有十几篇。主要有：陈挺的《郭沫若的〈女神〉与惠特曼的〈草叶集〉》（《天津师专学报》1984 年第 4 期），区鉷的《〈女神〉与〈草叶集〉主题的平行结构》（《外国文学研究》1986 年第 3 期），王德禄、陈荣毅和周卫的三篇同名文章《〈女神〉与〈草叶集〉》（分别载《山西大学学报》1986 年第 2 期，《天津师大学报》1986 年第 3 期，《大连师专学报》1986 年第 3 期），罗凌的《郭沫若与惠特曼——二人诗歌男性美比较》（《阅读与写作》1989 年第 2 期），寥彬的《惠特曼与郭沫若的诗歌意象论》（《郭沫若研究》1992 年第 3 期），杨径青的《惠特曼的〈草叶集〉与郭沫若的〈女神〉》（《云南文艺评论》1995 年第 3 期）等。尤其值得提到的是徐广联的《〈草叶集〉在中国——试论惠特曼对中国现代诗的影响》（《外国文学研究》1993 年第 3 期）一文，评述了惠特曼与整个中国现代诗歌的关系——包括田汉、郭沫若、闻一多、艾青、何其芳等诗人和 1950—1980 年代的中国当代诗歌与惠特曼的关系，十分精练地画出了惠特曼影响 20 世纪中国诗歌的一条红线。文章最后指出："综观中国现代诗史，从田汉对惠特曼的介绍，到郭沫若向惠特曼致意晨安，到闻一多认识到诗人应该像惠特曼那样创作非诗的诗，到艾青歌颂像海洋一样广阔的惠特曼，再到冯雪峰和何其芳因《草叶集》而发生风格转变，到蔡其矫自觉接受惠特曼的影响，到顾城被惠特曼'震倒'；从 20 世纪 20 年代，30 年代，40 年代，50 年代以至于 80 年代，中国现代诗都一直吸收消化《草叶集》，中国现代诗史上的每一个时代都有一个颇有代表性的诗人倾倒于惠特曼并且因此而创作出不少杰作。诗人们不仅赞赏惠特曼的民主思想，还服膺他的艺术开拓精神。他们或摆脱狭窄的、定性的格律成规进入广大、开阔的空间，或依照惠特曼的手段拓宽了想像和运思的领域，或在自由诗中探求现代意识，或在波浪般的诗行里唱出豪壮的调子。惠特曼在中国现代诗史上的影响已经形成了一个传统……"应该说这是一个全面而又精当的概括。

福克纳与中国几乎没有任何事实关系，他的创作对中国现代文学有无影响，影响多大也是很难说的问题。1990年代后出现了几篇关于中国文学与福克纳的研究文章。其中，陶洁的《福克纳在中国》（《中国比较文学》1991年第2期）一文，系统地梳理了1930—1960年代中国对福克纳的翻译、评论与研究，也提到了福克纳对当代作家莫言等人的影响，是一篇了解福克纳在中国传播情况的不可不读的文章。其他几篇文章主要涉及福克纳和曹雪芹、沈从文、莫言的比较。1994年，广西师范大学出版社出版了肖明翰的专著《大家族的没落——福克纳和巴金家庭小说的比较研究》。巴金和福克纳没有任何事实联系，也没有证据表明巴金受到福克纳的启发或影响。因此，巴金和福克纳的比较，完全是"美国学派"所倡导的所谓"平行比较"。该书对巴金与福克纳创作的历史与文化背景、思想以及作品中的专制家长、青年一代、女性、奴隶或奴仆等不同类型的人物形象做了比较。不难看出，作者对巴金与福克纳两位作家及其作品都很熟悉，并且表现出了一定的理论分析与概括能力。但是，这部著作也表现了一般的"平行研究"难以避免的局限性。仅仅指出两者的同和异并不是比较文学的目的。比较的目的在于要通过比较得出不比较就难以得到的新的发现和结论，而本书观点和结论似乎不做这种比较也可以得到。在这里，比较就成了没有达到特殊目的的手段。也许写出"X"与"Y"比较这类模式的比较文学文章或书并不困难，但即使是有才能的研究者，要写好"X"与"Y"比较这类模式的文章或书，却也是很困难的。

最后，还有一本书也值得提到，那就是《地球两面的文学——中美当代文学及其比较》，由陈辽、张子清和美国学者迈克尔·特鲁等人合著，南京大学出版社1993年10月出版。该书的第一、二部分，分别评述了二次世界大战后的中国文学与美国文学，第三至第五部分分别是"中国文学在美国"和"美国文学在中国"的相互传播与影响的研究，第五部分是中美当代文学的比较。由于五六人分头执笔，全书的结构设计是条块分割式的，但作为中美文学的断代的纵横比较的专著，是有其特色的。

特别是陈辽教授执笔的《美国文学对中国当代作家的影响》一节，以中国当代作家，如王蒙、刘绍棠、冯德英、林斤澜、邓友梅、张贤亮、鲁彦周、彭荆风、孟伟哉、黎汝清、金河、梁晓声、铁凝，诗人公刘、顾工等阅读和接受美国文学的自述性材料为中心，谈美国文学对中国当代文学的影响，具有较强的系统性和资料性。

第二节　中国与拉美、澳洲文学关系的研究

一、中国与拉美文学关系的研究

拉丁美洲文学 1950 年代产生"文学爆炸"，在较短的时期内产生了有着强烈的拉美地域特色、在世界文学中独树一帜的作家作品。新中国成立前，中国所译介的拉美文学不多。改革开放以来，拉美文学作品被大量翻译出版，云南人民出版社还出版了一套"拉丁美洲文学丛书"，很受读者欢迎。哥伦比亚作家加西亚·马尔克斯、博尔赫斯等人的作品成为中国读书界的阅读热点，中国文学界对拉美的魔幻现实主义文学产生了浓厚的兴趣，许多作家自觉地借鉴拉美魔幻现实主义的写作艺术，拉美文学对中国新时期文学产生了重要影响。在这种情况下，对中国与拉美文学的比较研究，也成为 1980—1990 年代中国比较文学界关注的领域。在这二十年中，学术期刊上发表的有关文章约有三十来篇，主要论题集中在如下两个方面：

第一，关于拉美文学的主要作家作品在中国的传播与影响的综合研究。这方面的文章主要有林一安的《拉丁美洲当代文学与中国作家》(《中国翻译》1987 年第 5 期)、吕芳的《新时期中国文学与拉美"爆炸"文学的影响》(《文学评论》1990 年第 6 期)、夏定冠的《拉丁美洲文学在中国》(《新疆大学学报》1994 年第 1 期)。其中，吕芳的文章是一篇有较

强概括力的长文。文章指出：中国"当代两场较大的文学运动：寻根与先锋，它们的发生与发展都与拉美'爆炸'文学密切相关，其中崭露头角的青年作家，较早的有莫言、扎西达娃、残雪、韩少功、张炜、马原、洪峰等，后起的有'第五代'作家余华、苏童、孙甘露、格非等，他们的创作或多或少地受到了拉美文学的启发。博尔赫斯、马尔克斯、科塔萨尔、鲁尔福、略萨……这些极富魅力的名字成为当代中国作家时髦一时的口头禅，而'魔幻现实主义'、'心理现实主义'、'幻想主义'等等，则及时地在中国有了相应开创的流派"。她还较为具体地分析了以上提到的这些作家所受拉美文学的影响，并认为"拉美文学在一定程度上帮助中国作家重新认识了自身的传统，发掘出传统文化的丰富的内涵……并刺激了内在艺术潜力的爆发"。

第二，拉美作家作品对中国作家作品的影响，主要是马尔克斯对中国作家的影响。概括性的文章有吕芃的《契合与变异——略论〈百年孤独〉对当代中国文学影响》（《文学评论家》1989 年第 3 期）、刘蜀鄂的《论中国新时期文学对〈百年孤独〉的接受》（《湖南大学学报》1993 年第 3 期）等。其中吕芃的文章认为以《百年孤独》为代表的拉美魔幻现实主义文学对中国当代文学的影响表现在三个方面：一、魔幻现实主义是对中国的传统现实主义的"最后一击"，"它动摇的不是传统现实主义的写作手法和表现技巧，而是它所依据的哲学基础"；二、是对"群体孤独的展示"；三、是"叙事方式的空前自由"。关于马尔克斯对莫言、贾平凹、扎西达娃的影响为研究课题的文章主要有王国华等的《莫言与马尔克斯》（《艺谭》1987 年第 3 期）、陈春生的《在灼热的高炉里锻造——略论莫言对福克纳和马尔克斯的借鉴吸收》（《外国文学研究》1998 年第 3 期）、沈琳的《试析加西亚·马尔克斯对贾平凹创作的影响》（《外国文学研究》1999 年第 3 期）、周吉车的《马尔克斯与扎西达娃的创作比较》（《西藏民族学院学报》1988 年第 4 期）等。探讨马尔克斯的《百年孤独》对陈忠实的《白鹿原》的影响的文章最多，主要有刘成友的《略论〈白鹿原〉

与〈百年孤独〉的历史观念与文化视野》(《湖北大学学报》1994年4期)、建军的《〈白鹿原〉与〈百年孤独〉之比较》(《小说评论》1997年第5期)、乔美丽的《魔幻现实主义——〈百年孤独〉与〈白鹿原〉》(《殷都学刊》1995年4期)、李迎丰的《试比较〈百年孤独〉与〈白鹿原〉》(《中州学刊》1998年第2期)、李天军的《孤独者的家园——〈百年孤独〉与〈白鹿原〉的比较》(《安徽教育学院学报》1998年第1期)等。此外还有论述博尔赫斯、略萨对中国文学影响的文章,如赵德明的《巴尔加斯·略萨在中国》(《世界图书》1983年第11期)、张新颖的《博尔赫斯与中国当代小说》(《上海文学》1990年第12期)、季进的《作家们的作家——博尔赫斯及其在中国的影响》(《当代作家评论》2000年第3期)等。通过这些研究,拉丁美洲文学与中国当代文学的关系,它对中国当代有关作家作品的影响,基本上得到了较为清楚的解释和说明。当然,由于拉美文学与中国当代文学还处于"现在进行时",有许多问题需要时间距离、需要适当的沉淀之后,才能看得更清楚。也正因为如此,在这个领域中的研究成果只是单篇文章,而更为系统的、深入的研究必有待于专门著作的出现。

二、中国与澳洲文学关系的研究

中国文学与澳洲文学——主要是澳大利亚文学的关系研究,在中外比较文学研究中也有一定的位置。二十年来,在我国刊物上公开发表了几篇文章。如,1981年,女作家宗璞在《世界文学》杂志上发表《我的澳大利亚文学日》(《世界文学》1981年第6期),记录了她与澳大利亚作家怀特等人的交往及印象;此后,高冬山发表《新西兰诗人与中国》(《南开学报》1981年第6期),站在中新友好的角度,介绍了几位新西兰诗人对中国及中国人积极和正面的描写;还有叶胜年的《感觉—幻觉模式:中澳当代小说比较》(《中国比较文学》1993年第1期),欧阳昱的《百年来澳洲小说中的中国人形象》(《海南师范学院学报》1995年第3期)。应该

说，中国与澳洲文学的比较研究还是一片有待开垦的领域，文章数量很
少。直到 2000 年侨居澳大利亚的欧阳昱博士《表现他者——澳大利亚小
说中的中国人》（新华出版社）的出版，遂使中澳文学的比较研究领域大
放亮色。这部专著系统地评述了 1888—1998 年一百年间澳大利亚小说对
中国及中国人形象的描写。作者把这一百年描写中国人形象的澳大利亚文
学划分为四个不同的阶段，并分章研究了不同阶段澳大利亚文学对中国人
形象描写的文化背景、形象特点及其隐含其后的作家的种族意识、政治倾
向和心理状态。第一个阶段是 1888—1901 年；第二阶段是 1902—1949
年，第三阶段是 1950—1972 年，第四阶段是 1973—1988 年。作者开门见
山地写道："1888 年是很重要的一年。不仅因为这是白人在澳建国一百周
年纪念日，也是因为在这一年，反华、排华浪潮达到了登峰造极的地
步。"作者详细地剖析了以当时的《公报》杂志为中心的作家群对中国人
的丑化、诬蔑和攻击，并具体分析了在《公报》发表的反华的代表
作——戴森的短篇小说《罪肥夫妇》。指出"罪肥"这个人物是戴森诸多
中国人形象中最典型和最糟糕的一个，"他的名字代表着精神上的'罪'
和肉体上的'肥'，反映了戴森对中国人的根本看法"。作者把《公报》
作家群的中国人的形象概括为五种既定的类型——他称之为"滞定型"，
即"淫荡的中国佬、肮脏有病的中国佬、狡猾爱财的中国佬、报复心强
的中国佬和滑稽可笑的中国佬"。并指出，这种"滞定型"的人物形象在
此后的澳大利亚文学中被反复表现，成为一种固定模式，经久不变。除了
极少数的例外，大部分作家把中国人视为道德败坏、丑陋可怕、狡诈残忍
的具有罪犯和强盗特征的"异类"。从 19 世纪末开始，有些澳大利亚作
家甚至还写了以中国人入侵澳大利亚甚至侵略全世界为内容的荒诞不经
的"侵略文学"，他们把历史上成吉思汗的西征与中国人必然"入侵"西
方联系起来，竭力宣扬所谓"黄潮"的可怕。到后来甚至出现了澳洲政
府向中国拱手交出澳大利亚，让中国在澳成立"新中国"的异想天开的
小说。1950—1970 年代，除了乔治·庄士敦和戴维·马丁等极少数对共

产主义抱有同情的作家外，在东西方冷战的大背景下，澳大利亚以亚洲和中国为题材的作品大都具有反共倾向。他们笔下的"中共"是"恶势力"的代表，共产党人都充当着反面角色，共产党的军队与士兵残忍无情。从1970年代中澳建交后到1988年的十七年间，澳大利亚共出版了14部有关中国的作品，欧阳昱把它们称作"新'中国小说'"，并指出："在这些小说中，我们仍能清晰地看到自50年代以来的那种'东方主义政治化'运作的轨迹和各种各样的'滞定型'的变种。中国人在政治上、文化上和种族上依然被表现为神秘莫测、与众不同、难以同化的'他者'。"欧阳昱的这部著作实际上是一部系统的中国题材澳大利亚文学史。这部书在学术方法上对比较文学研究者也有很重要的参考价值。我们可以把它作为"涉外文学"研究的成功的、可供研究者借鉴的著作。目前，研究外国文学中涉及中国题材的著作还很少，还不成规模，事实上，英、美、法、德、俄、日等国文学中的中国题材同样丰富，也值得从"涉外文学史"的角度加以独立的、专门的评述和研究。欧阳昱在这方面开了一个好头，具有示范价值。他曾在国内大学供职，后来移居澳大利亚专门从事文学创作与研究，对中澳文化、文学都比较熟悉。这部书所运用的大都是澳大利亚文学中并不太重要的作品，收集不易。作者围绕"中国人形象"这一中心，收集和消化了大量相关作品，在文献资料和文本细读上下了大功夫，故整部书资料丰富、分析透彻、行文流畅、一气呵成，学术性与可读性取得了统一。而且，这部书的价值也超出了文学本身。中国读者——包括普通读者——都值得一读。作者提供的材料可以填补我们在这方面的知识空缺，把澳大利亚人所描画的中国人的形象放在我们面前，可以使我们中国人有一个认识"自我"的参照。尽管中国人的形象大都是被歪曲的、丑化的，但我们可以从中看到歪曲者的面目与心态，看到文化的、种族的、政治的差异如何左右着对"他者"的认识和描写，并可从中获得有益的启示。

第八章　最后二十年中外文学关系史的
总体研究

中外文学关系史的总体研究，是在中国与东西方各国文学关系的国别研究、个案研究的基础上的一种综合的、整体的研究，包括中外文学思潮史研究、中外文学关系史研究、中国文学对外传播研究三种基本的研究类型。这种总体的、综合的研究，时间跨度大，涵盖面广，概括性强，适应了读者对这一知识领域全面、总体、系统、宏观的认知需求，在 20 世纪最后二十年的比较文学研究中占有重要位置。

第一节　中外文学思潮史研究

在世界近现代文学史上，发源于西方的文学思潮具有区域性、全球性、流行性的特质，因而"中外文学思潮史"的研究就成为中外文学关系整体研究的一大切入点。中外文学思潮史的研究主要是对西方现实主义文学思潮、浪漫主义文学思潮、左翼文学思潮、现代主义文艺思潮在中国的传播与影响的研究。

首先是现实主义、浪漫主义文学思潮。众所周知，现实主义和浪漫主义这两个概念近百年来在我国逐渐被泛化，甚至被滥用。总的来看，对这两个概念的理解有两种基本思路，一种是将它们看成是西方特定历史阶段的文艺思潮，另一种是把它们视为一种超越时空的文学创作的"创作方法"。从比较文学角度看，将现实主义和浪漫主义作为一种超越时空的所谓"创作方法"来研究，一般属于文学理论的研究；而将现实主义和浪漫主义作为来自西方特定历史时期的文艺思潮，探讨它们如何传入中国，如何影响中国文学，则属于严格意义上的比较文学的研究。这里评述的主要是后者。

从文艺思潮角度研究中国现实主义文艺思潮的著作，1980 年后的二十年间出版了数种，如温儒敏的《新文学现实主义的流变》、彭启华的《现实主义反思与探索》（武汉大学出版社 1992 年）等。其中，温儒敏（1946— ）的博士论文《新文学现实主义的流变》（北京大学出版社 1988 年）是改革开放后较早出版的关于中国现代文学中的现实主义思潮的研究论著。该书系统地论述了中国现代文学三十年中现实主义的流变，按中国现代文学史的一般的分期法，分专章阐述第一个十年、第二个十年、第三个十年中现实主义文学思潮的传入、嬗变并逐渐时代化、政治化的过程。作者深入地分析了欧洲古典现实主义文学思潮和俄苏左翼现实主义文艺思潮在不同历史时期对中国现实主义文学所产生的影响，以及这些影响得以发生的历史的、政治的、文化的复杂原因。最后在与世界现实主义文学的比较中，在世界文学发展的大格局中，考察了中国现实主义文学的成就、缺失、民族特色和历史位置。该书资料丰富翔实、以史带论，史论结合，论述严密，见解深刻，现在看来仍然是关于中国现实主义文学的最耐读的研究成果。

在中国浪漫主义文艺思潮的研究成果中，具有一定比较文学性质的论著有罗钢的《浪漫主义文艺思想研究》（陕西人民出版社 1986 年）、罗成琰的《现代中国的浪漫主义文学思潮》（湖南文艺出版社 1992 年）和陈国恩的《浪漫主义与二十世纪中国文学》（安徽教育出版社 2000 年）。其中，罗钢的著作以五四新文学时期创造社为中心，论述了西方浪漫主义文学思潮的影响，并对中西浪漫主义文艺思想做了比较分析。罗成琰的著作在参照欧洲浪漫主义文学的基础上，试图总结中国浪漫主义文学的诗学体系。他基本上沿袭朱光潜在《西方美学史》中对西方浪漫主义特征的总结，即主观性、个人性、自然性，然后据此分析了中国浪漫主义的主题形态、审美构成和文化渊源。他正确地指出了中西浪漫主义的差异，认为中国浪漫主义舍弃了西方浪漫主义的宗教性和"回到中世纪"的情绪，舍弃了西方浪漫主义的反资本主义的性质，因此，中国的浪漫主义文学思潮简化和缩小了西方浪漫主义的内涵，但另一方面又引进了一些西方浪漫主义所没有的因素，即现实主义的、现代主义的和本土文化的因素，这些使得中国的浪漫主义具备了自己的民族特色。这些概括无疑都是不错的。但是，浪漫主义作为一种来自西方的文艺思潮传到中国来，也仍然应该具有这个思潮应该具备的基本"思潮"属性，即张扬人性个性与自由、反抗强权与压迫，解放情感和解放思想，依此严格说来，中国文学中的浪漫主义思潮只发生在以创造社为中心的五四文学中。而作者似乎忽视了浪漫主义作为一种"思潮"与浪漫主义作为一种"创作方法"的区别，因而他把中国现代文学中所有具备浪漫主义创作方法的某些特点的作家作品都纳入"浪漫主义"的范畴中，例如像沈从文的创作固然以描写人性和自然为特色，但这是否就可以说他的创作是浪漫主义的？从思潮角度看，沈从文的创作似乎更接近于欧洲的古典主义。这种将思潮与创作方法混淆、使得浪漫主义普泛化的情形，陈国恩的《浪漫主义与二十世纪中国文学》一书中也同样存在。陈著与罗著的不同，在于罗著重点是横向的概括，陈著的重点是纵向的梳理，而梳理的重点又是五四时期到 1940 年代。在对浪漫主义作宽泛理解的情况下，作者梳理出了从创造社的郭沫若、郁达夫到 1930 年代的沈从文，再到 1940 年代的徐吁的浪漫主义文学史。

左翼文学思潮，指的是 20 世纪、特别是 1920—1930 年代欧洲、苏联和日本等国共产主义意识形态统驭下的文学思潮。由于共产主义意识形态和政治形态在 20 世纪的中国占主导地位，可以说，整个 20 世纪中国文学的主导倾向和"权力话语"是左翼文学。但由于涉及一些敏感的国际国内政治问题，对中外左翼文学的客观科学的比较研究长期以来处于空白状态。1980 年代中期，艾晓明博士将这个课题作为博士论文的选题，并着手进行深入的研究。1990 年，艾晓明（1953—　）的博士论文《中国左翼文学思潮探源》由湖南文艺出版社出版。该书运用比较文学的影响研究和平行研究的方法，在世界文化和文学的大背景下，特别是在中国—俄苏—日本三国的左翼文学的广泛深刻的联系中，对中国 1920—1930 年代左翼文学思潮的产生、发展和变化的历史过程及其有关的重大基本问题，进行了深入的、有真知灼见的探讨、分析和论述。作者认为，中国左翼文学几乎从一开始就是一场理论运动，因此，她把左翼文学思潮中的重要理论问题作为研究对象。全书共分七章，第一章研究中国的"革命文学"论争与苏俄文艺论战的关系，指出了苏俄论战对中国的影响和两国论战的过程和结局的不同；第二章研究日本福本主义与创造社由前期浪漫主义到后期"革命文学"转变之间的关系，指出了中国接受福本主义的"极左的浪漫主义"的国内和国际的背景与根源；第三章从创作方法的角度，研究中国的"太阳社"与日本的藏原惟人提出的"新写实主义"创作方法的关系；第四章综述从"革命文学"论争到"左联"后期马克思主义文学批评理论与实践的演进；第五、六、七章分别就鲁迅与马克思主义文论、"左联"与苏联的"拉普"、胡风与卢卡契的两种社会主义现实主义理论的比较等三个专题进行探讨。全书在恰当运用丰富史料的基础上，提出了自己的独立的学术观点。有的章节作为单篇论文先行发表时，就产生了较大的反响，特别是关于卢卡契与胡风的比较研究，分析两者之间的联系，又特别指出了两者的不同，发前人之未发，得到了学术界的广泛首肯。在近 20 年来中国的比较文学论著中，艾晓明的这本《中国左翼文学思潮探源》以其对理论问题的高度把握和分析能力、比较文学方法的娴熟运用、本色和纯正的语言表述，而成为经得住推敲的学术精品。此外，王观泉的

《"天火"在中国燃烧》（天津人民出版社 1984 年）也梳理了辛亥革命后至 1930 年代马克思主义在中国传播的情况，其中也谈到了马克思主义对中国文学的影响。

在左翼文学中，所谓"社会主义现实主义"作为一种从苏联传入的"创作方法"或理论思潮，曾长期在中国文坛上占有独尊的、主导的地位，对 20 世纪中国的文学理论和文学创作产生了极大的影响。近十年来，关于"社会主义现实主义"的研究出现了两部专著。一部是李杨博士的《抗争宿命之路——"社会主义现实主义"的研究》（时代文艺出版社 1993 年），另一部是陈顺馨博士的《社会主义现实主义理论在中国的接受和转换》（安徽教育出版社 2000 年版）。李杨著作的立足点是对社会主义现实主义创作方法指导下的文学作品的文本分析，比较文学的色彩不浓，此不多述；陈顺馨的著作则可以说是一部社会主义现实主义创作方法在中国的传播史和接受史。作者按历史时间的线索，将 1930—1980 年代中国的社会主义现实主义的接受史分为四个阶段分章论述，最后对社会主义现实主义理论在中国的接受历程、文化过滤及其深度影响做了概括的分析和总结。可以说这是一部关于社会主义现实主义在中国的传播与接受问题的论述最为翔实的著作。

西方现代主义文学对中国文学的影响研究，是 1980—1990 年代外来文学思潮与中国文学关系研究中的热点。1970 年代末至 1980 年代初，我国学术界曾展开了一场关于现代主义问题的激烈讨论。那场论争虽然具有一定的时代和政治的背景，但从学术上看，也为西方现代主义在中国的传播起了推动作用。80 年代，关于西方现代主义文学的介绍和评论及研究的文章、书籍成批涌现，关于西方现代派文学与中国文学的关系的研究也开始起步。这些研究涉及平行的研究和传播—影响关系的研究两个方面。

在平行研究方面，张石的小册子《〈庄子〉与现代主义》（河北人民出版社 1989 年）是有代表性的成果。该书指出，《庄子》与西方现代主义之间有"惊人的相似之处"。从学科分类上说，《庄子》是以妙笔生花的文学形式表现的哲学，西方现代派则是渗透着深沉的哲学意识的文学；从思想意识上看，两者的共同主题是"反文化"；在政治态度上，两者都从整体上反对一切政治秩序；在意识形态上，两者都对各自的社会历史中的伦常和宗教持怀疑和否定的态度；从美学上看，两者都是"一"的美学，也就是摒弃了主、客二元对立的不可对象化的一元论的美学。作者力图揭示东西方不同时空上的不同文化形态的深层的相通性，有些观点和结论是有启发性的。但无论《庄子》和西方现代主义有多少"惊人的相似之处"，两者在根本上的不同和差异恐怕还是主要的。因此，这种比较研究仍然存在着"可比性"的程度和限度问题。

更多的是西方现代派在中国的传播与影响的研究。1986 年，辽宁大学出版社的"文艺新潮丛书"中有一本周敬、鲁阳撰写的题为《现代派文学在中国》的小册子，也是第一部扼要和较为全面地论述现代派文学在中国的专著。作者对五四以来中国现代主义文学的描述和评介持审慎的态度，认为现代派文学在中国几经沉浮，不绝如缕，但在创作实践上成绩并不显著，理论建树也极贫乏，大多是评介文章，有的只是匆匆过客，并无作品可言。作者认为中国现代派文学的自觉倡导有三次，即以李金发、戴望舒为代表的象征派诗歌，1950—1960 年代台湾的象征派文学，1980年代关于现代派文学的提倡和争论。1990 年，辽宁人民出版社出版了赵凌河的专著《中国现代派文学引论》，该书对中国引进西方现代主义文学的模式、视角，对西方现代派的思想和形式的借鉴做了论述，特别是对现代主义文学中的重要现象——施蛰存的心理分析小说、刘呐鸥的都市文学、穆时英的新感觉派小说——做了分析研究。1992 年，四川人民出版社出版了唐正序、陈厚诚主编的《二十世纪中国文学与西方现代主义文学》一书，这是二十多位作者历经五年写出的大作，对西方现代主义文学在中国的传播和接受的历史，做了全面系统的清理和研究。作者认为西方现代主义文学在中国的影响有三次高潮，一次低潮，并依此划分为四编加以论述。第一次高潮是 1917—1927 年，以意象派、新浪漫主义、象征

主义、表现主义和心理分析小说在中国的影响为主要内容；第二次高潮是
1927—1937 年，以西方现代派在中国诗歌、小说（主要是新感觉派小说）
的进一步渗透为主要内容；第三次是 1937—1976 年，为低潮期；第四次
是 1976—1988 年，为现代主义影响的第三次高潮。全书框架结构严谨、
资料丰富、分析透辟，在许多问题的研究和论述上发前人之未发，今天看
来仍然是一部高水平的学术著作，仍然是同类著作中的佼佼者。作为多人
合作撰写的书，不流于拼凑，而多有独创是很不容易的。1995 年，上海
学林出版社出版了吴中杰、吴立昌教授主编的《1900—1949 中国现代主
义寻踪》，论述了中国现代文学中的诸流派，包括精神分析、唯美主义、
未来主义、表现主义、象征主义、新感觉派的创作。两年后，学林出版社
又推出了一本同类著作——谭楚良的《中国现代派文学史论》，论述范围
是整个 20 世纪的现代派文学，其中，对 1950—1960 年代台湾的现代派文
学的论述篇幅占全书的近三分之一，成为本书的特色。1998 年，江苏教
育出版社出版了朱寿桐主编的《中国现代主义文学史》，全书分上、下两
卷，共 80 万字，是 1980—1990 年代问世的篇幅最大、内容最翔实的中国
现代主义文学史。全书将 20 世纪中国现代主义文学划分为史前发萌期、
普遍尝试期、感性表现期、理性深化期、"偏隅"发展期、恢复繁荣期共
六个时期，在观点和材料上借鉴了已有的研究成果，在一定程度上可以说
是中国现代主义文学史类著作的集大成的书。

　　除了上述综合性的中国现代主义文学史研究著作外，90 年代以来还
出版了多种按文学体裁划分的专门的中国现代主义诗歌史和小说史。在诗
歌方面，1993 年，北方文艺出版社出版了罗振亚的《中国现代主义诗歌
流派史》，梳理了中国现代主义诗歌诸流派的历史脉络；1995 年，华中师
范大学出版社出版了王泽龙的《中国现代主义诗潮论》；1998 年，西南师
范大学出版社出版了王毅的《中国现代诗歌史论》。同年，安徽教育出版
社出版了张同道的《探险的风旗——论 20 世纪中国现代主义诗潮》，对
包括象征主义诗歌、西南联大诗人群、上海诗人群、台湾现代诗运动及

80年代的朦胧诗与后朦胧诗，做了评述和研究。1999年，北京大学出版社出版了孙玉石的《中国现代主义诗潮史论》，人民文学出版社出版了龙泉明的《中国新诗流变论》，上海文艺出版社出版了骆寒超的《新诗主潮流》等。上述各书都自觉地从比较文学的角度，对中国现代主义诗歌中的中外诗歌艺术交汇进行了分析。在小说方面，1998年，四川大学出版社出版了邓时忠的《新时期小说与西方文学思潮》，分专题研究的方式对新时期的伤痕小说、反思小说、意识流小说、寻根小说、荒诞小说、结构主义小说、新写实主义小说、新状态小说等与西方文学思潮，特别是现代主义文学思潮的相关性进行了评析。

　　西方现代主义文学的诸种思潮流派与中国文学关系的个案研究，在中外文学思潮比较研究中占重要地位。由于这类研究论题相对集中，切入点相对独特，研究难度相对较大，成果也往往更有独创性。1980年代以来，几乎每一种西方现代派文学思潮，包括唯美主义、象征主义、表现主义、意识流文学、后现代主义等，都有十几篇乃至上百篇论文，同时还出版了数种专门的研究著作。特别是严家炎教授主编、安徽教育出版社出版的"二十世纪中国文学研究丛书"中的大部分著作都是以西方某一现代主义思潮与中国文学的比较研究为课题的博士论文，具有很高的学术含金量。以下拟重点评述的著作主要有：解志熙的《美的偏至——中国现代唯美—颓废主义文学思潮研究》和《生的执著——存在主义与中国现代文学》、肖同庆的《世纪末文学思潮与中国现代文学》、孙玉石的《中国初期象征派诗歌研究》、尹康庄的《象征主义与中国现代文学》、吴晓东的《象征主义与中国现代文学》、徐行言与程金城合著的《表现主义与二十世纪中国文学》、王宁的《后现代主义之后》、曾艳兵的《东方后现代》等。

　　解志熙（1961— ）的《美的偏至——中国现代唯美—颓废主义文学思潮研究》（上海文艺出版社1997年），是我国仅有的一部研究该课题的专著，系统地描述和呈现了中国现代文学史上的唯美—颓废文学的传统。

一般认为，西方唯美主义文学思潮虽然在 1920—1930 年代对中国文学有较大的影响，但在中国未能形成气候，中国现代文学中并不存在真正的唯美—颓废文学思潮。解志熙则认为，中国现代文学的确有一股真正的唯美—颓废主义文学思潮，他参照西方学者对唯美主义文学的界定，即只有"颓废的唯美主义"才是真正的唯美主义，将中国现代文学史上的唯美与颓废倾向作为一种思潮的两个侧面加以统一的研究。以丰富的史料，描述了法国、英国、日本等东西方唯美—颓废文学在现代中国的传播情况。在此基础上，作者将中国的唯美—颓废文学思潮分为三个群体，一是重情趣的唯美—颓废主义者，以北京文坛为中心；二是重官能的唯美—颓废主义者，以上海文坛为中心；三是界乎两者之间的"颓废的象征主义者"（穆木天语），并分专章对这三个群体的代表人物及其创作进行了细致的分析评论。作者认为，从一开始，中国文坛就自觉不自觉地将唯美—颓废主义文学思潮理想化、浪漫化了，他们最欣赏的是唯美—颓废主义文学那种冲决一切传统道德罗网的反叛精神以及无条件地献身美与艺术的漂亮姿态，却有意无意地忽略了唯美—颓废主义文学的深层基础——一种绝非美妙的颓废的人生观，因此，中国的唯美—颓废主义文学思潮是有异于外国的唯美主义的原型和原意的。

在撰写上书之前，解志熙曾在台湾出版了《存在主义与中国现代文学》（台北智燕出版社 1990 年），该书又于 1999 年由人民文学出版社出版了简体字版本，并加了一个正标题《生的执著》。这是作者的博士论文。看来，对此前长期被人忽视的外国现代主义文学思潮与中国现代文学关系的研究，是解志熙在学术研究选题上的一个特色。与上书比较而言，存在主义与中国现代文学的关系更不被人所注意，而要说中国现代文学史上也存在过存在主义文学思潮，恐怕是少有人认同。而作者却以二十万字的篇幅来研究这个问题，似乎有些"小题大做"了。事实上，台湾的繁体字本出版后，就有人对这本书提出了激烈的批评，如曾庆元在《西方现代主义文艺思潮述评》（武汉大学出版社 1993 年）一书中，批评解志

熙将自己所理解的"存在主义"来硬套鲁迅、汪曾祺、冯至、钱锺书等
作家的创作。对此,解志熙在新版本的《后记》中做了反批评。平心而
论,中国现代文学中的确有存在主义的因素,如有些作家所表现的对生存
的焦虑感、人生的荒诞感等,都与存在主义相通。但这些相通的东西是受
了西方存在主义影响呢,还是作家的不期而然的共通体验?是需要加以区
分的。另一方面,为了获得较多的话题和材料,解志熙对存在主义做了广
义上的界定,将尼采、克尔凯郭尔等,都作为存在主义者来看待,而受他
们影响的鲁迅、冯至等作家也就等于受了存在主义的影响。事实上,存在
主义由一种哲学思想而形成一种"思潮",特别是一种文学思潮,是二次
世界大战以后的事情。好在作者在书的最后也指出,存在主义对中国文学
的影响是不广的、有限的。尽管存在一些问题,总的看,解志熙从存在主
义的角度梳理中国文学中的一种创作倾向,是有益的。

肖同庆的博士论文《世纪末思潮与中国现代文学》(安徽教育出版社
2000年)所说的"世纪末思潮",包含了两方面的内容。一是以叔本华、
尼采、柏格森和弗洛伊德为代表的非理性主义文化思潮,一是以波德莱
尔、王尔德、马拉美为代表的具有近代颓废和唯美倾向的文学思潮,主要
包括前期象征主义和唯美主义两大文学流派。看来,肖同庆的这部书所研
究的对象,与上述解志熙的《美的偏至》一书,有相当大的重合的地方,
但着眼点有所不同,研究思路各有特色。作者将西方世纪末文学思潮对中
国现代文学(主要是五四新文学)的影响作为研究的重心,同时也分专
题探讨了西方世纪末文化思潮对中国新文学的影响。作者在本书的"引
子"中提出,他要研究和回答的问题是:西方"世纪末"思潮是如何在
中国传播的?五四新文学在多大程度上和通过何种方式受到这种思潮的影
响?二者发生关系的契机是什么?中国文化传统中哪些因素对接受和排拒
这种思潮产生了影响?"世纪末"思潮在中国发生了哪些变异?如何对它
进行历史的定位和评价?全书正文部分分为上、下两编。上编《影响与
传播:思潮研究》从比较文学的传播研究和影响研究的角度,描述了西

方"世纪末思潮"东移的轨迹，论述了西方"世纪末"颓废诗学对中国现代主义诗歌的影响、西方唯美主义戏剧与五四时期的戏剧创作的关系，分析了"世纪末"艺术思潮对五四作家的艺术趣味形成的作用。下编《比较与解读：主题研究》，运用比较文学的平行研究方法，从中西文学中抽象出了普遍的文学主题，进行比较研究。作者总结和抽象出的四个文学主题，即"世纪之病""都市之病""颓废之'家'"和"寓言之'城'"。前两者属于"世纪末"的普遍的思想主题，后两者分别是属于以"家"和"城"为题材来加以表现的"没落主题"和"衰败主题"。作者的这些总结和抽象是颇具匠心的，例如，在"寓言之'城'"一章中，作者将中国现代文学中以"城"字为书名的几部重要作品——《猫城记》《边城》《果园城记》《倾城之恋》《围城》——放在同一个平台上加以分析，令人耳目一新。虽然书中有些史料在使用上有些问题，如在谈到五四时期广为流行的"新浪漫主义"这一概念的时候，认为"新浪漫主义"一词是日本的厨川白村最早提出来的，实际上早在厨川白村之前，日本就有人使用了"新浪漫主义"一词了。总体上看瑕不掩瑜，《世纪末思潮与中国现代文学》是一部高水平的、有特色的比较文学著作。

象征主义是中国现代文学中最显见的一种创作思潮之一，关于欧洲象征主义对中国现代文学的影响研究的论文、专著也最多。仅专著就有前述的三部。其中，北京大学出版社1983年出版的孙玉石的《中国初期象征派诗歌研究》，是最早问世的研究象征派文学的专著。这本书对西方象征派诗歌在中国的传播情况做了大致的描述，对以李金发为代表的、以王独清、穆木天、冯乃超、姚篷子、胡也频为主要构成的中国初期象征派诗人及其主要作品做了评述，开象征派文学研究风气之先，对后来的研究者有较大的启发和影响。

尹康庄的《象征主义与中国现代文学》（暨南大学出版社1988年）是博士论文，全书共分上中下三篇。上篇是"象征主义的本体阐释"，对象征主义的含义、性质、艺术哲学观、创作美学以及与其他文学思潮的关系做了阐释。中篇"象征主义在现代中国的传入和发展",将现代文学的三个十年作为象征主义在中国传播和发展的三个阶段,纵向地勾勒了象征主义在中国的传入和发展的历史线索,其中包括象征主义创作理论的译介、象征主义理论的中国化,分析了不同时期有象征主义创作倾向的作家,如鲁迅、梁宗岱、九叶诗派等的创作实践。这一篇在史料的收集整理上较为全面,不仅谈到了西方象征主义在中国的译介传播,而且对日本的厨川白村的象征主义理论在中国的传播和影响也有专节论述,指出了厨川白村的象征主义理论和西方的不同。下篇"中国现代象征主义的审美构成",从横向的角度,对中国现代象征主义的美学特征做了分析,认为中国现代象征主义具有深沉美、朦胧美、神秘美的审美特征,中国象征主义的艺术体现形式有"情节象征""氛围象征""细节象征""语言象征"等。不过,这种总结分析未能充分注意与外国象征主义的比较,实际上这些"中国特征"恐怕也是包括中国在内的象征主义的一般特征,中国象征主义的特征究竟体现在什么地方,恐怕要从另外的角度去看。

吴晓东的《象征主义与中国现代文学》(安徽教育出版社 2000 年),与上述尹著书名相同,而且也是博士论文。在内容上与尹著也有许多不谋而合的地方,例如第一章"象征主义及其诗学体系"、第二章和第三章"象征主义在中国的传播"等。但吴著在后三章中对中国现代象征主义文学的理论总结和提炼更具深度和力度。其特点是从诗学的层面,对中国现代文学在接受异域象征主义影响的过程中对象征主义诗学的探索予以高度关注。在第四章中,作者指出,象征主义对中国现代文学的影响的深度,主要表现为诸种诗学范畴的生成,这些范畴包括"契合"论、"纯诗""诗化小说"等。这些范畴的生成,虽然是对外国象征主义理论的借鉴和吸收,介绍的成分超过了自身的创造成分,但它毕竟体现了中国作家诗人自己的独特体验和理解,标志着象征主义诗学的中国化。在第五章中,作者考察了中国文学中象征主义诗艺和技巧对现代小说、诗歌、戏剧及散文创作的具体渗透;同时也指出,西方的本原意义上的纯粹的象征主

义作品在中国现代文学中很少存在，中国的象征主义在创作上体现出一种
与写实主义、浪漫主义等创作方法相互渗透的特征。在第六章中，作者分
析了象征主义对于中国现代文学中艺术表现的深度模式的影响，指出对意
象性的关注、对梦境与幻象的执迷，超越了写实主义的反映论，使中国现
代文学在艺术上趋于含蓄化和深蕴化。他认为从总体上看，中国现代文学
的艺术水准是不容研究者乐观的，正因为如此，象征主义的引入，对于从
总体上弥补现代文学艺术水准的缺失起着不可忽视的历史作用。作者的这
些分析和这些结论都是客观科学的、有说服力的。

　　徐行言、程金城合著的《表现主义与二十世纪中国文学》（安徽教育
出版社 2000 年）研究的是中国现代文学中的表现主义。与存在主义一样，
作为一种文学思潮的表现主义在中国文学中始终没有形成气候。但本书所
论述的，不仅是作为文学思潮的表现主义，而且还是作为一种艺术方法的
表现主义。作者借鉴国外学者的看法，将表现主义视为一切现代主义各思
潮流派的共同的艺术方法，指出：如果试图在一个新的视点上用一个比
"现代主义"更为具体和恰切的命名来概括现代主义诸流派在诗学上的统
一性，那么，"表现主义"无疑就是一个最适合的术语。表现主义艺术方
法构成了现代主义诸流派在艺术思维和艺术风格上的共同背景，即强调文
艺是对人的主观精神世界的表现，而表现的方法则主要是陌生化、抽象化
和寓言化。作者还指出："如果我们将象征主义视为现代主义运动前期
（1915 年之前）的主流艺术范式的话，这个运动的后期则无疑是以表现主
义方法为中心的。直到今天，这一艺术方法范型仍对包括中国当代文学在
内的世界各国文学产生着深刻影响，并在戏剧、电影、绘画、雕塑、观念
艺术等多种艺术形式中得到广泛运用。我们有理由相信，表现主义正在成
为人类文艺史上继浪漫主义、象征主义之后兴起的又一种最基本的艺术方
法。"作者认为，在 20 世纪中国文学史上，1920 年代鲁迅和郭沫若在译
介和创作上推动了表现主义在中国的传播，使得表现主义在 1920 年代的
中国风行一时。1980 年代以后的当代作家，如宗璞、王蒙、高行健、海

子、残雪、余华等，都受到了卡夫卡、布莱希特等欧洲表现主义作家的影响。《表现主义与二十世纪中国文学》一书描述了表现主义文学思潮在中国的传播，及中国表现主义文学潮流的形成与发展。在此基础上，对表现主义在1920—1930年代中国的传播以及对1980—1990年代的先锋小说、表现主义小说、表现派戏剧和表现主义诗歌等，做了分析阐释。书中还对中国表现主义的主题选择、艺术范型和诗学思考，分章进行了研究。该书将比较文学的传播研究、影响研究与文本分析结合起来，填补了表现主义与中国文学关系研究的空白。

1980年代中国在接受现代主义文学过程中有一种普遍的倾向，那就是对"现代主义"和"后现代主义"不加区分，有时将英文的 post modernism 译为"后期现代主义"。1990年代后，随着有关"后现代主义"理论的引进，学术界才开始重视后现代主义文学思潮及其与中国文学的关系的研究。1990年代上半期"后现代主义"一时成为热点话题，报刊上出现了大量的相关文章，有关中国文学与后现代主义问题的论著也出现了。最早问世的是陈晓明先生的《无边的挑战——中国先锋文学的后现代性》（时代文艺出版社1993年），作者从具体文本入手，分析了中国当代先锋文学中的后现代性。他认为，1980年代中期出现的中国"现代派"似是而非，中国实在缺乏"现代主义"生长的文化根基和精神状态；"现代主义"在当代中国不合时宜，那种超越精神和艺术宗教的狂热与中国民族性以及社会条件相去甚远，只有"后现代主义"这种无根的文化才能在当代中国无根的现实中应运而生。曾艳兵在《东方后现代》（广西师范大学出版社1996年）一书中，也认为中国（他用"东方"来代称中国）的后现代主义文化是可能的，西方后现代主义对当代中国文学艺术的影响是巨大的、不容忽视的，中国当代文学中的后现代主义现象或后现代特征也同样是明显的。但"东方后现代"决不简单的只是"西方现代主义在中国"，我们的"后现代"不可能完全等同于西方的"后现代"。作者重点论述了西方后现代主义与中国传统文化的关系，并指出，当代中国在接受和借鉴西方后现代时，中国的传统文化，包括中国的思维方式、表述方式、诗学体系、历史精神、女性意识、语言特色等，都在后现代主义"东方化"过程中产生了作用。作者还从中国当代有关小说、诗歌和戏剧的具体文本的分析中，揭示了"东方后现代"的特征。

王宁（1955—　）素以紧紧追踪西方当代各种新思潮并及时地向国内读者加以评介而知名。他近二十年来的成果都编入了四卷本的《王宁文化学术批评文选》（人民文学出版社 2000—2002 年）中。他曾发表了一系列关于后现代主义及其与中国文学关系的文章，如《现代主义、后现代主义及其在二十世纪中国文学中的命运》《后现代主义：从北美走向世界》《中国当代文学中的后现代主义变体》《先锋小说的后现代性》《再论先锋小说的后现代话语特征》《通俗文学中的后现代性》（后编入《王宁文化学术批评文选》第一卷）等。到了 1990 年代后期，他已经开始关注和研究在后现代主义之后西方文学和文化的动向了。这集中体现在 1998 年中国文学出版社出版的论文集《后现代主义之后》一书（后编入上述《王宁文化学术批评文选》第四卷）。在这本书里，他评述了后现代主义衰落之后，西方的后殖民主义、女权主义和"文化研究"等文化与学术潮流的兴起；指出后殖民主义的异军突起，标志着当今西方文论日趋"意识形态化"和"政治化"，而女权主义的多元走向和日益具有包容性则在另一个方面体现了边缘话语对中心的解构和削弱；认为在后现代主义衰退后，整个西方文化和理论界出现了没有中心的多元格局。他还在《中国当代电影的后殖民性》和《中国当代女性文学的先锋意识》等文章中，运用西方后殖民主义理论、女权主义理论来分析中国当代文学现象。这属于较为成功的"阐发研究"。由于王宁对西方文论有着透彻的了解，对中国当代文学艺术中的西方影响也能洞察入微，在用西方理论阐发中国文学的时候显得得心应手，不露斧凿之痕。

第二节　中外文学关系史研究

中外文学关系史的总体研究，按其研究的角度、范围和规模，可以分为专题研究和综合研究两大类型。

一、中外文学关系史的专题研究

中外文学关系的专题研究涉及如下三类研究课题。第一，外国文学（主要是西方文学）对中国现代文学的影响关系的研究；第二，中国与东方各国文学关系的综合研究；第三，中外文学的平行比较研究。

1980年代以后，外国文学对中国文学，特别是中国现代文学的影响问题，就成为比较文学学者最重视的选题领域之一。每年都有几十篇文章，就这一领域中的某些具体问题，如某作家作品、某思潮流派、某文学现象等所受外来影响的问题，进行实证的研究。1982年，现代文学史专家唐弢先生在一次国际会议上发表了题为《西方影响与民族风格——中国现代文学发展的一个轮廓》的长文（后收入人民文学出版社1989年出版的作者的同名论文集），较早从总体的、宏观的角度论述中外文学中的影响与超越问题。数年后，这方面的专著也问世了，那就是曾逸主编的《走向世界文学——中国现代作家与外国文学》（湖南文艺出版社出版1986年）。

《走向世界文学——中国现代作家与外国文学》是一部多人合作撰写、有一定编排体系的论文集，它是我国改革开放后最早出现的大部头的中外文学影响关系专题研究的著作。在80年代后的中国比较文学研究中，以其学术水平高、体系性较强，而具有重要的地位。该书由"导言"和四个专辑构成。主编曾逸撰写的"导言"，从世界文学、比较文学的宏观角度，阐述了民族文学与世界文学的关系、东西方文化的交流与世界文学的形成以及中国现代作家在世界性文学交流中的选择。正文第一辑中的十三篇文章分别论述了中国现代小说家与外国文学的关系，这些小说家包括鲁迅、许地山、茅盾、郁达夫、王统照、老舍、废名、沈从文、艾芜、巴金、施蛰存、张天翼、路翎；第二辑中的十一篇文章分别论述了郭沫若、徐志摩、闻一多、李金发、冰心、蒋光慈、冯至、戴望舒、艾青、卞之琳、何其芳等十一位诗人与外国文学、外国诗歌的关系；第三辑中的三篇文章分别论述了周作人、丰子恺和梁遇春三位散文家与外国文学、外国散文的关系；第四辑中的三篇文章分别论述了田汉、夏衍、曹禺与外国戏剧的关系。全书的30篇文章基本涵盖了与外国文学有着密切关联的中国现代文学史上的重要作家。而且，文章的执笔者大都是国内第一流的现代文学学者。我们不得不赞赏主编的出色的组稿能力，他把有关权威的研究家的稿子集中起来，保证了本书在学术上的权威性和高质量，如王富仁撰写鲁迅、陈平原撰写许地山、叶子铭撰写茅盾、许子东撰写郁达夫、杨义撰写王统照、宋永毅撰写老舍和李金发、凌宇撰写沈从文、王晓明撰写艾芜、汪应果撰写巴金、吴福辉撰写施蛰存和张天翼、赵园撰写路翎、刘纳撰写郭沫若、蓝棣之撰写闻一多、方锡德撰写冰心、黄子平撰写艾青、赵毅衡和张文江撰写卞之琳、陈圣生撰写何其芳、钱理群撰写周作人、朱栋霖撰写曹禺……这种以中国现代的各个作家为中心点，在一个大的平台上将各个作家与外国文学的关系加以展开，有效地避免了史的著作的框架限制。上述因素是这部书能够长久保持其学术魅力和特色的原因。

改革开放后较早问世的关于外国文学对中国文学的影响关系研究的个人专著，是王锦厚的《五四新文学与外国文学》（四川大学出版社1989年）。该书按国别或地域，将五四新文学与外国文学的关系分为八章，几乎涵盖了对五四文学有影响的世界主要国家和地区的文学。对五四时期近十年间的文学与外国文学的关联做了全方位的梳理，提供了不少在当时看来是新鲜的材料。可惜该书的印刷很粗糙，文字校对也相当粗率，但作为较早出版的同类著作，以其视野的开阔和自成体系的格局，给读者提供了大量相关的知识，弥补了当时一般中国现代文学史著作与教材的不足，出版后引起了社会的注意和良好的反响。1996 年，作者将初版本做了较大的修订和扩充，重新出版。新版本为精装，印刷精美，全书的框架结构基本没有改变，只是增加了《五四新文学与希腊文学》一章，并使各章的材料更为丰富，字数也从初版的二十二万字增加到五十八万字。作者从五四时期的报刊中收集了较为丰富的第一手材料，并在行文中成段引用了有关重要的原始材料。因此这是一部以史料取胜、风格严谨扎实的著作。当然，现在看来，由于本书涉及世界各国文学与五四新文学的关系，具体到某一章、某一国别的字数有限，和国别文学关系研究的有关专门著作比较起来，还只是粗略的，但从综合研究的角度看，作为五四新文学与外国文学关系的专题史的研究，该书至今仍是仅有的一本，仍具有自己独特的价值。

郭延礼（1937— ）的《近代西学与中国文学》（百花洲文艺出版社2000 年）研究的是西学对中国近代文学的影响。该书分"西学的传播""中国近代文学观念的转变""走出国门的第一代作家""留学生与中外文化交流""外国文学的译介及其传播""西方文化与近代小说形式的变革"等九章，从不同侧面揭示了西学在近代中国的传播与影响，展现了中国文学在与西方文化的交流中走向近代化的历程。虽然本书的有关章节与作者已出版的《中国近代文学发展史》《中国近代翻译文学概论》和《中西文化碰撞与近代文学》（论文集，山东教育出版社 1999 年）等书在材料和观点上有许多重合，但作者在本书中更突出强调了中西交流、西学东渐对中国文学近代化的影响与推动这个主题，使原有的材料服务于新的主题和论旨。作为近二十年来中国近代文学与西学关系的少有的一部有分量的专著，是值得称道的。

钱理群（1939— ）的《丰富的痛苦——堂吉诃德与哈姆雷特的东移》（时代文艺出版社 1993 年）在西方文学影响中国文学的研究中别具一格。作者通过对两个诞生于欧洲的世界性的文学形象——堂吉诃德与哈姆雷特——的东移轨迹的追寻、描述与分析，从一个特定的角度纵览了

340多年间东西方文学的关系史。作者在"上篇"中描述了诞生于西班牙的堂吉诃德如何首先走向英国和法国，又如何走向德国，德国人海涅如何第一次将堂吉诃德与英国的哈姆雷特联系在一起，德国如何成为这两个形象东移的第一个中介，俄国又如何成为他们进一步东移的中介，屠格涅夫如何论说堂吉诃德与哈姆雷特之间内在的精神联系的主题。在"下篇"，作者接着叙述了经过三个世纪的长途跋涉，西方的这两个人物如何在20世纪20年代来到中国，分析了中国现代作家，特别是鲁迅、周作人、瞿秋白、巴金、张天翼、废名、七月派诗人、穆旦等与这两个人物形象的认识、共鸣与排斥等种种复杂的联系。可见，这是一个独具慧眼、别开生面的高明的选题。对以后中外文学交流史研究的进一步深化和突破，钱理群的这个选题是很有启发意义的。

如果说上述钱理群的著作是从比较文学"人物形象"的角度切入中西文学关系史，那么，吴持哲的《欧洲文学中的蒙古题材》则从"题材"的角度切入中国—东方与欧洲文学的关系史，在选题上同样令人耳目一新。作者所说的"蒙古"，主要是指蒙古民族，也指统一了中国的元代蒙古。作者告诉我们，在欧洲各国文学中，蒙古题材的作品很多，很有影响，七百多年前的作品不断在改编，四百年前的剧本还在上演，而且新的作品仍不断问世。全书对英国、法国、苏联和意大利的十余部作品进行评述，并探讨如下问题：一部东方题材的作品在欧洲什么样的社会背景下产生？作家创作的主观动因是什么？蒙古题材的作品反映了哪些西方文化的积淀和美学情趣？作品中哪些情节有悖于史实？作家为什么要回避和歪曲某些史实？虽然全书只有九万字，对有关问题的介绍和分析还是粗略的，但作者所选取的研究领域和研究角度，对读者都是新鲜和有启发性的。

除上述的论著以外，关于外国文学对中国近现代文学影响关系研究的论著还有顾国柱的《新文学作家与外国文化》（上海文艺出版社1995年）、张全之的《突围与变革——20世纪初期文化交流与中国文学变迁》（西北大学出版社1997年）、徐志啸的《近代中外文学关系（19世纪中叶

—20 世纪初叶）》（华东师范大学出版社 2000 年）等。前一本书基本是对他人某些已有成果的简单的编述，不必多说；后两书所研究的中外文学关系史的时段大体重合——都是通常所指的"近代"，篇幅都在 20 万字左右。由于字数较少，论题宽泛，因而两书内容均显得单薄，许多地方不免泛泛而论。大凡这种"史"的著作，都是以大量新鲜的材料取胜的，新的观点只能在新的材料中显现出来。在近代文学研究方面，有郭延礼教授的 150 万字的《中国近代文学发展史》在先，有上述的多种中国与某一国别文学交流史的专著在先，后来的研究者要在近代中外文学交流研究方面写出新意，有所超越，不在文献材料方面有新的发掘，或在著作规模上有突破，是很困难的。相比之下，陈元恺的《二十世纪中国文学与世界》（陕西人民出版社 1987 年）中的一些论文写得较早，起码在当时看不乏新意；而袁荻涌的《鲁迅与世界文学》（中国文联出版公司 2000 年），则将论题落实到"鲁迅与世界文学"这一较为具体的领域内，它是作者已发表的有关论文的有系统的汇编，全面梳理了鲁迅与世界文学的关联，是一部扎实的、有新意的著作。

在中国与东方各国文学关系的综合研究中，台湾学者先行一步。1981 年，台湾黎明文化事业股份有限公司出版了朱云影的专题论文集《中国文化对日韩越的影响》，所收 20 篇文章，分别从学术、思想、政治、产业、风俗、宗教等六个方面阐述了中国文化对东亚汉字文化圈的三个国家的影响。1984 年，台湾学海出版社出版了赵钟业著《中韩日诗话比较研究》，研究了中国诗话对日本和韩国的影响。随后，大陆学者也在中国文学与东方国别文学——包括印度、日本、朝鲜、阿拉伯等——文学关系的研究的基础上，陆续推出了综合研究的专门著作。其中，孟昭毅（1946— ）的《东方文化文学因缘》（吉林大学出版社 1996 年）是我国第一部同类著作。这部书分专章分别论述了中国与朝鲜、与日本、与越南、与印度、与伊朗、与阿拉伯的文化文学的交流历史。作者对有关这个课题的中文资料的收集相当全面，并对这些资料进行充分的消化和利用，简洁而又有重点地描述了中国与东方各国文学的交流史。东方文学需要成为一个必须加以总体研究和比较研究的综合性的学科，是以东方文学之间的密切的历史联系为依据的。从这个角度看，孟昭毅的这部书将东方文学的整体性、联系性突显了出来，为东方文学及东方比较文学的学科建设铺垫了基础，这也是该书的主要价值之所在。有关中国与伊朗、与阿拉伯之间的文学交流，国内外的研究还很薄弱，而该书在这个方面第一次提供了比较完整的材料，并在交流史实陈述的基础上对有关文学主题做了必要的平行比较，是很可贵的。后来，孟昭毅又在《东方文化文学因缘》的基础上加以修订，写成了《东方文学交流史》，列入《东方文化集成》丛书，由天津人民出版社于 2001 年出版。《东方文学交流史》仍立足于中国文学，实际上是"中国与东方各国文学交流史"。它在前书的基础上，增加了中国文学与泰国、缅甸、新加坡、马来西亚、印尼文学交流史的章节，字数略有增加，在内容上也更趋完整。但不足之处是完全依赖中文材料，对第一手的原始材料利用不够。

王向远的《东方文学史通论》（上海文艺出版社 1994 年）在评述梳理东方文学史的发展演进规律的时候，也注意到了东方各国之间文学的交流关系和相通关系，后来出版的《东方各国文学在中国——译介与研究史述论》（江西教育出版社 2001 年）则是专门研究东方各国文学在中国译介、传播和接受的专门史。它是第一部中国的东方文学学术史或学科史，也可以说是从中外文学关系史角度切入的东方文学交流史。本书包含着两个方面的内容，一是中国的东方文学翻译或称译介的情况，二是中国的东方文学评论和研究的情况。全书共分为三章，分别论述印度及南亚、东南亚各国、中东地区各国和日本、朝鲜等东亚各国在中国的传播与接受情况。在研究中作者充分注意到了"述"与"论"的统一，也就是将历史学的史实描述和文学的文本批评结合在一起。书后附有"二十世纪中国的东方文学研究论文编目"，占全书的四分之一的篇幅，首次将一百年来中国的东方文学论文做了整理编目，对于读者来说具有重要的文献史料价值和实用价值。

关于中外文学的平行的比较研究，有关的单篇文章很多。近二十年来，这类文章约有上千篇，占所有比较文学单篇论文的十分之一以上。它们在选题上大都缺乏"可比性"，只是找出两者的异与同，再加以对比，然后分析造成异与同的原因，得出的"结论"往往流于常识性和肤浅化。这类文章一多，就形成了一种模式——"X 比 Y"。这类题目在选题上容易，写起来也容易，但要写好却很困难。事实上，写得好的，有学术价值、有特色的文章很少见。其中，翻译家方平在 1980 年代前半期发表了一系列中西文学平行比较的文章，后结集为《三个从家庭出走的妇女——比较文学论文集》（外国文学出版社 1987 年），其中有中西作家的比较，如《曹雪芹与莎士比亚》；有中西作品中的人物形象的比较，如《王熙凤与福斯塔夫》。他的平行比较做得认真扎实，分析也很细致，但也难以摆脱这类平行研究的局限。针对平行研究中出现的问题，有学者指出，正是这类"X 比 Y"式的文章，导致了中国比较文学的"危机"。在季羡林先生等的严厉批评下，到 90 年代喜欢写这类文章的人略有收敛，但仍然不少。看来主要原因在于这类文章写起来太容易，使一些缺乏比较文学学术训练者和急功近利者难以舍弃。其中，结为集子的如《东西方跨世纪作家比较研究》（北京图书馆出版社 1997 年），在东方选了十八位、在西方选了十九位"跨世纪作家"进行比较，似这样把近 20 位作者的文章编辑连缀起来是不乏创意的，但从作家生卒年代的"跨世纪"这一点上确立可比性，显然是缺乏内在的可比性依据的。

而在平行研究的论著方面，情况要比单篇文章好得多。原因是论著的容量较大，可以对众多的对象进行多角度与多侧面的比较，以突破"X 比 Y"的两项、两极式比较的模式，在多项、多极的比较中得出某些规律性结论。在这方面，1980—1990 年代有两部著作值得注意，即《中西文学类型比较史》和《中外文学跨文化比较》。

李万钧的《中西文学类型比较史》，我们在本书以上章节中已特别提到。现在有必要从中外文学关系综合比较的角度再对该书略做评述。该书是作者此前出版的《欧美文学史与中国文学》的基础上修改补充而成的，分为"中西短篇小说类型""中西长篇小说类型""中西戏剧类型""中西诗学类型"四个部分。全书以文学类型为比较研究的切入点，以平行研究为主，以中西方从古到今的绵长而又宽阔的文学史为背景，在中西文学史的发展演变的评述中，动态地、历史地考察、总结和比较中西文学诸种类型的不同的特点。近七十万字的较大的篇幅容量，使作者对每一个问题的比较分析都能够充分展开，显示了作者在中外文学史方面的深厚的造诣，许多新鲜的见解显然来自作者对中西文学的深刻的阅读体验，在表述这些见解时，能做到举重若轻、深入浅出。作为学术著作，这是很难达到的很高的境界。

曹顺庆等合著的《中外文学跨文化比较》，在写作方式、规模上和上述的《中西文学类型比较史》相仿。该书2000年由北京师范大学出版社出版，以文学类型样式为单元，对中外文学关系进行比较研究。全书共分七章，每章一个文学类型，即中外神话、史诗、抒情诗、散文、戏剧、小说、文学理论。因此，本书实际上只是中外文学类型的专题比较。各章的执笔人也多是研究有素的专家，如蔡茂松撰写神话一章，叶舒宪撰写英雄史诗一章，李万钧撰写中外小说一章，曹顺庆撰写中外文学理论一章。他们的稿子都是有质量的。但是，毋庸讳言，本书在选题上存在着明显的缺陷。首先，书名"中外文学跨文化比较"，范围太宽泛。"中外文学跨文化比较"中的"跨文化"这个限定词是不必要的，因为"跨文化"是一切比较文学研究的前提特征，而不是中外比较文学的专有特征；中外文学的比较当然也是"跨文化"的比较，所以"跨文化"一词在这里是多余的。当我们把"跨文化"这个词从题名中抽掉之后，书名就变成了"中外文学比较"。而"中外文学比较"是一个非常宽阔的学科领域，把它作为具体的研究课题必有大而无当之虞。以五十多万字的篇幅，来进行"中外文学比较"，就势必会流于浮泛。书中的任何一章，甚至一节，都适合做一部大书。在本书有限的篇幅内，只好泛泛而论。书中的不少章节，是执笔者在早已出版的有关专著的基础上综合而来的，如第一章的内容主要来自作者的《比较神话学》，第二章的内容主要来自《英雄与太阳》中及作者的有关文章，第六章的主要内容来自作者的《中西文学类型比较史》，第七章的内容主要来自作者的《中西比较诗学》和《中西文论比较史》。这些内容均较为概括凝练，对一般读者了解中外各种文学类型的联系及特征，是一部很好的书。可是该书作为国家社科基金"九五"规划重点项目，本应立足于原创。由于课题范围设计上的失当，只能采取综合已有研究成果为主的教科书式的写法。这个例子表明，对中外文学的综合比较，必须有一独特的视角、独特的切入点和独特的理论构架，否则就难免"大题小做"。

二、中外文学关系史的综合研究

进入 1990 年代，中外文学关系的研究在 1980 年代十年的个案研究，特别是众多的研究论文的积累之后，有了丰硕的收获。这个时期出现了几种规模较大、分量较重的中外文学关系史研究的综合性的著作。

首先值得注意的，是苏州大学中文系教授范伯群（1937— ）、朱栋霖（1949— ）主编的《1898—1949 中外文学比较史》。这部书上下两卷，近一百万字，属于全国哲学社会科学规划项目和江苏省哲学社会科学规划项目，1993 年由江苏教育出版社以精装和平装两种版本出版。这部书是我国第一部大部头的、翔实系统的中外文学关系史和交流史的著作，显示了主编及作者们开拓的勇气、雄大的气魄。1980 年代，我国学术界在中外文学关系及中外文学的比较研究方面，已有不少的成果积累，到了 1990 年代，客观上要求在已有的个案研究成果的基础上，从综合的、总体的、宏观的、全方位的视域来系统归纳、消化已有的成果，写出一部中外文学比较的通史性质的著作。这是一项繁难的工程。没有对现有成果的充分吸收，没有对中外文学知识的系统的把握，要构架一部具有完整体系的、科学的中外文学比较史的理论框架，是不可想象的。《1898—1949 中外文学比较史》的成功之处，首先在于它有一个较为完善的理论框架，这个框架能够把纷繁复杂的中外文学交流及中外文学关系的史实显露出来、梳理出来。全书共分五编，按纵向的历史线索将半个世纪中不同历史阶段的中外文学关系贯通起来，每一编中的各章节均抽绎出中外文学史上若干重大的基本问题，作为论述和研究的重心。其中，第一编是朱栋霖执笔的"总论"，标题是《总论：中国文学现代化、民族化与继承、借鉴、创造》。这一部分是全书的理论总纲，对半个世纪中中外文学关系的扭结点——中西文化的相遇、冲突与融合，以及中国现代文学与传统文化的关联，中国现代文学对外国文学的吸收、借鉴、消化与超越、创造等复杂的时代的、文化的底蕴，做了系统的分析和阐释，为以下几编的中外文学交流史与比较研究的展开打下了理论基础。第二编至第五编分别论述近代文学时期、五四时期、30 年代、40 年代共四个历史阶段的中外文学交流与比较。虽然这种划分基本上沿袭了流行的中国近现代文学史的分期方法，但是，本书主编显然注意到了各个时期所要论述的具体内容，不应是一般现代文学史的平移，而是与中外文学交流密切关联的思潮、流派、事件和人物，这样写出的文学史就不是一般的中国现代文学史的大同小异的补充，而是中国现代文学史通常难以涉及或难以展开的领域，从而显示了比较文学特有的立场和宽广的视界。例如，在第二编"近代文学时期"中，作者分别论述了清末民初的"文界革命""诗界革命""小说界革命"及"新小说"、戏剧革新与"新剧"。在论述文学领域的这些"革命"的时候，作者始终着眼于这些"革命"与外国文学的关系，注意强调中国固有的传统文学、文化观念与外来思想观念的冲突与融会，突显外来影响在推动中国文学由传统向现代转型时期的巨大作用。在第三编"五四文学时期"中，作者以现实主义、浪漫主义、现代主义（包括弗洛伊德主义、象征主义）等外来文学思潮在中国的传播为主线，这就抓住了五四时期中国文学与外来文学关系的根本特征：文学思潮推动文学观念和文学创作的更新。在第四编"30年代文学时期"中，作者充分揭示了30年代中国文学在吸收外来影响的多元格局：左翼文学和自由主义文学思潮，指出了来自日本的、苏联的、英美的影响的不同性质和不同结果，揭示了1930年代的有关作家如何在接受外来影响的同时超越外来影响，使创作走向中外融通的较为成熟的境界。在第五编"40年代文学时期"中，作者注意到了1940年代中国文学与1930年代的不同，它是1930年代中外文学关系的延伸，但又有时代的特点。那就是更为驳杂的外来影响和更为多元的文艺观念，作者重点论述了胡风的文艺理论、"战国策派"的文艺理论的外来渊源，现实主义小说如何在写实基础上融会精神分析、浪漫奇幻和英美式的讽刺艺术而得以深化，在诗歌方面则重点论述了"九叶"诗派，戏剧方面则重点论述了歌德、席勒、莎士比亚、果戈理的影响，散文方面则论述了报告文学这一新的文体样式如何在外来影响下诞生。作者在研究问题时，将历史文献学的方法与理论分析的方法很好地结合在了一起。全书给人的总体印象是资料丰富，作者按严格的学术规范引用材料、注明出处，为读者的进一步追究提供了线索。其中有关中国文学方面的大量材料是第一手的。如第四编第七章中的第二节，在论述日本新感觉派与上海30年代都会小说时，查阅了30年代有关原始报刊，得出的结论也是有说服力的，可以说是到那时为止研究这个问题的最好的文章。

总之，《1898—1949中外文学比较史》对1898—1949年间中国文学与外国关系中的基本问题和重要问题做了系统全面而又有重点的论述，为这一时期的中外文学关系写出了第一部"史"书，直到十几年后的今天，它的规模、它的学术水平，仍然没有被完全超越，足见好的学术著作是有长久生命力的。当然，这样一部大书，免不了留下一些缺憾。首先，对中外文学关系中的问题点，把握不够全面，有一些问题在中外文学关系中很重要，但在本书中未能得到反映。作者很重视西方（欧美）文学与中国现代文学的关系，但对东方特别是亚洲各国文学的关系有所忽略，如黎巴嫩诗人纪伯伦对中国文学的影响，完全没有提到。作者以外国文学在中国的传播与影响为研究的立足点，但对同时期中国文学对外国的影响，则有所忽略，如30至40年代鲁迅对日本、朝鲜文学及其他国家的文学的影响，完全没有提到。从而形成了中外文学单向输入的论述框架。全书是以外国文学在中国的传播、影响为主要研究内容，它实际上不是"中外文学比较史"，而是立足于中国文学的"中国文学的外来影响与接受史"。因此，"中外文学比较史"这一书名也不很恰当。既是"比较史"，就不应只研究中外文学的传播与影响的关系史，也应选择若干没有事实联系、但有理论价值的课题进行必要的平行的研究。

《1898—1949中外文学比较史》属于中外文学关系的断代史，而周发祥、李岫主编的《中外文学交流史》，则是我国第一部中外文学交流史的通史。这部著作作为湖南教育出版社出版的季羡林总主编的"中外文化交流史丛书"中的一种于1999年出版。全书共四十五万字，作为中外文学交流的通史，规模并不算大。但本书在学术上有着自己的鲜明特色。首先，它的几位执笔者都是在中外比较文学方面卓有成绩的学者，主编周发祥研究员在中国古典文学的对外传播的研究方面，是权威专家（详后），主编李岫教授是中国现代文学及现代作家作品对外传播方面的专家，中国与俄苏文学交流史部分的撰写者李明滨教授是俄罗斯文学及中俄文学关系的专家，负责中国与日、韩等东方各国文学交流史部分的王晓平、孟昭毅教授是东方文学与东方比较文学方面的专家。高水平和高档次的作者，确保了本书的学术质量。在一定意义上说，本书是上述几位专家已有研究成果的提炼和概括。因此，虽然字数并不太多，学术信息含量却很高，内容相当精粹。这种通史类的著作，需要在已有的中国与某一国别文学关系史研究的基础上，进一步提升、进一步概括，需要更为宏观和更为高瞻的视野，并在此基础上对大量的史料加以甄别、整理和提炼，而不应是史料的罗列和堆积。无疑，本书在这一点上是成功的。作者所吸收的材料，许多是作者自己多年收集所得，而没有流于一般化。有时一般化的、常识的东西不得不讲，但更多的材料对普通读者而言是新鲜的。其次，在写法上，本书按我国一般的通史类著作的惯例，将中外文学交流史划分为古代、近代、现代、当代四个时代，每一个时代中的各章节均以中外文学交流中的重要史实、重要现象、重要人物或重要作品为中心，以点代面，连点成线，不但勾勒出了中外文学交流的纵的演进线索，而且对有关重要的"点"和"面"做了较为全面深入的论述。全书紧紧抓住"交流"这一中心，描画出了两条逆向的运动线索——中国文学对外传播、对外影响，外国文学在中国的传播与影响，突出了两条线索的双向互动，抓住了"中外文学交流史"所应陈述的特殊的史的内容，即双向互动的运动轨迹和运动规律，从而使得中外文学交流史成为一般文学史不能取代的，有着自己独特研究对象和研究领域的一个学科。当然，本书也存在着遗憾：四十来万字的篇幅难以容纳中外文学交流史的丰富的内容，由于篇幅的限制，《中外文学交流史》作为中外文学关系方面的通史类的著作，还是粗陈梗概的、简略的。因此，严格地说，这只是一部中外文学交流的"史纲"或"简史"。而真正翔实的中外文学交流通史，恐怕还有待于一套大规模的系列书来实现。

《中外文学交流史》出版不久之后，李岫教授在中外文学关系史研究上，又推出了部头更大的新作。那就是她与秦林芳合作主编的《二十世纪中外文学交流史》（上下卷，河北教育出版社 2001 年）。众所周知，20世纪是中外文学的交流最为自觉、最为频繁、最为密切，情况也最为复杂的世纪。要全面的论述这一百年的中外文学交流史，不仅需要中国现代文学的丰厚学养，也需要外国文学的丰厚学养。可以说这是一个学术研究中的大题目、难题目。上述的范伯群、朱栋霖主编的《1898—1949 中外文学比较史》对 20 世纪前半期的中外文学关系的研究，在学术上已积累了可资借鉴的经验，但同时也对后来的研究者提出了挑战，那就是必须超越它，或者另辟蹊径，学术上才有价值。总体上看，《二十世纪中外文学交流史》是有自己特色的。它将 20 世纪一百年的中外文学交流史作为一个整体，在框架结构的涉及上采取了粗犷地划分历史阶段、细致地划分研究领域和研究对象的方法。全书将百年的中外文学关系划分为三个阶段，即"二十世纪前夜""二十世纪上叶"和"二十世纪下叶"，并把这三个阶段分为三编。在每一编中，作者根据具体历史阶段的中外文学交流的实际情形，确立具体的研究专题。例如，在第一编中分两章分别谈外国文学对中国的"输入"和中国文学对外国的"输出"。而20世纪的上半叶，中外文学交流的情况更为复杂、更加全方位化。作者分别把如下专题列为专章，即：外国文学思潮对中国文学思潮的影响、中国对外国文学的翻译、外国思想家哲学家对中国文学的影响、外国文学对中国现代文学的各种文体样式的影响、儿童文学的外来影响、国外对中国现代作家作品的研究，共九章。在第三编中，作者将20世纪下半叶的中外文学关系分为建国后十七年、"文革"十年、新时期文学三个阶段，分章进行纵向的叙述与研究，然后又按文学类型和文学地域，将中外作家与学者的交流、儿童文学、海外华人文学、台湾文学、香港文学、澳门文学等列为平行的专章。这种不同层次、不同角度相混杂的框架结构不是一种严密的理论的、逻辑的结构，而是一种以时序串联专题的松散的结构。这种结构的优点是方便了多人分头执笔，框架结构具有包容性，可以容纳更多复杂的对象，不为理论逻辑构架的严整性而牺牲或排斥应该研究或应该提到的对象与材料；但缺点也是显而易见的，理想的史的著作是历史线索与理论逻辑的统一，而松散的框架则会削弱作者对史实和材料的理论统驭力和逻辑凝聚力。当然，框架是框架，它是重要的，但不是唯一重要的。该书各章节的内容，尽管因撰稿者较多（近三十人），质量上参差不齐，有些章节在材料和观点上则显得平平，但大都有一定的学术品位。在对现有成果的吸收和消化方面，在材料的丰富性和正确使用方面，都是可取的。特别值得注意的是，该书把文学研究者的学术活动，纳入了中外文学交流史的范围，并给了较多的篇幅，对他们在文学交流中的作用，做了充分的评价。这一做法是具有启发意义的。一直以来，我国的文学史中所谓的"作家"或"文学家"，指的是诗人、小说家、剧作家，其次还有散文（艺术性散文）作家、文学评论家。而按国外的一般的通例，文学研究者（学者）也是"文学家"，也是"作家"，他们的学术研究成果也应该在文学史上占有独特的地位。本书将季羡林等学者的学术研究及其在中外文学交流史上的意义，列专节评述，是必要的，并且对今后的文学史研究与写作有借鉴的意义。

周宁的《永远的乌托邦——西方的中国形象》（湖北教育出版社 2000年）一书，评述的是从古到今的西方文人笔下的中国形象和中国评论，其研究范围当然不只是中外文学关系史，也是从比较文学"形象学"角度来观照西方对中国的认识史。由于难以单独归类，权且在此略加评述。作者在此前曾编辑出版了《2000 年中国看西方》和《2000 年西方看中国》（各上、下册，团结出版社 1999 年）两种资料集，在文献资料方面打下了很好的基础。关于西方人如何看中国的问题，中外文材料都很多，国内近年来甚至出现了好几种丛书，如光明日报出版社的《'西方人眼中的中国'名著译丛》、国际文化出版公司的《认识中国系列》、时事出版社出版的《西方视野里的中国形象丛书》等，还有人也从另外的角度对有关材料做过利用和梳理，如许苏民的著作《比较文化研究史》（云南人民出版社 1992 年）。周宁的《永远的乌托邦——西方的中国形象》一书从"乌托邦"的角度切入，对材料的利用较为集中，分析了几千年来西方人对中国的有意无意的误读，对中国形象的有意无意的美化丑化和扭曲，认为在西方眼里，中国是"永远的乌托邦"。从比较文学的角度看，"乌托邦"的形象，自然主要是一种文学的形象。

第三节　中国文学对外传播的研究

中国文学在国外的传播情况的研究，是中外文学交流史研究的重要方面。在本书所述及的中国与某一国别文学关系史的研究中，特别是在乐黛云主编的"中国文学在国外丛书"中，有关这个领域也涉及较多。这里所要论述的，是集中运用比较文学传播研究的方法，以世界某个区域乃至世界各国为传播范围、以展现中国文学对外传播的全貌为其特色的中国文学对外传播的总体性研究。这方面有分量的专著都出现在 1980 年代末以后。

　　1988 年，我国第一部关于中国文学对外传播的专著、王丽娜女士的《中国古典小说戏曲名著在国外》由上海学林出版社出版。该书为资料性、考据性工具书的性质，按工具书的要求安排框架结构。全书分小说、戏曲两部分，介绍了三十部小说、四十余种戏曲名著对外传播的情况。在每种名著之后先总体概述其在国外的传播情况，再介绍国外收藏的各种版本，然后再介绍各种不同语种的外文译本。所涉及的语种有拉丁、英、法、俄、德、荷兰、波兰、日本、朝鲜、越南等，语种之多，令人惊叹。王丽娜充分利用了她所在北京国家图书馆的有利条件，同时还到全国各大图书馆查考，广为搜罗，大有竭泽而渔的气魄，在资料的全面性方面，达到了别人难以企及的程度。她的工作，等于为中国古典小说戏曲在国外的传播情况理出了一个眉目，拉出了一个清单，实在是功德无量。正如吴晓铃在本书序言中所说，这种工作"能者之不屑就，盖工作繁琐、治丝益棼，挂一而漏万，费力不讨好也。无能者不能为，盖从事者需博闻多识，通数国语文，且尽穷年累月之功，始克有济"，因此吴先生认为在"为己之学"和"为人之学"两种学问中，这属于"为人之学"。王丽娜的这种"为人之学"对后来的中国文学对外传播研究起了很好的作用，许多相关论著均引为参考书目，或称赞它的用处。

　　中国古典文学对外传播的另一部综合性的重要著作是宋柏年主编，毛何苗、杨纪、沈静、张春雨、麻文琦、蔡剑锋等 20 多人合作撰写的《中国古典文学在国外》（北京语言学院出版社 1994 年），原本是为对外汉语专业的学生编写的用作教材的书，但由于这类书此前尚是空白，所以它在学术上也有相当的价值。这部书在材料上参考了王丽娜的上述著作，同时又补充了不少新的材料，采用的是论著而不是工具书的写法。它立足于中国古典文学，按中国古典文学的发展线索，分六编顺序地论述了先秦文学、两汉魏晋南北朝文学、唐代文学、宋元文学、明代文学、清代文学在国外的传播情况。每编先有"概说"，然后分章节对重要作家作品在国外的情况加以论述，可以说是一部内容较为全面的、简明扼要的中国文学对外传播史。

1990年代下半期以后，中国文学对外传播的研究开始向专题化的研究领域拓展，出现了在学术上更有深度和特色的著作。1997年，厦门大学黄鸣奋的《英语世界中国古典文学之传播》由上海学林出版社出版。该书将"英语世界"作为中国古典文学传播的一个整体区域，而以英国、美国、加拿大、澳大利亚为主体，一些非英语国家而用英语写作的学者——如捷克的普实克、荷兰的伊维德等——也在本书论述的范围内。其研究对象主要是相关的英文书籍、博士论文和部分论文。作者在"绪论"中把英语世界中国古典文学的批评与研究方式概括为译注、赏析、专论、综述四类。指出英语世界的中国古典文学的批评与研究有三个主要特点。其一，常以西方的人文和社会科学理论为参照系，如吉布斯的《〈文心雕龙〉里的文学理论》、刘若愚的《中国文学理论》都借鉴了艾布拉姆斯《镜与灯》中所提出的理论框架。其二，广泛运用比较文学的方法，出现了大量将英语作家作品与中国古典作家作品进行比较的成果，有的从中国角度看西方，有的从西方角度看中国，各类角度不一而足。其三，经常用"表现主义者""古典主义者""反传统主义者""实用主义者"之类的术语来标定中国古代作家。作者认为英语世界中国文学的研究和批评所发挥的功能可以归结为对受众的指导、对创作者的启迪和对读者、观众、出版者的引导等方面。全书先介绍了英语世界中国古典文学传播的历史背景、地理布局、与其他语种的交流等概况，介绍了英语世界对中国古典文学的综合情况，然后又分古典散文、诗歌、小说、戏剧等四种文体样式，做了专题的评述，最后介绍了英语世界有关中国古典文学研究的工具书。

王晓路的《中西诗学对话——英语世界的中国古代文论研究》（巴蜀书社 2000 年）也以"英语世界"为传播研究的范围。作者在"绪论"中指出，以美国为中心的英语世界在中国古代文论研究方面取得了重大进展，该书的目的是"全面梳理了中国古代文论在英语世界的接受情况，就以北美为中心的西方汉学界对中国文论的理解、阐释以及方法作出介绍以便于国内学界借鉴和深入研究，并对其囿于自身传统所产生的误读做出自己的分析与评述"。全书分为四章，分别从中国文论在英语世界的研究概况、英语世界对中国文论的独特理解与阐释、英语世界对中国古代文论的翻译、中西文论的对话与融会四个方面展开论述。作者掌握了丰富的第一手文献资料，并对这些文献资料做了深入的研读，将资料的介绍与分析评论结合起来。作为近二十年来仅有的一本全面细致地评述英语世界中国文论传播与接受情况的专著，该书具有重要的学术价值。

在中国古典文学对外传播研究方面，中国社会科学院文学研究所的周发祥教授贡献突出。1990 年代初，他会同傅璇琮提出了"中国古典文学走向世界"的研究课题。1997 年，他负责策划的"中国古典文学走向世界"丛书，由江苏教育出版社陆续推出。该丛书据说计划出十卷，但现在印出来的目录有六卷，其中包括《西方文论与中国文学》《国外中国古典文论研究》《国外中国古典戏曲研究》《国外中国古典小说研究》《国外中国古典散文研究》《国外中国古典诗歌研究》。到 2000 年，前三种已正式出版。这是我国第一套中国古典文学对外传播研究的丛书，标志着中国古典文学对外传播研究已经成为中外文学关系史研究，乃至中国比较文学研究的备受重视的领域，也标志着这个领域的研究在此前研究的基础上，从研究的广度、深度上都有了重大的突破。

丛书中最早推出的是周发祥的《西方文论与中国文学》（1997 年）。本书主要评述当代西方汉学界运用西方理论研究和阐释中国文学的情况。周发祥将运用西方文论及其他西方理论来研究中国文学的做法，称为"移植研究"，而没有沿用流行的名称"阐发研究"。有时更直接地称之为

"西论中用"或"以西解中"。全书分为三编。第一编"渊源与流变"，从历时的角度概述了移植研究的缘起、发展与现状。第二编是全书的中心，分章评述了西方汉学家运用不同的西方的方法对中国文学所做的研究，其中包括：传统的研究方法（史诗研究、悲剧研究、寓意研究、修辞学研究、文学史研究）、汉字诗学、语言学研究、意象研究、新批评研究、巴洛克风格研究、口头创作研究、原型批评、结构主义研究、文类学研究、叙事学研究、比较文学研究及现代其他方法（心理学、符号学、主题学、统计风格学）等。作者在各章中，先概括介绍有关研究方法的来龙去脉，再分析有代表性的研究实例，最后在"小结"中对该种研究的得失成败予以评说。作者在"引言"中曾强调该编的着重点"在于展示西方学者利用传统与现代方法的操作过程，看看他们如何寻找着眼点，如何提出问题，如何解决问题，试图得到什么样的结论"。第三编是从共时的角度对整个移植研究所做的总的评价和总结。认为在移植研究中，西方文论与中国文学的碰撞的方式有四种类型：一是根据中国文学建立理论；二是根据中国文学修正西方理论；三是兼用中西两种理论与方法；四是直接运用西方理论。在谈到移植研究的性质时，作者认为比较文学的平行研究可划分为"直接比较"（作品与作品的比较、理论与理论的比较）和"间接比较"（理论与作品的比较）两种类型，而移植研究本质上是"一种间接的平行研究"。作者最后指出，移植研究的价值在于：开辟了检验西论的新途径，为中国古典文学研究提供了借鉴，开阔了比较文学的视野，启发了理论建设的新思路。全书资料较为丰富，而且这些资料大都由作者从国外收集而来，因此整部书写得扎实、严谨。作者从一个独特的侧面切入了中西文学关系的深层，深化了中国文学对外传播与国外汉学的研究，是一部成功的学术著作。当然，书中也存在一些小问题。如书中所评述的主要是海外华人学者的研究成果，只有少数是西方人的成果。对有些人我国学界比较熟悉，如刘若愚、叶维廉、夏志清、普实克、浦安迪、倪豪士、庞德、高友工、梅祖麟等，他们的著作都已有中文译本，其民族文化身份可以不必介绍。但有些人学界还较陌生，如，傅汉斯、白保罗、韩南等等是哪国人？学术背景如何？完全不做交代，势必让读者困惑。另外，本书将评述的对象定位于"西方学者"或"西方学术界"，但有些评述对象超出了这个范围，如评述较多的王润华是东方（新加坡）人，张汉良、黄德伟则是中国人（台港人士）。

　　"中国文学走向世界丛书"中接着上书出版的是《国外中国古典文论研究》（1998 年）。该书由王晓平、周发祥、李逸津三人合著。其中王晓平负责东方部分，周发祥负责西方部分，李逸津负责俄苏部分。执笔者都是在各自的领域卓有成就的专家，保证了本书写作的质量。全书由"中外比较诗学"和"历代文论研究"上下两编构成。上编是对国外研究中国古典文论的总体评述，下编则是分述。作者收集了不少有关的第一手材料，并对这些材料做了充分的消化、梳理和总结归纳，得出了某些有理论价值的见解。例如，在谈到古代日本的中国文论研究特点时，王晓平认为："中国的文学理论常常是在所谓'变容'即改变面貌的情况下对日本的传统的文学理论发挥某种补阙作用，这是构成古代日本研究中国文论学术背景的重要因素。"在谈到日本学者的研究方法及特色的时候，王晓平认为："日本学者注重大量占有资料，穷搜欲尽，考辨严谨，不尚空论，有时又有罗列过繁、阐发不足的情况。"在谈到西方学者的中西比较诗学的方法论的时候，周发祥将其归纳为六种方法，即将中西文论融会在一起而创新说的"融合法"，从中西文学作品中抽绎出共同适用的理论的"抽绎法"，采用西方理论来整理、剖析或认同中国文论的"移植法"，将中西文论放在对等的地位上加以比较的"类比法""对比法"，从接受者的角度追溯外来影响根源的"溯源法"等。本书作为迄今为止第一部全面系统地论述中国文论在外国的传播与研究史的著作，其中犹以东方部分最为翔实，也最为可贵。此前，对日本、朝鲜、越南三个属于汉字文化圈的国家的中国文论译介与研究很少有人涉及，王晓平对这一领域的发掘和梳理，使得本书所指的"国外"真正成为全方位的"国外"，而不是像有的论著那样迫不得已时只能以西方、欧美来作"外国"或"国外"的替代语。

《国外中国古典戏曲研究》是"中国古典文学走向世界丛书"中已问世的第三本书。由孙歌、陈燕谷、李逸津合著。其中孙歌负责日文部分，陈燕谷负责英文部分，李逸津负责俄文部分。此外，王晓平和周发祥又补写了若干章节。全书第一章先介绍中国戏曲在国外的传播与研究概况，然后在第二至第九章分戏曲史研究、戏曲体裁研究、主题研究与形象分析、剧作家与版本研究等不同的专题展开评述，第十章和十一章是国外研究个案举隅。由于全书采用的是这样一种多角度、多层面的框架结构，而不是学术史的纵向结构。这种结构难以把国外中国戏曲研究的系统的线索和完整的全貌呈现给读者，但可以有效地避免由于各国的中国戏曲研究成果的不平衡、作者所掌握的材料的不均衡而可能造成的史的线索的粗细不均。因此，本书在材料上还不能达到学术"史"的规模要求，而只是一种"国外中国古典戏曲研究"的概述、概论性的著作。同时，由于戏曲研究牵扯到较复杂的戏曲艺术、技术层面上的问题，而作者们并不是戏曲专家，故本书"引言"强调，作者们在这个课题的研究中采取了文化研究的基本立场，认为"对于国外的中国学研究成果必须放在它所由产生的文化中去加以考察和研究，因而对于国外的中国戏曲研究的评价也必然同时是一种对于国外文化的研究"。这就使全书带上了较强的学术批评和文化批评的色彩。

在"中国文学走向世界丛书"之外，王晓平等还推出了中国文学对外传播研究的其他成果。其中，《二十世纪国外中国文学研究》是夏康达与王晓平联袂主持的国家社会科学基金项目成果，2000年由天津人民出版社出版。执笔者除主编夏康达、王晓平外，还有孟昭毅、周发祥、李逸津、王如青。大部分执笔者均参与了上述各书的写作，因而使得本书在材料上、观点上与上述各书有所重合，但与上述各书相比也有其特点，就是将研究范围定在20世纪。而20世纪正是国外中国文学研究成果最多的一百年，这种断代的研究使得本书能够集中清理 20 世纪国外中国文学翻译与研究的成果，特别是以前评述不够充分的 20 世纪后期的成果。全书分为"日本篇""东南亚篇""欧美篇""俄苏篇"四篇，对四个不同的国家和地区的中国文学的研究状况做了概括的总结和梳理，在总体风格上显得很凝练。因而，对于读者全面而概括地了解 20 世纪国外中国文学研究的情况是一部很好的入门书。

王晓平在上述各书中，均负责亚洲——主要是日本、朝鲜、越南部分，并成为中国文学在亚洲传播问题方面的首屈一指的专家。他在这一领域的研究中积累和占有了丰富的材料，并做了深入的思考。这些都集中体现在最近出版的《亚洲汉文学》（天津人民出版社 2001 年）中。这是我国第一部系统评述"亚洲汉文学"的专著，填补了中国文学对外传播研究和国外汉学研究中的一个空白。在这部书中，王晓平提出了"亚洲汉文学"的概念，强调将"亚洲汉文学"作为一个整体加以总体研究的必要。这实际上既是中国文学在亚洲的际遇的研究，又是从"汉文学"这个独特的视角对亚洲文学的总体的和比较的研究。《亚洲汉文学的文化蕴含——代序》是一篇高屋建瓴的总论亚洲汉文学发展规律、特性和特色的文章。在这里，作者指出："各国汉文学大抵经过中国移民作家群与留学生留学僧作家群活跃的准备阶段，便由成句拼接到独立谋篇，从步步模拟到自如创作，从摹写汉唐风物到描绘民族今昔，迈进本土汉文学阶段，并与中国的文学思潮形成彼伏此起、交相辉映的格局。"王晓平认为历史上亚洲汉文学出现过四次高潮。第一次高潮出现在 8—10 世纪的日本，是汉唐文学的咀嚼期；第二次高潮在 12—15 世纪的高丽，是宋元文学的咀嚼期；第三次高潮在 15—17 世纪，是程朱理学文艺思想的光大期，各国汉文学的发展水平逐渐接近。第四次高潮出现在 18—20 世纪初，是亚洲汉文学的全盛期，也是明清文学的咀嚼期。作者认为亚洲汉文学是模拟性与创造性的矛盾统一，其创造性主要体现在汉文的阅读方法的多样性、民族语言的汉化、变体汉文及文体的创造、翻译注释与改编形式的配合；尤其重要的是亚洲各国汉文作者并不把汉文看成是外国文学或官方文学，而是个人抒情叙事的必不可少的方式。王晓平认为"区域的国际性"是亚洲汉文学的重要特性，在历史上亚洲各国交往中起了重要作用。将汉文学区域化、国际化是由若干不同类型的作家群体来实现的。他们包括帝王群、臣僚群与文人群、释门群、道门群、闺秀群。《亚洲汉文学》以专题论的形式设计全书的构架，分《书缘与学缘》《歌诗之桥》《迎接儒风西来》《梵钟远响》《神鬼艺术世界》《传四海之奇》《走向宋明文学的踏歌》《辞赋述略》《送别夕阳》共九部分。也许是为了追求行文的活泼，全书按普及读物的风格样式谋篇布局，但九个部分之间缺乏严密的逻辑联系，作者在《代序》中提出的对亚洲汉文学的演变规律及特征的基本把握，在正文中没有能够得到很好的贯彻，这是令人遗憾的。

在中国文学对外传播研究中，以一部名著的传播为研究课题的个案研究，也是一种重要的研究类型。1980年代后有关学术性报刊上发表了不少关于《三国演义》《水浒传》《金瓶梅》《红楼梦》等小说名著在某国、某地区传播研究的单篇文章。而且还出版了两本研究专著。一本是胡文彬的《〈红楼梦〉在国外》（中华书局1993年），一本是何香久的《〈金瓶梅〉传播史话：一部奇书在全世界的奇遇》（中国文联出版公司1998年）。前者介绍了《红楼梦》在日本、朝鲜、越南、泰国、缅甸、新加坡、俄苏、德国、捷克斯洛伐克、英国、法国、西班牙、美国等13个国家的传播情况；后者的主要内容是《金瓶梅》在国内的传播情况，但也有《金瓶梅》在日本、越南和西方传播情况的介绍。以单个作品的对外传播为研究对象的专著，现在还不多，也不翔实。相信随着中国文学对外传播研究的进一步细致和深入，这一类成果必会陆续出现。

第九章　中外各体文学比较研究

中外各体文学的比较研究，是从文体类型的角度切入的比较文学研究，在 20 世纪最后二十年的比较文学研究中成果较多。与中外文学关系的实证研究有所不同，各体文学比较研究基本上属于平行比较。其中，神话的比较研究、民间故事（含童话寓言）的比较研究，在国内外均具有悠久的传统和积累，形成了"比较神话学""比较故事学"这样的学科。中外小说、诗歌、戏剧的比较研究，主要是在中国与西方各国之间展开。

第一节　比较神话学、比较故事学及儿童文学比较研究

一、比较神话学

比较神话研究，或称比较神话学，是神话研究的一种方法，也是神话研究的一个分支。中国神话研究发端于 20 世纪初，在整个 20 世纪取得了不小的成绩，鲁迅、郭沫若、闻一多、陈梦家、苏雪林，及海外华人学者张光直、日本学者白川静等，在中国神话研究中都曾以世界文化的视野和

比较的方法看待、研究中国神话，为近 20 年来比较神话学的兴起奠定了基础。而比较神话学在我国真正获得繁荣并形成一个相对独立的学科，则是 1980 年代以来的事情。

　　1980 年代以降，较早运用比较方法研究中国神话的是何新先生。他的《诸神的起源》（北京三联书店 1986 年）一书，研究的是中国上古神话材料中所体现的太阳神（日神）崇拜问题。此前，曾有中外学者认为中国神话的特点不是日神崇拜，而是月神崇拜。何新运用文字训诂的方法，并参照东西方各民族和文明区域的原始宗教神话材料，指出自新石器时代到早期殷商时期的上古时代，中国也曾存在过一元的日神信仰。他指出，和世界其他地区一样，中国古代保存至今的大量的十字图纹，是太阳崇拜的符号，中国上古时代很可能存在过以崇拜太阳神为特征的原始宗教。中国古代的各种至尊称号——皇、昊、神、华等都与太阳神崇拜有关；太皓、太昊、帝俊、重华（舜）、曦和等，都是太阳神的尊号。伏曦的本名作溥曦，意即伟大的太阳神；皇帝本训当作光帝即光明之神……何新在书中自述他的神话研究的方法和步骤，即：首先将与一个共同母题有关的代表性神话，连接成一个大系统，然后用训诂学的方法扫除理解这个系统的语言障碍，再找出这个系统的组合、生成与变形的规则，最后，发现、揭示这个神话系统的深层结构中的文化信息层面。何新先生所说的"系统"，常常是跨文化的人类学的整体视野，把中国神话置于世界神话的大背景和大系统中加以观照，具有比较神话学的色彩。在方法上对后来的研究者有一定的启发和影响。尽管不是所有的结论都令人信服，例如认为后羿射日的神话的真相是"历法改革"，起因是上古时期把一年分为十等分，久而久之，导致历法的混乱，出现"十日并出"的幻觉，于是产生了帝尧命羿射十日的神话；又认为烛龙的神话与盘古开天辟地无关，而是反映了古人对极光现象的认识等，这实际上是以现代科学观念来"解构"神话了，不免有些牵强。不久，他在《诸神的起源》出版后推出的《龙：神话与真相》（上海人民出版社 1989 年）一书中，对《诸神的起源》中的一些观点做了深化和修正，该书被考古学家贾兰坡称为是"目前解释'龙'最好的一本书"。总之，何新的中国神话研究在当时和此后都产生了较大的影响和反响，一定程度上起了继往开来的作用。

在《诸神的起源》出版的几个月后，山东文艺出版社出版了谢选骏的《神话与民族精神——几个文化圈的比较》（1986年）一书。该书将中国、希腊、希伯来等世界各国的神话作为一个整体来描述，并试图探讨神话中所体现的各民族的"民族精神"。这种世界神话的总体研究对一般读者是必要的，但可惜面对大量的现成材料，作者没有找到理论制高点，难以对材料进行有力的理论擢升，全书结构、行文均显得散漫，况且材料来源一般化，研究方法也基本上是习用的文学研究的一般方法，即社会学的、反映论的。

1988年，王大有出版了《龙凤文化源流》（华夏出版社）一书。这部书从龙与凤的造型艺术入手，并不是以神话研究为中心的著作。但是，作者在研究中所运用的整体的和系统的方法，他的广阔的世界文化与比较文化的视野，以及他得出的有关结论，都与比较神话学相通。书中以大量的中外有关龙与凤的造型艺术的考古学和文献学的材料，论述了中国古代东夷民族东迁美洲及中国古代文化远播东亚、东南亚特别是美洲的途径、方式和结果。并以专章对中国的龙凤艺术与美洲的龙凤艺术作了比较，对中国古代的有关神话传说也提出了自己的解释。例如，他认为夸父逐日的神话故事反映的是古代的夸父族在与黄帝族作战失败后，退至北方严寒地区，并试图继续寻求保护神炎帝太阳神的保护，追逐日照而反复南北迁徙的历史。后来他们逐渐习惯了严寒气候，为了寻找太阳升起的地方"汤谷"，而继续东迁直到美洲大陆。这一看法颇为新颖，在众多的夸父逐日神话的解读中，可备一说。

1980年代末期比较神话学的一部重要著作是萧兵（1933— ）的《中国文化的精英——太阳英雄神话比较研究》。这是一部长达七十多万字的鸿篇巨著，也是他的中国神话研究的集大成。全书的重心是中国古代及其周边各民族的英雄神话的比较研究，特别注重中国各少数民族神话和"泛太平洋文化"区域各民族，以及古希腊、罗马英雄神话的"趋同性"的发现，尤其注意揭示太阳神祖孙三代神格、神位、神性、神迹等种种微妙的对应性。面对东西方各民族纷繁复杂的神话资料，萧兵表现出了出色的理论概括和宏观把握能力。他将太阳英雄概括为"射手英雄""弃子英雄""除害英雄""治水英雄""灵智英雄"等五种类型，并分五篇进行了深入细致的比较研究。虽然这种划分存在互相交叉与重叠的问题，但毕竟使得世界各国英雄神话中英雄形象的特征得以清晰地呈现，并为比较研究确立了前提和条件。

在第一篇《射手英雄：感生与化身》中，作者列举了东西方各自独立而又有整体对应性的几组太阳神英雄的三个世系，如"帝俊—后羿—弈子""帝喾—契—昭明""太暤——少暤——一般"（以上中国），"上帝—天王郎—朱蒙"（高句丽）、"宙斯—阿波罗—法厄同""宙斯—珀尔修斯——赫拉克里斯"（以上古希腊）等。他发现这些太阳族的射手英雄都是卵生的，或者有一个鸟的形体和鸟的化身，是鸟图腾的后裔，他们常常化身为象征光明的大鸟，与代表黑暗和死亡的巨鱼、恶蛇、或毒龙作战，而且善射，都属于射手英雄。在第二篇《弃子英雄：履迹生子和图腾受孕》中，作者以《诗经·大雅·生民》中姜嫄履迹而生后稷这一独特的"感生传说"为中心，列举了世界各民族神话中英雄的母亲"感迹生子"和英雄出生后被遗弃的神话传说，并且把世界性的"弃子英雄"神话分为两大类型，第一种是漂流型或河海型，即弃于河海畔；第二种是"物异型或山野型"，即因为生得怪异而被抛诸山野。此外，作者还探讨了世界神话中跟植物崇拜相联系的树生、竹生和果生儿的神话，作者将此概括为"准弃子和树生英雄群"。作者指出：这些弃子英雄神话具有世界性和趋同性，这种趋同性绝非偶然。但这种趋同性是播化所致，还是由相似的社会发展阶段决定的共通的心理所致，对此问题作者主张应做进一步的研究，而不是匆促下结论。在第三篇《除害英雄：异禀和勋迹》中，作者指出：在各民族神话中，作为"人"的伟大代表的英雄们的诞生对天帝及其权威构成了威胁，英雄降生后即受到天神的加害，因此"小英雄与老上帝的矛盾"就构成了神话史上重要的母题。作者对英雄为民除害的行为及其神话模式，如英雄得宝和神赐武器，英雄竞赛获胜或争雄，英雄的"婚姻考试"和射箭比赛、射鸟取谷，英雄射日、杀怪、斩蛇、盗宝等，进行了广泛的比较研究。在第四篇《治水英雄：抗灾与救世》中，作者指出关于洪水的神话传说是世界性的，几乎任何一个古老的民族都有一个"灭绝人类"的大洪水传说。作者列举了世界神话中的许多治水英雄及其神话传说，如中国中原地区的共工与鲧，巴蜀的鳖灵、李冰和各种三只眼睛的二郎神，东夷的后羿，希腊的赫拉克里斯，中国与美洲的"息壤"等。在第五篇《不死的英雄：建树与牺牲》中，作者以中国孙悟空与印度神猴哈奴曼、中国的夸父与希腊的普罗米修斯的比较为主线，贯串了许多相同类型的神话故事，分析了英雄们悲壮的死亡、复活与化为天神并获得永生的过程。

在《中国文化的精英—太阳英雄神话比较研究》出版之前，萧兵曾出版过《楚辞与神话》（江苏古籍出版社 1986 年）等神话研究的著作，对中国神话与外国神话做了初步的比较研究。他在《楚辞与神话》和《中国文化的精英—太阳英雄神话比较研究》中，虽然没有专门的理论性的章节，但在具体问题的研究中也总结并提出了三条比较神话学研究中寻找"可比性"的基本原则和方法。第一条就是"整体对应"或"规律性对应"的原则，认为这是比较法的"第一要义"。例如关于英雄出生后被抛弃，有若干基本的情节：一、他们都在婴幼期被抛弃过（尽管原因和手段等不尽相同）；二、他们都被援救并成长为英雄人物；三、在被抛弃或被收留过程中都各有灵异之处。他指出，如果不同的弃子英雄神话的共同点只是在上述某一点上偶尔相同，那只是缺乏可比性的偶同；如果在所有方面都契合，那就是"整体性对应"。第二条，是多重平行原则，指比较的对象在时代背景、种族背景、经济基础等方面，如果具有相当多的平行的相似，其可比性就大，"平行线"越多，趋同性、类似性、对应性越强，比较就越可靠、越科学、越有兴味。第三条是细节密合原则。如果比较的对象连细节都密合无间，那可比性就进一步增强。萧兵还写道：

> 比较文化学首先要"求同"，找出对象间越多越好的共同点、聚合点、对照点，用"对应性"证实"可比性"，以"密合性"保证"确切性"。在"求同"前提下"存异"，在分析基础上综合。这种"同"当然是规律性之"同"，这种"异"必须是"趋同"之余的"异"。独木不成林，无同不可比，有异才有同。客观事物总是复杂的，往往同中有异，异中有同；比较文化学的任务之一便是异中求同，同中见异。它首先要求异中之同，然后再发现同中之异。无"异"之"同"不必比较，无"同"之"异"不可比较。有谁去比较赫拉克里斯和猪八戒呢？①

这既是作者研究经验的总结，也是作者研究工作的指导方法。在《中国文化的精英—太阳英雄神话比较研究》一书中，作者每谈一个问题，都找出尽可能多的同类材料，寻找尽可能多的"平行线"，并不厌其烦地分析材料在细节上的"密合"，将研究对象的同中之异，异中之同呈现出来。为此，作者收集了几乎是全部可以收集到的中文材料（可惜因作者阅读外文材料困难只能利用中译本），包括神话文本和已有的研究成果，并在行文中加以列举、利用和分析。作者在材料上下的功夫令人钦叹，但同时也带来了资料繁复、枝蔓过多、篇幅冗长的弊病，而在材料之外的理论概括又相对显得薄弱，读者阅读时不免感到沉闷，要将它认真读完，需要耐心。尽管如此，《中国文化的精英——太阳英雄神话比较研究》一书，作为近20年来中国神话研究和比较神话学中的大作和力作，

---

① 萧兵：《中国文化的精英》，上海文艺出版社1989年版，第342-343页。

是当之无愧的。

在比较神话学的研究方面，叶舒宪（1954—　）的成果最多，建构最系统，影响最大。近二十年来，特别是 1990 年代以来，他致力于以西方的结构主义人类学、原型批评的方法，以世界文化的眼光和跨文化的整体视野来解读和研究中国文化典籍，尤其是在中国神话、史诗的研究上独辟蹊径，成绩斐然。1987 年和 1988 年，他编译出版了《神话—原型批评》和《结构主义神话学》两种西方学术著作，表明了他对西方的神话学理论与方法的关注和借鉴的态度。1988 年，他与俞建章先生合作推出了《符号——语言与艺术》（上海人民出版社），表明了他们借鉴西方符号学理论对艺术起源与艺术思维问题的理论思考。这些，都为后来研究工作的展开打下了基础。

1988 年，叶舒宪出版了他的第一本独立完成的专著《探索非理性的世界》（四川人民出版社）。在该书中，他介绍了西方的原型批评方法，并从"太阳—人类"的对应关系入手，吸收了中国民间文化固有的观念和已有的研究成果，尝试用原型建构的方法初步建立了"中国文学原型模式的时空坐标"，并画出了一个图形。用文字则表述为：

　　东方模式：日出处，春天，青色，早晨，汤谷。
　　南方模式：日中处，夏天，朱色，正午，昆吾。
　　西方模式：日落处，秋天，白色，黄昏，昧谷。
　　北方模式：日隐处，冬天，黑色，夜晚，幽都。①

这种"原型模式"后来成为叶舒宪重构中国上古神话系统，分析和研究中国文化和文学史的若干重要现象的"元语言"。作为个案分析，他从这一原型模式出发，对古巴比伦史诗《吉尔伽美什》做了分析。这部

---

① 叶舒宪：《探索非理性的世界》，四川人民出版社 1988 年版，第 154 页。

书为他后来的神话史诗的研究准备了"原型模式"，确立了他研究的基本思路和特色。

叶舒宪在比较神话学研究方面的代表作是《中国神话哲学》。在该书的"导言"中，他阐述了自己的神话研究的基本思路和方法，提出在神话研究中打破文史哲的界限，打破神话学与哲学的界限，打破微观的语言学与宏观的思维科学（认知科学）的界限，打破"国学"与"西学"之间的界限。他认为，应该把神话作为前理论阶段的思维方式，作为前哲学的世界观和意识形态来研究，侧重探讨中国神话中的哲学蕴涵以及中国哲学思维模式的神话基础；把神话学的研究重心从对个别神话本文的解释转向对神话思维的普遍模式和规则的探讨，转向中国语言文字与中国神话和中国哲学思想的相互作用关系的探讨。他还提出，"必须以世界神话作为广阔的参照背景，同时广泛地借鉴和吸收当代国外人文科学发展中的理论与方法，特别是文化人类学、语言学和文艺学中已经广泛使用的模式分析法，使古老的中国文献得到新的理解，为素以残缺、简短、含混而著称的中国神话材料构拟出原型模式系统，并根据模式的理论演绎功能，参照跨文化的（包括少数民族的和外国的）同类材料，对若干残缺不全或完全失传了的上古神话做出原型重构"。

《中国神话哲学》一书共分上、中、下三编。在上编"易有太极——神话哲学的元语言"中，叶舒宪对《史记》与《汉书》中所记载的当时官方举行的"太一"祭仪和祭典上所唱的四首四季歌——《青阳》《朱明》《西颢》《玄冥》——做了考辨和分析，他借鉴西方结构主义的二元对立原则，参照印第安人的同类仪式，认为"太一"祭仪是与古代的太阳崇拜密切相关的宗教活动，"太一"神是原始太阳神的抽象化和观念化。认为中国古代的神话宇宙观与西方学者提泰等人指出的情形是相吻合的，即根据太阳在一年中运行轨道的不同位置分辨出春夏秋冬的更替，又根据太阳在一昼夜间的不同位置分辨出东西南北四个空间方位。从而进一步论证和强调了他在《探索非理性的世界》一书中绘制的东西南北四个方位、春夏秋冬四个季节和天上、地上、地下三层宇宙结构相统一的、时空混同的原型图式，这也是一个天圆、地方、大地环水的立体的宇宙结构图像。从而对中国上古时代的神话宇宙观结构和系统做了还原。叶舒宪首先分析了由"昆"与"昔"的对立统一所构成的中国上古神话宇宙模式的垂直系统，认为这一垂直系统派生出了如下的价值等式：

"昆"模式：

上＝阳＝南＝神界＝男＝天（气）＝光明＝正＝夏＝白昼

"昔"模式：

下＝阴＝北＝鬼界＝女＝水＝黑暗＝负＝冬＝夜晚①

接着，叶舒宪又对由"旦"与"昏"两端构成的中国神话宇宙模式的水平系统做了分析，认为"旦"与"昏"分别有着"生"与"死"的象征性，蕴含着生与死的二元对立。他认为，把握住"昆"与"昔""旦"与"昏"这一对立统一模式的丰富含义，就找到了用以说明广泛的文化现象的"元语言"。这种"元语言"作为一种解释性的模式，有如文化深层意蕴的密码本，根据这种密码本，可以对许多神秘的、看似混乱的文化现象做出解释。例如，叶舒宪认为，作为中国道家哲学的最高概念的"道"是从太阳的运行现象中抽象出来的，而为人所熟知的夸父追日的故事，所描述的实际上也是太阳的运行的循环轨道。

在中编"黄帝四面——神话的时空哲学"和下编"九州方圆——神话的生命哲学"中，叶舒宪运用上述的以太阳运行与人类关联的"元语言"，参照世界各民族同类的神话材料，对中国古代文献中片段记载的神话材料进行了复原、解读和阐释。例如，他认为中国古代的建筑"明堂"实际上是中国古代的"金字塔"，即太阳堂或太阳方坛的一种物化符号的

---

① 叶舒宪：《中国神话哲学》，中国社会科学出版社1992年版，第24页。

残存形式；认为黄帝是太阳神的人格化和历史化，黄帝的四张面孔象征着由他所钦定的神圣的四方空间，"黄帝四面"这四个字应破译为：创造主太阳的循环运行"钦定"了四方和四时；认为《荆楚岁时记》中所载"人日"的礼俗是有关鸡人创世神话的象征性的遗留。这个神话的全貌是：（造物主）第一天造鸡，第二天造狗，第三天造羊，第四天造猪，第五天造牛，第六天造马，第七天造人。并指出在世界上普遍存在着从一到七顺序创世造人的神话模式。认为鸡作为象征性符号，是同东方日出、光明取代黑暗、新春脱胎于寒冬等现象相联系的。所以鸡成了第一天的创造物。而在中国上古社会的动物象征谱系中，鸡狗羊猪象征着四方与四时，牛与马则象征着地与天，即上与下，这样六种动物合在一起，恰好是三纬度的立体空间宇宙的构成的一种隐喻。他还认为，中国古代典籍中偶尔提到的"息壤"，可以成为重构中国"海洋型创世神话"的基础母型。他将这个神话的基本轮廓复原为：天帝从原始的混沌大水中得到一小块泥土，用吹气（风）的方式把生命之本灵魂赋予这块泥土，使之变成具有神秘生命力的、能够自行生长的"息壤"，息壤的长大构成了漂浮于原始大水之上的陆地世界——神州（九州）。

在完成了中国的太极、两仪（阴阳、南北）、四象（四方空间方位）的神话宇宙模式的复原和重构之后，叶舒宪教授继续用同样的"元语言"的操作方式，对中国上古史诗进行复原和重构。他接着撰写了《英雄与太阳——中国上古史诗的原型重构》一书，1991 年由上海社会科学院出版社出版。在该书中，他首先对世界各民族史诗的生成和发展的原因做了概括的评述，并从中总结提炼出了游牧文明的"战马英雄"型和农业文明的"太阳英雄"型两大不同类型的史诗模式，从而为中国上古英雄史诗的原型重构提供参照。他认为，对中国上古史诗的探讨不能以"战马英雄"型的史诗模式为参照尺度，而应以"太阳英雄"型的史诗为尺度和参照。因此，重构中国上古史诗第一要务在于从定居的农业文明的原型范式出发，重新寻找中国式的太阳英雄。他认为中国的羿就是中国上古时代的"太阳英雄",关于羿的神话故事就是象征太阳运行之道的英雄史诗。他考察了先秦时期的《天问》等文献中关于羿射日神话的原始形态,推测了羿由神到人的转变及其原因,明确了射日故事发生在羿由日神到人的转变之前,杀妖除怪等其他事迹发生在这一转变之后,羿是由太阳神演变为太阳英雄的。这就从根本上统一了前代学者关于"人性的羿"和"神性的羿"的矛盾,以及羿本为神,又为何求不死的聚讼难题,为重构作为人类英雄的羿的史诗奠定了基础。在重构羿史诗的过程中,叶舒宪选取了古巴比伦的太阳英雄史诗《吉尔伽美什》作为主要的依凭和参照,他发现羿史诗与《吉尔伽美什》在表层叙述上具有九项相同的母题。他按照九个母题的逻辑顺序,在与《吉尔伽美什》的对照中,对羿史诗逐一进行了挖掘性的复述和重构,如主人公的出生、被遗弃,成了帝王,超人的才能;主人公荒淫、暴虐,后因一个强大敌手的出现而在道德上转变,并为民斩妖除魔立功;主人公为探讨不死的奥秘而旅行历险,并找到一位不死的神人,主人公的仪式性死亡与复活;主人公得到了不死药,又失去了不死药……在这种对照和重构中,羿史诗的文本情节就慢慢浮出水面了。叶舒宪的这种发掘性、复原性的研究,一定程度地动摇了长期以来普遍流行的关于汉民族没有史诗的观念。当然,这种复原后的史诗并不就等于原史诗,它只能是一种推测和假说。因为史诗的根本特征之一是在一个民族中长期地、广泛地流传,并成为该民族精神文化的主要载体。如果羿的故事是真正的史诗,它就应该在汉民族中长久广泛地流传,但为什么在以定居的农耕文明为主要文明形态的汉民族,历史上并没有经历种族灭绝的危机,反而同化和包容了其他族群,然而其史诗却淹没不传,竟至于只流下只言片语?这恐怕不能只怪儒家的理性哲学对神话的解构,儒家知识分子没有这么大的力量,竟能阻止史诗在全民族中的流传。看来,羿史诗的"复原"的意义并不在于确认汉民族真正存在过、流传过这一史诗,而在于确认人类思维方式的趋同性。叶舒宪的研究表明,不管有没有"史诗"这种文化与文学的形态,中国古代人在太阳与人、神与人、英雄与人、人与死亡等问题的思考上，是与世界其他民族相通的，中国人的思维具备了史诗思维的一切要素，中国文化与文学的发生与发展并不在人类的共通规律之外。

《高唐神女与维纳斯》是叶舒宪另一部重要的比较文学著作。这部书1997年由中国社会科学出版社出版，副标题是《中西文化中的爱与美的主题》。他从中西文学中抽象出"爱"与"美"两大原型主题，用文学人类学和原型批评的理论与方法，分上、下两篇对中西文学中爱与美的原型发生史、爱与美的主题在中西文学作品中的表现，做了深入的探讨。其中，上篇"美神由来"，以中外神话学、考古学和文字学等方面的材料，分析了人类古代社会中由"原母神"、到"地母神"、到"爱神"再到"美神"的演变规律，参照这一普遍规律，叶舒宪认为中国上古时期神话信仰中也应有一位爱神与美神，其功能应与希腊、巴比伦、印度、埃及等主要文明古国的爱神、美神相似。但是，由于爱神与美神诞生的温床——性爱礼仪活动在华夏文明中受到较早形成的礼教文化的压制和改造，另一方面又由于饮食文化所铸就的味觉审美的异常发达，使美的观念与饮食，而不是与性发生了不解之缘，因此中国的爱神、美神没有像异域女神那样以其原有面目流传后世，她只能以隐形和幻化的形式——例如"神女"和"山鬼"之类——依稀潜存于民族集体无意识中。叶舒宪认为，中国神话中的潜隐在高唐山云雨中的高唐神女的传说，便是华夏民族中隐形和幻化了的爱与美女神，她也就是中国的维纳斯。叶舒宪从宋玉的《高唐赋》和《神女赋》那里，找到了有关高唐神女描写的珍贵材料。而宋玉以艺术化手法使爱与美女神隐形和幻化，又决定性地影响了此后高唐神女的原型主题在中国文学中的艺术表现，即"云雨"和"昼寝"。也就是诗意的和幻想的性爱。这也是中国维纳斯存在和流传的基本方式。叶舒宪接着从比较神话学的视角具体地分析了中国文学作品（如《聊斋志异》和《红楼梦》）中的"云雨"与"昼寝"的原型模式和性爱主题。可以说，《高唐神女与维纳斯》是叶舒宪比较神话学和文学人类学研究在研究范围上的进一步拓展。虽然这部书在某些章节中引述材料略嫌繁复，在理论逻辑的力度上不如《中国神话哲学》，但在选题和方法上，对读者是颇有启发意义的。

　　叶舒宪在自己的比较神话、史诗研究中，有着自己的鲜明的方法论意识。他曾发表了《世界眼光与中国学问》（《文艺争鸣》1992 年第 5 期）、《人类学视野与考据学方法更新》（《中国比较文学》1993 年第 1 期）、《人类学"三重证据法"与考据学更新》（《书城》1994 年第 1 期）等阐述方法论的文章。所谓"三重证据法"，是指在王国维提出的"二重证据"——"纸上材料"与"地下材料"——之外，再加上跨文化的人类学材料。叶舒宪认为，在王国维提出"二重证据法"之后，鲁迅、郭沫若、闻一多、凌纯声、郑振铎等学者在研究实际中就自觉或不自觉地探讨第三重证据的可行性，叶舒宪总结了他们的经验，又提炼了自己的经验，提出"援西套中"或"借西释中"，即用西方的理论模式阐释中国学术问题，将世界各民族大量的文化人类学的材料，包括原始宗教、习俗、图腾、仪式、神话、史诗等，作为中国同类文学文化现象的参照，从而在理论上明确提出了"三重证据法"的必要性和可行性。实际上，"三重证据"所强调的就是跨文化的世界眼光，就是贯通中外，就是自觉的比较文化与比较文学的意识。"三重证据"也可以说是在王国维的"二重证据"之外，再加上比较文化与比较文学。在文学的研究中，叶舒宪还进一步提出了"文学人类学"的学科构想，即在文学研究中，运用人类学所擅长的跨文化研究的优势，把中国文学置于世界文学与世界文化的大背景下加以考察和研究。

　　1990 年代中期以后，叶舒宪用文学人类学的方法，对中国传统文化的几部重要的经典著作进行了系统深入的研究。他与田大宪合著的《中国古代神秘数字》（社会科学文献出版社 1998 年版）将此前在《探索非理性的世界》和《中国神话哲学》中所涉及的神秘数字问题的研究进一步系统化了。他主编的"中国文化的人类学破译丛书"，更体现了他的学术研究上的大气和雄心。这套由湖北人民出版社出版的丛书,已出版了五种,其中有两种——《诗经的文化阐释》(1994年)、《庄子的文化阐释》(1996年)——是他独立完成的著作,另一种——《老子的文化解读》(1994年)——是他与萧兵的合著。这些著作已超出了比较文学的范围,而进入了比较文化或叶舒宪所倡导的"文学人类学"的广阔天地,他对人们所熟知的、被历代学者反复研究和阐述过的经典,做出了新的、具有当代特色的诠释。在这些著作中,文、史、哲、宗教熔为一炉,中国传统的考据学、文字训诂学与西方的人类学、神话学、原型批评等理论与方法相遇合,中国古典在外来理论模式的烛照下,在外来相关材料的映照下,呈现出了新的意义和新的面目,一些考据学的、文字训诂学的难题迎刃而解。

总之,叶舒宪的比较神话研究、比较史诗研究和文学人类学的研究,在研究对象、研究方法上已经形成了自己的鲜明的特色,是80年代后我国比较文学研究中最重要的收获之一。在当下45岁左右的中年学者中,他以学术成果多、学风扎实、研究特色突出而引人注目。尤其可贵的是,他主张以外来的理论与方法研究中国学问,但他又和那些满足于搬运西方学术、玩弄外国新名词、故作高深实则浅薄的、食洋不化的所谓新派学人完全不同,他对西洋的东西有着透彻的理解和得心应手的应用能力,他具有这一代人少有的国学的功力。可以说,他的研究标志着中西学术文化在新的历史条件下的进一步融会。虽然有些著作存在着材料与观点互有重复的问题,但总的看来他的研究是一步步展开、一步步深化的。

除上述何新、萧兵、叶舒宪外,从事神话和史诗比较研究的还有潜明兹、蔡茂松等先生。潜明兹教授是我国研究神话和史诗问题有成绩的专家。1980年代后,她曾出版了《史诗探幽》《史诗与史诗学概略》《中国少数民族英雄史诗》《神话学的历程》《中国神话学》等著作。其中,《神话学的历程》(北方文艺出版社1989年)、《中国神话学》(宁夏人民出版社1994年)是作者系统研究中国神话学学科历史的著作。前者论述的范围主要是晚清至 1980 年代，后者则主要评述 1979 年至 1990 年代中期中国神话学研究的历史，是读者了解中国神话学学术史的重要的参考书。《史诗探幽》（中国民间文艺出版社 1986 年）是我国出版的最早的集中研究史诗问题的专著之一，大都由相对独立而又在内容上相互联系的单篇文章构成。其中有《论史诗》《史诗类型研究》等从总体上论述史诗的文章，有《从创世史诗探神话的起源》《从创世史诗看神话与传说的区别》等研究创世史诗与神话之关系的文章，有研究藏族英雄史诗《格萨尔》、傣族英雄史诗《兰嘎西贺》的文章；也有将中国史诗《格萨尔》《兰嘎西贺》与印度大史诗《罗摩衍那》进行比较研究的文章。无论是专门的比较研究的文章还是非专门比较的文章，作者都注意将史诗问题置于世界史诗、世界神话的大背景下，从整体的和联系的观点看问题，因此都具有比较文学的鲜明特点。作者在史诗研究中也借鉴了民族学、历史学、宗教学、语言学、民俗学等方面的理论和方法，但她强调文学本位，从"史诗属于文学"这个前提出发，主要从文学的角度来认识史诗的社会价值、历史地位、美学意义以及在各民族人民生活中的地位。他认为作为一个文学工作者，同时从多角度研究史诗还"没有那种条件""那应该是其他人文科学工作者的任务"。蔡茂松的《比较神话学》（新疆大学出版社 1993 年）是一本篇幅不太大，但内容比较全面的书。全书分为《比较神话学的基本知识》和《中外神话比较研究》两编。上编介绍了比较神话学研究的基本课题、原理和方法，神话中的神的定义、类别及其本质。下编按专题展开中外神话的比较研究，其中包括创世神话、人类起源神话、大洪水神话、主神系统的不同的发展过程、中国神话中有没有普罗米修斯的问题、造物主形象的历史演化轨迹、女神形象的时代性和民族性、天国观念的文化心理比较分析、英雄神话母题的比较等。这本书在材料和观点上综合、借鉴已有成果的地方较多，属于一般教科书的写法。作者在"后记"中说它本是大学选修科的讲义，是"以中文系大学生为对象而写的书"。从这个角度看，本书对于比较神话学知识的普及和传播，是有用的。

二、比较故事学

民间故事的比较研究，又称比较故事学，也是一门世界性的学问，在比较文学中占重要位置。中国的比较故事学，肇始于 1920 年代。周作人是比较故事学的开创者，1950 年代，胡适、沈雁冰、赵景深、钟敬文、季羡林等先生，都在比较故事学方面做出了贡献。1980 年代后，随着比较文学和民间文学研究在中国的复兴，比较故事学研究也呈现出了新的局面。1982 年，钟敬文教授在为《中国百科年鉴》撰写的《民间文学理论的发展》一文中，有"比较方法的运用"一节，对比较故事学的复兴的趋势表示赞同并加以提倡。此后又出现了多篇文章，如贾芝的《关于民间文学的比较研究法》、刘守华的《多侧面扩展民间文学的比较研究》、秦家华的《比较文学与民间文学》、郎樱的《比较文学及少数民族文学的比较研究》、阎云翔的《民间文学比较研究中的几个问题》等，对比较故事学的理论与方法进行了探讨。

1991 年，季羡林的论文集《比较文学与民间文学》由北京大学出版社出版。这个文集编订于 1986 年，书中的文章写于 1940 至 1980 年代，大部分文章研究的是印度民间故事在中国的传播问题，许多文章在比较故事学方面具有示范意义，如《〈列子〉与佛典》《三国两晋南北朝正史与印度传说》《〈五卷书〉在世界的传播》等，都从传播研究和影响研究的角度，从材料的实证出发，寻求以民间故事为线索的文化交流的轨迹。季羡林的这些文章及其研究的科学态度与方法，对比较故事学的研究产生了一定影响。

此时期在比较故事学方面投入最大、成果最多、影响也最大的，当推刘守华（1935— ）教授。1979 年，刘守华发表了《一组民间童话的比较研究》（《民间文学》1979 年第 9 期）一文，可以说是中国新时期民间文学比较研究复兴的信号。后来他又连续发表了多篇这方面的研究文章。至

1984 年，他将已发表的 19 篇文章编订成集，以《民间故事的比较研究》为书名，由中国民间文艺出版社于 1986 年出版。1985 年，他出版了《中国民间童话概说》（四川民族出版社）一书，其中的第九章标题是《各族民间童话的相互影响与民族特色》，对中国各少数民族和中国与阿拉伯、印度、日本的童话进行了影响研究和平行研究。到 90 年代中期，刘守华在民间故事比较研究方面的论文进一步增多，也更成系统，1995 年，他将《民间故事的比较研究》中的 19 篇文章和另外新发表的十几篇民间故事的比较研究的文章收集起来，以《比较故事学》为书名，由上海文艺出版社出版。这部四十万字的论文集以相互关联的若干专题的形式编辑在一起，体现了作者的鲜明的"比较故事学"的学科自觉。以"比较故事学"这个学科意识很强的称谓取代了此前的"民间故事比较研究"之类的表述，也表现出了他试图将民间故事比较研究学科化、体系化的努力。全书分为上下两编。上编是"比较故事学的基本理论和方法"，是比较故事学的基本理论部分；下编是"民间故事多侧面比较研究"，是比较故事学的研究实践部分。两编合在一起，构成了刘守华比较故事学的相对完整和自足的体系。

在上编"比较故事学的基本理论和方法"中，刘守华首先评介了世界比较故事学的学科历史与流派，包括神话学派、人类学进化论派、流传学派、心理分析学派、结构主义学派、历史地理学派等。这几篇文章的材料和观点并不新鲜，然而对一般读者了解比较故事学的学科背景还是有用的。然后，刘守华以六篇文章论述了中国比较故事学的学科建构问题。他谈到了比较故事学与比较文学之间的关系，介绍并表示赞同钟敬文、季羡林等老一辈学者关于民间文学研究与比较文学具有天然联系，以及比较文学的兴起与民间文学的比较研究密切相关的看法。在《比较故事学的研究领域》一文中，他参照我国比较文学的流行定义，对比较故事学做了如下的界定：

比较故事学不是一般地去研究民间故事，而是用比较方法研究在跨国跨民族广大范围内流传的故事，还研究民间故事和相关文化事象的关系。因此我们说：比较故事学是对民间故事作跨国跨民族跨学科的比较研究的学问。①

在《比较故事学的研究目的》一文中，他提出：

比较故事学的目的不只是为了揭示跨文化体系的不同国家民族之间民间故事的类同与变异，也不只是为了找出民间故事和其他相关文化事象的区别与联系，它的目的还在于从理论上阐明造成这些异同的历史文化根源，即探求民间故事在历时与共时的文化背景上产生、流传、演变的规律，揭示它特定的文化内涵与文化价值。在相距遥远的时空之内，竟然在人们口头传颂着有着惊人类似之处的民间故事，比较故事学就是为了解开这人类文化的奥秘而兴起的。②

下编《民间故事多侧面比较研究》是集中体现作者研究实绩的部分，由九组专题文章构成，内容涉及中国与日本、与印度、与阿拉伯、与欧洲各国之间民间故事的比较研究。其中，在"中国与日本民间故事比较"专题中的《略谈中日民间故事的交流》一文，以他自己从湖北省收集到的一个"屋漏"的故事，与日本学者坪田让治编《日本民间故事》中关于"旧屋漏雨"的故事作了比较，并提出了中国长江流域的民间故事沿江出海而远播日本的推想。在《中国的〈斗鼠记〉与日本的〈弃老山〉》及《从"弃老"到"敬老"》中，对中日的"弃老"故事作了比较，追溯到这一故事的印度原型，分析了它们的民俗文化基础。"中国与

---

① 刘守华：《比较故事学》，上海文艺出版社 1995 年版，第 75 页。
② 刘守华：《比较故事学》，上海文艺出版社 1995 年版，第 93 页。

印度民间故事比较"一组三篇文章中，有《印度〈五卷书〉与中国民间故事》一文，在中国民间（包括少数民族）故事中找到了与《五卷书》故事情节类似的故事共二十多例，对其借鉴和变异的情况做了分析，对季羡林的有关文章是一个补充。在《一个故事的丰富变异性》中，作者认为"猴子与乌龟的故事"原型出自印度，后传到中国汉族、蒙古族、藏族和朝鲜族。作者列举了他所发现的该故事的不同变体的文本，并分析了唐代作家张读的《宣室志·求人心遇猴僧》由佛教故事改为传奇小说的情况。在《中国与阿拉伯民间故事比较》一组有两篇文章，其中《〈一千零一夜〉与阿拉伯民间故事》提出了若干实例证实了中国自唐代以后与阿拉伯地区存在的文化交流；《〈卡里来和笛木乃〉与新疆各民族民间故事》探讨了该故事集在新疆的影响。在"民族文化和区域文化中的民间故事"一组共有三篇文章，对中国各少数民族之间、区域之间的故事交流做了探讨。其中《论民间故事中的"大团圆"》一文，认为"大团圆"故事及所反映出的心理，不只是中国民众特有的，而是全世界民间文学中普遍存在的现象，反映了人类追求人生圆满的、积极乐观的精神状态，不能为抬高悲剧性作品而简单贬斥它。"不同文化背景下的故事传承"一组三篇文章，是对以中国为重点的东西方各国故事传承特点、方式及故事传承家的研究。"民间故事与古代科技"一组两篇文章，评述了中国鲁班制作木鸟与木人的故事，分析了其中所蕴涵的古代科技意识，认为在南亚和中亚许多地方所流传的"木鸟"的故事并非源自印度，而是出自中国的鲁班的传说。在"民间故事与宗教文化"一组三篇文章中，分析了道教与中国民间故事传说之间的关系。在"连接中国和世界的故事类型"一组文章中，分析了中国傣族的《召树屯》为代表的孔雀公主（天鹅处女型故事）的故事传播与流变，将这个故事中所包含的若干单元予以剖析，将不同时期的众多异文排列为四代，断定它是一个表现人类爱情演进历程的传说故事，并认为这个故事源出于中国，成型于印度。《"蛇郎"故事在亚洲》一文，在前辈学者钟敬文、丁乃通收录的蛇郎故事异文之外，又发现了 38 篇新的异文，在此基础上分析了中国、日本、印度等国家广泛流传的不同文本的关于少女嫁给一条蛇的故事，认为蛇郎是男性生殖的象征，这个故事起源于原始的生殖崇拜，而不同民族的蛇郎故事又体现了不同的民族文化心理，"中国蛇郎故事重伦理，印度故事重情爱，日本故事的情与理较为朦胧，缅甸的故事具有中国、印度之间的中间形态，朝鲜故事具有中国、日本之间的中间形态"。最后，"一个著名故事的生活史探索"一组四篇文章，所研究的是一个在中国和欧亚大陆广泛流行的著名故事类型，在中国通常称为"寻找三根金头发""问活佛""找幸福""找好运"，世界民间故事类型编码为 AT461。刘守华从1979 年起就最早开始发表题为《一组民间童话的比较研究》文章，此后十几年中一直对这类故事进行追踪研究，收集到了多篇新的故事异文，又陆续发表了《民间童话之谜》《一个故事的追踪研究》《心有灵犀一点通——对 AT461 型故事研究的评述》等文章，对这个问题的研究逐步深入，也最能体现刘守华比较故事学研究的特色。他认为中国的此种类型的故事并非像有学者说的源自印度，更不是源于近东，他推测：中国的AT461A 型故事渊源于中国古代的太阳神话。由追逐太阳、乞求太阳神保佑，演变为问天或问太阳，就有关人生的重大问题探求答案，渴望主宰自己的命运，随后又将这类探求与热心助人结合起来，于是完成了《树洞问天》《太阳的回答》这类早期的 AT461A 型故事。

《比较故事学》是刘守华研究成果的集大成，也体现了自己的研究特色。他曾提出民间故事的比较研究要注意影响研究与平行研究的结合，微观比较与宏观比较的结合，国内各民族与国外各民族的比较相结合。他在研究中基本上采用的是当今世界上通行的比较故事学研究的基本方法，即"历史地理学派"的方法。注重田野调查，注意收集仍流传在中国民间的故事异文，注意发现和寻找世界各民族相同类型的故事，探讨其中联系性。这个工作看似简单，实则不易。正如季羡林先生所说："收集一点实打实的表现相互影响的资料，十分不简单。有时候简直可遇而不可求，真好像'踏破铁鞋无觅处',下联是'得来全不费工夫'。"(季羡林：《比较文学与民间文学》，北京大学出版社1991年，第3页)。刘守华的研究风格是平实、扎实、质朴、严谨。在1980—1990年代我国比较故事学研究方面堪称第一人。当然，由于种种原因，他的研究也有一些局限，例如，也许由于外文功底方面的原因，在研究中很少直接运用外文资料，这对比较故事学的研究无疑是一个缺憾。好在他的研究牢牢立足于中国文化和中国民间文学，才得以将这种缺憾减至最低程度。

除刘守华之外，在民间文学比较研究方面出了专著的，还有刘介民教授。他的《从民间文学到比较文学》（暨南大学出版社1998年）一书，是一本世界民间比较研究的综合性普及性的书。全书分上、下两编，上编"东方民间文学与比较"，内容涉及中国与日本、印度、阿拉伯、波斯、越南、朝鲜民间文学的比较；下编"东西方民间文学与比较"，涉及中国与希腊罗马、与东欧、西欧等欧美各国民间文学的比较。总体上看，该书综合和概括了已有的研究成果，属于一部"编著"。刘守华在为该书写的序中说："本书对前人相关成果进行了认真的清理和综合概括，使之更加系统化、科学化，这是它最为明显的特点。"这显然是一个恰当的评价。

中国少数民族民间文学的比较研究，因为主要是民间故事的比较研究，故在此提及。我国是一个多民族的国家，对各民族民间故事的比较研究，必然涉及民族之间的相互交流和影响问题，也必然要运用比较文学的方法进行研究。在这方面，我国民族院校，特别是中央民族大学的教学与科研人员，做出了突出贡献。1989年，陈守成等主编的《中国民族文学与外国文学比较》，由中央民族大学出版社出版。这是一本由20篇文章组成的论文集，内容不但涉及神话、史诗和故事，也涉及现当代文学的比较研究。季羡林在该书的序中提出："对少数民族文学不但要进行同国外的对比研究，而且也应该进行中国国内各民族之间的文学的对比研究……这同样也是比较文学……中国境内各民族之间的文学关系十分密切，但头绪相当复杂，内容相当丰富，这在目前似乎还是一块没有被开垦的处女地，应该尽快在上面播种，让它生长出苗壮的禾苗。"到了 1997 年，中央民族大学出版社出版了马学良等主编的《中国少数民族文学比较研究》。这就是季先生所倡导的中国境内少数民族文学比较研究的专著。关于一个国家内部不同民族文学的比较研究是不是比较文学，目前国内外学者的看法并不一致。因为有些不同的民族却有着统一的文化，如印度的民族很多，但都属于统一的印度文化。中国少数民族既有自己独特的文化，又属于一定文化区域的整体文化，如西南地区民族文化，西北地区民族文化等，而从更高的层次看，他们又都属于大中华文化。比较文学研究是跨文化的研究，对于中国少数民族文学的比较研究，只要是跨文化的研究，就应该算是比较文学。从这一点看，《中国少数民族文学比较研究》一书是比较文学的研究。因为作者不仅在各民族文学内部进行比较研究，而且还自觉地把各民族文学置于世界文学中。例如，将中国少数民族三大英雄史诗同希腊史诗做比较，将《格萨尔》与《罗摩衍那》做比较等。全书的比较研究涉及了少数民族文学的各种体裁样式，包括神话、民歌、故事与传说、民间叙事长诗，乃至现代少数民族作家的创作。作为我国第一部少数民族文学综合性比较研究的著作，虽然不免简略了些，但已初具规模，为今后的研究打下了基础。此外，有些各民族民间文学的研究著作，也有使用比较文学方法的。例如，浙江教育出版社 1980 年代后期至 1990 年代初陆续出版的"中国民间文化丛书"中，有分别研究中国少数民族三大史诗——《格萨尔》《江格尔》《玛纳斯》——的三部专著，都涉及与外国史诗的比较。还有的著作将某一区域的少数民族民间文学作为一个整体进行研究，如新疆人民出版社出版的"丝绸之路研究丛书"中的《丝绸之路民族民间文学研究》（1994 年）将古代丝绸之路上的有关民族——主要是维吾尔和哈萨克——的民间文学进行总体的研究，也具有一定的比较文学色彩。广西教育出版社 2000 年出版的过伟研究员的《中国女神》，论述了中国 55 个少数民族的上古创世女神、民间女神、道家女神、佛教女菩萨等，涉及上千个女神及其信仰民俗、文艺作品，并在与外国女神特别是古希腊女神的比较中，总结了中国女神的特色。

三、儿童文学比较研究

儿童文学与民间文学有着密切的关系。在中外文学史上，"民间文学"中包含着一些儿童文学，如儿童文学的主要样式——童话，就与神话故事同源，称为"民间童话"；但后来出现了儿童文学作家，其创作虽与民间文学有着密切关联，但已经不是"民间"创作，而是作家的个体创作了。但两者在题材主题、文体风格和表现手法方面仍很接近。

儿童文学作为一种文学类型，在中外文学史上相对独立，占有重要地位。因而中外儿童文学的比较研究也应是比较文学研究的一个重要组成部分。但是，一直以来，我国的儿童文学比较研究远远没有形成规模。进入20世纪后，周作人、赵景深，郑振铎等学者，曾撰文对中外民间童话进行比较研究，如郑振铎在1923年为叶圣陶的《稻草人》所作的序文中将叶圣陶的童话与安徒生、金斯莱、王尔德等人的童话做了简略的比较；赵景深在1927年的《童话概要》中，曾将中国明代《中山狼传》与西伯利亚童话《忘恩的蛇》比较。但1930年代后，由于种种原因，童话的比较研究没有进展，直到1980年代后，这方面的研究有所恢复，但成果仍然寥寥无几。重要的论文有梁异华的《安徒生与谢德林童话之比较》（《外国文学研究》1986年第4期），还属于外国儿童文学之间的比较。1984年，儿童文学理论家浦漫汀在《安徒生简论》（四川少儿出版社）一书中谈到了安徒生童话的世界影响。1985年，刘守华在《中国民间童话概说》（四川民族出版社）一书中有"各族民间童话的相互影响与民族特色"一章，对中国各民族之间，中国与外国之间的民间童话的交流与影响作了大略的分析。90年代后，又有张耀辉的《安徒生童话对中国现代童话创作的影响》（《安徽大学学报》1992年第3期）、勿罔的《叶君健与安徒生童话》（《书与人》1994年第6期）、孙海浪的《东西方儿童文学真实论初探》（《创作评论》1997年第6期）等几篇论文。

在儿童文学比较研究十分寂寥的情况下，1990年湖北少年儿童出版社出版的汤锐女士著《儿童文学比较初探》一书，就显得十分可贵了。该书所进行的是中国与西方（主要是西欧和北美）儿童文学的比较研究。在研究中，作者借鉴了20世纪初美国心理学家霍尔的基于生物进化和人类文化演进之关系的"复演说"，特别是瑞士学者皮亚杰的发生认识论的有关理论，将中西儿童文学视为一个活的有机体，把中西儿童文学各理出一条线索，并置于一个动态的历史演变过程中进行比较。她认为，中西儿童文学从发生根源上看，在精神气质上一个属于"黄河型"，一个属于"地中海型"。她把1697年法国作家夏尔·贝洛的《鹅妈妈的故事》的出版作为西方儿童文学的"独立日"，把从那以后直至19世纪末的西方儿童文学史概括为"牧歌时代"，认为牧歌时代儿童文学的特点是"慈母的原则：'快乐'"，此外还有"爱的教育""童年的怀恋"、冒险、开放、浪漫、富于想象、蕴含哲理等"种族的气质"。"快乐"原则是西方儿童文学在创作意向上与中国儿童文学的最大的不同，构成了西方儿童文学的美学性格的基础。汤锐又把20世纪初开始的儿童文学史概括地称为"教育时代"，指出"教育时代"儿童文学的特点是"严父的原则：'树人'"，即强调儿童文学对儿童性格的塑造、在道德伦理方面对儿童的教化。认为"中国儿童文学有明确的功利性质，以传达本民族的文化传统（载道）和塑造理想社会人格（树人）为坚定目标，以政治伦理型为主要特征，这是由于我们民族自神话时代起定向发展的伦理学文学传统的制约，同时1930年代以来，中国社会的政治动荡又进一步强化了这一特征"。汤锐还写道：

> "慈母的原则"是使孩子快乐愉悦，其出发点是偏于读者——接受者一边；"严父的原则"是教化不谙世事的顽童，其出发点显然是偏于作者——教导者一边。因此就产生了西方儿童文学的"快乐论"和中国儿童文学的"教育论"的分野。从席

勒的"游戏说"起始，到关于小阿丽丝的荒诞童话，快乐，身心的自由愉悦，娱乐性，一直是西方儿童文坛的原始支点；而从郑振铎的"儿童文学传达道德信条和儿童期必要知识的最好的工具"（《儿童文学的教授法》1922）到张天翼的儿童小说和童话，箴戒、道德行为的指导，教育性，也始终是中国儿童文坛的有利支柱。①

这种不同又进一步造成了中西儿童文学在个体与群体、情与理、纵情与节制等价值趋向上的差异。

汤锐把20世纪西方儿童文学和80年代后的中国儿童文学的发展分别概括为"生存时代"和"人的时代"。她认为在西方的"生存时代"的儿童文学中，对儿童文学的本质和功能的理解呈现出更加复杂的情况，但其总的主题是"学会生存"，并出现了与生存相关的三类作品。第一类是描写当代少年儿童在社会现实中的种种困惑、忧虑和实际窘境及其面对困境时的介于成熟和幼稚之间的内心感受的作品。第二类是描写少年儿童面对来自社会与家庭和自然的挑战时的进取精神和生存意识。第三类是表现成年人对少年儿童的抚慰、帮助和引导的作品。出现了反传统、复归传统、儿童文学与成人文学合流等倾向。而80年代后的中国儿童文学的"人的时代"，其总的主题是重建人的意识，重新审度人的价值修正评价标准是这个主题的首要内涵。具体表现为反传统、探索和表现青春期心理奥秘，人与人（儿童之间、儿童与成人）之间的互相沟通与理解等方面。她指出，总体来看，中西儿童文学在差异中有了越来越多的相似点，1980年代中国儿童文学受到了西方儿童文学的很大影响，随着双方交流日益频繁和深入，中西儿童文学的合流是一个基本的趋势。

汤锐的《儿童文学比较初探》虽然篇幅不大，但作为仅有的一部中

---

① 汤锐：《儿童文学比较初探》，湖北少年儿童出版社1990年版，第94-95页。

西儿童文学比较研究的专著，在对中西儿童文学所进行的纵横比较中，凸现了两者的差异和相通，具有较强的学术理论价值。汤锐的这本书主要是平行研究，在影响研究方面有所触及而未能展开。实际上，20世纪中外儿童文学的交流十分频繁，1980年代后西方儿童文学，特别是日本儿童文学对中国儿童文学造成了很大冲击。除了平行研究外，传播与影响的研究在儿童文学比较研究中有更广阔的前景。

第二节　中外诗歌比较研究

一、中西诗歌的平行比较研究

作为比较文学的重要研究领域之一，中西诗歌的比较研究在我国很早就受到重视。1980年代后，中西诗歌的比较研究也取得了长足的进步。有关学术期刊上发表的相关论文有六十来篇，出版的专门的研究著作也有好几种。其中，最值得注意的成果是丰华瞻的《中西诗歌比较》。

《中西诗歌比较》是此时期我国出版的第一本关于中西诗歌比较研究的专著。这是一本只有十二万字的小册子，但就它的学术含量、它在中西诗歌研究中的分量而言，应称它为"大著"。作者曾在80年代初应邀赴美国南加州大学讲学。其英文讲义是《中国诗与英美诗比较研究》，这本书就是在英文讲义的基础上修改而成的。而且明显可以看出它保留了讲稿特有的那种平易近人、深入浅出的风格。这形成了本书作为学术著作的极为可贵的一面，即完全没有那种学究式的干巴和沉闷，作者善于将深刻的、新颖的见解用亲切、晓畅的语言表达出来，娓娓道来，举重若轻，潇洒自然。没有对中西文化及诗歌的丰富知识和透彻的理解，没有深厚的文艺修养，就不可能达到这样的境界。古人云"诗无达诂"，诗歌含意的暧昧性很容易使谈论诗歌的文章走向深奥莫测式的玄虚。因此，丰华瞻的这本书首先在学术研究与学术写作的方法论上，可以给人们提供很好的启示。他在"绪论"中写道：

> 理科教师把复杂的东西讲解成简单，而文科教师却把简单的东西讲成复杂。……在国内看到一本谈诗歌理论的刊物，在那里我发现仍有好些文章把诗讲得复杂、奥秘、难懂。……我不赞成这种讲法。我觉得在好些情况下，那些复杂、神秘完全是外加上去的，并非诗歌本来所具有。在另一些情况下，诗歌却有复杂深奥的地方，但作为讲课者，或写文章者，应当善于进行分析，尽量把问题讲得简单易懂。……我不把简单的东西讲得复杂，我要把复杂的东西尽量讲得简单。①

"把复杂的东西尽量讲得简单"，这实际上是最不"简单"的事，非真通者所不能为。另一方面，丰华瞻谈中西诗歌，坚持艺术本位。他在《绪论》中声明："我将把重点放在诗歌的艺术性，诗歌的美上，我愿把诗歌作为艺术品来欣赏，来评论。本书尽量选用优秀的作品，评论介绍时着重其艺术性，谈审美的得失，翻译时也尽可能地注意艺术性。我希望把自己对诗歌的爱好传达给读者，使中西的优美诗歌能为读者所欣赏，所爱好。"可以说，作者完全达到了上述的目标。

《中西诗歌比较》由二十多篇相对独立而又相互联系的文章构成。内容涉及中西诗歌的不同的传统，中西诗歌的各类题材类型，中西诗人及诗歌风格，中西诗歌的语言、形象、典故、讽喻、情与景、立意、手法，中西诗歌与绘画、音乐等艺术的关系等各个方面。有些文章、有些段落写得很有新意，对中西诗歌的特点做出了科学的、有启发性的理论概括。如在

---

①　丰华瞻：《中西诗歌比较》，北京三联书店 1987 年版，第 4—5 页。

谈到中西诗歌翻译的困难时，丰华瞻指出，每一种语言都有自己的特定的文化内涵，译成另一种语言时就很难传达。例如对于欧美人来说，玫瑰花象征爱情，而对中国人来说它只是一般的花；莲花、荷花在我们的语言中象征美丽和纯洁，但在英语中它却包含着不爱劳动、贪图安逸的意思；在我们的语言中，杜鹃是一种悲伤的鸟，而在英国人看来，杜鹃是一种快乐的鸟。这些信手拈来的例子，可以使读者对诗歌翻译的在文化层面上的困难有形象的认识。在"抒情诗与史诗——两个不同的传统"一节中，丰华瞻告诉我们，从古到今，西方人都有重视史诗和长篇叙事诗而轻视抒情诗的倾向。在古希腊抒情诗连个名称都没有，而现代西方大学的教授们所讲授的，全是史诗和诗剧，抒情诗则不放在眼里。在中国，所谓诗就是抒情诗。这并不是因为中国人不歌颂英雄，是因为我们不用史诗、而是用散文的形式来歌颂英雄。他对这种情况明确地做出了自己的价值判断，认为抒情诗的价值比史诗大，抒情诗容易做得精炼，长诗就难以一直保持精彩。在"爱情诗"一节中，丰华瞻写道："西方诗人在追求女性时很热情，富于幻想，常常把她们比作天使、女神、明亮的星星、皎洁的月亮、灿烂的太阳等。我国则没有婚前的追求，因此没有西洋那样的诗篇。我国的爱情诗多是写爱情的回忆，例如男女离别后的思念，或一方去世后的悼亡。"在"女诗人"一节中，丰华瞻指出无论东方还是西方，历史上妇女都受到歧视。作者举出了英国19世纪桂冠诗人丁尼生《公主》一诗中的一段，诗云："男人管田庄，女人管炉炕。男人用刀剑，女人用针线。男人动脑筋，女人用感情。男人下命令，女人好好听。若不是这样，一切都搞乱了。"而女性的感情方面的丰富，"应该与诗有比较深的缘分"。在"离别和思乡"一节中，丰华瞻引用了英国汉学家阿瑟·韦利的一句话："倘使说中国诗的一半是关于离别的，这话并不讲得过分。"丰华瞻指出，中国地域广阔，交通不便，通信困难，古代人做官、从军打仗等，都要远离家乡和亲人，并且出门在外也充满着风险，这些情况造成了中国古代离别和思乡的诗特别多，这也是当代西方人难以理解的。例如美国建国才二百来年，交通也不算困难，因此关于离别和思乡的诗不多。在"关于隐居的诗"一节中，丰华瞻表示不同意西方人的一种说法，即"欧洲的诗歌歌颂勇士，中国的诗歌歌颂隐士"。他认为无论在中国还是在欧洲，都有歌颂隐居思想的诗。这是因为中国和欧洲历史上都有在权力倾轧中被排挤，或不愿与黑暗政治同流合污的人，如18世纪英国的汤姆森、19世纪美国的梭罗等都写了关于隐居的诗。而且，中国古代诗歌中常有把"渔夫"当作隐士来歌颂，如柳宗元的《渔翁》、朱敦儒的《渔夫词》等，而在英国也有把"渔夫"看成隐士，并加以歌颂的诗歌，如17世纪艾萨克·沃尔顿的《钓者大全》。在"关于生与死的诗篇"一节中，作者认为由于受到基督教的影响，西方诗歌中虽然对死亡也有哀伤的表现，但他们相信死者在天国有永恒的生命，所以19世纪诗人莱特认为女人在老死的时候美，因为死时已安详地回到了上帝那里，天国的光辉照耀着她。这种看法在中国诗人中很难找到。中国古代诗歌中有许多是感叹人生无常、青春短暂、光阴易逝的。在"感伤主义"一节中，丰华瞻认为中国和西方都有表现感伤的诗，"中国多怀古与离别的感伤，西洋因历史、地理情况，这两种感伤较少。但西洋曾有一种思想：以感情作为培养道德的基础，因此大力提倡感情。这情况我国没有。两种定义的感伤主义中西都有。但我国的缺点是流于滥调和无病呻吟，而西洋的缺点是做得过分，有点戏剧化、流于虚假"。在"关于战争的诗篇"一节中，丰华瞻说他看过好几篇用英文写的关于中国诗歌的文章，都说中国古典诗歌的一个显著特点是反对战争。他认为这种说法有些片面。"因为我们也有歌颂战争、鼓励战争的诗。战争有两种：一种是侵略战争，一种是自卫战争。我们的诗人反对前者，但当然赞成后者。"所以认为中国诗人"非战"是片面的。在"语言特点与诗的艺术"一节中，丰华瞻认为和西方语言比较而言，汉语最大的特点是形象性，中国诗人写诗时也善于用具体的形象来表示普通的东西。汉语的另一个特点是没有冠词，文言文很少用连词和介词，十分简洁。名词、代词没有数和性的变化，有时会造成一些模棱两可的情况，但是对于写诗，却是有利的。他的结论是："汉语的语言特点对作诗有利。"

丰华瞻的《中西诗歌比较》是自朱光潜的研究以来，也是近二十年来我国中西诗歌比较研究的最值得注意的成果，它在很大程度上开启了1980—1990 年代中西诗歌比较研究的风气。1987 年之前，有关中西诗歌比较研究的论文只有寥寥数篇，1987 年后，这方面的研究文章大幅度增加，而且，许多论文在选题、立论的角度以及结论上，与《中西诗歌比较》颇多相似或暗合，这从一个侧面表明了它在学术上所产生的影响。

与丰华瞻的《中西诗歌比较》几乎同时出版（晚一个月）的关于中西诗歌比较研究的另一部著作是茅于美的《中西诗歌比较研究》。茅于美1940 年代初曾在昆明西南联大和清华大学外文系读书，听过吴宓等教授的比较文学的课程，可以说是我国较早受到比较文学专业训练的学者之一。《中西诗歌比较研究》有着自觉的方法论意识。茅于美在"自序"中写道：

> 要把中国和西方文学进行比较，若仅就个别作家或作品做单纯比较……不能说没有意义，但是这样的比较近乎就事论事。难免见树不见林，有时会脱离各自的背景和一定的历史、社会条件，导致牵强附会。实不如深掘一井而得泉。如果我们能从一种文学题材、或一个个题材类型入手，找出中西作家的哲学思维，伦理观念、艺术表现、美学原则诸方面的异同之处，综合分析，寻求出作为文化总体的基本规律来，或更有社会效益。①

作者在《中西诗歌比较研究》中的基本立足点是中西文化，从中西诗歌看中西文化，也就是从中西诗歌的比较研究中得出某些中西文化有普遍意义的见解和结论。这与上述丰华瞻的著作的立足点有所不同，从而形

---

① 茅于美：《中西诗歌比较研究·自序》，中国人民大学出版社 1987 年版，第 2-3 页。

成了自己的研究特色。全书由四组、共 15 篇文章构成。除两篇文章专论英国诗人外，大部分属于中西诗歌比较研究的范围。这些文章大都从中西诗歌的题材类型入手将中西诗歌或诗人加以划分，并展开比较，所涉及的题材类型和诗人类型有田园牧歌、隐逸诗人、游历诗歌、伤逝悼亡诗、表现童心和老境的诗、战争诗、婚恋题材的诗、赞颂女性的诗等。在比较中时有新颖的见解。如在《别有天地的田园牧歌》一文中，作者认为中西田园牧歌的差异，首先表现在西方诗多写牧民，中国诗多写农民；汉民族诗歌对牧区的描写缺乏客观描述，而涂上了阴暗的色调，而西方诗歌中则带有欣悦明快的色彩。在《大自然的契友——隐逸诗人》一文中，作者认为山水田园诗在西方远没有像在中国那样普遍和重要。在西方诗歌中，大自然常常是与人对立的，人对大自然的态度是栗栗危惧的。在《感触多端的老境》一文中，作者认为，中国古代诗歌中反映老境的各种感触的诗歌很多，而和中国诗人比较而言，西方诗人更喜好也更擅长描写青春，对于老境的来临，常怀惴惴畏惧之心。在《是诗人，也是战士》一文中，作者指出，在西方关于战争与参战的诗歌中，个人荣誉感非常重要，而中国的诗人兼战士只有效忠国家和君主的观念，不存在多少个人的荣誉感。在西方关于战争的诗歌中，追求个人幸福甚至是参战的动力，而在中国诗歌中，参军意味着生死离别，意味着个人做出牺牲。中国诗人常坦率表示自己对战争的态度，或支持保家卫国，或抨击不义之战，或流露反战、厌战情绪，内容上十分复杂。在《各呈异彩的婚恋题材》一文中，作者总结了中西诗歌在婚恋内容描写上的五点不同。第一，中国诗中怨情诗特别多，离愁别绪，几乎触目皆是。而西方从中世纪以来，男子求荣誉、夺功勋竟不是为了自己地位的擢升，而只是为了获得情人的青睐，对女性倾慕的表白比比皆是。中国的"怨"与西方的"慕"就构成了中西婚恋题材的不同倾向。第二，西方爱情诗写男性的单相思、失恋苦恼的多，他们都夸耀女性的美，认为美可以征服一切，而在中国，美只是男子求偶的一个重要条件，只占"德、言、容、工"的四分之一。"美色"也没有生儿育女那样重要。第三，西方的婚恋诗，表现男女双方朋友般的精神默契，中国则很少在夫妻关系中求友谊、求知己的想法。第四，西方诗中男女相悦、婚恋合一比较普遍，而中国诗人往往讳言夫妇情爱。婚内恋不屑歌颂，婚外恋不敢讴歌，造成了中国的婚恋题材的诗歌作品不及西方普遍。第五，中国诗中以男女之情来譬喻君臣之义，这种表现方式在西方诗歌中是绝对没有的。这样比较的分析，已由比较文学深入到了中西爱情社会学的领域，是颇有兴味的。在这些比较分析中，作者随时引用中西诗歌作品，将学术分析与诗歌欣赏熔为一炉，而且有许多作品是由作者自己译成中文的，增加了本书的可读性。

在丰华瞻、茅于美的著作问世十年后，陈柏松的《中西诗品》一书，由郑州的中州古籍出版社出版（1997 年）。作者把书名定为"中西诗品"，有意继承钟嵘、司空图的《诗品》，突出了一个"品"字，即鉴赏性。本书将中外各种题材类型的诗歌作品加以荟萃，可收到相互映照、对比品味之效，具有相当的趣味性、通俗性和可读性。也许作者把本书的阅读对象定位在"一般广大读者"，所以书中所引用的大量西方诗歌的中文译文，显然并非作者自译，但也并未标明译者和出处，这是令专业读者所不满足的。全书将中西诗歌按内容或题材类型分类，每类列为一章，先后列出"欢爱诗品""神话诗品""咏秋诗品""悲爱诗品""美女诗品""田园诗品""山水诗品""咏月诗品""战争诗品""雅颂诗品""咏酒诗品""咏怀诗品""理趣诗品""感伤诗品""思妇诗品"共 15 类。这样划分中西诗歌的类型，本身就表现了作者对中西诗歌题材特征的联系性的一种认识，但有时划分的范围界限难免有相互交叉、划分标准和大小范围不统一的情况。如有的以诗歌题材为据来划分，有的则以诗歌的风格格调为依据。每章均采用先分后合的写法，先分两节分别介绍中国古代有代表性的一位诗人的创作和中国历代相关类型的诗歌，再分两节介绍西方历代诗歌和西方现代派诗歌，最后一节则对此种类型的中西诗歌加以比较。这种格局安排不仅很清晰，也有一些几何学的美感，但中西诗歌的范围却出现了很大的不对称性——中国诗歌不包括现代诗歌和现代新诗，而西方诗歌则从古典诗歌一直到 20 世纪的现代派诗歌，并且西方现代派诗歌还列出专节与西方古典诗歌平分秋色。中西诗歌比较的范围的不平行和不对称，就势必影响中西诗歌比较研究中的"可比性"。拿中国古典诗歌和西方现代派诗歌相比较，时代的巨大落差损害了比较研究的科学的基础。这是本书存在的一个大问题。当然，即便如此，作者在中西比较中时有新颖的见解，例如认为"诗史"和"史诗"分别代表了中西诗歌的有特色的两种基本形式；认为中国山水诗以描写江河湖泊、高山峻岭为多，描写大海的少，自从曹操的《观沧海》后，咏海诗几乎无名篇可言，而西方的山水诗则更多地喜欢描写大海；认为中国诗人的咏怀言志诗"不外忠君、报国、忧国忧民、建功立业或求官不遂等，而西方诗随着文明进化而发展，如古希腊时期人本观，中世纪之英雄观，文艺复兴时期之人生观，启蒙主义之天赋人权，以及浪漫主义之理想观，现实主义之批判观，现代派之反传统等"，都是有启发性的见解。总之，《中西诗品》虽然存在一些学术上可待完善的地方，但它对于中西诗歌的普及，对于一般读者关注中西诗歌不同的文化传统和不同的民族特点，都是一本有益的书。

　　1990 年代中西诗歌比较研究领域最重要的收获之一，是北京大学辜正坤的专著《中西诗鉴赏与翻译》一书。辜正坤喜爱和擅长诗歌研究，此前已经出版《世界名诗鉴赏词典》（北京大学出版社 1990 年）、《东西诗研究合璧论》（香港新世纪出版社 1993 年）等，翻译出版《莎士比亚十四行诗集》（译林出版社 1997 年）等，具有深厚的中英文和诗歌艺术的学养。在《中西诗鉴赏与翻译》一书中，作者从"鉴赏"与"翻译"两个方面入手，提出了自己的观点。首先，他系统地提出了"汉诗鉴赏五象美论"，即视象美、音象美、义象美、事象美、味象美。第二，他首次用中国传统的阴阳理论而不是简单照搬西方理论来宏观鸟瞰与概括世界诗歌的发展演进规律，他写道：

纵观世界诗歌史，我们会发现东西方各民族心灵的钟摆总是在禁欲与纵欲、古典与浪漫、理性与非理性等二极对立之间作有规律的减幅振荡。趋向于纵欲、浪漫、非理性的这一极可以称之为阳极，趋向于禁欲、古典、理性的这一极可以称为阴极。与此相对应，取向阳极的诗叫阳性诗，趋向阴极的诗叫阴性诗。这种阴阳二极振荡效应是历时的又是共时的，即是说，从宏观上看，世代与世代之间有阴阳之别；从微观上看，各时代（甚至更小的单位时间）内亦有阴阳之别。①

辜正坤按照这种观点将东西方诗歌发展史大体划分为七大阶段（或七大潮）。第一阶段是远古（古埃及、古巴比伦），阴性诗发达；第二阶段是古希腊、罗马，阳性诗发达；第三阶段是中古时期诗歌，阴性诗复兴；第四阶段是文艺复兴时期，阳性诗复起；第五阶段是古典主义时期，阴性诗再勃起；第六阶段是浪漫派诗歌时期，阳性诗又成主潮；第七阶段是现代诗歌发展时期，阴性诗泛滥。他认为，这七个阶段以阴阳二极对立的模式递进、循环发展着。显然，这种概括本身并不算新鲜，据笔者所知从 20 世纪初到现在，一些研究西方文化史的学者就描述过世界文学的这种"否定之否定"的发展规律。而且，这样的概括归根到底还是以西方文学为主要依据的，对东方文学而言未必适当。如印度文学，其特点是几千年社会文化变化不大，阶段性不明显，对中国文学、阿拉伯文学、日本文学、朝鲜文学而言，这样的概括也很难契合文学发展史的实际。尽管如此，辜正坤的这种概括的价值不在它是否普遍适用东西方各民族文学，而在其思考问题的理论起点或出发点。近百年来，以西方的理论"阐发"中国文化和中国文学成为中国学术研究中的习惯，而以中国传统的哲学理论来阐发世界文化、世界文学，则鲜有人明确地尝试过。在这种情况下，

---

① 辜正坤：《中西诗鉴赏与翻译》，湖南人民出版社 1998 年版，第 138 页。

辜正坤的这种理论尝试是应该得到充分评价的。

除了上述在"中西"这一语境下进行的比较研究外，还有两本书将中西诗歌比较研究的另一方——西方，进一步缩小到"英国"这一国别的范围内。一本书是狄兆俊的《中英比较诗学》，另一本是朱徽的《中英比较诗艺》。上海外语教育出版社 1992 年出版的《中英比较诗学》是我国第一本中英诗歌比较研究的著作，书名虽叫"诗学"，但实际上并非只是研究诗歌理论，而是诗论与诗歌并重。作者以美国学者阿布拉姆斯归纳的"模仿""实用""表现""客体"四种批评理论中的"实用"和"表现"理论作为全书的基本理论框架，将中国和英国传统诗歌理论和诗歌创作分为"实用"和"表现"两类，并以此来概括、梳理和阐释中英诗歌的发展史。这种概括有时不免显得牵强，但是对读者从这个角度理解中英诗歌不无益处。可惜由于没有找到更具体的问题点、可比点，作者只好将中英两国的整个诗歌史纳入研究范围，同时又涉及诗学理论，又涉及诗人和诗作，论题的宽泛造成了资料使用的一般化，也影响了学术新见的凸显。四川大学出版社 1996 年出版的《中英比较诗艺》，是朱徽在《外国语》等刊物上发表过的有关文章的结集，主要运用西方现代语言学及英美"新批评"的方法，从语言层面对中国诗歌和英语诗歌艺术进行比较研究。全书分为上下两编，上编分别比较了中英诗歌中的格律、修辞、描摹、通感、象征、张力、复义、意识流、用典、悖论、想象、移情、变异、突出、汉诗英译中的语法、中英十四行诗等问题；下编主要是中英重要诗人和作品的个案的比较研究，如汉乐府与英国民谣、李清照与白朗宁夫人、美国后现代主义诗歌与中国古诗等。作者对中英诗歌是很熟悉的，找到了中英诗歌、诗论中的不少他认为相同、相似的地方，并把它们都列举出来，展现出来，这本身也是有价值的，在对比中也有自己的体会见解，但作者的资料、例子罗列较多，而理论分析、阐释稍嫌不足。

除了上述的专著以外，1980—1990 年代有关学术期刊上还发表了五六十篇有关中西诗歌比较研究的论文。选题立意也多从诗歌的题材、主题类型入手，就中西的爱情诗、咏物诗、山水诗、田园诗、哲理诗、讽刺诗、苦吟诗等进行比较，或从中西诗歌中寻求相似的思想内涵。主要有冯国忠的《谈中西古典爱情诗的不同》(《国外文学》1985 年第 1 期)、何功杰的《中西爱情诗的比较研究》(《安徽大学学报》1997 年第 3 期)、盛子潮、朱水涌的《中西咏物诗的主导美学性格》(《当代文艺探索》1987 年第 5 期)、宁一中的《中国山水田园诗与西方自然抒情诗比较》(《中国文学研究》1994 年第 4 期)、马承五的《"病态的花"的文化心理特征——中西苦吟诗人比较研究》(《江汉论坛》1989 年第 11 期)、颜家安的《中西山水诗自然意识论略》(《海南师范学院学报》1993 年第 2 期) 以及赵夫青、贾海青、刘禹轩等的《中西山水诗歌比较》(《山东师范大学学报》1999 年第 4 期)、程立初的《论中英哲理诗意境表现的共同特点》(《福建外语》1996 年第 4 期)、茅于美的《中西诗人的忧患意识》(《国外文学》1995 年第 4 期)、陈冰的《中西诗歌"及时行乐"主题的文化背景分析》、(《淮阴师专学报》1995 年第 1 期) 和王秋海的《中西诗歌的死亡观》(《松辽学刊》1999 年第 5 期) 等。这类论文中有的也不乏新见，如上述赵夫青等三人合写的论文，吸收借鉴了他人此前的研究成果，对中西山水诗的不同特征做了精炼的概括，认为中国山水诗往往和"隐逸"相联系，多为迁客骚士感时不遇而"归园田居"之作，实际上是别有机杼的抒情诗，纯粹的风景诗反而较少；西方的山水诗和浪漫主义运动相联系，随着城市工业造成的环境和社会污染的加重而强化，它要求回归自然并保持自然的纯净，把大自然作为真善美的源泉，以使心灵和情操得到净化。在艺术表现上，中国的山水诗借景抒情，"以我观物，故物皆着我之色彩"；西方山水诗则从"摹写"的传统出发，"以物观物"，再现自然景观。但更多的文章在观点、材料上均显得一般化，流于现象罗列，理论概括乏力，缺乏点睛之笔，未能超过上述学术专著。另有一些文章从中西诗歌的艺术方面——诗韵格律、意象、隐喻等角度进行比较研究，主要文章有徐贲的《中西诗歌内在人物性差异——兼谈诗歌的戏剧性》(《复旦学报》1985 年第 5 期)、李鑫华的《意象辨——英中诗歌研究》(《湖北师范学院学报》1987 年第 2 期)、夏春豪的《论中西诗的象征》(《江海学刊》1992 年第 6 期)以及陈冰的《中西诗歌的诗境呈现结构模式》《中西诗歌形式流变及其规律的文化意义》(《淮阴师专学报》1994 年第 1 期,第 3 期),还有葛桂录的《中西诗歌的情感体验结构模式》(《淮阴师专学报》1994 第 4 期,1995 年第 3 期)、黄修齐的《意象:跨世纪、跨文化的发展变化——唐诗、意象派、朦胧诗比较》(《中国比较文学》1997 年第 11 期)、陶嘉伟的《中西诗歌的情境差异》(《文艺理论研究》1998 年第 1 期)、黄华和余卫华的《中西诗歌隐喻与文化异同》(《四川外语学院学报》2000 年第 2 期)、李应志的《可说与不可说——简论中西诗歌审美特征的文化分途》(《四川外语学院学报》1999 年第 2 期)、徐毓琴的《古希腊与中国先秦抒情诗的艺术表现》(《外国文学研究》1999 年第 3 期)等。从中西诗歌的发生学角度看问题的论文有王一川的《"兴"与"酒神"——中西诗歌原始模式比较》(《北京师范大学学报》1986 年第 4 期)、王小曼的《中西诗歌精神差异辨言——从〈诗经〉与〈荷马史诗〉谈起》(《赣南师范学院学报》1991 年第 5 期)等。

二、西方诗体在中国的移植研究

文体的国际移植的研究,属于比较文学中的"比较文体学"的范畴。在中西诗歌的比较研究中,西方文体移植中国的研究也受到研究者的重视。事实上,研究中国现代新诗体,如现代自由体诗、小诗、散文诗、十四行诗(又译"商籁体""颂内体")、楼梯(阶梯)诗、叙事长诗等,必然涉及这些新诗体的来源的研究。除上述的"小诗"与日本的俳句和印度的泰戈尔的诗歌有渊源关系外,其余均和西方诗体有密切关联。1980—1990 年代的二十年间,这方面的研究文章只有寥寥几篇,而且大都集中在十四行诗在中国的移植这一论题上面。较早的文章是杨宪益教授1983 年发表的《试论欧洲十四行诗及波斯诗人莪默凯延的鲁拜体与我国

唐代诗歌的可能联系》(《文艺研究》1983 年第 4 期)。在这篇文章中,杨
宪益提出了一个大胆的假设和推论,他认为,欧洲的十四行诗最早起源于
意大利的西西里岛,而当时的西西里岛处于阿拉伯文化的影响之下,十四
行诗可能是西西里人自己的创作,但也有可能是从阿拉伯人那里传入的。
当时阿拉伯帝国横跨欧亚,其东侧就是强盛的中国文化。从历史和地理条
件来看,如果我们在唐代诗歌里找到类似十四行诗的体裁,则可假设欧洲
的十四行诗是从中国传到欧洲的。接着,杨宪益列举并分析了中国唐诗中
的十四行诗,指出李白的"古风"体的诗歌,有些是十四行的,很像西
方的十四行诗,如著名的《花间一壶酒》《行路难》等多首。尽管杨宪益
的研究还处在"假设"和推论阶段,但却为这个课题的研究打下了基础,
本身就具有一定的学术价值;也为此后的十四行诗的移植问题的研究开辟
了道路。

在十四行诗移植中国的课题研究中做出突出贡献的是苏州大学的鲁
德俊、许霆两位先生。1986 年,他们合写的论文《十四行体在中国》公
开发表(《中国现代文学研究丛刊》1986 年第 3 期),较系统扼要地探讨
了十四行诗移植中国的历程。1992 年,他们又在《中国现代文学研究丛
刊》上发表《再谈十四行诗在中国》一文,对前文在史料和理论问题上
做了补充。1995 年,苏州大学出版社出版了他们合著的专著《十四行体
在中国》,这可以说是该课题研究的总结性的成果,现在看来也是具有权
威性的著作。

《十四行体在中国》分总论、史论、专论、史料四大部分。从比较文
学的角度而言,"总论"部分最为重要。在这一部分中,作者分七章阐述
了十四行诗移植中国的基本问题。其中,第一章"十四行体移植中国的
途径",从理论介绍、作品翻译和新作创作三个方面论述了十四行诗移植
中国的途径。认为胡适、闻一多、饶梦侃、孙大雨、徐志摩、梁实秋、陈
梦家、王力等在 20 世纪头二、三十年间的理论文章,解决了十四行诗移
植中国的三大问题,即十四行诗移植中国的可能性问题、基本点问题、方

法论问题；而闻一多、孙大雨、梁宗岱、冯至、卞之琳、屠岸等翻译家们对欧洲十四行诗的翻译，使得翻译家在翻译中模仿、借鉴，从而推动了我国十四行诗发展。而标志着十四行诗在中国成功移植的，则是我国诗人的创作。从 1920 年代开始到 1990 年代，一大批诗人从事十四行诗的创作，其中包括闻一多、徐志摩、郭沫若、朱湘、艾青、戴望舒、冯至、卞之琳、梁宗岱、何其芳、郑敏、唐湜、蔡其矫、屠岸、白桦、雁翼等，当代大陆和台港地区也有一批诗人继续创作十四行诗。作者进而总结了中国的十四行诗创作的三种类型。第一种是"格律的十四行诗"，即有着严格的格律，对西方的十四行诗进行对应模仿，讲究诗行安排、音步整齐和韵式采用等，以屠岸、吴钧陶的创作为代表。第二种是"变格的十四行诗"，即对西方的十四行诗的格律略加改造，大体按照十四行诗的格律写作，但有变通，甚至有的地方出格，以冯至和蔡其矫的创作为代表。第三种是"自由的十四行诗"，这类诗受到西方十四行诗的影响，但在分段方式、各行的音组安排、诗韵方式的采用等方面比较自由，以白桦、雁翼的创作为代表。在第二章"中国诗人对十四行体题材的拓展"中，作者从题材研究的角度，论述了中国十四行诗中的九种有代表性的题材，即现代城市诗、军事生活诗、环境保护诗、动物诗、山水旅游诗、新边塞诗、建设题材诗、国家政治诗、政治史诗。在第三章"中国诗人对十四行体音步的移植"和第四章"中国诗人对十四行体音乐段落的移植"中，作者从语言艺术的角度切入论题，深入到了十四行诗的这种诗体的核心部分，对构成十四行诗的音律的微观问题进行了具体细致的解析。作者指出，20 年代初期，孙大雨以音节（音组、音步）为节奏单元成功地移植了西方的十四行诗的音步。稍后，闻一多从现代汉语多是双音词和三音词的实际出发，借鉴欧洲诗歌中的节奏单元（音步），提出了汉语中的"音尺"的概念，并用它来对应移植西诗的节奏单元，并在《死水》中的十四行诗中进行了成功的尝试。另外，朱湘用限定每行的音数而不是限定每行的音组数的方法，使全诗的各行音数一致，字数相同。作者认为，朱湘的这种做法也是对十四诗的一种对应移植，不同的是他所对应的是音数而不是音步数。作者进而以诗人对音组的数量、音组的音数和每个诗行的音数这三种因素的不同的限定方式为标准，总结了中国十四行诗音组排列节奏构成的七种类型。作者指出，中国十四行诗每行诗的音组数以四个和五个最为普遍，这既符合汉语的呼吸吐纳的节律，实际上也是对西方十四行诗的节律的对应移植。欧洲的十四行诗最重要的是两种形式，即每十二音一行和每十音一行，中国的十四行诗的四音组或五音组正好与它们的节奏相对应，中国的诗人在移植欧洲十四行诗时显然充分注意到了这一点。同时，中国的十四行诗在十四行的分段上，既有欧洲的前段八行，后段六行（简称八、六式）、或四四三三式、或四四六式、或十二、二式、或四四四二式、或六八式这六种基本形式，也在此基础上演变出各种各样的变式。作者还对中国十四行诗的各种韵式（押韵的方式和规律）作了总结。在"十四行体与中国传统诗体"和"十四行诗移植中国的启示"两章中，作者探讨了中国传统诗体在节奏、音律和行数方面的契合，认为正是这种契合成为十四行诗成功移植中国的必要条件。作者认为在新诗创格的过程中，我国诗人从国外移植了多种诗体，但大多没有像十四行体那样形成流脉纵贯新诗史。原因在于，那些诗体或在语言形式上缺乏相似性，难以在汉语中生存下去，或者不能在形式上给新诗人以新的东西，不合现代新诗创格的要求。全书的第二编"史论"，描述了十四行诗在 20 世纪中国所经历的输入（20 年代）、进化（30 至 40 年代）、蛰伏（50 至 70 年代）、繁荣（80 年代后）四个时期。第三编"专论"具体分析了李唯建、朱湘、卞之琳、梁宗岱、冯至、林子、唐湜、屠岸、郭沫若、陈明远等各个历史时期有代表性的诗人的十四行诗创作。第四编"史料"部分有《十四行体在中国大事记》《中国十四行诗篇索引》，表明了作者史料收集的全面和文献功底的扎实细致。

　　《十四行体在中国》一书不仅是迄今为止我国的中西诗歌移植问题的仅有的一部专著，也是我国研究十四行诗问题的仅有的一部专著。除了资料的丰富详实、论述的周密到位之外，在选题角度和研究方法上，也有一定的启示意义。首先，在中西诗歌的比较研究中，多数文章和著作是从文化史、思想史的角度切入的，而语言艺术角度的切入还相当不够。但语言艺术恰恰是诗歌研究也是比较诗歌研究的最本质的角度。本书在这方面的研究也最细致，而且颇见新意。其次，由于我国的中西比较文学总体上还未达到深入的阶段，在选题上多表现为"大题小作"，粗陈梗概。而《十四行体在中国》只以一种诗体在现代中国的移植为研究对象，题目不可不说是"小"，但作者铺得开、拓得宽、挖得深，是"小题大做"的成功范例。可以预料，在今后相当长的时间内，在这个课题的研究上，要出现全面超越《十四行体在中国》的创新成果，是相当不容易的。目前，对中国新诗诗体的个案研究还很不充分，尤其缺乏有分量的专门著作，有的著作（如杜荣根著、复旦大学出版社 1993 年出版的《寻求与超越——中国新诗形式批评》）研究的是中国的新诗形式（诗体），但研究的角度不是比较文学。因此，中西诗歌的比较研究，尤其是中西诗体移植问题的研究，今后还有广阔的拓展空间。

第三节　中外小说比较研究

中西小说的比较研究，是一个非常广阔、复杂的研究领域。中西小说数量众多，篇幅庞大，若以一人之力遍读，几无可能。与诗歌、戏剧相比而言，由于小说的产生相对较晚，而且本质上属于大众通俗文学，因而在中西文学史上长期未受到充分的重视，文学理论家、小说家们对小说的艺术特性和创作规律的理论探讨和概括也较少，可供当代研究者借鉴和阐发的理论成果也很有限。这些都给中西小说的比较研究带来了困难。在 80至 90 年代我国的比较文学研究中，中外小说的比较研究成果远不能和戏剧的比较研究相比，与诗歌的比较研究也有差距，在质量上也不尽如人意。尽管如此，还是出现了若干值得注意的研究成果。

此时期较早对中西小说进行综合性比较研究的是白海珍、汪帆的《文化精神与小说观念——中西小说观念的比较》，该书作为"中外比较文化丛书"之一种于1989年由河北人民出版社出版。该书的选题角度是"中西小说观念"，即中西小说作家和作品中所体现的"思想意识"。全书共分八章，分别从中西小说的"神话意识""性爱意识""哲学意识""忧患意识""悲剧意识""结构意识""文体意识"等角度展开比较研究。这些角度涵盖了从小说内容到小说形式的主要方面，在宏观上抓住中西小说的某些特征，并在研究中提出了一些有启发性的见解。如作者在谈到中西小说中哲理性强弱时指出：西方哲学、科学的发达，使得当时许多著名的小说家同时又是思想家、哲学家。而中国古代文坛，却很难找到一位小说家同时又是思想家和哲学家。在中西悲剧意识的比较中，作者认为：西方小说中的悲剧大都是"英雄悲剧"，而中国小说中的悲剧则多是"凡人悲剧"；在谈到中西小说的结构时，作者认为："中国古典小说运用散点透视的结构，使有限的空间吞纳天地万物，使家庭成为国家、社会的缩影。……19世纪末期，西方小说的结构意识发生了空前的变化，由单一的视点转向多层视点，由定点透视，出现了类似于中国古代小说所原生固有的结构模式。"这些看法和表述都是新颖的。但由于许多章节的关键词含义有些暧昧，妨碍了论题的聚焦和集中。如第一章"中西小说的神话意识的比较"，这里的所谓"神话意识"既包含了作为人类最早的文学样式的"神话"，又涉及小说中的宗教观念和小说中的"文化原型"，就势必造成论题的普泛化。又如第三章"中西小说哲学意识的比较"中所谓"哲学意识"，实际上与另外几章中涉及的"忧患意识""时间意识""结构意识"相叠合。由于比较研究的范围不仅涉及中西方的古典小说，也涉及现当代小说，既涉及平行研究，也涉及影响研究，在不足15万字的篇幅内要使论题深入下去，是十分困难的；在论述过程中所能列举的作品是有限的、大都为人所熟知的作品，材料的一般化也限制了学术观点的进一步提升。总体看来，《文化精神与小说观念——中西小说观念的比较》一书显示出了我国的中西小说比较研究"草创期"的某些特点和局限。但作为此时期该研究领域出版的第一部专著，它毕竟开了一个好头，在学术上的开创意义是值得肯定的。

袁进的《中国小说的近代变革》（中国社会科学出版社1992年）研究的是中国近代（清末民初至五四运动前）小说的转型与变革问题。作者分析了中国近代小说变革中出现的量与质、新与旧、"传世"与"觉世"、激情与个性等内部的矛盾运动，回答了中国近代小说为什么在求"新"的过程中疏远了《红楼梦》的文学传统，近代政治为什么在促进小说繁荣的同时，又延缓了小说的成熟等有关重大问题。作者分析了中国文学传统在近代小说中的转化、对中国近代小说的复杂影响，以及中国近代小说的变革对"五四"新文学的影响，同时，还将中国近代小说与具有相同性质的外国小说的变革进程做了比较。虽然本书主要是在中国文学内部的上下贯通中展开论题，并非严格意义上的比较文学著作，但作者广阔的世界文学的眼光和视野，严密而有力的理论分析与论证，对丰富的文学史资料的简练而恰切的运用，在不足17万字的篇幅内传达出了丰富的学术信息，达到了严格的比较文学研究所可以达到的学术境界。特别是论述中国近代小说时，不仅是以"西方"为参照，而且也充分注意到了日本文学对中国近代小说的影响，注意到了中国小说与东方各国近代小说的比较，这一点甚至为后来出现的有关比较研究的著作所不及。

1994年，饶芃子（1935—　）等著的《中西小说比较研究》（安徽教育出版社1994年）是进入1990年代后中西小说的比较研究第一份收获。这部书的著者都来自暨南大学中文系，除饶芃子外，还有郑敏、何焕群、徐顺生、王列耀、费勇等。本书就中西小说的七个主要问题，分七章展开比较研究，依次为：一、中西小说渊源、形成过程的比较；二、中西小说观念比较；三、中西小说题材比较；四、中西小说主题比较；五、中西小说人物形象与表现方法比较；六、中西小说结构、叙述模式比较；七、中西小说创作方法比较。在最后一章（第八章）中对中西小说的十部名著做了个案式的比较研究。据饶芃子在"后记"中说，暨南大学在80年代末为研究生开出了"中西小说比较""中西戏剧比较"等系列课程，《中西小说比较》一书显然是作为教科书使用的，而它的基本写法也是教科书式的——涉及的问题较全面，框架结构较大，对中西小说背景知识的介绍占了相当的篇幅，对已有的研究成果做了充分的吸收。由于书中一般化的内容和表述略嫌多些，许多章节所涉及的问题又都很大，故在有限的篇幅内只能泛泛而论，有的章节只能是抽样式的论述，如"中西小说题材"非常广泛，但书中只论述了三种题材，即历史小说、社会小说、科幻小说的比较；同样的，"中西小说的主题"所涉及的"主题"也很多，但作者只谈到了"自我探索""叛逆与反抗""民族意识"三个主题。作为教材性的著作，这样做显然是迫不得已的。还有的章节在概念的界定上似有可商榷的地方，如第七章"中西小说创作方法的比较"，分三节论述现实主义、浪漫主义、现代主义与中国现代小说的关系，基本上属于西方文学思潮对中国的传播与影响的研究。而19—20世纪的"现实主义""浪漫主义""现代主义"是特定历史时期的"文学思潮"的概念，不是什么"创作方法"的概念（这一点作者在行文中当然也注意到了），"创作方法"这一带有浓厚的党派性和意识形态意味的概念用在此处显然是文不称意的。尽管有这些局限，作者在某些问题上，也还时有新的见解和精炼的理论概括。如对中西小说的初级形态进行比较时，作者做了如下的概括：

第一，小说本质上是一种市民文学。中西小说的出现，都与城市建立、市民聚集、市民文化兴起密切相关；第二，中西小说的形成都是在吸收神话传说、纪实文学、寓言故事等文体的特征发展而成的；第三，中西小说的前期，多为叙述神怪、荒诞不经的事，后来才写流传于人世间的事，进而经历了一个由事及人到写人做的事的过程。关于'事'的叙述，在中国，主要是出于史传，在西方，主要是出于史诗。而'人'的描述，中国是出于志人小说，西方是出于世态散文。在人和事的叙述上，西方还有一个从韵文到散文的转变；第四，中西小说在形成过程中，都是从无意识虚构到有意识虚构，立足于现实生活的虚构情节的出现，是小说形成的一个标志；第五，传奇在中西小说的形成和发展中有特殊的意义。但西方的传奇是"神话"的……中国的传奇是现实的。①

这显然是洗练准确的概括。

1995 年，台湾文津出版社出版了黄永林的《中西通俗小说比较研究》，从宏观、微观的角度对中西通俗小说的性质、范围加以界定，并找出中西通俗小说相同相似的类型，如公案小说与侦探小说、武侠小说与骑士文学、科幻小说与神话故事、言情小说与性爱小说等，分别加以对举，又结合具体作品，对双方题材、情节、技巧、审美特征文化意蕴进行比较分析。该书在 90 年代台湾的中西小说比较研究中具有代表性。

福建师范大学教授李万钧在欧洲文学史研究、中西文学比较特别是中西各体文学比较研究方面成绩突出。1989 年，他曾出版过《欧美文学史与中国文学》（福建教育出版社 1989 年），尝试从比较文学的角度开辟中外文学史写作的新路。1995 年出版的《中西文学类型比较史》（海峡文艺出版社）是李万钧的集大成的著作。全书分中西短篇小说类型、中西长篇小说类型、中西戏剧类型、中西诗学类型四个部分。其中，中西短篇小说、长篇小说类型比较两个部分约二十五万字，若独立成书，也该算是一本篇幅不小的著作。

---

① 饶芃子等：《中西小说比较研究》，安徽教育出版社 1994 年版，第 18 页。

　　首先，在中西短篇小说的比较研究方面，李万钧从中西短篇小说发展演变轨迹的纵向比较，到中西短篇小说在叙事手法、类型与结构、人物性格塑造、语言艺术、短篇小说与长篇小说之间的衍生关系等各方面，都做了系统、深入的比较分析，是他的中西小说比较研究中最富于创见的部分。例如，在谈到中西短篇小说类型演变的时候，李万钧认为，中国古代短篇小说的类型演变的轨迹很分明——从魏晋六朝笔记小说到唐传奇，到宋元明话本、拟话本，到清代以《聊斋志异》《阅微草堂笔记》为代表的文言小说。从宋代开始，白话小说与文言小说两种类型齐头并进。明拟话本是宋元话本的继续，清代文言小说是魏晋六朝小说与唐传奇的继续，《聊斋志异》是六朝小说与唐传奇的结合，《阅微草堂笔记》是笔记小说的循环。而西方短篇小说的类型演变的轨迹远不如中国分明，古代和中世纪的短篇小说不成类型，从文艺复兴到 19 世纪浪漫主义短篇小说兴起的几百年中，西方短篇小说的类型就是《十日谈》式的类型。在谈到中西短篇小说的叙事手法时，作者指出：中国古典短篇小说多以传记为题目，唐宋传奇集子中的篇目不少是某传、某记。受《史记》等史传文学的影响，"传记体"是中国短篇小说的基本的叙事手法，写人物是从头写到尾，这种"直叙法"符合中国老百姓的审美心理和习惯。而西方的短篇小说很少传记体的写法，写人物也不求生平的完整交代。西方短篇小说从一开始就不注重写人物的一生，越到后来越倾向于截取人生的一个片段来表现人生的全体。关于中西短篇小说的类型和结构，李万钧认为，中国短篇小说的类型很丰富，而且演变轨迹很明显。从魏晋六朝的笔记小说到宋元明话本、拟话本，再到清代以《聊斋志异》和《阅微草堂笔记》为代表的文言小说，一种类型接一种类型的产生，而且一种类型就是一种结构。而西方的短篇小说的发展演变的轨迹远不如中国的分明，类型单一，古代和中世纪难说有什么类型，直到文艺复兴时期出现了《十日谈》，形成了一个"框形结构"，此后直到 19 世纪浪漫主义小说产生前，西方短篇小说一直都是这种《十日谈》式的结构。19 世纪后西方短篇小说结构丰富复杂起来，并对中国短篇小说产生了影响。关于中西短篇小说的人物性格塑造，作者认为，在一千多年中，中国古代短篇小说塑造了数以百计的人物典型，这是西方短篇小说所无法比肩的。西方短篇小说，从文艺复兴到浪漫主义，都不是性格小说，而是情节小说、心理小说，在性格塑造方面都不如中国短篇小说。中国短篇小说的重视人物性格的塑造，是继承了以《史记》为代表的史传文学及先秦诸子散文擅长在短小的篇幅里刻画人物的传统。关于中西短篇小说中的浪漫主义精神和"大团圆"结局问题，作者指出，中国古代短篇小说具有强烈的积极浪漫主义精神，这一点集中地表现为用"变形"的手法描写受封建礼教压迫的女性对爱情的执著追求及对恶势力的反抗。其中，"女鬼"就是一种最常见的女性形象的变形。中国古代短篇小说中的女鬼之多，是西方的短篇小说难以相比的。这折射出了中国古代妇女低下的社会地位及作者对它们的同情。而西方短篇小说中的有反抗精神的妇女形象则不多，她们大多出现在长篇小说与戏剧文学中。他强调：中国古代短篇小说没有宣扬"三从四德"的作品，而有大量的歌颂女性反抗的作品，这是中国古代短篇小说优于西方短篇小说的精华。至于"大团圆"的结局，作者表示不同意人们常说的"大团圆"是中国古代小说的模式的说法，认为实际上中国古代短篇小说是悲剧结局和大团圆结局两种模式并存。而西方古代短篇小说中没有"大团圆"的公式，这与他们的宗教观念和"模仿"生活的审美理想有关。

关于短篇小说与长篇小说的关系，作者提出了自己独到的看法。他写道："中国的短篇小说生长篇小说。"也就是说，中国古代的长篇小说大都从短篇小说发展而来。《史记》以降，中国的短篇小说绵延不绝，成为培育中国长篇小说的土壤。《三国》《西游》的故事从唐代就开始流传，《水浒》故事从宋代开始流传，它们在宋代演变为话本的题材，明清时发展为长篇小说。西方则与中国相反，它们是"长篇小说生短篇小说"。西方短篇小说有两个源头，一个是古希腊的"说话人"的"话本"，一个是长篇小说。如古罗马时期的长篇小说《变形记》，其中穿插了五个故事，文艺复兴时期的《堂吉诃德》上册也穿插了五个故事，下册穿插了两个故事。此后，在长篇小说中穿插短篇故事的风气越来越盛。对此，作者总结说："中国短篇小说生长篇小说的特点，使得中国古典长篇小说多由短篇小说连缀而成。……西方长篇小说有'多声部复调'的结构，因独立的短篇小说可构成另一个声音。"西方长篇小说生短篇小说的特点，使西方的短篇小说在一个长时期内依附于长篇小说之中，不能独立发展，直到19世纪浪漫主义小说兴起，才把它们分开。但"长篇小说派生短篇小说"作为一种传统，在西方文学中至今不绝。

李万钧在中西长篇小说的比较研究中，也提出了不少新的见解。他首先指出了双方的许多共同点，如：都从写历史到写现实，从取材书本到取材生活，从单部小说到系列小说，从写外部世界到写内部世界，从写英雄人物到写普通人生，从以男性为中心到以女性为中心等。关于中西长篇小说的不同点，他指出，中西长篇小说的源头不同，西方的长篇小说的源头是荷马史诗，中国长篇小说的源头是《史记》。他高度评价了《史记》在中国长篇小说发生学上的重大意义，指出中西长篇小说源头上的这种韵文与散文、神话与历史的根本区别，决定了日后长篇小说的基本特点和不同走向。他还进一步指出和分析了中西长篇小说在诸多方面的差异及其成因。如，受荷马史诗的影响，西方长篇小说最普遍使用的结构是"一条绳子"式的结构，所谓"流浪汉小说""航海小说""路上小说"等，都是这种结构；受《史记》的影响，中国长篇小说的结构是短篇连缀式的结构。在内容描写上，西方长篇小说中多航海小说，而中国文学中对大海基本上是陌生的；西方长篇小说受基督教影响多宗教题材和宗教小说，中国长篇小说受儒家思想影响多宣扬伦理道德；西方长篇小说中多有大段的议论，而中国长篇小说中的议论则少得多；中国文化强调书本的重要，长篇小说多有"续书"，西方则强调模仿生活，续书的现象不多；西方长篇小说中多孤立地描写环境，中国长篇小说则不把环境描写与人物塑造分开；中国人喜好以诗入小说，西方文学中则很少见。

李万钧对中西小说比较研究的最大特点是其系统性。他把中西小说的比较研究置于中西文学发展的历史长河中，从历史的纵向演进和文学现象的横向解析中，寻找比较研究的立足点。他所涉及的研究对象基本上是中西古典小说，两者之间并无太明显的传播与影响的事实联系，属于"平行研究"的范畴。由于这种平行研究都有明确的"问题"意识，其宗旨是在中西小说的对照、对比、类比和互见中，相互凸显与相互阐发，所以这种比较研究没有常见的那种生硬的比附，来得十分自然。作者十分善于理论概括，注意在比较中对规律性的东西加以总结和提炼。由于作者在中西文学史上的深厚学养，故能对中西作家作品及史料的运用驾轻就熟，举重若轻，即使是在勾勒中外小说发展史这样很容易写得平庸的章节中，作者也在高度凝练的概括、深入浅出的语言表述中融进自己的体会与见解，使读者在阅读中时常有新鲜感。由于这些原因，我们有理由认为《中西文学类型比较史》中的小说比较部分是近20年来我国的中西小说比较研究中最有代表性的成果。

1997年，应锦襄、林铁民、朱水涌三人合著的《世界文学格局中的中国小说》于1997年作为"北京大学比较文学研究丛书"的一种由北京大学出版社出版。这部著作是国家"八五"期间社科研究规划项目，它立足中国古典文学，试图把中国古典小说置于世界文学的大格局中和大背景下，在中西文学比较中探讨中国小说的若干基本题材类型、叙事方式及其特点，其立意和选题是很可贵的。全书除"总论"外，分三编，共十八章。"总论"部分《世界叙事文学中的中国小说》，试图纵向地、历时地、宏观地比较中外小说的发展演进历程及其相互联系。这是一个难以把握的十分宽泛的话题，因此作者取了一个论述这个问题的角度——"现实主义"，并认为："我们所谈的中国小说在世界小说格局中的个性展现，是指中国〔小说〕的现实主义特征的发展，它的萌芽、形成以及变化的过程。"但是，由于"现实主义"这个概念的含义在20世纪的文学理论中已经遭到了"解构",其语义变得越来越暧昧含混,甚至无所不指,因此以"现实主义"作为理论切入点事实上似乎无助于说清中国小说在世界小说中的独特性。作者一方面指出中国古代小说是"以极需想象的神鬼怪异来开始小说的发展历程的",指出志怪小说是中国小说的起点,但却又认为"中国小说在中世纪的发展已经显示了它与生俱来的现实主义性。看看西方小说的发展呢?它们似乎没有这样明确的倾向"。并说:"当我们认为现实主义是中国小说胚胎中核心胚芽时,在西方却不是唯一的",因为西方小说还有"浪漫主义风格"。这样的结论由于缺乏深入的论证而显得乏力。又如,作者说:"中国第一部现实主义杰作《金瓶梅》,也是世界第一部现实主义杰作。"但是,作者知道早于《金瓶梅》数百年的古代日本有一部以写实手法创作的《源氏物语》否?如果也"用西方的现实主义理论检验它",《源氏物语》是"现实主义"的吗?如果是,那么10世纪就已问世的《源氏物语》,算不算是"世界第一部现实主义"小说?

书中写得较为扎实和较有新意的是第一编中的第四、五、六章,及第四编的第十五、十六章等。如第五章"罪案小说:强调明断与全力解迷",作者总结的中国的公案小说的基本的结构模式:事由—告状—诉讼—判案;西方推理小说的基本的结构模式:案件—侦破—阐释。认为在中国的封建的司法制度下,公案小说反复强调的,就是清官的明断,并围绕着清官的明断,努力揭示清官的道德风貌。而西方的推理小说突出的是侦探的解迷,而解迷取决于科学思维和科学知识。"公案小说表现了古代贤人政治的理想,侧重于对读者的道德教育;推理小说是近代科学精神的产物,侧重于对读者的智力启迪"。在第六章"鬼怪小说:镜中世界与梦中世界"中,作者比较了中国与西方的鬼怪小说,指出:"西方,鬼是异物。认为它是非理性的,因此也不必对它的非理性的行为做出人情的分析。作者更大的愿望是写出它的超现实、非理性来。……中国人正因为笃信鬼神,以与人一致来表现叙述的真实可信性。……通过鬼的故事,中国希望对人生有更深的认识与感受；西方则认为这种现象是无法认识的。超自然，非现实，不可解释，三者是西方鬼怪小说的共同观念。"在第十五章"人物刻画：白描与酷肖"中，作者总结道："中国古典小说强调传神，西方现实主义小说要求写出杂多而整一的人物。在技法上，中国古典小说主要是白描，西方小说强调逼肖。就其塑造的人物的美学风貌而言，中国古典小说的人物，更具有直观性、暗示性、模糊性，西方小说中的人物，更具有逻辑性、系统性、明晰性。"

《世界文学格局中的中国小说》作为三人合作的著作，因各人的学术研究的方向、特长不同，各章的学术水平不免参差。除以上指出的外，整个第二编"世纪之交的选择"（含第十一至十四章）因篇幅与材料的制约而显得一般化。更重要的问题是，作者虽然力图从"世界文学"的大格局中来看中国小说，但在具体的论述过程中，"世界文学"却常常被置换为"中西文学"。整部书所论述的实际上是"中西文学格局中的中国小说"，除中国之外的东方文学没有能够进入作者的视野，因而某些需要以真正的"世界文学"为视野才能得出的宏观结论，却只以"中西文学"一言以蔽之，就很容易失之可靠。例如，1950年代后，世界推理小说创作的中心由英国转移到了日本，并且，"推理小说"这个名称本身就是日本人创造的。若要在"世界文学格局"中看中国的公案小说，完全不提日本的推理小说恐怕是不周全的；讲"抒情小说"，日本古典小说的最大特征是其情节淡化和抒情色彩，谈中国的"抒情小说"也应该将日本小说拿来作参照；谈到"鬼怪小说"，涉及"鬼怪"最多的是印度文学，日本、朝鲜的"鬼文化"和"鬼文学"也相当丰富，但作者却完全未把这些东方国家的相关文学现象作为参照。应该意识到，在比较文学研究中，要做出有价值的、可靠的理论概括，具备真正的"世界文学"的视野是多么的必要。

除上述的几种专著外，1980—1990年代有关学术期刊上发表的关于中西小说比较研究的文章约有五六十篇。其中发表文章两篇以上的作者有李万钧、何焕群、张世君、黄永林等。其中，关于中西小说的题材类型比较的文章最多，涉及的题材类型主要有中西历史小说、武侠小说与骑士小说、公案小说与侦探小说、鬼怪小说，还有性爱小说题材、流浪儿题材、妓女题材等。许多文章往往由于题目过大，而流于泛泛之论，甚至重复已有的观点与材料。有的文章选题的角度较为新颖，观点也有启发性。如阎奇勇先生的《中西小说主题演变的文化现象》（《山东师范大学学报》1997年第6期）一文，对中西小说主题演变的不同轨迹和规律做了概括与探讨，指出中国古代近代小说与现当代小说总的主题之间有一个巨大的断裂，即从政治伦理的主题转变为人的解放的总主题，而西方的近代小说与现当代小说的总主题是持续发展的，中西小说主题的总的趋向都是向着人道主义及对人类的终极关怀的方向发展的。张世君女士在《中西小说庭院模式与旅程模式比较》（《外国文学研究》1992年第2期）一文中认为，16—18世纪，是西方小说的初创期和中国小说的繁荣期。此时期的中西小说分别出现了具有民族特色的"庭院模式"和"旅程模式"；所谓"旅程模式"是以流浪汉小说为代表的漂泊冒险的模式，所谓"庭院模式"是以家庭生活为中心的模式。刘建军在《中西长篇小说结构模式比较谈》（《北方论丛》1992年第1期）一文中，认为中国长篇小说的结构模式有以《水浒传》为代表的"链条型"结构，以《三国演义》为代表的"辫型结构"，以《西游记》为代表的"串珠型结构"，以《儒林外史》为代表的"花瓣式结构"，以及《红楼梦》和《金瓶梅》的网状结构；而西方长篇小说则呈现出"流浪汉小说式""巴尔扎克小说式"和"现代主义小说式"三种基本结构模式。周锡山的《论中国古典小说在世界文学史上的地位和意义》（《辽宁师范大学学报》1992年第4期）一文中，通过中国小说与西方小说的宏观比较认为，中国是世界上最早产生小说并达到高度繁荣的文学大国，中国也是世界上小说种类最多的国家，在内容上也有许多伟大和独特的贡献。

第四节 中外戏剧比较研究

一、中外古典戏剧的比较研究

中外古典戏剧的比较研究，特别是中西古典戏剧的比较研究，在我国已有近百年的历史。20 世纪初，王国维最早运用比较文学的方法对中西悲剧做过比较，五四前后，陈独秀、胡适、张厚载等也发表过有关中西戏剧比较的言论和文章，1920—1940 年代，许地山、余上沅、赵太侔、程砚秋、焦菊隐等，将中国的比较戏剧研究逐步推进。1980 年代中期以后，中外比较戏剧的研究在沉寂了多年后开始恢复，1980—1986 年间，有关学术刊物上每年都有几篇中外戏剧的研究文章。如黄佐临的《梅兰芳、斯坦尼斯拉夫斯基、布莱希特戏剧观比较》（《人民日报》1981 年 8 月 12 日）、李晓的《中西开放结构的比较研究》（《戏剧艺术》1985 年第 4 期）、李万钧的《从中西戏剧对比看我国戏曲发展的趋势》（《戏剧艺术》1985 年第 4 期）、夏写时的《论中国演剧观的形成——兼论中西演剧观的主要差异》[（《戏剧艺术》1985 年第 4 期）、饶芃子的《中西戏剧起源、形成过程比较》（《学术研究》1987 年第 5 期）、程朝翔的《悲剧中的人物——中西悲剧英雄的比较》（《北京大学学报》1987 年第 5 期）等。

1987 年，在夏写时、陆润棠先生的组织下，香港中文大学比较文学组举行了比较戏剧学术研讨会，邀请了大陆和台湾的学者参加研讨。1988 年，中国戏剧出版社出版了由夏写时、陆润棠主编的《比较戏剧论文集》，该书编选了上述研讨会上发表的论文及此前已发表的重要的比较戏剧的文章 20 多篇。夏写时在"前言"中，正式提出了建立"比较戏剧学"这样一个学科的问题。他写道："近几年来，中外戏剧比较研究渐成

风气，一门新的学科——比较戏剧学，经若干有识者的开拓，其轮廓已越
来越明朗化了。"他认为比较戏剧与比较文学当为内容部分吻合的平行学
科。在比较戏剧学创建初期，不可避免地要沿用和借鉴比较文学的基本原
则和方法。然后再逐渐形成比较戏剧特有的基本原则、范围和方法。现在
看来，《比较戏剧论文集》的出版及夏写时先生的"前言"，一定程度地
标志着 1980 年代后我国比较戏剧的复兴及学科意识的强化。书中所收集
的论文，也代表了改革开放后至 1987 年我国比较戏剧研究的突出成果。
如戏剧评论家刘厚生的《关于东方戏剧的几点认识》对东方各国的传统
戏剧及其程式化、综合化的特点做了理论上的概括。夏写时先生的《论
中国演剧观的形成——兼论中西演剧观的主要差异》一文，认为中西演
剧观的主要差异在于：西方的演剧观是写实的演剧观，中国的演剧观是传
神的演剧观；西方演剧观思考的中心是舞台形象创造过程中演员与角色的
关系，无论是体验派、表现派或其他流派都是如此，而中国演剧观思考的
中心是舞台形象创造过程中形与神的关系，传神境界是中国艺术家追求的
最高境。苏国荣教授的《戏曲比较研究在我国的发展概貌》一文，对
20 世纪我国的中西戏剧比较研究的学术史，做了简明扼要的梳理和总结。
黄天冀教授的《"旦""末"与外来文化》一文，通过丰富的史料钩沉和
梵语、汉语及中亚地区各种文字的对比分析，指出元杂剧中的女主角的称
呼"旦"和男主角的称呼"末"，都是从印度传来的外来语，从一个侧面
揭示了中国戏曲所接受的外来影响。

　　与欧洲不同，中国古代的戏剧理论，偏重于戏曲艺术的音乐、辞章，
而不重视戏剧文学，即剧本的结构布局的研究。除了明末王骥德的《曲
律》，特别是清初戏剧家李渔的《闲情偶寄》外，极少专门论述剧本的结
构问题。在这种情况下，对王骥德、李渔的剧本结构理论加以研究和阐
发，对于弘扬中国古代戏剧文学理论，丰富世界戏剧文学理论遗产的宝库
都有意义。1989 年，中国戏剧出版社出版了南京大学李晓的硕士论文
《比较研究：古剧结构原理》，填补了中西传统戏剧结构理论比较研究的

一个空白。该书以王骥德、李渔的理论为出发点，以宋元明清的戏曲作品为解剖对象，在西方戏剧理论的参照下，对中国古代戏曲的结构原理做了系统的分析和阐发。作者从王骥德的《曲律》中论述结构章法的文字开始，认为王骥德所说的"意"即剧作者的主观意图，这相当于现代西方的戏剧结构术语——"基础观念"（rootidea），而李渔提出的"立主脑"，其精神实质也在于此。作者在具体作品的分析中，归纳了中国古典戏曲的四段式结构，即开端、发展、转折、收煞。并认为中国古典戏剧基本上不存在西洋戏剧中的结构高潮，存在的是顶点的情绪高潮。认为祁彪佳的《远山堂剧品》中提出的古剧结构类型"全记体"，与现代学者顾仲彝所概括的古典戏曲的"开放式"结构是同一意义，并概括出了开放式结构的特征。认为在西方的古典戏剧中，也有开放式的结构类型，但在西方的开放式结构里，主动作线与次动作线是错综交杂在一起发展的，次动作线各有着完整统一的动作，有着相对的独立性；而在中国古典戏曲作品中，主动作线是一条能量极大的主动轴，次动作和次要人物由它带动起来，不能脱离主动作线而独立存在。在主动作的悲欢离合的运动中，展现广阔的生活画面。在分析了开放型结构类型之后，作者进一步对中国古典戏曲的特殊的结构类型做了分析，划分了五种特殊的结构类型，即：一、定位式；二、串珠式；三、对比式；四、回顾式；五、缀合式。因该书立足于中国古典戏曲作品的研究，"比较"仅仅是作者在论述有关问题时所具有的视野与方法，因而对中西戏剧的比较研究展开不够。虽然作者未能在中西比较中提出更多的独创的结论，但他在理论上的上述总结和梳理，对于读者从剧本结构的侧面认识中国古典戏曲的特质，还是有帮助的。

1980年代后期中西戏剧比较研究的最突出的成果，是饶芃子主编的《中西戏剧比较教程》（广东高等教育出版社1989年）。该书是作为高等学校文科的教材，由广东暨南大学中文系的饶芃子、徐顺生、何焕群、李青、丁小伦、郑敏等多人合作撰写。作为教材，该书内容涉及中西戏剧中纵向和横向的各个方面。前六章是中西戏剧的专题性、综合性平行比较研究，包括中西戏剧的起源、形成过程的比较，中西戏剧观的比较，中西戏剧主题的比较，中西戏剧情节结构的比较，中西悲剧的比较，中西喜剧的比较；第七、八章分别是中西戏剧名家和名作的个案性的微观的比较研究；第九章是新时期十年戏剧与西方现代戏剧的影响与接受关系研究。书后附有"参考资料索引"，对1926—1988年六十几年间发表的有关中外戏剧研究的中文资料做了编目整理，为读者查阅相关材料提供了方便，也在资料方面使本书的学术性得以加强。在我国，半个世纪以来，由于时代和政治的种种原因，大学文科的教科书长期以来形成了严重的陈陈相因的模式化倾向。一般地说教材只是归纳、编排已有的研究成果，没有或很少有独到的学术品格。但《中西戏剧比较教程》却与一般的教材不同，因为它几乎无"陈"可"因"，它是开创性的成果。此前学术界的中西戏剧的比较研究的成果积累较为有限，要在这种情况下写出一本教材，并非易事。时至今日，《中西戏剧比较教程》即使作为一部专著来看，也仍然有着较多的学术独创和较高的学术价值。特别是前六章的宏观比较研究，对中西戏剧特质的比较和归纳，尽管借鉴了有关的研究成果，但有些概括还是相当精炼和恰当的。例如在第一章"中西戏剧的起源、形成过程的比较"中，作者指出，西方戏剧起源于酒神祭典，中国戏剧的起源是多源的；西方戏剧起源于娱神，是民族宗教行为的戏剧化，中国戏剧起源于娱人，基本上是民间的娱乐活动；西方的戏剧是剧作家的戏剧，剧本是整个戏剧的灵魂，中国戏剧是多种艺术因素的结合。中国戏剧成熟的过程，就是歌唱、舞蹈、对白、武术等多种艺术逐渐成熟并融会的过程，这个过程的全部复杂性，就是造成中国戏剧晚出、晚熟的重要原因。

全书各章中写得富于新意的是第二章和第四章。在第二章"中西戏剧观比较"中，作者指出，西方戏剧理论偏重于哲理性，因而它研究和探讨的往往是戏剧内部带有普遍性、根本性的问题，它揭示的种种规律，也往往具有一定的超时空的性质，到了今天仍被我们援引。而中国的戏剧理论则偏于具体问题，是实践型的，戏剧理论的重心在演出和观众这两点上，有着一定的时空限制，到了今天，许多著作也就只有史料价值了。作者还认为，把西方戏剧美学思想的核心归纳为"模仿—写实"，而把中国戏剧美学思想的核心归纳为"虚拟—写意"，是值得商榷的。"虚拟—写意"的说法只能说明中国戏曲的表演形式，却不能说是剧本文学的特色。中国戏剧文学从内容上看也是"模仿—写实"的，我们不能说他是"表现性的艺术"。就中国戏曲总体来说，是再现与表现、虚与实的完美的结合。西方戏剧是模仿—再现的一元化原则，中国戏剧是再现与表现的辩证统一原则。西方写实的演剧观力图在舞台上再现生活现象的真实，同时也表现生活的内在本质的真实，或者仅仅侧重前者（如自然主义），而中国的写意的演剧观则通过对生活的外在真实的虚拟化和变形，来求得生活内在本质的"真"。作者还从表演艺术方面对以斯坦尼斯拉夫斯基、布莱希特和梅兰芳为代表的世界三大表演体系做了比较，认为中国的演剧艺术不但强调"以情动人"，也强调"以美悦人"，前者和斯氏的"体验艺术"的主张相通，即在内在感情（内心动作）上要与角色贴近，后者则要求演员的表演不能生活化，而要高度艺术化，一唱一白、一招一式都要符合美的形式，这又和斯氏的主张不同，再次表现出了中国戏剧艺术无处不在的艺术辩证法。如果说斯氏是希望通过演员、角色、观众三者的合一来达到感动观众的目的，布莱希特希望通过三者拉开距离来达到促使观众思考的目的，那么，中国的演剧观则一方面要求三者缩短距离以感动观众，另一方面又要求三者拉开距离，但这不是启发观众思考问题，而是要给观众艺术的美的享受。在第四章"中西戏剧情节结构的比较"中，作者对中西戏剧的"团块状结构"和"链线状结构"作了较深入的阐发。虽然这一看法并非作者首次提出，但对这个问题的阐发却是较为细致和深入的。作者指出，中国戏曲的许多特点，都是由链线式的结构决定的。因为是线式结构，所以不像西方戏剧那样讲冲突、讲碰撞、讲对峙，而是讲曲折、讲波澜、讲起伏；因为是团块状结构，西方戏剧首尾骤起急收，不求纵向延伸而求横断面的复杂丰富，把时间、地点、故事集中向中心聚缩碰撞。

作者进一步将中西戏剧的这两种不同的结构放到中西的艺术系统中来考察，认为中国的国画也是线条的艺术，而西洋画则也是色块的艺术，都与各自的戏剧艺术相通。作者指出，中国戏曲的线性结构重写意、重表现、重虚拟而失去的真实感，在情节结构按自然时空自由铺展上得到补偿。而西方戏剧团块结构重写实、重再现、重模仿而获得的逼真感，是以"三一律"的人工构合和过分的拘谨为代价的。作者的这些比较分析和结论对于读者认识中西戏剧的不同特征，都有启发。

1990 年代后，比较戏剧研究的成果明显增多，研究也趋向深入。1990 年，上海的知识出版社出版了李肖冰、黄天骥、袁鹤翔、夏写时等四人主编的《中国戏剧起源》一书，在 1980—1990 年代的比较戏剧研究中，有一定的承前启后的意义。该书汇集了 20 世纪头八十年间海内外学者关于中国戏剧起源问题的重要论文十七篇。其中，有数篇文章认为中国戏曲起源于印度或受印度戏剧影响，有的涉及中外戏剧的起源比较。迄今为止，该书仍是研究中国戏曲起源问题的不可多得的参考书。

1992 年，蓝凡的《中西戏剧比较论稿》由上海学林出版社出版，标志着 1980 年代中外戏剧比较研究的良好的开端。《中西戏剧比较论稿》是蓝凡历时十四年写成的力作，就研究的广度、深度而言是空前的，在1980 至 1990 年代的比较戏剧研究中，也是分量最重、成绩最突出的一部专著。全书立足于中国传统戏曲，论题的范围包括戏剧文学在内的戏剧艺术的各个方面，在研究中所采用的基本方法是比较文学的平行研究法，重在中西戏剧的异同对比，目的在于通过比较，凸显中国戏曲的民族特色及在世界戏剧艺术中的独特地位。鉴于中国戏曲和西方戏剧的不同程度的综合性特点，蓝凡在研究中注重揭示中西戏剧的哲学、美学基础，注意寻求中国戏曲艺术的深层的文化意蕴。全书共分十二章。其中，第一、二章为总论部分，旨在提纲挈领地从本体哲学上阐释中西戏剧的差异性与相通性。第三章以下为分论，对中西戏剧的各个方面进行比较阐述，有不少论述是有新意的。如，在第二章中，作者指出中国戏曲的"一行多用""一曲多用""一景多用""一服多用"的概念和实践，体现"道生一，一生二，二生三，三生万物"的哲学观念；中国戏曲艺术在形式美上的处理，遵循的是以"一"求"多"，由共性见个性，从统一中见出变化的规律；而西方戏剧艺术以"多"见"一"，由个性见共性，从变化中求出统一的规律。这是中国戏曲与西方戏剧之间最根本的内在差异。在第三章"戏剧舞台表演特性"中，作者指出虚拟表演是形成中国戏曲相异于西方戏剧的独特的表演风格。而这种虚拟的表演与西方戏剧中的"无实物表演"并不相同，它有自己的特有的表现手段和反映生活的美学方式。它的两大美学特征就是求美和求情。在第四章"戏剧舞台的时空观"中，作者指出，无论何种样式的西方戏剧，其舞台时空都是纯粹物质的、可见的。而中国戏曲舞台的时空却不独立存在，它与演员的唱做念打共存。在第五章"虚拟表演和舞台时空成因"中，作者指出西方戏剧的舞台表演是纯表演性的，舞台的时空表现为"Ⅰ"级传递：舞台时空环境→观众；中国戏曲舞台表演为"Ⅱ"级传递：舞台时空环境→剧中人物→观众。西方戏剧采取"正观"的审美方式，即审美主体直观角色表演和舞台物质设置以感知时空，中国戏曲则采取"反观"的审美方式，即审美主体观看演员的表演，才反过来感知表演的功能和舞台的时空。在第六章"戏剧演唱风味"中，作者认为"韵味"是中国戏曲声乐艺术的独特的美学性格，它与西方歌剧的声乐要求全然不同。西方的歌剧或歌唱，最高的美学效果是"美声"，中国传统戏曲的演唱最高的美学效果是"韵味"。在第七章"戏剧表演体系"中，作者指出，中国戏曲表演是一种"神形兼备"的舞台表演，表演者自始至终很清楚自己是在舞台上演戏，演员不化入角色，而只是融入了对角色的评价和感情，因此，作者表示不能同意此前焦菊隐、朱光潜、黄佐临等学者专家用西方的"体验"和"表现"来界定中国戏曲的表演属性，认为中国戏曲根本上不存在西方戏剧意义上的那种"体验"（斯坦尼斯拉夫斯基）和"表现"（布莱希特）。中国戏曲形成了自己的表演一派，可称为"神形学派"，其特点是以"形"写"神"，

"钻进去"获得内心体会，再"跳出来"寻找合适的外部动作（程式表演），两者达到高度融合。第八章"戏剧导演风格"中，作者认为，中国戏曲中的导演常常是兼职的，甚至常常是编、导、演三者兼于一身。其作用是"教率"，即"场上指导，局外指点"，是"教"与"率"的结合。因此，中国戏曲在本质上并不完全具备西方意义上的那种导演。在第九章"戏剧结构观念"中，作者对前人已总结的中西戏剧结构的线式结构和板块结构做了进一步细致的阐释。在第十章"戏剧语言性格"中，作者指出，西方戏剧语言是以形式与内容完整统一的信息源传递给观众的，中国戏曲语言却让观众从形式着手，再领略内容，故中国戏曲观众讲究品味，推崇演唱上的韵味，甚至可将一段唱腔从剧中抽出来单独欣赏，出现了在欣赏中内容与形式分离的现象。在第十一章"戏剧悲剧论"中，作者认为，中国没有西方意义上的悲剧，只有悲剧色彩的苦情戏。他从悲剧冲突、悲剧角色、悲剧结构、悲剧形态和悲剧价值等五个方面分析了中国式的悲剧与西方悲剧的不同。在第十二章"戏剧喜剧论"中，作者认为中国并不存在西方意义上的喜剧，而是一种带夸张的喜剧色彩的笑戏。西方喜剧基本上属于讽刺类型的喜剧，喜剧是生活的否定性形态。而中国的喜剧基本上是生活的肯定形态，喜剧角色属于正面人物，是一种歌颂性的嬉笑剧。蓝凡的中西戏剧比较从戏剧的本体哲学，到戏剧舞台艺术（他称为"勾栏哲学"），到表演和导演艺术（他称为"氍毹美学"），再到戏剧剧本的情节结构、戏剧语言和戏剧的悲剧、喜剧形态，对中西戏剧做了全方位的、从宏观到微观的比较分析，既融会了已有的研究成果，借鉴了已有的结论，也对前人的有关观点和结论做了修正，提出了自己的见解。总体上看，《中西戏剧比较论稿》是一部文风扎实、内容丰富、观点和资料可靠并具备相当可读性的比较戏剧研究的大作，在 20 年来的比较戏剧研究中应占重要的位置。后来者的研究要全面地超越本书，并不容易。

此后出版的周宁的《比较戏剧学——中西戏剧话语模式研究》（上海社会科学院出版社 1993 年）一书，试图从更宏观的角度对中西戏剧进行比较研究。本书是作者的博士论文。指导教授朱栋霖在序文中，对本书做了肯定的评价。他写道："这是一部具有较高理论品位的比较戏剧学专著""周宁提出，中西戏剧存在着两种各自具有内在一致性的话语模式，一种是叙述性的话语模式，一种是展示性的话语模式。应该说，这一基本论点并非周宁首创。周宁的成功之处是，他以叙述学的研究方法，结合形态分析，对中西戏剧的传统模式——从话语结构、类型到语词与动作之间的关系，时空与剧场经验以及戏剧文本的视界结构等——进行了系统的理论阐释"。周宁在该书的"导言"也强调："叙述与展示这一对概念，是本书研究的出发点。本书通过这一对前提性观念的比较研究，试图揭示出中西戏剧模式的异同，并将这两种戏剧传统作为互补的形式，纳入世界戏剧的整体格局中。""在叙述与展示的概念中，包含了中西戏剧传统历史与逻辑的分歧点与同一性，其中涉及到的种种戏剧创造过程中的异同现象，都可以以这两个概念为基本假设得到合理的解释。"看来，《比较戏剧学》的写作意图就是使中西戏剧比较研究更具宏观性、更为理论化、模式化，系统化，故将此书命名为"比较戏剧学"，似乎包含着使此前的"教程""论稿"等提升为"学科"的意思。应该说，在借用西方理论阐释中国戏剧方面，作者是付出了心血和劳动的，这是本书的优长之处和特点。但现在整体看来，在中西比较研究的各个角度和方面，作者只是重复和强调了已有的观点，而尚未有属于自己的独到见解，在系统性和整体性上也未能总体超越《中西戏剧比较教程》特别是《中西戏剧比较论稿》。尤其令人遗憾的是作者对两个核心概念——"叙述"和"展示"，一直没有给以清楚的内涵与外延的界定，从而影响了本书在理论上的严密性与科学性。

将中西戏剧作为一种文化现象进行比较研究的著作，是郭英德（1954— ）的《优孟衣冠与酒神祭祀——中西戏剧文化比较研究》（河北人民出版社1994年，"中外比较文化丛书"之一）。在该书序言中，作者认为对戏剧文化的研究可以有两个角度，一是戏剧与文化的关系，二是戏剧文化自身的特性，而本书的研究属于后者。他从"文化层"的观念出发，对中西戏剧文化的表层至深层的结构，其中包括戏剧的起源与形成、戏剧观念、戏剧文体、戏剧形象、戏剧文类、戏剧传播、戏剧功能、戏剧交流等，分章进行逐层比较分析，并提出了一些自己的见解。其中，新见较多的是第一至第三章。在第一章"中西戏剧起源与形成的比较"中，郭英德认为在戏剧的起源问题上，中西方更多是其类同性，而不是差异性。这主要表现为中西古典戏剧都有着"两度起源"。中国上古戏剧到战国后期就夭折了，汉代以后，又重新开始积聚各种戏剧因素，并逐渐形成新的戏剧形态。"中国戏剧在中古时期的发展，与其说是沿着上古时期已经开辟的康庄大道跑下去，毋宁说重新开始!"而在西方的情况也惊人的类似，古希腊戏剧的传统到了中世纪也断裂了。中世纪欧洲戏剧与古希腊戏剧相比，几乎没有什么共同之处。这就是中西戏剧的"两度起源"的情形。接着作者分析了其中的原因，认为首先是由上古时代的以图腾宗教为中心的社会形态与中古民间世俗化的岁时节令、杂祀仪典的社会形态的不同造成的。上古戏剧是娱神，中古戏剧是娱人。关于"为什么希腊戏剧趋向成熟而中国古剧则沦于夭折"的问题，作者认为这与各自的社会政治制度、思想文化观念与艺术审美精神有关。儒家的思想观念不利于上古的戏剧因素得以凝聚和升华，而中庸平和的艺术精神实质上也是"非戏剧精神"。在第二章"中西戏剧观念比较"中，作者认为中国传统的戏剧观念是以戏剧与演出和观众的关系为出发点的，而西方传统戏剧观念是以戏剧艺术与生活的关系为出发点的。在戏剧特征论方面，中国传统戏剧观念注重于向外探讨戏剧艺术与其他文学样式的共通特性，而西方戏剧观念偏好向内探求戏剧艺术自身的本质特性。在第三章"中西戏剧文体比较"中，作者指出，中西传统戏剧文学虽然多为"诗剧"，大多采用"剧诗"的形式，但却有本质的不同。西方戏剧文学是从叙事体诗和抒情体诗的"亲本"中脱胎而出的戏剧体诗，中国戏曲却与叙事体诗、抒情体诗的"亲本"藕断丝连。二者在表现对象和表现方式上有着不同的审美取向。在表现对象上，西方传统戏剧以行动（情节）为主，中国古典戏曲则以"人情"为主；在表现方式上，西方传统戏剧文学恪守"无我"的艺术原则，而中国戏曲则贯彻"有我"的艺术原则。主观情感的直接抒发和作家自我的公开介入，成为中国戏曲文学不同于西方戏剧文学的突出特征。在戏剧传统的形态方面，西方戏剧强调理性因素，多侧重于外在型的冲突形态；中国戏曲突出感性因素，多倾向于内在型的冲突形态。……作为明清文学史和中国戏曲研究专家，郭英德对中国古典戏曲很熟悉，能够在西方戏剧的比较参照下，使中国古典戏曲的许多特征得以提炼和凸显。全书文字洗练，语言本色，行文要言不烦，是一本值得一读的比较戏剧研究的好书。

1994 年，出版了两种从"戏剧美学"的角度对中西戏剧进行比较研究的书。一种是彭修银的《中西戏剧美学思想比较研究》（武汉出版社），一种是牛国玲的《中外戏剧美学比较简论》（中国戏剧出版社）。两书对"戏剧美学"理解得相当宽泛，并非只是对中外戏剧的哲学、美学的观照与审美问题，它们涉及了中西戏剧的几乎所有方面。彭修银的书广泛论及中西戏剧美学的理论形态、中西戏剧的审美理想、审美本质及其范畴系统、演剧体系、悲剧、喜剧、大团圆问题，乃至与戏剧问题并不甚紧密的中西美学范畴系统的"崇高"概念、"丑"的概念等，都有专节论及。但读后给人的印象，就像是普及性的教科书的写法，其基本材料和观点前人大都已讲到。如说中国戏曲理论与西方比还不够"理论"；说中国古代戏剧追求和谐之美，西方古代戏剧也追求和谐美，发展到近代追求崇高美；说中国戏曲是表现与再现的统一，统一中偏重于表现，属于写意的艺术；说西方戏剧偏重于再现，形成了写实的艺术；说中国戏曲中的"大团圆"结局是一种"积极"的情感等等，这些说法此前似乎均有人谈到。牛国玲的《中外戏剧美学比较简论》原本就是在大学课堂用的教科书。该书所谓的"中外"的"外"，主要是指西方，实际上全书所论述的也主要是中国戏剧与西方戏剧的比较。但在最后一章，简略地谈了日本戏曲与中国戏曲的关系。作者长期在大学教授中西戏剧比较的课程，虽然在总体上大多借鉴了已有的学术成果，但在具体问题的表述，具体材料的运用和消化上，还是有着自己的心得。总之，以上两书对于中西戏剧比较研究的普及，对于一般读者获取相关知识，还都是有益的。

1997年，在戏剧美学比较研究方面又有两种书问世。一本是孟昭毅的《东方戏剧美学》（"东方文化集成丛书"之一，经济日报出版社）。该书的特点是将中国与东方其他国家——主要是印度、日本、朝鲜及东南亚各国——的戏剧美学作为一个整体加以比较研究。这种角度的研究在我国还是第一次。该书所说的"戏剧美学"，不单是指关于戏剧的理论形态的东西，更是指对东方戏剧的美学层面上的比较研究。作者从东方戏剧的本体之美，到面具、角色、观众、剧本、表演、色彩与化妆，再到悲剧、喜剧、现实主义戏剧等不同的戏剧形态，都分章展开论述，并总结了东方戏剧不同于西方戏剧的特点，即由文化意蕴积淀所形成的民族性、集各种艺术之大成的综合性、对形式美的提炼所形成的规定性。这样一来，中国戏剧与东方其他民族戏剧的共通性、与西方戏剧的总体上的差异性，就容易被揭示出来。另一本书是姚文放的《中国戏剧美学的文化阐释》（中国人民大学出版社）。这本书的书名虽然没有"比较"字样，但上中下三篇中的下篇（约十万字）是"中西方戏剧美学比较"，作者在全书"引言"中说："该篇的论述又有这样两点值得注意：一是以问题比较为主而不以人头比较为主，比较所涉及的人一般代表着中西方在一定戏剧美学问题上的重要意见，因此人名的出现（特别是西方）并不严格按照其在历史上出现的前后顺序而排列，然而所胪列的都是戏剧美学的大关节目。"作者以中国明清时期与西方现代戏剧史上的若干重要的戏剧理论家为比较的对象，其中包括李贽与莱辛的戏剧本质论比较，晚明时代的潘之横与狄德罗的戏剧表演理论的比较，王骥德与狄德罗的戏剧艺术真实论的比较，徐复祚与卡斯忒尔维屈罗的戏剧功用论比较，吕田成与莱辛的戏剧批评之比较，李渔与歌德关于戏剧舞台性的论述之比较，李渔与黑格尔的戏剧结构论之比较，王国维与雨果的戏剧史研究之比较等。其中的大部分比较研究的对象都是作者首次确立的。通过这样的比较，中国传统戏剧美学的若干基本范畴和理论命题都被置于国际戏剧理论的大背景下，突显了它的世界共通性与民族特性。

李万钧在中西戏剧比较研究中也有成绩，他曾发表过数篇有关的论文，他在这方面的主要成果集中体现在《中西文学类型比较史》（海峡文艺出版社 1995 年）一书中。该书的第三部分是"中西戏剧类型"，近二十万字，在不少问题上提出了自己新的见解，对中西戏剧的某些基本规律性现象的总结，也颇为精炼。如，他说："西方的爱情剧震撼人心的写法是悲—欢—离—亡，和中国的'合'差了一个字。"又说："西方戏剧的正面男角，是更为典型的性格，是剧中的灵魂，是时代精神的主要体现者。……中国戏曲恰恰相反，最著名的性格，不是男性，而是女性。窦娥、赵盼儿、王昭君、张倩女、李千金、崔莺莺、赵五娘、杜丽娘、杨贵妃、李香君才是这些剧本的灵魂。剧本的思想价值和审美价值，也主要体现在她们身上。"1997 年，李万钧又出版《中国古今戏剧史》（广东高等教育出版社），上卷中卷为中国戏剧史的纵向描述；下卷为中西戏剧的比较研究，在内容上与《中西文学类型比较史》有所重叠。

专门从舞台艺术方面对中西戏剧进行比较的著作，是卢昂先生的《东西方戏剧的比较与融合——从舞台假定性的创造看民族戏剧的构建》（上海社会科学院出版社 2000 年）。本书以艺术的本质属性——假定性为切入点，对东西方戏剧的舞台艺术，包括表演艺术、舞台设计、剧场艺术等加以比较研究。作者是一位年轻有为的导演，书中除借鉴和阐发中西的有关理论成果外，也融入了自己的编导经验。由于该书重心不在戏剧文学，在此只是提到为止。

除了上述严格意义上的中外戏剧比较研究的成果之外，还有若干从戏剧史的角度撰写的有着一定的比较戏剧因素的著作，如余秋雨的《戏剧理论史稿》（上海文艺出版社 1983 年）、乔德文的《东西方戏剧文化历史通道》（湖南文艺出版社 1991 年）、刘彦君的《东西方戏剧进程》（文化艺术出版社 1997 年）等，都以比较文学的视野，对东西方戏剧理论和戏剧文学做了综合的整体描述。徐振贵的《中国戏曲统论》（齐鲁书社 1997年）中也有中西戏剧比较的专章。

总之，1980—1990 年代的中西传统戏剧的比较研究，与 20 世纪上半期比较起来，取得了长足的进步。如果说，1920—1930 年代的中西戏剧的比较，其立足点是借西方文化来批判和否定中国的传统文化，借西方戏剧来否定中国的戏曲，那么，1980—1990 年代的中西戏剧的比较研究，其立足点则是弘扬、阐发中国传统戏曲及戏曲文化的价值。

二、对中西现代戏剧的比较研究

中外传统戏剧是在各自相对独立的文化环境中平行发展起来的，因此，上述的中外传统戏剧的比较研究，基本上属于比较文学中的平行研究。而中国现代戏剧——主要是指现代话剧——则是所谓"舶来品"，它是在西方话剧的直接影响下生成和发展起来的，因此，对中外现代戏剧的比较研究，主要是影响与接受的研究。1980 年代后，随着比较文学研究和中外文学关系研究的展开和深化，中外现代戏剧的比较研究也出现了若干研究成果。其中集大成的成果，是田本相主编的《中国现代比较戏剧史》（文化艺术出版社 1993 年）。

据田本相在该书"后记"中说，《中国现代比较戏剧史》从萌动、酝酿、拟纲、写作、修改到定稿，大约经历了十年的历程。1985 年，田本相在中国话剧研究会第一届年会上发表了《关于〈中外比较话剧文学史〉的构想》（《天津社会科学》1986 年第 2 期）一文，系统地阐释了本书的写作构想。接着该课题被列入了教育部"七五"文科研究规划项目，使该书写作班子得以由田本相所在的中国艺术研究院话剧研究所，扩大到南京大学、东北师范大学等大学的有关研究人员及相关专业的硕士和博士，其中包括胡星亮、胡志毅、袁国兴、焦尚志、刘珏、葛聪敏、夏骏、汤恒、周靖波、宋宝珍、吴卫民、朱华等，组成了一支年轻有为的写作队伍，从而保证了该书写作的成功。该书所说的"现代"，指的是 20 世纪上半期，按照中国话剧史的发展演进线索，将全书分为"文明戏时代"
"二十年代""三十年代""四十年代"，共分四编加以论述。在这个意义
上，该书是用世界文学、世界戏剧的视野和比较文学的方法写成的中国现
代话剧史。它的最大的特色是比较文学观念与方法的自觉的运用。关于这
一点，田本相在"绪论"中做了充分的阐述。他认为："在某种意义上
说，一部中国话剧发生发展的历史，即是一部接受外国戏剧理论思潮、流
派和创作影响的历史，也是把话剧这个'舶来品'创造性地转化为中国
现代的民族话剧的历史。"鉴于此，他认为，中国现代比较戏剧史，应主
要研究中国话剧（重点是话剧创作）同外国戏剧理论思潮、流派和创作，
以及外国表演、导演体系的关系史。他把《中国现代比较戏剧史》的任
务归纳为三点：第一，从中国话剧同外国戏剧运动、理论思潮和创作的关
系来阐明中国话剧诞生、形成和演变的历史；第二，阐明外国戏剧理论思
潮和创作对于中国话剧理论和创作的影响，并对这些影响做出历史的具体
的科学的分析和估价，同时还应该研究这些影响的复杂的呈现形态和转换
方式，探讨形成这些影响的原因和条件；第三，阐明中国话剧在世界戏剧
中的地位和影响。从全书各编、各章的内容来看，主编的这些试图和目标
显然得到了较好的体现。

　　第一编"文明戏时代"，由袁国兴执笔。这一部分内容研究的是中国
话剧的创始期与外国戏剧的复杂关系。长期以来，无论是在中国现代文学
史研究还是在中国现代话剧史研究中，对清末民初到五四运动之间的这一
阶段（所谓"近代"）的研究都很不重视，研究相对也很薄弱，甚至连
这一阶段的大量丰富的史料都没有被很好地清理和利用。在这一编中，作
者分章论述了晚清戏曲改良与外来话剧的关系，早期话剧与日本近代戏剧
的关系，早期话剧与西方浪漫派戏剧的关系，早期话剧艺术形态的演进
等。从传统戏曲、日本戏剧与西方戏剧等三个侧面清理了早期话剧的孕育
与生成。作者指出，从中国移植西方话剧存在着两条输入途径，一是直接
从西方输入，二是间接从日本输入。由于地理条件和人员交往等方面的原

因，早期中国话剧的创始者大多数是留学日本的，却几乎没有留学欧美的，早期中国话剧及舞台表演各方面受日本新派剧的影响也就更大些。

第二编所论述的 1920 年代的中国戏剧，也是中国话剧全面接受外来影响并进入初步成熟阶段的历史时期。作者指出，1920 年代，中国剧坛对西方文艺思潮、戏剧思潮的介绍达到了与其发展同步的程度。不但西方由古典主义到浪漫主义、现实主义文学主潮的更迭在中国得到了广泛介绍，就连西方当时最新的"新浪漫主义"思潮及其各流派都在中国剧坛掀起了或大或小的波澜。这一编分章论述了易卜生的现实主义戏剧在中国现实主义戏剧发展中的作用，特别是《玩偶之家》在当时的巨大反响，分析了西方浪漫主义文学精神对五四诸种戏剧类型的渗透，分析了在"新浪漫主义"影响之下的中国现代派戏剧的试验，评述了王尔德的唯美主义特别是戏剧《莎乐美》在中国的翻译、演出及其影响的情况，介绍了 19 世纪末 20 世纪初风行欧美的具有革新精神的"小剧场运动"对中国话剧的理论建设、创作与演出实践影响的来龙去脉，评述了宋春舫、沈雁冰译介外国戏剧的贡献，评述了余上沅、赵太侔等人发起的试图融合中西戏剧文化、改良中国传统戏剧的"国剧运动"的历史功绩和失败原因。

在第三编中，作者认为 1930 年代的中国戏剧的外来影响主要表现为世界左翼文学思潮对中国左翼戏剧的影响，其中包括"普罗"戏剧的提倡、"左翼剧联"的成立、"民众戏剧"及"戏剧的大众化"运动、"国防戏剧"运动的展开，都有世界性左翼思潮的背景。在左翼思潮的影响和在日益强化的阶级矛盾和民族矛盾中，中国话剧形成了它的战斗性传统。同时，30 年代中国剧坛对外国戏剧理论的译介、对外国作家作品的认识和吸收也大大深化了，在更广泛地接受外来影响的前提下，融合了中国传统戏剧的美学精华，出现了夏衍和曹禺两位作家，创作出了标志着中国话剧艺术成熟状态的具有经典性的作品。作者还分析了萌发于 20 年代的中国现代派戏剧，如何在 30 年代时代大潮的冲击下向现实主义转化并走向衰微的原因。作者还专辟两章，评述了美国戏剧家奥尼尔、英国戏剧家莎士比亚在中国的译介、传播与影响的情况。

1940 年代中国话剧与外国戏剧的关系比较复杂。作者在概述了我国对俄苏、西欧、美国等国家和地区的戏剧的译介和影响情况后，又按当时特有的国内历史地理，分头评述了共产党的"解放区"、国民党统治的"大后方"接受外来戏剧影响的情况。又分专章分别评述了俄国剧作家契诃夫的诗意抒情剧、果戈理的讽刺喜剧、英法风俗喜剧对中国话剧的影响，还评述了我国对外国戏剧的改编情况，介绍了中国话剧在日本、南洋和欧美的译介、演出与反响。

总体看来，《中国现代比较戏剧史》是一部资料丰富、信息量大、文风朴实严谨、学术观点中肯的学术著作，填补了中外戏剧关系研究中的一个重要的空白。作为一部多人联合撰写的书，全书能够做到脉络畅通如一，是不容易的。即使是在该书出版十几年后的今天，仍没有其他的著作可以替代，足见其学术生命力是经得住时间考验的。

在中国现代戏剧家与外国戏剧家的比较研究中，曹禺与外国戏剧的关系研究很受重视，1980—1990 年代出现了几十篇相关的文章，作者主要有朱栋霖、潘克明、王文英、刘珏、焦尚志等，具体地探讨了曹禺与奥尼尔、与契诃夫、与易卜生、与莎士比亚及与古希腊悲剧的关系。1990 年，焦尚志的《金线与衣裳——曹禺与外国戏剧》由中国戏剧出版社出版，这是 80 至 90 年代的曹禺与外国戏剧的比较研究中具有代表性的成果。在这本书中，作者分专章论述了曹禺与古希腊悲剧，与莎士比亚、易卜生、契诃夫、奥尼尔，与 19 世纪欧美浪漫主义情节剧（"佳构剧"）的关系。作者吸收了已有的相关研究成果，又突破了此前单篇论文个别问题个别分析的局限，对曹禺与西方古典戏剧及现代戏剧的关系，做了全面系统的评述与比较分析，从中外戏剧文化融合的角度，总结了曹禺创作成功的基本经验。随着中外比较话剧研究的深入化，这种以专著的形式对中国剧作家——如老舍、郭沫若、夏衍等——与外国戏剧关系的系统全面的研究，似乎应该成为今后研究的努力方向。

第十章　后二十年的翻译文学研究

在 20 世纪中国比较文学研究中，翻译文学研究是受时代和政治干扰相对较小的部门，1980 年代之前，翻译理论的探讨和建构已有丰厚的积累。20 世纪最后二十年间的翻译文学研究，在此前的基础上大有推进，主要表现为译学理论及翻译文学的史料整理开始规模化和系统化，翻译文学专题研究（包括翻译家的个案研究、理论命题的专门研究等）进一步深化，翻译文学史研究的开始展开，并成方兴未艾之势。

第一节　对中国译学理论和翻译文学史的研究

一、对翻译理论资料的整理

在 20 世纪最后二十年的译学理论研究中，资料建设作为研究的基础工程，具有重要的价值和意义。我国翻译家在长期的翻译实践中，积累了丰富的翻译经验，许多翻译家对自己的经验和自己的翻译观都做了总结，并形诸文字。有的翻译家和理论家还提出了极有理论价值的概念、范畴、命题和见解主张。对此，近年来翻译界已有人下大力气做了收集和整理，出版了若干重要的资料集。较早的有香港三联书店 1981 年出版的刘靖之编《翻译论集》。内地出版的有罗新璋编、商务印书馆 1984 年版《翻译论集》，收集自汉末至 1980 年代初期 1700 年间有关翻译的文章 180 余篇。按照时代，分为汉魏唐宋、明末清初、近代、五四以来、解放以后共五辑。本书所收译论，尤其是古代的译论，多与佛经翻译有关，并非纯粹的文学翻译理论，但由于中国传统翻译是宗教经典翻译中包含着文学翻译的因素，所以，《翻译论集》在现在看来仍是研究中国译论的最集中、最丰富、最权威的资料集。早在 1940 年，翻译家黄嘉德就编选出版过《翻译论集》（西风社），我国港台地区也出版过翻译理论的资料集，但其系统性、规模均无法与之相比。某种程度上可以说，罗新璋编《翻译论集》的出版奠定了改革开放以来我国翻译理论研究，也包括翻译文学理论研究乃至翻译文学研究的基础。值得注意的是冠于卷首的罗新璋的题为《我国自成体系的翻译理论》一文，作者开门见山地写道："近年来，我国的翻译刊物介绍进来不少国外翻译理论和翻译学派，真可谓'新理踵出，名目纷繁'；相形之下，我们的翻译理论遗产和翻译理论研究，是否就那么贫乏、那么落后？编者于浏览历代翻译文论之余，深感我国的翻译理论自有特色，在世界译坛独树一帜，似可不必妄自菲薄！"同年，中国译协和《翻译通讯》编辑部编选、外语教学与研究出版社出版了《翻译研究论文集》，分两册分别辑录了 1894—1948 年和 1949—1983 年间散见于各种书刊上的有关论文 110 篇，其中多数文章为文学翻译家所写的涉及文学翻译的文章。1994 年，湖北教育出版社出版了杨自俭、刘学云编选的翻译研究论文集《翻译新论（1983—1992）》，该书在编选的时间范围上显然是承续外研社的《翻译研究论文集》，收录了 1983—1992 共十年间在《翻译通讯》（后改名《中国翻译》）、《外国语》《外语教学与研究》和《现代外语》等刊物上发表的 48 篇文章和专著节选六篇。全书分为三编。第一编为各类文体的翻译研究；第二编为译学本体论研究，包括总论、翻译标准、翻译单位、翻译美学与风格、翻译批评、翻译教学、翻译史与译论史研究；第三编是跨学科研究，涉及语言学、语义学、语用学、文化学、符号学、接受美学等与翻译之关系的研究。1998 年，湖北教育出版社又出版了南京大学许钧主编的翻译论文集《翻译思考录》，在时间上基本承续《翻译新论（1983—1992）》，编选了 1998 年之前约十年间的有代表性的翻译研究文章 80 多篇，分"翻译纵横谈""翻译艺术探""翻译理论辩"三部分。本书在选文方面很见眼力，所选大都是翻译界特别是文学翻译界的名家或新秀之作，文章大都言之有物，观点新颖鲜明，是近 20 年间最精当的一个译学理论选本。此外，值得一提的还有中国对外翻译出版公司编选的《翻译理论与翻译技巧论文集》（1985 年）；张柏然、许钧主编，译林出版社出版的《译学论集》（1997 年）；谢天振主编的《翻译的理论建构与文化透视》（上海外语教育出版社 2000 年），收 1998 年在上海外国语大学召开的翻译理论与翻译教学国际学术研讨会上发表的论文三十多篇。

对当代健在的或仍然活跃于译坛的翻译家的译学观点、译学理论进行采集和整理，是比较文学研究及译学研究中的一个迫切任务。在这个方面，山东聊城师范学院的王寿兰和南京大学的许钧做出了贡献。1980 年代初，王寿兰用了数年时间向全国各地的老一辈著名翻译家发函并亲自到各地走访，约请了 140 多位翻译家撰写有关文学翻译的心得、体会、经验、观点、主张和看法的文章，并将这些材料编成了一部书——《当代文学翻译百家谈》，1983 年由北京大学出版社出版。该书 70 万字，某种意义上说是一部当代文学翻译家的词典，以翻译家为单元，先是某一位翻译家的翻译生涯自传或简介，然后是他所撰写的谈文学翻译的文章。其中许多文章是首次在本书中发表，翻译家们对各自的翻译经验做了总结和自我评价，有许多文章具有一定的理论价值。因此，可以说本书是不可替代的有关翻译文学理论研究的重要文献。从 1998 年开始，许钧在《译林》杂志的专栏中，就翻译特别是文学翻译的问题，有针对性地与当代一些著名翻译家，如季羡林、罗新璋、袁筱一、李芒、许渊冲、萧乾、文洁若、吕同六、郭宏安、赵瑞蕻、叶君健、方平、杨武能、草婴、李文俊等对谈，并于 2001 年编辑成《文学翻译的理论与实践——翻译对话录》一书，由译林出版社出版。在对谈这种灵活的形式里，翻译家们将自己的翻译经验和理论主张进行了梳理和归纳，为中国当代翻译文学及译学理论提供和保存了重要的资料。

除此之外，1990 年代出版的类似的文集还有香港地区的教授金圣华、黄国彬主编的《因难见巧——名家翻译经验谈》（中国对外翻译出版公司 1998 年）。该书的特色是以收香港、台湾地区的著名翻译家的文章为主，在所收十三位翻译家中，就有台港地区的翻译家余光中、林文月、思果、高克毅、刘绍铭、金圣华、黄国彬等七人。其中，日本文学翻译家、《源氏物语》的译者林文月女士的《关于古典文学作品翻译的省思》一文，谈了她翻译三种日本古典文学名著的心得体会。这些资料在大陆地区难以见到，因此该书在大陆的出版很有价值。

除了上述的各种译学理论的论文集外，20 世纪最后二十年间还出版了多种文学翻译家个人的翻译理论方面的著作或文集。重要的有许渊冲的《翻译的艺术》（中国对外翻译出版公司 1984 年版）、王佐良的《论诗的翻译》（江西教育出版社 1992 年）和《翻译：思考与试笔》（外语教学与研究出版社 1989 年）、于雷的《日本文学翻译例话》（辽宁大学出版社 1993 年）、刘宓庆的《文体与翻译》（中国对外翻译出版公司 1985 年）、刘重德编著的《文学翻译十讲》（英文版，中国对外翻译出版公司 1991 年）、许钧的《文学翻译与批评研究》（译林出版社 1992 年）、金隄的《等效翻译探索》（中国对外出版公司 1998 年），等等。

二、对翻译及翻译文学的学术研究与理论构建

对中国译学理论做纵向的梳理和研究，是译学研究与理论建构的基础。在这方面，陈福康著《中国译学理论史稿》（上海外语教育出版社 1992 年）具有重要的学术价值。这部书系统地发掘、整理、描述和阐发

了从汉代到 1980 年代中国翻译理论发展的历史进程及重要的理论家的理论建树及其历史地位。全书分古代、近代、现代、当代四章,重点评述了从古到今 70 位翻译家、学者的翻译理论主张。作者擅长文学史料学的研究,在现代文学的文献史料学、考据学方面很有造诣。这种文献学的功底也体现在《中国译学理论史稿》中。全书资料丰富,也较为全面。有些资料——例如有关清末民初的翻译理论家康有为、张元济、高凤谦、罗振玉、胡怀琛、蒋百里等——此前无人注意或注意不够,没有现成的文献可以利用,作者在这方面探幽发微,在原始资料上做了发掘。有些翻译家的资料以前虽被收进有关资料集子中,但有重大遗漏,如章士钊早年的译论和周作人晚年的译论,都因在发表时用了化名而不为人知,作者对此做了补充并首次论及。作者对道安、鸠摩罗什、彦琮、玄奘、赞宁、梁启超、严复、鲁迅、周作人、茅盾、郑振铎、傅雷等著名翻译家的翻译理论,都做了细致的评析。该书出版后受到翻译界的好评,后又再版,成为近二十年间仅有的一部中国译学理论通史类的著作,填补了一项空白,具有重要的参考价值。

如果说陈福康的著作是史的纵向的研究,那么,沈苏儒(1919—2009年)的《论信达雅——严复翻译理论研究》(商务印书馆 1998 年)则是对我国翻译文学理论史的专题研究。众所周知,近代以来对中国翻译影响最大、最持久,也最有特色的译学理论,当推严复的"信达雅"。信达雅在中国译学史上的影响、对它的不同看法和理解,构成了现代中国译学理论发展演变的主线。在严复的信达雅提出一百周年之际,资深翻译家沈苏儒的《论信达雅——严复翻译理论研究》出版。该书是我国第一部专论信达雅的著作。作者以严复的"信达雅"说为坐标,在纵向上将近百年来不同的翻译家、学者对信达雅的内涵、价值等的不同看法,做了梳理。表明大部分人对信达雅持肯定的态度,认为一百年来作为翻译工作者所遵循的翻译的总原则,信达雅说始终处于主导地位,还没有其他的译论可以取代。同时,在横向上,沈先生考察了在我国流传较广的几种外国译学学说，其中包括泰特勒的"翻译三原则"、费道罗夫的"等值论"、奈达的"动态对等论"、纽马克的"文本中心论"等，并与严复的信达雅说作对照，进而从翻译的本质论上，从翻译的实践论上，分析了信达雅说在理论上的巨大的概括价值。沈苏儒认为，照搬外来翻译理论并取代在我国翻译传统基础上形成的信达雅这样的译论是行不通的。他提出，翻译的实践过程可分为三个阶段。第一阶段为理解原作，第二阶段为用另一种语言表达出原作的内容，第三阶段是使译作完善。信达雅分别是对这三个阶段的翻译要求的最精炼的概括。他同意傅国强等先生的看法，认为不能局限于严复在《天演论·译例言》中对信达雅的有限的解释，后人应该对这一理论不断加以阐发、修正、补充和完善。沈苏儒综合一百年来各家对信达雅的阐释，提出了自己对信达雅的阐释和理解，认为："信"就是忠于原作，"达"就是使原作的内涵充分而又明白晓畅地在译作中得到表达，"雅"是要使译作的语言规范化并达到尽可能完善的文字水平，使译文为受众乐于接受。经过沈苏儒这样的上下纵横的梳理、廓清、辩正、阐发，严复的"信达雅"在现代译学理论中的意义就更加突显了出来。

在对译学理论史进行研究的同时，也有不少翻译家和学者倡导在我国建立"翻译学"这一学科，尝试对"翻译学"进行新的理论构建，并出现了张泽乾的《翻译经纬》（武汉大学出版社 1994 年）、刘宓庆的《当代翻译理论》（中国对外翻译出版公司 1999 年）、谭载喜的《翻译学》（湖北教育出版社 2000 年）等体系性的著作。特别是《翻译学》一书很注重运用比较的方法来研究翻译学，有两章内容分别论述"比较译学"和"中西译论比较"。在翻译文学的理论研究方面，出现了张今的《文学翻译原理》（河南大学出版社 1987 年）、周仪、罗平合著的《翻译与批评》（湖北教育出版社 1999 年）、刘宓庆的《翻译美学导论》（台湾书林出版有限公司 1995 年）、王金玲的《文学翻译新论》（作家出版社 1999 年）、郑海凌的《文学翻译学》（郑州文心出版社 2000 年）等。其中，郑海凌的《文学翻译学》具有鲜明的文学翻译理论构建意识，书中涉及文学翻译的本质特征、审美标准、结构系统、语言，翻译过程中的再创造及创造心理，文学翻译的主体与"自我"表现，风格的翻译，翻译的方法原则，翻译批评等方面，并把"和谐"作为文学翻译的审美标准，初步形成了文学翻译的理论框架。许钧的《文学翻译与批评研究》和周仪、罗平的《翻译与批评》两本书，则初步形成了我国"翻译文学批评"的理论架构，都是高质量的著作。但是，毋庸讳言，也有些译学理论著作尚处在草创的水平，理论上不够成熟。这突出表现在一些研究翻译文学理论乃至翻译美学的书，只不过是把文学理论的某些概念、术语、框架、思路，机械地套用在翻译文学现象上面。例如，在谈到文学翻译原理的时候，就把"思想性""真实性""风格""内容与形式""民族性""时代性"等文学理论教科书上的流行概念拿来，作为全书立论的基础；在谈到"翻译美学"的时候，就把"审美客体""审美主体""审美经验"等传统美学的概念拿来，再用翻译方面的材料加以填充。这里只以奚永吉的《文学翻译比较美学》（湖北教育出版社 2001 年版）一书为例来看其中的问题。该书是湖北教育出版社的"中华翻译研究丛书"的一种，作者试图用比较文学乃至比较美学的方法来研究文学翻译，把收集到的大量译例纳入一个理论框架中，立意很好。但是，作者对比较文学、比较美学的学科精髓没有吃透，只是停留在有关概念的套用上，甚至有时套用得很是牵强、很不自然。例如，本书的书名"文学翻译比较美学"，就令人费解：是"文学翻译与比较美学"呢，还是"文学翻译比较的美学"，或者是"文学翻译中的比较美学"呢？翻遍全书，作者对此并无一字解释，令读者颇费猜测，不免歧义横生。再看正文，第一章标题是"文学翻译比较美学思辨"，其中的各节内容并没有什么"美学思辨"。例如第一节"文学翻译理论比较美学观"，实际上是对中国现代各家有代表性的翻译理论与主张的简要评述；第二节"文学翻译比较美学范型观"，以中国现代翻译文学史上的几个人物为例，分析了翻译家、理论家或翻译家兼理论家、或翻译家兼多种"家"于一身等不同的情形，这实际上是对翻译家知识结构的分析，大可不必冠以"比较美学范型"这一大而洋化的美学哲学术语。综观全书内容，约百分之九十的文字是中国现代翻译作品的相同片段的比较及与原文的比较，是一部以实例分析为主的实践性的翻译研究著作，但作者极力以"比较美学"之类的学科术语做理论上的提升，反而显得勉为其难，捉襟见肘。这个例子说明，将文学翻译的研究提高到学科体系的高度，提高到比较文化与比较文学的高度，必须基于作者内在的理论修养，而不能乞灵于外在的美学哲学术语和理论框架。

用跨文化的比较文学的方法对中外翻译文学理论进行比较研究，也是翻译文学理论研究的一个重要方面。中国翻译文学理论和外国——主要是欧洲和东方的日本——的翻译文学理论的比较，有助于突显我国翻译文学理论的民族特色，揭示我国翻译文学理论在世界上的地位。由于翻译文学存在共通的规律，面临大致相似的困难和问题，故中外翻译文学理论在探讨的路径、思考的问题、思维的方式和所得出的结论等方面有许多不期而然的地方，对此可以进行类同的比较，如由翻译经验谈向翻译理论形态的演进，由宗教经典的翻译孕育文学的翻译，由探讨翻译的一般规律到探讨文学翻译的特殊规律等等。对中外翻译文学理论的不同之处，可以进行平行的对比，如中国翻译理论以文艺学为主导的传统，西方翻译理论文艺学与语言学（科学）的二元对立与互补，中国翻译理论多为短小的文章和片段的议论，西方翻译理论则较早出现了专门的著作。有关重要的概念术语，也是比较研究的重要的切入点，如中西翻译文学理论中的"直译""意译"，中国的翻译文学中的"神似"论和西方翻译文学中的"风格"论，晚清马建忠提出的"善译"论和现代西方的"等效""等值"论等等，都有比较研究、相互阐发的必要。同时，中外翻译理论的相互交流、相互影响，也是研究中所不可忽视的内容。如清末民初中国翻译理论与日本译坛的关系，就是一个有待开拓的重要的研究领域。

鲁迅、周作人以及创造社的郭沫若、郁达夫、田汉、成仿吾等人的翻译活动均开始于留学日本时期，他们的翻译活动和翻译的理论主张与日本文坛、译坛有什么关系？搞清这一问题显然有着重要的学术价值，可惜这方面的问题尚未引起注意，迄今为止这样的文章很少。笔者见到的印象较深的只有钱剑锋的严复的"雅"与二叶亭四迷的"言文一致"》（载论文集《翻译与文化》，厦门大学出版社 2002 年），但研究的还不是中日译论的传播与交流问题，而是平行的比较研究。1950 年代，我国的翻译理论受到苏联的影响，1980—1990 年代，中国译学理论（包括翻译文学理论）受到了欧美译论的很大影响，也受到了西方相关学科——如哲学阐述学、美学、语言学——理论的很大的启发，对此也有必要从传播研究和影响研究的角度加以研究。通过这种研究，既可以清理中外翻译理论之间的关系，也有利于促进中外译论的相互对话和会通。在中西译论的比较研究方面，谭载喜在湖北教育出版社出版的《翻译学》（湖北教育出版社 2000 年）一书中的第九章《中西译论的比较》做了可贵的尝试，可惜尚不深入。傅勇林的论文集《文化范式：译学研究与比较文学》（西南交通大学出版社 2000 年）中，有些文章有意识地从比较文学的角度看问题。论及中国译学的历史与现状，他认为：中国译学研究的现实是"局部精确，整体零碎"；探讨翻译技巧，即"术"的文章多，而"'论'的层面亦与严几道'信达雅'之说形影不离，却鲜见'体制别创'、异调新谈，始终徘徊在'学术四合院'的方井里，尺幅不纳寰宇，境界不深，思想苍白，学术乏力，既不能塑造中国译学研究的学术品格，建立自己应有的学术范式，亦不能以深具原创性的研究实绩汇入国际学术主流"。根据以上我们对中国译学 1980—1990 年代研究现状的大体分析，可知傅勇林的看法不是没有根据的。不过，对于严复"信达雅"的"形影不离"不断讨论和阐发，倒是逐渐形成了唯一具备中国特色译学理论的"范式"，对此不应低估。

从比较文学与翻译文学理论角度看，1980 年代以来在译学理论方面做出突出成绩的，首推上海外国语大学的谢天振。他在《中国比较文学》等刊物上发表了一系列研究翻译问题、翻译文学问题的文章。1994 年，台湾业强出版社出版了他的论文集《比较文学与翻译文学》。此后，他进一步提出了"译介学"这一概念，对"译介学"研究的性质、内容及对象提出了系统的见解，并在《中西比较文学》《比较文学》（均由高等教育出版社出版）等教材中以专章专节表达了这些见解。1999 年，他的专著《译介学》由上海外语教育出版社出版。这本书是他近二十年间关于比较文学、翻译文学、译介学研究的集大成，标志着他的译介学已经形成了一定的理论系统。《译介学》在学术上的特色和贡献主要表现为以下几点。第一，作者评述了西方、俄国和中国翻译史上的"文艺学派"，并指出从文学角度出发的翻译研究是 20 世纪翻译研究的一种趋向。一直以来，各国翻译史上都存在着"科学学派"和"文艺学派"两种不同的翻译思潮，比较文学所要研究的并不是全部的翻译现象，而是翻译中的文学翻译，而文学翻译一般归属为"文艺学派"。谢天振没有以"文艺学派"这个西方翻译史上的流派称谓来称呼中国翻译史，在谈到中国翻译史上的类似现象的时候，他审慎地表述为"中国翻译史上的文学传统"，指出从文学研究的立场出发去研究中国翻译史，不仅有可能，也有必要，从而为比较文学的译介学研究的对象范围找到了历史依据。第二，他深入地论述了文学翻译中的"创造性叛逆"的现象，并把翻译家的"创造性叛逆"看作是文学翻译的一种规律性特征，认为文学作品的有关词语中包含着特定的"文化意象"，翻译不应该失落和歪曲这些意象，并认为当初赵景深将"milky way"译成"牛奶路"而不是译成"银河"，曾被鲁迅嘲讽，现在看来是无可厚非的。第三，鉴于近半个多世纪来中国的各种文学史书上不写翻译文学，不给翻译家和翻译文学以一定的位置，谢天振提出应该承认翻译文学。他认为翻译文学不等于外国文学，"翻译文学应该是中国文学的一个组成部分"。这个观点的提出给中国比较文学界乃至整个中国文学研究界，都造成了一定的冲击，引起了一定的反响和共鸣。他认为对翻译文学的承认最终应落实在两个方面，一是在国别（中国）文学史上让翻译文学占有一席之地，一是编写相对独立的翻译文学史，并就如何撰写

"翻译文学史"提出了自己的看法,认为"文学翻译史"不等于"翻译文学史"。前者侧重于文学的事件和翻译家的评述,后者是以文学为主体,也是理想的翻译文学史的写法。这些理论和观点对 1990 年代后期的比较文学及翻译文学研究,特别是对翻译文学史的研究,都有一定的影响。

第二节　对中国翻译文学史的研究

中国翻译史的研究与写作开始于 1920 年代后。有梁启超的长文《翻译文学与佛典》(1921 年)、阿英的《翻译史话》(1938 年)。1980 年代初,马祖毅的《中国翻译简史(五四以前部分)》(中国对外翻译出版公司 1984 年,后扩充为《中国翻译史·上卷》,湖北教育出版社 1999 年)是我国第一部较全面、系统地论述中国翻译史的著作;1997 年湖北教育出版社出版的马祖毅、任荣珍合著的《汉籍外译史》是我国第一部全面论述中国书籍在外国翻译出版历史的专著。1997 年上海外语教育出版社出版的王克非编著的《翻译文化史论》,对中国和日本翻译史做了大体的描述;1998 年新疆大学出版社出版了热扎克·买提尼牙孜主编的《西域翻译史》,系统论述了古代我国西域地区翻译的历史。这些书并不专论文学翻译,但含有不少翻译文学的内容。

对中国的翻译文学史进行独立的研究,是以《中国翻译文学史稿》的问世为标志的。

1980 年代中期,陈玉刚教授组织了李载道、刘献彪等五位撰稿人合作撰写《中国翻译文学史稿》,到 1989 年,中国对外翻译出版公司出版了陈玉刚主编的这部《史稿》。《中国翻译文学史稿》并不是从古到今的中国翻译文学通史,而是近现代翻译文学史,上起鸦片战争,下至 1966年政治运动前夕。全书按不同的历史阶段分为五编。每编的第一章均是

"概述"，以下各章为分述。第一编论述中国近代的翻译文学，从 1840 年至 1919 年，分别以专章评述了梁启超、严复、林纾的翻译活动与贡献。第二编的时间从 1915 年到 1930 年，作者将这一时期作为中国现代翻译文学发展的初期，分章评述了新青年社、文学研究会、创造社、未名社四个团体和鲁迅、茅盾、郭沫若、巴金等四位翻译家的翻译活动及贡献。第三编是中国现代翻译文学的中期，从 1930 年到 1937 年，分别评述了"左联"、瞿秋白的翻译，关于翻译理论的讨论与研究，《译文》杂志、《世界文库》丛书对翻译文学的贡献。第四编是中国现代翻译文学发展的后期，时段是 1937 年至 1949 年，分别论述了上海"孤岛"时期、国统区、解放区三个不同政治区域的翻译文学，其中重点介绍了朱生豪、梅益、傅雷、戈宝权、方重、肖三、姜椿芳等人的翻译文学。第五编是中国当代翻译文学，分章介绍我国对亚非拉、对俄苏、对欧美各国文学的翻译。作者在"编后记"中谈到了本书编写的原则，即"以文学翻译活动的事实为基础，以脉络为主，阐明翻译文学的发展历史和规律，并力图对翻译文学和新文学发展的关系，各个时期翻译文学的特点，重要文学翻译家的翻译主张以及他们之间的继承和相互影响，翻译文学最基本的特征和它同其他形式的文学基本的不同点等问题进行探讨"。可以说，作者在本书中基本实现了这些设想和目标。现在看来，这部书对翻译文学史研究的贡献主要表现在它的填补空白的开拓性。作为我国第一部翻译文学史，在选题上有着相当前瞻性的学术眼光，为此后的翻译文学史的写作提供了借鉴。它基本确立了以翻译家和翻译史实为中心的翻译文学史的写法，并且将文学翻译理论作为翻译文学史上的重要现象加以评述。当然，作为第一部翻译文学史，它难免存在一些不足。该书以评述文学翻译的史实为主，评介的中心是"翻译活动"，实际上是"文学翻译史"而不是"翻译文学"史。"翻译文学"作为一种特殊的文学类型，应该以文本为依托，但本书对文本的分析却是薄弱的。

　　1996 年出版的孙致礼编著的《1949—1966 我国英美文学翻译概论》

（译林出版社）是与《中国翻译文学史稿》同类的著作。但它是一部中国翻译文学的断代史和专题史，专谈新中国成立后至"文化大革命"爆发前十七年间我国的英美文学的翻译，在写法上与《中国翻译文学史稿》基本相同，那就是以翻译文学的史实、翻译活动的记述为中心。作者在史料上下了很大功夫，统计出了十七年间出版的英美文学译作 460 种，并做成表格附录于后；提到和评介了三百多位翻译家，在全书的中心部分第二编中，分章重点评述了 26 位重要的翻译家，包括莎士比亚戏剧翻译家卞之琳、曹未风、方平，诗歌翻译方面评述了方重译乔叟、朱维之译《复乐园》、王佐良译《彭斯诗选》、查良铮译英国浪漫主义诗歌、袁可嘉译英美诗歌、屠岸译《莎士比亚十四行诗集》；小说翻译方面评述了董秋斯翻译的《大卫·科波菲尔》、张友松翻译的马克·吐温小说、周煦良译《福尔赛世家》、韩侍桁译《红字》、曹庸译《白鲸》、杨必译《名利场》、吴劳译《马丁·伊登》、王仲年译欧·亨利小说等，此外还评述了综合型翻译家傅东华、张谷若、黄雨石、王科一。在评述翻译家的翻译成就时，作者将基本史料的陈述与作品文本的分析结合起立，采取了将英文原作与译文抽样加以比照的方法，来说明翻译家译笔的特色。这样一来，"翻译文学"的本体色彩就突出了，这是本书较《中国翻译文学史稿》的一个显著的进步。

郭延礼的《中国近代翻译文学概论》（湖北教育出版社 1998 年）是继上书之后出版的又一部中国翻译文学的断代史。郭延礼是中国近代文学的著名专家，其三卷本《中国近代文学发展史》是我国分量最重、影响最大的近代文学史。他以近代文学史家的身份研究作为近代文学之组成部分的中国近代翻译史，是有着明显的学术优势的。与古代文学和现代文学的研究比较而言，中国近代文学的研究是个薄弱环节，尤其是书刊出版杂多，资料大都处于缺乏整理的散乱状态。可以说，在中国文学史及中国近代翻译文学史研究中，近代翻译文学这一段的研究在资料的收集、辨析、考证上最为困难。除了日本学者樽本照雄在这方面做了卓有成效的资料整理外，郭延礼在资料的积累方面是得天独厚的，这是他的《中国近代翻译文学概论》成功的基础。这也是作者为什么不是翻译家，也没有翻译经验，却能够写好近代翻译文学史的原因。该书 1998 年由湖北教育出版社作为"中华翻译研究丛书"之一种推出，很快引起了学术界的注意和赞赏。现在看来，《中国近代翻译文学概论》是上述丛书中质量最高的一部专著。在材料的丰富翔实、资料使用的准确可靠、论说的条贯、持论的平正方面，堪称翻译文学史写作的范例。全书分上下两篇。在"绪论"中，作者认为中国近代翻译文学开始于 1870 年代，到五四运动止，统计出在五十年的时间里，出现的翻译家或译者 250 人左右，共翻译小说2269 种，诗歌近百篇、戏剧 20 余部。该书上篇以翻译文学的文体形式分类，在总述中国近代文学发展脉络及其主要特点之后，分专章论述了近代翻译文学理论、诗歌翻译、小说翻译、政治小说翻译、侦探小说翻译、科学小说翻译、戏剧翻译、伊索寓言翻译等。作者在评述之外，很注意总结翻译文学中某些规律性的现象。如，他指出，中国近代翻译的历程大体先是自然科学，继而是社会科学，最后才出现了文学翻译；中国近代自日文转译的小说还有不少是名家名著，但译介的日本小说却很少名家名著。在下篇，作者以重要的翻译家为单元，分章评述了他们的翻译成就，这些翻译家包括梁启超、严复、林纾、苏曼殊、马君武、周桂笙、奚若、吴梼、伍光建、曾朴、陈景韩、包天笑、周瘦鹃以及周氏兄弟、胡适、陈独秀、刘半农等。在《结束语：近代翻译文学与中国文学的近代化》中，作者认为从文学本体上来说，文学的变革最终表现为形式的变革，并从文体形式的角度分析了翻译文学对中国近代文体类型的影响，指出翻译文学促进了中国近代文体类型的健全，西方叙事艺术（包括叙事人称、叙事时间等）促进了中国文学的近代化。翻译文学在人物塑造、心理描写、景物描写等艺术技巧上对近代文学也产生了影响。但他指出，总体来说，翻译文学对文学近代化的推动是"不充分的"，是"不充分的文学近代化"。

在中国近代、现代、当代翻译文学史研究之外，还有人尝试从另外的视角、以另一种形式研究中国的翻译文学史。王向远在《翻译文学史的理论与方法》（载《中国比较文学》2000 年第 1 期）中，根据研究的范围角度的不同，将中国翻译文学史的研究和写作划分为四种类型。一是综合性的翻译文学史，二是断代性的翻译文学史，三是专题性的翻译文学史，四是只涉及某一国别、某一语种的翻译文学史。认为："第四种类型的翻译文学史，在今后相当长的时间里，应该是翻译文学史研究和写作的最基本的方式。它可以由个人独立完成，并有可能很好地体现出学术个性，保证研究的深入。在这种国别性的翻译文学史研究有了全面的积累后，才会出现综合性的、集大成的、高水准的《中国翻译文学史》。"他还在《21 世纪的中国比较文学：问题与展望》（《文艺报》1999 年 5 月 13日）中，呼吁学界进行《中国的俄罗斯文学翻译史》《中国的法国文学翻译史》《中国的英美文学翻译史》等重要的国别翻译文学史的研究与写作。2001 年初，王向远的《二十世纪中国的日本翻译文学史》由北京师范大学出版社出版。该书是我国第一部日本文学翻译史，也是我国第一部国别翻译文学史。在写作中，他注意吸收和借鉴上述各种翻译文学史，十分注意"翻译文学"本体意识的表现。在该书"前言"中，他认为翻译文学史与一般的文学史在内容的构成要素方面有相通的地方，也有特殊的地方。一般的文学史有四个基本要素，即：时代环境—作家—作品—读者；而翻译文学史则有六个要素，即：时代环境—作家—作品—翻译家—译本—读者。他认为翻译文学史应把重心放在后三种要素上，而其中最重要的是"译本"，翻译文学史的研究必须以"译本"为中心，并应解决和回答四个问题：一、为什么要译？二、译的是什么？三、译得怎么样？四、译本有何反响？《二十世纪中国的日本翻译文学史》就是体现了这种写作观念。全书将 20 世纪中国的日本文学翻译划分为五个时期，即清末民初（1898—1919 年）、二三十年代（1920—1936 年）、抗日战争时期（1937—1949 年）、建国头三十年（1949—1978 年）、改革开放后（1979—2000 年）。该书评述了各个时代日本翻译文学的背景、特点、重要翻译家、重要译作及其成败得失。各个时期重点评述的翻译家有鲁迅、周作人、章克标、崔万秋、谢六逸、夏丏尊、李漱泉、田汉、刘大杰、胡仲持、沈端先、冯宪章、楼适夷、丰子恺、钱稻孙、杨烈、李芒、申非、叶渭渠、唐月梅、文洁若、郑民钦、陈德文、林少华等。对重要译本的评析深入到文学本体的层面，根据不同译本的不同特点和情况，对情节、人物和翻译语言技巧进行了细致的分析。全书有意识地摆脱那种将原文和译文罗列出来加以对照、简单评判优劣的做法，认为翻译文学史若展开纯语言层面的过于细致的分析，就会使翻译文学史成为翻译技巧的讲义，而应在以文学为本位的前提下，注重分析和揭示翻译文学、翻译家及译作本身所体现的时代、社会、政治、国际关系、文艺思潮流派等复杂的文化成因，注重分析翻译家的文化立场、文学观念对翻译的制约与影响。鉴于我国的日本文学翻译家有许多同时又是作家这一事实，该书将翻译与创作作为一个整体，注意将作为翻译家的翻译与作为创作家的创作两者联系起来加以考察。书后所附"二十世纪中国的日本文学译本目录"，收译本两千种，为我国第一份全面的日本文学译本目录清单。

还需要提到的是内地之外的香港中文大学、香港大学的文学翻译及翻译文学的研究。一直以来，香港学者十分重视翻译及翻译文学史的研究，有的大学设有专门的翻译系，有稳定的研究人员，出了不少研究成果。1981 年，香港中文大学出版社出版了周兆祥的《汉译〈哈姆雷特〉研究》，对莎士比亚的名剧《哈姆雷特》的几种汉译本做了比较研究，为翻译文学研究提供一个很好的选题视角。香港中文大学王宏志（1956—　）在 1990 年代后陆续在内地及香港的学术刊物上发表了多篇有关近现代翻译文学研究的文章。他将有关文章结集为《重释"信达雅"——二十世纪中国翻译研究》一书，1999 年由上海东方出版中心出版发行。除"绪论"外，该书收文章七篇。该书的"内容提要"写道："作者将翻译研究从一般语言文字层面提升到文化层面，运用了大量的中外文史料，从翻译理论、意识形态、读者接受心理、传统文化背景及文化的传播方式等角度系统地梳理了二十世纪中国翻译理论。综论与个案研究相结合，论述了严复、梁启超、鲁迅、梁实秋、瞿秋白等近现代翻译家的翻译思想和实践。并从他们各自的文化政治立场角度，细致分析了他们翻译思想产生的时代因素，指出了他们之间翻译观的承继、反叛、对抗、融合的情况，力求在文化的坐标系中寻求他们分歧与相容的根源，为学界一直有争议的问题提供又一个新颖的研究角度，有利于读者更加深入地了解近代以来的翻译史、文化史。"这个"提要"是对本书内容的很好的概括。其中有的文章在某些学界早已熟悉的问题上别出机杼，在研究的角度和深度上均有可取之处。如《"专欲发表区区政见"——梁启超和晚清小说的翻译及创作》一文，和北京大学的夏晓虹的有关文章一样，可以说是这个问题研究的最好的文章。体现香港地区学者翻译文学研究实力的另一成果是孔慧怡主编的、由北京大学出版社出版的"翻译研究论丛"。该丛书到 2000 年已出版三种，包括王宏志主编的《翻译与创作——中国近代翻译小说论》。这是 1996 年在香港召开的一次关于中国近代翻译问题的国际学术会议的论文集，收中国内地、香港学者王晓明、王继权、郭延礼、孔慧怡、卜立德、王宏志、袁进、范伯群、夏晓虹、陈平原、王德威等和日本学者樽本照雄的文章共 13 篇。另外两本书是孔慧怡著《翻译·文学·文化》和孔慧怡、杨承淑编的论文集《亚洲翻译传统与现代动向》。《翻译·文学·文化》是孔慧怡自己的论文集，第一、二部分的八篇文章分别讨论英译中和中译英方面的问题，大部分论文研究的是文学翻译问题，所使用的译例也几乎都是文学作品，但作者将文学翻译问题深入到广阔的文化层面进行研究，在选题上均能独辟蹊径。该书的第三部分是"伪论专论"，其中的三篇文章分别研究佛经中的伪经、英美所伪造翻译的记载中国情况的《景善日记》以及 20 世纪末英美出现有关中国的伪译《光辉之城》《世事浑圆书》等，作者考证了伪译的来龙去脉、产生的社会文化基础以及它们的文化意味。关于伪译的研究在大陆学界极少有人来做，孔慧怡的这三篇文章在选题及其研究方法上，都富于启发性。另外，孔慧怡和台湾辅仁大学杨承淑编的《亚洲翻译传统与现代动向》，是 1998 年在台湾辅仁大学举行的"亚洲翻译传统与现代动向国际研讨会"的论文集，收录文章 12 篇，分别论述中国内地、中国香港和台湾地区以及朝鲜、日本、泰国、马来西亚等东亚、东南亚国家的翻译历史与现状，全书体现出了用亚洲的视野和比较的观点来看待翻译问题的研究思路，这在此前的翻译研究及翻译文学研究中是少见的。此前，只有北京外国语大学王克非的《翻译文化史论》（上海外语教育出版社 1997 年），介绍了中国、日本、英国、俄罗斯的文学翻译。看来，对各国翻译文学进行总体的、整体的、综合的、比较的研究，具有相对大的难度，但它应该是翻译文学研究的一个努力方向。

翻译家是文学翻译的主体，翻译家的生平经历、思想修养、观念趣味等，对翻译文学的选题、翻译文学的风格、翻译文学的质量等，都起决定性的作用。因此，对翻译家的研究是翻译文学史研究的至关重要的基础工作。对翻译家的研究，有两种可行的研究模式，一种是在一定的话题范围即一定的语境中对有关翻译家群体所进行的研究；一种是对第一流的翻译名家的研究。例如近年来湖北教育出版社出版的袁锦翔著《名家翻译研究与赏析》（1990 年），从文艺学、文体学、语言学、信息论等学科与翻译美学的角度出发，对近百年来以文学翻译家为主的三十多位知名翻译家的翻译理论和译品（主要是英汉互译的译作）作了研究和赏析。湖北教育出版社出版的郭著章编著的《翻译名家研究》（1999 年），集中研究了现当代中国十六位翻译家，他们是鲁迅、周作人、胡适、郭沫若、徐志摩、茅盾、张谷若、巴金、傅雷、萧乾、戈宝权、王佐良、许渊冲、林语堂、梁实秋、钱歌川等。北京开明出版社出版的穆雷著《通天塔的建设者——当代中国中青年翻译家研究》（1997 年），则专以当代中青年翻译家群体为研究对象。中国对外翻译出版公司出版的邹振环著《影响中国近代社会的一百种译作》（1996 年）和江西教育出版社出版的《译林旧踪》（2000 年），以丰富的史料和译林掌故为中心，生动地描述了译作的产生和影响以及翻译史上许多翻译家的史实趣事。

　　对第一流的翻译名家进行的专门的研究，在翻译家的研究中具有很大的代表性和示范性，因而受到了研究者的重视。研究较多的文学翻译家有林纾、鲁迅、周作人、朱生豪、傅雷等。在林纾研究方面，此前郑振铎、胡适、钱锺书都有贡献。80 年代后，对林纾翻译的研究逐渐全面深入。在研究资料方面，中华书局 1962 年出版了孔立的《林纾与林译小说》，福建人民出版社 1983 年出版了薛绥之、张俊才主编的《林纾研究资料》，天津教育出版社 1990 年出版的林薇著《百年沉浮：林纾研究综述》等。作为综合性研究的林纾传记也出版了六种，此外还有一系列有关林纾翻译文学研究的论文。

　　关于鲁迅翻译文学的研究是鲁迅研究的重要组成部分，现有的各种翻译文学史著作都以显著的位置和较多的篇幅评述鲁迅的翻译活动。但与鲁迅在翻译文学上的贡献与影响相比，研究还显得相当不对称。迄今发表的单篇的专门研究论文不超过二十篇，而专门的研究著作一直付之阙如。人们对鲁迅在翻译上的理论主张，特别是早期的翻译理论和实践的看法和评价有较大的分歧，这些都需要今后的研究做出科学的分析与判断，鲁迅翻译文学的研究因而有着很大的学术空间。鲁迅之弟周作人在中国翻译文学史上也有重要地位，在长达六十余年的译述活动中，周作人给后人留下了许多有价值的译作，尤其是他翻译的古希腊罗马神话和日本古典名著，迄今仍难以超越。1980 年代后，关于周作人翻译文学的研究取得了不少成果。上海人民出版社出版的钱理群著《周作人论》（1991）和天津人民出版社出版的张铁荣著《周作人评议》（1989 年），分别对"周作人的翻译理论与实践"和"日本文学翻译"做了初步梳理，并给予高度评价。四川人民出版社出版的王友贵著《翻译家周作人》（2001 年），从"翻译家"的角度对周作人进行专门的研究，作者通过对周氏大量的翻译作品的具体分析，论述了他的翻译文学和翻译活动在文学史上的意义，分析了周作人的翻译活动与他的文学观念发展演变之间的相互作用，这对翻译家研究的深入展开无疑是一个很大的推动。

朱生豪是现代最有影响的莎士比亚翻译家。1980年代后出现了一系列专题研究论文，如宋清如的《关于朱生豪译述〈莎士比亚全集〉的回顾》（《社会科学》1983年第1期）洪欣的《莎士比亚的中国知音——翻译家朱生豪》（《人物》1985年第5期），朱宏达的《朱生豪的诗学研究和译莎实践》（《杭州大学学报》1993年第3期）等。1990年，上海外语教育出版社出版了吴洁敏和朱宏达著的《朱生豪传》。该书的作者从朱生豪的爱人宋清如那里获得了朱生豪给她的部分信札、未刊作品和译莎手稿，是研究朱生豪的原始资料，生动地记述了朱生豪的生平、翻译莎剧的艰难过程以及朱氏精湛的诗学研究和诗词实践。对法国文学翻译家傅雷的研究，1980年代后也受到重视。1981年，生活·读书·新知三联书店出版了《傅雷家书》，后来不断再版，深受读者喜爱，也是研究傅雷生平思想的珍贵材料。同年9月，安徽人民出版社推出了《傅雷译文集》，到1985年5月，十五卷全部出齐，这是我国出版的第一套翻译家的专门的译文集。1990年代，台湾和大陆的有关出版社出版了数种傅雷传记，北京的三联书店1997年出版的金圣华编《傅雷与他的世界》，是选材精当的傅雷研究资料集。

第十一章　比较诗学与比较文论的繁荣

　　所谓"比较诗学"，主要指中外文艺理论的比较研究，也包括以文艺理论为基本材料的"比较美学"研究。长期以来，由于思想政治环境的禁锢，以活跃思想为指归的比较诗学在我国难以展开。改革开放后，出于解放思想的需要，理论热潮兴起，比较诗学亦随之兴盛起来。原来大批从事马克思主义文艺理论教学与研究的人，在学习、引进和消化外来文艺理论的同时，多少都涉猎比较诗学，并带动了大批青年人涉足，比较诗学遂成为 20 世纪最后二十年我国比较文学研究的一大热点。

第一节　从概略比较到范畴的比较

　　我国的比较诗学研究肇始于近代的王国维，朱光潜、宗白华、徐复观和海外华人学者刘若愚、叶维廉等先生的有关文章和专著，为我国比较诗学的研究及 1980—1990 年代我国比较诗学的繁荣打下了良好的基础。而比较诗学作为一个学术研究的专门领域，乃至形成一个学科，还是 1980年代以后的事情。1980 年代初，周来祥发表《东方与西方古典美学理论的比较》（《江汉论坛》1981 年第 1–2 期）一文，从宏观上对中西古典美学理论做了比较，认为"从体系上看，西方偏重于再现，东方（实则指中国，下同——引者注）偏重于表现"；"东方和西方都强调再现和表现的结合，但西方更偏重再现、模仿、写实，东方更偏重于表现、抒情、言志"；"东方和西方都强调描写普遍性、必然性的事物，强调类型化的典型化原则。但由于西方再现艺术特别发达，相应地发展了艺术典型的理论；我国由于表现艺术更为繁荣，相应地创造了艺术意境的理论"。"东方和西方都强调真、善、美的统一，都强调'潜移默化'、'寓教于乐'，强调文艺认识、伦理和娱乐作用的结合，但相对地说，西方更侧重美与真的统一，更强调文艺的思维、理智、认识作用。东方则更侧重美与善的结合，更强调文艺的教化作用"。周来祥的这些结论综合吸收了此前学术界一般的看法，并使之更为系统化，这些比较虽还是初步的和粗略的，但在80年代初曾被作为一种定论和通行看法而被普遍接受，产生了很大影响。接着，复旦大学的蒋孔阳发表了《中国古代美学思想与西方美学思想的一些比较研究》（载《学术月刊》1982年第3期），对中西美学的比较研究及应注意的问题提出了自己的看法。他认为应从四个方面来比较中西美学的差异：一、从社会历史的背景上；二、从思想的传统和渊源上；三、从文学艺术的实践上；四、从语言文字的结构上。1984年10月，中华全国美学学会和湖北美学学会等单位在武汉发起举办了"中西美学艺术比较讨论会"，作为我国第一次较大规模的中西美学比较的专题性学术讨论会，对中西艺术的审美特质和中西美学的形态进行了研讨。1985年，北京大学叶朗的《中国美学史大纲》由上海人民出版社出版。这本著作在许多方面显然受到了徐复观的《中国艺术精神》一书的影响，又有自己独到的学术见地。它虽然不是中西比较美学的专门著作，但作者在谈论中国美学的时候，显然是以西方美学作为参照物的。在该书的"绪言"中，他对上述周来祥关于中西美学的看法，提出了质疑，并以中西文学艺术史的事实分析表明，那些看法貌似正确，实际上站不住脚。该书的突出特点是运用西方哲学和学术的运作方法对中国古代美学范畴与命题进行系统的发掘、整理和阐释，这一点对此后的中西诗学与美学的比较研究都产生了较大的影响与示范作用。80年代后期到90年代中期，以中西诗学、中西美学的范畴、命题为切入点的比较研究，成为比较诗学研究的主流形态。

　　1988年由北京出版社出版的《中西比较诗学》是我国第一部中西诗学比较研究的专著。这是曹顺庆的博士论文。该书按一直以来流行的文艺理论框架，将中西比较诗学中的基本内容分为五大部分，即艺术本质论、艺术起源论、艺术思维论、艺术风格论、艺术鉴赏论，并分列五章，构成全书基本框架。每一章均以中西方文艺理论中两三组相关的范畴入手，进行比较研究。具体地说，在"艺术本质论"一章中，确立了"意境"与"典型""和谐"与"文采""美本身"与"大音希声"三组比较研究的范畴；在"艺术起源论"一章中，确立了"物感"与"模仿""文道"与"理念"两组比较研究的范畴；在"艺术思维论"一章中，确立了"神思"与"想象""迷狂"与"妙悟"两组比较研究的范畴；在"艺术风格论"中，确立了"风格"与"文气""风骨"与"崇高"两组比较研究的范畴；在"艺术鉴赏论"中，确立了"滋味"与"美感""移情""距离"与"出入"两组比较研究的范畴。在80年代中期中西比较诗学的系统研究尚未展开的情况下，寻找和确立中西诗学的这些相关的范畴概念，并不是一件容易的事情。除"意境"与"典型"等少数范畴此前已有人做过对比论述外，其余大部分范畴的确立是曹顺庆从纷繁复杂的中西文论资料中提炼所得。确立中西诗学中的这些相关范畴，是中西比较诗学得以运作的必要的前提和基础。而有些相关范畴的对举，本身就意味着作者对中西诗学相关性的发现，如西方的"和谐"与"文"（曹顺庆称为"文采"）、中国的"物感"与西方的"模仿"，中国的"大音希声"与西方的"美本身"、中国的"风骨"与西方的"崇高"等，前人就少有提及。曹顺庆在寻找和确立这些概念范畴的时候，显然十分注意两者的可比性原则。他首先将中西诗学中的某一对范畴的相同性或相通性作为对比的前提基础，注意这一对范畴提出问题的角度与语境的相似、所涵盖的对象的略同，内含与外延的大致吻合。也就是说，在这部著作中，中西诗学中这些相关范畴的确立是以"同"为基础，作者的基本运作思路是在"同"中辨"异"，在"异"中求"同"，从而在异同互见中加深对两者的理解与认识。这显然体现出了比较文学研究的根本宗旨。鉴于此前的中西比较诗学或中西比较美学，大都以"表现""再现"之类的西化范畴来看待中国诗学，就免不了以西方诗学的内在标准来衡量中国诗学，中国诗学的独特概念范畴无法出场，也无法与西方诗学的概念与范畴对等对举，在这种情况下，曹顺庆的工作就显得更有意义。同时，曹顺庆的这部书标志着中西比较诗学已由"表现"与"再现""写实"与"写意"之类的粗略的宏观比较，发展和推进到了以概念范畴为中心的具体深入的比较研究，可以说是开辟了中西比较诗学的一个新阶段。对 1990 年代的以范畴与概念为中心的中西比较诗学研究，也产生了一定的影响。当然，1980年代中期说的话，现在已成为学术界的常识，故而现在看起来有些也许并不新鲜了，但有些看法和概括，直到现在仍然具有启发性。他的关于中西诗学的根本特点的概括，现在看来仍然可以站得住脚。不过，以范畴为中心的中西比较诗学研究，也有它的局限和缺陷。往往中西一对相类同的理论范畴，却有着纵向时间上的较大的落差，那些比较的范畴不得不被从理论体系本身中孤立出来，不得不从特定的历史背景中抽象出来。一对范畴就是一个横剖面，如何把一个个的横剖面与完整的绵延不断的历史流程契合为一，的确是一件很困难的事。

也许曹顺庆意识到了这个问题，并在比较诗学的纵向的研究上下功夫。1998 年山东教育出版社出版了他的新著《中外比较文论史》（上古部分）。该书的引言中写道：

……本书……通过客观的概述、特点的比较及理论规律的总结这样三个部分的有机结合，来描述世界文学理论发展的概貌，揭示世界各民族文学理论的独特色彩及其理论贡献。这种编排，是在论述各国文学理论的基础上，用横向比较的纬线，将各国文学理论发展的经线穿插起来，以便让读者从纵横两个不同角度，更好地认识全世界文学理论发展概貌，并在比较之中更鲜明地认识各国文学理论的不同特征以及对世界文学理论的独特贡献。更重要的是认识全世界文学理论的基本规律，为建立一种更完善的而又丰富多彩的世界性文学理论，为建立"一般的文学理论"（general literary theory）而提供若干有益的借鉴。①

可以说，作者一定程度地实现了这一目标。这部书的特色主要是它的大气魄和世界文论的广阔视野。它第一次将全世界的文学理论纳入研究范围，特别是将长期被忽视的除中国以外的印度、日本、阿拉伯、朝鲜等东方国家的文论纳入世界文论体系中，是可贵的、有益的尝试。曹顺庆曾主编并出版过《东方文论选》（四川人民出版社1996年）一书，组织有关专家将上述东方国家的有代表性的文论翻译汇编成书，填补了我国东方文论译介与研究的一个空白。《中外比较文论史》中的有关东方文论的材料，主要来源于《东方文论选》。全书共分为两编，第一编"中外文论的纵向发展与横向比较"，描述了中外文论的发展演进历程，并从上古中外文学与哲学、宗教与伦理的关系的角度，对中外文论做了横向的对比；第二编"中外文论的滥觞与奠基"，分专章论述了古希腊的毕达哥拉斯、赫拉克利特、苏格拉底、柏拉图、亚里士多德，以及中国老子、庄子、孔子等人的文艺理论。不过，作为第一本中外文论比较史的书，本书也不免存在一些问题。世界性的宽广的论述范围，需要一个严谨的理论体系和框架结构将纷繁的材料统御起来，但本书的结构是板块式、散点式的，其基本的架构思路一如作者此前主编的《比较文学史》，仍然是板块式的拼装结

---

① 曹顺庆:《中外比较文论史》，山东教育出版社1998年版，第12-13页。

构。在这种结构中，许多章节缺乏上下牵连，显得相对孤立，特别是占全书一大半篇幅的第二编，对若干文论家的评述从材料到观点都显得一般化，带有突出的教科书写法的痕迹。有些地方使用了作者已公开发表过的材料与观点，在引入本书的时候未能周密考虑到它们的一致与统一，造成前后矛盾。例如，关于台湾学者提出的"阐发研究"和"中国学派"问题，曹顺庆在本书的"引言"中表示了明确的反对态度，他写道："在台湾，也有学者唯西方之马首是瞻，对自己的文学理论，却采取轻视乃至蔑视的态度。典型的例子是所谓'比较文学中国学派'的发明者所倡导的'阐发法'。……显然，这种倡导援用西方文论的'阐发法'，是在否定中国古代文论的基础上提出来的。……从某种意义上说，这种'阐发法'不是两种话语之间的平等的对话，而是一种话语从其统治地位上发出的独白。"然而，在本书的第 194 页，作者又写道："大陆诸多'中国学派'的定义往往包罗全面，却偏偏大而无当给人以雾里看花、似是而非之感。倒是台湾古添洪、陈鹏翔（陈慧桦）等人提出的'阐发'说，虽屡遭攻击，却显得具体而实在，特色鲜明。"在第 202 页又说："'阐发法'……成为中国学派独树一帜的比较文学方法论。"在同一本书中出现这种前后矛盾，是令人遗憾的。不过，我们期待着《中外比较文论史》以下各卷的问世，上述问题或许可以在那里得到一些解决。

1990 年代，中西诗学范畴比较的著作还出现了几种，作者分别是张法、饶芃子、余虹等。张法的《中西美学与文化精神》作为北京大学"比较文学研究丛书"的一种，1994 年由北京大学出版社出版。作者在"引言"中提出要从"文化精神"的角度来研究中西美学的各自的特色。实际上是将中西美学置于各自的哲学思想的大语境中或大背景下，置于各自的时代背景之下。作者在第一章中从"有"与"无""形式与整体功能""明晰与模糊"等三个角度总括了中西文化的基本精神的不同，又在第二章中对中西美学的存在形态、结构方式和历史发展做了整体比较。第三章之后（全书共十二章）作者以中西美学中的基本问题——包括审美凝结、审美对象结构理论、审美对象的最高境界、创作理论、灵感理论、美感的主体构成、审美的具体方式等——分章提出课题和展开研究。作者在具体的研究中，主要是以基本范畴为单位，这些范畴有和谐、悲剧、崇高、荒诞与逍遥、文与形式、典型与意境、模仿自然与心师造化、想象与内游、直觉与兴、天才与人品、无意识与参悟等。作者充分吸收了到那时为止中西比较美学与比较诗学的研究成果，也有自己的某些见解，但总体上看，属于那种全面铺开、以综合梳理为主的教科书式的写法。

暨南大学中文系饶芃子、余虹、钱超英、蒋述卓、苏桂宁合著的《中西比较文艺学》（中国社会科学出版社 1999 年）显然有意识地扭转比较诗学研究中以西方的"诗学"概念来统领中国文论的倾向，认为"诗学"是西方文化语境中的产物，它与中国的"文论"属于两者不能相互涵盖的知识范式。故不称"中西比较诗学"，而称"中西比较文艺学"。本书分为"中西文学观念比较""中西文论形态比较""中西文论范畴比较"三编，但这三部分实际上也都是以范畴入手的，其中大部分范畴，如典型与意境、兴与表现、道与理念、想象与神思、崇高与雄浑等，此前已多有比较和论述。不过在一些问题上，作者还是提出了自己独到的见解。例如，饶芃子执笔的上编第一章"文学本质的形而上设定：自然之道"中，认为"中西传统诗学在表面上的巨大差异下走着一条共同的、十分隐秘的道路：自然之道。只是在此道上，我们才真正相遇中西传统诗学的同一与差异"。指出中西诗学"都将文学的理解还原为自然世界的理解，'自然'（外在自然和内在自然）成了思考和解释'文学'的终极依据和参照"；而中西诗学对"自然"的不同理解，在文学的自然本源问题上形成了中国的表现自然心灵的"真我"与西方的表现"无意识"的"非我"两种观念；对写作的人为性与自然性冲突的不同的立场和态度，又决定了中西"自然成文"论的两种形态，即强调自然性而排斥人为性的"无为自然论"和主张在自然性的基础上调和人为性的"妙造自然论"。中西诗学中的自然意象论"兴象"与"象征"、作品的自然构成论

"气象"与"整一"也建立在文学的自然本源的观念之上。余虹执笔的中编（共三章）也时有新意。例如第一章"叙事文论：文史哲"中认为，中西文论对诗与史的区分根本不同，中国认为诗的本分是"言志"而非"叙事"，叙事功能被排除在诗之外，叙事是由历史来承担的；后来的话本小说的叙事也以符合历史旨趣为上；西方则不同，他们认为诗的叙事是合法的。中国古代最高价值的文化样式是"史"，而西方古代最高价值的文化样式是哲学，文学以符合哲学旨趣为上。作者把这两种不同的倾向概括为"依史论文"和"依哲论文"。

余虹关于中国文论与西方诗学的比较研究，更集中地体现在他的《中国文论与西方诗学》（生活·读书·新知三联书店 1999 年）一书中。本书是在他的博士论文的基础上扩充修改而成的，分为上、下两编，即《总体性比较研究》和《专题性比较研究》。其中，"下编"中的第一至三章与上述《中西比较文艺学》里的"中编"的内容基本相同。值得注意的是，在上编中，作者突出强调了中国文论与西方诗学的"不可通约性"。他认为，现代汉语中的"文学"的概念是外来的，它不同于古汉语中的"文"与"诗"，也不同于古汉语中的"文学"。而所谓"文学理论"只是西方特定历史时期的思想样式，中国只有自己特殊的"文论"而没有西方那种"文学理论"，假如将"中国古代文论"称为"中国古代文学理论"，那就意味着中国古代存在着西方那样的文学意识。因此他建议"中国古代文学理论史"应更名为"中国古代文论史"。作者同时又指出，尽管中国文论与西方文学理论属于两大不可通约的系统，但从根本上看它们都是关于"语言事实的经验和看法"，它们都是在工具性和审美性这两个纬度上理解"文"或"文学"的。这种语言论基础也就是两者的交合点和比较研究的基础。

第二节 比较诗学的深化和系统化

中西比较诗学的研究积累到一定程度之后，必然会出现更为全面深入、更为系统的研究成果。

首先要提到的是两部工具书。第一部是《世界诗学大辞典》，它由乐黛云、叶朗、倪培耕合作主编，由北京大学和中国社会科学院等单位的有关专家合作撰写，春风文艺出版社 1993 年出版。这部辞典 180 多万字，收录词条近 3000 个。内容涵盖包括中国、印度、日本以及阿拉伯、欧美国家在内的东西方各主要国家的诗学概念、术语，信息量很大，形成了一个较为完整的系统，可以说是熔古今中外诗学知识于一炉，并在体系编排、词条撰写上突出了世界诗学的整体性、相通性和民族文化特性。特别是其中的印度、日本以及阿拉伯国家部分对我国读者而言尤为新鲜，因为此前我国在这方面的介绍几近空白。第二部工具书是曹顺庆主编的《东方文论选》（四川人民出版社 1996 年）。众所周知，《西方文论选》之类的书在我国有很多，但《东方文论选》却是第一部。假如要进行真正全面的比较诗学研究，光有中国的和西方的材料还不够，所以这部《东方文论选》就显得特别可贵。这部书分印度文论、阿拉伯文论、波斯文论、日本文论、朝鲜文论、中国文论（存目）六部分，近 70 万字。大部分材料是在此第一次译出，填补了我国东方文论译介的空白。

1990 年代问世的第一种比较诗学的专门著作，是北京师范大学中文系黄药眠、童庆炳两教授主编的《中西比较诗学体系》（上下卷，人民文学出版社 1991 年），可以说它是我国中西比较诗学的有代表性的、某种程度上说也是集大成的成果。这是多人合作撰写的专著，参与写作的 27 位作者中，绝大部分是北京师范大学中文系有关专业的教师，如童庆炳、李壮鹰、王富仁等，以及当时已获得博士学位或将要获得博士学位的青年学者，如艾晓明、王一川、陶东风、罗钢、尹鸿、孙津、陈学超、李春青、张海明、黄卓越、吴龙辉、李珺平、张法等，体现了相当的研究实力和学术活力。该书上下两卷，分"中西诗学的背景比较""中西诗学的范畴比较""中西诗学的影响研究"三编。此前乃至此后的中西诗学的研究著作，大都是中西传统诗学的平行研究，而《中西比较诗学体系》则将中西方各自独立发展的传统诗学的平行研究与近代以降互有关联的"影响研究"两者结合起来，从而在时间上涵盖了从古至今的中西诗学的较为完整的知识系统。因此，本书书名冠以《中西比较诗学体系》是实至名归的。

《中西比较诗学体系》在构思和研究中有几个显著的特点。第一，将中西诗学背景的比较分析置于十分重要的地位。作者意识到，"中西比较诗学有着特殊的困难：它是一种跨文化的比较，它必须面对两种文化之间的鸿沟，因而完全套用西方模式是不行的。为解决这个问题，我们给予文化背景的比较以非同一般的重视"。因此，全书上编以近五分之一的篇幅，对中西诗学的背景做了比较分析，其中包括以社会政治经济为中心的民族传统精神的背景比较和文化背景、哲学背景的比较。这一类的比较从20世纪初就不断有人做，但由李壮鹰、张法等执笔的这一部分文字，综合各家学说精华，又融入了自己的见地，颇有理论概括力。如李壮鹰提出的西方人在历史观上尚"变"，中国人在历史观上尚"通"，就十分精辟。这个"通"字用得好。"通"不是此前有人说的那种不变，那种僵化，而是注重前后的相通性、联系性、继承性。张法在所执笔的第二章中，用"有"（being）和"无"这两个概念来概括中西哲学文化的根本差异，认为这比用"道"和"逻各斯"来概括中西哲学文化的差异更为可行。他指出中国哲学的"无"就是"道"，就是"气"。"无"不是西方的"有"（存在）所指的那种实体，而是虚空，但"无"可以生"有"，"无"是充满造化生机的"气"。他并由此推演出"形式与整体功能""明晰与模

425

糊""人与自然的和谐对立"等中西哲学文化的若干侧面的差异，从而为理解中西诗学的根本特征做了有力的背景上的铺垫。

本书的第二个显著的特点体现在第二编"中西诗学的范畴比较"，那就是对中西诗学相关范畴的进一步的发掘和发现。如上所说，以曹顺庆的《中西比较诗学》为代表的我国中西比较诗学的大部分成果都是以范畴的比较为中心来展开研究的。而新的范畴的发掘、发现和对举，是中西比较诗学研究进一步深化和拓展的重要基础和标志。在这方面，《中西比较诗学体系》取得了很大进展。第二编一共对举了 17 对相关范畴，并分章进行了比较研究。其中包括：中国的"诗言志"论与西方的"诗言回忆"论，中国的"兴"论与西方的"酒神"论，中国的"感物"论与西方的"表现"论，中国的"虚静"说与西方的"距离"说，中国的"发愤著书"论与西方的"苦闷的象征"论，中国的"怨""愤""哀""悲"论与西方的"悲""悲剧""悲剧性"论，中国的"意境"说与西方的"典型"说，中国的"诗为乐心"说与西方的"乐为诗之高境"说，中国的"文如其人"论与西方的"风格即人"论，中国的"大"论与西方的"崇高"论，中国的"阴柔·阳刚"论与西方的"优美·壮美"论。本书在中西诗学范畴的比较中，显然是有意识地将在诗学史上较为普遍使用的范畴与某位诗学理论家所创设的较为个人化的范畴这两种情形加以区分。这种做法也是颇具识见的。对于个人化的诗学范畴的比较，本书涉及的有：荀子的"美善相乐"说与贺拉斯的"寓教于乐"说，司空图的"诗味"说与瓦雷里的"纯诗"说，严羽的"别材""别趣"说与康德的"美的艺术"说，严羽的"兴趣"说与克莱夫·贝尔的"有意味的形式"说，李渔的"幻境"说与狄德罗的"幻象"说等。这些中西诗学范畴对举与比较，有许多是前人所没有涉及的。可以说，《中西比较诗学体系》是 1980 至 1990 年代中西比较诗学范畴的比较研究中，所涉及的诗学范畴最丰富的。

本书的第三个显著的特点体现在第三编"中西诗学的影响研究"所

426

涉及的近现代中西诗学的影响研究。在中西诗学的比较研究中，中西近现代诗学的相关性研究，即影响—接受的研究相对来说是个薄弱环节，在此前后的专著只有卢善庆主编的《近代中西美学比较》（湖南人民出版社1991年版），总的看涉及不多、深度不够，《中西比较诗学体系》将近现代中西诗学的关系研究纳入中西比较诗学的研究范围，遂使传统与现代相衔接，使中西比较诗学在内容上构成了一个相对完整的体系；使中西诗学的研究成为传统与现代的贯通的研究，而不再是断代的研究。而这些研究多带有较大程度的独创性。第三编的主要作者罗钢、艾晓明博士等，将自己的博士论文中的有关精华的部分纳入了本书，保证了这些章节的学术品位。如罗钢执笔的第二十五章"周作人与西方人道主义文学思潮"、第二十六章"郭沫若及前期创造社与西方浪漫主义"（与王富仁合作）、第二十七章"茅盾与西方现实主义、自然主义"和第二十八章"梁实秋与美国新人文主义"、第二十九章"中国现代文艺思潮与西方现代主义诗学"等，艾晓明执笔的第三十二章"胡风与卢卡契"都是他们的博士论文中的相关部分，作为单篇论文发表后都曾引起学界的注意。这些文章纳入本书，使本书的中西现代诗学的影响—接受研究显得扎实深刻。当然，现在看来，中西现代诗学的关系研究远不止书中第三编的这十一章所涉及的问题，毋宁说该书对这些问题的研究只是抽样性的研究。

　　《中西比较诗学体系》在框架设计、内容安排方面基本上是整一的，作为多人合作的专著，做到这一点并不容易。每一章几乎都是一篇相对独立的论文，但在全书中又是有机的构成部分。当然，不同的章节在质量上略有参差，也在所难免。有的内容由于执笔者的不同，在内容上出现了重叠和交叉。如第一编中的第二章"中西诗学的文化背景的比较"与第三章"中西诗学的哲学背景的比较"，就不免给人以叠床架屋之感。但总体看来，《中西比较诗学体系》以其体系化规模化和高质量的学术水准，而保有长久的学术价值。

　　1990年代后期，有的学者努力在中西诗学的比较研究中寻求突破。

那就是突破单纯的范畴概念的对比研究，而将中西诗学的比较研究进一步归纳、进一步提升，进而上升到"本体论"的高度。"本体"这一概念，来自康德的唯心主义哲学，指的是与现象对立的不可认识的"自在之物"。从现有的有关著作中可以看出，所谓诗学的"本体"，指的似乎就是诗学的最终根据，即诗学的抽象的本源。诗学的"本体论"不是诗学理论本身，而是诗学理论的抽象的本源，因此，对诗学的本体的研究，实际上已经不是单纯的诗学研究，而是诗学之上的哲学的研究，目的是找出诗学的最终依据与归宿。

在中西诗学本体论的研究方面，突出的成果之一就是杨乃乔（1955— ）的《悖立与整合——东方儒道诗学与西方诗学的本体论、语言论比较》（文化艺术出版社1998年）。这是作者的博士后研究论文，长达60万字，引述的资料繁复，理论抽象程度较高。作者在学术方法上似乎受到了西方现代思想家海德格尔、德里达、伽达默尔等人的现象学、结构主义哲学和阐释学的启发，同时也受到了海外学者张隆溪先生的以西方阐释学理论整理、归纳中国古代文论的英文著作《道与逻各斯——东西方文学阐释学》（1992年在美国出版，汉译本于1998年由四川人民出版社出版）的启发。全书规模宏大，问题点多，但其关键词似可总结为：经学中心主义和逻各斯中心主义；建构、解构与颠覆；立言与立意；话语权力与沉默；破坏性误读等。此书有一段话大致可以概括全书的中心意思：

> 我们认为在东方诗学文化传统中，也有着一个强大的中心主义，这个中心主义就是儒家诗学以"经"为本体建构的经学中心主义。经学作为东方文化语境下的官方学术宗教以崇尚在"六经"经典文本上的"立言"，向诗学、文学与美学的生存空间释放着无尽的话语权力。道家诗学正是以它所崇尚的在无言中的"立意"解构着儒家诗学崇尚的在经典文本上的"立言"，以此颠覆着儒家诗学以道德理性建构的形而上学大厦。如果说，儒

428

家诗学依仗经学为东方诗学文化传统设定了一个强大的中心主义，那么，道家诗学就是孳生于东方文化传统中的一脉本土性解构思潮。在东西方诗学比较研究的本体论语境下，"逻各斯"就是儒家诗学的本体范畴——"经"，而不是道家诗学的本体范畴——"道"。"经"与"逻各斯"是遮蔽的，而"道"则是敞开的。本体——"道"的敞开性以"无言"给予诗学一个开放的审美空间，本体——"经"与"逻各斯"的遮蔽性以"语言"给予诗学一个封闭的反审美空间。①

张隆溪在《道与逻各斯——东西方文学阐释学》中受钱锺书《管锥编》中将古希腊的"逻各斯"与中国的"道"相提并论的启发，认为"道"与"逻各斯"分别是中西诗学的本体。杨乃乔对中西诗学本体的考察也从这里切入，其思考问题的立足点与张隆溪基本相同，但他不同意张隆溪将道家的"道"作为中国诗学本体的看法，认为中国诗学的本体是儒家"经学中心主义"。关于儒家思想在中国文化中的正统地位，是众所周知的事实。在这里杨乃乔则进一步把儒家的经学也看作是中国诗学的本体与中心；关于中国文化的儒道互补现象，也早由李泽厚等人提出，在这里杨乃乔则从解构主义哲学的角度，把中国诗学中的这种互补关系看成是"建构"与"解构"的关系。受德里达关于西方文化传统是逻各斯中心主义和语音中心主义（认为说话优于书写）的启发，杨乃乔认为中国诗学传统是"书写中心主义"，即认为在中国诗学传统中是书写优于说话，并从语言学的角度将中西诗学的不同语境概括为"写意"语境与"写音语境"。总体看来，全书立足于中国诗学的文化传统，充分地借鉴了现代西方的学术思路与学术方法，把西方的思想与方法作为理解和阐释中国诗学本体的切入点、参照系或研究运作的方法。同时，本体论高度的比较使中

---

① 杨乃乔：《悖立与整合——东方儒道诗学与西方诗学的本体论、语言论比较》，文化艺术出版社 1998 年版，第 182—183 页。

西比较诗学摆脱了一对一式、两极比照式、散点式的模式，而取得了一个比较研究的制高点或聚焦点，使中西比较诗学拥有了高屋建瓴的境界与视野。这是本书的成功的地方。但是，另一方面，这种本体论的研究其实质主要不是对"诗学本身"的研究，而是对"诗学本源"的研究，是一种泛哲学化的研究。"本体"及"本体论"所生发的问题及相关材料，很容易因过多过繁过杂而难以控制和节制。本书也难免存在这样的问题。全书23章似乎缺乏一个"逻各斯中心"，各章的切换和布局也带有"解构"的色彩。同时作者似乎对掌握的材料舍不得割爱，使得有些地方材料铺陈过繁，反使有些论述显得有点迂远。尽管有这样的问题，《悖立与整合——东方儒道诗学与西方诗学的本体论、语言论比较》作为一部中西诗学本体论比较的不多见的大作，在立意的高度、资料的丰富、比较研究的体系性上，都是一部优秀著作。

在中西诗学、美学的本体论的、体系化的比较研究方面，潘知常（1956— ）做出了突出的贡献。近二十年来，他出版了《美的冲突》（学林出版社1989年）、《众妙之门》（黄河文艺出版社1989年）、《生命美学》（杭州大学出版社1993年）、《中国美学精神》（江苏人民出版社1993年）等中西美学研究的著作，致力于中国美学传统的现代阐释。2000年出版的《中西比较美学论集》（百花洲文艺出版社）是一部论文集，也是他的中西美学比较研究成果的集中展示。这个集子共收编了22篇文章，分为六组。第一组"关于中西美学的研究方法"；第二组"从西方的美学追求考察中国的美学智慧"；第三组"从西方美学传统反省中国美学的根本视界"；第四组"从西方当代美学阐释中国美学的现代意义"；第五组"从西方美学的根本特征探询中国美学的根本特色"；第六组"从西方美学的艺术观照看中国美学的艺术思考"。这些文章立足于中国传统美学，以西方美学为参照，从若干根本问题入手，提出了一系列对中国美学的新观点和新看法，令人耳目一新。例如，在《中国美学的基本范式》一文中，潘知常认为"二元性"是西方美学的一种背景假设，导致在思考问题时的天人分立、物我两判，主客、心身、内容形式、存在与非存在的彼此对立；而中国美学的背景性假设是"两极性"的，这就使得中国美学从未去单独研究审美主体或审美客体，以及内容或形式、表现或再现、理想或现实、抽象或具体，而是着眼于两者之间的关系，这种两极性构成了中国美学最突出的理论风貌。他又指出，相对于西方美学的抽象性，中国美学的另一个背景性假设是"消解性"，抽象性就是对事物的执著态度，是透过理性去把握事物，对世界采取一种抽象的、分门别类的、逻辑重构的态度。消解性就是对事物的一种空灵的、不执著的、非抽象的、不界定的态度。他总结说：

> 由此，导致了境界形态的中国美学学科的诞生（西方美学的学科则为实体形态），导致了中国美学学科的无形式上的分类，却有统贯之道；无内容的推进，却有生命的提升；无逻辑的体系，却有诗意的体验；无范畴的明晰，却有生命的启迪；无分析的方法，却有非分析的方法等一系列特色。①

在中西美学的比较中，潘知常表示反对那种不顾中西美学的本体差异，将中国美学的"道"与西方的"理念""理式"等曲加比附，以及用"反映"来诠释中国美学的"物感"，以"再现"来诠释中国美学的"外师造化"，以"表现"来诠释中国美学的"中得心源"，以"无我"来诠释中国美学的"以物观物"之类的做法，这样就会混淆中西方美学对于终极价值追问的本体差异。在"从西方现代美学阐释中国美学的现代意义"专题的四篇文章中，潘知常尝试"中国庄禅美学与西方现象学美学尤其是海德格尔美学的对话"，他认为这个课题的研究具有重大的学术价值。由于中西美学之间存在着根本的不可通约性，它们之间的对话与

---

① 潘知常：《中西比较美学论集》，百花洲文艺出版社 2000 年版，第 64 页。

比较必须找到契合点，而海德格尔的现象学美学恰好就是中西美学对话与比较的十分理想的中介。他认为，海德格尔的"存在"与中国美学的"道"存在着深刻的汇通。它们都是一个在客体化、对象化、概念化之前的那个本真的、活生生的世界。在海德格尔和中国美学看来，审美活动正是一种倒读世界的"解蔽活动"，一种在"无遮蔽性""敞开"中对存在和道的观照，审美活动就是对存在之真和道之真的追问，审美活动不是审美主体与审美客体的符合、反映，而是解蔽，是使美自行显现出来。虽然在潘知常之前已有若干中外学者指出海德格尔的"存在"与老庄哲学的"道"的相通性，但潘知常从比较美学的角度对这种相通性的揭示，则是较为深入的。当然，潘知常的比较研究也存在着其局限性，主要表现为对海德格尔的第一手材料占有不够，所引用的材料多是二手的，所依据的一些译本也并非权威译本。

除上述以外，还应该提到的中西比较诗学和比较美学的著作还有周来祥、陈炎著《中西比较美学大纲》（安徽文艺出版社 1992 年）、卢善庆主编的《近代中西美学比较》（湖南人民出版社 1991 年）、邓晓芒、易中天合著的《黄与蓝的交响——中西美学比较论》（人民文学出版社 1999 年）等。《中西比较美学大纲》是一本篇幅不大的小册子，但论题上涉及"美学形态论""审美本质论""审美理想论""艺术特征论"四个方面构成的相对自足的理论构架，在时间上涉及从古代到现代的中西美学史，其中的观点基本上是作者此前发表的有关文章观点的概括和总结，在写法上基本上是教科书式的。由于篇幅所限，对有关问题的论述大多是粗略的，所以作者将此书称作"大纲"是恰当的。《近代中西美学比较》涉及的范围是 1840—1949 年近百年的中西美学，其有特色的部分是对近代中国有影响的美学著作，如对吕澄、范寿康、陈望道的三种《美学概论》、徐庆誉的《美的哲学》、李安宅的《美学》、金公亮的《美学原论》等作了评述，指出了他们所受西方美学的影响。《黄与蓝的交响——中西美学比较论》从纵的历史的角度对中西美学的发展演进及其特色做了比较，表现出较好的宏观概括力，但在比较的方法上显得呆板，是"花开两朵，各表一枝"式的比较。其中第五章"美学之谜的历史解答——实践论美学大纲"论题是建立唯物主义美学体系，而与"中西比较"的论题相游离。除此之外，还有以"诗学"或"比较美学"命名的著作，也有一定的比较诗学、比较美学的性质。如陈圣生先生的《现代诗学》（社会科学文献出版社 1998 年），虽不着意标榜比较，但作者立足于中国诗学，同时试图将中外诗歌经验与理论做综合的系统的整理与比较阐发，以"建构有中国特色的现代诗学体系"。李咏吟的《走向比较美学》（安徽教育出版社 2000 年）虽在"前言"中论及比较美学的历史、方法、思维和目的，但本书未能建立起一个比较研究的理论框架，只是在论述现代美学的审美价值、审美实践、美感、审美体验等美学的基本问题时，使用了一些比较研究的方法。

按"比较诗学"这一概念的最早提倡者艾田伯的本意，由具体的作家作品的比较而得出的某些系统的、规律性的东西，是比较诗学的重要内容。但是，长期以来，我国比较文学界有意无意地将比较诗学等同于比较文论。在研究实践中，与比较文论的成果相比，对世界文学史的史实和具体的作家作品进行比较研究后得出某些规律性、系统性的结论，这方面的成果还太少。这方面的专著约有六七种，其中包括刘小枫的《拯救与逍遥——中西诗人对世界的不同态度》、邱紫华的《悲剧精神与民族精神》、钱念孙的《文学横向发展论》等。

刘小枫的《拯救与逍遥——中西诗人对世界的不同态度》（上海人民出版社 1988 年）由于出版较早，近来又有再版，在市场上流通较广。该书用"拯救与逍遥"来概括中西诗人对世界的不同态度，这个概括是否科学显然还值得讨论。作者在《引言：作为价值现象学的比较文化和比较诗学》中认为本书的研究是"比较诗学"的，但又在"后记"中做了"消解"，称："本书根本就不是比较诗学，否则，只会败坏比较文学的声誉。"这本书在写法上具有相当浓厚的西化的、"后现代"的色彩，行文布局散漫，近于学术随笔的连缀，不过仔细读来，有时还能在某些段落读到有启发性的闪光的句子。

邱紫华的《悲剧精神与民族精神》（华中师范大学出版社 1990 年）从悲剧美学的角度，论述了悲剧性、悲剧精神与民族精神之间的关系，分析了悲剧的个体的、社会的根源及其悲剧文学的审美特征，阐述了决定民族悲剧观念的各种因素，并对世界文明中影响最大的四个民族——包括希腊、希伯来、印度、中华民族——文学作品中所表现出的悲剧精神及其与民族精神的关系，做了深入的比较研究，分析了希腊悲剧发达的成因，希伯来和印度的民族精神中的"非悲剧性"以及中华民族精神对悲剧精神的复杂影响。论述悲剧问题的著作此前已有许多，但像邱著这样从比较文化、比较文学的角度对世界文学中的悲剧文学现象进行系统深入研究的书，还是少见的。

钱念孙的《文学横向发展论》试图从世界文学发展史的比较研究中，总结出"文学的横向发展"的基本规律。他提出了"文学的横向发展"这一概念，并解释说："所谓文学的横向发展，则是指各民族文学与其他民族文学的横向联系过程，是世界各民族文学在历史演进中由各自封闭到互相开放、由彼此隔绝到频繁交往，从而逐步在世界范围形成普遍联系的过程；在这种发展形态里，各民族文学相互碰撞、彼此交融，展示了世界文学从分散到整体联系的历史动势。"他认为用"文学横向发展"指称文学交流现象，既显示了文学交流是文学发展的一个方面或一种形态，又由于横向发展与纵向发展具有相互依存的关系而界定了文学交流问题在整个文学理论范畴系统中的位置。全书从宏观上勾勒了从孤立的民族文学到普遍联系的世界文学的总体的横向发展的历程，指出了东方文学与西方文学在横向发展中的不同道路，认为西方文学是"内启式"更新，东方文学是"外启式"更新。作者总结了文学横向发展的现代情势，认为在近现代世界文学中，出现了东西方文学"逆向展开"的现象，即东方文学和西方文学在一定程度上背弃自己的传统，互相向对方学习和靠拢，作者将这种现象概括为"东方文学西方化"和"西方文学东方化"。指出"跨国度"和"跨语种"文学的兴起是文学横向发展中的突出现象。作者探讨了文学横向发展中的重要理论问题，特别是世界性与民族性的关系问题，文学的纵向发展与文学的横向发展的关系问题，论述了文学横向发展的渠道和形态，强调了翻译在文学交流中的重要作用，提出了建立"世界文学学"的构想。作者在论述这些问题时，显示了世界文学史的丰富的知识修养，每出一论，必有丰富的史实例证做有力的支撑，在论述宏观问题时，始终都以微观的具体材料作为例证和依据，将微观研究和宏观研究完美地结合在一起，使持论不流于玄虚和空泛，文风严谨朴实，绵密细腻，语言本色老道，使得该书成为经得住推敲和时间考验的、颇为可读的优秀著作。相比之下，还有一部书在内容上与钱念孙的《文学横向发展论》相似，那就是王列生的《世界文学背景下的民族文学道路》（安徽教育出版社 2000 年），但该书缺乏钱著的这些可贵的优长，与钱著不同，王著在论述问题时缺乏丰富的世界文学史料的支撑，行文就不免玄远，作者提出或利用的一系列新名词新概念，如"单项牵引""万有自转""共律""力学结构关系"等等，也显得有些生硬。

除邱紫华、钱念孙的著作外，还有几种从宏观上对中西文学特质和规律进行探索的小册子。其中，白云涛的《酒神的欢歌与日神的沉咏——中西文学传统比照》（辽宁人民出版社 1990 年）从文学类型、作家的经济收入与知识结构、审美风格、文学的文化土壤与文化精神及小说诗歌作品等几个层面入手，对中西文学的不同的传统做了比较观照。肖锦龙的《中西文化深层结构和中西文学的思想导向》（中国社会科学出版社 1995年），在对中西文学史上的具体作家作品的分析中，试图总结中西文学思想的特质。邓晓芒的《人之镜——中西文学形象的人格结构》（云南人民出版社 1996 年）从西方古典作品中选取了几部与中国古典文学中的若干代表作品进行比较，从哲学的角度对中西文学中人物形象的人格结构做了分析和总结。这几本书都在十来万字的有限篇幅内试图从宏观上抽绎出中西文学的某些基本特征，虽不乏一些新的见地，但总体上看，这类研究还只是处在初步的、尝试性阶段，它也是今后的中西比较文学、比较诗学研究应该努力开掘的重要领域。

第三节　西方文论对中国现代文论的影响研究

　　西方诗学或文学理论对中国现代诗学的影响研究，与上述平行阐发的研究不同，主要是传播、影响和接受的实证性研究。1980 年代后，国内多家学术期刊上发表了上百篇有关的论文。1990 年代，又出版了若干种专门著作。以专著而论，有四本书很重要，那就是罗钢著《历史汇流中的抉择——中国现代文艺思想家与西方文论》，殷国明著《二十世纪中西文学理论交流史论》，陈厚诚、王宁主编的《西方当代文学批评在中国》和王攸欣著《选择·接受与疏离——王国维接受叔本华、朱光潜接受克罗齐美学比较研究》。

　　罗钢（1954— ）的《历史汇流中的抉择——中国现代文艺思想家与西方文论》（中国社会科学出版社 1993 年）是新时期以来我国出版的第一部中西现代文学理论比较研究的著作。该书是作者的博士论文，共分六章，前五章分别对周作人、茅盾、郭沫若、梁实秋四位重要的文艺理论家与西方文论的关系，对五四时期及 20 年代西方现代主义文论在中国的传播情况做了研究，最后一章对中国现代文论对西方文论的选择、接受的基本机制和规律做了总结。作者对所要研究的"点"的选择是颇见眼光的，虽然只是周作人、茅盾、郭沫若、梁实秋等四个人，但他们却分别是中西某种重要文学理论思潮——如人道主义、现实主义与自然主义、浪漫主义、古典主义——的纽结点，具有典型性的、标本式的个案研究的价值，通过它们可以抓住五四时期至 30 年代中国现代文学理论与西方文论的

"汇流"之脉络。作者深入系统地研究了西方文艺理论思潮在中国的传播和影响，着力考察了西方现代文论在中国独特的历史文化环境中所发生的创造性的变形和转化，并以中西文论的"汇流"为切入点，总结了中西文化交流和转化的基本规律。作者在每一章中都有独到的看法，它们均曾在出书前公开发表过，并被不断转载和征引，在学术界产生了良好的反响。其中，关于梁实秋与白璧德的新人文主义的关系研究一章，尤显新意，可以说是 1980 年代以来关于这个问题的最好的文章。

殷国明的《20 世纪中西文学理论交流史论》，在论题上与上述罗钢的著作基本相同，但论述的范围扩展到了整个 20 世纪，可以说是迄今为止唯一的一部 20 世纪中西文论关系史的较为全面系统的著作。读书界需要这样一部全面系统的著作，因此该书在选题上相当有价值。当然，说它"全面系统"也是相对的。20 世纪中西文论交流中的问题毕竟十分复杂，殷国明的这部书也采取了以点代面、以史代论的方法。全书共分上下两编。第一编主要以中西文论交流中不同时期的代表人物为中心，分专章展开个案的研究。这些人物分别是王国维、梁启超、尼采和弗洛伊德、鲁迅、庞德、克罗齐、钱锺书。下编则以西方文艺思潮为切入点，分专章分别论述中国现代文学与人道主义、现实主义、浪漫主义、象征主义、意识流、后现代主义的关系。作者在研究这些问题时，较充分地吸收了已有的研究成果，在有关问题上，也提出了自己的看法。例如，在"导言"中作者从中国古代的"通"与"同"这两个概念的阐发入手，指出："20世纪中国文艺理论发展本身，就是一本新的、更大范围内的'同'与'通'的历史。中国人在文中再一次发现了'同'——这个'同'是走向世界，与世界文化相交接、相交流、共命运的'同'，同时又是在多样性的文化选择中保持和发扬自己特色的'通'——的意义。"又如，在上编第六章中他提出了"红色古典主义"这一概念，来概括 1949—1979 年期间以共产党的理论原则创造出来的占统治地位的理论形态，是很有道理的。但本书在研究对象的厘定和框架结构的安排上，似有值得商榷的地方。例如，上编第六章"往者与来者相遇——古典主义与现代中国文学"所论之古典主义主要属于"文学思潮"的范围，但作者为什么把这一章置于上编而与人物并列，却不是放在下编与其他的思潮并列？从本书的框架结构和内容上看，作者是将"文学理论"与"文学思潮"做同一观了，而且是以"文学理论"涵盖"文学思潮"。实际上，一般看来，"文学思潮"的概念大于"文学理论"，因为"文学思潮"需要由理论和创作两根柱子来支撑。而且作者在论述文学思潮时，例如在谈到象征主义与现代中国文学时，用了不少篇幅对中国古代的"象征主义"展开论述并以西方的象征主义进行平行的对比，虽然这种对比也许是必要的，但却使话题离"中西文论交流"远了些。这些就造成了全书的"史"的客观性与"论"的主观性出现了视域不太重合、不太聚焦的问题。

作为一部比较完整的文论交流史，殷国明在上述著作中以意识流与后现代主义为中心，以最后两章的篇幅论及 1980—1990 年代中西文论的交流。但是，由于这一时期中西文论的交流空前活跃和空前复杂，这些文字远远不能说明其中的源流经纬。2000 年由天津百花文艺出版社出版的陈厚诚、王宁主编的《西方当代文学批评在中国》一书，从"文学批评"这一视角，详细地评述了西方文学批评在当代中国的译介、传播和影响的情况，填补了这方面的空白，在选题上体现了将历史意识和学术的当下性乃至前瞻性相统一的敏锐眼光。该书以西方不同的批评流派或批评方法为单元，分专章评述了西方各种文学批评方法及其在中国的传播与影响情况。在"绪论"中首先做了概观，然后依次评述了精神分析学、英美新批评、现象学批评、神话—原型批评、西方马克思主义批评、结构主义批评、解释学美学、接受美学与读者反映批评、解构主义批评、女性主义批评、新历史主义批评、后殖民主义批评等十一种西方批评方法在中国的引进和批评实践。全书结构布局清楚合理，反映了主编对论题的清晰准确的统驭与把握。尤其值得称道的是，有些章节的执笔者同时又是他所研究的那种西方批评方法在中国传播与实践的有代表性的人物。如，王宁撰写

438

《精神分析批评学批评在中国》，叶舒宪撰写《神话—原型批评在中国》，金元浦撰写《接受美学与读者反应批评在中国》等，都有助于强化本书的学术性和权威性。全书各章对西方有关文学批评流派方法的介绍和梳理简明扼要，对西方文学批评在当代中国的流转际遇的材料掌握比较充分全面，可以成为读者了解这方面情况的首选参考书。当然，也存在一些值得再讨论的问题。西方文学批评在中国的接受与实践者，客观地说是功过并存，成败参半。由于本书的作者们对西方各种新批评在中国的接受与实践基本上采取了赞赏的态度，再加上所评述的当事人是当今学界的活跃者，因而对西方文学批评运用中的许多负面现象指陈不够，剖析、批评乏力。例如，书中提到的甚至表示赞赏的某些热衷于西方文论的文学硕士博士乃至中青年教授们，常常以外来的形形色色的所谓"新方法"来掩盖思想的陈旧与贫乏，以莫名其妙的新名词、新概念来包装和粉饰陈词滥调，甚至有些人写文章时故意"解构"现代汉语的句法规范，故意混淆"体验"的、朦胧诗式的破坏性语言与规范的学术语言的界限，给出的书名或写出的文章、文句令人莫名其妙，如同梦呓，将学术研究变成了无聊的文字游戏，败坏了学术空气，对学习中的青年学生也产生了不良影响，对此，学术界已不断有人撰文指斥和批评，甚至是指名道姓地指斥与批评。这对于维护求实、扎实的学风是必要的。作为西方文学批评在中国的总结性的著作，《西方当代文学批评在中国》在这方面理应有着明确的态度。

在西方诗学对中国的影响研究方面，除了上述的历史梳理和断代性的、概论性的研究之外，还出现了以个别人物为中心的个案研究，有关刊物上发表了多篇这方面的文章，其中有代表性的成果是王攸欣的博士论文《选择·接受与疏离——王国维接受叔本华、朱光潜接受克罗齐美学比较研究》（生活·读书·新知三联书店 1999 年）。王国维和朱光潜对于中国现代美学史具有典型意义，近年来，学术界关于王国维的研究，关于朱光潜的研究，也有大量论文和若干专著问世。但将两人的美学贡献置于"中国美学接受西方美学"这一语境中加以研究，此前还无人尝试过，在选题上是新颖的。这种课题包含了两个层次的比较的研究，第一个层次是以王国维、朱光潜为代表的中国现代美学对西方美学的接受研究，第二个层次是王国维与朱光潜之间接受西方美学的比较研究。王攸欣以他们两人为中心对中国现代美学接受西方美学进行个案剖析，具有重要价值，有新意而又不偏僻。全书共分上中下三编。上编是王国维接受叔本华美学的研究。作者认为，虽然王国维在理论上颇怀疑叔本华的解脱是否真能实现，但在《红楼梦研究》中还是着力论证《红楼梦》是表现"解脱"的，因此符合文学的最高理想；认为王国维的"境界"说的全部观念直接来自叔本华的《作为意志和表象的世界》，是叔本华的"理念"的对应物。中编是朱光潜接受克罗齐美学的研究，指出30年代的朱光潜在有关论著中都是以克罗齐美学为理论支柱的，但朱光潜未能全面把握克罗齐的完整的思想体系、思维、概念和运用方式，在一些关键问题上发生误解，其接受"是不够成功的"。后来朱对克罗齐的理解更深入了，但由于时代环境和政治压力等诸种原因，他和克罗齐逐渐拉开了距离，甚至对克罗齐做了全面否定和批判。但王攸欣分析说，即使是在这种情况下，"克罗齐的影响在于促使朱光潜尽量远离其观点，这种影响决不可轻视，是决定朱光潜最后以马克思主义的实践论来作为其美学支柱的重要因素"。王攸欣的这个结论为比较文学中的"反影响"现象提供了一个重要的例子。王攸欣在评价朱光潜《诗论》中提出的"诗的境界"（王简称为"诗境论"）时认为，诗境论是融合东西方美学的自觉的尝试，是以传统审美趣味为根基，以克罗齐美学为骨架，表达了近于王夫之诗论的思想，作为探讨诗歌乃至艺术本质的理论是"不太成功"的。下编是王国维与朱光潜两组接受的比较，分析了两人在接受西方美学的背景、方式和接受观念的异同。全书表现出了学术研究中可贵的独立思考的、批判的精神，在许多问题上提出了新见。看来，今后要使中西比较诗学和比较美学进一步深化，很大程度上依赖于有深度的个案研究的展开。

第十二章　跨学科研究在理论与实践上的探索

所谓"跨学科"研究，不是文学学科与其他学科之间的一般意义上的所谓"跨学科研究"，也不是局限于同一民族内部的文学与其他学科的关系研究。跨学科的比较文学研究，应是指外来文化与学术思潮——包括外来宗教、哲学、美学、心理学等——与中国文学的关系研究，其实质是以跨文化为前提、以跨学科为途径与手段的文学研究，简言之，"跨学科研究"就是比较文学研究中的"文化学"方法。20世纪最后二十年间，颇有人提倡"跨学科研究"，但由于种种原因，跨学科研究的理论提倡与研究成果之间还存在相当的差距。

第一节　"跨学科研究"的理解、界定及研究

"跨学科研究"，也称作"超学科研究"或"科际整合"，是指在文学研究中超越学科的界限，研究文学和其它艺术门类之间的关系研究，文学与人文科学、社会科学乃至自然科学之间的关系。把跨学科研究作为比较文学的一个重要领域，是"美国学派"的主张。雷迈克在《比较文学的定义和功能》一文中说：

比较文学是超越一国范围之外的文学研究，并研究文学跟其它知识领域和信仰领域之间的关系，包括艺术（如绘画、雕塑、建筑、音乐），哲学、历史、社会科学（如政治、经济、社会学），自然科学、宗教等等。简言之，比较文学是一国文学与另一国文学或多国文学的比较，是文学与人类其它表现领域的比较。①

我国现有的比较文学学科理论著作大都全盘接受美国学派所倡导的"跨学科研究"的主张，认为"跨学科研究"是比较文学研究的组成部分。有的比较文学基本理论教材甚至用五分之二的篇幅、三分之一的篇幅来论述跨学科研究问题。但似乎都没有充分注意到，"跨学科研究"作为比较文学的一个组成部分，不是无条件的，那就是"跨学科"的同时，必须"跨文化"，即超越民族、超越国界或语言。换言之，"跨文化"的"跨学科研究"才是比较文学研究。这实际上似乎也是雷迈克的原意。上引雷迈克定义的第一句话"超越一国文学，并研究文学跟其它……"这样的表述，也清楚地表明"超越一国文学"是一个前提条件或限定因素。如果没有这样的前提，则"比较文学"难以包容和涵盖"跨学科研究"。诸如"文艺美学""文艺民俗学""文学社会学""文艺心理学"都是"跨学科研究"，但恐怕没有人将它们视为"比较文学"。"文学是人学"，一切由人所创造的学问，都与文学都有密切的关联，这是不言而喻的。研究文学势必要"跨进"这些学科。如果我们单从"跨学科"来看问题，则大部分文学评论、文学研究的论著和文章，特别是有一定深度的论著和文章，往往都是"跨学科"的。即使纯粹文本研究（像当代英美有些形式主义"新批评"理论家所做的那样），实际上也是跨了学科的——从文

---

① ［美］雷迈克：《比较文学的定义和功能》，见张隆溪编选《比较文学译文集》，北京大学出版社 1982 年版，第 1 页。

学"跨"到了语言学。更不必说字句和形式之外的研究了。可是，我们却难以把这些称为"比较文学"。

由此可见，假如把"跨学科研究"作为比较文学的一个研究对象、研究领域而不是研究方法来看待，则研究的可操作性就成大问题。这一方面是因为研究者的学力有所不逮，精通多学科的全才、通才在"知识爆炸"的当代社会不知可有？搞不好就会务广而虚；另一方面则是因为以学科对学科的研究往往大而无当而不可行。所以，我国比较文学的"跨学科研究"较为成功的个例（如钱锺书的研究）是将"跨学科研究"作为一种研究方法来使用，即为了解决具体问题而超越文学自身的范围，使用"跨学科"的方法，而并不是将多个"学科"本身作为研究对象，笼统地谈论文学与另一些学科之间的关系。换言之，"跨学科"的方法也就是文学研究中的"文化学"的方法。

比较文学的跨学科研究，在我国起步较晚，成果也不太丰富。对此，杨周翰先生在 1989 年在为乐黛云、王宁主编的《超学科比较文学研究》一书所写的序文中说：

> 本来按照比较文学的一般定义，它包括两种或两种以上不同国别、不同民族或不同语言的文学的比较研究；它还包括文学和其他学科、其它艺术或其它表现领域之关系的研究。对于前者，我国的比较文学学者已做了大量工作，所取得的成果也是显而易见……而对于后者，我们所做的工作就显然不足，不少人对这种研究方法还相当陌生。这当然与我们在这方面所做的介绍工作甚少有关，恐怕更为重要的是，从事这方面实际研究工作的学者并不多。①

---

① 乐黛云、王宁主编：《超学科比较文学研究·序》，中国社会科学出版社 1989 年版，第 1-2 页。

因而杨先生特别赞赏乐黛云、王宁两教授主编的《超学科比较文学研究》一书，认为"乐黛云、王宁同志先行一步，他们主编的这本《超学科比较文学研究》为我国比较文学学者指出了一个新的研究方向"。值得注意的是杨先生在这里也明确地把"跨学科研究"界定为"研究方法"。这比此前和此后流行的某些比较文学教材上的界定显然更为准确。王宁在本书《导论》中也明确指出了"超学科研究"是一种"基本方法"——

> 我认为，所谓超学科比较研究除了运用比较这一基本方法外，它还必须具有一个相辅相成的两极效应。一极是"以文学为中心"……另一极则平等对待文学与其它相关学科及其它艺术门类的关系，揭示文学与他们在起源、发展、成熟等各阶段在内在联系及相互作用，然后在两极效应的总和中求取"总体文学"的研究视野。也就是说，它的起点是文学，经过了一个循环之后又回归到文学本体来。但这种回归并非简单的本体复归，而是一种螺旋式的本体超越，得出的结论大大超越原来的出发点，进入了一个更高的层次。①

这可以说是对"超学科（跨学科）研究"的这一基本方法的具体而又正确的界定。《超学科比较文学研究》是一本论文集。收乐黛云、王宁、张首映、许明、徐志啸、张连奎、王锦园、吴晓明、王长俊、孙津等人的十五篇文章，论述了哲学、语言学、宗教、艺术、心理学及当代西方有关文化思潮与文学的关系。以概述文学与其他学科之间的总体关系的文章为多，而真正把"超文学研究"作为一种比较文学基本方法并运用于具体问题研究的少。这在相当大程度上代表了 1980 年代我国比较文学界

---

① 乐黛云、王宁主编：《超学科比较文学研究》，中国社会科学出版社 1989 年版，第 2-3 页。

对"跨学科研究"的一般理解和实际的研究取向。不过，鉴于此前关于文学与其他学科关系的文章和著述不多，对有关问题加以论述虽因话题太大而不免蜻蜓点水，但对一般读者尤其是青年学生还是有启蒙之功的。特别是乐黛云的《文学与其他学科》《文学与其他艺术》两篇长文，既纵向地梳理了文学与其他学科、其他艺术的关联，又紧追当代世界自然科学及其他学科的新趋势和各门艺术的新潮流，高度概括了文学与自然科学、与各艺术门类之间的关系，具有很高的信息知识含量。这些文章中提出的有关观点和材料也运用到了乐黛云撰写或主编的有关比较文学学科理论著作与教材中，产生了广泛的影响。

　　1990 年代后，"跨学科研究"——比较文学意义上的跨学科研究——仍然不够景气，从事这方面研究的人还是太少。由于跨学科研究范围极大，这方面的单篇文章选题不便，故十分少见，专门著作也同样的少。1980 年代中期，为摆脱"左"倾教条主义对文学研究的束缚，文学批评界兴起了一股"方法论热"，视图从国外的其他学科领域，引进新思维和新方法，寻求文学评论的新视角和文学研究的新思路。其中，自然科学中的"熵"原理、耗散结构理论等，被许多人推崇并加以运用。这里值得提到的是南京大学汪应果的《科学与缪斯》（上海文艺出版社 1991 年）。该书试图运用自然科学中的耗散结构理论——它研究的是一个开放系统在远离平衡的非线性区域从混沌向有序转化的机理和规律——来解析中国现代文学从混沌走向有序的过程，具有 80 年代后期"方法论热"的鲜明印记。全书分为上中下三编。上编论述了中国新文学的起源与自然科学精神的关系，中编用耗散理论来解释中国新文学的发展嬗变及有关作家作品，下编论述了自然科学修养对作家创作风格的影响。该书在自然科学与文学的跨学科研究方法上有探索之功，是值得肯定的。但现在看来，文学与自然科学的这种嫁接主要还停留于自然科学相关概念的移植与运用，有时为使用而使用，就不免显得牵强。十年后，在这方面又有刘为民的《科学与现代中国文学》（安徽教育出版社 2000 年）出版，这是一部有一定系统的专题论文集，以自然科学为切入点对中国现代文学史的研究，探讨了科学思想、科学思潮、科学知识对中国现代文学的影响。

文学研究与社会科学、人文科学诸学科的跨学科的比较文学研究，较之自然科学与文学的跨学科研究更切合实际需求，也可收到良好的学术效果。在这方面成功的例子，是以叶舒宪为代表的"文学人类学"研究。叶舒宪在比较神话研究（详见本书第九章第一节）所使用的基本方法，实际上就是文学与人类学的跨学科的研究方法。随着研究实践经验的日益积累和丰富，叶舒宪在这一点上越来越自觉，并在进入 21 世纪后系统阐述了"文学人类学"的学科理论体系（详见《文学与人类学》，社会科学文献出版社 2003 年）。他还倡导文学与心理学（精神分析学）、文学与性学的跨学科比较文学研究，出版了《文学与治疗》和《性别诗学》（均社会科学文献出版社 1999 年）两部专题论文集，可以看作是"文学人类学"理论与实践的延伸。

在"文学人类学"之外的跨学科比较文学研究成果为数寥寥。其中，余宗其的《法律与文学的交叉地》（春风文艺出版社 1995 年）一书是文学与法律的跨学科研究的拓荒性的著作，填补了一个重要的空白。作者以中外文学作品为基本资源，以跨文化的、比较文学的广阔视野，对文学与法律的关系的做了全方位的阐述。其中包括文学案件法理阐述学、文学法制人物评估学、文学法律文学鉴赏学、文学名著法学赏析学、作家法律立场类型学、文学法理学、文学民法学、文学经济法学、文学犯罪学、文学婚姻法学、中国当代文学法学研究的若干问题、中国当代文学的法律意识、中国当代文学对婚姻法实施的思考、中国当代文学的定罪量刑问题、中国当代文学中的法律与权力、中国当代文学中法律与道德、西方文学对剥削阶级法律的批判等二十一章内容。全书以文学研究为表现形式，以法理阐述为具体内容，着意追求文学研究与法律研究的统一，实际上是以法律为切入点，对中外文学所做的法学解读。它不是文学与法学两个学科关系的原理性研究，而是运用跨学科的方法、超文学的方法所做的文学研究，因而也是比较文学研究。从这一点上看，《法律与文学的交叉地》一书在比较文学的跨学科研究中具有示范意义。

第二节　外来文化思潮与中国文学
关系的跨学科研究

1980 年代后，外来文化思潮与中国文学关系的研究，是比较文学跨学科研究中的主要形式。

首先，外来宗教与中国文学的关系研究，在外来文化思潮与中国文学关系研究中占有最重要的地位。这首先是因为改革开放以来，对宗教的研究成为学术研究的一个持久不衰的热点，而随着宗教研究的深入和文学研究的深入，宗教与文学的关系就越来越受到研究者的重视，许多研究者将外来宗教与中国文学的关系作为自己的研究课题，80 年代，公开发表的有关外来宗教与中国文学之关系的研究文章就有约四百八十篇。其中，钱仲联的《佛教与中国古代文学的关系》（《江苏师范学院学报》1980 年第 1 期）是开风气之先的代表作。进入 90 年代，在单篇论文的基础上，出现了若干有分量的学术专著。

较早出版的有关中外宗教与中外文学研究的专门著作是马焯荣的《中西宗教与文学》（长沙岳麓书社 1991 年），这是一部 58 万字的大作，是作者数年潜心研究的结晶。该书共分五编。第一编"宗教·文学·意识形态"，属于总论部分，第二编"自发宗教与文学"，第三编"人为宗教与文学"，第四编"宗教史与文学"，第五编"宗教文化与文学传统"。全书视野很开阔，纵向贯通古今，横向跨越中西，将中西宗教与文学的关系的许多重要问题都纳入了研究的范围。作者所指涉的宗教不仅是严格意义上的成体系的"人为宗教"，也包括了原始宗教、自然宗教。作者总结了宗教在中西文学中的表现，如图腾崇拜与中西文学、鬼灵崇拜与中西文学，儒道佛与基督教及其相关的文学等，并概括了中西宗教与文学的某些不同特征。如，认为中国的宗教文学是"杂色宗教文学"，西方的宗教文学是"单色宗教文学"；认为中西宗教史的差异表现为中国宗教史上的三教合流和西方宗教史上的政教合一；中国宗教是从多神教到多神教，西方宗教是从多神教到一神教等。作者在分析中西宗教与文学的关系的时候，注意揭示中西宗教与文学的联系性、共通性和差异性，在此过程中注重对与宗教与关的作家作品的进行具体的分析，从而有效避免了架空之论。总体上看，这是一部中西宗教与文学关系比较研究的概论性的著作，为读者提供了较为全面的基本理论及相关知识，是中西宗教与文学关系问题的有益的入门书和参考书。但由于涉及问题很多，有些地方的材料和观点不免流于一般化。

　　佛教与中国文学关系的研究，是我国学术研究及比较文学研究的一个颇具规模的重要领域。20世纪初以来，这方面的文章和论著不断涌现。佛教是一种外来宗教，但佛教在传入中国后，逐渐本土化，并产生了禅宗这样的中国化的佛教流派。在这种情况下，佛教与中国文学的关系研究并不纯粹是外来宗教与中国文学的关系研究。换言之，未必所有的关于佛教与中国文学的关系的研究都是严格意义上的比较文学。所以，笔者在这里不打算涉及所有佛教与中国文学关系研究的成果，而是将重点置于跨越中国和印度两国文化的有关研究成果。在这方面，孙昌武和谭桂林的研究成果尤其值得注意。

　　南开大学的孙昌武教授主攻佛教与中国古典文学的关系研究，出版了《唐代文学与佛教》（陕西人民出版社1985年）、《佛教与中国文学》（上海人民出版社1988年）、《中国文学中的维摩与观音》（高等教育出版社1996年）及论文集《诗与禅》（台湾东大图书公司1994年）等著作。其中，《佛教与中国文学》是佛教与中国文学关系的历史的、概括性描述的著作，描述的重点是佛教思想对中国文学的影响。作者在前言中强调，他不是把佛教单纯作为一种宗教来看，而是把它作为一种文化现象来看待；认为虽然佛教与文学的关系的诸问题已被更多的人所重视，并已出现了不少成果，但对基本的历史情况尚缺乏全面的梳理，因此《中国文学与佛教》把全面系统的描述佛教与中国文学的历史关系作为自己的任务。全书分为四章，从四个不同的角度描述了佛教从印度传来后，对中国文学的渗透和影响。第一章"汉译佛典及其文学价值"，论述了佛典的文学价值、佛典翻译与译经文体、佛典的文学表现；第二章"佛教与中国文人"，分别论述了魏晋南北朝、隋唐五代、宋至晚清三个不同历史时期的文人与佛教的关系；第三章"佛教与中国文学创作"，分别论述了佛教与中国散文、诗歌、小说、戏曲、俗讲与变文、宝卷等不同文体的文学作品的创作与佛教的关联；第四章"佛教与中国文学思想"，分别论述了六朝佛教义学与文学创作新观念、"言"与"意"的关系问题、"境界"理论、以禅喻诗等中国文学观念中的佛教影响。作为一本中国文学与佛教关系概论性质的书，《佛教与中国文学》为读者提供了较为系统的知识，并在历史史实的分析和描述中，提出了自己的一些见解。在此后出版的《中国文学中的维摩与观音》中，作者将这方面研究进一步具体化和深化了。"维摩"及"维摩诘"，也就是在我国传播甚广、影响甚大的佛经《维摩诘经》中所刻画的主要人物，有关观音（观世音）信仰的经典和《维摩诘经》都具有相当强的文学性或艺术形式，对中国文学影响很大。作者指出，观音信仰的核心是现世救济，它广泛流传于社会各阶层中；而维摩信仰的重点是宗教哲学，它主要受到知识阶层的欢迎。观音信仰和维摩信仰体现了当时中国佛教的两大潮流、两种倾向。观音信仰和维摩信仰无论在内容还是在形式上，都具有适应中土传统思想的特征，因而能够被中国人所接受。从佛教与中国文学关系的角度看，观音信仰和维摩信仰被纳入了中国文学艺术当中，在文人创作和民间文学中，都有相当集中的表现。作者分专题较详细地描述了观世音和维摩诘在中国文学中的种种表现，并对这些表现的意义做了探讨。涉及的主要论题有六朝名士与维摩诘、六朝观音应验传说、唐代文学居士与维摩诘、净土信仰与净土观音、大悲观音信仰与文学艺术、唐代俗文学中的维摩诘、观音的俗神化与艺术化、宋代的官僚居士与维摩诘、宋代以后文学创作中的观世音等。作者在浩瀚的文献古籍中，收集整理出了有关观音与维摩的资料，并对这些资料做出了自己的整理和阐释，显示了作者所一再强调的以恢复、描述和再现历史的本来面貌为宗旨的朴素而又科学的学术理念。

　　上述孙昌武的研究对象是中国古典文学与佛教，而在中国近现代文学与佛教的关系方面，谭桂林（1959— ）做出了突出贡献。长期以来，中国近现代文学与佛学的关系的研究一直是一个空白，20 世纪最后二十年间，学术期刊上虽然发表了一些相关的论文，但系统的学术论著一直还是空白。在 20 世纪中国文学与佛教之关系的研究方面。直到谭桂林的《20 世纪中国文学与佛学》（安徽教育出版社 1999 年）的问世，这个空白才得以填补。在这部博士论文中，他不仅对 20 世纪中国文学的关系做了多角度、多侧面的清理，而且提出了自己的许多见解。他指出，20 世纪佛教对中国文学的影响并不像有些人所认为的被削弱和被淡化了，相反，20 世纪初恰恰是佛教复兴的时期，那是和此后直接和间接受到佛教影响的作家，既有 20 世纪初从事文学改良的维新派人士梁启超、夏曾佑等，也有五四时期新文学运动的干将陈独秀、胡适、鲁迅、周作人等；既有 20 至 30 年代即已成名的郁达夫、许地山、俞平伯、宗白华、废名、瞿秋白、丰子恺、徐志摩、夏丏尊、老舍、高长虹、施蛰存、沈从文等，也有 40 年代蜚声文坛的后期浪漫主义作家无名氏和徐訏。在 20 世纪那个政治中心的时代里，虽然佛教对于文学创作的影响已经从主要的降为次要的，从前台退居后台，但佛教与文学的精神纽带并没有被割断，而以一种新的方式和形态连结着这一古老的文化姻缘。作者着力研究和揭示 20 世纪中国文学与佛教的关系及其所呈现的新的方式和新的形态。既有 20 世纪佛学与中国文学关联的纵向梳理，也有若干重要的横断面的解析。作者分专章论述了晚清佛学复兴思潮与文学改良的关系，探寻了新文学作家的佛学渊源，分析了现代作家厚佛的心理基础，指出了现代作家与佛学关系的时代特征，特别是富有独创性地总结出了现代作家与佛教关系的四种模式，即信念型——把佛教作为一种信仰，修养型——以佛教来修心养性，研究型——把佛教作为学术研究的对象，实用型——把佛教题材采用到文学创作中。作者将佛学与中国现代文学的关系的研究牢牢地落实在具体作家作品的文本分析中，分专章专节对十几位作家的作品进行了文学主题的佛学分析，使全书的宏观概括与微观解剖密切地结合起来，作者在研究佛教与中国文学的关系的时候，始终注意克服由于反复强调佛学与中国现代文学的关系而可能导致的放大、夸大两者之间关联性的倾向。史料的丰富及其正确运用、理论分析的透彻及阐发的科学与适度，使得全书成为一部难得的高水平的学术著作。当然，也存在缺憾。主要表现在本书的论述范围是"20 世纪"，但全书百分之九十的篇幅论述的范围是 20 世纪头四十年，佛教文化与当代文学的关系仅有一章的篇幅，没有能够充分展开。除谭桂林的著作之外，王广西的《佛学与中国近代诗坛》一书也值得一提。论述了 19 世纪至 20 世纪初一百多年间的中国近代诗坛与佛教、佛学的关系，对俗界诗人的创作与佛学、僧人的创作与佛学的关系分别做了评述，其中涉及了在一般文学史上难以提到的许多诗人及其作品。

中国文学与基督教的关系，一直是受到学者重视的研究领域，早在 1920 年代，周作人就写过《圣书与中国文学》一文；1940 年代，朱维之在《基督教与文学》一书中涉及到了中国文学与基督教的内容。1980 年代后，关于基督教与中国文学的研究大量论文陆续见于各学术期刊。特别是 1995 年以后，几部以基督教与中国文学关系的论著陆续出版，其中有基督教《圣经》与中国的《诗经》的平行比较（如云南大学出版社 1999 年出版的张立新的《神圣的寓意——〈诗经〉与〈圣经〉比较研究》)，而更多的是基督教与中国现代文学的影响关系的研究著作，而且大都是博士论文，显示了这个课题所具有的重要的研究价值。

第一部该课题的研究论文是马佳的《十字架下的徘徊——基督宗教

文化和中国现代文学》（约二十万字，上海学林出版社）。该书从比较文学、比较宗教学和文化学的角度，分六章对中国现代文学——重点是五四时期的新文学——与基督教的关系展开论述。对中国现代作家作品中的基督文化精神、忏悔情结、对基督教的怀疑与批判等问题，做了分析。作者认为，中国现代作家对在特定历史时期以特定的角色进入他们视域的基督教文化不得不采取了半推半就、欲迎又避的矛盾态度。他们一方面强烈地需要基督教文化的终极价值，一方面回避或否定它的物质形式和某些教义信条。尽管中国作家也热烈地礼赞过基督教文化这轮"幻想的太阳"，并在基督教的启发下为自己和整个民族忏悔，但他们却经历了信仰与反信仰的曲折反复。由于五四作家对基督教文化的精神实质——特别是西方人即使在对基督教的持批判的同时仍然保持了精神上的绝对信仰——未能切实把握，又受到以批判揭露基督教为主题的西方近现代文学作品的影响，从而强化了中国现代作家对基督教文化的内在的反感和疏远。总之，基督教和中国现代作家之间一直隔着一道无形的屏障，中国现代作家始终是在"十字架下徘徊"。作者认为，这也是导致中国现代文学缺乏强烈的悲剧意识和持久美学意味的一个原因。马佳的这些结论是否正确又当别论，因为中国现代文学缺乏深刻悲剧意识和终极关怀意识，原因很复杂，但作为一种学术观点是有价值的。这部书的特色，也主要在于他既分析了西方基督教文化对中国现代文学的影响，也分析了这种"反影响"，而且在研究中对中国现代文学所采取的冷静的反省态度，也是可取的。

　　杨剑龙的博士论文《旷野的呼声——中国现代作家与基督教文化》（21万字，上海教育出版社1998年）也是作者的博士论文。全书选取了十五位有代表性的中国现代作家——包括鲁迅、周作人、许地山、冰心、庐隐、苏雪林、张资平、郭沫若、老舍、萧乾、巴金、曹禺、徐訏、北村、张晓风——为研究对象，通过具体的文本分析，指出了他们的创作中的基督教文化的影响及其不同表现。如鲁迅如何推崇基督的充满着爱与牺牲的救世精神，周作人如何从基督教文化中汲取人道主义的精髓，许地山如何关注人性在受窘压状态下的挣扎，冰心的创作如何充满基督教的博爱精神，庐隐的创作如何受基督教罪感文化的影响而形成自己的感伤风格和悲剧色彩，苏雪林如何为耶稣伟大的人格所感化而描绘主人公对基督的皈依等。在揭示中国作家对基督教文化正面接受的同时，作者也分析张资平、萧乾、老舍等对基督教教会、神职人员及阴暗面的揭露和批判。本书注重对具体作家作品的影响分析，在作家的传记资料和作品中，寻找基督教文化影响的痕迹。杨剑龙的研究表明了，比较文学中的影响研究方法的实质，就是作家作品的分析，其中既包括文化分析，也包括审美的分析。影响研究"过时"论者认为影响研究不能确证"影响"是否存在的看法，是不符合比较文学研究实践的。杨剑龙的这部书的长处在于丰富细致的作品的影响分析，但对基督教与中国现代文学之关系的纵向的历史线索、宏观的理论概括，则相对显得有所不足。

关于基督教与中国现代文学关系研究的第三篇博士论文是王本朝的《20 世纪中国文学与基督教》（27 万字，安徽教育出版社 2000 年）。论述的范围扩展到整个 20 世纪，全书分为上中下三编。上编是"20 世纪中国文学与基督教的历史意义"，纵向地论述了中国文学与基督教的历史渊源与时代特征；中编是"20 世纪中国作家与基督教的精神遇合"，通过对鲁迅、周作人、冰心、许地山、沈从文、曹禺、萧乾、张资平、林语堂、张晓风、海子、北村等 12 位中国作家及其作品的个案分析，论述了基督教与中国作家精神联系的个体性与丰富性，也是全书的核心部分；第三编"基督教与二十世纪中国文学的话语方式"，探讨了《圣经》与 20 世纪中国文学之间的语言形式之间的联系，其中包括《圣经》与 20 世纪中国文学的叙述方式、20 世纪中国文学里的"上帝话语"、20 世纪中国文学中的耶稣形象。这一部分的论述角度新颖，在全书中写得最有特色。作者认为，基督教文化的进入，使得中国文学打破了传统文学的封闭性，诱惑、激活中国文学对世俗与终极、批判与超越、自我与世界、身体与精神等有了复杂的关注与回应。总体看来，由于《20 世纪中国文学与基督教》一书较为晚出，有条件借鉴上述两书，因而在论述的范围上、角度上、深度上均有所延伸、有所更新、有所推进。但如将三部书联系起来、比较起来看，它们在构思上、内容上，均有较多的重合，特别是在作家作品的个案分析方面，所遴选的作家作品大部分雷同，分析的方法和路径也基本一样。这一方面表明这个课题的研究的方法和思路还需要进一步更新和拓展，一方面也表明如果沿着这样的思路，关于基督教与中国文学关系这一话题，所能说的大概也就是这些话了。从文献学和文本分析学的角度看，以上三部著作对基督教与中国文学关系的梳理和分析，基本上可以满足读者在这一领域中的求知需要。

在佛教、基督教、伊斯兰教这世界三大宗教与中国文学关系的研究中，伊斯兰教与中国文学的关系研究是最为薄弱，这方面的文章很少，研究专著也长期付之阙如。2000 年，马丽蓉的《20 世纪中国文学与伊斯兰文化》（安徽教育出版社）的出版，具有补缺之功。在这部 25 万字的博士论文中，作者指出，伊斯兰文化对中国文学的影响既不同于佛教文化，也不同于基督教文化，它的影响因族而异，因地而别。伊斯兰文化的影响，主要体现在回族及维吾尔、哈萨克等少数民族穆斯林聚居区；也时隐时现地渗透于汉文化之中。伊斯兰作家对 20 世纪中国文学的贡献是独特而又深远的，这不仅体现在他们对中国现当代文学中"人性"这个重要主题的纵深性开拓，也体现在他们对几种文学的基本体式的前卫性探索；不仅体现出他们鲜明的民族宗教文化特色，也体现出他们的强大的文化包容力，其创作实绩为后人留下了阐释文学与文学关系的广阔的学术空间。由于伊斯兰文化与 20 世纪中国文学关系的研究此前可资借鉴的研究成果很少，该书也在许多方面显出草创的痕迹。例如，在材料上，只以汉语作品和汉语材料为分析论述的对象；在作家的选择上，以回族的张承志、霍达、王延辉、哈萨克族的郝斯力汗和艾克拜尔·米吉提，维吾尔族的四位诗人黎·穆塔里甫、尼米希依提、铁依甫江、克里木·霍加等少数几个当代作家为主要的分析对象。应该说，这只能是抽样性的分析，而不是文学史所要求的对史实与重要作家作品的充分归纳和全面分析。事实上，20世纪中国文学与伊斯兰文化的关系可以从更广的层面来考察，例如，探讨20世纪初中国文学中伊斯兰教文化与其他外来宗教文化的复合影响及其关系，梳理西北地区信奉伊斯兰教的各民族文学与伊斯兰文化的关系，研究中国穆斯林文学所受阿拉伯—伊斯兰文化、波斯—伊斯兰文化的影响，分析回族作家的创作中汉文化与伊斯兰教文化的融会及整体呈现的伊斯兰文化风格等等。而真正全面翔实的研究，恐怕还有待于将来。在这方面，马丽蓉的这部《二十世纪中国文学与伊斯兰文化》无疑是一个有意义的开端。另外顺便一提的是，这本装帧精致的书，属于安徽教育出版社出版的《20世纪中国文学研究丛书》的一种，也是国家重点图书出版项目，但由于编辑校对上的粗心，封面上作者姓名竟然被张冠李戴了——作者马丽蓉的名字被写成了丛书中另外一本书的作者的名字，这是令人十分遗憾的。

除了极少数例外，中国现代作家很少有真正的宗教徒。他们与宗教的关系，往往表现为对不同的宗教文化兼受并蓄，在创作中受到不同宗教的交互影响。因此，除了对中国作家与佛教、基督教和伊斯兰分别进行研究外，对中国现代作家与多种宗教文化的综合研究，也是揭示中国现代作家与宗教关系之实质的重要途径。在这方面，刘勇（1958— ）的博士论文《中国现代作家的宗教文化情结》（北京师范大学出版社 1998 年）作了有益的探索。在该书的"引论"部分，作者强调了综合地研究宗教文化对中国现代文学影响问题的必要性。他指出，宗教文化作为一种文化，它就不可能仅仅对某一部分作家和作品产生作用，它必然以文化的特性对整个中国现代文学或某个作家的整个创作过程产生影响；很难说某个作家、某部作品只是受到了一种宗教的影响。作者选取"宗教文化"这一更高、更广阔的视角力图探索相互影响、相互渗透和融合的多种宗教文化与中国现代文学、现代作家的关系。在探索和揭示这种关系的过程中，作者采取了对有关作家的创作过程和作品文本进行细致解剖分析的方法，从具体的个案研究和具体的文本分析中，将渗透于创作中的宗教文化因素呈现出来。全书列专章细读的作家有许地山、废名、曹禺、林语堂、郁达夫、巴金、郭沫若、戴望舒。可以说，全书的特色主要在于对作品的细读。细读一方面固可以探幽发微，指点出渗透在作品中宗教文化因子，但另一方面，由于带着"宗教文学"的"期待视野"，有时就很难免将一些并非受到宗教影响的、但与宗教意识不意相通的个人体验、或与宗教意识貌合神离的精神表现，归结为宗教文化本身的影响和渗透。例如，中国现代作家郁达夫、巴金等的所谓"忏悔"是否是宗教意义上的"忏悔"等，都是值得讨论的问题。通过这些不同个例的分析，作者力图说明，宗教文化与中国现代文学的关系不仅仅是文学与文化背景的关系，它们之间有着更复杂、更内在的关联；宗教意识与审美意识常常融会在一起，因此宗教意识也是不可忽略的审美尺度。

在外来哲学思想中，对中国文学造成影响的有人道主义、启蒙主义、弗洛伊德主义等。对于人道主义、启蒙主义与中国现代文学的比较文学的研究，由于种种原因，还很薄弱，在专著方面能够看到的各有一本书，即韩毓海的《锁链上的花环——启蒙主义文学在中国》（时代文艺出版社1993年）和邵伯周的《人道主义与中国现代文学》（上海远东出版社1993年），但从比较文学的角度看似乎并不太成功。韩著是一本十余万字的小册子，全书使用随笔形式来写，行文散漫，令读者难得要领；邵著对"人道主义"的界定流于表层和宽泛，制约了研究的深度。

相比之下，1980年代后我国学界在弗洛伊德主义与中国文学的关系研究方面成果最为丰硕。早在20世纪初，弗洛伊德主义（或称精神分析学）就被介绍到中国，并对中国的文学理论和文学批评产生了一定影响。1980年代后，在中国思想文化和文学界出现了一股"弗洛伊德热"。有关弗洛伊德及其精神分析学的其他代表人物荣格、弗罗姆、拉康等人的著作大量译成中文，国外有关的精神分析学的研究著作也被译介过来。同时，从比较文学角度研究精神分析学与中国现代文学关系的论文和著作也大量涌现。在学术专著方面，1987 年有两部相关的论著问世。一部是上海学林出版社出版的吴立昌的《精神分析与中西文学》，一部是中国社会科学出版社出版的余凤高的《"心理分析"与中国现代文学》。其中，吴立昌的《精神分析与中西文学》对西方精神分析学的创立和发展及其对西方文学的影响、对中国现代文学的影响，做了较全面的概论，认为精神分析有其合理因素，可以用它来解释文学创作中某些现象。这些看法在 80 年代中期的中国，是有启蒙价值的。余凤高的《"心理分析"与中国现代文学》分为三章。第一、二章分析了弗罗依德主义在中国思想界、文学界发生影响的来龙去脉，第三章分别对鲁迅、郭沫若、郁达夫、许杰、施蛰存、穆时英等六位作家创作中的"心理分析"因素做了细致的分析，指出了弗洛伊德主义对这些作家创作的积极和消极的影响。虽然在今天看来作者站在他所理解的历史唯物主义的立场上对属于唯心主义的精神分析学有些苛责，但他较为全面系统地梳理了中国现代文学的弗洛伊德及其精神分析学接受历史，在本领域的研究中具有开拓之功。

1994 年，尹鸿的《徘徊的幽灵——弗洛伊德主义与中国 20 世纪文学》由云南人民出版社出版。这是作者的博士论文。作者以 18 万字的篇幅，对弗洛伊德主义与 20 世纪中国文学的关系做了全面分析。全书分为七章，第一章是导论，作者总论了弗洛伊德主义与西方文学和中国文学的关系，他指出，弗洛伊德主义对中国 20 世纪不同时期的文学创作所产生的影响是复杂的。中国文学向来以写实主义为基本的创作方法，以理想主义为基本格调，以情节化、故事化为基本的叙事模式，以政治性社会性为基本主题指向，总体上看是与弗洛伊德主义严重错位的。因此，弗洛伊德主义对中国文学的影响虽然引人注目，但其声势、规模、范围、程度都相当有限，远不能与它同时期在西方各国所产生的巨大作用相提并论。显然，作者的这种结论是客观的、冷静和实事求是的。作者还提出了自己研究本课题所遵循的原则，即注重文献资料的实证研究，坚持中西比较，强调整体性，追求历史感。在这样的原则的指导下，作者在第二至四章中，分别对五四时期、1930年代和1980—1990年代三个不同的历史阶段中国文学接受弗洛伊德的历史过程和在作家作品中的表现做了分析。第五、六章则分别对弗洛伊德主义与中国的文艺美学、与中国的文学批评的关系做了横向的专题的研究。应该说，尹鸿的这本书并不以文献资料取胜，关于弗洛伊德主义与中国文学有关的材料，作者并没有做文献学上的总清算，有些重要的相关资料作者没有提到，但该书在理论分析上是有相当深度的。作者不是罗列材料，而是在理论分析上利用材料，对弗洛伊德主义与中国文学关系的重要理论问题做出了自己的回答，并在这方面取得了成功。

在精神分析与中国思想文化、中国文学的关系的研究方面，1980年代以降，王宁翻译或编选了国外的有关学术论著和文集，发表了一系列相关论文，向国内读者介绍评述弗洛伊德及其精神分析学。到1992年，他将有关的论文结成一个集子，题为《深层心理学与文学批评》，由陕西人民出版社出版。在这部论文集中，既有他对精神分析学本身的发展演变的介绍和评述文章，也有运用精神分析学的原理和方法对中西文学作品所做的个例研究。如对《金瓶梅》、对曹禺的《雷雨》的分析研究、对当代有关作家作品的分析研究等。其中有几篇文章，如《中国现代文学中的弗洛伊德主义变体》《中国当代文学中的弗洛伊德主义变体》等，从一定的角度论述了弗洛伊德主义与中国现当代文学的关系。到2002年，王宁又将《深层心理学与文学批评》中的论文和已发表的其他有关论文，结集为《文学与精神分析学——王宁文化学术批评文选之三》，由人民文学出版社出版。

主要参考书目

北京大学比较文学研究所编:《中国比较文学年鉴（1986）》，北京大学出版社1987年版。

北京大学比较文学研究所编：《中国比较文学研究资料（1919—1949）》，北京大学出版社1989年版。

徐志啸:《中国比较文学简史》，湖北人民出版社1996年版。

王向远主编:《中国比较文学论文索引（1980—2000）》，江西教育出版社2002年版。

乐黛云、王向远:《比较文学研究》，福建人民出版社2006年版。

王向远:《中国比较研究二十年》（1980—2000），江西教育出版社2003年版。

王向远著《比较文学学科新论》，江西教育出版社2003年版。

王向远著《翻译文学导论》，北京师范大学出版社2004年版。

唐建清、詹悦兰编著《中国比较文学百年书目》，群言出版社2006年版。

人名索引

（按字母顺序排列，人名后面的阿拉伯数字表示所在本书页码）

申非 192，411

沈静 319

沈琳 285

沈绍镛 234，247

沈苏儒 400，401

沈雁冰 43，44，182，342，394

沈益洪 182

盛子潮 362

师华 280

石海峻 178

史习成 177

世丹 281

水天同 110

宋柏年 319

宋宝珍 392

宋永毅 305

苏桂宁 422

苏国荣 380

苏华 258

苏宁 263

苏文煜 253

孙昌武 173，448，450

孙福良 245

孙歌 324

孙惠柱 269

孙津 425，444

孙景尧 139，141，146，151，152，155，
  156，162-164，167

孙乃修 234-236

孙席珍 194

孙宜学 182

孙玉石 256，296，299

孙致礼 408

索代 177

T

谭楚良 295

谭德晶 267

谭桂林 448，450，451

谭载喜 401，404

汤恒 392

汤锐 350-352

汤逸佩 269

汤用彤 149

唐达辉 264

唐人 110

唐弢 304

唐正序 294

陶东风 425

陶嘉伟 363

陶洁 283

田本相 392，393

田大宪 339

田汉 96，197，243，244，247，248，
  261，262，282，305，403，411

田全金 158

田小野 278

书名索引

（按字母顺序排列，人名后面的阿拉伯数字表示所在本书页码）

C

D

E

F

M

N

O

P

Z

宁夏人民出版社初版后记

《中国比较文学一百年》是 20 世纪中国比较文学的百年学科史。

我对中国比较文学学科史研究，从 20 世纪末到今天，已历时七八年之久。由于一百年文献数量较为庞大，收集和消化这些文献需要一个较长的过程，以一人之力，写成一部完整翔实、学术观念与言语方式一以贯之的中国比较文学百年史，是我的夙愿，然而实施起来殊为不易。我循着由近及远、先资料后研究的程序，逐步进行。我首先主编《中国比较文学论文索引（1980—2000）》，对 20 世纪最后二十年中国的比较文学论文进行了编目整理，又写了《中国比较文学二十年》，对 1980—2000 年间繁荣期的中国比较文学做了系统评述。以上两书由江西教育出版社纳入"比较文学与世界文学学科建设丛书"出版。接着，又与乐黛云教授合著《20 世纪中国人文科学学术史丛书·比较文学研究》，我执笔其中的后五十年（1950—2000）部分。就这样，先写"二十年"，再写"五十年"，最后写"一百年"，一步步地、分阶段穿过一百年比较文学学术长廊，终于独立写出了这部完整的《中国比较文学一百年》。

作为一部完整的中国比较文学百年学术史，前五十年部分（第一、二章）为新撰写的部分，力图在现有成果的基础上，对有关学者及其学术成果的评价更准确、到位和洗炼；后五十年的内容基本上从《中国比较文学二十年》和《比较文学研究》中移植过来，并将移植来的内容纳入我所设计的百年学术史的框架结构中，全书"前言"部分是在我在乐

490

黛云先生指导下执笔的《比较文学研究·导言》的基础上修改而成。其
中，"中国比较文学是世界比较文学发展的第三个阶段"等观点是由乐黛
云先生提出来，我加以发挥的。在此向乐先生表示感谢。

王向远

2006 年 7 月 8 日

中国社会科学出版社再版后记

《中国比较文学百年史》2007 年收入《王向远著作集》第六卷，由宁夏人民出版社出版。当年我与宁夏人民出版社签订出版合同的时候，约定出版社方面只拥有《王向远著作集》十卷本的"连带出版权"，换言之，须十卷本同时连带出版，而不能单独出版或重印某一卷。因而，《中国比较文学百年史》一直没有出版过单行本。六年多过去了，《中国比较文学百年史》的读者似乎一直络绎不绝，不断有读者向我反映该书已经不太好买了，于是我决定重新出版一个单行本，收在"比较文学与世界文学文库"中，交由中国社会科学出版社出版，以满足读者需要。

《中国比较文学百年史》写的 20 世纪中国比较文学的发展历史，现在 21 世纪已经过去了十几年，新世纪中，中国比较文学也获得了加速度的发展。这样看来，《中国比较文学百年史》本身实际上已经成为历史了。现在，我和曹顺庆教授主编《中国比较文学年鉴》2001 年以后的各卷，已经或即将陆续出版，可以为新世纪中国比较文学史的研究与写作打下基础。

本书出版得到了中国社会科学出版社文学室主任郭晓鸿博士的支持，在此深表感谢。

王向远
2012 年 3 月 31 日

王向远

卷末说明与志谢

2020年1月初，有出版界朋友建议我，将以往三十多年间出版的单行本著作予以修订，出版一套学术著作集。时值"百年未遇之大变局"的特殊时期，居家读写，时间上有保证，我觉得此事可行。于是在二十多位弟子的帮助下，将已有的作品做了编选、增补、修订或校勘，编为二十卷。6月份，当全部书稿完成排版后，被告知《"笔部队"和侵华战争》等侵华史研究的三部著作按规定须送审，且要等待许久。考虑到二十卷若缺少这三卷，就失去了"学术著作集"的完整性，于是决定放弃二十卷本的编纂出版方式，另按"文学史书系"（七种）、"比较文学三论"（三种）、"译学四书"（四种）、"东方学论集"（四种）几类不同题材，分别陆续编辑出版。其中文学史类著作先行编出，于是就有了这套"文学史书系"（七种）。

感谢我的弟子们帮忙分工负责，他们各用了两三个月的时间精心校勘。其中，"文学史书系"中，曲群校阅《东方文学史通论》和《东方文学译介与研究史》，姜毅然校阅《日本文学汉译史》，张焕香校阅《中国题材日本文学史》，郭尔雅校阅《中日现代文学关系史论》，寇淑婷校阅《中国比较文学百年史》，渠海霞校阅《中国日本文学研究史》。子曰："有事，弟子服其劳"，诚如是也！这七部书稿最后又经九州出版社责任编辑周弘博女士精心把关校改，发现并改正了不少差错，可以成为差错最少的"决定版"。

　　就在这套书编校的过程中，我已于去年初冬从凛寒的北地来到温暖的南国，面对着窗外美丽的白云山，安放了一张新的书桌。现在，这套"文学史书系"就要出版了。我愿意把它献给我国外语及涉外研究的重镇——广东外语外贸大学，献给信任我、帮助我的广外的朋友和同事们，献给新成立的广外"东方学研究院"，以此为研究院这座东方学研究的殿堂添几块砖瓦。

王向远

2021 年 7 月 16 日，于广外，白云山下